Francesca Segal
Willkommen auf Tuga

Francesca Segal

Willkommen auf Tuga

Roman

Aus dem Englischen von Verena Kilchling

KEIN & ABER

Ebenfalls von Francesca Segal:
Die Arglosen
Ein sonderbares Alter
Mutter Schiff

1. Auflage Juli 2024
2. Auflage September 2024

Die Originalausgabe erschien 2024 unter dem Titel
Welcome to Glorious Tuga bei Chatto & Windus, London

Deutsche Erstausgabe

Coverillustration: Marcy Day
Covergestaltung: Maurice Ettlin
Satz: Dörlemann Satz, Lemförde
Druck und Bindung: CPI books GmbH, Leck
ISBN 978-3-0369-5044-0
Auch als eBook erhältlich

www.keinundaber.ch

Für Raffaella, Celeste & Gallia

Handelnde Personen

Charlotte Walker	Londoner Tierärztin und Herpetologin

Insulaner

Dan Zekri	der neue Arzt, kommt nach fünfzehn Jahren Abwesenheit zurück auf die Insel
Lusi Zekri	Dans Mutter; Saul Gabbais Schwester
Saul Gabbai	Inselarzt; Chief Medical Officer; Lusis Bruder
Moz (Fermoza) Gabbai	Lehrerin; Sauls Frau; Garricks Schwester
Garrick Williams	Inselgeistlicher; Moz' Bruder
Joan Williams	Garricks Frau
Levi Mendoza	Barkeeper und Handwerker; Charlottes Gastgeber
Maia Lindo-Smith	Levis Schwester, zieht der Arbeit wegen nach England
Walter Lindo-Smith	Maias Mann; Levis Schwager und guter Freund
Rebecca Lindo-Smith	Maias and Walters sechsjährige Tochter; Levis Nichte
Annie Goss	elfjährige Inselbewohnerin
Alex dos Santos	elfjähriger Inselbewohner
Marianne Goss	Annies Mutter; die Inselbäckerin

Ruth dos Santos	Alex' und Calebs Mutter; frühere Inselrätin; Mariannes geliebte Ziehmutter
Sylvester	führt den Gemischtwarenladen auf der Harbour Street
Betsey Coffee	führt Betsey's Café auf der Harbour Street
Taxi	Taxifahrer und Radiomoderator
Elsie Smith	Zollbeamtin; Mechanikerin; Reptilienfan
Grand Mary (Mary Philips)	Inselälteste, mit Abstand die reichste Tuganerin
Martha Philips	Schildkröte
Katie Salmon	neue Physiotherapeutin
Johannes Zekri	Dans Vater, kam bei einem Schiffsunglück ums Leben

Sonstige, nicht auf der Insel beheimatet

Caleb dos Santos	Alex' deutlich älterer Bruder, lebt inzwischen in England
Martin Blackburn	Optiker von der See the World Foundation, beruflich auf der Insel zu Gast
Lucinda Compton-Neville	Charlottes Mutter, Kronanwältin in London

1

Inseln sind Orte, an die man sich flüchtet. Oder von denen man flieht.

Das Schiff lag seit Tagen vor Anker und wartete darauf, dass die See sich beruhigte. Sie befanden sich eineinhalb Kilometer vor der Korallenküste von Tuga de Oro, einem winzigen britischen Überseeterritorium, der weltweit abgelegensten bewohnten Insel, von der es wahlweise hieß, »die Uhren ticken hier wie vor hundert Jahren« *(Lonely Planet),* die Einwohner führten »ein englisches Gemeindeleben wie aus einem längst vergangenen goldenen Zeitalter« *(Time Out)*, es handle sich um »ein in die Tropen verlagertes britisches Fischerdörfchen« *(Fodor's Travel Guide)* oder – weniger wohlwollend – die Einwohner seien »in den Fünfzigern hängengeblieben, womöglich gar den Achtzehnhundertfünfzigern« *(The Wanderer)*. Die wochenlange Überfahrt hierher hatte sich tatsächlich viktorianisch angefühlt. Jetzt waren sie Tuga zwar ganz nah, aber Charlotte hatte bisher nicht mehr von ihrem zukünftigen Wohnort gesehen als ein düsteres Meer durch das trübe, schmutzige Bullauge ihrer Kabine. Kurz nachdem sie in England in See gestochen waren, hatte sie den Fehler gemacht, dieses Bullauge zu öffnen, in der Hoffnung, ein wenig frische Luft werde die in ihr aufsteigende Übelkeit vertreiben. Stattdessen war sie fast an der warmen, stinkenden Dieselwolke erstickt, die zu ihr hereingeweht kam. Dieser Fehler würde ihr nicht noch mal unterlaufen. Morgen früh würden die Tenderboote endlich Passagiere und Fracht zur Insel bringen. Charlotte war gerettet, zumindest vor ihrer Seekrankheit. Bald würde sie in der üppigen Schönheit eines unberührten Dschungels sein, bei ihren Schildkröten.

Charlotte war neunundzwanzig Jahre alt und hatte am Zoologischen Institut von Regent's Park in London über den Einfluss nicht-einheimischer Molche auf die Amphibienpopulation des Vereinigten Königreichs promoviert. Sie war immer schon fasziniert gewesen von Reptilien, vor allem von Landschildkröten. Sie symbolisierten Widerstandsfähigkeit und Unabhängigkeit, und als sensibles Kind, Stubenhockerin und Tochter einer autoritären alleinerziehenden Mutter, die dazu neigte, sich überall einzumischen, hatte sie die Tiere seit jeher um die Möglichkeit beneidet, sich an einen Ort zurückziehen zu können, in den buchstäblich niemand eindringen konnte. Mit Charlottes Neigung zur Eigenbrötlerei war Lucinda Compton-Neville ganz und gar nicht einverstanden. Sie selbst war eine gesellige, äußerst gefragte Kronanwältin, die die Leistungen ihrer Tochter als persönliche Erfolge verbuchte und die Beschäftigung mit schleimigen Kriechtieren nicht als prestigeträchtig genug empfand.

Charlottes frühe Kindheit war von Kindermädchen überwacht und von Kreaturen bevölkert gewesen, die die Haushälterin der Compton-Nevilles verabscheut hatte: Wüstenrennmäusen, Hamstern, Goldfischen vom Jahrmarkt und einmal sogar einer Bartagame, die Charlotte liebevoll Joan genannt hatte, nach Joan Beauchamp Procter, der ersten Frau, die zur Reptilienkuratorin des

Londoner Zoos ernannt worden war. Charlottes Mutter entwickelte mit der Zeit einen ganz besonderen Hass auf dieses Haustier, und das ständige Schneckenjagen für das Reptil trieb das Kindermädchen fast zur Verzweiflung. Nur ihr Mitgefühl mit dem ungewöhnlich braven kleinen Mädchen verhinderte, dass sie sich eine andere Anstellung suchte.

Als Charlotte zehn war, heiratete Lucinda ihren Anwaltskollegen Adrian Walker und verbannte unbarmherzig sämtliche Tiere – bis dahin Charlottes großer Trost – aus dem Haus, mit der Begründung, das muntere Trio deutlich jüngerer Stiefbrüder biete genug Unterhaltung. Charlottes Privatschule bekam die Hamster, ein Terrarium voller Pfeilgiftfrösche wurde in einem schwarzen Taxi zurück zu Palmer's Zoohandlung chauffiert, und die Stabheuschrecken wurden freigelassen und mussten von da an ihr Glück in den Buchsbaumhecken von Regent's Park versuchen. Charlotte Compton-Neville wurde zu Charlotte Walker. Auch wenn sie nachts leise und unaufdringlich um ihre verlorenen Gefährten weinte, öffnete sie ihr kleines Herz für Adrian Walker, in der verzweifelten Hoffnung, dass endlich ein Vater in ihr Leben getreten war und die jahrelange unausgesprochene Sehnsucht ein Ende hatte. Sie wurde enttäuscht: Ihre Stiefbrüder kamen nur selten zu Besuch, und ihre Mutter ließ sich nach weniger als einem Jahr wieder von diesem wenig überzeugenden, unempfänglichen Stiefvater scheiden. Danach tauchte er nur noch sporadisch in Lucindas Leben auf, und zwar ausschließlich als gegnerischer Anwalt vor Gericht. Wenn Charlottes Mutter auf diese Weise mit ihm zu tun hatte, wurde ihre Laune jedes Mal explosiv und unberechenbar.

Nach der Scheidung nahm Lucinda wieder ihren Mädchennamen Compton-Neville an, und Charlotte, die inzwischen auf eine weiterführende Schule ging und um den vornehmen Klang wusste, den Doppelnamen in England besaßen, weigerte sich, den Nachnamen Walker abzulegen. Sie wollte nirgends auffallen, weder negativ noch positiv. Die Tiere in ihrem Leben blieben weitgehend imaginär oder theoretisch, bis sie ihr Studium begann.

Während des Grundstudiums nahm Charlotte beklommen zur Kenntnis, wie groß die Distanz zwischen ihr und ihren Tiermedizin-Kommilitonen war. Die anderen lernten und tranken zusammen, machten zusammen Sport und schliefen in wechselnden Konstellationen miteinander. Charlotte hingegen gesellte sich nur in der Bibliothek zu ihnen, und wenn sie doch einmal mit in den Pub ging, schlüpfte sie nach der zweiten Runde wieder hinaus. Ihr Wunsch, dazuzugehören, war nicht groß genug, als dass sie das riskante Verhalten ihrer Mitstudenten kopiert hätte. Sie hatte regelrecht Angst davor, albern zu sein, etwas zu wagen, sich emotional angreifbar zu machen, und es gelang ihr nicht, so zu tun, als würde es ihr Spaß machen, sich in Wales von einem Felsen abzuseilen, im Lake District Berge hinaufzustürmen oder während einer Kneipentour in Bloomsbury im Tierkostüm Bier in sich hineinzuschütten. Charlotte hatte überhaupt noch nie ein Bier in sich hineingeschüttet, auch keine Zigarette geraucht oder einen One-Night-Stand gehabt. Ihr hätte ohnehin niemand abgenommen, dass so etwas normal für sie war. Natürlich half es kein bisschen, dass die meisten Studierenden am Royal Veterinary College von außerhalb stammten, zusammen in Wohnheimen lebten und sich aufgrund ihrer knapp bemessenen Studiendarlehen miteinander solidarisierten. Sie hingegen residierte weiterhin privilegiert bei ihrer Mutter, in einem weißen Stadtpalais mit Stuckelementen im Regent's Park, das so herrschaftlich war, dass es ihr peinlich gewesen wäre, jemanden mit nach Hause zu bringen.

Die meisten Tiermedizin-Absolventen ließen sich nach dem Studium in Kleintierpraxen nieder oder nahmen Beratertätigkeiten in der Viehzucht an, wohingegen sich Charlotte dankbar und hoch motiviert auf ihre Promotion stürzte, für die sie einen Arbeitsplatz in einem fachübergreifenden Labor an der Zoological Society of London bezog. Ihr Leben widmete sie fortan den Molchen, und davon gab es jede Menge in England. Sie fühlte sich wohl zwischen all den Wissenschaftlern, Biologen und Bioinformatikern ihres Instituts und erkannte sich selbst in ihnen wieder, in ihrer Introvertiertheit, ihrem überzogenen Perfektionismus. Herpetologen galten als besonders schrullig – geduldig, hartnäckig und zurückgezogen, gleichzeitig verspielt, wenn ihnen danach war. Im Grunde wie Landschildkröten.

»Klopf, klopf!« Die Tür ging einen Spalt auf, und Charlotte strich rasch ihre Bettdecke glatt und fuhr sich mit den Fingern durch die Haare. Dan Zekri erschien mit einem kleinen Edelstahltablett, auf dem ein mit Frischhaltefolie abgedeckter Becher Suppe und ein braunes Brötchen lagen. Dan hatte dunkle Haut, strahlend blaue Augen und tiefe, immer wieder unerwartet zum Vorschein kommende Grübchen – eine auffällige Kombination äußerer Merkmale, die typisch für die Bewohner Tugas waren, auch wenn Charlotte dies noch nicht wusste. Sie selbst besaß ebenfalls Grübchen und verspürte immer eine Mischung aus Zugehörigkeitsgefühl und Konkurrenzdenken, wenn sie – was selten vorkam – anderen Menschen mit kleinen Dellen in den Wangen begegnete. Dan war nicht groß, aber kräftig, breitschultrig wie ein Rugbyspieler und zuvorkommend wie ein Butler. Er war stets so adrett gekleidet und strotzte derart vor Gesundheit, dass sie anfangs wegen ihres eigenen verwahrlosten Zustands am liebsten im Erdboden versunken wäre. Doch dann war ihre Seekrankheit so schlimm geworden, dass es ihr gleichgültig war, ob sie die Überfahrt überlebte, und erst recht, wie gut der Mann aussah, der ihr beim Erbrechen die Haare hochhielt. Dan erschien jeden Tag im schneeweißen Hemd – sein Vorrat schien unerschöpflich zu sein – und nach Menthol und Seeluft riechend in ihrer Kabine, während Charlotte schwitzend und krank auf ihrer Pritsche dahinsiechte. Kaum sehnte sie sich nach frischer Luft, kam Dan mit einem Ventilator zurück.

»Wie geht es meiner Patientin heute?«

Charlotte setzte sich beklommen auf. Sie wartete. Der Brechreiz blieb aus. Die Kajüte schwankte zwar, aber drehte sich wenigstens nicht mehr.

»Ein bisschen besser, glaube ich.«

»Gute Neuigkeiten: Das war die letzte Konservenbrühe, versprochen. Ich weiß zufällig, dass wir Karotten und Zwiebeln im Frachtraum haben, die für Tuga bestimmt sind. Sobald wir auf der Insel sind, werden Sie mehr Hühnersuppe vorgesetzt bekommen, als Sie essen können.« Dan reichte ihr die Suppentasse und das Brötchen und ließ sich dann wie üblich am Fußende ihrer Koje auf dem Boden nieder. Er lehnte sich lässig zurück und griff nach einer schmalen Fachzeitschrift.

»Also, wo waren wir stehengeblieben? Bitte immer schön die Suppe schlürfen, während ich lese. Ach ja: Wir hatten gerade *Genetische Differenzierung auf einer kleinen räumlichen Skala beim Teichmolch* fertig gelesen. Es folgt: *Zusatzmaterial zu: Genetische Differenzierung auf einer kleinen räumlichen Skala beim Teichmolch.*« Er legte den Kopf nach hinten auf die Koje und sah sie an. »Das Zusatzmaterial lassen wir lieber weg, oder? Wäre vielleicht zu viel des Guten.«

Charlotte tat sich schwer damit, ihm ehrlich zu antworten. Wenn jemand bereit war, einem aus einer Fachzeitschrift für Herpetologie vorzulesen, stellte man keine Ansprüche. Dans Blick ruhte abwartend auf ihr.

»Mich würde nur interessieren, woraus das Zusatzmaterial besteht«, gestand sie.

»Aus einer Auflistung der Breiten- und Längengrade sämtlicher untersuchter Teiche. Ein wirkungsvolleres Schlafmittel wurde bisher nicht erfunden.«

»Okay, Sie haben recht. Das können wir weglassen. Nächster Artikel, bitte.«

»*Die Auswirkung von Wasser- und Landhabitaten auf Hautflora und Wachstum junger Alpen-Kammmolche?*«

»Ja, gern.«

»Alpen-Kammmolche klingt wie eine Krankheit. Es tut mir leid, aber Sie leiden an einer schlimmen Form von Alpen-Kammmolche.«

»Schlimmer als meine Seekrankheit kann es ja nicht sein«, murmelte Charlotte und zupfte die Frischhaltefolie von der Tasse. Dann schlürfte sie gehorsam in kleinen Schlucken ihre lauwarme Bouillon und lauschte dem inzwischen vertrauten Klang von Dans Stimme, ließ seine Worte über sich hinwegspülen. Sie beobachtete ihn beim Lesen, konnte sein Gesicht in Ruhe studieren, während er auf die Zeitschrift hinabblickte. Nachdem er den Artikel fertig gelesen hatte, legte er ihn beiseite und stand auf. Befriedigt registrierte er die leere Tasse zwischen ihren Händen.

»Gut gemacht. Ich glaube, ich gehe jetzt zurück in meine Kabine und organisiere mich ein bisschen. Brauchen Sie Hilfe beim Packen?«

»Nein, danke.« Sie gab ihm die Tasse zurück. »Meinen Sie, es kommen morgen viele Menschen zum Anleger?«

Dan nickte und wirkte vorübergehend ein wenig unsicher, was ihm gar nicht ähnlich sah. Er war in der Tür stehen geblieben und fing an, den Mechanismus des Schlosses zu betrachten und stirnrunzelnd daran herumzufummeln.

»Ach, wenn Ship Day ist, kommen immer viele Leute. Zwischen zwei Schiffen vergehen hier oft viele Monate. Den meisten Leuten geht es um die Ladung – Baked Beans oder eine neue Schubkarre oder der nächste James Patterson. Was auch immer. Eine Klobrille. Whiskey. Mehl. Es ist unglaublich, wie viel Kuchen die Tuganer essen, dafür, dass auf der Insel kein Weizen wächst.«

Er sagte es leichthin, aber Charlotte spürte, dass er nervös war wegen der morgigen Ankunft. Sie fragte sich nicht zum ersten Mal, wie es wohl war, wenn man als Erwachsener in eine derart kleine Gemeinde zurückkehrte, die man zuletzt als Jugendlicher gesehen hatte. Dan musste direkt in die Rolle eines berufstätigen Inselbewohners schlüpfen, ohne in sie hineinwachsen zu können. Sie beobachtete ihn stumm von ihrer schmalen Koje aus, diesen Mann, den sie zwar erst seit Kurzem kannte, mit dem sie jedoch eine eigenartig intime und intensive Zeit verbracht hatte. Nachdem er in ihrer Gegenwart wochenlang nichts als professionelles Selbstvertrauen an den Tag gelegt hatte, empfand sie seine plötzliche Nervosität als rührend.

»Wenn es Ihnen wirklich besser geht, könnten Sie doch heute Abend versuchen, nach oben an Deck zu kommen und das Island-Day-Feuerwerk mit mir anzuschauen. Es ist nämlich vom Schiff aus sichtbar.« Dan ließ vom Türschloss ab, offenbar zufrieden mit dessen Funktionstüchtigkeit.

Charlotte wurde flau im Magen, sie schloss die Augen. Wie ärgerlich, dass sich Schmetterlinge im Bauch so ähnlich anfühlen wie diese blöde Seekrankheit, dachte sie und öffnete ihre Augen wieder.

»Ich werde vielleicht mein Eimerchen mitnehmen müssen. Sicher ist sicher.«

Dan grinste. »Nicht nötig. Der gesamte Südatlantik steht Ihnen zur Verfügung. Dann also bis später!« Schon war er verschwunden, und Charlotte lehnte sich in ihr Kissen zurück.

Sie war eine junge, starke Frau, die bis vor einigen Wochen in dem unbekümmerten Glauben gelebt hatte, über eine unverwüstliche Gesundheit zu verfügen. Als zurückgezogen lebender, behütet aufgewachsener Mensch hatte sie wenig Erfahrung mit Krankheiten gemacht und betrachtete ihren jetzigen Zustand als Versagen ihrer Selbstbeherrschung. Charlotte vermied es sonst unter allen Umständen, sich verwundbar zu machen. Auch Schmutz und Unordnung waren ihr ein Gräuel. Der Körper, den sie so gut zu kennen geglaubt hatte, war ihr fremd geworden, er war genauso unzuverlässig wie alles andere in ihrem Leben. Das Ganze kam ihr wie Betrug vor, wie der Gipfel des unsteten Jahrs, das hinter ihr lag.

Zum Glück hatte ihr das Schicksal auf dieser höllischen Überfahrt Dr. Dan Zekri als rettenden Engel beschert. Er musste einige Jahre älter sein als sie, sie schätzte ihn auf Mitte dreißig. Nachdem er längere Zeit in England gelebt hatte, kehrte er nun in seine Heimat Tuga de Oro zurück. Auf einem Frachtschiff mit nur elf Passagieren gab es keine gesetzlichen Vorschriften bezüglich der Anwesenheit eines Arztes, und so war es reiner Zufall gewesen, dass sich ein Mediziner an Bord befand. Dan hatte sie in jener schrecklichen ersten Nacht in ihrer Kabine besucht und war danach jeden Morgen und Abend wiedergekommen, mit Cinnarizin-Tabletten und magischen Spritzen, gesalzenen Crackern, schwarzem Johannisbeersaft und sauberen Waschschüsseln, mit Sinn für Humor und scheinbar unendlicher Freundlichkeit und Geduld.

Genau wie sie war er allein unterwegs und hatte daher Zeit zur freien Verfügung. Anders als auf einem Passagierschiff gab es keine Rückzugsorte an Bord, nur in den bescheidenen Kabinen hatte man seine Ruhe vor Motorenlärm, abgestandenem Zigarettengestank und Dieseldämpfen. Wenn Dan in ihrer Kajüte zu Besuch war, erzählte er ihr ausführlich von seiner Kindheit auf Tuga. Die erste stille Fledermaus, die am Abendhimmel flatterte, sei das Zeichen für die Inselkinder, zum Abendessen nach Hause zu kommen. Leider konnte er ihr nicht verraten, um welche Fledermausart es sich handelte, aber er interessierte sich sehr für das Forschungsstipendium, das sie auf die Insel führte: Sie sollte ein Jahr lang die schwindende tuganische Goldmünzschildkröten-Population im üppig bewachsenen Inselinneren untersuchen. Für Charlotte, die aus leidvoller Erfahrung wusste, dass die meisten Menschen nicht so viel über Herpetologie erfahren wollten, wie sie darüber zu erzählen hatte, war es ein seltenes Vergnügen, jemandem zu begegnen, dessen intelligente Fragen echtes Interesse an ihren Antworten verrieten. Über Reptilien konnte sie viel müheloser sprechen als über sich selbst. Ihre Flucht in die akademische Welt war auch von der Erkenntnis motiviert gewesen, dass Haustierpatienten eine intensive Interaktion mit deren Besitzern erforderten, wohingegen Wildtiere allein sich selbst gehörten. Ihr fiel der Umgang mit Tieren deutlich leichter als der mit Menschen.

Allerdings war dieser Dan ein durchaus anziehender Mensch. Er lachte voller Selbstironie, wenn sie einen Tierarztwitz über Humanmediziner riskierte (»Wie nennt man Tierärzte, die nur eine einzige Tierart behandeln können?«), und gestand ihr kleinlaut, dass er panische Angst vor Katzen habe, was sie irgendwie charmant fand. Das sei einer der Vorteile daran, nach Tuga zurückzukehren, erklärte er. Dort sei die Haltung von Katzen verboten, um die einheimische Vogelpopulation nicht zu gefährden. Und er las ihr ausdauernd ihre vor wissenschaftlichem Fachchinesisch strotzenden Artikel vor und stellte Fragen dazu, wollte beispielsweise wissen, wie Reptilien mit Viren und Bakterien fertigwurden. Auch wenn er augenzwinkernd das ungenutzte Potenzial dieser Artikel als Narkosemittel lobte, war sich Charlotte sicher, dass er insgeheim fasziniert war von ihrer Welt.

Sie bewunderte Dans beruflichen Ehrgeiz und erkannte sich in der Leidenschaft wieder, mit der er von seiner Arbeit sprach. Er steckte voller Ideen für Gesundheitsmaßnahmen, die er auf der Insel einführen wollte, und plante Weiterbildungskurse für die zwei Pflegekräfte der Klinik sowie Anreize, um weitere vier einzustellen. Seine Befürchtung war, dass er zu lang weg gewesen war, um auf der Insel akzeptiert zu werden und um sich seinerseits an die Eigenheiten und Beschränkungen dieser isolierten ärztlichen Tätigkeit zu gewöhnen, die mit knappen finanziellen Mitteln auskommen musste. Änderungsversuche – selbst die zum Besseren – seien riskant und könnten auf dem Weg zur Akzeptanz der Bevölkerung zur Stolperfalle werden, analysierte er hellsichtig.

Kurzum, Dan Zekri schien selbstbewusst genug zu sein, sich seine eigenen Grenzen einzugestehen. Charlotte hatte nicht das Gefühl, in seiner Gesellschaft ganz sie selbst sein zu können. Es überstieg ihre Vorstellungskraft, dass jemand wie er eine derart schwache, kränkliche Person wie sie näher kennenlernen wollte. Da sie es von Haus aus gewohnt war, allzu große Vertraulichkeiten zu meiden, erzählte sie auf seine Nachfrage nur oberflächlich von ihrer Familie. Sie skizzierte den Lebenslauf ihrer Mutter, der alleinerziehenden, hochgepriesenen Anwältin, die hundert Stunden die Woche arbeitete und sich mit der gleichen Akribie ihrer Tochter widmete, entweder persönlich oder mittels Vertretung durch Angestellte. Am Tag, als Lucinda zur Kronanwältin aufgestiegen sei, habe sie für Charlotte eine Vanilletorte in Form einer Schildkröte gebacken – mit in Scheiben geschnittenen Schokoladen-Biskuitrollen von Marks & Spencer als Panzer – und sie ihrer Tochter präsentiert, noch vor der Schule und ihrem Aufbruch ins Gericht.

Charlotte hatte im Laufe der Jahre gemerkt, dass derartige Anekdoten gerade so viel über ihre Familie verrieten, wie sie preiszugeben bereit war. Außerdem betonte sie damit die richtigen Aspekte. Sie hatte sie so oft erzählt, dass sie ganz rundgeschliffen waren und ein ungehindertes Weiterfließen des Gesprächs ermöglichten. Bei Dan Zekri fügte Charlotte außerdem die freimütige Lüge hinzu, dass Lucinda außer sich gewesen sei vor Freude über ihr Stipendium auf Tuga. Sie wünschte, es wäre so gewesen. In Wirklichkeit weilte Lucinda gerade selbst für einen Monat in Grenada, um dort an einem Fall zu arbeiten. Wenn sie zurück nach Hause kam, würde sie eine Nachricht auf dem Küchentisch vorfinden, in der Charlotte ihr diese seit fünf Monaten heimlich geplante, ein Jahr lang währende Umsiedlung gestand. Die Zeit würde zeigen, ob die isolierteste Insel der Welt weit genug entfernt war, um Lucindas Zorn zu entgehen.

Es war Charlotte immer schon schwergefallen, Außenstehenden zu erklären, warum Lucinda einen so großen Einfluss auf ihr Leben hatte. Die meisten Leute hielten die Intensität ihrer Mutter-Tochter-Beziehung irrtümlich für ungesund. Charlotte selbst verspürte seit frühester Kindheit eine große Sehnsucht nach ihrer Mutter, manchmal sogar dann, wenn sie in ihrer Nähe war. Ihr bisher einziger fester Freund hatte sich zunächst von Lucindas konzertierter Charmeoffensive einlullen lassen, die Dynamik zwischen den beiden Frauen jedoch später rein negativ betrachtet und damit völlig falschgelegen. Männer seien grundsätzlich unzuverlässig, hatte Lucinda ihrer Tochter häufig genug eingeschärft, womit sie auch bei diesem Exemplar recht behalten hatte. Er habe Charlotte einen

Gefallen damit getan, sich so früh als Idiot zu erkennen zu geben, lautete ihr Kommentar.

Mit Fremden über ihren Vater zu sprechen, fiel Charlotte sogar noch schwerer, wenn auch aus anderen Gründen. Sie wollte nicht daran erinnert werden, dass sich hinter der ständigen Sehnsucht nach ihrer Mutter eine diffusere, tiefergehende Trauer um ihren Vater verbarg, den Verlorenen, den nie Gekannten. Die Väter, die sie um sich herum beobachtete, waren Anker und Bodyguards, Lehrer und Tröster, Helden oder Bösewichte. Väter konnten peinlich sein, feuerten einen auf dem Sportplatz an oder stellten sich als Enttäuschungen heraus. Ohne irgendetwas, weder einen Namen noch eine Geschichte, war ihr eigener Vater nichts von alldem. Er war eine Leerstelle, die sie nicht einmal ansatzweise verstand, ein Schatten knapp außerhalb ihres Blickfelds. Ihr ganzes Leben lang hatte sie geglaubt, er hätte sie nicht haben wollen, und diese Ablehnung war alles gewesen, was sie von ihm besessen hatte. Sie hatte ein Verlangen nach emotionaler Selbstgenügsamkeit in ihr ausgelöst, nach einem Schutzpanzer, in den sie sich zurückziehen konnte. Umso mehr freute sich Charlotte nun auf eine Insel, die dafür bekannt war, resistent gegenüber Einflüssen von außen zu sein. Dort würde sich niemand für eine still und autark vor sich hin arbeitende Herpetologin interessieren. Hoffte sie zumindest. Die Reise war genauso qualvoll gewesen wie die Gründe, aus denen Charlotte sich zu ihr entschlossen hatte. Gleichwohl lag nun Tuga de Oro vor ihr. Mit Dan Zekri unter einem tropischen, von Feuerwerkskörpern erhellten Himmel zu sitzen, war nicht die schlechteste Art, ein Abenteuer zu beginnen.

2

Bei Charlottes letztem Besuch an Deck waren sie kurz hinter den Azoren gewesen, mitten auf dem Nordatlantik, gepeitscht von eiskalten Winden. Hier war die Luft warm und seidig, und das Meer hatte endlich Ruhe gegeben. Über dem Schiff erstreckte sich samtige Schwärze, durchbrochen von ihr unbekannten Sternenbildern. Die Beleuchtung an Deck war spärlich, aber im Halbdunkel rief eine Stimme ihren Namen. Dan stand auf, als sie sich näherte, und setzte sich erst wieder hin, als sie auf dem weißen Plastikstuhl neben ihm Platz genommen hatte.

»Sie sehen schon viel besser aus.«

»Das ist doch im Dunkeln gar nicht zu erkennen.«

»Trotzdem spannend, einen Blick auf Sie in aufrechter Position zu erhaschen.«

»Wie bei einem seltenen Wildtier.«

»Genau. Wie bei Ihrer ersten Goldmünzschildkröte. Soll ich Ihnen einen Ingwertee holen? Andererseits können Sie den wahrscheinlich nicht mehr sehen. Lieber einen Softdrink?«

Charlotte nickte, und Dan verschwand in die Messe und kehrte mit zwei Plastikflaschen Cola zurück.

»Auf Tuga nennen wir das Fizzycan.«

»Fizzycan? Nicht Ihr Ernst! Auch wenn das Zeug gar nicht in einer Dose ist?«

»Auch dann. Sie können sich sicher vorstellen, wie

cool ich in der Orientierungswoche an der Uni rüberkam: ›Leute, ich geh rüber zur Bar, soll ich jemandem Fizzycan mitbringen?‹«

»O Gott. Nicht mal *eine* Fizzycan, sondern Fizzycan, ohne Artikel?«

»Tja. Irgendwann erzähle ich Ihnen, wie meine lederne Bauchtasche bei den Frauen ankam.« Er stieß mit seiner Flasche gegen ihre. »Cheers. Willkommen zurück unter den Lebenden.«

»Danke.« Charlotte nahm probeweise einen Schluck von der eiskalten Cola. Ihr Magen protestierte nicht. »Sie haben mir noch gar nicht erzählt, wie es damals für Sie war, nach England zu ziehen.«

»Oje. Meine Ankunft dort war ein heilsamer Schock, eine Lehrstunde in Bescheidenheit. Dabei hatte ich mich beim Verlassen der Insel noch so toll gefühlt. Keine Ahnung, ob Sie über die Schulbildung auf Tuga Bescheid wissen. Dass man an einer Universität in England angenommen wird, kommt nicht allzu häufig vor. Ich hielt mich daher für einen Weltklasseschüler.«

Charlotte lächelte. »Sie waren noch ein Teenager.«

»Ich war ein großspuriger kleiner Mistkerl und dachte: Ich habe eine Million Filme gesehen – England ist auch nicht anders als Tuga, nur eben ein bisschen größer. Und dann kam ich dort an, und die Leute merkten sofort, dass ich noch nie im Leben eine Rolltreppe gesehen hatte. Oder einen Aufzug. Oder eine Autobahn. Oder je von Raubüberfällen gehört hatte. Oder … Ach, es ist schwer zu erklären. Irgendwann wird einem klar, dass diese Autobahnen absolut beängstigende Orte sind und dass es ungefähr hundert verschiedene Zahnpasta-Sorten gibt.« Dan legte seine Füße auf die Reling, lehnte sich auf seinem Stuhl zurück und sah in den Himmel. »Ich wusste gar nicht, was ich alles nicht weiß. Sobald ich den Mund aufmachte, lachten die Leute über mich, und ich hatte nicht die geringste Ahnung, warum das, was ich gerade gesagt hatte, so lustig war.«

»Ich habe mal ein Praktikum in einer Tierklinik gemacht, in der es acht verschiedene Hundezahnpasten zu kaufen gab.«

»Genau das meinte ich. Bis zu meiner Ankunft in England hatte ich gedacht, ich wäre Brite oder zumindest so was Ähnliches. Dass wir inzwischen verwaltungstechnisch unabhängig sind, steht auf einem anderen Blatt. Damals hatte ich jedenfalls das Gefühl … na ja, vielleicht nicht unbedingt *nach Hause* zu kommen, aber … Ich besaß denselben Pass wie alle anderen, daher war es ehrlich gesagt ein Schock für mich, dass mich niemand als britisch angesehen hat oder eine ähnliche Zuneigung für meine Heimat empfunden hat, wie wir sie für das Vereinigte Königreich empfinden. Ich traf im Hochsommer in England ein. Wenn man im Herbst mit dem Studium beginnt, muss man das Island-Close-Schiff nehmen, sonst kommt man bis Weihnachten nicht mehr von Tuga weg. Mein Vater hatte eine alte Freundin in einem Krankenhaus in Southampton, die mir dort für einen Monat einen Job als Sicherheitsmann verschafft hat, und es fühlte sich unglaublich an, in einer echten Klinik zu arbeiten, wie in einem Film. Aber dann begann das Semester, das Tageslicht verschwand, und ich trug ständig alle meine Kleider übereinander, weil mir so kalt war. In diesem ersten Winter habe ich jeden einzelnen Infekt aufgeschnappt, der im Umlauf war. Ich hatte die

Grippe, ich hatte Ringelröteln, ich hatte die Hand-Fuß-Mund-Krankheit und wer weiß, was noch alles. Wie ein Kleinkind. Erst da ist mir klargeworden, wie wenig wir auf unserer Insel mit der Außenwelt in Berührung kommen. Die meisten Tuganer hatten noch nie RSV oder Windpocken. Egal welche Krankheit: Entweder hat sie niemand, oder wir haben sie alle. Ich glaube, ich war ein ganzes Jahr lang nicht einen Tag erkältungsfrei.«

»Aber Sie sind geblieben.«

»Ich bin geblieben, und es wurde schon bald deutlich besser. Ich legte mir eine englische Freundin zu.«

Dan grinste wie ein frecher Schuljunge, und Charlotte merkte, wie ihr Körper darauf reagierte, ein unerwartetes Zucken im Bauch, das sich angenehm von den qualvollen Krämpfen der letzten Wochen unterschied.

»Das ist meine erste Reise nach Hause, seit ich vor fünfzehn Jahren von hier weggegangen bin. Und es wird meine letzte sein. Ich darf nicht allzu viel darüber nachdenken, sonst werde ich ganz … verrückt.« Er atmete langsam und geräuschvoll aus. »Chief Medical Officer von Tuga, sobald mein Onkel Saul in Rente geht.«

»Realistischer geht es nicht.«

»Ganz schön krass, zumal wenn man bedenkt, dass die Insel mich überhaupt nur aus diesem Grund nach England geschickt hat: damit ich eines Tages zurückkehre und diesen Posten übernehme. Es ist nicht so, als würde ich meine Insel nicht lieben, ich liebe Tuga de Oro sogar sehr und möchte hier gern als Gemeindearzt arbeiten. Menschen liegen mir generell am Herzen, und diese hier besonders, aber … irgendwie kam der Zeitpunkt für meine Rückkehr so plötzlich.«

»Ich glaube, ich tue mich eher schwer mit Menschen«, gestand Charlotte zu ihrer eigenen Überraschung.

»Meinen Sie? Ich finde, Sie schlagen sich ganz gut.« Dan drehte ein wenig den Kopf, um sie anzusehen, und sie spürte, wie ihr die Hitze in die Wangen stieg. »Na gut, ich glaube Ihnen. Menschen sind eher nicht so Ihr Ding, Molche schon. Verstanden. Aber warum Tuga? In all den Jahren, die ich in England war, sind mir ungefähr … ach, vielleicht zwölf Leute begegnet, die schon mal von Tuga gehört hatten, und ich habe noch nie jemanden kennengelernt, der hierherziehen wollte. Sie hätten doch auch auf … sagen wir den Galapagos-Inseln Schildkröten erforschen können. Oder auf den Seychellen. Irgendwo, wo man leichter hinkommt. Wo es einen Flughafen gibt.«

»Ich ziehe ja nicht für immer her, es ist nur für ein Jahr. Lange Geschichte.«

»Es steckt immer eine lange Geschichte dahinter. Tuga zieht die Leute magisch an, es ist manchmal ein bisschen wie beim Jerusalem-Syndrom. Sie laufen vor irgendwas davon oder sind auf der Suche.« Sein Akzent war weder besonders britisch noch unbritisch. Jetzt verfiel er jedoch in den förmlichen Tonfall eines BBC-Reporters: »Nun die Frage an Sie, Charlotte Walker.« Er streckte ihr ein imaginäres Mikro entgegen. Das ist so abgedroschen, dachte Charlotte ungläubig. Dieser Kerl war manchmal furchtbar kitschig und altmodisch und trotzdem – oder vielleicht gerade deswegen – sehr attraktiv. »Wie kommt es, dass eine schöne junge Postdoktorandin aus London auf dem Weg in die abgelegenste Inselgemeinde der Welt ist? Was von beidem sind Sie? Eine Flüchtende oder eine Suchende?«

Beides, dachte sie, verunsichert davon, wie sehr seine Frage den Nagel auf den Kopf traf.

»Keins von beidem, ich bin nur die neue Martha-Philips-Stipendiatin. Eine einmalige Gelegenheit, zumal ich schon immer Forschungsarbeit leisten wollte, die wirklich etwas bewirkt. Naturschutzprojekte sind überall wichtig, aber die Ökosysteme abgelegener Inseln sind besonders fragil. Sie wären schockiert, wenn Sie wüssten, wie viele stark gefährdete Arten keinerlei Aufmerksamkeit bekommen, keinerlei finanzielle Mittel, gar nichts. Sie werden auf einer Liste vermerkt, das wars. Und dann tut sich eine Chance wie diese auf, die Chance, eine Art genauer zu untersuchen und zu verstehen. Goldmünzschildkröten scheinen keine engen Verwandten mehr auf dieser Welt zu haben, evolutionsbiologisch gesehen bilden sie derzeit also vermutlich eine eigene Linie.« Während sie redete, spürte sie, dass sie zu sich selbst zurückkehrte, dass sie wieder sicheren Boden betrat, die Orte in ihrem Inneren aufsuchte, die wirklich wichtig waren. »Ein wissenschaftlicher Aufsatz, den ich schon vor Jahren über seltene Schildkrötenarten geschrieben habe, wurde im letzten Jahr nachträglich veröffentlicht, und dann ergab sich völlig unerwartet das Stipendium. Ich war mehr als bereit, wieder in die Feldforschung zu gehen. Das Ganze war ein Glücksfall, wie auf mich zugeschnitten. Zwölf Monate volle Förderung inklusive Unterbringung und Überfahrt auf diesem Schiff. Soweit ich es verstanden habe, muss man die Passage normalerweise Jahre im Voraus buchen.«

»Und viele tausend Pfund dafür hinblättern.«

»Genau, das kommt noch dazu. Die finanzielle Ausstattung des Stipendiums ist scheinbar recht üppig. Es handelt sich um ein neues Naturschutzprojekt zu Ehren einer Insulanerin. Martha Philips war offenbar eine wichtige Inselälteste. Stimmt das?«

Im Dunkeln sah sie, wie Dan erneut lächelte. Seine Augen spiegelten funkelnd das Licht der Sterne wider, und sie fand, dass seine Grübchen Schwarzen Löchern glichen, in die man nicht hineinfallen durfte. Sobald sie von diesem Höllenkahn herunter war, konnte sie wieder arbeiten, und mit der Arbeit würde ihr inneres Gleichgewicht zurückkehren.

»Martha ist immer noch eine hochbetagte Tuganerin. Sie werden sie bald kennenlernen.«

»Wirklich? Das hat mir niemand erzählt! Ich freue mich schon darauf, mit den älteren Bewohnern der Insel zu sprechen. Sie können mir vielleicht sagen, ob sich der Lebensraum der Goldmünzschildkröten mit den Jahren verschoben hat oder geschrumpft ist. Und mich würde auch interessieren, ob sich noch jemand auf der Insel an die Zeiten erinnert, als diese Schildkröten als Fleischlieferanten getötet wurden.«

»Na ja, ich weiß nicht, wie erfolgversprechend ein solches Gespräch mit Martha wäre, aber ich kann Ihnen versichern, dass Sie sie kennenlernen werden.« Dan trank sein Glas leer. »Die Verspätung, das aufgewühlte Meer, die Tatsache, dass wir den Island Day verpasst haben … dadurch fühlt sich meine Rückkehr irgendwie noch realer an. Solche Unwägbarkeiten sind typisch für Tuga. Inseln zwingen einen dazu, die Illusion über Bord zu werfen, man könnte irgendetwas kontrollieren.« Er stand abrupt von seinem Stuhl auf. »Möchten Sie auch noch was trinken? Ich hole mir einen Brandy, bevor das Feuerwerk beginnt.«

»Ich trinke normalerweise keinen Alkohol. Der verträgt sich nicht mit meinem Kontrollzwang.«

»Ist auch besser, wenn Sie heute abstinent bleiben. Ihre letzte größere Dosis Promethazin ist noch nicht lange her. Nicht dass Sie mir ins Koma fallen. Ich hole Ihnen einen Saloop.«

Als Dan zurückkam, gab er ihr eine Teetasse mit einer zähen veilchenblauen Flüssigkeit.

»Danke. Sieht ziemlich schrecklich aus, wie Erkältungssirup. Mir ist übrigens etwas aufgefallen: Immer, wenn Sie über Tuga reden, wechseln Sie zwischen ›wir‹ und ›sie‹.«

Er nahm einen Schluck von seinem Brandy und seufzte stirnrunzelnd. »Ich kehre nach fünfzehn Jahren Weltall auf die Erde zurück, in die Realität der abgelegensten Insel der Welt. Wahrscheinlich werde ich eine ganze Weile brauchen, bis ich … bis ich vollkommen verstanden habe, wo ich bin. Dass Sie auch hier sein werden, ist für mich eine große Erleichterung, das gebe ich offen zu. Eine Astronautenkollegin.«

Sie saßen schweigend in einer Stille, die keine war, denn die Wellen schlugen gegen die hohe Flanke des Schiffs, und hinter ihnen knarrten die Rettungsboote. Charlotte stieß mit ihrer Teetasse gegen Dans Glas und wandte sich der unsichtbaren Insel zu. Ihr kam der Gedanke, dass für den Rest der Welt vermutlich Tuga das außerirdische Element darstellte. Die extreme Isolation der Insel war ein wichtiger Bestandteil ihrer Identität.

Wie üblich versuchte Charlotte, mit ihrer Grübelei die heimtückischeren Gewässer ihrer Gefühle zu umschiffen. Dan Zekri mochte die Realität vor sich haben, sie selbst hatte sie hinter sich – die Realität einer fast dreißigjährigen

Frau, die allein in der Souterrainwohnung des Hauses ihrer Mutter wohnte. Und diese fast dreißigjährige Frau hatte vor fünf Monaten im Zuge eines ansonsten unauffälligen Gesprächs eine erste Wahrheit über ihren Vater erfahren.

Dazu gekommen war es während der alljährlichen Weihnachtsfeier – Champagner, Backpflaumen im Speckmantel, Schottenmuster, Weihnachtssterne mit Goldschleifchen, zu viel blumiger Kerzenduft in der abgestandenen Luft und ein Wohnzimmer voller Gäste, deren Bekanntschaft Lucinda pflegte, weil sie sich berufliche Vorteile davon versprach. Rückblickend hatte es von allem zu viel gegeben – zu viel Essen, zu viel Gerede, zu viel Lärm. Die Stimmung war überhitzt gewesen. Charlotte hatte Lucindas Arm gedrückt und sarkastisch bemerkt: »Sieh dir an, was du dir alles allein aufgebaut hast. Mein Vater ist selbst schuld, dass er uns sitzengelassen hat und das alles verpasst.« Ihre Mutter hatte sie auf die Wange geküsst, mit ihrem Glas Veuve Clicquot gegen Charlottes Sprudelglas gestoßen und gesagt (warum gerade in diesem Moment? Warum überhaupt?): »Ach, du liebes Mädchen, sei doch nicht so naiv. Du brauchst dich nicht zurückgewiesen fühlen und in Selbstmitleid versinken. Ich habe ihm nie erzählt, dass ich schwanger war! Wir hatten keine feste Beziehung, und er hat mich auch nicht mit Babybauch sitzengelassen wie irgend so ein Schuft aus einer Seifenoper, oder was auch immer du dir da in deiner Fantasie zusammengesponnen hast. Du warst mein größter Schatz, da wäre ich niemals ein solches Risiko eingegangen. Er ist dahin zurückgekehrt, wo er herkam, und ich habe ihn einfach nie wieder kontaktiert. Er stammte vom hintersten Ende der Welt, Liebling.«

Eine lebenslange Lüge, zertrümmert auf dem Boden. Ihre ganze Identität hatte sich um eine schmerzende Abwesenheit herum entwickelt, und jetzt stürzte diese Identität in sich zusammen. Ihr Vater war kein Sünder gewesen, sondern ein Mensch, an dem sich ihre Mutter versündigt hatte. Sie hatte ihm nie die Chance gegeben, sich ihren Ansprüchen als würdig zu erweisen. Charlotte war von frühester Kindheit an zwischen der Sehnsucht nach ihrem Vater und dem Hass auf ihn hin- und hergerissen gewesen. Lucindas Schildkrötentorte aus Biskuit war die Hauptattraktion ihrer Party zum sechsten Geburtstag gewesen, aber sie hatte Charlotte nicht über den Schmerz hinweggetröstet, den sie empfand, als sie ihre Freundin Olivia Perez auf den Schultern ihres Vaters eintreffen sah – er hatte sie über die Pfützen getragen, damit ihre neuen Schuhe nicht nass wurden. Olivias kleine Finger, die sich im Haar ihres Vaters festkrallten, die leise Stimme, mit der er Lucinda erklärte, dass Olivia keine Geburtstagsfeiern ohne Eltern möge und es vorziehe, dass er dableibe – das alles hatte sich in ihr Gedächtnis eingebrannt. Und er war tatsächlich geblieben und hatte sich nützlich gemacht, während Olivia in regelmäßigen Abständen zu ihm hinübergetänzelt war und sich in die abgeschirmte Sicherheit seines Schoßes geflüchtet hatte, um anschließend zurückzurennen und eine Tiersendung mit den anderen zu schauen. Es war um Chinchillas, Kaninchen und Laubfrösche gegangen, aber Charlotte hatte den Blick nicht von Olivias Vater abwenden können, von diesem ungezwungen auftretenden, lächelnden Mann, der mit seinen gewaltigen Pranken kleine Pappteller mit Schildkrötentorte herumreichte. Er hätte seine Tochter nie verlassen, nicht einmal auf einer

Geburtstagsfeier, nicht einmal für eine Stunde. Aber wer wusste schon, was für ein Mann Charlottes Vater war? Vielleicht hätte auch er bereitwillig beim Stopptanz mitgemacht.

Nach dem aufwühlenden Gespräch mit ihrer Mutter hatte sich Charlotte wie immer in die Arbeit gestürzt, und im Rahmen ihrer Tätigkeit als Herpetologin hatte sich ihr aus heiterem Himmel dieses bizarre, einsame Inselabenteuer angeboten – als hätten ihre tiefsten Wünsche es heraufbeschworen. Lucinda würde es ihr nicht verübeln können, dass sie angenommen hatte, denn Feldstudien waren das unanfechtbare Recht einer Tierforscherin. Niemand würde ihr etwas anderes als den Wunsch nach beruflicher Weiterentwicklung unterstellen können. Die Arbeit würde ihr ihre Identität zurückgeben. Sie würde sie retten, ob ihr Vater nun von Tuga de Oro stammte oder nicht.

Die Erinnerung an jene schreckliche Weihnachtsfeier verblasste bereits, denn diese Tropennacht war das genaue Gegenteil: Weite und Himmel, Ozean und Leere. Charlotte sah sich um. Hier saß sie nun also, am Ende der Welt.

Dan und sie lehnten sich Seite an Seite auf ihren Plastikstühlen zurück, die Beine ausgestreckt. Dan berührte flüchtig ihren Fuß. In diesem Moment explodierte der Himmel über ihnen in Rubinrot und Smaragdgrün.

3

Tuga de Oro lag über dreitausend Kilometer von der nächsten Landmasse und über zehntausend Kilometer von England entfernt, und wenn sich dennoch unerschrockene Reisende näherten, war ihre Ankunft keineswegs garantiert, denn der kleine Hafen der Insel hatte kaum Tiefgang und war selbst in der Island-Open-Saison weniger als die Hälfte der Tage erreichbar. Das Versorgungsschiff, auf dem Charlotte angereist war, legte während Island Open ungefähr einmal im Monat an und brachte lebensnotwendige Transportgüter sowie die wenigen Passagiere auf die Insel, die das Glück gehabt hatten, eine Passage zu ergattern. Reisen nach oder von Tuga mussten meist Jahre im Voraus geplant und unerwartete Änderungen des Zeitplans miteinkalkuliert werden. Ein Öltanker kam regelmäßig vorbei, um die Dieseltanks aufzufüllen, und hin und wieder ankerten auch Segeljachten vor der Insel, entweder mit Touristen, die Tuga auf ihrer Bucket List hatten, oder Abenteurern auf Weltumrundung. Das Eintreffen dieser Besucher stieß stets auf großes Interesse, zumal sie ein hochwillkommenes Zusatzeinkommen bedeuteten. Während des halben Jahrs, in dem Tuga für den Schiffsverkehr geöffnet war, lag das Meer oft glatt und schimmernd da wie eine Glasscheibe, doch seine Sanftmut war schwer vorherzusagen, und es hatte schon Schiffe gegeben, die wochenlang in den Tangwäldern vor der Küste geankert und darauf gewartet hatten, endlich ausladen zu können, nur um irgendwann aufzugeben und die Heimreise anzutreten. Mit typisch tuganischem Understatement bezeichneten die Bewohner die Hurrikan-Saison, die ihre Insel von Ende Juni bis Anfang Dezember vollkommen isolierte, als »Island Close«.

Charlottes Reisepass war an Land gebracht und für zufriedenstellend erklärt worden. Man würde die Einreise per Stempel und Unterschrift genehmigen und ihr das Dokument dann »nach Hause« zustellen, wie es hieß. Charlotte fühlte sich bemüßigt, zu erklären, dass sie noch nicht wusste, wo ihr Zuhause auf der Insel sein würde. Die Organisatorin des Stipendiums, Joan Williams, hatte ihr in einer E-Mail mitgeteilt, sie verstehe Charlottes Widerwillen dagegen, bei einer Familie zu wohnen, man werde ihr ein Häuschen organisieren, von dem aus sie New Recife, den einzigen größeren Inselort, zu Fuß erreichen könne. In ihrer darauffolgenden Korrespondenz war es dann nur noch um Schildkröten gegangen.

Elsie, die Zollbeamtin der Insel, war während des Frühstücks an Bord gekommen und hatte sich zu Dan, Charlotte und den anderen Passagieren in die Messe gesellt. Es handelte sich um eine breitschultrige junge Frau, die zerschrammte Arbeitsstiefel mit Stahlkappen und einen Overall trug, auf dessen Revers in handgestickten orangefarbenen Buchstaben »Elsie Customs« stand. In der Schule war Elsie einige Jahrgänge unter Dan gewesen, weshalb sie in seiner Gegenwart ein wenig eingeschüchtert wirkte.

»Es ist mir eine große Ehre, Doktor Zekri«, hatte sie

ehrerbietig gesagt und den Rücken gestrafft. Charlotte hätte sich nicht gewundert, wenn sie zusätzlich salutiert hätte.

Elsie hatte Charlotte mitgeteilt, sie werde im Mendoza-Haus untergebracht wie alle wichtigen LVAs (»Leute von außerhalb«, wie Dan ihr erklärte). Dann hatte sie ihr baldige Erholung von der Seekrankheit gewünscht, die Charlotte ihr gegenüber gar nicht erwähnt hatte, und ihr das Ingwerbrot einer gewissen Marianne Goss als Heilmittel empfohlen.

»Wenn Sie sich ein wenig eingelebt haben, Doktor Walker und Doktor Zekri, würde ich Ihnen gern meinen Roten Teju zeigen«, hatte Elsie hinzugefügt.

»Sie wird also bei Levi Mendoza unterkommen«, hatte Dan mit undurchdringlichem Gesichtsausdruck wiederholt und Elsies Einladung bezüglich der Riesenechse ignoriert. Die Zollbeamtin hatte genickt und sich eine Birne vom Tisch genommen, die sie in eine Papierserviette gewickelt und anschließend in einem ledernen Beutel mit Reißverschluss verstaut hatte, den sie um die Taille trug.

»Ich richte Marianne aus, dass sie Ihnen ein paar Ingwerkekse backen soll, ja?«, hatte Elsie gesagt, und Charlotte hatte sich bedankt und hinzugefügt, es sei ihr selbstverständlich eine Freude, einheimische Echsen kennenzulernen, ob nun wild oder domestiziert. Elsie war zum nächsten Tisch weitergegangen.

»Erste tuganische Bauchtasche«, hatte Charlotte gemurmelt, nachdem die Zollbeamtin außer Hörweite war.

»Die erste von vielen.« Dan hatte die letzten Bissen seines Omeletts aus Eipulver gegessen. »Ich warne Sie lieber jetzt schon: Meine eigene Bauchtasche wird bestimmt auch bald aus dem Ruhestand zurückgeholt. Meine Güte,

Marianne Goss war ungefähr zwölf, als ich weggegangen bin! Und Elsie hatte noch Milchzähne. Ich fühle mich plötzlich furchtbar alt.«

Jetzt trug Charlotte eine stark nach Feuchtigkeit riechende Rettungsweste und saß Schulter an Schulter mit Dan im Heck eines Tenderboots. In wenigen Minuten würde sie wieder festen Boden unter den Füßen haben. Hier war er nun also, der Ort, den sie sich so oft ausgemalt hatte – ihr war, als würde vor ihr im Ozean die berühmte Schatzinsel funkeln. Tuga de Oro würde ihr … was? Ein interessantes Forschungsgebiet liefern, eine Zuflucht, Antworten. Abenteuer, Freiheit. Eine Insel, die nur so groß war wie eine englische Grafschaft, eine Miniaturwelt und doch unendlich stolz auf das reiche kulturelle Erbe, das sie auf der Welt einzigartig machte. Eine verschworene Gemeinde, die auf Zusammenhalt und Solidarität fußte und deren Gründer teilweise mit Absicht, teilweise durch schwere Schicksalsschläge oder glückliche Zufälle hier gelandet waren.

Die hundertdreißig Quadratkilometer dichten Regenwalds waren unbewohnt gewesen, bis die Familien Lindos, Mendoza und Altaras von Recife hierher geflüchtet waren, in Bedrängnis gebracht von den antisemitischen Auswüchsen der portugiesischen Eroberer Niederländisch-Brasiliens. Auf ihrem Weg nach Curaçao hatten sie an dieser eigentümlichen Insel in ihren aufgewühlten Gewässern Halt gemacht, um ihre Süßwasservorräte aufzustocken, und waren kurz entschlossen geblieben. Verfolgt wurden sie hier nur von der Sonne, dem Meer und der Einsamkeit, was ihnen als fairer Tausch für die Chance auf eine echte Heimat erschien. Jene ersten Siedler fanden keine Hinweise auf menschliche Bewohner und beanspruchten die Insel von niemandem als der Mutter Natur, die sie zu respektieren versprachen. Es gab nicht einmal Spuren von einheimischen Säugetieren, Fledermäuse einmal ausgenommen. Sie waren also tatsächlich der Anfang von allem auf diesem einsamen Eiland.

Doch Bewohner ziehen weitere Bewohner an. Diese Insel hatte Jahrtausende darauf gewartet, besiedelt zu werden, und dann trafen kaum ein halbes Jahr nach diesen ersten Ankömmlingen die Engländer ein und versuchten, einen Stützpunkt zu errichten. Das Vorhaben wurde aufgegeben, als man feststellte, dass es keinen verlässlichen Hafen gab, ein Beschluss, der für die kurz zuvor eingetroffenen Siedler sicher eine große Erleichterung war. Einige britische Männer entschieden sich dennoch zum Bleiben, vielleicht aufgrund des Klimas, vielleicht aber auch wegen der Töchter der Familien Altaras und Mendoza.

Die beiden Gruppen kamen zu einer weitgehend friedlichen Übereinkunft, da kräftige Männer auf der Insel gebraucht wurden und man zum Überleben auf das Zusammenwirken aller angewiesen war. Abraham Mendoza und William Smith setzten an einem Tag, der zum ersten Island Day werden sollte, die Verfassung auf, und Tuga de Oro war geboren.

Die heutigen Tuganer stammten fast alle von mehreren oder allen der folgenden Volksgruppen ab: sephardischen Juden, die im siebzehnten Jahrhundert aus dem heutigen Brasilien geflohen waren, britischen Soldaten, die – entzückt von den sephardischen Mädchen – den Dienst quittiert hatten und von Bord gegangen waren, vier an Skorbut erkrankten Niederländern, die man zum Sterben an Land gebracht hatte, die jedoch Ananas gegessen und so überlebt hatten, neun nigerianischen Igbo-Sklaven aus Aba, die eine Schiffskatastrophe überlebt hatten, drei puritanischen amerikanischen Walfängern, die zufällig an der Insel vorbeigekommen waren, Igbo-Frauen geheiratet hatten und geblieben waren, und später einer Bootsladung osteuropäischer Flüchtlinge, denen die offiziell herrschenden Briten in den letzten Monaten des Zweiten Weltkriegs die Landegenehmigung verweigerten und die dennoch von den Tuganern an Land geholt wurden, weil man wusste, dass Island Close die Deportation dieser armen Leute durch die Nazis verhindern würde.

Die überwältigende Mehrheit der ungleichen Gründerväter hatte gemeinsam, dass sie vor dem mörderischen europäischen Kolonialismus geflohen war und kein Interesse daran hatte, dessen Fehler zu wiederholen. Tuga war daher nicht nur eine kollektivistische Gemeinde, sondern auch eine weitgehend atheistische. Hier fühlte man sich einem rationalen Humanismus verpflichtet, der nicht die Religion, sondern die Vernunft sowie Fakten und Mitgefühl in den Mittelpunkt stellte. Und obwohl die Schließung des Suez-Kanals in den fünfziger Jahren des zwanzigsten Jahrhunderts zu der pragmatischen Entscheidung führte, ein britisches Überseegebiet zu werden (was garantierte, dass ein jährliches Versorgungsschiff vorbeikam und den nun verringerten Verkehr von Handelsschiffen in der Region ersetzte), wurde die Insel später wieder weitgehend selbstverwaltend und autonom.

Und zu dieser Ansammlung von Menschen, die vorsätzlich oder zufällig auf Tuga de Oro gelandet waren, gesellte sich nun auch noch Charlotte Walker, studierte Tierärztin und Naturwissenschaftlerin, Mitglied im Veterinärverband des Vereinigten Königreichs, Doktorin der Herpetologie. Mütterlicherseits entstammte sie der oberen Mittelschicht und hatte angelsächsische Vorfahren. Was die Abstammung ihres Vaters anging, konnte sie nur spekulieren.

4

Kein Gebäude war höher als zwei Stockwerke. Die Häuser, die sich am Meer entlangzogen, waren niedrig und bonbonfarben – helltürkis, zitronengelb, Marshmallow-rosa, dunkellila, ockerbraun. Sie hatten dicke Wände und kleine Fenster, waren gebaut, um Hitze, Regen und Wirbelstürmen zu widerstehen. Ihre Dächer bestanden aus Palmstroh und wirkten, als hätten sie schon bessere Tage gesehen, wurden jedoch sorgfältig instand gehalten und repariert, wenn Schäden durch Wettereskapaden oder Salzerosion entstanden. Als das Boot ein wenig näher herangefahren war, erkannte Charlotte, dass die Küstenstraße, um die sich die Ansiedlung gruppierte, gepflastert war. Auf der einen Seite gingen die Pflastersteine einfach in weißen Sand über, und genau an dieser Stelle stand eine vertraute rote Londoner Telefonzelle unter den Palmen – eine kräftige Primärfarbe unter all den gedeckten Pastelltönen –, die die Widersprüchlichkeit dieses Orts perfekt zum Ausdruck zu bringen schien. Jenseits der Telefonzelle erstreckte sich sattgrüner Dschungel.

Am anderen Ende der Straße reihten sich die öffentlichen Gebäude aneinander, das Old Kal, die Residenz und das Zollhaus. Bei Letzterem handelte es sich um ein ehemaliges Herrenhaus, dessen gesamte Fassade anlässlich einer längst vergangenen Feier mit dem Union Jack bemalt worden war. Durch Salz und Wind waren jedoch nur noch blasse Anklänge der patriotischen Farben übrig. Überall, wo Charlotte hinsah, wehte die Flagge des Überseeterritoriums. Sie bestand aus einem Union Jack in der einen Ecke und dem Wappen Tuga de Oros vor blauem Hintergrund auf der restlichen Flagge. Auch wenn Charlotte aus der Ferne keine Details erkennen konnte, war sie mit dem Wappen vertraut, denn sie hatte zu Hause fleißig recherchiert: Es wurde von einer Goldmünzschildkröte, einer Kokospalme und einer Kette aus jenen echten blau schimmernden Perlen geziert, die im achtzehnten Jahrhundert das kurze Goldene Zeitalter der Insel eingeläutet hatten, bis zum unerwarteten und verheerenden Aussterben der tuganischen Meeresschnecke. Charlotte ließ den Blick schweifen. Der Rest von New Recife versteckte sich weiter im Landesinneren, nur hin und wieder war entlang schmaler Gässchen ein Blick auf die Behausungen zu erhaschen, die sich die sanften Hügel hinauf erstreckten.

Dan redete unablässig mit ihr, erklärte ihr gerade einen Brauch, der am sogenannten »Shrove Tuesday« stattfand: Vom Dach des Zollhauses wurde ein mit Schafwolle verstärkter großer Pfannkuchen zu einer Ansammlung von Kindern hinuntergeworfen, woraufhin sich diese um das größte Stück balgten, das anschließend gewogen und gegen einen Preis eingetauscht wurde. Er überlegte, ob Charlotte wohl davonkommen würde, ohne dass man beim Lammen ihre Hilfe einforderte. Während er sprach, suchten seine Augen nervös die Küstenlinie ab. Sein Bein hüpfte neben ihrem auf und ab, und er ließ die Fingerknöchel knacken.

»Fünfzehn Jahre sind eine lange Zeit«, sagte sie leise und war überrascht, als er nach ihrer Hand griff und sie drückte. Dann stand er abrupt auf, als hätten ihre Worte ihm Kraft verliehen, wobei er die erschrockene Charlotte fast über Bord beförderte. Breitbeinig und winkend ging er am Bug des Schiffs in Position.

»*What, ho!*«, rief er laut, »*what, ho!*« Und es klang wie hundert Stimmen, als der Ruf zurückschallte: »*What, ho! What, ho!*«

Charlottes Kamera und ihr ausgeschaltetes Smartphone befanden sich fest verpackt und unerreichbar in ihrer Reisetasche, was sie nun bereute, denn sie hätte gern jedes Wort in Erinnerung behalten, alles aufgenommen und gefilmt, sich jede Person und jede Miene genau eingeprägt. Dies war der alles entscheidende Moment. Erst jetzt, da sie die Beige- und Grautöne der Schiffskabine hinter sich gelassen hatte und dieses überwältigende, farbenfrohe Panorama vor sich sah, das goldene Licht, das erst auf tiefblaues und dann auf türkisfarbenes Wasser traf, wurde ihr die enorme Tragweite dessen bewusst, was sie getan hatte. Schwindel machte sich in ihr breit. Dann waren sie angekommen, und der Bootsführer warf eine Tauschlinge an Land, sprang hinterher und zog das Tenderboot an den Kai. Dan machte einen großen Schritt an Land und wandte sich zu Charlotte um. Sie holte tief Luft, ergriff seine ausgestreckte Hand, und mit der rauen, eiförmigen Walnussschale in der anderen Hand betrat sie Tuga de Oro.

Jubel und Applaus brandeten auf, als sie sich der wartenden Menge näherten. In Charlottes Ohren klang es wie ein ganzes Fußballstadion, obwohl es in Wahrheit nur um die vierzig Personen sein konnten, die dort standen und schrien, klatschten und stampften. Sie gab sich nicht der Illusion hin, dass es dabei um sie ging – die unbändige

Freude der Menschen galt Dr. Dan Zekri, dem heimgekehrten Sohn der Insel. Sprechchöre wurden angestimmt: »Zek-*ri*! Zek-*ri*!«

»Ich habe keine Ahnung, wer gekommen ist, um mich abzuholen!«, rief sie gegen den Lärm an und ließ den Blick über die Gesichter schweifen, während ihr das Herz bis zum Hals klopfte.

»Alle sind gekommen, um Sie abzuholen!«, rief Dan zurück, ohne sich umzudrehen, und rannte dann mitten in die Menge hinein, die sich um ihn schloss. *»Ke haber!«*, hörte sie immer wieder. *»Ke haber!«* Charlotte hatte sich bisher an ihm orientiert und stand nun unsicher da und beobachtete die Szene.

Ein Teil des Brimboriums, das hier veranstaltet wurde, schien auch ihr zu gelten. Eine Blaskapelle, die sie bisher überhaupt nicht bemerkt hatte, stimmte *Big Ship* von Cliff Richard an, und zwei kleine Mädchen in hübschen Kleidchen begannen, helle Frangipani-Blüten vor ihren Füßen zu verstreuen. Charlottes Blick fiel auf ein drittes Mädchen, das ihr einen Glasteller hinhielt. Darauf befanden sich – wie das Mädchen mit leiser Stimme erklärte – Feigengeleewürfel, fein säuberlich aufgereiht. Ein winziger Junge mit gestärktem Hemd und Fliege trat nach vorn, um Charlotte einen Strauß weinrote Callas zu überreichen und seinen einstudierten Text loszuwerden: »Willkommen auf der Insel, Doktor Walker.« Dann fügte er mit vollkommen anderer Stimme hinzu: »Aber die ist doch viel zu mickrig, um sich um unsere Kühe und Bullen zu kümmern, oder?« Daraufhin wurde der Junge von einem etwas älteren Mädchen weggezogen, vielleicht seiner Schwester. Jetzt verstand Charlotte, warum Dan und sie allein mit dem ersten Tenderboot vorausgeschickt worden waren, zusammen mit den sehnlich erwarteten Postsäcken: Sie waren die VIPs des Schiffs.

Das Gedränge um Dan löste sich ein wenig auf, und sie erhaschte einen Blick auf ihn, wie er hinuntergebeugt dastand, umschlungen von einer älteren Frau, die vermutlich seine Mutter war. Die Frau machte einen Schritt nach hinten, um ihn anzusehen, wobei ihre Hände auf seinen Schultern ruhten. Lusi Zekri lachte und weinte und schüttelte den Kopf, und auch Dan hatte Tränen in den Augen. Charlotte nahm an, dass der rundliche, lächelnde Mann neben Lusi Dans Onkel war, Dr. Saul Gabbai. Sein Vater konnte es nicht sein, denn der war vor fünf Jahren bei einem Unfall ums Leben gekommen, wie Charlotte wusste, und Dan hatte nicht zur Beerdigung nach Hause reisen können, weil so kurzfristig keine Schiffspassage frei gewesen war. Und selbst wenn er eine ergattert hätte, hätte er sich unmöglich die vielen Monate freinehmen können, die eine Hin- und Rückreise in Anspruch nahm. Zumal er sich als Assistenzarzt nicht mehrere tausend Pfund für die Überfahrt hätte leisten können. Sein Vater war ohnehin auf See gestorben, es gab also keinen Leichnam, den man der Erde übergeben konnte. All dies musste ihnen nun durch die Köpfe gehen, während sie sich umarmten, dieser trauernden Mutter und ihrem Sohn, die sich erst jetzt gegenseitig Trost spenden konnten.

Die Internetverbindung war auf Tuga selten gut genug für ein Videotelefonat, und so hatte Dan seine Mutter seit seiner Abreise nur auf den Fotos gesehen, die sie mühsam hochgeladen und ihm per E-Mail geschickt hatte, Fotos von Hochzeiten oder Gemeindefesten, auf denen sie nur ein kleines Gesicht in der Menge gewesen war. Fünfzehn Jahre waren seit ihrer letzten Umarmung vergangen.

Charlotte war inzwischen von Kindern umringt, die sie neidisch dabei beobachteten, wie sie ihren ersten Geleewürfel probierte. Sie konnte nicht umhin, das Gespräch zwischen Dan und seiner Mutter mitanzuhören.

»Ich kann nicht glauben, dass du hier vor mir stehst, es ist wie ein Traum! Ich hätte nie gedacht, dass du tatsächlich kommst. Schau dich an, *mi vida!* Und du bleibst wirklich hier?« Lusi hielt das Gesicht ihres Sohns zwischen den Händen.

»Ich übernehme doch die Klinik. Chief Medical Officer, es gibt kein Zurück.«

»Ich weiß, ich weiß. Ach, ich kann es einfach nicht fassen! Vielleicht realisiere ich es erst so richtig, wenn Island Open ist und deine wunderbare Katie eintrifft. Dann tanze ich auf eurer Hochzeit und kapiere vielleicht endlich, dass du wieder hier bist. Saul, ist das nicht unglaublich?« Der Mann neben ihr nickte, wirkte jedoch zu ergriffen, um sprechen zu können. Auch sein Leben würde sich durch Dans Rückkehr vollkommen verändern.

Charlotte starrte zu den dreien hinüber. Sie konnte nicht so tun, als hätte sie nichts gehört, zumal Dans Mutter und Onkel sie nun mit einem strahlenden Lächeln willkommen hießen und in ihre Wiedervereinigung miteinbezogen. Ihre Freude machte sie großzügig, sie schäumten über vor Glück und wollten es mit allen teilen. Bevor sich die kleine Gruppe von Charlotte abwandte und davonging, warf Dan ihr noch einen verstohlenen Blick zu, und der beschämte, entschuldigende Ausdruck in seinem Gesicht war ihr Bestätigung genug.

5

Die Kinder zerstreuten sich, und Charlotte sah sich um und entdeckte einen Mann, der ungefähr so groß war wie sie und sie stirnrunzelnd anstarrte. Unter seiner rosa Baseballkappe quollen dicke dunkelgraue Locken hervor, zwischen denen Charlotte zwei leuchtend grüne Augen erkannte. Auch er hatte tuganische Grübchen, die Charlotte allerdings erst sehr viel später kennenlernen sollte, denn sein ernster Ausdruck blieb vorerst unverändert. Er schüttelte ihr kurz und fest die Hand.

»Garrick Williams. Der Inselgeistliche.«

»Freut mich, Sie kennenzulernen.«

»Na ja, ebenso … wobei nichts von alldem mit mir zu tun hat. Meine Frau Joan hat mir aufgetragen, Sie abzuholen. Sie organisiert das Stipendium.«

»Ach ja, Joan war mir wirklich eine große Hilfe!«, versicherte Charlotte. Die Unfreundlichkeit des Mannes verunsicherte sie. Sie versuchte es mit einem schiefen Lächeln, das nicht erwidert wurde.

»Ein bisschen weniger Hilfe hätte es auch getan, finde ich, aber das lässt sich nun nicht mehr ändern. Es tut ihr leid, dass sie heute nicht selbst kommen konnte, aber wie gesagt, sie ist verhindert. Haben Sie Gepäck bei sich, oder wird alles geliefert? Kommen Sie, wir müssen hier entlang.«

Die eintreffenden Passagiere mochten den Island Day

verpasst haben, aber es hing noch überall die Feiertagsdekoration – rot-weiß-blaue Wimpelgirlanden, die zwischen merkwürdig großen viktorianischen Laternenpfosten gespannt waren. Die Laternen trugen Königskronen, genau wie die Originale aus Kensington, nach deren Vorbild sie gegossen worden waren. Sie waren höher als manches Gebäude, das sie beleuchteten, zehn an der Zahl entlang der bonbonfarbenen Häuser der Harbour Street, eine Spende des London Electricity Board aus den 1990er Jahren und inzwischen solarbetrieben, wie vieles auf der Ostseite von Tuga de Oro. Charlotte strich im Vorbeigehen mit den Fingerspitzen über die Laternenpfähle, deren Vertrautheit sie befremdete. Sie folgte dem eigenartig feindseligen Garrick die Straße entlang und fühlte sich, als wäre sie nackt und hätte keine Haut. Ihr war ein wenig schwindelig. Sie passierten einen Gemischtwarenladen mit dem Namen Sylvester's, anschließend Betsey's Café und einen Souvenirladen, der gleichzeitig das Postamt war und über dessen Tür stand: TUGA DE ORO – HEIMAT DER WELTWEIT SELTENSTEN BRIEFMARKEN. Dann kamen ein namenloser Eisenwarenladen und ein Schaufenster mit einheimischem Kunsthandwerk und Töpferware unter einem schaukelnden handbemalten Schild mit der Aufschrift BOTIKA MOSCHAW. Charlotte hatte sich im Internet so häufig Fotos von dieser Uferstraße angesehen, dass sie jedes Gebäude wiedererkannte.

Neben der Hafenmauer klammerte sich ein etwa fünfjähriges kleines Mädchen an seine Mutter und weinte, auch wenn Charlotte nichts davon hörte, weil die Schluchzer von einer steifen Brise aufs Meer hinausgeblasen wurden. Die Mutter bückte sich, um leise mit dem Mädchen zu sprechen, während es seine drallen Ärmchen um ihren Hals schlang. Zwei blonde Köpfe nebeneinander, lange Haare, die sich vermischten. Hinter dem Duo stand ein kräftiger Mann, der sich die Hand vor den Mund hielt. Auch er schien zu weinen.

Charlottes Augen brannten plötzlich, quollen über vor dämlichen, beschämenden Tränen. Sie war keine fünf Jahre mehr alt, und sie selbst hatte ihre Mutter verlassen, um hierherzukommen. Nach der Erschöpfung durch das wochenlange Schaukeln, der Seekrankheit und der emotionalen Überwältigung, endlich auf Tuga de Oro zu sein, sehnte sie sich dennoch schmerzlich nach Lucindas Armen. Seit Weihnachten hatte Charlotte stumm ihre Wut gepflegt, doch nun wünschte sie sich, ihre Mutter würde ihr die Monate des Zorns vergeben. Sie hatte die einzige Person, die für sie da war, vor den Kopf gestoßen.

Garrick drehte sich mit gefurchter Stirn nach ihr um, um zu sehen, warum sie so lange brauchte. Sein Blick folgte ihrem auf die andere Straßenseite hinüber, und sein Ausdruck wurde weicher.

»Rebecca Lindo-Smith. Ihre Mutter wird mit dem Schiff abreisen, sie hat eine Stellung in England angenommen. Solche Abschiede sind schwer für alle Beteiligten. Lassen wir die drei jetzt in Ruhe, hier entlang, wir sind gleich da. Ich habe es ein bisschen eilig, zu Joan zurückzukommen. Kommen Sie, bitte.« Er setzte sich wieder in Bewegung, und Charlotte warf einen letzten Blick zurück und sah, wie die Mutter das kleine Mädchen hochhob und ihr Gesicht an dessen Hals vergrub, während sich die kleinen Beine um ihre Taille schlangen. Der Mann trat vor und umarmte beide. Es war eine Szene, die gleichzeitig

Liebe und Schmerz ausdrückte. Charlotte versteckte ihre geröteten Augen hinter ihrer Sonnenbrille und wandte sich ab.

Dort, wo die Straße endete, begann eine unbefestigte Piste, die sich den Hügel hinaufschlängelte und außer Sichtweite verschwand. Hier stand ein schwarzes London-Taxi mit laufendem Motor und offenen Türen bereit. Das vertraute Tuckern des Dieselantriebs wollte nicht recht zum Klatschen der Wellen und zu den schrillen, heiseren Schreien der kleinen weißen Vögel passen, die über ihnen kreisten. Es waren Antarktische Seeschwalben, bleich wie Baumwolle. Noch eine erste Begegnung. Charlotte lauschte und sog tief die Luft ein.

»Taxi!«, rief Garrick, was Charlotte eigenartig fand, denn er stand direkt vor dem Wagen und hatte seine Hand auf die Motorhaube gelegt. Bevor sich Charlotte bei ihm bedanken konnte, hatte er schon kehrtgemacht und war davongegangen.

»Machen Sie sich keine Sorgen wegen Ihrer Sachen«, ertönte eine Stimme von der anderen Seite des Fahrzeugs. »Steigen Sie ein, ich bringe Sie im Handumdrehen hoch zum Mendoza-Haus. Ich bin übrigens Taxi.«

Als Taxi endlich sichtbar wurde, stellte er sich als sehr kleiner Mann mit weißem Hemd, sorgfältig gebügelter Khakihose und grünen Kunststoff-Clogs heraus. Die wenigen Zähne, die er noch im Mund hatte, waren tiefbraun. Taxi wies stolz mit der Hand in den Wagen, und Charlotte blickte hinein und sah … ja, was eigentlich? Wie nannte man so etwas? Die schwarz-grau gemusterten Stoffsitze waren liebevoll mit Schaffellen bezogen, eine Nachrüstung, für die kurzerhand die Sitzgurte entfernt worden waren, und in der Mitte des Fußraums lag jeweils ein kleiner Webteppich mit einem Muster, das Charlotte bald als traditionell tuganisch erkennen würde, mit rudimentären Eseln, Schildkröten und Muscheln.

Charlotte stieg ein. Ein plötzlicher heißer Windstoß beförderte Sand und Staub durch die offenen Fenster herein, und als sie sie hochkurbeln wollte, stellte sie fest, dass sie keine Scheiben hatten. Die dicke Plexiglasscheibe zwischen Fahrerkabine und Passagierraum war ebenfalls entfernt worden.

»Ich bin Charlotte!«, rief sie nach vorn.

»Das wissen wir doch längst.« Taxi beugte sich zu ihr nach hinten und reichte ihr eine eiskalte Evian-Flasche mit einer leuchtendgelben Flüssigkeit. »Tuganisches Gold«, sagte er. Das Taxi machte unerwartet einen Satz nach vorn Richtung Regenwald. »Wir haben zwar nur einen kleinen Apfelgarten, aber Betsey holt das Beste aus einem Fässchen Saft heraus. Die Bäume sind inzwischen schon recht betagt. Genau wie wir.« An dieser Stelle bekam er einen besorgniserregenden Hustenanfall, offenbar durch seine eigene scherzhafte Bemerkung ausgelöst. Er hatte sich rasch wieder erholt und setzte mit dem Taxi so schnell zurück, dass ein Grüppchen Menschen, das sich hinter ihm auf der Straße versammelt hatte, auseinanderstob. Ein Mann schlug mit der Faust seitlich gegen das Fahrzeug, doch als Charlotte zu ihm herumfuhr, sah sie, dass es nur eine Begrüßungsgeste gewesen war. Während sie langsam vorwärtsfuhren, tätschelte jemand die Motorhaube, als würde er sein Lieblingspferd loben, und Taxi ließ mehrmals die Hupe ertönen, um zurückzugrüßen. Charlotte hatte sich eine kleine Insel als Ort der Ruhe vorgestellt, doch bisher war alles ohrenbetäubend laut gewesen, von der steifen Meeresbrise über die Blaskapelle bis zu ihrem eigenen fieberhaften inneren Monolog.

Sie begannen, sich die unbefestigte Straße hinaufzuschlängeln. Nachdem sie die cremigen Pastelltöne der Harbour Street hinter sich gelassen hatten, glich die Umgebung schon eher Charlottes Vorstellung von einer tropischen Insel. Sie passierten üppige Bananen- und Kokospalmen, unter denen gekräuselte, keulenförmige Blätter wuchsen, die die Größe von Wohnzimmertischen erreichten und von Taxi als wilder Taro identifiziert wurden. Sogar das Licht schien voller Chlorophyll zu sein. Überall wucherte es üppig und schwer, wogte und rankte leuchtend grünes Blattwerk. Hier und da erkannte Charlotte einige Farbtupfer in Karminrot, Blutorange und Purpur. Es war merklich kühler geworden. Ein winziges Insekt stach sie in den Handrücken, bald würde die Stelle anfangen zu jucken.

Taxi erklärte, sie werde auf dem Grund und Boden einer der Gründerfamilien der Insel wohnen, ein Stück die Straße hinauf, aber immer noch fußläufig zum Ort, sofern sie »zur kernigen Sorte« gehöre.

»Normalerweise würde ich mit Leuten von außerhalb zuerst eine kleine Inseltour unternehmen, aber da Sie so schrecklich seekrank waren, bringe ich sie einfach direkt hoch zum Mendoza-Haus, damit sie wieder festen Boden unter den Füßen spüren und sich erholen können. Wo war ich stehengeblieben? Ach ja, die Mendozas. Es gibt einige von ihnen auf der Insel, dazu kommen die Lindos, die Smiths, die Lindo-Smiths, die Altaras und die Davenports. Alle diese Namen stammen noch von den ersten

Siedlern. Levi selbst ist auch ein Urgestein. Das Haus, in dem Sie wohnen werden, hat er mit seinen eigenen Händen erbaut. Es ist nicht unbedingt das prächtigste Haus, kein großes, nobles Anwesen wie Martha House drüben auf der anderen Seite, aber authentisch, wissen Sie, was ich meine? Es gibt nicht mehr viele auf der Insel, die die alten Traditionen in Ehren halten, aber Levi Mendoza gehört eindeutig dazu. Er ist jemand, der weiß, worauf es ankommt, und die richtigen Dinge wertschätzt, keiner, der dem neuesten Gedöns hinterherjagt. Ein ehrlicher Handwerker, genau wie sein Vater. Wir bringen alle wichtigen LVAs bei Levi unter, wenn sie nicht unten im Ort bei einer Familie wohnen.«

Charlotte hatte einen tattrigen Inselpatriarchen vor Augen, der zwangsweise seine Behausung für sie räumen musste. Taxi fing ihren Blick im Rückspiegel auf. »Keine Sorge, er macht das schon seit Jahren. Auch der Zahnarzt und der Optiker wohnen bei ihm, wenn sie auf der Insel sind.«

»Aber die bleiben kein ganzes Jahr, oder? Wird ihn meine Anwesenheit nicht stören?«

»Stimmt schon, diese Leute reisen früher wieder ab. Sie bleiben von einem Schiff zum nächsten, ungefähr einen Monat. Sie müssen sich trotzdem keine Gedanken machen: Levi Mendoza hat sich noch nie zu etwas überreden lassen, was er nicht wirklich wollte.«

»Ich wusste gar nicht, dass es Taxis auf der Insel gibt …« Charlotte brach peinlich berührt ab, weil sie sich an den Namen ihres Chauffeurs erinnert hatte.

»Ich bin das Einzige«, antwortete Taxi stolz. »Ich bin außerdem noch Moderator und DJ beim Inselradio. Das bedeutet leider, dass gewisse Leute, die sich nicht zu benehmen wissen, bei mir in der Sendung anrufen und fragen, ob ich ihre Großmutter vom Obstgarten abholen kann, aber so was mache ich grundsätzlich nur in Notfällen. Wenn man wissen möchte, ob ich im Fahreinsatz bin, schaltet man am besten das Radio ein. Hört man eine Frau namens Oluchi plappern, sie ist die andere Moderatorin, oder viel Cliff Richard am Stück, ohne Ansagen zwischendurch, weiß man, dass ich draußen mit dem Taxi unterwegs bin. Dann gibt es immer jemanden, der mich aufstöbern kann. Wissen Sie was? Ich spiele Ihnen jetzt ein schönes Liedchen, und Sie entspannen sich und genießen die Landschaft.«

Sie verstummte, und als die ersten Töne von *Devil Woman* erklangen, beugte sie sich vor und fragte: »Hat Cliff Richard für Tuga de Oro eine besondere Bedeutung?«

Taxi sah sie stirnrunzelnd im Rückspiegel an.

»Cliff Richard hat für die ganze Welt eine besondere Bedeutung.«

6

Charlotte lehnte sich zurück. Das Schaffell fühlte sich warm und ungewohnt an unter ihren nackten Beinen. Die schmale, ungeteerte Straße schraubte sich in schwindelerregenden Kurven den Berg hinauf und wurde von Bananenpalmen beschattet, von denen tiefviolette Blüten und überraschend große Bananenstauden herabhingen, riesige grüne Bündel aus bis zu zwanzig reifenden Früchten. Ihr war noch immer zu flau im Magen, um den Berghang hinunterzublicken. Die Fahrt dauerte zum Glück tatsächlich nicht lang, und es kamen ihnen keine anderen Autos entgegen. Schon nach wenigen Minuten bog Taxis Taxi nach links in den Regenwald ab und fuhr schlingernd über einen von Cashew-Wurzeln durchzogenen Sandweg, bevor es ruckelnd zum Stehen kam.

Zwei niedrige Gebäude standen sich auf einer Lichtung gegenüber, in deren Mitte ein großer Baum mit ausladendem Blätterdach aufragte. Flankiert wurde die Lichtung auf drei Seiten von Regenwald und auf der vierten von einem Gemüsegarten. Beide Häuser hatten ein Palmstrohdach und waren mintgrün gestrichen, aber nur eins verfügte über eine hölzerne Veranda, an der eine Kletterpflanze mit winzigen orangeroten Blüten emporrankte, eingerahmt von zwei jungen Frangipani-Bäumchen. Die schlichte Idylle dieses Häuschens fand sofort Anklang bei Charlotte. In Gedanken war sie schon durch die Tür und blickte aus dem einzigen kleinen Fenster im Obergeschoss über den Garten und den dahinterliegenden Dschungel. Ein Heim für sie ganz allein, zumindest, bis sie wieder zurück nach England reiste.

Sie stieg aus und betrachtete die glänzenden dunkelgrünen Blätter des Baumes über ihrem Kopf – ein Moment der puren, kindlichen Freude.

»Ist das ein Avocadobaum?«, rief sie Taxi über die Schulter hinweg zu.

»Ja, Ma'am«, antwortete der Baum, und Charlotte schrie auf. Ein Mann, der splitterfasernackt zu sein schien, schwang sich Ast für Ast nach unten. Als er leichtfüßig auf dem Boden landete, sah sie, dass er eine knappe schwarze Badehose trug, doch sein plötzliches Auftauchen war auch so furchteinflößend genug. Charlotte wich zurück, während der Mann aus dem Baum zum Wagen ging und Taxi durchs Autofenster begrüßte. Er blickte über die Schulter zu ihr nach hinten und wies mit dem Daumen auf sie.

»Ist das meine Tierärztin?«

Taxi nickte. »Hast du Annie Goss irgendwo hier oben gesehen? Ich fahre im Anschluss zu Marianne runter.«

»Nein. Sag ihr, ich war ganz oben und habe die Gegend um die Seen und weiter hinten abgesucht. Die Leute vom Moschaw halten auch Ausschau nach ihr. Sie bringen sie her, falls sie dort drüben auftaucht.«

»Wird sie nicht.«

»Das wissen wir beide, aber keiner von uns will derjenige sein, der es Marianne sagt.«

Taxi lachte, murmelte etwas Unverständliches vor sich hin und grüßte in Charlottes Richtung, bevor er davonfuhr.

Der Halbnackte wandte sich Charlotte zu. Er war deutlich größer als sie und hatte ein kantiges Kinn voller Bartstoppeln. Er sah aus wie ein Schwimmer, nicht nur aufgrund der Badehose, sondern auch wegen seiner schmalen Taille und des breiten, muskulösen, unbehaarten Oberkörpers. Sie fand die ganze Situation mehr als surreal und hielt sich ihre Handtasche wie einen Schild vor die Brust, während sie den Fremden anstarrte.

Unterdessen sagte er im Plauderton zu ihr: »Wir vermissen nämlich eine kleine Rotzgöre, die eigentlich mit diesem Schiff abreisen sollte, zu ihrem eigenen Besten. Es ist gar nicht so leicht, auf Tuga ein gutes Versteck zu finden. Ich dachte, ich würde sie alle kennen, aber bei Annie bin ich ratlos.« Er schüttelte sich die glatten schwarzen Haare aus dem Gesicht und betrachtete Charlotte genauer. »Verdammt, eine promovierte Veterinärin hatte ich mir irgendwie anders vorgestellt. Sie dürfen jederzeit gern meine Weichteile abtasten!«

Charlotte straffte würdevoll die Schultern. »Könnten Sie mir bitte sagen, wo ich Levi Mendoza finde, und dann freundlicherweise den Abgang machen?«

Der Mann lachte und entblößte dabei sehr gerade, sehr weiße Zähne. Er trat mit erhobenen Händen einen Schritt zurück und streckte sich dann ausgiebig, sodass sie gezwungen war, seine glänzenden, klar definierten Bauchmuskeln zu bemerken. Charlotte wandte züchtig den Blick ab. Als ihr Gegenüber ihr die Hand hinstreckte, starrte sie stirnrunzelnd darauf.

»Levi Mendoza. Ihr Gastgeber.«

Es war der Tropfen, der das Fass zum Überlaufen brachte. Zuerst die Sache mit Dan Zekri, der ihre sonst so schwer zu überwindende Schutzmauer eingerissen hatte mit seiner Freundlichkeit und Aufmerksamkeit, seiner fast schon komisch wirkenden Ritterlichkeit – aus jetziger Sicht machte ihn das alles noch schlimmer als andere Männer, fand Charlotte. Dann die Tatsache, dass ihre Mutter das gemeinsame Leben auf einer Lüge aufgebaut hatte. Lucindas Flug würde jeden Moment in London landen, was bedeutete, dass sie ihrerseits in Kürze vom Verrat ihrer Tochter erfahren würde. Und schließlich ihr Vater, der nicht am Kai gewesen war, um sie zu begrüßen. Aber wie hätte er das auch tun sollen, er wusste ja nicht einmal, dass es sie gab. Vielleicht war er überhaupt kein Tuganer. Ihre Theorie, er müsse von Tuga de Oro stammen, kam ihr plötzlich unwahrscheinlich und kindisch vor. Erst jetzt, da sich ihre Hoffnung als falsch erwiesen hatte, ging ihr auf, mit welcher Sehnsucht sie die wartende Menge am Hafen nach einem Gesicht abgesucht hatte, in dem sie ihr eigenes wiederfand. Laut Taxi wurde die Passagierliste jedes eintreffenden Schiffs im Radio verlesen – wenn ihr Vater von hier gewesen wäre, hätte der Klang ihres Namens, auch wenn er ihn nicht kannte, etwas in ihm zum Schwingen bringen müssen, wie Musik, an die man sich erinnert. Das wäre das passende, märchenhafte Ende ihrer Pilgerreise gewesen, bei der schon jetzt so viel schiefgegangen war. Stattdessen stand Charlotte hier mitten im Dschungel, allein mit einem Widerling in knapper Badehose. Ihr Geduldsfaden drohte zu reißen.

»Na wunderbar. Die haben mich bei der Sexbestie der Insel untergebracht.« Noch nie in ihrem ganzen Leben hatte sie so rundheraus ihre Meinung gesagt. Es fühlte sich unerwartet befreiend an, daher fügte sie hinzu: »Warum muss ich immer so ein beschissenes Pech haben?«

»Moment mal, ganz langsam: Das war vorhin nur ein unverbindliches Angebot von einem gesunden jungen Menschen an den anderen. Sie haben nicht das Geringste von mir zu befürchten. Wobei ich zugeben muss, dass ich auf Frauen stehe, die fluchen wie ein Kesselflicker. Wenn ich es nicht besser wüsste, würde ich sagen: Sie kennen meine Vorlieben. Wo ist Ihr Gepäck?«

»Wird mir nachgeliefert. Könnten Sie sich vielleicht was anziehen?«

Levi griff nach den knappen Shorts, die an einem Ast hingen, und stieg hinein, um anschließend in die Flipflops zu schlüpfen, die darunter zwischen trockenen Blättern gelegen hatten. »Besser? Kommen Sie mit. Das da ist meine Werkstatt.« Er zeigte auf das linke Gebäude. Dann schlenderte er auf das andere zu, das Charlotte auf Anhieb gefallen hatte. »Und das ist mein bescheidenes kleines Wohnhaus. Jetzt Ihr's.«

Als Charlotte näher kam, sah sie, dass die Haustür eine Stalltür war, die im selben Orangerot gestrichen war wie die Blüten der Kletterpflanze. Die Tür bestand aus zwei Hälften, die sich unabhängig voneinander öffnen ließen, und an der oberen war ein eiserner Türklopfer in Schildkrötenform angebracht. Trotz aller Widrigkeiten – nicht zuletzt der unwillkommenen Anwesenheit von Levi Mendoza – hob sich Charlottes Laune. Es war die perfekte Tür, um sich dagegen zu lehnen, in der warmen Sonne vor sich hin zu träumen und den Blick über die reifenden Avocados am Baum schweifen zu lassen, während man sich eine frisch gepflückte schmecken ließ. Levi blieb mit verschränkten Armen hinter ihr auf der Veranda stehen, gutaussehend und ungehobelt. Ihre Freude über die Tür schien ihn zu amüsieren. Seine irritierenden Bauchmuskeln waren immer noch in ihrer ganzen Pracht zur Schau gestellt.

Die perfekte Tür führte in einen großen Raum, der das gesamte Erdgeschoss einnahm. Er war weiß getüncht, besaß große Deckenbalken und diente im vorderen Bereich als Küche und im hinteren, wo ein graues Leinensofa gegenüber einem offenen Backsteinkamin platziert war, als Wohnzimmer. Eine kleine Holztreppe führte an der hinteren Wand nach oben.

»Das Badezimmer ist unter der Treppe. Falls Sie noch mal reihern müssen.«

»Das ist doch … Wie kann es sein, dass die ganze Insel von meiner Seekrankheit weiß? Der Raum ist wunderschön, aber warum steht ein Bett mitten in der Küche?«

»Weil ich die falschen Schlüsse gezogen habe. Als ich von Ihrem Doktortitel gehört habe, dachte ich, Sie wären schon älter und nicht mehr gut zu Fuß.«

»Können Sie es bitte zurück ins Schlafzimmer bringen?«

»Das ist ein Riesenbett, junge Dame. Ich musste es auseinanderbauen und hier unten neu zusammensetzen. Der Vorteil an der ganzen Sache ist, dass Sie jetzt im ersten Stock einen hübschen Schreibtisch mit Aussicht haben. Sie sind ja eher der gelehrte Typ, wenn ich richtig informiert bin.«

»Ich kann vom Bett aus die Küchenspüle erreichen!«

»Den Kühlschrank auch. Praktisch, wenn man nachts Durst bekommt. Aus dem Hahn kommt übrigens Quellwasser.«

»Super. Können Sie mich jetzt allein lassen?«

»*Danke, Levi, dass Sie mir Ihr wunderschönes Zuhause zur Verfügung stellen.* Gern geschehen. Ach ja, Joan Williams hat die Steppdecke auf dem Bett extra für Sie genäht, die dürfen Sie behalten.« Er wies mit dem Kinn auf den Überwurf, auf dem Esel und Schildkröten in breiten Rechtecken hintereinander marschierten.

»Das ist wirklich lieb von ihr. Ich werde die Decke in Ehren halten.«

»Oh, Sie haben ja doch Manieren. Sehr gut.« Levi wandte sich zum Gehen. »Ich bin an den meisten Vormittagen in der Werkstatt, falls Sie wegen irgendwas im Haus meine Hilfe brauchen. Oder falls es Ihnen zu einsam wird …«

»Nein, danke.« Sie schlug die Tür hinter ihm zu, aber da nur die obere Hälfte reagierte, blieben Levis nackte Beine und seine lila Flipflops in der unteren Öffnung sichtbar. Nachdem sie auch die untere Hälfte zugestoßen hatte, wurde sein Gelächter ein wenig leiser. Wenigstens konnte der Kerl eine gute, solide Tür zimmern.

7

Dan hatte darum gebeten, mit Lusi zu Fuß gehen zu dürfen. Vielleicht beruhigte der kurze Spaziergang sein heftig klopfendes Herz. Er wollte nicht, dass Onkel Saul aufs Gas drückte und ihn zu schnell zu dem Haus kutschierte, in dem er seine Kindheit verbracht hatte. Er war fünfzehn Jahre nicht mehr dort gewesen und brauchte noch ein paar Minuten Zeit, um sich auf seine Ankunft vorzubereiten.

Die Harbour Street überwältigte ihn, die Erinnerungen prasselten nur so auf ihn ein. Alles war ihm vertraut und erschien ihm gleichzeitig fremd. Aus irgendeinem unerfindlichen Grund hatte jemand einen Union Jack auf das Zollhaus gepinselt und dabei völlig vergessen, wie sehr die Tuganer ihre eigene Inselflagge liebten, die außer ihnen kaum jemand kannte, von einigen Mitarbeitern Auswärtiger Ämter einmal abgesehen. Sie hing überall, patriotische Wimpel, die sich – vielleicht anlässlich des Island Day, vielleicht einfach nur so – von Laternenpfahl zu Laternenpfahl zogen. Der Geruch, der ihm in die Nase stieg, war der gleiche wie früher: Salz und Seetang, Frangipani und Vanille, Esel, Holzrauch, Diesel. Das Gefühl der Pflastersteine unter seinen Füßen, die in der Nähe der Hafenmauer rutschig waren von der Gischt. Und seine Mutter, freudestrahlend und großherzig. Jedes ihrer Worte verriet, wie sehr sie ihn vermisst und wie viel er hier versäumt hatte. Als er noch ein Kind gewesen war, hatte sie einen

Afro getragen, aber jetzt reichten ihr die schmalen, grau gewordenen Rastazöpfe fast bis zur Taille, und er sah zum ersten Mal ihre Falten. Er war lange weg gewesen.

Sobald sie die Hauptstraße hinter sich ließen, beruhigte ihn Lusis Geplauder, das ihm so vertraut war wie eine Liebkosung. Sie erzählte, dass Caleb dos Santos den Auftrag erhalten habe, Annie Goss abzuholen und sich um sie zu kümmern, sobald sie in England eingetroffen war. Dan fühlte sich plötzlich frei und voller Freude. Die Anspannung, die in ihm gewachsen war, als er das Schiff verlassen und im Tenderboot Platz genommen hatte, fiel von ihm ab. Diese Aufgabe – eine schmollende Elfjährige vom Hafen zum Internat zu chauffieren – wäre sonst sicher ihm zugefallen, denn man erwartete von Insulanern im Ausland, dass sie sich gegenseitig bedingungslos unterstützten, dass sie alles bereitstellten – Kost und Logis, Gesellschaft und Transport. Und so war seine Zeit in England immer wieder von Anfragen unterbrochen worden, er möge doch neu eintreffenden oder abreisenden Tuganern behilflich sein. Einmal hatte er plötzlich die Anweisung erhalten, einen alten Mann abzuholen, der für eine Hüft-OP nach England kam (der Inselrat hoffte, dass es nicht zu viele Treppenstufen bis zu Dans Wohnung seien, schließlich benötige der Patient in der Woche vor seinem Eingriff eine adäquate Übernachtungsmöglichkeit); ein anderes Mal hatte man von ihm verlangt, an seinem freien Tag nach Bath zu fahren, um dort ein Paket mit vierzig gespendeten Lesebrillen abzuholen und diese dann der Obhut dreier älterer Damen zu übergeben, die anschließend zu ihrem Schiff nach Southampton gebracht werden mussten. Katie hatte ihn auf diesen Ausflügen begleitet und die damit verbundene Verantwortung sehr ernst genommen. Der präoperativ in ihrem winzigen Gästezimmer untergebrachte Patient erhielt von ihr eine gründlichere physiotherapeutische Behandlung, als er sie später in der Klinik erfahren würde, und wurde nach der OP mit einem ganzen Schwung ausgedruckter Reha-Anweisungen zurück aufs Schiff verfrachtet. Dan war kein großer Fan von dem finsteren, ausweichenden Caleb dos Santos, der sich nur bei ihm meldete, wenn er Geld brauchte, und sich gern rarmachte, wenn die exzentrischen Wünsche des Inselrats eintrafen. Das ging nun nicht mehr, seit Dan die Heimreise nach Tuga angetreten hatte. Während er noch versuchte, sich die Konsequenzen seiner Rückkehr bewusst zu machen, war diese Anekdote seiner Mutter die perfekte Erinnerung daran, dass wahre Unabhängigkeit ohnehin nur eine Illusion war. Niemand, der von einer Insel stammte, entfloh dieser Insel jemals so ganz, nicht einmal Caleb dos Santos, der die Enge der kleinen Welt, die er zurückgelassen hatte, unverhohlen verachtete und seine Herkunft mit einem derart bizarren Akzent zu übertünchen versuchte, dass selbst Dan (der seinerseits einen ungewöhnlichen Akzent mit sich herumschleppte) hörte, wie sehr dieser zwischen Wales und Liverpool schwankte. Wenn man Tuganer war, war man es immer und überall. Vielleicht würde es sogar eine gewisse Erleichterung mit sich bringen, wieder Tuganer auf Tuga sein zu können und sich nicht mehr ständig anpassen zu müssen. Der innere Kampf, den Dan Zekri seit vielen Jahren ausfocht, würde durch seine Heimkehr hoffentlich ein Ende finden.

Inzwischen war auch der Spaziergang mit seiner Mutter beendet, denn sie waren angekommen, standen vor dem

Häuschen, in dem er geboren worden war. Die Fassade unter dem Palmstrohdach war vor Kurzem in der Farbe frischer Buttermilch gestrichen worden, und die Haustür, die früher rot wie Hibiskus gewesen war, war jetzt weiß und stand offen. Ansonsten sah alles aus wie immer, und Dan erkannte nur an den Bäumen im Garten, wie viel Zeit tatsächlich vergangen war. Vor langer Zeit, nach seiner eigenen kurzen Englandreise, hatte sein Vater drei kleine Kadota-Feigen entlang der seitlichen Hauswand gepflanzt, die seither enorm gewachsen und dicker geworden waren. Ihre schweren Äste ragten über den östlichen Teil des Gartens und strotzten nur so vor grünem Saft. Dan legte den Arm um seine Mutter, und sie standen einen Moment nebeneinander und betrachteten schweigend das kleine Haus mit seinen großen Bäumen. Dans Vater war tot – auch das war eine Veränderung.

Lusi führte ihren Sohn in die kleine Küche, in der sie und Tante Moz ein Mittagessen vorbereitet hatten, das eines Pearl Day würdig gewesen wäre. Tante Moz schrie auf, als sie ihn erblickte, und schlang ihre kräftigen Arme um seinen Hals. Lusi betrachtete die beiden mit offenkundigem Vergnügen. Jedes Wiedersehen fachte ihre eigene Freude über Dans Heimkehr neu an.

»Du bist die Rettung deines Onkels!«, verkündete Moz voller Inbrunst und kniff Dan liebevoll in die Wangen. Als Saul protestierte, er müsse nicht gerettet werden, sagte sie: »Na gut, dann bist du eben meine Rettung. In der Sekunde, in der du die Klinik übernimmst, schalte ich das Telefon dort drüben aus.«

Moz war groß und füllig, eine Riesin in den Augen ihrer Schulkinder, die sie sehr verehrten und als oberste

Autorität der Insel betrachteten. Sie liebten und fürchteten ihre Lehrerin gleichermaßen, eine Kombination aus gegensätzlichen Gefühlen, die sich die meisten bis weit ins Erwachsenenalter bewahrten. Miss Moz hatte bereits mehrere Generationen unterrichtet, und ihre einst feuerroten Haare waren zu einem silbrigen Grau verblichen. So sehr sie auch darauf beharrte, dass es für Saul höchste Zeit sei, sich in den Ruhestand zurückzuziehen, ihr selbst hätte niemand vorzuschlagen gewagt, ihre Arbeit als Lehrerin niederzulegen, am allerwenigsten ihr Ehemann. Das Schulhaus ohne Miss Moz war unvorstellbar.

Dan saß am Tisch und merkte, dass ihm die vertrauten Essensgerüche den Boden unter den Füßen wegzogen. Zwei Brathühner, unter deren knusprige Haut eingelegte Etrog-Scheiben und Mintberrys gestopft waren, dazu süßer Kokosreis und eine Pyramide frittierter Süßkartoffel-Keftes. Eine Mahlzeit für zwölf Personen stand vor ihm, dabei waren sie nur zu viert.

Saul klopfte Dan auf die Schulter und setzte sich neben ihn.

»Du solltest mit jedem Schiff nach Hause kommen. Sieh dir dieses Festmahl an!«

Das Telefon klingelte, und Saul stand wieder auf. Ein erschöpfter Ausdruck trat in seine Züge, doch er meldete sich mit fröhlicher Stimme und griff sofort nach einem Stift, hörte aufmerksam zu und machte sich Notizen. Moz wies mit dem Finger auf ihn und verzog theatralisch das Gesicht.

»Merkst du, wie wir hier leben? Seit *Jahrzehnten* geht das so – sie spüren ihn auf, wo auch immer er ist. Gleich wird er verkünden, dass er sein Brathuhn leider nicht essen kann, weil er zu einer schlimmen Nachtschattenvergiftung oder einem lebensbedrohlichen Splitter muss.« Sie küsste Dan auf den Kopf und setzte sich zu ihm. »Wir haben alles aufgetischt, was du vielleicht in England vermisst hast, *kerido*. Nancy hat mich daran erinnert, wie gern du Keftes magst.«

Saul bedeutete ihr mit einer Handbewegung, leiser zu sprechen.

»Mmmh, ich habe keine Keftes mehr gegessen, seit ich die Insel verlassen habe«, schwärmte Dan flüsternd. »Wo ist Nancy eigentlich?«

»Sie arbeitet, du siehst sie später.«

»In der Klinik?«

»Im Rockhopper«, antwortete Lusi. »An den Tagen, an denen sie nicht in der Klinik aushilft, steht sie dort hinterm Tresen.«

»Außerdem unterrichtet sie noch Naturwissenschaften an der Schule«, ergänzte Moz. »Immer dienstags.«

»Was du natürlich auch problemlos könntest«, sagte Lusi voller Stolz.

»Ich denke, ich werde die neue Tierärztin bitten, Biologie zu unterrichten«, überlegte Moz, die ein Talent dafür besaß, die Kompetenzen sämtlicher Inselbesucher auszukundschaften und sie für ihre Schülerinnen und Schüler zweckzuentfremden.

»Dann frag meinetwegen die Tierärztin. Dan wird viel zu beschäftigt sein bei mir in der Klinik, um irgendjemandem irgendwas beizubringen«, verkündete Saul bestimmt. Er hatte das Telefonat inzwischen beendet und war an den Tisch zurückgekehrt. Moz lud seinen Teller so aggressiv mit Essen voll, als wollte sie sagen: Wage es ja nicht, aufzustehen, bevor du das alles aufgegessen hast!

»Übers Unterrichten habe ich tatsächlich schon nachgedacht.« Dan lehnte sich zurück, während seine Mutter und seine Tante von beiden Seiten eine ähnliche Menge auf seinen Teller schaufelten. »Allerdings will ich nicht die Kinder unterrichten, sondern das Klinikpersonal. Ich hatte gedacht, dass wir einmal die Woche eine kurze Fortbildung einschieben könnten. Eine Liste mit möglichen Themen habe ich schon vorbereitet, ich zeige sie dir gern.«

Saul runzelte kaum merklich die Stirn. »Und wer kümmert sich um die Patienten, während sich die Pflegekräfte fortbilden?«

»Na ja, wir könnten vielleicht an einem Vormittag pro Woche nur Notfälle annehmen und die Routineuntersuchungen und Sprechstunden auf die anderen Tage beschränken.« Als Saul nicht antwortete, fuhr Dan fort: »Du meintest doch, dass es den Pflegekräften manchmal an der nötigen Motivation fehlt, daher habe ich auf der Überfahrt hierher überlegt, ob eine berufliche Weiterentwicklung nicht vielleicht die Lösung wäre. *Eine* Lösung, meine ich«, verbesserte er sich schnell. Es sollte nicht so klingen, als hätte er bereits ein Problem beseitigt, an dem sich Saul schon seit Längerem abarbeitete.

»Ein interessanter Gedanke.« Saul löffelte Soße über seinen Reis und sein Hühnchen. »Iss auf, wir müssen zu einem Ausschlag.«

»Habe ich es nicht gesagt?« Moz verschränkte die Arme. »Wir schaffen es nicht durch ein einziges Mittagessen, ohne dass uns eine dringende Eiterflechte dazwischenkommt. Wie war eigentlich das Essen auf dem Schiff, *mi vida*?«

»Schrecklich.«

»Und in England?«

Für einen Moment schweiften Dans Gedanken treulos nach Camden Town ab, in die Brick Lane, zum Borough Market. Er dachte an Pad Thai mit geschroteten Erdnüssen und Limettensaft, an Sushi und Rinderbrust und gedämpfte Teigtaschen, an koreanisches Backhuhn. Plötzlich sehnte er sich schmerzhaft nach Camembert. Das Leben auf Tuga hielt reichlich frischen Fisch und reife Früchte bereit, aber es war wohl unwahrscheinlich, dass Weichkäse auf der Insel auftauchte, es sei denn, jemand lernte, wie man ihn vor Ort herstellte.

»Es gab nichts, was mit dem hier vergleichbar wäre«, antwortete er und lächelte seine Mutter an, deren Liebe und Stolz den kleinen Raum erfüllten, so sehr freute sie sich darüber, ihn wieder beköstigen zu können. »So wie zu Hause schmeckt es nirgendwo.«

8

»Mein Zuhause ist da, wo du bist. Ich verlasse dich nicht, niemals«, verkündete Annie erbittert. Sie saß mit Alex dos Santos auf einer Maulbeerfeige, die ihre Zweige über den alten Friedhof erstreckte, und blickte auf das glitzernde Meer hinaus. Es war der Tag nach ihrem elften Geburtstag, und sie hatten beide Mühe, gegen die Tränen anzukämpfen.

»Sie werden dich aber nicht hierbleiben lassen. Alle suchen nach dir.«

»Ich verstecke mich bis Island Close. Die können das Schiff nicht für mich aufhalten. Es hat sowieso schon Verspätung.«

Alex nickte, wagte es jedoch nicht, sich allzu große Hoffnungen zu machen. Er konnte den Blick nicht von den blauen und roten Lichtern des Frachtschiffs abwenden, das ein Stück vor der Insel bei den Tangwäldern ankerte.

Annie Goss und ihre Mutter Marianne waren die beiden Sonnen, die Alex' Leben erhellten. Marianne war seine Amme gewesen, als seine eigene Mutter nach der schweren Geburt das Bett gehütet hatte. Man hatte ihn von Ruths erschöpftem Körper genommen und auf Mariannes warme, sichere Brust gelegt, und dort war er zum ersten Mal Annie begegnet, deren Händchen über Mariannes Brustbein hinweg nach seinen kleinen Fingern gegriffen hatte. Marianne hatte auf die beiden Säuglinge herabgeblickt, deren gebeugte Ärmchen den Flügeln eines einzigen zarten Vogels geglichen hatten, mit Käseschmiere als Federn. Annie bedeutete für ihn Farbe und Magie, sie war seine Milchschwester, seine Blutsschwester, seine Zwillingsflamme. Dass sie eines Tages in ein englisches Internat geschickt werden sollte, hatte seit frühester Kindheit über ihm gehangen wie die Verwünschung in einem Märchen, wie ein Stein, den er geschluckt hatte und der seither schwer in seinem Magen lag. Die vor ihnen liegende Trennung vergiftete alles. Schon die ganze sechsmonatige Island-Open-Zeit fürchtete er diesen Tag.

Wenn ihr grimmiges kleines Gesicht so wie jetzt dicht vor seinem war und ihr heißer Atem über seine Wange strich, wenn sie schwor, sie werde sich erfolgreich gegen die Pläne der Erwachsenen auflehnen, erlaubte sich Alex ein wenig Hoffnung. Doch spätnachts, wenn das qualvolle Umherirren seiner Mutter ihn weckte, erkannte er die Wahrheit: Annie würde nach England reisen und ihn allein zurücklassen.

Am Morgen zuvor hatte ihn Marianne am Strand gefunden, zusammengerollt am Fuß einer Palme, wie ein geprügelter Hund. Sie hatte ihn fast mühelos vom Boden hochgehoben und auf den Schoß genommen, ihren großen kleinen Jungen, der seit Neuestem elf Jahre alt und doch in allem noch ein Kind war. Sie hatte ihm über die Haare gestrichen und durch ihre eigenen Tränen hindurch geflüstert, dass sie beide, die Annie am meisten liebten, nun tapfer sein und ihren Kummer hinter Großmut verstecken müssten – wahre Liebe bedeute, den geliebten Menschen ziehen zu lassen.

Marianne hatte ihrer Tochter nichts von sich selbst zu geben, nur dies, ein Arrangement, das vor langer Zeit getroffen worden war. Sie tat gar nicht erst so, als würde sie erwarten, dass Annie jemals wieder aus England zurückkehrte. Sie und Alex mochten leiden, aber ihrem geliebten Mädchen würden Flügel wachsen.

Alex kletterte auf den Dschungelboden hinunter. Kurz darauf landete Annie neben ihm, lautlos wie eine Katze. Selbst im tiefen Schatten der Bäume erkannte er, dass ihre Augen vom Weinen geschwollen waren.

»Ich gehe hoch zum Wasserfall. Sag, du kannst mich nicht finden.« Annie gab ihm einen unsanften Stoß vor die Brust.

»Das werden sie mir nie glauben.«

Sie stampfte mit ihrem staubigen nackten Fuß auf. Und Alex, ihr Komplize, ihr treuer Gefolgsmann, Rittergefährte und Bruderknappe, wischte sich mit dem schmutzigen Handrücken die Tränen weg und gelobte, zu tun, was sie gesagt hatte. Dann begann er zu rennen.

»Ich verrate dich nicht!«, rief er über die Schulter. Für Annie würde er ungehorsam sein. Für Annie hätte er die Insel in tausend Stücke geschlagen. In diesem Moment verkündete das Schiff mit einem tiefen, langgezogenen Tuten seine Abfahrt, und die Insel antwortete mit Glockengeläut. Die Erleichterung war zu viel für Alex, er fiel unter einem Eisenholzbaum auf die Knie, lehnte die Stirn gegen die raue Rinde des Stamms und schluchzte.

Elf Jahre zuvor

Es galt seit jeher als glückverheißend, sein Kind am Island Day zur Welt zu bringen, doch weder die Schwangerschaft von Marianne Goss noch die von Ruth dos Santos waren bisher besonders verheißungsvoll verlaufen. Eigentlich war es Tradition, dass Mädchen, die an diesem Feiertag zur Welt kamen, Tuga genannt wurden, was jedoch seit über hundert Jahren nicht mehr vorgekommen war. Es gab keine verbleibenden Tugas mehr, und der Brauch war in Vergessenheit geraten. An diesem Island Day wurden daher geboren: Alex dos Santos, zweiter Sohn der allseits beliebten und respektierten Inselrätin Ruth dos Santos und ihrem Ehemann, einem Fischer, von dem sie zum Zeitpunkt der Geburt bereits getrennt lebte, und Annie Goss, ungeplante und unerwartete Tochter der mittellosen, selbst noch nicht ganz erwachsenen Marianne Goss und wer weiß welchem Versager von Vater. Falls die Ankunft dieser beiden kleinen Seelen tatsächlich Glück verhieß, so war dieses Glück nicht auf den ersten Blick erkennbar.

Bis Marianne als Jugendliche schwanger wurde, hatte sie nie auch nur den geringsten Ärger verursacht, auch wenn sich viele Insulaner angesichts dessen, was man über ihre biologische Mutter wusste, durchaus Sorgen gemacht hatten. Diese Mutter war nämlich als Besatzungsmitglied eines Kreuzfahrtschiffs auf der Insel gelandet und als illegale Einwanderin geblieben. Vier Monate später hatte sie Marianne zur Welt gebracht, was sie nicht davon abgehalten hatte, durch ihr aufbrausendes Temperament und ihren Alkoholkonsum mit erschöpfender Regelmäßigkeit für Probleme zu sorgen. Sie hatte Schulden angehäuft, Streit provoziert, an Tu B'Av dem Inselgeistlichen ihren blanken Hintern gezeigt. Tuga de Oro besaß genügend eigene schwierige Charaktere. Man tolerierte öffentliche Ärgernisse hier erheblich weniger bereitwillig, wenn LVAs der Auslöser waren.

Marianne war ein blasses, mageres kleines Mädchen gewesen, stumm und ernst. Die meisten Inselkinder kamen abends staubbedeckt und schlammbespritzt nach Hause, aber sie brachen jeden Morgen mit vollem Magen in die Schule auf, und auch wenn ihre Kleidung schon durch viele Hände gegangen war, war sie stets sauber und ordentlich. Miss Moz hatte sich die größte Mühe gegeben, mit Freundlichkeit und Geduld zu dem Mädchen durchzudringen. Sie hatte ihr über die Wange gestrichen, ihre Hand gehalten, hatte ihren Ekel unterdrückt vor diesem ungepflegten Kind, das so oft nach ungewaschenen Haaren roch, das sich kratzte, sich die Nägel abkaute, bis es blutete. Und das sich weigerte, ihr in die Augen zu sehen. Irgendwann hatte sich Moz mit dem Problem an Ruth dos Santos gewandt, jene Inselrätin, die neben vielen anderen Dingen für das Thema Kindeswohl in der Gemeinde zuständig war. Noch bevor sich die beiden Frauen auf die beste Vorgehensweise einigen konnten, ging ein Kreuzfahrtschiff vor Tuga vor Anker. Am nächsten Morgen kam die achtjährige Marianne mit ihren wenigen Habseligkeiten im Schulranzen zur Schule, und als das Schiff ablegte, war ihre Mutter an Bord.

Es gab niemanden, den Moz mehr verehrte als Ruth, die mit einer Hand die ganze Insel zu führen schien, während sie mit der anderen für die halbe Gemeinde buk. Sie war für ihre Weisheit, ihren Gerechtigkeitssinn und ihre Effizienz bekannt, und ihr moralischer Kompass und ihr Mut hatten mehr als einmal dafür gesorgt, dass sie gegen den Rest des Inselrats votierte. Und diese Frau erschien nun auf dem Schulhof und band ihre dichten schwarzen Locken nach hinten – für diejenigen, die sie kannten, ein sicheres Zeichen dafür, dass es nun ans Eingemachte ging.

Sie setzte Marianne auf einen Stuhl und schnitt ihr die langen hellblonden Haare auf Kinnlänge ab. Dann erstickte sie die Kopfläuse mit Kokosöl und kämmte die Nissen aus, während das Mädchen schweigend an seinen Nagelhäutchen zupfte. Ruth massierte noch mehr Öl in Mariannes wunde Kopfhaut ein und behandelte ihre rissigen Nägel mit Ingwerhonig. Sie nahm die Achtjährige mit zu sich nach Hause und stellte sie am nächsten Morgen neben sich auf einen Stuhl, um mit ihr *biscochos* zu backen.

Sie passten gut zueinander. Beide waren flink, wachsam und unabhängig. Ruth redete gern, Marianne konnte zuhören. Ruths Sohn Caleb war fast erwachsen, und ihr Mann arbeitete als Schleppnetzfischer und war monatelang nicht auf der Insel. Ruth hatte Energie im Überfluss für Marianne (eigentlich hatte Ruth für alles Energie, wie Moz manchmal neidisch dachte – ihr Tag schien mehr Stunden zu haben als der anderer Leute).

Die Zuneigung, die Ruth für die stille, vorsichtige Marianne entwickelte, brauchte ihre Zeit, ging jedoch umso tiefer, als sie eines Tages Besitz von ihr ergriff. Marianne wiederum liebte Ruth treu und hingebungsvoll vom ersten Tag an, schon allein deshalb, weil sie dem höllischen Jucken auf ihrem Kopf und an ihrem ganzen Körper ein Ende bereitet hatte. Ruth war auch die Einzige, der sie später die ganze schorfige, verdreckte Wahrheit über ihre frühe Kindheit anvertraute. Ruth hielt ihr die Hand und versicherte leise, es tue ihr furchtbar leid, sie hätte früher bemerken müssen, wie schlecht es Marianne ging, man hätte sie vor ihrer Mutter beschützen müssen. Ihre Ziehtochter war anderer Meinung: Sie hatte niemandem davon erzählt, wie hätten die Inselbewohner es also merken sollen? Jetzt war Ruth für sie da, und nichts konnte ihr mehr etwas anhaben. Sie war wie eine ganze Rettungsmannschaft auf dem Schulhof erschienen und hatte ihr Leiden beendet. Ruth bedeutete Sicherheit und Heimat.

Als Ruth und Marianne – die zu dem Zeitpunkt siebzehn war – gleichzeitig schwanger wurden, kam es allen wie ein schlechter Witz vor. Die meisten Inselbewohner verdächtigten Levi Mendoza, der Vater von Mariannes Baby zu sein, ohne dass es Hinweise darauf gegeben hätte – einfach nur, weil er als Tunichtgut galt und für alles der Hauptverdächtige war. Ein derartiges völliges Fehlen von Informationen bildete auf Tuga de Oro die absolute Ausnahme. Die Insel war zwar umrankt von Mythen und Rätseln – teils frei erfunden, teils auf wahren Ereignissen beruhend –, aber geheimnisumwobene Inselbewohner gab es nicht und auch ganz gewiss keine unbefleckte Empfängnis.

Was ihre eigene Schwangerschaft anging, empfand Ruth nichts als Müdigkeit und Verdruss. In ihrem Alter hätte sie es wirklich besser wissen müssen. Ihr Mann David war nur selten zu Hause, was einem Paar, das wenig gemeinsam hatte, sehr entgegenkam. Anscheinend war er aber doch oft genug zu Hause gewesen, wie man auf der Insel gehässig feststellte. Jener kurze Aufenthalt, bei dem er seine Frau geschwängert hatte, sollte sein letzter bleiben. Noch bevor er erfuhr, dass er erneut Vater wurde, heuerte er auf einem neuseeländischen Schiff an, dem er auf den Falkland-Inseln begegnet war, und siedelte für immer nach Neuseeland über. Im Grunde spielte es keine Rolle, denn wenn es jemanden gab, der genug Energie hatte, um mit gleich zwei Neugeborenen im Haus einen Neuanfang zu wagen, dann Ruth dos Santos.

Ihre Niederkunft verlief von Anfang an problematisch. Marianne, deren eigener Geburtstermin eigentlich schon zwei Wochen zuvor hätte sein sollen, machte sich auf den Weg, um Rachel zu holen, die Hebamme. Eilig rumpelte sie mit dem Fahrrad das holprige Sträßchen nach New Recife hinunter. Und als Rachel gekommen war und festgestellt hatte, dass Ruths Leben in Gefahr war – die ganze Atmosphäre im Raum hatte sich verändert –, war es wieder Marianne, die Dr. Gabbai holen ging. Vielleicht war das Einsetzen ihrer Wehen auf all das hektische Fahrradfahren zurückzuführen. Jedenfalls legte sich Marianne zu Ruth aufs Bett, atmete mit ihr und sah ihr tief in die Augen. Sie wollte, dass ihre jugendliche Kraft auf den Körper ihrer Ziehmutter überging. Und dann stieß sie plötzlich ein Lachen aus, das rasch in ein Stöhnen überging. Sie griff nach Ruths Hand und sagte: »Aaah … Das darf doch nicht wahr sein. Es tut mir so leid!« Saul und Rachel sahen sich mit hochgezogenen Augenbrauen an. »Lass mich mal sehen, Mädchen«, sagte Rachel zu ihr, doch es schien, als hätte Marianne sie nicht gehört. Die junge Frau rollte sich auf den Bauch und kauerte auf Händen und Knien neben Ruth, um ihr Gesicht am verschwitzten Hals der älteren Frau zu vergraben. Rachel verließ ihren Posten zwischen Ruths Knien und schob Mariannes Kleid hoch. Mit einer Schere zerschnitt sie die blutgetränkte Unterhose und erkannte, dass der Gebärmutterhals sich bereits verkürzt hatte und der Muttermund weit geöffnet war. Vierzig Minuten später kam Annie Goss auf die Welt.

In der darauffolgenden Nacht erblickte auch Ruths Baby endlich das Licht der Welt, grau und stumm, schlaff wie ein Fisch. Rachel kümmerte sich um den Säugling,

Dr. Gabbai um die Mutter. Nach einigen Minuten erschien ein schwacher, rosiger Schimmer auf der Brust des kleinen Jungen, sie hob sich und vibrierte. Dieses Lebenszeichen musste genügen – es war Ruth, die dringend Hilfe brauchte. Rachel nahm kurzerhand den froschähnlichen kleinen Körper und legte ihn auf den besten Platz, der ihr einfiel: auf die warme Brust der gesunden jungen Frau, die erst seit wenigen Stunden Mutter war und ihr Neugeborenes dennoch schon mit augenscheinlicher Mühelosigkeit stillte. Marianne akzeptierte das kleine Bündel, ohne zu protestieren oder sich auch nur darüber zu wundern. Sie hatte nun zwei kleine Neuankömmlinge im Arm, ihre Tochter und Ruths Sohn, der für sie ganz selbstverständlich zu diesem Moment dazugehörte.

Auf der anderen Seite des Zimmers lag Ruth fiebrig und mit hochrotem Gesicht im Bett. »Geht es meinem Baby gut?«, stieß sie hervor, und Rachel nickte und strich ihrer Patientin beruhigend die feuchten schwarzen Locken aus dem Gesicht, die längst von silbrigen Strähnen durchzogen waren. »Es geht ihm gut, er ist hier bei uns.« Ruth lächelte matt und schloss erschöpft die Augen. Ihr kleiner Junge würde überleben. Und auch Ruth würde weiterleben, wenn auch nach langem Kampf. Saul spritzte ihr Diamorphin. Rachel hielt die Lampe für ihn, und Saul nähte und nähte und hoffte, dass am Ende alles gut ausging.

Auf der Harbour Street hatte sich inzwischen die Island-Day-Parade mit flatternden Flaggen in Bewegung gesetzt. Im Inneren von Ruths kleinem Haus trafen sich auf Mariannes warmer Brust zwei Händchen, wie die goldenen Hände eines irischen Gimmel-Rings, direkt auf dem Brustbein, schräg oberhalb ihres Herzens.

9

Das Schiff verkündete mit einem tiefen Tuten seine Abfahrt, und die Insel antwortete mit Glockengeläut. Diese Glocken symbolisierten gleichzeitig den Beginn der Island-Close-Periode. Was als viertägiges Ankern vor der Insel geplant gewesen war, war auf die Zeit komprimiert worden, die man benötigt hatte, um die Fracht zu löschen, kleine Mengen gefrorenen Fisch für den Export einzuladen und die elf abreisenden Passagiere an Bord zu nehmen. Irgendjemand musste die elfjährige Annie Goss gefunden und aufs Schiff gezerrt haben. Wie weit hätte sie auf dieser kleinen Insel, auf der jeder sie kannte, auch kommen sollen? Und das andere kleine Mädchen, Rebecca Lindo-Smith, würde das Gesicht ihrer Mutter nun erst wieder in einem Jahr sehen.

Das Schiffshorn hatte sie aufgeweckt. Als Charlotte auf die Uhr blickte, stellte sie fest, dass sie fast den ganzen Nachmittag verschlafen hatte. Sie war dankbar dafür, denn es gab Dinge, über die sie lieber noch nicht nachdenken wollte.

Das Adrenalin, das ihr heimlich geplanter Aufbruch von London freigesetzt hatte, war ihr während der wochenlangen Reise erhalten geblieben, angefacht vom plötzlichen Auftreten ihres körperlichen Unwohlseins und später vom unerwarteten Hoffnungsschimmer, den die Begegnung mit Dan in ihr entfacht hatte. Doch nun war sie – nach einer gefühlten Ewigkeit – endlich am Ziel ihrer Reise angekommen, in diesem Haus, in dem nichts mehr schwankte, in dem es vollkommen still war. Sie war nicht mehr seekrank, und die Unruhe verlagerte sich auf ihre Gedanken. Sie lag auf einem Bett, das nicht ihr gehörte, blickte auf eine Küchenspüle, die ebenfalls nicht ihre war, und konnte sich auf einmal nicht mehr erinnern, warum sie überhaupt hergekommen war. Ihre Gründe für die Reise erschienen ihr plötzlich nebulös und banal: um eine gefährdete Art zu schützen; um etwas Wichtiges in Erfahrung zu bringen; um vielleicht noch andere Rätsel zu lösen.

Charlotte würde ein ganzes Jahr als Tuganerin leben. Sie würde lernen, Vorbeigehende mit erhobener Hand und dem Wort *»Paz«* zu begrüßen. Wenn sie größere Strecken über die Insel zurücklegen musste, würde sie sich einen der vielen Esel einfangen. Sie würde veilchenblauen Saloop trinken, der aus den getrockneten herzförmigen Früchten der endemischen Korason-Palme gebraut und mit Kokossirup gesüßt wurde, würde reife Mangos und wilde Vanille pflücken. Wenn die Saison dafür gekommen war, würde man ihr Tölpel-Rührei auftischen (wobei es sich mitnichten um eine Anspielung auf die Geschicklichkeit des Kochs handelte). Charlotte würde den Regenwald nach Goldmünzschildkröten und die Bücherregale der Insel nach historischen Berichten über die gefährdeten Reptilien absuchen. Sie würde ihren Vater finden, oder auch nicht.

Hier war sie nun, inmitten eines gewaltigen Ozeans, auf einer abgelegenen Insel, die monatelang kein Schiff mehr anfahren würde. Entweder, sie war eine furchtlose

Abenteurerin oder vollkommen geistesgestört. Das eine schloss das andere nicht aus.

Charlotte hatte beim Reinkommen ihre Schuhe abgestreift, ansonsten jedoch alle Kleider anbehalten, teils, weil sie erschöpft gewesen war, teils, weil die schmalen, mit Nägeln befestigten Leinenvorhänge vor den Küchenfenstern einen reichlich dürftigen Sichtschutz darstellten. Letzteres war auch der Grund dafür, dass sie die Tränen, die am Vormittag in ihr aufgestiegen waren, unterdrückt hatte. Das Meer rauschte immer noch in ihren Ohren, als sie aufstand und zur Tür ging. Auf der Fußmatte lag ein Zettel neben einem Gefäß mit heißer Hühnersuppe.

Liebe Dr. Walker,
bitte verzeihen Sie, dass ich heute Morgen nicht am Anleger war. Ich war gesundheitlich angeschlagen und hoffe sehr, dass Garrick Sie herzlich willkommen geheißen und Ihnen übermittelt hat, wie stolz und dankbar wir sind, Sie hier begrüßen zu dürfen. Vielen Dank auch für Ihr Verständnis und Ihre Flexibilität, was den etwas überstürzten Zeitplan betrifft. Sie wissen mittlerweile sicher, wie kompliziert es ist, nach Tuga zu reisen – dass so kurzfristig eine Schiffspassage freigeworden ist, war wirklich großes Glück. Nur wenige Menschen schaffen es, so schnell hierherzugelangen, nachdem sie sich für eine Tuga-Reise entschieden haben.
Ich hoffe, Sie haben das Mendoza-Haus in gutem Zustand vorgefunden. Ich habe Milch, Butter und Joghurt in den Kühlschrank gestellt und Ihnen ein paar Mangos und Papayas gebracht. Levi wird Ihnen seinen Garten

bestimmt auch noch ausführlich zeigen. Sie finden dort reichlich Obst und Gemüse und können sich frei bedienen. In den Blechdosen neben der Spüle sind ein Kokoskuchen und ein Laib Brot. Bitte bewahren Sie sämtliche verderblichen Lebensmittel in Dosen auf, um sie vor den Ameisen zu schützen. Das Leitungswasser ist trinkbar. Für die Sache mit dem Bett kann ich mich nur entschuldigen – ich muss mich Levi gegenüber missverständlich ausgedrückt haben. Er hat auf meine Anweisung hin einen Schreibtisch im Obergeschoss aufgestellt, von dem aus Sie einen wunderbaren Blick genießen – ein hoffentlich inspirierender Arbeitsplatz. Levi wird Ihnen zusätzliche Bücherregale zimmern, falls nötig.

Heute Abend findet um achtzehn Uhr die alljährliche Island-Close-Party im Rockhopper statt – ich würde mich sehr freuen, Sie dort zu sehen! Es ist vollkommen ungefährlich, sich auf der Insel zu Fuß zu bewegen, aber nehmen Sie doch bitte trotzdem eine große Taschenlampe mit, wenn Sie während oder nach der Abenddämmerung das Haus verlassen. Es wird hier sehr schnell Nacht, und dann ist es auf der Insel stockfinster.

Ich kann es kaum erwarten, Sie im Rockhopper endlich persönlich kennenzulernen! Dass ich mich heute Morgen geschont habe, liegt auch daran, dass ich unbedingt die nötige Kraft für die Feier aufbringen wollte. Im Namen aller Organisatoren des Martha-Philips-Forschungsstipendiums heiße ich Sie erneut herzlich willkommen auf Tuga de Oro! Es ist ~~mein~~ unser großer Wunsch, dass Sie sich während Ihres Aufenthalts ganz wie zu Hause fühlen, dass Ihre Forschungsarbeit reiche Früchte trägt und Sie die Antworten auf alle Ihre Fragen finden.

Herzlich,
Ihre Joan Williams

PS: Ich schicke Alex dos Santos mit dieser Nachricht zu Ihnen. Er ist etwas schüchtern und unsicher, aber ein lieber kleiner Kerl. Falls er noch in der Nähe ist, wenn Sie dies lesen, fällt Ihnen vielleicht eine Aufgabe für ihn ein – er könnte zum Beispiel etwas für sie holen oder tragen. Alex hat ein gebrochenes Herz und braucht dringend Beschäftigung. Seine Zwillingsschwester wird heute nach England geschickt und befindet sich möglicherweise schon auf dem Schiff, wenn Sie diese Zeilen lesen.

PPS: Ich fürchte, Garrick war ein wenig unwirsch heute Morgen. Dieses Stipendium vorzubereiten, hat mich viel Kraft gekostet, und er ist sehr um meine Gesundheit besorgt. Ich bitte Sie inständig, ihn deshalb nicht zu verurteilen. Er ist ein wunderbarer Mann.

Es gab vieles an diesem Brief, über das sie nachdenken musste. Aber nicht jetzt. Jetzt, dachte Charlotte müde, während sie zurück ins Haus ging und sich den Fuß am Abfalleimer anstieß, musste sie auf eine Party.

10

Die Island-Close-Feier im Rockhopper war eine eher ruhige Veranstaltung. Nach der Ausgelassenheit des Island Day markierte sie nicht nur das Ende jenes wichtigsten Inselfeiertags, sondern auch der Touristen- und Reisesaison. Während Island Close gab es niemanden mehr, für den die Tuganer ihre Insel inszenieren mussten. Es blieben nur die Einheimischen und die Langzeit-LVAs (die das Akronym behielten, selbst wenn sie schon länger auf Tuga lebten als irgendwo sonst). Die einheimischen Fischer fuhren immer noch aufs Meer hinaus, wenn die Bedingungen stimmten, schließlich kannten sie die Tücken der lokalen Gewässer. Es gab also genügend Fisch, und in ein paar Monaten war September und somit Tölpeleier-Saison, mit all der Schlemmerei und den Festivitäten, die damit einhergingen. Fürs Erste war alles reichlich vorhanden, aber die eingelagerten Vorräte waren alles, was es gab. Bis Dezember würde kein neues Currypulver mehr eintreffen, auch keine gebackenen Bohnen, keine Rice Krispies und kein Shampoo, genauso wenig wie Briefe. Wenn man ein neues Spülbecken, ein Paar Laufschuhe, eine Rolle Abdeckfolie oder Metallbolzen in einer speziellen Größe bestellt hatte, waren sie entweder inzwischen auf der Insel oder würden erst in der nächsten Open-Island-Saison eintreffen. Wie auch immer, es war Zeit, die Schotten dicht zu machen.

Charlotte war der rudimentären, jedoch akkuraten

Karte gefolgt, die Joan unten auf ihren Brief gezeichnet hatte, und wurde vom Lärm der Feiernden schon bald von der unbefestigten Piste zum Inselpub gelockt, aus dem Gelächter und Musik in den warmen Abend schallten. Das Rockhopper lag auf halber Strecke zwischen ihrem Häuschen und dem Zentrum von New Recife: ein lang gezogenes, niedriges Gebäude aus gelb gestrichenem Betonstein, dessen Fenster mit Lichterketten geschmückt waren und das sich ein wenig abseits der Straße in die sandige Lichtung eines Walnusshains schmiegte. Daneben befand sich ein Parkplatz, auf dem sich Motorräder und Geländewagen drängten. Zwei Fahrzeuge standen mit Scheinwerferlicht und laufendem Motor da, obwohl niemand am Steuer saß. Auf der anderen Seite des Pubs waren Picknicktische aufgestellt, auf denen elektrische Sturmlaternen flackerten, und neben einem Wassereimer waren mehrere Esel angebunden, deren offene, gutmütige Gesichter Charlotte zum ersten Mal seit ihrer Ankunft ungetrübte Freude bereiteten. Es waren freundliche Tiere, die zutraulich auf ihr Näherkommen reagierten. Mit der Hand am rauen, warmen Hals eines Esels zu verharren, machte den ganzen elenden, demütigenden Tag wieder wett. Sie sind hier, um mich daran zu erinnern, warum ich gekommen bin, dachte Charlotte.

Nachdem sie sich endlich von den Eseln losgerissen hatte, ging sie die Eingangstreppe zum Rockhopper hinauf und stellte fest, dass Elsie die Türöffnung blockierte, diesmal in einem anderen Arbeitsoverall, auf dessen Revers jemand von Hand *Elsie – Mechanikerin* gestickt hatte. Wie eine Türsteherin ragte sie vor ihr auf, und Charlotte überlegte flüchtig, ob sie ihr vielleicht den Zutritt verwehren würde.

»Ah, Doktor Walker! Haben die Esel Ihre tierärztliche Prüfung bestanden? Sehr gründlich von Ihnen, dass Sie sogar noch im Dunkeln arbeiten! Wie gut, dass wir uns noch mal begegnen – ich wollte Ihnen nämlich eine wichtige Frage zum Thema Windschutzscheiben stellen. Windschutzscheiben im Winter, um genau zu sein. Ich weiß, dass man sie nicht mit kochendem Wasser übergießen soll, um das Eis loszuwerden.«

»Soweit ich weiß, können sie davon Risse bekommen«, antwortete Charlotte vage. Sie war dankbar dafür, dass Elsie sie sofort in ein Gespräch verwickelte, wie bizarr es auch sein mochte. Ihre Nervosität war mit einem Schlag zurückgekehrt. Angespannt hielt sie über Elsies khakifarbene breite Schultern hinweg Ausschau nach Dan. Obwohl sie sich auf einer Insel befand, deren Einwohnerzahl kleiner war als die ihres Londoner Postbezirks, hoffte sie inständig, ihn nie wiedersehen zu müssen. Der einzige Vorteil daran, ihm hier in diesem Pub über den Weg zu laufen, wäre der gewesen, die nächste Begegnung mit ihm hinter sich zu haben und vorerst keine Angst mehr davor haben zu müssen.

Sie wusste selbst nicht mehr, warum sie davon ausgegangen war, dass er Single war. Was genau hatte die Hoffnung in ihr geweckt, er könnte die plötzlich in ihr auflodernden Gefühle erwidern? Alles in allem handelte es sich um eine peinliche Fehleinschätzung ihrerseits, eine Mahnung daran, wie wichtig es war, niemanden vorschnell an sich heranzulassen.

»Na ja, streng genommen ist es nicht das heiße Wasser, das zu Rissen führt«, erwiderte Elsie und trat ein kleines Stück beiseite, um Charlotte in den Raum zu lassen. Sie blieb auf Ellbogenhöhe mit ihr, hakte sich sogar bei ihr ein. »Sie denken jetzt sicher: Was weiß denn Elsie davon, die hat doch noch nie Schnee gesehen! Tja, Elsie kennt tatsächlich keinen Schnee, Windschutzscheiben dagegen schon. Die Dinger bekommen nur Risse, wenn sie vorher schon eine Schwachstelle hatten.«

»Ah, verstehe. Das wusste ich nicht. Und ob man eine solche Schwachstelle in der Scheibe hat, erfährt man wahrscheinlich erst, wenn es zu spät ist.«

»Genau!« Elsie wirkte erfreut. »Wie ist es bei Ihnen, nehmen Sie lieber einen chemischen Enteiser oder einen Eiskratzer?«

»Normalerweise beides. Erst das eine, dann das andere.«

»Beides«, wiederholte Elsie. »Ach herrje. Und was ist mit Salz? Könnte man auch Salz auf die Windschutzscheibe streuen, was meinen Sie?«

»Das könnte man bestimmt, aber es wäre eine ziemliche Sauerei. Außerdem würden die Salzkristalle vielleicht das Glas zerkratzen. Wissen Sie zufällig, ob Joan Williams hier ist?«

»Joan ist nicht mehr auf dem aktuellen Stand, fürchte ich. Die Frostschutztechnologie hat sich weiterentwickelt, seit sie England verlassen hat.«

»Da haben Sie sicher recht. Ist sie das?« Hinter Elsie sah Charlotte eine Person auf sich zukommen, eine schmächtige, dunkelblau gekleidete Frau mit sehr kurz geschnittenen grauen Haaren, der kurioserweise Tränen die blassen, faltigen Wangen hinunterliefen. Ihre eine Hand war ausgestreckt, die andere lag an ihrem Hals. Ihre Aufmachung war schlicht und bestand aus einem knöchellangen selbstgenähten Hemdblusenkleid und derben braunen Ledersandalen. Sie trug keinen Schmuck bis auf einen großen, auffälligen

Ring an ihrem Zeigefinger, der mit der Bescheidenheit ihrer restlichen Erscheinung kontrastierte. Dieser Ring stach Charlotte sofort ins Auge, denn er war groß und rund und bestand aus königsblauer, von kleinen Goldsternen durchsetzter Emaille mit einer Umrandung aus Pavé-Diamanten, die im gedämpften gelblichen Licht des Pubs funkelten.

Charlotte machte erleichtert einen Schritt von der gesprächigen Elsie weg und streckte sehnsüchtiger die Arme nach Joan aus, als sie es vermutlich unter anderen Umständen getan hätte. Die beiden Frauen umarmten sich schweigend, ein verbindender Moment, der sich weniger wie eine Begrüßung als wie ein Wiedersehen nach vielen Jahren anfühlte. Auch wenn Charlotte bisher nur per E-Mail mit Joan korrespondiert hatte, hatte sie sie auf Anhieb gemocht, und auch jetzt ging eine fast schon schwindelerregende Wärme von der älteren Frau aus. In Charlotte erwachte eine große Sehnsucht nach ihrer Mutter. Sie musste inzwischen zu Hause sein und hatte vermutlich hysterisch auf die Abreise ihrer Tochter reagiert. Charlotte wusste nicht, wie oder wo sie sich in ihren E-Mail-Account einloggen konnte, aber eins war ihr klar: Die Nachrichten ihrer Mutter würden voller Gift und Galle stecken. Sie vermisste Lucinda und fürchtete sie gleichzeitig.

Joan lehnte sich zurück und betrachtete Charlotte, wobei sie die Hand festhielt, die sie gerade geschüttelt hatte. Der auffällige Ring drückte gegen Charlottes Finger. Joan tupfte sich mit der anderen Hand, in der sie ein Taschentuch hielt, die Wangen ab.

»Entschuldigen Sie meine Rührung. Das war alles von so langer Hand geplant, und es bewegt mich sehr … Ich bin einfach furchtbar froh, dass Sie hier sind. Gleich nehme ich Sie mit nach hinten zu Garrick, aber zuerst wollte ich Sie für mich allein haben, nur für einen kurzen Moment. Erzählen Sie mir doch von Ihrer Anreise! Geht es Ihnen schon etwas besser?«

Charlotte hatte es nicht eilig, Garrick wiederzusehen, und erzählte Joan daher ausführlich von ihren Wochen auf See. Sie stellte fest, dass sie die Überfahrt nicht beschreiben konnte, ohne zumindest flüchtig auf Dan zu sprechen zu kommen, was Joan zu der Erklärung veranlasste, Dans Onkel Saul, der derzeitige Inselarzt, sei mit Garricks Schwester Moz, der Insellehrerin, verheiratet. Sie schlug Charlotte vor, sie solle sich ein Diagramm der tuganischen Familien malen, denen sie begegnete, sonst werde sie schon bald den Überblick verlieren. Dann berichtete sie, die Inselbibliothek sei inzwischen katalogisiert, man habe diese Woche noch die letzten Ergänzungen vorgenommen. Der Katalog befinde sich in einem Zettelkasten auf dem Tisch der Rupert Whitten Library, wo er auf Charlottes ersten Besuch warte.

In diesem Moment entdeckte Charlotte Dan Zekri, der – wiederum zwischen seiner Mutter und seinem Onkel – an einem Ecktisch saß. Die drei schienen in ein Gespräch mit dem Nebentisch vertieft zu sein, an dem Charlotte nun Elsie und Taxi erkannte, die beide zu ihr herüberwinkten. Dan lachte gerade, doch als sein Blick auf Charlotte fiel, erstarb das Lächeln auf seinen Lippen. Er stand auf, als wollte er zu ihr herüberkommen, und Charlotte bat rasch darum, zu Garrick gebracht zu werden. Während sie Joan ans entgegengesetzte Ende des Pubs folgte, sah sie, dass Dan an seinem Ecktisch die Stirn runzelte und sich wieder hinsetzte.

11

Alex dos Santos hatte sich in Sicherheit gewähnt, in der dunkelsten Ecke hinter dem Büffettisch, aber jemand hatte ihn beim Ohr gepackt. Obwohl er sich nicht umdrehen und nachsehen konnte, wer es war, wusste er Bescheid und ließ verschämt einen Keks zurück auf die Servierplatte fallen. Marianne gab sein Ohr frei.

Sie sah ihn auffordernd an, und Alex händigte ihr das Bündel aus, das er umklammert hielt. Sie schlug das Geschirrtuch auseinander und fand zwei Krebsfleisch-Sandwiches vor, auf die er noch eine Scheibe Schokoladenkuchen gedrückt hatte. Nachdem sie das Bündel behutsam wieder eingewickelt hatte, starrte sie Alex an, der seinerseits entschlossen auf seine schmutzigen nackten Füße starrte. Annie und er hatten sich Marianne erfolgreich widersetzt, hatten trotz verschwindend geringer Chancen das Unmögliche vollbracht: Das Schiff hatte ohne Annie abgelegt. Jetzt konnte sie niemand mehr wegschicken. Alex wartete auf seine verdiente Strafe. Wie sie auch ausfallen mochte, es hatte sich gelohnt.

Aber Mariannes Stimme klang sanft, als sie das Wort an ihn richtete: »Du kannst ihr das gern bringen. Richte ihr bitte aus, dass sie zu Hause in ihrem Bett liegen soll, wenn ich nachher zurückkomme. Und zwar blitzsauber. Sie soll sich die Haare waschen und die Nägel schrubben, bevor sie mein Haus betritt.«

Alex, dessen blühende Fantasie mit Peitschenhieben, Stockschlägen oder einer anderen mittelalterlichen Züchtigung gerechnet hatte, fing angesichts der ihm widerfahrenden Milde an zu weinen. Er schlang die Arme um Marianne und schluchzte unverständliche Worte der Dankbarkeit an ihrer Schulter.

»Ist ja schon gut, Schatz. Du musst nicht weinen. Schhh … ganz ruhig. Alex, Liebling, es ist vorbei, sie ist nicht weggefahren. Nicht mehr weinen. Zuerst bringst du deiner Mutter ein paar Sandwiches, okay? Und ein bisschen Feigengelee. Leg einfach beides neben sie auf den Nachttisch, falls sie schläft.«

»Du hättest ruhig ein bisschen gastfreundlicher sein können. Jetzt hast du sie verscheucht! Warst du heute Morgen auch so abweisend, als du sie vom Anleger abgeholt hast?«

Garrick atmete geräuschvoll durch die Lippen aus. Ihm war klar, dass er nicht gerade freundlich zu der neuen Schildkrötenforscherin gewesen war. Er hatte das Gefühl, sich verteidigen zu müssen: »Ich verstehe nicht, warum wir ihr den roten Teppich ausrollen sollten! Dein anonymer Spender hatte in seinem Leben schon so einige Schnapsideen, aber du kannst ihm gern von mir ausrichten, dass das hier die schlimmste ist. Dabei sollst du dich doch eigentlich schonen und darauf konzentrieren, wieder zu Kräften zu kommen! So ein großes Projekt ist jetzt genau das, was wir am wenigsten gebrauchen können. Diese Tiere leben hier schon länger als wir. Warum muss ihre Population denn plötzlich so dringend erforscht werden? Ich merke doch, wie sehr dich der Stress der letzten Wochen mitgenommen hat, dir geht es wieder schlechter!

Gesundheitlich hat dich das um Monate zurückgeworfen. Und diese junge Frau mit ihren Ansprüchen! Scheinbar erwartet sie von dir, dass du ihr ein voll ausgestattetes Londoner Stadthaus zur Verfügung stellst!«

»Sie hat nur gefragt, ob es eine Klimaanlage gibt«, warf Joan ein.

»Die Frage, ob es in einem tuganischen Haus eine Klimaanlage gibt, entlarvt sie als vollkommen unwissend, was unsere Insel angeht. Auf die sie angeblich unbedingt reisen wollte. Und dann dieser Unsinn mit dem Katalog für die Bibliothek!«

»Die Klimaanlage wäre für die Aufbewahrung ihrer wissenschaftlichen Proben gedacht gewesen, nicht für sie selbst. Und das Anlegen des Zettelkatalogs hat mir wirklich Freude gemacht! Sie hat mich nicht darum gebeten, sondern sich nur erkundigt, ob wir einen haben. Erst da habe ich gemerkt, dass wir diesbezüglich Nachholbedarf haben.«

»Papperlapapp! Ihr Schildkrötenzeug kann sie auch in einem ganz normalen Kühlschrank unterbringen, und die meisten Bücher in der Bibliothek haben überhaupt nichts mit ihrem Forschungsgebiet zu tun. Das weißt du genau. Wozu also der Zettelkatalog? Es war wahrlich keine Freude, dir dabei zuzusehen, wie du dich damit abmühst, lass dir das gesagt sein. Seit dieses Schiff England verlassen hat, rennst du wie ein kopfloses Huhn herum, und heute Morgen hat sich dein blinder Aktivismus gerächt, und du konntest nicht mehr aus dem Bett aufstehen. Schön und gut, ich habe sie am Anleger abgeholt, weil du unpässlich warst, aber es hat mich meine ganze Selbstbeherrschung gekostet, sie nicht direkt wieder ins Boot zu setzen und nach England zurückzuschicken. Welchen Nutzen hat eine Veterinärmedizinerin für Tuga? Wird sie etwa beim Lammen, Kastrieren oder Impfen helfen? Wird sie sich die Besamungspläne für das Vieh anschauen? Nein. Wir brauchen sie so dringend, wie ein Fisch ein Fahrrad braucht. Diese Insel hätte jemanden nötig, der ganz pragmatisch bei den Nutztieren mit anpackt, statt im Regenwald herumzutrampeln und Tieren nachzujagen, die gut auf sich selbst aufpassen können. Was unsere Skepsis angeht, sind wir uns übrigens einig, Saul und ich.«

Saul Gabbai war aufgetaucht und legte seinem Schwager gut gelaunt den Arm um die Schulter.

»Wir sind uns in allem einig, *badjanak*. Was ist es heute, was ich deiner Meinung nach mit Skepsis betrachte?«

»Das da.« Garrick wies mit dem Kinn in die Ecke, in der die Jukebox stand. Dort steckten Charlotte Walker und Elsie Smith erneut die Köpfe zusammen, und Elsies rhythmische Handbewegungen deuteten darauf hin, dass sie sich über Schaufeln unterhielten, vielleicht auch über Äxte. »Dass wir neuerdings eine Forschungsstipendiatin haben, die nur gekommen ist, um die Schildkröten zu belästigen.«

»Alle freuen sich darüber, eine Tierärztin auf der Insel zu haben, die länger bleibt als nur von Schiff zu Schiff«, widersprach Saul. »Jeder, den ich in letzter Zeit getroffen habe, hat Fragen gesammelt, um sie ihr zu stellen.«

»Aber sie ist doch gar nicht hier, um Patienten zu behandeln! Angeblich ist sie gekommen, um im Dschungel herumzuschnüffeln und irgendwelche Substanzen in die armen Goldmünzschildkröten zu spritzen, die ihr nie etwas getan haben. Und um meine Frau zu belästigen. Das ist ökologischer Imperialismus. So was brauchen wir hier nicht!«

»Du bist ein richtiges Ekel, Garrick«, rügte ihn Joan unerwartet. »Und du vergisst völlig, dass unser Spender das Stipendium explizit für die Erforschung der Schildkröten eingerichtet hat. Die Sache ist nicht auf Charlottes Mist gewachsen. Sie ist keine ökologische Imperialistin, oder wie auch immer du das nennst. Ich hätte niemals gedacht, dass du so abweisend zu einer jungen Dame sein könntest, die für uns an einen derart weit entfernten Ort gereist ist. Sie ist eine ausgewiesene Reptilienexpertin, auf lange Sicht wird die Insel von ihrer Arbeit profitieren. Wir wollen Forscher anlocken, Umweltschützer, jeden, der uns ein bisschen Aufmerksamkeit bringt und neue Energien freisetzt. Wir haben schon die tuganische Seeschnecke ausgerottet, und es wäre furchtbar, wenn unsere Schildkröten das gleiche Schicksal ereilen würde. Diese junge Frau muss uns ihr Expertenwissen nicht zur Verfügung stellen, es gibt keine automatische Bringschuld für Besucher, auch wenn sie Kompetenzen mitbringen, die wir benötigen. Sie ist eine Koryphäe auf ihrem Gebiet, und wir brauchen sie dringend. *Ich* brauche sie. Und du wirst sie auch noch brauchen.«

Die beiden Männer sahen sie erstaunt an. Joan widersprach Garrick sonst nie, schon gar nicht in der Öffentlichkeit. Und ihre Stimme erhob sie für gewöhnlich auch nicht. Joan schien nicht bereit, näher auszuführen, warum Tuga de Oro so dringend eine Herpetologin nötig hatte. Ihr unerwarteter Ausbruch hatte sie völlig erschöpft. Mit hochrotem Kopf saß sie da, als wüsste sie nicht, was sie noch hinzufügen sollte.

»Wollen wir einen Caper wagen, Joanie?«, fragte Saul

und verbeugte sich. Garrick nickte und wandte sich wieder seinem Whiskey zu. Joan ergriff Sauls Hand.

»Gerne, mein Herr.«

Saul führte sie auf die Tanzfläche, wo sie sich zu einem langsamen Galopp bewegten, den Sylvester, der Inhaber des Gemischtwarenladens an der Harbour Street, auf dem Akkordeon spielte. Taxi griff zu seiner Mundharmonika, und Saul und Joan rotierten gemächlich von Garrick weg.

In sicherer Distanz zu ihm sagte Joan zu Saul: »Endlich ist Island Close.«

»Ja, Island Close. Wie fühlst du dich?«

»Erleichtert.«

»Wirklich?«

»Ja, wirklich, Saulie. Für Reue ist es zu spät, denk immer daran.« Sie verstärkte den Griff um seine Schulter.

Miss Moz nahm Mariannes Hand zwischen ihre Hände und drückte sie. Gemeinsam beobachteten die beiden Frauen, wie Alex dos Santos mit seinen Schätzen aus dem Rockhopper flitzte und in der Dunkelheit verschwand. Er war ein schüchterner Junge, den die lange Krankheit seiner Mutter ängstlich und gefügig gemacht hatte. Und doch hatte er für Annie Goss die Empörung der gesamten Insel in Kauf genommen. Es war schwer zu sagen, ob Annie seine Achillesferse war oder sein Zaubertrank.

»*Kerida*, ich weiß, was du gerade denkst, glaub mir. Es wird alles gut.«

»Meinen Sie?« Marianne blickte zu ihrer früheren Lehrerin auf und suchte in ihrem Gesicht nach Bestätigung. Miss Moz wusste besser als die meisten anderen, wie viel ihr diese Chance bedeutet hatte.

»Na ja, wenigstens musstest du sie nicht voneinander trennen. Sie leben nur füreinander, diese beiden.«

»Wenn ich genug Geld gehabt hätte, um sie beide nach England zu schicken, hätte ich es getan. Es ist eine gemischte Schule. Das Thema verfolgt mich bis in meine Träume. Jahrelang dachte ich: Ich bin so dämlich, warum habe ich nicht schnell genug geschaltet und für beide einen Platz verlangt? Aber sie waren damals noch Babys, und ich konnte ja nicht ahnen, dass sie so unzertrennlich werden würden.«

»Meinst du, das Geld ist jetzt für immer verloren? Oder kommst du noch irgendwie dran? Hier könntest du nämlich auch eine Menge Gutes damit bewirken, finde ich. Es müssen doch Tausende Pfund sein.«

»Es gab eigentlich nie Geld in dem Sinne. Er hat der Schule die ganze Summe überwiesen, damit Annie einen Platz und auch die Unterbringung während der Ferien garantiert bekommt, außerdem Bücher, Schuluniform und alles, was dazugehört. Es war eine einmalige Gelegenheit, und ich war dämlich genug, sie nicht zu nutzen.«

»*Kerida,* du hast getan, was du konntest. Ich weiß, wie viel Mühe du dir mit ihr gegeben hast. Sie wird ein gutes Mädchen werden. Du bist auch nicht gerade mit einem Silberlöffel im Mund zur Welt gekommen, und jetzt sieh dich an!«

»Sie wird nie etwas anderes kennenlernen als ein Leben hier auf der Insel.«

»Ich weiß, dass dich das schmerzt. Du hattest dir etwas Besseres für sie gewünscht. Aber so schlecht ist es nun auch nicht auf Tuga. Und es gibt durchaus Inselbewohner, die sich für Veränderungen einsetzen. Auf unsere bescheidene

Weise tun wir, was wir können. Ich habe ein Auge auf deine Annie, das weißt du. Und ich werde sie erst aus meinen Fittichen entlassen, wenn sie weiß, wo es langgeht. Sie wird bei mir alles lernen, was sie wissen muss, darauf hast du mein Wort.«

Marianne errötete. »Ich wollte damit nicht sagen, dass Sie … Miss Moz, ich weiß, dass wir hier eine gute Schule haben und dass Sie eine wunderbare Lehrerin sind! Es sollte auf keinen Fall so klingen, als würde ich …«

Moz brachte sie resolut zum Schweigen: »So habe ich es auch nicht aufgefasst. Ich weiß genau, was du meintest. Glaub mir, ich wünschte, wir hätten mehr Fördermöglichkeiten auf der Insel. Es bereitet mir schlaflose Nächte, dass wir nicht immer allen Kindern gerecht werden können. Das Leben ist nicht leicht auf Tuga de Oro, aber so übel schlagen wir uns auch nicht. Das Wichtigste ist doch, dass Annie dich hat – du bist ihr ein wunderbares Vorbild und hast ihr vorgelebt, was Liebe und Zusammenhalt bedeuten. Vielleicht wäre es ja möglich, den Schulplatz zu übertragen? Die Schule würde sich doch sicher bereit erklären, stattdessen ein anderes Kind aufzunehmen, damit das Geld nicht verschwendet ist, oder? Was meinst du? Wenn du dort anrufen und die ganze Geschichte erklären würdest? Ich kann das gerne übernehmen, wenn du möchtest. Es gibt bestimmt irgendwo ein kleines Mädchen, das einen Schulplatz braucht. Wir könnten dafür sorgen, dass ein anderes Kind profitiert. Es ist erst Juni – für ein Mädchen aus Großbritannien bliebe noch genug Zeit bis Schulbeginn.«

Marianne nickte, hörte Moz jedoch nur mit halbem Ohr zu. Für sie gab es kein anderes Mädchen. Ihr Herz war so voll, dass es fast platzte. Annie, ihre kleine Elfe, ihr

Glücksbringer, ihr geliebtes Kind. Sie war nicht abgereist, sondern auf der Insel geblieben. Es war unvorstellbar. Mariannes Körper konnte es nicht glauben, er war noch angespannt von dem Kummer, der sich die letzten zehn Jahre angesammelt hatte. Ein Jahrzehnt lang hatte sie darauf gewartet, ihr Kind an die große weite Welt zu verlieren.

12

Das Rockhopper war eine seltsame Mischung aus der Beach-Bar eines Backpacker Hostels und einer englischen Landkneipe, die schon bessere Zeiten gesehen hatte. In den fünfziger Jahren des vergangenen Jahrhunderts hatte jemand eine Garnitur ausgedienter Möbelstücke aus einem Pub in Yorkshire importiert, darunter ein Separee aus dunklem Mahagoniholz mit hohen Seitenwänden und Buntglas-Einsätzen. Es stand nun ganz hinten im Raum auf dem sandigen Linoleumboden und diente als Ehrentisch für die Mitglieder des Inselrats oder als Treffpunkt des Women's Institute. Die restlichen Tische des Pubs stammten aus derselben Schiffsladung, genau wie die Stühle, von denen einige inzwischen kaputt und durch stapelbare Schulstühle aus Metall und weiße Picknickstühle aus Plastik ersetzt worden waren. An der niedrigen Decke hingen alte Fischernetze, an denen Sturmlaternen, Lichterketten und Marmeladengläser mit frischen oder getrockneten Blumen befestigt waren. An den Wänden entdeckte Charlotte Kunsthandwerk zum Thema Schildkröten sowie mehrere große Klemmrahmen mit bunten Fotocollagen von der Sorte, die sie mit Wohnheimzimmern und Familienküchen in Verbindung brachte. Auf den Fotos waren viele der anwesenden Gäste zu bewundern.

»Sind Sie eigentlich überall?«, fragte Charlotte Levi, der hinter der Theke stand und gerade ein Bier zapfte. An die

Wand hinter seinem Rücken waren gewellte Postkarten gepinnt, neben Geldscheinen verschiedenster Währungen.

Charlotte war Elsie ein zweites Mal entkommen, nachdem diese sich treuherzig dazu bekannt hatte, dass sie tatsächlich einen zahmen Roten Teju als Haustier hielt, der durch irgendeine zweifelhafte Zollbeschlagnahmung in ihren Besitz gekommen war. Sie habe schon von klein auf eine Vorliebe für Reptilien, hatte sie erzählt und war gleich im Anschluss dazu übergegangen, Charlotte den Mechanismus des Jukebox-Tonarms zu erklären.

»Ich arbeite nun mal hier. Und wohne derzeit über dem Pub, weil eine gewisse LVA-Schildkrötenlady in meinem Bett schläft.«

»Ich schlafe nicht in Ihrem … Ach, hören Sie doch auf! Immerhin sind Sie hier bekleidet und laufen nicht nackt herum.«

»Das ist sicher eine Enttäuschung für Sie. Lassen Sie mich raten: Weißweinschorle? Cosmopolitan?«

»Wenn Sie glauben, dass Sie mich damit beleidigen, haben Sie sich geschnitten. Ich trinke keinen Alkohol. Fizzycan, bitte.«

Levi ließ klimpernd einige Eiswürfel in ein Glas fallen und füllte es mit Limonade aus dem Zapfhahn auf.

»Danke. Eine Frage: Haben Sie irgendeine Ahnung, warum der Inselgeistliche mich nicht leiden kann?«

Levi stellte ihr Getränk auf die Theke, garniert mit einer leuchtend roten Cocktailkirsche auf einem Spießchen.

»Garrick ist noch einer vom alten Schlag. Er kümmert sich seit Urzeiten um diese Gemeinde, jeder schätzt ihn. Das ist keiner, der einfach nur predigt – er krempelt die Ärmel hoch und schuftet genauso hart wie alle anderen.

Garrick kennt die Sorgen der Leute und weiß, wie schwer es ist, hier Landwirtschaft zu betreiben. Es kommt nicht viel dabei herum, selbst wenn wir uns gegenseitig unter die Arme greifen. Eine Kuh zu verlieren, kann einer Familie die ganze Saison verderben – da hilft es auch nicht viel, wenn der Inselrat vorbeikommt und der Familie eine neue Kuh verspricht. Zumal der Inselrat auch nicht gerade üppig mit Geldern ausgestattet ist. Wir hatten schon länger keinen Tierarzt mehr auf der Insel, und jetzt kommt eine hübsche junge Veterinärin hierher und ... Ich will Ihnen keine Flausen in den Kopf setzen, aber Sie fallen hier schon auf mit all Ihren Uniabschlüssen und Zusatzqualifikationen und was nicht alles. Tja, und dann spricht sich herum, dass Sie zwar ein ganzes Jahr bleiben, aber keine Tiere behandeln. Da finde ich es nicht verwunderlich, wenn Garrick überlegt, was es der Gemeinde bringt, dass jemand so viel Geld dafür hinblättert, Sie auf der Insel zu haben.«

»Sie wollen mir damit sagen, dass nicht nur Garrick mich hasst, sondern alle?«

»Nein, ich sage Ihnen, dass es hier gewisse Probleme gibt und dass die Leute Sie für die Lösung halten. Am besten zeigen Sie sich demütig und erklären Garrick, dass Sie gern mehr über Tuga lernen würden, dass Sie nicht nur hier sind, um zu nehmen, sondern auch helfen wollen.«

»Natürlich will ich helfen, genau deshalb bin ich doch hergereist. Der Schutz von Insel-Ökosystemen ist entscheidend für die Zukunft des gesamten Planeten. Ihr habt hier eine gefährdete Art, die es verdient, genauer erforscht zu werden – oder überhaupt zum ersten Mal erforscht zu werden –, und ich wurde damit beauftragt, ihr die nötige Aufmerksamkeit zu widmen.«

»Wie Sie meinen. Und denken Sie daran: Falls Sie je *meine* Aufmerksamkeit benötigen sollten …«

»Sind Sie für mich da. Schon klar.«

Levi grinste. »Genau.«

Charlotte drehte dem allgegenwärtigen Levi den Rücken zu und sah sich im Rockhopper um.

Dan machte Anstalten, sich zu ihr zu gesellen, daher hielt sie fieberhaft nach einem Fluchtweg Ausschau. Da Joan gerade mit Saul tanzte, nahm Charlotte ihre Limonade und ging zu Garrick hinüber, um Levis unerwartet weisem Rat zu folgen. Tapfer ignorierte sie den missmutigen Blick des Inselgeistlichen.

»Ich wollte nur noch loswerden, dass mir bewusst ist, wie wenig ich über das Leben hier weiß«, sagte sie schnell. »Meine Forschungsarbeit auf dieser Insel ist kein Selbstzweck, sondern soll eine Hilfe für die Zukunft darstellen. Das ist mir wichtig. Vielleicht könnten Sie mich mit den älteren Inselbewohnern bekannt machen, damit ich sie fragen kann, ob sie noch Erinnerungen an die Goldmünzschildkröten haben. So kann ich die Geschichte dieser Tiere und ihre kulturelle Bedeutung besser verstehen. Am liebsten würde ich die Gespräche natürlich mit Martha Philips beginnen.«

Noch bevor sie zu Ende gesprochen hatte, brach Levi hinter ihr in Gelächter aus. Charlotte errötete. Als sie über die Schulter zur Bar spähte, schüttelte ihr Gastgeber grinsend den Kopf. Garricks Stirnrunzeln hatte sich unterdessen in unverhohlene Verärgerung verwandelt.

»Wie Sie Ihre Zeit hier zu verbringen gedenken, bleibt Ihnen überlassen, Doktor Walker, aber eins kann ich Ihnen sagen: Die Vorbereitung Ihres Stipendiums hat meine

Frau vollkommen erschöpft, und bisher konnten Sie mich noch nicht davon überzeugen, dass sie ihre Energie sinnvoll eingesetzt hat.«

In diesem Moment gesellte sich Dan zu ihnen. Diesmal blieb Charlotte keine Zeit, die Flucht zu ergreifen. Merkte Dr. Zekri nicht, dass allein seine Anwesenheit demütigend für sie war? Und nun hatte er wahrscheinlich auch noch mitbekommen, wie Garrick ihr trotz ihres Beschwichtigungsversuchs den Kopf gewaschen hatte.

»Unsere Stipendiatin hat mir gerade mitgeteilt, dass sie sich darauf freut, mit Martha zu sprechen. Sie ist offenbar nicht nur Tierärztin, sondern auch noch Tierflüsterin.«

»Oh … äh … Tut mir leid, Garrick, ich fürchte, das ist meine Schuld.« Dan drehte sich zu Charlotte um. »Ich hoffe, Sie nehmen es mir nicht übel. Ich fand es so charmant, was Sie auf dem Schiff über Martha Philips gesagt haben, dass ich Sie in dem Glauben gelassen habe … Ich hätte es Ihnen natürlich erklären müssen.«

»Was erklären müssen?«

»Dass Martha eine Schildkröte ist. Sie lebt bei Mary Philips im Garten. Es tut mir wirklich leid. Garrick, das geht auf meine Kappe. Ernsthaft, Charlotte kann nichts dafür.« Dan verbeugte sich unvermittelt vor Charlotte. »Darf ich um diesen Caper bitten? Als Entschuldigung, sozusagen?«

Charlotte sah sich hilfesuchend um. Levi hatte an der Bar das Kinn auf die Faust gestützt und beobachtete sie mit hochgezogenen Augenbrauen.

»Diesen Caper? Was muss ich jetzt sagen?«

Dan verharrte in seiner Verbeugung und spähte zu ihr nach oben. »Sie sagen: Gerne, mein Herr. Und dann machen Sie einen Knicks und tanzen mit mir.«

»In dem Fall sage ich: Nein, mein Herr. Ich tanze prinzipiell nicht mit Männern, die in Übersee eine Verlobte haben. Und schon gar keinen Caper – was auch immer das ist.«

Saul Gabbai hatte gerade Joan zu ihrem Platz zurückgebracht und erschien nun neben Charlottes Ellbogen.

»Sehr vernünftig, junge Dame. Tanzen Sie lieber mit einem alten Mann.« Saul verbeugte sich. »Darf ich bitten?«

Charlotte knickste und schielte zu Dan hinüber, der immerhin den Anstand besaß, ein verlegenes Gesicht zu machen.

»Sehr gerne, mein Herr«, sagte sie und akzeptierte Sauls Hand. Während sie zur Tanzfläche gingen, hörte sie, wie Dan Garrick noch einmal zu erklären versuchte, dass weder Charlotte noch er sich über ihn hätten lustig machen wollen. Sie war sich sicher, dass es nichts nützte. Der Schaden war angerichtet.

13

Der Fußmarsch zur Klinik würde im Dunkeln eine ganze Weile dauern. Die Bluegrass-Klänge aus dem Rockhopper verhallten und wichen den Geräuschen der Insel. Überall ächzte und knarrte es. Hin und wieder raschelte es plötzlich in den niedrigen Taro-Büschen am Wegrand. Dans Mutter hatte ihm früher immer erzählt, dass man nachts, wenn man still genug daliege, dem Dschungel beim Wachsen zuhören könne. Dadurch hatten die Bäume für ihn menschliche Züge bekommen, und er war sich wie der Hüter eines großen Geheimnisses vorgekommen. Die Pflanzen wurden zu Lebewesen, nicht unheilbringend, aber gefräßig. Sie fuhren ihre Schösslinge aus, während Dan träumend im Bett lag, eine nächtliche Welt voller Magie. Das Märchen *Hans und die Bohnenranke* war ihm durchaus plausibel erschienen, denn in der feuchtwarmen Dunkelheit Tugas veränderten sich die Pflanzen tatsächlich innerhalb einer einzigen Nacht. Jetzt fiel der Lichtstrahl von Lusis Ersatzstirnlampe fahl und diffus über den steinigen Weg – Dans eigene helle LED-Stirnlampe befand sich noch in seinem Koffer. Die zähe, warme Dunkelheit weckte Erinnerungen in ihm, umgab ihn wie eine Decke.

Zweimal bog er falsch ab, zuerst auf einen Bauernhof, wo ihm dampfender Ziegendung in die Nase stieg, was er als nicht so unangenehm empfand, wie er gedacht hätte, und dann in einen Hof, der offensichtlich einem

Mechaniker gehörte. Schließlich stand er vor dem niedrigen weißen Tor des Klinikgartens. Der Schlüssel steckte in seiner Tasche, Saul hatte ihn seinem Neffen am Nachmittag feierlich überreicht. Es gab nicht viele Schlüssel auf Tuga.

Lange betrachtete Dan das unscheinbare Gebäude – weiß getüncht, L-förmig, das Dach aus Wellblech, die Fenster mit Sichtschutzfolie beklebt, die sich an den Rändern bereits ablöste. Auf der einen Seite führte eine Zufahrt über biskuit- und cremefarbenen Muschelkies zum überdachten Stellplatz des einzigen Krankenwagens. Natürlich gab es auch für ihn einen Schlüssel, der – wie bei allen Fahrzeugen der Insel – zur sicheren Verwahrung im Zündschloss steckte.

Was Dan vor sich hatte, war das Benjamin-Cole-Zentrum für Familienmedizin, schlicht als »die Klinik« bekannt: Untersuchungsraum, Krankenzimmer, Labor, OP, Apotheke, Geburtsstation, Leichenhalle. Für all dies und nichts anderes war er zurück nach Hause gekommen.

Am nächsten Morgen stellte Saul überrascht fest, dass die Klinik hell erleuchtet war und Taxis Stimme aus einem tragbaren Radio am Empfang schallte. Sie verkündete gerade, die Schiffsfracht sei abgewickelt und jeder, der eine Lieferung erwarte, könne ab dem späten Vormittag zum Zollhaus kommen. »Auf euch Viehzüchter wartet allerdings eine fette Enttäuschung«, fuhr Taxi fort, während im Hintergrund bereits das nächste Lied einsetzte. »Offenbar ist die Kühlung für das Brangus-Bullen-Sperma während der Überfahrt ausgefallen. Geht am besten zu Elsie, die kann euch Näheres dazu sagen. Ich denke mal« – inzwischen war klar, dass es sich bei diesem Lied um *Shout* von den Isley Brothers handelte –, »euch ist jetzt auch danach, euren Frust hinauszuschreien.«

»*Paz, kerido.* Du bist ja früh wach!«

Dan kauerte auf allen vieren vor dem untersten Fach des Wandschranks im Klinikflur und wühlte darin herum.

»Ich war gar nicht erst im Bett. Wo ist die Bedienungsanleitung für das Reflotron-System?«

»Wer braucht das?«

Dans Gesicht glänzte vor Schweiß, und sein weißes Hemd – dasselbe, das er gestern Abend im Rockhopper getragen hatte – war zerknittert und nicht mehr ganz sauber. Saul fand, dass sein Neffe wie ein kleiner Junge aussah, der sich mit grimmiger Konzentration über seine elektrische Eisenbahn beugte. Dan setzte sich nach hinten auf seine Fersen.

»Ich. Ich habe einen Probedurchlauf gemacht, wollte aber sichergehen, dass ich keine Funktion übersehen habe. Gibt es einen einheitlichen Aufbewahrungsort für die vielen verschiedenen Teststreifen? Wer macht hier eigentlich sauber? In den Schränken sieht es teilweise schlimm aus …«

»Es gibt mehrere Aufbewahrungsorte. Aber …« Saul betrachtete entnervt die ramponierten Kartons und zerstreuten Papiere in seinem Flur. In einer Stunde würde der erste Patient eintreffen. Man musste ihn nicht daran erinnern, dass Queenie beim Putzen nicht die Gründlichste war. Er hatte in der Vergangenheit Wichtigeres zu tun gehabt, als sich um den Zustand der Schränke zu kümmern, schließlich hatte er immer wieder neue Vertragsärzte einarbeiten und überwachen müssen. In den Schrankfächern wurden keine Eingriffe durchgeführt, was machte da schon ein bisschen Staub? Queenie Lindo-Smith war weit über achtzig und hatte die Klinik schon zu Zeiten geputzt, als Saul noch in England studierte. Es fiel ihr verständlicherweise zunehmend schwer, sich zu bücken und die hinteren Ecken zu erreichen. Wenn man von ihr verlangt hätte, auf dem Boden herumzukriechen, wäre sie vermutlich nie wieder auf die Beine gekommen. Sie zog es vor, gemächlich einen Wischmopp herumzuschieben oder strickend im Wartezimmer zu sitzen und den Patienten Gesellschaft zu leisten. Letzteres war nützlicher, als es sich anhörte – Sauls Sprechstunden waren voll und die Wartezeiten lang. Queenie vertrieb aufkommenden Frust im Handumdrehen und war noch keinen einzigen Tag der Arbeit ferngeblieben, was man von Calla und Winston, den beiden Pflegekräften, nicht behaupten konnte.

In der vergangenen Nacht war Saul zweimal gerufen worden, einmal zu einem Baby mit hohem Fieber, das nicht auf Paracetamol ansprach, und das zweite Mal – er war gerade dabei gewesen, einzuschlafen – zu einem Jugendlichen, der sich bei einer Mutprobe unter Alkoholeinfluss den Fuß an einem Felsen aufgeschlitzt hatte. Saul war trotzdem davon ausgegangen, dass er längst hinter seinem Schreibtisch sitzen würde, bis Dan eintraf, dass er seinen Neffen per Handschlag willkommen heißen, eine Begrüßungsrede halten, ihm eine Führung durch sein künftiges Reich geben würde. Diese Störung seines Ablaufplans empfand er als … störend.

»Die Sprechstunde fängt bald an. Es wäre vielleicht am besten, wenn du das alles wieder wegräumen würdest.«

»Oh, na klar. Ist das Pflegepersonal heute spät dran?«

»Wieso? Die beiden fangen erst um zehn an.«

»Ich dachte, der erste Patient kommt um neun?«

Saul ging an seinem Neffen vorbei in sein Büro, wobei er die Tür hinter sich offen ließ. Er hatte Kopfschmerzen.

»Calla und Winston haben Tiere zu versorgen. Und Gärten. Es ist für alle Beteiligten besser, wenn sie sich erst um alles gekümmert haben, bevor sie herkommen. Hast du wirklich überhaupt nicht geschlafen?«

»Ich war so aufgeregt.«

»Geh nach Hause und stell dich unter die Dusche. Und danach haust du dich aufs Ohr. Wir sehen uns später beim Mittagessen, dann können wir in Ruhe reden.«

»Sicher?«

Saul nickte.

»Okay, ich beeile mich, dann habe ich gleich auch noch Sport gemacht. Nicht, dass dies das perfekte Outfit dafür wäre …« Dan grinste. »Warte, ich stopfe das alles wieder in die Schränke.«

»Dann stopf mal«, sagte Saul und dachte sich insgeheim: Tja. Wie hatte er nur davon ausgehen können, dass Dan sich besser an das Inselleben erinnerte, als er selbst es getan hatte? Der Junge war noch ein Teenager, als er fortgegangen war, leicht zu beeindrucken, ehrgeizig und zielstrebig, voller Wut auf seinen Vater und Mitgefühl für seine Mutter. Er war fast erstickt an der Insel, hatte es kaum erwarten können, alles hinter sich zu lassen. Tugas spezielle Anforderungen und Eigenarten waren ihm entfallen, weil er gewesen war, wie Jugendliche nun mal sind: selbstbezogen, ich-besessen, darauf bedacht, sich Raum zu verschaffen für die Entwicklung ihrer Persönlichkeit. Diese Entwicklung hatte anderswo stattgefunden, und nun war ein erwachsener Mann zurückgekehrt, voller Vitalität und Engagement. Leider schien Dan inzwischen mehr LVA als Inselbewohner zu sein. Nun ja, dachte Saul, das war zwar eine Enttäuschung, jedoch nicht das Ende der Welt. Er hatte schon unzählige Ärzte hier eingearbeitet. Immerhin würde diese Einführung die letzte sein. Eines nicht mehr fernen Tages würde er sich endlich wieder richtig ausschlafen können.

14

Es war noch früh am Morgen. Die Küchenvorhänge waren eindeutig nicht dazu gedacht, das Licht fernzuhalten. Levi werkelte deutlich hörbar draußen herum, er sägte und schliff und sang die Songs von *The Best of the Pogues* mit, seinem einzigen Album, wie Charlotte inzwischen befürchtete. Als sie aus dem Fenster spähte, durchfuhr sie ein beunruhigender Anflug von Enttäuschung darüber, dass er ein T-Shirt trug. War es simple Pawlow'sche Konditionierung durch Levis unaufhörliche sexuelle Anspielungen, dass sie bei seinem Anblick inzwischen automatisch an Sex dachte? Er war vollkommen schamlos, schien keinerlei soziale Grenzen zu kennen. Heute trug er eine weite Batikhose in Lavendel- und Pfirsichtönen, besagtes T-Shirt sowie Kunststoff-Clogs in Mauve. Die Schönheit seines muskulösen Oberkörpers war dennoch deutlich zu erkennen.

Charlotte brühte zwei Instant-Kaffees auf und ging nach draußen in den Hof. Von Levis Werkbank stieg ein verbrannter Geruch auf. Als sie sich näherte, sah sie, dass er mit dem Lötkolben das Wort *TOMBOLA* auf eine tellergroße, aus einem riesigen Baumstamm geschnittene Holzscheibe schrieb.

»Wann findet denn die Tombola statt? Wenn man dabei eine Klimaanlage gewinnen kann, kaufe ich sämtliche Lose.«

Levi hob nicht den Kopf, sondern betrachtete sein Werk und fügte nach einer kurzen Pause je ein Herzchen auf beiden Seiten des Worts hinzu.

»Hallo?«

»Das wird der Grabstein für Rebeccas Lieblingsferkel. Es ist abgehauen und in eine Rattenfalle geraten. Walter hat es letzte Nacht mit verstümmeltem Beinchen gefunden.« Levi blies auf die selbst angefertigte Gedenktafel. »Ihm blieb nichts anderes übrig, als es zu erlösen.«

»O nein, armes Mädchen! Ist das die Kleine, deren Mutter gestern abgereist ist?«

»Ja. Meine Nichte. Maia ist meine Schwester. Rebecca hat gefragt, ob die neue Tierärztin vorbeikommen und nach der Sau und dem Rest des Wurfs schauen könnte. Sie hat Angst, dass die Mutter jetzt traurig ist über den Verlust ihres Ferkels. Ich habe ihr versprochen, dass ich Sie frage.«

»Natürlich komme ich vorbei! Auch wenn ich eigentlich keine Patienten behandeln darf. Ich habe gar nicht die richtige Versicherung, um als Tierärztin zu praktizieren.«

»Rebecca verklagt Sie bestimmt nicht.«

»Ich habe aber seit dem Studium kein Tier mehr untersucht.«

»Verstehe, Sie sind aus der Übung. Kein Problem, hier gelten Sie trotzdem als Tierärztin. Wir stellen keine großen Ansprüche. Es ist ja auch keine Herztransplantation, um die ich Sie bitte. Machen Sie einfach ein paar professionell wirkende Handgriffe, um ein trauriges Kind zu trösten.«

»Das kann ich natürlich tun. Leider weiß ich gar nichts mehr über Schweine. Ich habe noch nicht mal ein Stethoskop, das ist noch in meinem Koffer im Zollhaus.« Charlotte stellte den Kaffee, den sie Levi mitgebracht hatte, auf die Werkbank, wobei er über den Rand schwappte.

Levi grinste. »Ihre Arztausrüstung brauchen Sie nicht, keine Sorge. Sie können einfach Dr. Dolittle spielen und die Sau mit Fragen löchern, wie Sie es bei Martha vorhatten. Erkundigen Sie sich doch, was sie von der tuganischen Unabhängigkeit hält. Finden Sie heraus, was ihr so durch den Kopf geht.«

Die Sonne brannte unerbittlich vom wolkenlosen Himmel, deshalb hielt sich Charlotte im Schatten der Bananenpalmen, die entlang der kleinen Straße wuchsen. Sie kam an einem schwer beladenen Esel vorbei, der von einem jungen Mädchen mit langen geflochtenen Zöpfen geführt wurde. Es grüßte mit einem schüchternen »*Paz*, Doktor Walker« und senkte sofort wieder den Blick. Als Nächstes passierte Charlotte einen Mann, der ein Klettergeschirr trug und an einer Palme hing. Er rammte seine Machete in den Stamm, tippte sich an die Baseballkappe und rief: »*Ke haber,* Tierärztin!« Charlotte lächelte und hob die Hand, bevor sie weiter bergab Richtung Ortszentrum marschierte, um zu Walter Lindo-Smiths Haus zu gelangen.

Betsey's Café lag ein Stück nach hinten versetzt an der Harbour Street und bot auf seiner Terrasse Platz für zwei Metalltische samt Stühlen. Die roten Schirme, die ihnen Schatten spendeten, bewarben eine Eismarke, die es bei Betsey gar nicht zu kaufen gab. Was es bei ihr sehr wohl zu kaufen gab, war alles, was sie an diesem Tag entweder selbst zubereitet oder von Marianne Goss, der Inselbäckerin, dazugekauft hatte. Von ihr stammten die Kuchen,

Muffins und das Brot für die Sandwiches. Der Kaffee wurde von verschiedenen Familien des Moschaw angebaut, eines Bauernkollektivs im Norden der Insel, das das Café außerdem mit Butter und Milch versorgte.

Das Äußere des Flachbaus, in dem das Café untergebracht war, war in einem hellen Ananasgelb gestrichen, das Innere mit einem Gänseblümchenmuster in Braun, Orange und Gold tapeziert, dessen psychedelischer Effekt durch das Bodenmosaik in ähnlichen Farbtönen noch verstärkt wurde. An der Kaffeetheke aus Walnussholz-Furnier waren Barhocker aus Rattan aufgereiht, und an der Wand dahinter standen die Kaffeemaschine und das gestapelte Geschirr. Auf einem langen, hoch über der Bar angebrachten gläsernen Regal hatte Betsey verschiedene Ziergegenstände ausgestellt – eine wie ein Hahn geformte Teekanne, eine rosa Keksdose in Form eines Häuschens mit Strohdach sowie mehrere Orchideen. Den Ehrenplatz nahm ein sepia-getöntes, mit rosa Muscheln gerahmtes Foto von einigen ernst dreinblickenden jungen Leuten ein. An der gegenüberliegenden Wand hing lediglich eine einzelne Kuckucksuhr inmitten der Schwindel verursachenden Tapetenweite. Charlotte fühlte sich an eine Vorstadtküche aus den siebziger oder achtziger Jahren erinnert, ein Eindruck, der sich noch vertiefte, als eine Frau mit geblümtem Hauskleid und weißer Rüschenschürze vom Fenster wegtrat und sie umarmte und herzlich auf beide Wangen küsste, als wäre sie der erste Gast, der auf einer Party eintraf.

»Hallo, Charlotte Walker, endlich lerne ich Sie kennen! Ich bin Betsey Coffee. Oder vielmehr Smith. Sehen Sie sich das an, diese kleinen Teufel haben die Hälfte von

Annies Sachen in den Dreck fallen lassen. Marianne reißt ihnen die Köpfe ab!«

Betsey kehrte auf ihren Beobachtungsposten am offenen Fenster zurück, und Charlotte folgte ihrem Blick Richtung Meer. In der Nähe des Anlegers entdeckte sie einen großen, offen stehenden Koffer. Ein Junge und ein Mädchen schoben gerade eine rostige, überladene Schubkarre die Straße hinauf. Hinter ihnen im Staub blieb eine Spur heruntergefallener Kleidungsstücke zurück.

»Was machen die Kinder da?«

»Sie packen Annies Koffer aus. Er steht da, seit die Besatzung des Schiffs ihn gestern wieder ausgeladen hat. Annie wohnt auf der anderen Seite des Lemon Tree Valley, das ist ein ganzes Stück den Berg hinauf, aber keiner von uns darf ihr helfen. Marianne hat nämlich zu ihr gesagt: ›Wenn du alt genug bist, deine eigenen Entscheidungen zu treffen, bist du auch alt genug, die Konsequenzen zu tragen.‹ Wahrscheinlich haben es die beiden nicht geschafft, einen Esel einzufangen. Eiskaffee oder lieber heißen Kaffee? Hühnersuppe eher nicht mehr, könnte ich mir vorstellen.«

Charlotte hatte fast keine der Komponenten verstanden, aus der diese offenbar sehr informative Ansprache bestand. Sie suchte nach einem Punkt, an dem sie ansetzen konnte.

»Gerne einen Eiskaffee. Annie ist das Mädchen, das gestern an Bord gehen sollte, oder?«

»Genau. Um in England ein Internat zu besuchen. Das Ganze war seit zehn Jahren geplant. Von so einer Chance können die meisten hier nur träumen. Das Geld dafür wurde vor vielen Jahren von einer Person hinterlegt, die

Marianne etwas schuldig war. Aber das ist eine andere Geschichte. Es kommt nicht jeden Tag vor, dass englische Internate tuganische Kinder bei sich aufnehmen. Marianne spart schon auf die Schiffspassage, seit sie damals diesen Plan geschmiedet hat, aber Annie kümmert das nicht die Bohne. Ihr ist es wichtiger, auf der Insel zu bleiben, als eine gute Schulbildung zu erhalten. ›Ich bleibe bei Alex, und damit basta‹, hat sie gesagt, und Marianne hat geantwortet: ›Also schön, wenn du bei Alex bleibst, dann könnt ihr beide gefälligst auch die Suppe auslöffeln, die ihr uns allen eingebrockt habt.‹ Sie ist zwar klein und schmächtig, aber *guay de mi* ist diese Annie Goss ein Sturkopf! In Wahrheit hatte auch Marianne panische Angst davor, sie zu verlieren.«

Betsey kehrte hinter ihren Tresen zurück und schaltete das Mahlwerk einer ohrenbetäubend lauten Kaffeemaschine ein. Charlotte blickte die Harbour Street entlang. Die Kinder hatten die Schubkarre inzwischen abgesetzt und starrten verzagt den steilen Hang hinauf, wo die Pflastersteine in eine holprige, unbefestigte Straße übergingen – nicht die, die zu Charlotte führte, sondern eine noch schmalere in die entgegengesetzte Richtung, zu den Seen und der *montaña* im Inselinneren. Die beiden Kinder steckten die Köpfe zusammen und schienen ernsthaft zu diskutieren. Dann tauschten sie die Plätze – Annie schob die Karre von hinten, und Alex lenkte sie vorn. Beide Kinder trugen schmutzige kurze Jeans und identische weiße Baumwollunterhemden. Alex hatte Plastiksandalen an, Annie war barfuß.

Betsey wickelte zwei Muffins in ein sauberes Geschirrtuch und reichte sie Charlotte, zusammen mit zwei

Guavensaft-Päckchen aus dem Gefrierschrank, die zu zerdrückten Rauten gefroren waren.

»Es wäre wirklich grausam gewesen, diese beiden zu trennen. Der kleine Alex hätte sich zu Tode gegrämt, wie ein Hund. Tun Sie mir doch bitte einen Gefallen, *kerida*: Legen Sie das hier im Vorbeigehen in den Koffer und passen Sie um Himmels willen auf, dass niemand Sie dabei beobachtet!«

15

»Wir wollen diese Gelegenheit nutzen«, sagte Garrick und ließ feierlich den Blick über die Anwesenden schweifen, »um daran zurückzudenken, welchen wertvollen Beitrag Tombola zu Rebeccas Leben geleistet hat, wie viel Liebe und Streicheleinheiten die beiden ausgetauscht haben, wie oft Tombola Rebecca zum Lachen gebracht hat. Möge die Erinnerung an sie all jenen Menschen Trost spenden, die sie geliebt haben, möge sie in euren Herzen weiterleben und in euren Taten, in den Geschichten, die ihr anderen erzählt. Möge der Friede mit uns sein und mit allen anderen Menschen … und natürlich Schweinen.«

Charlotte, die ein wenig abseits stand, senkte den Blick auf ihre Notizen. Hatte sie da etwa gerade einen Anflug von Humor in der Ansprache des scheinbar vollkommen humorlosen Garrick wahrgenommen? Rebecca hatte klargestellt, dass sie einen Trauergottesdienst erwartete, wie für ein Mitglied des englischen Königshauses. Sie glaube nicht an ein Weiterleben im Himmel, für Tombola sei es nun, nach ihrem Tod, endgültig vorbei. Beerdigungen würden allein für die Lebenden abgehalten, hatte sie ernst erklärt, woraufhin Garrick ergänzte, die Lebenden müssten nun Gutes in Tombolas Namen tun, das sei das einzig Richtige. Charlotte fand, dass das ein schwacher Trost für eine Sechsjährige war, doch der Gedanke an ein ewigwährendes Nichts schien Rebecca nicht weiter zu belasten.

Am Vormittag hatte Charlotte im Schweinestall gekniet und Rebecca ein geliehenes Stethoskop an die Ohren gehalten, damit das kleine Mädchen den Unterschied zwischen dem rasend schnellen Herzschlag der sechs Ferkel und dem langsamen, gleichmäßigen Rhythmus der Muttersau hören konnte. »Ihr Puls ist weniger als halb so hoch wie der ihrer Babys«, hatte Charlotte erklärt und mit den Fingern auf Rebeccas Handfläche getrommelt, um ihr zu verdeutlichen, was sie meinte. Rebecca hatte sich begeistert von einer borstigen Schweinebrust zur nächsten bewegt. Charlotte war gerührt gewesen und hatte nicht Nein sagen können, als ihre kleine Assistentin mit ihren langen Wimpern zu ihr aufgeblickt und sie schüchtern gefragt hatte, ob sie später auf der Beisetzung ein paar Worte sprechen könne, als ausländische Würdenträgerin sozusagen. Diese Bitte war der blanke Horror für Charlotte – in der Öffentlichkeit zu reden war für sie gleichzusetzen mit Karaoke-Singen, Bungee-Jumping oder einer Arbeit als Aktmodell. Allein beim Gedanken daran brach ihr der kalte Schweiß aus. Aber unter den gegebenen Umständen war es unumgänglich, dass sie der Bitte nachkam. Jetzt näherte sich ihr großer Moment.

Das verstorbene Ferkel war bereits unter der Erde und Levis Gedenktafel oberhalb eines kleinen Erdhügels am Ende von Walters Gemüsegarten angebracht, zwischen Okraschoten und Komposthaufen. Rebecca hielt eine lila Calla und ein Polaroid-Foto von Tombola in den Händen. Die beiden kleinen Teufel waren auch da, noch immer in ihren schmuddeligen Unterhemden, begleitet von einer Frau mit langen, glatten blonden Haaren, die ihr bis auf die Taille fielen. Ihrer Ähnlichkeit mit Annie nach zu urteilen, war sie entweder deren ältere Schwester oder Mutter. Sie stand mit ernstem Gesicht zwischen Alex und Annie und hielt beide an den Händen. Joan Williams hatte den Worten ihres Mannes mit feierlicher Ehrerbietung gelauscht. Ihr Gesicht war auffallend blass unter dem breitkrempigen Sonnenhut, und ihre Haut wirkte grau, beinahe durchscheinend. Wann immer Garrick eine Pause machte, sah sie Charlotte an, die die eigenartige Intensität ihres Blicks zu meiden begann.

Garrick fuhr fort: »Wir werden mit euch Tombolas Andenken bewahren, Rebecca und Walter. Soweit ich es verstanden habe, möchte jetzt unsere äh … neue Gasttierärztin ein paar Worte sagen.«

Er bedeutete Charlotte, zu ihm ans Grab zu kommen, und sie spürte, wie ihr die Röte ins Gesicht schoss. Ihre Verlegenheit stellte vorübergehend den Schreck darüber in den Schatten, dass Garrick sie unzutreffend als die »neue Gasttierärztin« bezeichnet hatte. Auf ihrem Zettel hatte sie fünf Sätze notiert, für die eine Stunde angestrengtes Nachdenken nötig gewesen waren.

Wäre sie nach ihrem Studium in die klinische Praxis gegangen, hätte sie mittlerweile vermutlich unzählige geliebte Tiere eingeschläfert und deren Besitzer mit einfühlsamen Worten getröstet. In einer gut besuchten Tierarztpraxis kam so etwas fast täglich vor. Als Wissenschaftlerin hatte sie jedoch keinerlei Erfahrung mit Trauerfällen und schon gar nicht mit dem Umgang mit Menschen. Sie beschloss, sich auf das Ferkel zu konzentrieren – was Tiere anging, fühlte sie sich sicherer. Sie trat nach vorn und räusperte sich, die Augen fest auf Rebecca gerichtet.

»Liebe Rebecca, ein Grund dafür, dass ich Tierärztin

werden wollte, war, dass Tiere bedingungslos und aus ganzem Herzen lieben. Sie zeigen uns täglich, was Akzeptanz und Achtsamkeit bedeuten, wie man im Hier und Jetzt lebt.« Galt das auch für Ferkel? Sie glaubte schon. »Dein Vater hat mir erzählt, wie gut du dich um Tombola gekümmert hast, und ich durfte heute selbst erleben, wie viel du schon über Schweine weißt und wie gut du verstehst, was sie brauchen. Deine Liebe zu Tombola hat euch vergessen lassen, dass ihr verschiedenen Arten angehört, und ich habe keinerlei Zweifel daran, dass du es schaffen wirst, deine Träume in die Tat umzusetzen, wenn du später wirklich einmal Tierärztin werden möchtest, so wie du es mir heute gesagt hast.«

Das sollte genügen, dachte Charlotte. Sie hatte sich anständig geschlagen, und es war Zeit, zum Ende zu kommen. Aber unter den Trauergästen herrschte plötzlich Aufruhr, irgendetwas war passiert. Charlotte sah, dass Joan Williams ohnmächtig zusammengesunken war und dass Garrick über ihr kniete. Levi stand neben den beiden und machte eine kreisende Handbewegung, um Charlotte zu verstehen zu geben, dass sie weiterreden sollte.

Genau in diesem Moment entdeckte sie Dan, bei dessen Anblick es in ihrem Magen zu rumoren begann. Wie unpassend, dachte sie genervt. Sie hatte ihn nicht eintreffen sehen, aber dort kauerte er neben Joan und wedelte ihr mit einem Palmwedel Luft zu. Charlotte zwang sich, zu Rebecca zurückzukehren, die mit zunehmender Unsicherheit zwischen der verstummten Rednerin und ihrem Vater hin und her blickte.

»Durch eure Liebe habt ihr eure unterschiedlichen Arten völlig vergessen«, wiederholte Charlotte langsam und merkte, wie Panik in ihr aufstieg. Sie hatte alles gesagt, was sie zu diesem Thema anzubieten hatte. Ihre Gedanken kehrten immer wieder ungewollt zu Rebeccas Mutter zurück, die für wer weiß wie lange fern von ihrer Tochter sein würde. Sie sah wieder die Szene am Hafen vor sich.

Du musst mich für ein Ungeheuer halten, wenn du so überstürzt vor mir davonläufst, hatte in einer von Lucindas Nachrichten gestanden. *Habe ich dich nicht immer in allem unterstützt? … Warum vertraust du mir so wenig? Verstehst du nicht, dass ich meine Beweggründe zwar manchmal für mich behalte, deshalb aber noch lange nicht bösartig bin? … Was tust du mit deinem Leben?* WARUM BIST DU DORT AUF DIESER INSEL*?!*

»Und diese Liebe wird auch eure Trennung überdauern und fortbestehen«, fuhr sie fort, nachdem sie die erzürnten Sätze ihrer Mutter beiseitegeschoben hatte. »Nur weil ein Tier – oder eine Person – nicht mehr leibhaftig anwesend ist, heißt das schließlich nicht, dass wir aufhören müssen, sie zu lieben. Oder dass sie aufhört, uns zu lieben.« O Gott, dachte sie, dieser Teil läuft allem zuwider, was diese verdammten rationalen Humanisten glauben. Es war ihr egal. »Ich glaube, dass die, die wir lieben, immer in unserer Nähe sind. Und wir wiederum sorgen dafür, dass sie uns nahe bleiben, indem wir sie lieben. Das gilt nicht nur für Verstorbene, sondern auch für diejenigen, die uns eine Zeitlang verlassen müssen. Auch wenn sie noch so weite Strecken zurücklegen, wissen wir immer, dass sie uns lieben und eines Tages zu uns zurückkommen. Deine Mutter muss unglaublich stolz auf dich sein, weil du dich so toll um ihre Tiere kümmerst, während sie weg ist. Und wenn sie wieder da ist, kannst du ihr alles zeigen, was in der Zwischenzeit passiert ist.«

War das zu explizit gewesen? Charlotte hatte die Anwesenden, aber vor allem Rebecca, daran erinnern wollen, dass sie hier Tombola beerdigten und nicht Rebeccas Mutter. *Es fühlt sich an, als wärst du gestorben*, hatte Lucinda geschrieben. *Kapierst du überhaupt, dass du jetzt monatelang dort festsitzt? Was, wenn dir in der Zeit etwas zustößt? Dann kann ich nicht zu dir kommen, auch wenn du mich noch so sehr brauchst. Kannst du dir vorstellen, wie sich das für eine Mutter anfühlt?* Rebecca nickte heftig und drückte sich gegen die Beine ihres Vaters, um erneut in Tränen auszubrechen. Walter hob das kleine Mädchen hoch, und sie vergrub ihr Gesicht an seinem Hals. Charlotte schluckte. Sie hatte sich wohl verschätzt, was die Wirkung ihrer improvisierten Worte anging. In Gedanken verfluchte sie Levi dafür, dass er sie zum Weiterreden gezwungen hatte. Zusammen mit Dan trug er Joan Williams, die inzwischen wieder bei Bewusstsein war, durch den Garten in den Bungalow der Familie Lindo-Smith.

Nachdem einige Minuten lang betretenes Schweigen geherrscht hatte, schlug Walter seiner Tochter vor, ihre Blume auf Tombolas Grab zu legen, und Rebecca schlängelte sich aus seinem Arm und rannte zu Charlotte, um nach ihrer Hand zu greifen und sie voller Bewunderung anzusehen. Walter nickte Charlotte anerkennend zu. Die Insel sah es. Die Insel hörte es. Falls es sich um eine Prüfung gehandelt hatte, hatte Charlotte sie bestanden.

16

Plötzlich war es unerträglich heiß. Bisher war das Wetter angenehm gewesen, von der Sorte, die einem die Knochen wärmte und das Herz erfreute. Sommerurlaubswärme, die nachmittags ein wenig drückend wirkte, ansonsten jedoch gut zu ertragen war. Als Charlotte am Vorabend vom Rockhopper nach Hause gegangen war, hatte eine Meeresbrise die Luft gekühlt, die nach Salz, Seetang und Frangipani gerochen hatte. Charlotte hatte sie gierig in ihre verschmutzte Stadtlunge gesogen, wie ein stärkendes Elixier.

Aber heute war es windstill, und es hatte sich ein vollkommen anderes Klima breitgemacht. Charlotte hatte schon darüber gelesen, wie hoch die Luftfeuchtigkeit während Island Close werden konnte, sich jedoch nicht vorstellen können, was das bedeutete. Wie sollte man eine Luft erklären, die sich anfühlte, als würden feuchte Hände gegen jeden Quadratzentimeter der eigenen erhitzten Haut drücken? Als würde man nicht nur schwitzen, sondern regelrecht zerlaufen? Am liebsten wäre Charlotte wie ein Molch in einem eiskalten englischen Teich abgetaucht oder hätte sich ihre vom Schweiß steifen Haare abrasiert, um ihre Kopfhaut zu befreien. Oder einen Pakt mit dem Teufel geschlossen, um an einen Ventilator zu kommen. Im Rockhopper gab es bestimmt Eiswürfel, aber um dorthin zu gelangen, hätte sie sich erneut bewegen müssen, und es galt, jede unnötige Bewegung zu vermeiden. Seit die Dunkelheit hereingebrochen war, schien es – sofern möglich – sogar noch heißer geworden zu sein.

Charlotte wagte ein Experiment und legte sich auf den nackten Holzboden der Veranda. Nach einem kurzen Moment stand sie wieder auf, ging in die Küche und holte sich eine Flasche Wasser aus dem Kühlschrank und ein Geschirrtuch. Damit kehrte sie auf die Veranda zurück und breitete sich das kühle, mit Wasser getränkte Tuch übers Gesicht, um anschließend wie ein Seestern Arme und Beine von sich zu strecken. Kaum war sie zur Ruhe gekommen, schreckte sie das Aufheulen eines Motorrads auf. Sie hob ermattet den Kopf.

»Levi?«

»Da muss ich Sie enttäuschen.«

Es war Dan Zekri.

»Ich dachte, Ihnen ist bestimmt heiß. Aber wie ich sehe …«, er spähte auf sie hinunter, wie sie ausgestreckt und mit dem nassen Tuch auf dem Kopf dalag, »… kommen Sie wunderbar zurecht.«

Charlotte streifte das Geschirrtuch ab und setzte sich auf, wobei sie ihre feuchten Haare hoch auf dem Kopf türmte, damit ein wenig Luft an ihren Hals kam. Sie war sich sicher, dass sie Schweißflecken entlang der Wirbelsäule hatte. Außerdem steckte sie in knappen, mit Herzchen bedruckten Boxershorts. Andererseits hatte Dan diese Aufmachung bereits auf dem Schiff gesehen.

Er hatte eine Kühlbox dabei, die er nun neben sie auf die Veranda stellte.

»Möchten Sie ein Bier?«

»Ist es kalt?«

»Eiskalt.«

»Kann ich dann auch noch zwei für meine Achselhöhlen haben?«

Gott, wie sie sein Lachen liebte! Was für eine Katastrophe, dass er hier bei ihr aufgetaucht war – er musste so schnell wie möglich wieder verschwinden. Sie sah ihm dabei zu, wie er an einer Verandastufe die Kronkorken von den Flaschen hebelte und ihr ihr Bier reichte. Sie stießen an.

»Hätten Sie ein paar Minuten Zeit? Ich muss dringend mit jemandem sprechen, dem ich vertrauen kann.« Als sie nicht antwortete, fügte er hinzu: »Über eine Sache, die mit meiner Arbeit zu tun hat.«

Charlotte ließ sich wieder nach unten sinken und stellte sich den eisigen Flaschenboden auf die Stirn. »Mit Menschen kenne ich mich leider nicht aus. Nicht meine Tierart.«

»Bitte! Sie sind nicht von der Insel, und was noch wichtiger ist: Ich vertraue Ihrem Urteil. Was ich brauche, ist ein Gespräch unter Freunden.«

»Wir sind keine Freunde, Dan.«

»Autsch.« Er stieß einen langen Atemzug aus. »Es ist alles meine Schuld, ich weiß. O Mann, es tut mir so leid. Ich schäme mich wirklich. Ich schulde Ihnen gleich mehrere Entschuldigungen und weiß gar nicht, mit welcher ich anfangen soll. Es ist nur so, dass … Ich würde nur wirklich gern mit Ihnen darüber reden, wie ich … Wenn ich Ihnen verspreche, dass ich gleich im Anschluss ausgiebig zu Kreuze krieche, können wir dann für ein kurzes Gespräch so tun, als wäre ich kein kompletter Idiot?«

Charlotte konnte nicht anders, sie musste lächeln. Schweigend wartete sie darauf, dass Dan fortfuhr.

»Ich muss gegen meine ärztliche Schweigepflicht verstoßen. Gibt es bei euch Tierärzten einen hippokratischen Eid oder etwas Vergleichbares?«

»Nein, gibt es nicht. Aber egal, ich habe heute Vormittag die Grabrede bei einer Schweinebeerdigung gehalten, es ist also alles möglich auf dieser Insel. Wissen Sie eigentlich, dass das mein erstes Bier ist?«

»Des heutigen Tages?«

»Meines ganzen Lebens. So verklemmt bin ich. Ich lebe normalerweise abstinent, außer wenn ich seelisch extrem belastet bin, dann trinke ich Wodka. Aber dieses Zeug schmeckt richtig gut.« Charlotte trank einen tiefen Schluck und hustete. Eine helle, samtige Blüte segelte von einem der Frangipani-Bäumchen herab. Dan hob sie auf und schloss die Finger darum, sog ihren Duft ein.

»Ich weiß nicht so richtig, wo ich anfangen soll. Mir war klar, dass es ein Kulturschock werden würde, zurück nach Hause zu kommen. Nicht zuletzt deshalb, weil ich vorher in einer Uniklinik mit sechzig Intensivbetten gearbeitet habe. Aber ich bin hier aufgewachsen und dachte, dass ich meine Erwartungen anpassen kann. Das Budget ist knapp, Medikamente müssen sechs Monate im Voraus bestellt werden und kommen trotzdem manchmal nicht an. Wenn man ein bestimmtes Mittel braucht, das in der Klinikapotheke nicht mehr vorrätig ist, geht man die Patientenakten durch und versucht herauszufinden, wer es zuletzt verschrieben bekommen hat – um anschließend irgendeinen alten Mann zu fragen, ob er mal in seinem Badezimmerschränkchen nach Resten fahnden könnte. Im Grunde ist es Buschmedizin, was wir hier machen. Gerade habe ich mich wieder schlaugemacht, was

Spinnen- und Tausendfüßlerbisse angeht. Dieses Thema ist für Sie wahrscheinlich auch relevant«, fügte er hinzu, während sich Charlotte abrupt aufsetzte, um nach giftigen Tausendfüßlern Ausschau zu halten, die sich zu ihnen auf die Veranda gesellt haben mochten. »Na ja, jedenfalls habe ich versucht, mich auf den neuesten Stand zu bringen, was die aktuelle Gesundheitssituation angeht – die Bedürfnisse der Inselbewohner, ihre Krankengeschichten und so weiter –, und dabei habe ich herausgefunden, dass es hier eine Person gibt, die dem Tod geweiht ist. Oder vielmehr eine Krankheit hat, die durch einen operativen Eingriff womöglich geheilt werden könnte, was diese Person jedoch ablehnt, weil es bedeuten würde, die Insel für mehrere Monate zu verlassen. England wäre vermutlich der beste Ort für die OP. Aber Saul drängt die Person nicht etwa dazu, er behandelt sie palliativ. Ich habe ihn deswegen zur Rede gestellt, und er hat mit mir geredet, als wäre ich ein unwissender LVA. ›Du scheinst nicht mehr zu wissen, wie wir die Dinge hier angehen‹, hat er gesagt. ›Wir respektieren die Wünsche der Patienten und belästigen sie nicht.‹ Als ich daraufhin fluchend den Kopf geschüttelt habe, meinte er: ›Du wirst deine Erinnerungen an früher schnell ausgraben müssen, *ijiko*.‹ Und dann musste er weg – dieser Mann rennt den ganzen Tag von Pontius zu Pilatus.«

Charlotte rutschte zur Treppe und setzte sich neben ihn auf die Stufen. Für einen Moment schwiegen sie, und er betrachtete stumm ihr Gesicht, während sie nachdachte.

Irgendwann sagte sie: »In Großstädten verweigern Patienten doch auch manchmal Behandlungen, aus welchen Gründen auch immer – weil sie um ihre Lebensqualität fürchten, aus religiösen Motiven …«

»Aber nur, weil man die Insel nicht verlassen will? Das ist so ein dämlicher Grund!« Dan ließ die Frangipani-Blüte fallen und streckte seine Finger. »Es ist nur … Diese Person hat einfach die falsche Entscheidung getroffen. Ich bin zurückgekommen, um den Menschen hier zu helfen. Und das kann ich nicht, wenn sie nicht bereit sind, sich helfen zu lassen. Die Patientin, um die es geht, ist in England geboren, sie könnte also ihr Anrecht auf eine Behandlung durch das britische Gesundheitssystem in Anspruch nehmen und für ein halbes Jahr oder auch ein ganzes nach England übersiedeln und ihr Glück versuchen. Hier zu bleiben ist purer Selbstmord.«

»Aber jetzt ist doch sowieso Island Close, oder? Es gibt vorerst keine Möglichkeit, von hier wegzukommen.«

»Ich weiß. Bis Weihnachten bin ich absolut machtlos, und das hat mich irgendwie … Es hat mir die Augen für die Realität geöffnet, und jetzt habe ich Angst, dass ich nicht das Zeug zum Inselarzt habe, dabei ist Saul vollkommen überlastet. Im Prinzip hatte er die letzten vierzig Jahre durchgehend Bereitschaftsdienst. Wenn man mal genauer darüber nachdenkt, ist das völliger Wahnsinn. Wussten Sie, dass die Klinik ihr Ultraschallgerät noch bis vor Kurzem mit den Schafzüchtern geteilt hat?«

»Oha. Jetzt bin ich wirklich froh, dass ich nichts mit dem Lammen am Hut haben werde. Aber hätte der Eingriff denn wirklich etwas gebracht? Wenn sie nach England gereist wäre, meine ich?«

»Sie hätte wohl nur eine kleine Chance auf Heilung gehabt«, räumte Dan ein. »Aber immerhin eine Chance.«

Charlotte dachte an ihre gemeinsame Überfahrt zurück – an ihre eigene vergleichsweise belanglose Erkrankung, ihre eigenen vergleichsweise belanglosen Zweifel. Sie stellte sich vor, sie wäre in die Gegenrichtung gereist, hätte eine vertraute Insel in der Ferne verschwinden sehen, ohne zu wissen, ob sie jemals dorthin zurückkehren würde.

»Vielleicht möchte sie die Zeit, die ihr noch bleibt, hier verbringen. Vielleicht möchte sie nicht fern von zu Hause sterben. Wenn es eine Frau ist, die Sie respektieren, müssten Sie dann nicht auch ihre Entscheidung respektieren?«

Dan sah sie ungläubig an. »Genau das hat Saul auch gesagt. Ich weiß nicht. Ich will kein schlechterer Arzt werden, nur weil ich jetzt hier auf Tuga praktiziere.«

»Im Gegenteil, Sie müssen ein noch besserer Arzt werden. Da ist es doch völlig verständlich, dass Sie Angst haben, den Anforderungen nicht gerecht zu werden.«

Dan warf ihr einen Blick zu, und wenn sie nicht gewusst hätte, dass er verlobt war, hätte sie schwören können, dass sie wieder da war, diese besondere Energie zwischen ihnen. Irgendetwas verband sie miteinander. Charlotte schreckte davor zurück, diesen Gedanken auszusprechen, weil sie sich nicht noch verletzlicher machen wollte. Die vollkommene Unzugänglichkeit der emotionalen Wahrheit des jeweils anderen, die unendliche Diskrepanz zwischen dem, was Dan und sie sagten und was sich tief in ihrem Inneren abspielte, verunsicherte sie. Dabei hatte sie sich auf dem Schiff noch so sicher gefühlt, wenn sie mit Dan zusammen gewesen war. Jetzt stellte er eine Gefahr für sie dar, das spürte sie.

»Und was macht Ihnen Angst?«, fragte Dan, und sie wandte den Blick ab.

»Alles macht mir Angst«, antwortete sie leichthin. »Vor

Publikum zu sprechen, jede Form von öffentlichem Spektakel. Die neurotoxischen Peptide in Spinnengift. Meine Mutter. Bei meiner Forschungsarbeit zu versagen. Die Tierart im Stich zu lassen, zu deren Rettung ich so gerne beitragen würde. Dass ich wie eine Schlafwandlerin durchs Leben gehe. Am meisten Angst habe ich vor meinen eigenen falschen Entscheidungen.«

Ein leises Klopfgeräusch war aus dem Garten zu hören, erst eins, dann ein zweites, gefolgt von einem Knarren, das laut genug war, um Charlotte erfreut innehalten zu lassen. »Geckos!«

»Liebmädchen-Geckos. Die sind so klein.« Dan hob den Kronkorken seines Biers vom Boden auf.

»Ja. Eine von dreihundertsieben Tierarten, die nur bei euch auf Tuga vorkommen.«

»Ziemlich laut für so ein kleines Wesen«, sagte Dan. »Darüber habe ich mich schon immer gewundert.«

»Es sind ja auch zwei auf einmal. Das ist ein Duett, was man da hört, ein Ruf-und-Antwort-Spiel. Teil eines Balzrituals, das sich tagelang hinzieht.«

Die Geräusche setzten sich fort. Jetzt hörte es sich an wie ein rostiges Tor, das in der Dunkelheit auf- und zuschwang.

»Romantisch. Das wusste ich gar nicht. Wie Marco Polo.«

»Tja.« Charlotte trank ihre Flasche leer. »Ich denke, das ist auch das einzige tuganische Balzritual, an dem ich interessiert bin.«

»Ich hätte Ihnen von Katie erzählen müssen.«

»Es hätte von guten Manieren gezeugt, ja.«

Dan stellte seine Bierflasche auf die Treppe, zwischen

seine Füße. »Ich weiß auch nicht genau, warum ich es nicht getan habe. Am Anfang, als es Ihnen so schlecht ging, kam das Thema nicht zur Sprache, und als es Ihnen dann endlich besser ging, war es irgendwie zu spät. Es hat mir viel bedeutet, Sie kennengelernt zu haben. Das war … Sie waren … Ich glaube, Sie wissen gar nicht, wie sehr Sie mir auf dieser Reise geholfen haben, die mir … na ja, vielleicht nicht unbedingt Angst gemacht, aber große Nervosität in mir ausgelöst hat. Sie waren eine gute Ablenkung für mich. Nein, das klingt jetzt genau so, wie ich es eigentlich nicht meine. Sie selbst waren natürlich keine Ablenkung für mich, aber Ihre Seekrankheit und dass wir uns dadurch immer besser kennengelernt haben … Ich wollte die Zeit, die wir zusammen verbracht haben, nicht dadurch trüben, dass ich über Katie spreche. Es sollte keine angespannte Stimmung zwischen uns herrschen. Außerdem kam es mir anmaßend vor zu glauben, dass es Sie interessieren würde, ob ich eine Verlobte habe oder nicht. Vielleicht ist es sogar schon anmaßend, dass ich so etwas sage … Ich weiß es nicht. Wahrscheinlich wäre es Ihnen sowieso egal gewesen, und Sie hätten es nur gerne gewusst. Sorry, ich mache alles unnötig kompliziert. Vielleicht, weil auch Sie zu den Dingen gehören, die mich nervös machen. Wäre es so gewesen?«

»Ob es mir egal gewesen wäre, dass Sie eine Verlobte haben, die Sie während unserer wochenlangen Gespräche nie erwähnt haben?«

»Ja.«

»Ich glaube nicht, dass Sie das Recht haben, mich das zu fragen.«

»Absolut nicht. Tut mir leid.«

»Schon gut. Ich habe im Moment überhaupt keinen Kopf für … Ich bin hergekommen, weil ich die Feldforschung vermisst habe, aber auch, weil ich all dem Drama in meinem Leben eine Zeitlang entkommen wollte. Ich wollte einen Ort der Stille. Na ja, bis auf die Geckos.«

»Danke.«

»Für was?«

»Dass Sie so … elegant sind.«

Sie blickte auf ihre mit Bleicheflecken gesprenkelte kurze Schlafanzughose hinunter und lachte.

»Allerdings muss ich Ihnen leider mitteilen, dass kleine Inseln Dramen geradezu anziehen. Sie gehören zu unseren Haupterzeugnissen. Ich sage nur Tombola.«

Charlotte ließ den Kopf hängen und hielt sich die Hände vors Gesicht. »War meine Ansprache so schrecklich? Ich habe mich wirklich bemüht! Das arme kleine Mädchen, ich wollte nur, dass es sich besser fühlt. Habe ich zu viel Pathos hineingepackt? Bestimmt war meine Rede furchtbar peinlich. Wenn ich daran denke, würde ich am liebsten im Erdboden versinken!«

»Nein, nein, meine Anspielung war nicht auf Sie bezogen. Sie waren wunderbar. Genau die richtige Menge Pathos. Und das, obwohl Tombola gar nicht im Grab lag.«

Charlotte hob ruckartig den Kopf.

»Was?«

»Nö. Nur ein Haufen Erde vom Gemüsebeet und darüber Levis Holzscheibe als Grabmal. Wir haben Island Close, falls es Ihnen noch nicht aufgefallen ist. Da vergeudet man keinen guten Schinken.« Dan beugte sich vor und stieß mit seinem Bier gegen Charlottes Flasche. »Willkommen auf Tuga de Oro, Doktor Walker.«

17

Zehn Jahre zuvor

Als es passierte, saß Sylvester mit einem Glas Fanta Grape vor seinem Laden und genoss die Brise und das Treiben. Es war Shop Day, zwei Tage nach Eintreffen des letzten Schiffs, daher war die Harbour Street für Kraftfahrzeuge, Fahrräder und Esel gesperrt. Stattdessen drängten sich Fußgänger auf dem Kopfsteinpflaster. Das Schiff vom letzten Monat war eine Niete gewesen, was die Ladung anging, daher sollte die aktuelle Fracht über zahlreiche Enttäuschungen hinwegtrösten. Mehl war wieder nur dürftig vorhanden, aber es waren Erdbeeren eingetroffen, außerdem Brokkoli und Dosentomaten. Der Inselrat freute sich über neue Chemikalien zur Abfallaufbereitung, und Vitali Mendoza hatte eine Kreissäge bestellt. Die Insel hatte eine Coca-Cola-Dürre hinter sich, die längste seit den Achtzigern, aber jetzt kam das süße Getränk in großen Fässern auf die Insel, die unter den gierigen Blicken von Caleb dos Santos und seinen Freunden – Teenagern, über die man munkelte, sie würden von früh bis spät nichts anderes trinken – ins Rockhopper gerollt wurden. Die Kinder hingegen hatten vor allem Schokolade vermisst. Mac und Rachel stellten süße Geleewürfel aus getrockneten Feigen oder mit dunklem Kokoszucker kandierter Ananas her, aber die galten gemeinhin nicht als richtige Süßigkeiten.

Es waren auch einige neue Fahrzeuge an Land gebracht worden, darunter ein kleiner Traktor für den Moschaw, ein Land Rover für die Betreiber der Wetterstation und ein zweiter – älter, jedoch noch funktionstüchtig – für die Klinik. Dieser zweite wurde an Martin Blackburn verliehen, den soeben eingetroffenen Gastoptiker, der bis zum nächsten Schiff auf der Insel bleiben würde. Es war bereits der zweite Aufenthalt für ihn. Er brauchte nicht wirklich ein Auto, da seine Kunden zu ihm in die Klinik kommen würden, aber er hatte vor Antritt seiner Reise an den Inselrat geschrieben und ausdrücklich um ein Fahrzeug gebeten, und da er als unbezahlter Freiwilliger nach Tuga kam, gab man sich Mühe, seinem Wunsch zu entsprechen.

Und dort war er auch schon, am Steuer des besagten Land Rover, und versuchte – dieser Trottel! – am Shop Day in die Harbour Street einzubiegen. Sylvester und mehrere andere Beobachter machten ihn laut rufend auf das Fahrverbot aufmerksam. Martin legte erschrocken den Rückwärtsgang ein und übersah offenbar, dass Marianne Goss gerade hinter ihm die Straße überquerte, denn der riesige Geländewagen schoss schlingernd nach hinten. Sylvester ließ sein Glas fallen und rannte los. Er hatte Martin davon abhalten wollen, vorwärtszufahren, und nicht damit gerechnet, dass er rückwärts Fußgänger umpflügte. Für den Rest seines Lebens würde er Mariannes Schrei hören, als ihr Kinderwagen umkippte und zwischen den gewaltigen Rädern des Land Rover verschwand.

Fäuste trommelten auf das Dach des Fahrzeugs, gegen die Fenster, die Windschutzscheibe. Sie gehörten den vielen Frauen, die am Shop Day die Straße bevölkerten, den schockierten, wutentbrannten, plötzlich aus ihrer Lethargie gerissenen Inselfrauen, die nun von allen Seiten gegen das Auto hämmerten. Und doch rollte es langsam weiter nach hinten, weil der Fahrer vor lauter Panik nicht wusste, was er tun sollte. Ein kollektives Jaulen setzte ein, wie von einem Rudel Jagdhunde. Martins zitternde Hände zerrten am Schaltknüppel, versuchten es einmal, zweimal. Endlich fand er den ersten Gang und rollte wieder nach vorn. Sylvesters Körper sagte ihm, was er zu tun hatte. Er warf sich mit einer Kraft, die er seit zehn Jahren nicht mehr in sich gespürt hatte, auf Marianne, um sie wegzuziehen und festzuhalten. Keine Mutter sollte sehen müssen, was dort vermutlich auf der Straße lag.

Zaghaft spähte Sylvester zum Ort des Geschehens. Statt des schrecklichen Anblicks, den er erwartet hatte, sah er Miss Moz, die den zerbeulten Kinderwagen zurück in eine aufrechte Position brachte. Baby Annie saß immer noch festgeschnallt darin, staubbedeckt und stumm, mit weit aufgerissenen Augen, aber unversehrt. Die Vorderräder des Kinderwagens waren bis zur Unkenntlichkeit zerknickt, die Hinterräder waren ganz abgefallen und vom Land Rover zermalmt worden. Moz zog die Überreste – ein Wunder in einem Metallgestell – zum Gehweg. Sylvester ließ die junge Mutter los und drehte sie herum, diesmal, damit sie hinsah.

Marianne zitterte so heftig, dass ihre Zähne klapperten. Sie war ein gutes Mädchen, diese Marianne. Aufopferungsvoll kümmerte sie sich um die Babys, und das, obwohl sie selbst erst neunzehn Jahre alt war und keine besonders schöne Kindheit genossen hatte, bis Ruth sie unter ihre Fittiche genommen hatte. Moz legte ihre starken Arme um die junge Frau.

»Schhh, schau sie dir an, es geht ihr gut! Siehst du?

Annie ist gesund und munter! Schätzchen, lass sie noch für einen Moment dort sitzen. Hör zu, nein, das geht nicht, *kerida,* du bist noch nicht in der Verfassung, sie auf den Arm zu nehmen.« Moz hielt Marianne zurück, die einen Satz nach vorn gemacht hatte und versuchte, Annie von ihrem Sitz zu reißen, obwohl die Anschnallgurte noch straff an ihrer Brust anlagen und Mariannes zitternde Hände es nicht schafften, sie zu lösen. »Sie fühlt sich pudelwohl, du bist diejenige, die unter Schock steht und ein bisschen Zeit braucht. Am besten lässt du sie, wo sie ist, während du einfach … kurz durchatmest.«

»Ja, ja, mache ich«, wiederholte Marianne immer wieder. »Das mache ich.« Aber sie war auf die Knie gesunken, und ihre Finger fummelten immer noch an den Verschlüssen herum, griffen nach ihrer Tochter. Irgendwann gab sie auf und vergrub ihr Gesicht im Schoß des kleinen Mädchens. Die schiefen Überreste des Buggys quietschten unheilvoll, und Sylvester packte die Griffe, um den Wagen aufrecht zu halten. Sonst bewegte sich niemand.

In diesem Moment bemerkten sie Martin Blackburn, der ausgestiegen war und neben dem Land Rover stand, eine Hand Halt suchend auf die Tür gelegt, die andere in seinen Haaren. Die Frauen umzingelten ihn sofort, schrien aufgebracht auf ihn ein. Eine derartige Ausdrucksweise hätte Sylvester bei Menschen von der Insel – Müttern zumal – niemals für möglich gehalten. Am liebsten hätten sie den Mann in Stücke gerissen. Wieder hämmerten ihre Fäuste gegen die Seite des Land Rover, unterstrichen die Schimpftiraden. Der Kreis schloss sich immer enger um Martin. Er hob die Hände, als wollte man ihn verhaften, und stieß eine Art Winseln aus.

»Ich … ich … Es waren so viele Menschen auf der Straße, und … Ich hatte nicht … Mir war nicht klar, dass ich dort nicht hineinfahren durfte, und …«

Miss Moz' Stimme erhob sich über die der anderen, forderte mit der Vehemenz der Schulleiterin Disziplin ein.

»Sie haben noch nicht gesagt, dass es Ihnen leidtut. Diese Frauen wollen eine Entschuldigung hören.«

»Aber natürlich entschuldige ich mich, es tut mir unendlich leid! Natürlich! Gar keine Frage!« Er hatte die sonore Stimme eines Adligen, laut und voll dröhnte sie über die Straße. Während er sich entschuldigte, drehte er sich um die eigene Achse, als wollte er jede der Frauen einzeln ansprechen. »Es tut mir so leid. So unglaublich leid. Ich habe gar nicht gemerkt, dass …« So ging es immer weiter. Der Ärmste, dachte Sylvester. Er war gerade erst mit dem Schiff eingetroffen, genau wie der Land Rover, und würde bei jeder dieser zornglühenden Frauen einen Sehtest durchführen müssen, bevor er die Insel wieder verlassen konnte.

Betsey Coffee traf mit einem Riegel Marzipan und einem Saloop ein, in den sie drei Zuckerstücke gerührt hatte. Schon bald hatte sich Marianne wieder beruhigt und stillte Annie auf einer Bank, im Schatten eines Walnussbaums. Miss Moz stand schützend neben der jungen Frau, groß und kräftig wie ein Leibwächter, mit verschränkten Armen, respekteinflößend. Das Baby, das nach dem Unfall unglaublich winzig gewirkt hatte, ein mit gepolsterten Riemen festgeschnalltes ätherisches Wesen inmitten der gewaltigen schwarzen Trümmer des Kinderwagens, sah in den dünnen Armen seiner Mutter sofort größer und kräftiger aus. Annie war kein Neugeborenes mehr, sondern ein dralles, wohlgenährtes kleines Mädchen, das bereits zu sitzen lernte, vor sich hin brabbelte und nach Gegenständen griff.

Marianne trank den Lavendel-Saloop in kleinen Schlucken und stellte ihn hin und wieder ab, um ihre Hand auf den warmen Rücken ihrer Tochter zu legen. Nach einer Weile fing sie an, ein altes sephardisches Volkslied für das Baby zu singen, leise und ohne Hemmungen. Mutter und Baby wurden zu einer eigenartigen Oase der Ruhe, während sich um sie herum die aufgewühlten Zeuginnen des Unfalls noch nicht zerstreuen wollten. Es wurde tief eingeatmet, Blicke wurden ausgetauscht. Die Frauen klopften sich gegenseitig auf den Rücken, hielten einander an den Ellbogen. Sie gingen auf und ab, waren überreizt, erleichtert, in ihrer Sorge vereint. Sie fassten in Worte, was sie gesehen hatten, probierten ihre Schilderungen zunächst an sich selbst aus, um sie später zu jenen zu tragen, die nicht dabei gewesen waren. *Ich dachte wirklich ... Ich hätte schwören können ... Für den Rest meines Lebens werde ich vor mir sehen, wie ...*

Es war Ruth dos Santos, die Marianne jetzt am dringendsten gebraucht hätte. Ruth, die geborene Krisenbewältigerin, die – um nur ein Beispiel zu nennen – die geheimnisvolle Schwangerschaft ihrer Ziehtochter mit Würde gehandhabt hatte. Niemand hatte von ihr je ein Wort der Kritik gehört, auch keinen noch so beiläufigen Ausdruck der Sorge. »Wir bleiben auf Trab bei uns zu Hause«, war das Äußerste, wozu sie sich hinreißen ließ, bevor sie resolut das Thema wechselte. Sie erwähnte nie wieder, dass sie vor der Schwangerschaft gehofft hatte, Marianne an einer Kochschule in Ballymaloe unterzubringen, wo sie ein Jahr lang als Küchenhilfe ein kleines Auszubildendengehalt sowie Kost und Logis bekommen hätte. Nur das Geld für die Schiffspassage hätten sie selbst aufbringen müssen. Stattdessen erfolgte ein eleganter Schwenk, und Ruth schmiedete neue Pläne für einen Haushalt, der nicht nur einen, sondern gleich zwei unerwartete Neuankömmlinge zu ernähren haben würde.

Seit Ruth am selben Tag wie Marianne ihr Baby bekommen hatte, hatte sie mit Problemen zu kämpfen. Die Geburt war lang und kompliziert gewesen, und sie litt seither unter lähmenden Rückenschmerzen, die sie dazu zwangen, zu Hause zu bleiben, oft sogar im Bett. Marianne wies die meisten Besucher ab, was ungewöhnlich war für eine Insel, auf der man seine Probleme mitteilte und auf der sich die Gemeinde um ihre kranken Mitglieder kümmerte. Mariannes Schilderungen nach zu urteilen, ging es Ruth jedoch schon deutlich besser. Bestimmt würde sie bald wieder auf den Beinen sein. Der Inselrat brauchte sie nicht nur, er erwartete sie sehnlichst. An diesem Tag mussten Ruths Rückenschmerzen einigermaßen erträglich sein, sonst hätte Marianne nicht Alex bei ihr zurückgelassen – was angesichts der dramatischen Ereignisse ein echter Segen war. Moz gab Sylvester Mariannes Einkaufsliste, und jemand hatte Dr. Gabbai geholt, der verkündete, er werde Marianne und das Baby jetzt nach Hause bringen, wo Ruth sich um die beiden kümmern könne.

Der lädierte Kinderwagen wurde in Dr. Gabbais Auto geladen, und Sylvester versprach, er werde später jemanden vorbeischicken, der sich den Schaden ansah. Das geschäftige Treiben des Shop Day ging weiter. Letzten Endes war ja nichts passiert, bis auf eine Beinahe-Tragödie.

18

Nicht zum ersten Mal in ihrem Leben stand Marianne Goss mit Grand Mary auf Kriegsfuß. Die meisten Tuganer hatten schon einmal Grand Marys Zorn auf sich gezogen, mit Ausnahme vielleicht von Joan Williams, die allgemein als Heilige galt und mit der sich selbst eine so streitsüchtige Person wie Mary Philips hätte unmöglich überwerfen können. Joan besuchte Mary jeden Donnerstagmorgen und legte vorher einen Zwischenstopp bei Marianne ein, um frische Feigenröllchen für die alte Dame zu kaufen. Mit diesen verschwand sie anschließend eine ganze Stunde lang im Inneren von Martha House, wonach sie mit müdem Gesicht, aber ohne sichtbare Wunden oder Kratzer wieder auftauchte. Joan meinte, Grand Mary würde »gern über alles auf dem Laufenden gehalten«, was auch immer das hieß. Dieses allwöchentliche Arrangement bestand schon so lange, dass selbst Garrick sich nicht mehr erinnern konnte, wie alles begonnen hatte. Außer Joan betrat niemand dieses Haus, es sei denn, er oder sie wurde dafür bezahlt.

Mary Philips war schon über achtzig, eine übellaunige, unberechenbare Frau, die zwar klein und schmächtig war, sich jedoch kerzengerade hielt. Auf der Insel bekamen weit jüngere Senioren eine Begleitung, die sie zu Sylvesters Laden brachte oder auf einen Saloop in Betsey's Café, die sie zu Tanzabenden ausführte, wenn sie noch rüstig waren, oder bei langsamen Spaziergängen stützte, wenn nicht. Als betagteste Person auf Tuga de Oro war Mary die Inselälteste, und dennoch widersetzte sie sich lebhaft sämtlichen Versuchen, ihr zur Hand zu gehen. Sie orderte eigenständig Lebensmittel bei den Bauern oder Fischern und ließ sich von Marianne Brot und Kuchen backen, wofür sie pünktlich und angemessen bezahlte. Außerdem hatte sie ein schweigsames Mädchen eingestellt, das die ganze Strecke vom Moschaw zu ihr kam, um ihr die Küche zu putzen und die Wäsche zu erledigen, während Mary mit ihrem kleinen roten Auto die Insel terrorisierte und Besorgungen machte. Diejenigen, die sich gern hilfsbereit zeigten, bekamen von ihr regelmäßig einen Korb.

Hinter der Sorge der Inselbewohner um Marys Wohlergehen verbarg sich ein heimlicher Groll (auf den Marianne genau wie die anderen Insulaner nicht stolz war) – ein Groll darüber, dass Mary nicht nur die Barmherzigkeit ihrer Mitmenschen zurückwies, sondern sich trotz ihres Reichtums auch weigerte, ihrerseits den Bewohnern Tuga de Oros unter die Arme zu greifen. Es fiel schwer, nicht verbittert zu reagieren, wenn auf der glänzenden Theke des Rockhopper eine Spendenbüchse stand, eine weitere neben der Kasse in Sylvesters Laden und eine dritte im Foyer des Old Kal, um Geld für einen neuen Spielplatz, die Klinik oder das Schulhaus zu sammeln, und niemand Grand Mary Philips je dabei beobachtet hatte, wie sie auch nur einen Penny hineinwarf.

Und jetzt hatten Annie und Alex es irgendwie geschafft, die geizige alte Dame zu verärgern – womit genau, war in Marys brodelndem Zorn untergegangen. Marianne musste sich die Ereignisse selbst zusammenreimen. Mary war offenbar auf dem alten Friedhof gewesen, auf dem sie sich schon vor langer Zeit die letzte noch verbliebene Grabstätte reserviert hatte, obwohl es gar keine anderen Interessenten gegeben hatte. Der neue Friedhof war viel gepflegter und wurde regelmäßig von Trauernden besucht, was vermutlich Marys Abneigung gegen ihn begründete: Selbst nach ihrem Tod wollte sie keine Besucher an ihrem Grab sehen. Auf dem alten Friedhof bröckelten die Grabmale, und er war völlig überwuchert. Dort würde sie neben dem Piraten Benjamin Cole ihre letzte Ruhe finden, der berüchtigt dafür war, ein Segelschiff in Kapstadt gestohlen zu haben. Mit dieser Trophäe hätte er segeln können, wohin er wollte, aber er hatte es sich in den Kopf gesetzt, sie mit nach Hause zu bringen und war nur knapp zwei Kilometer vor der tuganischen Küste in einem Island-Close-Sturm ertrunken – die Strafe für so viel Überheblichkeit und Dreistigkeit.

Warum Annie und Alex ebenfalls auf dem alten Friedhof gewesen waren, entzog sich Mariannes Kenntnis. Dort streckte ein Baum seine langen Äste über die eigenartigen wilden Ringelblumen, die nirgends sonst auf der Insel wuchsen als hier, wo sie einen gelb lodernden Ring um das Piratengrab bildeten. Unter den Inselkindern wurde gemunkelt, dass in den westlichen Zweigen des Baums ein Dibbuk wohnte, der jeden Körper, der sich ihm näherte, zu besitzen versuchte. Das hätte selbst die waghalsige Annie niemals riskiert. Aber die Kinder waren anscheinend auf den östlichen Ästen des riesigen, ausladenden Baums herumgeklettert und hatten dabei die nichtsahnende Mary erschreckt. Nun verlangte sie von Marianne, ihr »zu garantieren«, dass die Teufelszwillinge nie wieder in diese spezielle Maulbeerfeige kletterten.

»Wie neuerdings die gesamte Insel weiß«, hatte Marianne ihr ein wenig überdrüssig geantwortet, »kann ich Annie zu überhaupt nichts zwingen.« Als sie gesehen hatte, wie Mary das Blut ins Gesicht schoss, hatte sie hinzugefügt: »Aber ich versuche es.« Statt ihr Mitgefühl entgegenzubringen, hatte Mary Philips sie mit einer Schimpftirade bedacht und sich ausführlich über Alex und Annie ausgelassen. »Ich denke, Sie sollten jetzt besser gehen«, sagte Marianne daraufhin, und Mary erhob sich würdevoll wie eine Königin von ihrem Stuhl und verkündete: »Dieses Kind, das Sie da haben, ist wie ein wildes Tier.« Marianne ließ müde den Kopf hängen und murmelte: »Als ob ich das nicht wüsste.« Sie schloss die Tür hinter der alten Dame und dachte: ein Weißbrot und ein Zitronenkuchen weniger pro Woche.

Nachdem sie die beiden Kinder zur Strafe zum Karotten- und Kartoffelschälen verdonnert hatte, forderte sie ihre Tochter auf, die Geschichte aus ihrer Sicht zu erzählen. Annie hielt inne und gestikulierte mit dem Schäler in der Hand. »Die ist doch bekloppt!«, sagte sie. »Wirklich, die hat nicht mehr alle Fledermäuse unterm Dach. Fängt plötzlich an, auf dem Friedhof vor sich hin zu reden. Ist doch kein Wunder, dass wir uns erschreckt haben! Sie lag an der Stelle, an der sie mal beerdigt wird, du weißt schon, aber da wächst so hohes Gras, dass wir sie nicht gesehen haben. Sie ist wie ein Gespenst vor uns aufgetaucht. Und dann hat sie uns auf einmal angebrüllt und mit ihrem Gehstock gegen den Baum geschlagen und gesagt, dass wir sofort runterkommen sollen. Das wäre schließlich ihre letzte

Ruhestätte und ihr Recht, hier zu sein, aber wie sollte sie jemals Frieden finden, wenn wir ›bis in alle Ewigkeit über ihrem Kopf herumkraxeln‹ würden. Bescheuert, oder? Wir sind natürlich *nicht* ewig weitergekraxelt, weil sie uns sonst mit ihrem Stock verprügelt hätte. Alex hatte solche Angst vor ihr, dass er fast auf die Dibbuk-Seite geflüchtet wäre. Ich konnte ihn gerade noch davon abhalten, und wir sind ganz nach oben in die Baumkrone geklettert und dageblieben, bis sie irgendwann aufgegeben hat und weggefahren ist. Wahrscheinlich gleich zu dir, um sich über uns zu beschweren. Ich dachte, der Friedhof wäre geschlossen. Es ist jedenfalls nie jemand da.«

»Ist er auch. Er ist voll, deshalb wurde ja der neue eröffnet. Auf dem alten gibt es nur noch ein freies Grab, und das gehört Mary. Was meinst du mit ›nie jemand da‹? Wie oft treibt ihr zwei euch denn da oben rum?«

Annie ignorierte die Frage und biss das Ende einer Karotte ab.

»Was will sie eigentlich zwischen all den zerfallenen Grabsteinen? Der neue Friedhof ist doch viel schöner und steckt nicht voller Dibbuks und Piraten und gruseliger Dinge. Wenn man tot ist, ist das wahrscheinlich nicht mehr so wichtig … Außer für die Leute, die einen besuchen wollen. Aber wer will die schon besuchen?«

»Ich habe keine Ahnung, warum sie dort begraben werden möchte. Oder warum sie in ihrer eigenen Grabstätte Probe liegt. Dass sie verrückt ist, stimmt schon, aber sie ist leider auch jemand, mit dem man sich nicht anlegen sollte.«

Annie zog einen Schmollmund. »Ich habe keine Angst vor ihr.«

»Ich schon«, sagten Marianne und Alex gleichzeitig und mussten lachen. Marianne ließ den Haufen geschälter und zerkleinerter Kartoffeln von Alex' Schneidebrett und den kleineren Haufen Karotten von Annies Brett in den Suppentopf gleiten. Sie warf einen Blick auf Annie und dachte: Mein schönes, mutiges Mädchen.

»Passt bitte auf, dass die Suppe nicht überkocht«, sagte sie. »Ich sehe nach Ruth.«

19

Es war seltsam, sich für eine Weile von jedem Ehrgeiz zu verabschieden. Im Leben einer Schildkröte, eines Tiers, das manchmal drei Wochen brauchte, um eine besonders schwere Mahlzeit zu verdauen, waren zwölf Monate völlig unbedeutend. Charlotte war hier auf Tuga und würde bald wieder weg sein, eine Zeitspanne, in der sich für Martha und ihre wild lebenden Artgenossinnen nur sehr wenig ändern würde. Wie endlos sich Charlottes Aufenthalt auch anfühlte, wenn nachts eine Mücke ins Haus eingedrungen war, oder wenn sie versuchte, sich im Postamt ins Internet einzuloggen, um ihre Mails zu checken – in Wahrheit war ein Jahr sehr kurz, *zu kurz*, um zur weltweit größten Expertin für Goldmünzschildkröten zu avancieren. Sie hätte unbedingt sofort mit der Arbeit beginnen müssen, allein schon, um anfängliche Fehler rechtzeitig wieder ausmerzen zu können. Die Erforschung einer kleinen Restpopulation war Neuland für sie. Regenwälder waren Neuland für sie. Mit Kamerafallen kannte sie sich auch nicht besonders gut aus. Einzig mit dem Einpflanzen von Mikrochips hatte sie Erfahrung, ein Vorgang, der nicht besonders kompliziert war, zumal, wenn das zu markierende Tier die Größe eines Polsterhockers aufwies. Während ihrer Jahre als Doktorandin hatte sie sich die Fähigkeit angeeignet, zarte Jungmolche mit Mikrochips zu versehen, ohne sie dabei zu sehr zu verletzen. Große, schwerfällige Schildkröten würden dagegen leichte Beute sein. Charlotte war immer schon ehrgeizig gewesen, und diese einmalige Gelegenheit, als Wissenschaftlerin dazuzulernen, sich neue Ziele zu stecken und Pionierarbeit zu leisten, wäre normalerweise ein starker Antrieb für sie gewesen.

Stattdessen hatte eine schleichende Inselträgheit von ihr Besitz ergriffen, von der sie zunächst gar nichts bemerkt hatte. Die Hitze, die zu Island Close auf Tuga herrschte, hatte eine lähmende Wirkung auf sie. Für jeden, der nicht auf der Insel geboren war, war es so gut wie unmöglich, während des mittleren Drittels des Tages körperliche Tätigkeiten im Freien zu verrichten. Charlotte saß vormittags bei Betsey unter den Deckenventilatoren, trank geeisten Mangosaft und las mitgebrachte Texte oder legte diese beiseite, um Taxi zuzuhören, der im Radio das bevorstehende Wetter oder einen Geburtstag verkündete, manchmal auch ein privates Gespräch zu Ende führte, das er zuvor mit einem Fahrgast begonnen hatte. Die Neuigkeiten auf der Insel bestanden hauptsächlich aus Regengüssen und Hochzeitstagen, aber einmal hatte Taxi eine geschlagene Stunde Barry Manilow unterbrochen, um zu berichten, dass Nicky, der Stier, aus dem Moschaw ausgebrochen sei und jeder, der den Südwesten der Insel streife, ein Lasso mitführen solle. Das Radioprogramm auf Tuga de Oro war so beruhigend wie eine Folge *The Archers*, auch wenn Charlotte nur die Hälfte verstand.

Am frühen Abend machte sie Strandspaziergänge und sammelte träge verschiedene Muscheln, um sie später zu identifizieren. Sie stapelten sich bereits in einem Korb in der Mitte ihres Küchentischs, und jede hinzugekommene Schicht markierte das Verstreichen der Zeit. Mindestens zweimal pro Tag lief sie Dan Zekri über den Weg – eigentlich lief sie jedem Inselbewohner mindestens zweimal pro Tag über den Weg –, was sie irgendwann so zermürbte, dass sie ihm halbwegs verzieh. Sie trafen sich manchmal zum Kaffee und waren schon mehrmals zusammen am Strand spazieren gegangen. Charlotte gab sich die größte Mühe, nicht allzu häufig davon zu träumen, dass er sich von seiner Verlobten trennte. Dan brachte ihr bei, die wilden Mintberry-Büsche zu erkennen, die fast überall im Süden der Insel wucherten; von Levi wiederum lernte sie, die Samen auszuspucken, aber sie kam nicht annähernd an seine Schnelligkeit und Treffsicherheit heran. Sie trocknete einige Samenhülsen in der Sonne und überlegte, ob tuganische Mintberry-Pflänzchen wohl auch in einem Topf an einem nach Norden ausgerichteten Küchenfenster im Regent's Park gedeihen würden.

Vor ihrer Ankunft auf der Insel hatte Charlotte den Eindruck gewonnen, die öffentliche Bibliothek von Tuga enthalte sämtliche historischen Werke über Landwirtschaft und Besiedlung der Insel, ebenso verschiedene Berichte von Forschern, die zu Darwins Zeiten und davor die Insel besucht hatten. Jedes dieser Zeitdokumente konnte Berichte über die einheimischen Schildkröten enthalten, und ihre Hoffnung war gewesen, dass diese ihr einen Eindruck von den Veränderungen der Population im Laufe der Jahrhunderte ermöglichten. Die angeblich so zahlreich vorhandenen historischen Werke machten einen Großteil des Reizes aus, den das Stipendium auf Charlotte ausübte. Sie hatte bereits ihren eigenen eisernen Bibliotheksschlüssel vor sich gesehen, sich ausgemalt, wie sie spätabends in einem Lesesaal voll schartiger alter Tropenholzregale sitzen würde, während der warme Lichtschein einer Messinglampe auf die aufgeschlagenen Seiten fiel, eine Szene wie aus einem alten Roman.

Die Wirklichkeit sah anders aus. Die Rupert Whitten Library war hoch oben auf einem Hügel in einem alten Schiffscontainer untergebracht, der zuvor einen Laden für unverarbeitete Schafswolle beherbergt hatte. Sie bestand aus lediglich fünftausend modrigen Büchern, hauptsächlich Krimis und Liebesromanen aus den späten achtziger und frühen neunziger Jahren. Es war auch kein eiserner Schlüssel nötig, um sich Zugang zu verschaffen, denn es gab kein Schloss – die Tür wurde lediglich mit einem Stück Blumendraht zugehalten. Charlotte hatte gehofft, hier *Tuga de Oro – meine Heimat, mein Volk* vorzufinden, oder *Fünf Jahreszeiten auf Tuga – Kleinlandwirtschaft unter erschwerten Bedingungen.* Vor allem aber die drei Bände von *Schildkröte am Abhang – Erinnerungen eines Militärveterinärs an Tuga de Oro.* All diese Schätze fehlten nämlich in der British Library in London. Auch hier wurde Charlotte nicht fündig. In der Abteilung für Bücher aus oder über Tuga de Oro standen nur sechs Werke, von denen sie vier bereits gelesen hatte. Das fünfte enthielt einheimische Fabeln, und das sechste war auf Ladino verfasst.

Am Abend nach ihrem enttäuschenden Büchereibesuch erzählte sie Dan im Rockhopper von ihrem Frust. Er war ebenso von beruflichen Sorgen belastet, lag immer noch im Clinch mit seinem Onkel, was die zu geringe Inanspruchnahme des Pflegepersonals anging. Es war ihm bisher nicht gelungen, Saul von der Wichtigkeit der Weiterbildungsmaßnahmen für die Mitarbeiter zu überzeugen, auch nicht davon, eine vom Pflegepersonal durchgeführte Sprechstunde für Dauerrezepte einzurichten, um die Arbeitslast der Ärzte zu verringern und Zeit für die langfristige Planung des Klinikalltags zu schaffen. Saul hatte nur entgegnet, Dan sei ein Träumer, wenn er meine, dass Calla und Winston mehr Arbeit wollten statt weniger. (Charlotte, die mehrmals lesend bei Betsey gesessen hatte, während die beiden dort ihre neunzigminütige Mittagspause verbrachten, tendierte insgeheim dazu, Saul in diesem Punkt recht zu geben.)

Es überraschte sie sehr, als Dan ihr eröffnete, Tuga de Oro verfüge sehr wohl über die Bibliothek ihrer Träume – eine mit bequemen Stühlen und Fenstern, durch die tatsächlich Tageslicht hereinfiel, und ohne den öligen Geruch nach nassem Schaf. In Martha House gebe es ein im Laufe von sechzig Jahren zusammengestelltes Archiv, das auch Berichte aus erster Hand enthalte, mehrere davon handgeschrieben. Es handele sich allerdings um Grand Marys Privatsammlung. Doch als Charlotte daraufhin der alten Dame einen Brief schrieb, um die Erlaubnis für einen Besuch zu erhalten, bekam sie keine Antwort.

In ihrer Verzweiflung sprach Charlotte Mary Philips sogar auf der Straße an. Die Begegnung verlief nicht gerade positiv.

»Was ich in meinen Bücherregalen stehen habe, geht Sie genauso wenig an wie der Inhalt meiner Unterwäscheschublade«, zeterte Grand Mary mit bebender Stimme, und Charlotte trat den Rückzug an, ohne das unangenehme Bild besagter Schublade wieder aus dem Kopf zu bekommen. Mary hob ihren Gehstock. »Und meine Schildkröte dürfen Sie auch nicht mit Fragen belästigen!«

Statt zu antworten, stapfte Charlotte wutentbrannt zum Rockhopper hinauf, weil ihr kein anderer Ort einfiel, an den sie hätte gehen können – bis auf Betsey's Café, und da war sie an diesem Tag schon zweimal gewesen. Levi machte gerade Kassensturz, als Charlotte sich auf einen Barhocker setzte.

»Warum ist diese Frau so miesepetrig?«

»Sie haben Glück, dass sie keine Gegenstände nach Ihnen geworfen hat. Mir hat sie mal mit einer Mango die Augenbraue gespalten.«

»Sie hat eine Mango nach Ihnen geworfen? Das ist ja schrecklich!«

»Eine Freundin und ich waren gerade in ihrem Obstgarten dabei, uns … ein wenig näherzukommen.«

»Pfui, man sollte Sie kastrieren! Aber ich verstehe trotzdem nicht, warum sie so gemein ist. Ich will doch nur sehen, was sie in ihrer Sammlung hat! Wenn sie all diese unglaublichen Zeitzeugnisse hortet, sollte man doch meinen, dass ihr die Insel am Herzen liegt – die Insel, deren Fauna ich mit meiner Arbeit zu schützen versuche. Ihre eigene Schildkröte Martha ist übrigens nicht gerade in der besten Verfassung, zumindest nach dem wenigen zu urteilen, was ich im Garten von Martha House von ihr gesehen habe.«

»Nehmen Sie es nicht persönlich. Wenn Mary Sie explizit auf dem Kieker hätte, würde sie sich noch viel schlimmer aufführen. Warum müssen Sie sich überhaupt mit Grand Mary herumschlagen? Ich dachte, bei Ihrer Arbeit geht es darum, Goldmünzschildkröten zu zählen und überall Sexcams aufzustellen.«

»Geht es auch. Genau das tue ich. Allerdings ohne Sexcams, sorry.«

»Die machen aber nichts anderes. Schildkröten rammeln wie die Karnickel.«

»Sie rammeln wie Schildkröten. Oder auch nicht, ich habe nämlich noch kein einziges Exemplar gesehen, von der Hausschildkröte einer gewissen Person mal abgesehen. Im Reptilienhaus der Zoological Society hätte ich vermutlich mehr Glück gehabt.«

»Daran wird sich auch nichts ändern, wenn Sie die gesamte Island-Close-Periode damit verplempern, mit Zekri am Out the Way Beach rumzuhängen.«

Sie warf ihm einen vernichtenden Blick zu und sprach dann weiter, als hätte er nichts gesagt: »Es ist einfach sehr verlockend, dass diese ganzen historischen Daten da herumstehen. So was ist selten – eine Restpopulation, die noch vollkommen unerforscht ist, und daneben eine große Menge an so gut wie unerschlossenen historischen Berichten. Die Forschungsreisenden des neunzehnten Jahrhunderts waren auf der ganzen Welt unterwegs, aber nach Tuga haben es nur wenige geschafft. Und veröffentlichte Berichte von ihnen gibt es so gut wie überhaupt nicht. Wenn ich jedes einzelne existierende Zeitzeugnis gelesen hätte – das wäre der Wahnsinn!«

»Der Wahnsinn.« Levi nahm einen Behälter mit geschmolzenen Eiswürfeln und goss das Wasser vorsichtig in den Übertopf einer Ingwerpflanze.

»Was denn? Was soll dieser Tonfall?«

Levi hielt mit dem leeren Behälter in der Hand inne.

»Ich nehme Ihnen nur ungern Ihre Illusionen, aber das Leben findet nicht nur in Büchern statt. Mal angenommen, Grand Mary stirbt morgen und vermacht Ihnen ihre Bibliothek, nur Ihnen. Dann gehen Sie hin und lesen jedes

Wort, das je über die Insel geschrieben wurde, nicht nur über die Schildkröten und Ihren ganzen Reptilienkram, sondern wirklich alles: Geschichte, Geografie, Familienstammbäume, Logbücher früherer Kapitäne, Briefe von Missionaren, Listen der importierten und exportierten Frachtgüter. Sind Sie dann die weltweit führende Expertin für Tuga de Oro?«

»Im akademischen Sinne ja.«

»Gut. Aber würden Sie Tuga *kennen*? Würden Sie mehr über die Insel wissen als, sagen wir, Rebecca?«

»Ihre Nichte Rebecca? Was für ein abstruser Vergleich!«

»Ich weiß zwar nicht, was abstrus heißt, kann es mir aber vorstellen. Was ich meinte, ist: Sind Sie nicht eigentlich hergekommen, um Feldforschung zu betreiben? Ich dachte, Sie wollten sich die Hände schmutzig machen und ein paar echte, lebende Tiere aufspüren, statt nur dazusitzen und Berichte über tote Tiere zu lesen. Und wollen Sie nicht auf dem Weg dorthin auch … ich weiß nicht … ein bisschen Spaß haben?«

Charlotte runzelte die Stirn. Levi hielt jetzt ein Glas blutroter Cocktailkirschen in der Hand, und sie nahm es ihm aus der Hand und goss einen Schuss des süßen roten Sirups in ihr Mineralwasser, bevor sie es ihm zurückgab.

»*Meine* Vorstellung von Spaß ist es eben, historische Texte zu lesen, aus denen ich Schwankungen in der Population der Schildkröten ableiten kann.«

Levi kippte die Kirschen in ein Edelstahlgefäß, verschloss den Deckel und stellte es in den Kühlschrank. Dann begann er, seinen Hals zu dehnen, erst in die eine, dann in die andere Richtung, wobei er sie unverwandt ansah.

»Sie sind ein hoffnungsloser Fall. Nehmen Sie Ihr Getränk, ich schließe ab.«

Charlotte glitt von ihrem Hocker und folgte ihm auf die Terrasse hinaus, wo er die hölzernen Türläden verriegelte. Sie wartete, während er die Mülltüten zu den Containern hinter dem Lokal trug. Ein leises Geräusch ertönte. Sie lächelte.

»Geckos«, stellte Levi fest und wusch seine Hände unter dem Wasserhahn an der Außenwand.

»Ich weiß. Liebmädchen-Geckos, eine endemische Art. Ihre Laute klingen wie knarzende Bettfedern.« Sie errötete.

»Sehen Sie, Doktor Dolittle, Sie haben die einheimische Tierwelt schon auf dem Kasten, dafür brauchen Sie Mary nicht. Wussten Sie, dass diese Geckos dafür bekannt sind, fast die größte Bandbreite an sexuellen Stellungen im gesamten Tierreich zu haben?« Er wischte sich die Hände an seiner Jeans trocken und grinste im Dunkeln zu ihr herüber. »Das ist eine Tatsache. Soll ich Sie noch nach Hause bringen?«

»Auf keinen Fall.«

Charlotte vergewisserte sich, dass sie ihre Taschenlampe hatte, und bog dann in den steilen Pfad ein, der jenseits des Rockhopper den Berg hinaufführte und am hinteren Ende des Mendoza-Anwesens herauskam. Sie hörte Levis leises Lachen und seine Schritte auf der Eisentreppe, die zu seiner Dachwohnung hinaufführte. Als beides verklungen war, sangen die Geckos weiter ihr Liebeslied.

20

Charlotte war schon mindestens eine Viertelstunde im Garten, als sie das Flüstern hörte. Die Kinder mussten vor ihr da gewesen sein und sie von den Ästen des Avocadobaums aus beobachtet haben, während sie die einzige Yoga-Einheit durchexerzierte, die sie vor ihrer Reise nach Tuga heruntergeladen hatte. Durch die ständige Wiederholung der immer gleichen Übungen war das Training zwar zutiefst langweilig, jedoch nicht einfacher geworden. Aber Levi war zum Fischen hinausgefahren, und die Ruhe im Garten hatte Charlotte dazu bewogen, es an einem schattigen Plätzchen erneut zu probieren, in dem Bestreben, sich die mentale Gelassenheit eines Yogis anzueignen. Und dann hatte eben jener Baum, von dem Levi am Tag ihrer Ankunft gesprungen war, angefangen, eigenartige Geräusche von sich zu geben.

Als Charlotte näher herantrat, um nachzusehen, woher das Rascheln und Flüstern rührte, hüpfte Annie Goss vor ihr auf den Boden und wischte sich ihre schmutzigen Hände mit einem frechen Grinsen am Hosenboden ab. Alex schwang sich als Nächstes vom Baum.

»Alex hat gesagt, ich soll Sie erst Ihr Ritual zu Ende machen lassen«, erklärte Annie, als hätte Charlotte gerade einen Voodoo-Zauber durchgeführt. »Diese Übung, bei der man die Balance halten muss, können Sie echt gut.«

»Ich gebe mir Mühe. Aber ich glaube, ich brauche

mehr Kraft in den Schultern. Außerdem finde ich Yoga schrecklich öde.«

»Wir versuchen manchmal, die Kokospalmen hochzuklettern. Ich könnte es Ihnen beibringen«, bot Annie an. »Das ist auch gut für die Schultern. Sie können aber auch mit einer Seilschlinge anfangen, wenn Ihnen das lieber ist.«

»Ich habe ein bisschen Höhenangst«, gestand Charlotte. »Typisch LVA, oder?«

»Die Erwachsenen schreien uns immer an, wenn wir klettern, aber das ist uns egal.«

»Levi Mendoza saß auch auf einem Baum, als ich ihm das erste Mal begegnet bin. Auf genau diesem Baum sogar.«

»Levi zählt nicht als Erwachsener«, sagte Annie voller Bewunderung. Alex stupste sie an. »Ach ja: Wir sind hier, weil wir Sie fragen wollten, ob Sie mal nach unserer Ziege schauen könnten.«

Charlotte rollte ihre Yogamatte zusammen. Rein theoretisch hätte sie noch siebzehn Minuten Übungen und das Abschluss-Shavasana vor sich gehabt, doch mentale Gelassenheit schien sowieso ein unerreichbares Ziel zu sein.

»Ich bin aber gar keine praktizierende Tierärztin.«

»Ach, bitte, Sie müssen mitkommen!« Annie machte ein verzweifeltes Gesicht. »Mum hat schon Macs Rachel gerufen, und Sie wissen ja, was das heißt.«

»Nein, leider nicht. Wer ist Macs Rachel?«

Alex machte zum ersten Mal den Mund auf. Seine Stimme war hoch und melodisch, die Bedrängnis deutlich herauszuhören. »Sie kennt kein Mitleid! Wenn Sie sie nicht retten, muss Zicki unters Messer!«

»Zicki?«

»Wir waren noch klein, als wir ihr den Namen gegeben haben«, erklärte Annie defensiv.

»Zicki, das Zicklein. Verstanden.«

»Uns ist es egal, wenn Sie keine tizierende Tierärztin sind«, flehte Annie, und Charlotte verkniff sich ein Lächeln. »Alles ist besser als Macs Rachel und ihr Hackbeil des Schreckens!«

Charlotte warf ihre Yogamatte auf die Veranda und ging in die Küche, um ein Glas Wasser zu trinken. Die Kinder folgten ihr. Annie ließ sich auf einen Küchenstuhl plumpsen, und Alex blieb dicht neben ihr stehen, wie ein Lakai. Charlotte holte eine Schüssel mit vorgeschnittener Melone aus dem Kühlschrank und stellte sie den Kindern hin, zusammen mit zwei Gläsern des tuganischen Ananassafts, nach dem sie mittlerweile süchtig war. Dann setzte sie sich Annie gegenüber ans Fußende ihres Betts und wollte gerade nach einem Stück Melone greifen, als sie sah, dass die Schüssel bereits leer und die Gläser ausgetrunken waren.

»Ich bin eigentlich hier, um eure einheimischen Schildkröten zu erforschen. Sie sind sehr selten, es gibt sie nur an diesem einen Ort auf der Welt. Wenn wir ihre Art vor dem Aussterben bewahren wollen, müssen wir mehr über sie in Erfahrung bringen. Außerdem bin ich nur ein Jahr auf der Insel, ich muss also so viel Zeit wie möglich damit verbringen, Daten über die Tiere zu sammeln. Ich bin nicht gekommen, um auf Tuga als Tierärztin zu arbeiten.«

»Wir haben aber keine andere Tierärztin.«

»Die Leute hier scheinen sich doch ganz gut um ihre Tiere zu kümmern«, sagte Charlotte und erntete den vernichtenden Blick, den sie für eine derart dämliche und herablassende Aussage verdiente. Im Grunde hätte schon vor Jahrzehnten ein Tierarzt auf der Insel stationiert werden müssen, das wurde ihr nun klar. »Natürlich komme ich mit. Wer untersucht denn sonst die kranken Tiere bei euch?«

»Das machen die Bauern normalerweise selbst, oder sie rufen Macs Rachel, wenn es richtig schlimm ist. Sie ist Hebamme und kennt sich mit Kräutern und solchen Sachen aus. Der Mann, den der Inselrat für ein Jahr nach England auf die Landwirtschaftsschule geschickt hat, ist meistens im Moschaw beschäftigt. Sonst gibt es niemanden. Mum glaubt, dass viele Tiere getötet werden, die ein Tierarzt noch retten könnte. Wir haben zwei Ärzte für Menschen, aber nicht einen einzigen, der sich um die Vierbeiner kümmert. Das ist total ungerecht«, schloss Annie ihre Erklärung.

Charlotte machte eine Tüte Kochbananen-Chips auf, die sie bei Sylvester gekauft hatte, und beobachtete, wie auch deren Inhalt im Handumdrehen verschwand.

»Was hat Zicki denn für Symptome?«

»Sie hustet schon seit ein paar Wochen, aber heute ist es plötzlich schlimmer geworden. Sie streckt jetzt immer so komisch den Hals und gähnt ständig.«

Charlotte kam ein Gedanke. »Weiß Marianne, dass ihr hier seid?«

Die Kinder schüttelten die Köpfe.

»Dann sollte ich vielleicht besser nicht mitkommen. Ich will mich nicht in ihre Angelegenheiten mischen.«

»Es war alles ihre Idee, sie hätte Sie selbst gern geholt, wirklich! Ich habe gehört, wie sie zu Alex' Mutter gesagt hat, dass sie sich wünschte, sie könnte die neue Tierärztin rufen. Ehrlich wahr! Sie hat gesagt: ›Wenn ich doch nur diese nette neue Tierärztin rufen könnte, aber das geht nicht, weil sie nicht tiziert. Ach, wenn doch irgendjemand auf dieser Insel meine Zicki retten könnte!« Annie riss weit die Augen auf, um ihre dreiste Lügengeschichte glaubhafter wirken zu lassen.

»Also gut«, sagte Charlotte schließlich. Einem Kind mit derartiger Überzeugungskraft und Hartnäckigkeit konnte sie nicht widerstehen. »Ich komme mit. Eins sage ich euch allerdings gleich: Ich werde nicht viel ausrichten können, zumal ich kein Verbandszeug dahabe. Auch keine Medikamente oder Untersuchungsgeräte. Alles, was ich tun kann, ist, mir das Tier anzusehen.«

»Dafür haben wir eine Lösung, wir haben nämlich auch schon darüber nachgedacht: In der Klinik gibt es einen Schrank mit Tierarztsachen!«

»Ach ja?« Charlotte erinnerte sich dunkel an ein Gespräch mit Elsie über besagten Schrank, was in einen Monolog über Schränke im Allgemeinen, ihre Bauweise und die Vorzüge verschiedener Scharniere ausgeartet war.

»Immer, wenn ein Tierarzt für einen Monat auf der Insel ist, bekommt er einen Behandlungsraum in der Klinik, das ist der Raum an der Seite, der einen eigenen Eingang hat, damit die Tiere nicht mit den anderen Patienten in Kontakt kommen. Wenn der Monat vorbei ist, haben die Tierärzte immer Mitleid mit uns und lassen alles, was sie mitgebracht haben, im Tierarztschrank, sogar teure Sachen, sagt meine Mutter.«

»Wann war denn der letzte Tierarzt da?«

Die Kinder sahen sich stirnrunzelnd an. »Ich glaube … da waren wir sechs? Vielleicht auch sieben?«, mutmaßte Alex.

»Verstehe. Tja, wenn das so ist, möchte ich lieber nicht in einem staubigen alten Schrank herumwühlen, wenn ich ehrlich bin. Lasst uns erst mal zu Zicki gehen und ihre Brust abhören, damit wir wissen, was überhaupt los ist.«

Die Teufelszwillinge schienen das für einen annehmbaren Vorschlag zu halten. Charlotte ging ihre Tasche packen, während die beiden zur Tür hinaus und auf dem sandigen Gartenweg zu der kleinen Straße rannten, neben der sie ihre Fahrräder in ein Gebüsch geworfen hatten. Charlotte dachte wehmütig an den Lehrbauernhof des Royal Veterinary College zurück, an dem sie damals praktische Erfahrungen gesammelt hatte. Die Tiere dort waren so oft von ungeschickten jungen Studierenden untersucht worden, dass sie sich fast schon selbst behandeln konnten. Sie sehnte sich auch nach ihrer abgegriffenen Ausgabe von *Nutztiermedizin für Kleintierärzte,* einem idiotensicheren Standardwerk, das dafür gedacht war, von viel beschäftigten Stadttierärzten panisch auf der Toilette durchgeblättert zu werden, wenn sie sich unerwartet mit einem Alpaka oder einem Huhn konfrontiert sahen. Jedes Lehrbuch, das ihr hätte weiterhelfen können, befand sich Tausende Kilometer entfernt. Ihr blieb nichts anderes übrig, als ins kalte Wasser zu springen und zu hoffen, dass sie die Ziege nicht versehentlich umbrachte.

Niemand hatte nach Macs Rachel und ihrem Hackbeil gerufen. Zicki litt unter Lungenwurmbefall, wie Charlotte nach wenigen Augenblicken erriet, dankbar dafür, als Studentin so gewissenhaft gewesen zu sein. Beinahe nostalgisch dachte sie an die junge Frau zurück, die spätnachts am Schreibtisch gesessen hatte, während ihre Kommilitonen Dart gespielt, Pylonen geklaut oder sich verliebt hatten. Charlotte hatte ihre Abende damit verbracht, im gelben Licht einer Gelenklampe eine Karteikarte nach der anderen vollzuschreiben, Wichtiges zu unterstreichen und sich alles einzuprägen. Es hatte sie einige Mühe gekostet, wach zu bleiben, aber diese Mühe hatte sich gelohnt, wie sich nun herausstellte.

Zicki war ein gutmütiges Tier, das sich widerstandslos untersuchen ließ. Charlotte war sofort von ihr angetan und streichelte das raue karamellfarbene Fell ihrer Flanke. Marianne saß auf einem Plastikstuhl im Hof und hielt die Ziege beim Halsband, während die ihr den Kopf in den Schoß legte. Charlotte maß Zickis Temperatur und hörte ihre Brust ab. Das Tier war lethargisch und unterernährt, hatte einen hartnäckigen Husten mit Auswurf, hohes Fieber und eine erhöhte Atemfrequenz. Doch erst als Charlotte den zähen Schleim sah, der aus Zickis Nase floss, überkam sie ein unerwartet heftiges Gefühl der Gewissheit und des Triumphs. Sie hätte eine Kotuntersuchung nach dem Trichterauswanderverfahren durchführen können, um die Anwesenheit des Parasiten zu bestätigen, aber dabei konnten leicht Fehler passieren. Es war besser, gleich mit der angezeigten Behandlung zu beginnen, soweit sie sich noch an sie erinnerte. Charlotte hatte ganz vergessen, wie viel Freude es machte, ein Problem zu lösen und einem Tier helfen zu können.

Annie schien ihr Triumphgefühl zu teilen. Sie zog Charlotte sofort zur Klinik hinunter, wo Saul ihnen den Tierarztraum aufschloss und sich überschwänglich dafür entschuldigte, dass er ihr nicht schon früher angeboten hatte, ihn zu nutzen. Joan habe ihm geraten, nicht voreilig davon auszugehen, dass sie ihn brauchte.

Sie fanden reichlich Fenbendazol und Ivermectin in dem berühmten Schrank, mit einem Verfallsdatum, das noch nicht so weit zurücklag, dass es die Wirksamkeit beeinträchtigt hätte. Charlotte machte oberflächlich Inventur und entdeckte ausreichend medizinisches Gerät für die meisten Notfälle, dazu ein tragbares Ultraschallgerät, das fast neu aussah, einen Kauter und ein sehr großes, sehr altes Mikroskop. Die Arzneimittelvorräte waren begrenzt, und mehrere Medikamente, die eigentlich gekühlt hätten werden müssen, waren vermutlich längst verdorben. Überrascht stellte sie fest, dass Acepromazin, Ketamin und eine erschreckende Menge Pentobarbital frei zugänglich neben Entzündungshemmern und Wurmtabletten aufbewahrt wurden. Sie zog daher den Bürodrehstuhl zum Schrank, bevor sie ihre Erkundungstour fortsetzte, um sich darauf zu stellen und die unter das Betäubungsmittelgesetz fallenden Medikamente ins oberste Fach zu räumen. Saul Gabbai hielt ihr den Stuhl und wirkte peinlich berührt von dem Versäumnis. Nickend bekundete er seine Zustimmung zu Charlottes improvisierter Maßnahme.

Nachdem sie wieder heruntergeklettert war, verkündete er, dass sie den Tierarztraum fortan als ihr Eigentum betrachten dürfe. Sie hätten einen Internetanschluss in der Klinik, fuhr er in weniger formellem Ton fort, sie könne also auch gern einfach nur herkommen, um den Computer zu nutzen. Es sei ihm eine Ehre, sie mit ihrem eigenen Schlüssel auszustatten. Es war zwar nicht der eiserne Bibliotheksschlüssel ihrer Träume, und der Schlüsselanhänger war ein gehäkelter Esel, der schielte und den Namen der

Insel auf den Sattel gestickt hatte, aber Charlotte nahm ihn trotzdem entgegen, wenn auch mit gemischten Gefühlen.

Unter den Inselbewohnern war die Hoffnung weit verbreitet, dass sich Dr. Charlotte Walker irgendwann zu einer Sprechstunde überreden lassen würde. Jetzt machte die Neuigkeit die Runde, dass sie nicht nur ein krankes Tier besucht, sondern auch die Verantwortung für den Tierarztschrank übernommen hatte. Noch vor Sonnenuntergang erreichten sie die Anfragen, nach einer Kuh zu sehen, die nicht fressen wollte, nach einem Wurf Ferkel, bei denen es sich so anhörte, als hätten sie Kokzidiose, und nach einem Labrador mit hartnäckiger Pilzinfektion in beiden Ohren. Sie erteilte jeder dieser Anfragen eine Zusage, bat die hoffnungsvollen Tierbesitzer jedoch inständig, ihr Zeit zu geben bis zum nächsten Tag. Sie sagte nicht dazu: *Ich kenne mich besser mit der invasiven Molchart aus, die die britischen Wasserläufe erobert, als mit einfachster Säugetiermedizin.* Auch nicht: *Ich muss mich erst zurück in den Tierarztraum schleichen und bis in die frühen Morgenstunden auf VetNet herumtreiben, um panisch das Wichtigste nachzulesen.*

»Was haben Sie denn erwartet, nachdem Sie allen erzählt haben, dass Sie Tierärztin sind?«, fragte Levi am nächsten Abend im Rockhopper. »Jetzt sitzen Sie in der Entengrütze.«

»Es hat mir schon jemand eine Ente gebracht«, antwortete Charlotte verzweifelt. »Eine wunderschöne Cayuga mit verklebtem Auge. Ich bin keine Landtierärztin, ich habe Schildkröten zu retten!«

»Das sagen *Sie*, Dolittle.« Levi kaute auf seinem

Daumennagel herum. »Ich weiß, dass ihr Wissenschaftler es gern anders hättet, aber hier bei uns stehen Goldmünzschildkröten einfach nicht ganz oben auf der Prioritätenliste.«

»Sollten sie aber. Inseln zählen zu den vielfältigsten Lebensräumen der Erde, ihre Ökosysteme sind immens wichtig.«

»Sie klingen genauso schwülstig wie Garrick, wenn er predigt. Wichtig für wen? Wir Menschen haben hier auch unsere Nöte und Bedürfnisse, und ich würde behaupten, dass unsere kranken Enten wichtiger für uns sind als unsere Schildkröten.«

»Regional gesehen vielleicht schon. Global gesehen sicher nicht.«

»Kann schon sein, aber wir leben hier nicht global. So regional wie wir lebt sonst niemand auf der Welt. Hier gibt es nichts anderes als regional. Und wissen Sie was: Ihre Schildkröten machen niemanden satt während Island Close, oder wenn ein Schiff nicht auftaucht, oder wenn uns ein größerer Hurrikan heimsucht, oder die Taro-Ernte dürftig ausfällt. Sie liefern auch nicht die Milch für die zweiundsiebzig Kaffees, die Sie jeden Tag trinken. Die Eier, die Ihnen die Leute auf die Veranda legen, sind übrigens auch keine Schildkröteneier – nur mal so nebenbei. Wenn harte Zeiten auf uns zukommen, würde ich mir ohne jeden Skrupel die letzte Goldmünzschildkröte von ganz Tuga in die Pfanne hauen.«

»Von Ihnen hatte ich auch nichts anderes erwartet«, sagte Charlotte missbilligend, doch das Gespräch mit Levi hinterließ ein unbehagliches Gefühl in ihr. Sie dachte an Rebecca Lindo-Smith, die sich mit der Ernsthaftigkeit eines doppelt so alten Kindes um die einzige Sau der Familie kümmerte. An Alex und Annie, die ihr nervös und voller Hoffnung bei der Behandlung zugesehen hatten, daran, welch hohe Erwartungen auf den Schultern dieser einen mageren karamellfarbenen Ziege ruhten. Sie war hierhergekommen, um etwas zu bewirken, um den Leuten zu helfen. Am nächsten Morgen begann sie bei Sonnenaufgang mit ihrer Visite auf den Bauernhöfen.

21

Charlottes Muskeln erinnerten sie daran, warum so viele Tiermedizin-Studenten Dauergast im Fitnessstudio waren: Für die Behandlung von Großtieren waren übermenschliche Kräfte und eine unerschöpfliche Ausdauer nötig. Sie musste sich bücken, schwere Gegenstände heben, sich strecken, verrenken, am Boden herumkriechen, zu Fuß von Gehöft zu Gehöft gelangen (wobei sie sich mehrmals verlief) – und das alles bei drückender Hitze. Sie wurde angerempelt, Schafe trampelten auf ihr herum, ein gereizter Hahn pickte ihr in den Daumen, und ein Kalb, das *noch im Mutterleib steckte*, zwickte ihr schmerzhaft mit seinen nadelspitzen Zähnchen in die Hand. Sie hatte erst drei Bauernhöfe abgeklappert, war aber jedes Mal dazu genötigt worden, sich nach der Behandlung mit der Familie an den Tisch zu setzen und zu essen.

Nachdem Charlotte am folgenden Morgen wieder bei Sonnenaufgang aufgewacht war, kroch sie erschöpft und mit schmerzenden Gliedern zurück ins Bett und wickelte sich – ihre neueste Erfindung – eine Leggings ums Gesicht, damit das Sonnenlicht sie nicht beim Schlafen störte. Da sie sich vorsichtshalber auch noch ein Kissen auf ihren bandagierten Kopf gelegt hatte, hörte sie Elsies Klopfen nicht und wachte vom Knarzen der Tür auf. Sie riss ihre Augenbinde vom Gesicht, sah die Silhouette einer Riesin vor sich aufragen und schrie. Elsie schrie ebenfalls. Dann klärte sich die Situation auf, und beide verstummten.

Charlotte sprang so hastig aus den Federn, dass sie sich das Schienbein an einer offen stehenden Schranktür stieß. Herauszufinden, wie viele Küchenarbeiten sie vom Bett aus erledigen konnte, war an den stillen Abenden zu einer Art Wettbewerb geworden, zu einer Variante des Spiels Twister, und am Vorabend hatte sie vergessen, die Schranktür zu schließen, nachdem sie einen Kochtopf abgetrocknet und weggeräumt hatte.

»Ich habe gestern mehr Sport gemacht als in dem ganzen Jahr davor und konnte nicht schlafen vor Muskelkater«, versuchte Charlotte zu erklären, warum sie um diese Zeit noch im Bett lag. Ihr Blick landete auf Elsies Werkzeuggürtel, und ihr fiel das Thema ihres letzten Gesprächs wieder ein. »Haben Sie vielleicht eine Ahnung, was ich mit den Fenstern machen könnte, um hier drinnen ein bisschen mehr Privatsphäre und Lichtschutz zu haben?«

Elsies Gesicht heiterte sich auf. Während sie ein Maßband hervorzog, flüchtete sich Charlotte ins Badezimmer. Als sie wieder herauskam, hatte Elsie die Ärmel ihres Arbeitsoveralls hochgekrempelt und schrieb in großer, ordentlicher Schrift Zahlen auf die Rückseite ihres Arms.

»Überlassen Sie das mit den Fenstern mir.«

»Danke. Kann ich Ihnen auch bei irgendetwas helfen? Möchten Sie einen Kaffee?«

Elsie nahm sich einen Küchenstuhl, drehte ihn mit der Lehne nach vorn und setzte sich rittlings darauf. Ihre schweren Arbeitsstiefel hatte sie draußen ausgezogen, und Charlotte nahm gerührt ihre gelb-schwarzen Snoopy-Socken zur Kenntnis, aus denen ein Zeh hervorlugte.

»Nein, danke. Ich bin hier, weil ich eine Überraschung für Sie habe. Sie waren doch nach Ihrer Ankunft ein bisschen verwirrt, weil Sie nicht wussten, dass Martha … na ja, eine Schildkröte ist.« Elsie verschränkte die Arme über der Stuhllehne und sah Charlotte dabei zu, wie sie das Bett machte und Joans handgenähte Steppdecke glatt strich. »Und jetzt hat Grand Mary darum gebeten, dass Sie kommen und sich Martha ansehen. Sie mal durchchecken.«

»Oha. Das mache ich liebend gern, aber woher der plötzliche Sinneswandel? Wissen Sie, wie das zustande gekommen ist? Hat Joan mit Mary gesprochen?«

»Sie haben bei den Spencers ein verletztes Euter genäht – gute Arbeit, wie es scheint. Der Ziege geht es schon viel besser.«

»Woher weiß Mary davon? Das war doch erst gestern Nachmittag.«

»Es kam heute Morgen im Radio«, antwortete Elsie, als wäre das völlig selbstverständlich.

»Verstehe. Die Ziege ist also wohlauf? Das freut mich. Natürlich würde ich Martha gern kennenlernen!«

»Sie war die Schildkröte von Marys Großmutter, und davor hat sie wahrscheinlich auch schon jemandem aus der Familie gehört. Wir halten grundsätzlich keine Schildkröten als Haustiere, aber damals gab es diese Regel wohl noch nicht. Martha ist hundertfünfzig Jahre alt.«

Die Lebenserwartung von Goldmünzschildkröten wurde auf siebzig bis hundert Jahre geschätzt. Elsie rollte ihre Ärmel wieder nach unten, bis sie ihre sehnigen Unterarme bedeckten, und knöpfte sich die Manschetten zu. »Mindestens hundertfünfzig«, fuhr sie fort. »Und viel größer als jede Schildkröte, die Sie im South Jungle finden werden. Doppelt so groß. Sie wird gut gefüttert in Martha House.«

»Ist das der Name ihres Stalls?«

»Nein, Grand Mary hat ihr ganzes Anwesen nach der Schildkröte benannt. Sie macht, was sie will. Soll ich Sie gleich hinbringen? Die Gelegenheit ist günstig, Mary ist unterwegs. Es könnte durchaus sein, dass sie ihre Meinung morgen schon wieder ändert. Sie mag keine Menschen, die sich in ihre Angelegenheiten mischen. Eigentlich mag sie die meisten Menschen nicht. Wir gehen besser jetzt gleich hin, solange ihre Erlaubnis noch gilt.«

Martha House zählte zu den wichtigsten Kuriositäten, die Touristen und LVAs bei einer Inseltour gezeigt bekamen. Es handelte sich um eine zweistöckige georgianische Stadtvilla, ein Reihenhaus ohne Reihe, das auf einer tropischen Insel aufragte, auf der sonst fast alles einstöckig war und aus Betonsteinen, Wellblech, Paletten und Palmstroh bestand. Mary Philips hatte es an ihrem vierzigsten Geburtstag in Auftrag gegeben, und ihre Anweisungen waren ebenso präzise wie exzentrisch gewesen. Während der Baujahre hatte auf ihrem Grundstück hektische Betriebsamkeit geherrscht, denn die meisten Handwerker und Arbeiter der Insel waren angestellt worden, um ihre Vision wahr werden zu lassen. Der Architekt war extra aus London angereist, ein junger Anhänger des Regency-Stils, der den Aufenthalt als Abenteuerreise betrachtete und für ein halbes Jahr mit seiner Frau und seinen Kindern nach Tuga übersiedelte. Während dieser Zeit wurde er von Grand Mary schikaniert und eingeschüchtert. Seine Söhne genossen hingegen die wilde, ungezähmte Auszeit von ihrer

Privatschule – und von ihren Schuhen. Nachdem das *Martha House* getaufte Gebäude fertiggestellt war, kehrte wieder Ruhe auf dem Anwesen ein. Obwohl tuganische Häuser normalerweise nur vor Tieren geschützt werden mussten, nicht vor Einbrechern, besaß es ein hohes schmiedeeisernes Tor, dessen verschnörkelte Blätter und Blüten die Flora kälterer Gefilde widerspiegelten. Dieses Tor war stets verschlossen. Die Mauer, die das Grundstück umgab, war da schon tuganischer – sie war niedrig genug, um hinüberzusteigen und zu Martha zu gelangen, die im Garten bedächtig ihre Runden drehte. Sie kam auch oft zu Passanten an die Mauer, um sich streicheln und kraulen zu lassen oder Leckerbissen aller Art entgegenzunehmen, die Charlotte sicher entsetzt hätten. Grand Mary war zwar durch und durch Misanthropin, musste jedoch den Totem-Status akzeptieren, den Martha bei den Inselbewohnern genoss.

Elsie führte Charlotte nun ums Haus herum und dann nach links, wo drei Schildkröten nah beieinander im Schatten eines Maulbeerbaums lagen. Genau wie Elsie es beschrieben hatte, war eine der drei fast doppelt so groß wie die anderen. Sie glich eher einer Aldabra-Riesenschildkröte als den Goldmünzschildkröten, die Charlotte von Abbildungen kannte. Aber ihre Zeichnung war unverkennbar – jede breite braunschwarze Hornplatte hatte oben den markanten hellen Fleck, der der Art ihren Namen gab. Marthas gewaltiger Panzer war stumpf und zerkratzt, doch die Flecken leuchteten, als hätte ein Kind sie mit Metallic-Farbe auf die Hornplatten getupft. Allerdings glichen Marthas »Münzen« eher alter Bronze als Gold.

Die beiden kleineren Schildkröten waren gerade dabei,

sich zu paaren. Das Weibchen stand mit seinen Vorderbeinen in der Futterschale, und das Männchen begattete es mit Stößen im Zeitlupentempo, wobei es laut zischte und grunzte, den schlangenähnlichen Kopf hoch erhoben, das Maul geöffnet. Daneben zupfte Martha ungerührt ihr Gras. Charlotte und Elsie hielten höflich Abstand und beobachteten das Liebesspiel. Die Panzer der beiden Tiere knarrten wie ungeölte Scharniere.

»Paart er sich auch mit Martha, wissen Sie das zufällig?«

»Ja, er versucht es fast jeden Tag. Er heißt Dusty und wurde eigentlich als Partner für Martha geholt. Und das da unter ihm ist Goldie. Eigentlich sind eher diese beiden ein Pärchen, würde ich sagen. Mary hat sie vor ungefähr zwanzig Jahren fangen lassen. Keine Ahnung, wie alt sie sind.«

Charlotte ging in die Hocke und öffnete leise ihren Rucksack, um ihre Kamera hervorzuholen. Martha war deutlich größer, als sie es bei einer Goldmünzschildkröte jemals für möglich gehalten hätte, und es war offensichtlich, dass sie sie nicht mit ihrer gewöhnlichen Tierarztausrüstung vermessen, geschweige denn wiegen konnte. Zumal sie gar nicht damit gerechnet hatte, Schildkröten zu untersuchen. Ihre Aufgabe war es, die Natur zu beobachten, nicht, in sie einzugreifen. Bei Martha würde ihr dennoch nichts anderes übrigbleiben. Ob es nun richtig oder falsch war, dass sie in Grand Marys Garten lebte, sie war ein Haustier und zudem eine betagte Dame, die einen Gesundheitscheck dringend nötig hatte.

In Charlottes Rucksack befanden sich eine Badezimmerwaage und eine Dose Baked Beans, die Mac ihr so stolz und andächtig verkauft hatte, als würde er mit feinstem Beluga-Kaviar handeln. Bei mittelgroßen Schildkröten wäre sie normalerweise so vorgegangen, dass sie die Waage mit der Dose darauf auf Null gestellt und die Schildkröte dann mit dem Bauchpanzer auf die Dose gelegt hätte, um eine Flucht zu verhindern. Das Tier hätte für ein paar Sekunden mitleiderregend mit den Beinen in der Luft gestrampelt, während Charlotte sein korrektes Gewicht ablas. Nun ging ihr auf, dass selbst Dusty und Goldie viel zu groß waren, um wie Plüschtiere auf einer Dose zu balancieren. Sie schätzte Goldie auf fünfundzwanzig Kilo und Dusty etwa zehn Kilo schwerer. Vielleicht konnte sie sie nacheinander hochheben und sich mit ihnen auf die Waage stellen.

Bei Martha lag der Fall anders. Ihr Rückenschild war fast einen Meter lang, und Charlotte bezweifelte, dass sie ihn hätte umfassen, geschweige denn, das riesige Tier hätte hochstemmen können. Martha mochte gut und gerne achtzig oder neunzig Kilo wiegen. Zusammen hätten Martha und Charlotte zudem das Maximalgewicht der Personenwaage überschritten. Sie hätte eine große Bodenwaage für Vieh benötigt, bezweifelte jedoch, dass eine solche auf der Insel existierte. Sie nahm sich dennoch vor, die Bauern bei ihrer nächsten Visite danach zu fragen.

Auf dem Weg zu Martha House waren sie an einem Melonenfeld zum Selbst-Ernten vorbeigekommen und hatten eine kleine Wassermelone gepflückt, die Charlotte nun aus dem Rucksack nahm und in grobe Stücke zerteilte. Damit leitete sie das Ende des Liebesakts ein, denn Goldie schien Dustys Zuwendungen leid zu sein und löste sich überraschend behände von ihm, um sich einem Melonenbrocken zu nähern. Dusty folgte ihr kurz darauf, und die beiden schnappten und schluckten Seite an Seite. Martha blieb hingegen, wo sie war. Charlotte betrachtete sie stirnrunzelnd. Dann trug sie die übrig gebliebene Melonenhälfte zu der riesigen Schildkröte und legte sie ihr zwischen die Vorderbeine. Erst als die Frucht fast ihren Schnabel berührte, schien Martha aufzuwachen und begann mit langsamen, schnappenden Bewegungen zu fressen, wobei ihr Saft und Fruchtfleisch das kleine eckige Kinn hinunterrannen.

»Ich frage mich, wie gut sie noch riecht«, sagte Charlotte zu Elsie, die in respektvollem Abstand breitbeinig dastand, die Hände hinter dem Rücken verschränkt, eine militärisch anmutende Körperhaltung. Während die alte Schildkröte fraß, kraulte Charlotte liebevoll ihren kleinen Kopf und fuhr ihr mit den Händen über den Panzer. Martha möge es, wenn man sie wie eine Katze unterm Kinn streichle, erklärte Elsie und ging dazu über, Charlotte zu erzählen, wie anschmiegsam ihre Echse sei, die genau die gleiche Vorliebe habe. Charlotte inspizierte unterdessen Marthas Gesicht. Der Schnabel, der eigentlich rasiermesserscharf hätte sein müssen, wirkte weich und bröckelig unter dem glänzenden Melonensaft. Außerdem waren Marthas Augen verräterisch trüb, was auf Katarakte hindeutete.

Charlotte sah sich im Garten um. Die Schildkröten verfügten über einen großen, seichten Teich sowie ein Betonhäuschen, das auf einer Seite offen war. Der Boden des Gartens bestand aus Zweifingergras und wurde nur von dem Kiesweg unterbrochen, der zwischen Tor und Eingangstür verlief. Charlotte untersuchte Marthas Füße.

»Du brauchst eine Pediküre, Schätzchen«, teilte sie dem riesigen Tier mit, dessen Krallen viel zu lang waren, was ihm vermutlich Schmerzen bereitete. Im Dschungel verbrachten Landschildkröten wie die Goldmünzschildkröte viel Zeit damit, zu klettern und zu graben. Martha dagegen hatte viele Jahre in Gefangenschaft auf zu weichem Boden verbracht und ihre Krallen nicht genügend abnutzen können. Sie mussten dringend gestutzt werden, und Charlotte beschrieb Elsie, wie diese Prozedur vonstattenging. Mit einem Anflug von Berufsstolz wurde ihr bewusst, dass sie diese Aufgabe niemand anderem zutraute als sich selbst. Wo um Himmels willen beginnen bei Schildkröten die Blutgefäße?, überlegte sie nervös und spähte angestrengt auf Marthas dunkel pigmentierte Krallen, auf denen im grellen Sonnenlicht keinerlei farbliche Unterschiede zu erkennen waren. Gott steh mir bei, wenn ich versehentlich ein Blutgefäß verletze und einer alten, allseits beliebten und vor allem gefährdeten Schildkröte eine systemische Infektion verpasse. Laut sagte sie: »Ich gehe davon aus, dass irgendjemand auf dieser Insel einen Trimmer für Hundekrallen hat. Für Miss Martha ist vielleicht sogar ein Bolzenschneider nötig.«

Elsie verkündete, sie habe selbst einen Bolzenschneider und könne ihn Charlotte gerne leihen.

»Aber Sie müssen vorher Grand Mary fragen«, sagte sie zu Charlotte, mit einem Blick, der verriet, wie ungewiss eine positive Antwort war. »Besser Sie als ich. Wenn ich mich an Martha zu schaffen mache, flippt sie aus.«

Levi buddelte am Ende seines Gemüsegartens herum und hatte einen Kasten Setzlinge neben sich stehen, die er nacheinander mit überraschender Zärtlichkeit heraushob. Charlotte blieb stehen und sah ihm zu.

»Pflanzen Sie auch manchmal Blumen?«

»Die kann man nicht essen, Dolittle. Das sind Cantaloupes-Melonen.«

»Wenn das hier mein Haus wäre, würde ich knallpinke Bougainvillea an der Seitenwand hochranken lassen.«

»Ach, würden Sie das?« Levi lehnte sich zurück auf seine Fersen und grinste sie auf eine Weise an, die sofort ihren Argwohn weckte.

»Was ist?«

»Nichts. Irgendwie scheint heute Ihr Tag für Wohndekoration zu sein.« Er wies mit dem Kinn Richtung Haus.

Charlotte verengte die Augen zu Schlitzen. Sie hatte keine Ahnung, worauf er anspielte. Müde und hungrig ging sie weiter zur Haustür. Auf dem Rückweg von Martha House hatte sie in Betsey's Café Halt gemacht, wo Betsey ihr liebevoll den dünn geschnittenen, in tuganischer Zitronatzitrone marinierten einheimischen Thunfisch ausgeredet – das sei nichts Besonderes, ein tuganisches Alltagsgericht – und stattdessen darauf bestanden hatte, ihr gebackene Bohnen von Heinz auf getoastetem Taro-Brot zu servieren, ein spezielles Tagesgericht, das, wie sie Charlotte gestand, gar nicht offiziell auf der Karte zu finden sei. Während Island Close waren Bohnen aus der Dose ein Luxusgut, das sie den meisten Gästen nicht ohne Weiteres angeboten hätte. Aber für die neue Tierärztin, die den Vormittag damit verbracht hatte, sich um ihre wunderbare Martha zu kümmern, war das Beste gerade gut genug.

Charlotte war Betsey durchaus dankbar, mochte jedoch keine gebackenen Bohnen, weil sie Erinnerungen an Mahlzeiten in der Schulkantine weckten. Außerdem konnte sie es kaum erwarten, zu ihrem Nachschlagewerk *Schildkrötenmedizin und -chirurgie* zu kommen, einem Buch, das sie speziell für ihr Stipendium auf Tuga bestellt, aber noch nicht ein einziges Mal aufgeschlagen hatte. Sie war sich sicher, dass Marthas Krallen und auch ihr Schnabel gestutzt werden mussten und dass sie außerdem Nahrungsergänzungsmittel benötigte, wollte jedoch erst die genaue Vorgehensweise planen, bevor sie Mary Philips darauf ansprach. Als sie nun das Haus betrat und die Tür hinter sich schloss, stellte sie fest, dass in der Küche trostlose Dunkelheit herrschte. Elsie war da gewesen und hatte mit Klebeband sorgfältig Komposttüten vor den Fenstern befestigt.

Sie hörte Levi lachen, öffnete die obere Türhälfte und steckte den Kopf hinaus.

»Wieso, ist doch perfekt geworden. Genau so wollte ich es haben!«

Sie zog den Kopf so würdevoll sie konnte wieder zurück und verkroch sich in der neuen höhlenartigen Finsternis ihres Heims, wie eine Schildkröte.

22

Es war heiß und feucht, eindeutig die falsche Jahreszeit für Renovierungen. Wenn man nach der Hälfte der Arbeiten feststellte, dass man keine Blindnieten mehr hatte oder zwei Meter Regenrinne fehlten, war man geliefert. Sämtliches Material musste entweder auf der Insel vorrätig sein, oder man war gezwungen, ohne es auszukommen. Doch Walter Lindo-Smith bekam viel Geld dafür, dass er das alte Cole-Haus für Dan Zekri renovierte, der zu Island Open seine Verlobte erwartete und durch die Jahre in England offenbar anspruchsvoll geworden war. Walters Frau Maia arbeitete inzwischen für eine Familie in London, und ihre E-Mails waren voll mit Klagen darüber, wie verwöhnt und wenig praktisch veranlagt die Leute vom Festland seien. Das schien auch auf Zekri abgefärbt zu haben, der eine Küche plante, die größer war als die des Rockhopper. Doch je eher Walter in der Lage war, seine Schulden zu begleichen, desto früher konnte Maia wieder nach Hause kommen.

»Wir brauchen nichts Ausgefallenes«, hatte Dan bei der Vorbesprechung behauptet und dann gleich mehrere ausgefallene Neuerungen aufgezählt, die er für sein Haus im Sinn hatte. Die ausgefallenste war ein von der Küche abgehender Anbau, in dem Katies Behandlungszimmer untergebracht werden sollte. Dafür musste eine ohnehin kümmerliche *lantana camara* weichen, was für einen

Küchengarten kein Verlust war, aber um den stattlichen Pomelo-Baum tat es Walter leid.

Levi und Walter waren gerade auf den Feldern gewesen und hatten Taro-Knollen ausgegraben, als Zekri mit seinem Anliegen zu ihnen gekommen war. Der gute alte Dan war noch nicht wieder richtig auf der Insel angekommen, wie Walter mitleidig dachte. In den letzten fünfzehn Jahren hatten sie sich aus den Augen verloren, doch davor war Dan mit ihm zur Inselschule gegangen, und Walter hatte sich immer gut mit ihm verstanden. Man hatte durchaus seinen Spaß haben können mit Dan Zekri, doch er war ein fleißigerer Schüler gewesen als Walter, verzweifelt darauf bedacht, allen zu beweisen, dass er nicht wie sein Vater war. Wie gut er sich auch in England geschlagen haben mochte, es würde ein hartes Stück Arbeit werden, Tuga davon zu überzeugen, dass er Sauls Fußstapfen ausfüllen konnte.

Dan war zu Fuß zum Taro-Acker gekommen und hatte keuchend und mit hochrotem Gesicht vor ihnen gestanden. »Ich weiß, ich weiß, ich hätte mir einen Esel einfangen sollen«, hatte er gesagt und sich mit seinem T-Shirt den Schweiß von der Stirn gewischt. Die Situation schien ihm peinlich zu sein, deshalb verkniff sich Walter die scherzhafte Nachfrage, ob die U-Bahn Verspätung gehabt habe oder ob er im Rushhour-Verkehr stecken geblieben sei. Verlegen hatte Dan die beiden Männer gefragt, ob sie ihm bei der Renovierung des Hauses helfen könnten.

»Sie ist Physiotherapeutin. Reha-Behandlungen, Massagen, solche Sachen. Ich hätte gern, dass sie gleich mit der Arbeit loslegen kann, sobald sie ankommt. Sie ist ein paar Monate länger in England geblieben, um eine Zusatzausbildung zur Frauen-Physiotherapeutin zu machen, damit sie auch Rückbildungsgymnastik und so weiter anbieten kann. Sie nimmt ihre zukünftige Rolle hier auf der Insel sehr ernst und braucht einen anständigen Behandlungsraum. Also, was meint ihr, könnt ihr mir helfen?«

Er hatte die Summe genannt, die er ihnen anbieten wollte, und Walter und Levi hatten einen vielsagenden Blick gewechselt. Es war Levi gewesen, der das Wort ergriffen hatte: »Es ist zwar verlockend, dich übers Ohr zu hauen, *haver,* aber das ist zu viel Geld. Gib uns die Hälfte, dann fangen Walter und ich am Sonntag bei dir an.«

Dan hatte erleichtert gegrinst und auf der üppigen Bezahlung bestanden. Er habe die Summe für das Haus und vor allem Katies Behandlungsraum beiseitegelegt. Die Männer sollten einfach so gut sie konnten ihre Arbeit machen, und wenn am Ende tatsächlich Geld übrig sei, könnten sie noch einmal darüber reden.

»Ich dachte, wir richten schon einen Raum in der Klinik dafür her«, sagte Walter. Da er ein Mann weniger Worte war, sahen ihn die beiden überrascht an. »Einen Behandlungsraum, meine ich. Saul hat mich einbestellt, um die Wände zu streichen und das Fenster zu reparieren. Außerdem bin ich dabei, eure neuen Regale für die Klinik zu planen, damit du alle deine Kisten unterkriegst. Ich will den Auftrag, Zekri, versteh mich nicht falsch. Aber dein geplanter Anbau ist keine zehn Meter von der Klinik entfernt. Braucht sie wirklich *zwei* Behandlungsräume so dicht nebeneinander?«

Die Antwort lautete offenbar ja.

»Generelle Physiotherapie in der Klinik und die Frauengeschichten bei uns zu Hause. So ist es diskreter.«

Levi, der angefangen hatte, die Säcke voller Knollen in seinen Pick-up zu laden, hielt inne. »Was ist denn an Frauen-Physiotherapie anders als bei den Männern? Kriegen die Mädels da Nacktmassagen, oder wie?«

Dan war einfach nur auf die Ladefläche geklettert, hatte sich auf die Taro-Säcke plumpsen lassen und darum gebeten, nach Hause gebracht zu werden. Während der Fahrt war er laut darüber ins Grübeln geraten, wie er diese Hitze habe vergessen können, bei der man bis auf die Knochen schwitzte. Zwei Tage später hatte Walter sein Fischerboot ins Trockendock geholt, und sie hatten mit der Arbeit am Haus begonnen.

23

Marianne deckte gerade den Teig ab, damit er gehen konnte, als Annie erschien, von Kopf bis Fuß verdreckt.

»Wo hast du gesteckt, *mi vida*? Und wo ist Alex?«

»Oben im Dschungel. Er hilft der neuen Tierärztin noch, ihre Sachen wieder einzupacken. Ich bin früher zurückgekommen, weil ich Hunger hatte.«

Sie hätte auch die Wahrheit sagen können: Ich wollte zurück zu dir, Mama, damit ich dich mal für mich allein habe. Stattdessen kletterte sie auf den Schoß ihrer Mutter, schlang die schlammbedeckten Arme um ihre Schultern und vergrub die lehmige Wange an ihrem Hals. Marianne strich ihr über den schmalen, gebeugten Rücken, spürte die Wölbungen ihrer Wirbelsäule. Sie schloss die Augen und atmete den Geruch ihrer Tochter ein.

»Wo warst du den ganzen Tag? Du stinkst wie ein Sumpfmonster.«

»Wir haben der Tierärztin mit den Schildkröten geholfen. Sie hat endlich welche aufgespürt, im Dschungel.«

»Geholfen oder im Weg herumgestanden?«

»Eindeutig geholfen. Ich glaube, sie hat keine Ahnung, was sie da macht. Ohne uns würde sie sich bestimmt verirren und sterben.« Annie lehnte sich zurück und sah Marianne an. »Wir mussten ihr alles zeigen.«

»Und was habt ihr zu Mittag gegessen? Seit wann arbeitet ihr beide eigentlich freiwillig?«

Annie fuhr mit ihren schmutzigen Fingern durch die langen goldblonden Haare ihrer Mutter und spürte sie glatt und seidig durch ihre rauen Fingerkuppen gleiten. Ihre eigenen Haare waren ständig verfilzt, weil sie jedem Bürsten aus dem Weg ging. Ihre Mutter zu liebkosen war, als würde sie eine prächtige Tigerin streicheln, stark und geschmeidig. Annie zwirbelte sich eine weiche Strähne um ihren Finger.

»Sie hat uns Brote geschmiert. Und will uns dafür bezahlen, dass wir ihr assistieren.«

»Das habe ich mir schon gedacht. Sonst hättet ihr sicher nicht zugestimmt. Sind eure Lohnvorstellungen denn wenigstens fair? Eigentlich dürftet ihr überhaupt nichts von ihr verlangen – sie hat unsere Zicki ganz umsonst wieder gesund gemacht. Auch von den anderen wollte sie keine Bezahlung. Bei Winston hat sie fast eine ganze Nacht auf dem Stallboden verbracht, als seine Kuh zum ersten Mal kalbte. Betsey meinte, sie hätte am Ende nur um einen Kaffee gebeten.«

Annie grinste. »Ich glaube, ohne uns hätte sie keine einzige Schildkröte gefunden. Sie war schon öfter oben im Dschungel und hat nicht eine Schildkröte gesehen, bis wir sie begleitet haben. Sie hat am vollkommen falschen Ort gesucht, aber jetzt hat sie schon dreiundzwanzig gezählt, und das ist erst der Anfang. Wir haben sogar eine ganz große für sie aufgespürt, die unter einem Baumstamm war und die sie komplett übersehen hatte. Wir halten die Schildkröten fest, und sie markiert sie.«

»Wie markiert man denn eine Schildkröte?«

»Auf zwei Arten.« Annie ließ die Beine baumeln und sprach mit neu erworbener Autorität. »Sie pflanzt ihnen so ein Ding unter die Haut, mit einer Spritze. Wir müssen die Tiere festhalten, während sie die Stelle desinfiziert und das mit der Spritze macht. Und dann kontrolliert sie, ob ihr Lesegerät diese kleine eingepflanzte Scheibe auch erkennt. Und sie klebt einen Code auf den Panzer, mit einer Art Klebepistole. Ich weiß nicht mehr, wie das Zeug heißt, das da rauskommt. Es ist farbig. Meerblau für die Männchen und Babyrosa für die Weibchen. Zuerst nimmt sie einen Wattebausch mit ein bisschen Azeton, und dann machen wir das mit der Klebepistole … Epoxid!«, rief Annie triumphierend. »Das Zeug heißt Epoxid! Das wird zuerst erledigt, damit es trocknen kann. Der Code verrät einem hinterher, an welchem Tag die Schildkröte markiert wurde, und noch ein paar andere Sachen. So Datenzeugs«, fügte sie beiläufig hinzu.

»Sie malt die Schildkröten bunt an?«

»Mama.« Annie sah Marianne streng an. »Natürlich nicht! Es ist nur ein winziger Farbfleck, damit die Zahlen nicht wieder abgehen. Die Wachstumsringe lassen wir dabei in Ruhe. Der Ausflug heute sollte eigentlich nur eine kleine Erkundungstour werden, um zu sehen, wo wir am besten unsere Wildkameras aufstellen, aber dann haben wir so viele Schildkröten gefunden, dass wir Stunden dort oben verbracht haben. Wusstest du, dass die Kameras immer nach Norden zeigen müssen?«

»Nein, das wusste ich nicht. Du bist eine richtige kleine Wissenschaftlerin geworden. Vielleicht sollte ich Doktor Walker noch einen Kuchen vorbeibringen.«

»Gute Idee. Toffee-Banane, bitte. Sie gibt ihn nämlich sowieso uns.«

Als Charlotte Walker gekommen war, um nach der

Ziege zu sehen, hatte Marianne nicht damit gerechnet, dass sie beeindruckt sein würde von der jungen Tierärztin. Die ganze Insel glaubte zu wissen, dass sie bis über beide Ohren in Dr. Zekri verliebt war. Bevor Marianne sie bei der Arbeit erlebt hatte, war sie geneigt gewesen, eine mitleiderregende Figur in ihr zu sehen, verzweifelt über die Hoffnungslosigkeit ihrer offensichtlichen Gefühle für Dan Zekri, dessen Verlobte bald eintreffen würde und der immer schon etwas Unantastbares an sich gehabt hatte, eine distanzierte Unschuld, die ihn für einige Frauen offenbar gefährlich machte. Inzwischen betrachtete Marianne Dr. Walker in positiverem Licht und fand, dass Dan die Situation auch nicht gerade einfacher für sie machte.

Dan Zekris Rückkehr auf die Insel bereitete Marianne noch aus anderen Gründen Sorgen. Sie wusste nicht, ob Saul Ruths Medikamentenrezepte nach seiner Pensionierung an seinen Neffen weitergeben würde und ob Marianne dann immer noch alle zwei Wochen freitagmorgens in aller Stille in die Klinik kommen und die kleinen blauen Tabletten abholen konnte, jeweils genug für vierzehn Tage, denn es bestand Einvernehmen darüber, dass Tablettenblister leicht verloren gingen und deshalb nicht in zu großen Mengen verschrieben werden sollten.

Ohne Medikamente litt Ruth unter ständigen Schmerzen und trank. Der Schwarzgebrannte, nach dem sie dann griff, machte sie zu einer Gefahr für sich und andere, dann bereitete sie Alex noch mehr Kummer als sonst. Durch die kleinen blauen Tabletten verwandelte sich Ruth in das genaue Gegenteil: Sie wurde willenlos und fügsam, oft sogar anschmiegsam. Dann konnte Marianne sich wenigstens um sie kümmern, ohne Gegenwehr befürchten zu müssen. Saul wusste genau, was all die Male passiert war, als sie versucht hatten, das Medikament abzusetzen. Er hatte gesehen, was für ein Chaos Ruth dann anrichtete, hatte erlebt, wie sehr Alex darunter litt. Saul und Marianne waren sich inzwischen einig, dass die kleinen blauen Tabletten – wenn sie sie auch in etwas unkonventionellen Mengen und über einen zu langen Zeitraum verabreichen mussten – das Beste waren, was sie für Ruth tun konnten, zumindest unter Inselbedingungen. Aber Dan sah die Sache vielleicht ganz anders.

»Willst du wissen, warum man die Kameras nach Norden ausrichtet?«, hakte Annie etwas lauter nach, als sie merkte, dass die Gedanken ihrer Mutter abgeschweift waren.

»Ich will wissen, warum die erste Fledermaus längst vorbeigeflattert und von Alex noch immer nichts zu sehen ist«, antwortete Marianne und schob Annie sanft von ihrem Schoß, um aufzustehen. »Außerdem bräuchte ich deine Hilfe bei diesen Brötchen. Aber zuerst stellst du dich unter die Dusche.«

Annie griff nach Mariannes Hand.

»Kommst du mit raus, damit wir ein bisschen reden können?«

»Und wer backt die Brötchen für Betsey?«

»Das machen wir hinterher zusammen, Mama«, versprach Annie, zupfte an Mariannes Ärmel und zog sie zur Hintertür hinaus. Sie wussten beide, dass Alex da sein würde, wenn Annie gewaschen war und ihren Schlafanzug angezogen hatte, es würde also nicht mehr zum gemeinsamen Backen kommen. Marianne würde die Brötchen allein fertigstellen, spätabends, wenn die Kinder schliefen.

Sie folgte Annie trotzdem ums Haus herum zur Außendusche hinter ihrem Sichtschutz aus Zuckerrohr und setzte sich wie üblich auf die Holzbank daneben. Ein schmutziges Teil nach dem anderen flog zu ihr herüber – ein schmuddeliges Unterhemd, eine kurze Hose, die feucht war vor Dschungelschlamm, eine schon grau werdende alte Unterhose, ein ausgeleiertes Haargummi voller Haare. Marianne sammelte alles zu einem Bündel zusammen und legte es neben sich. Gleich würde Annie verlangen, dass ihre Mutter ihr die Haare wusch, das wusste sie, und Marianne würde knurren, dass ein so großes Mädchen das eigentlich allein können müsse. Sie würde sich unwirsch geben, um zu verbergen, wie sehr sie der Gedanke schmerzte, dass solche Intimitäten wohl bald der Vergangenheit angehören würden. Jedes Einmassieren von Schaum in die Kopfhaut ihrer Tochter konnte das letzte sein, das wusste sie. Sie betrachtete den kleinen Kopf zwischen ihren Händen, diesen vollkommenen Kopf, der angefüllt war mit unergründlichen, unermesslichen Gedanken, und wurde wieder einmal überwältigt von der Magie des Moments. Ihr Kind war auf der Insel geblieben – aus seinen eigenen, komplexen Gründen oder weil es schlicht und ergreifend wusste, was es wollte. Vielleicht aber auch, weil seine Mutter versagt hatte. Dieser Umstand war für Marianne ein täglicher Kummer, aber auch ein tägliches Wunder.

24

Walter und Levi hatten angefangen, den Garten zu roden und den neuen Anbau abzustecken. Die Arbeit war schweißtreibend und schmutzig, zumal sie am Morgen einen Hügel Etrog-Ameisen aufgescheucht hatten und sich nun mit dem Planieren des Bodens und dem Vergiften der Tiere herumschlagen mussten. Die Tierärztin war vorhin da gewesen, voller Aufregung über diese Ameisenart. Sie hatte die hektisch durcheinanderkrabbelnden Insekten mit einem riesigen Zoom-Objektiv fotografiert und die Baufortschritte weiter verzögert. »Lassen Sie sich von uns nicht stören, Dolittle«, hatte Levi gesagt und mit verschränkten Armen einen Schritt nach hinten gemacht, während Dr. Walker mit ihrer Kamera im Staub gehockt hatte, mit um die Füße gebundenen Plastiktüten, damit sie nicht gebissen wurde. »Ist ja nicht so, als müssten einige von uns richtig arbeiten.« Und doch war es Levi gewesen, der Walter davon abgehalten hatte, die aufgebrachten Ameisen mit kochendem Wasser zu übergießen, damit Charlotte kommen und sie sich ansehen konnte. Walter hingegen hatte seinen Freund interessiert dabei beobachtet, wie er die Tierärztin nicht aus den Augen ließ.

»Warum glaubt Zekri, dass die Leute zu seiner Verlobten kommen, wenn sie nicht mal zu ihm kommen?«, fragte er nun.

»Ach, Zekri kriegt doch gar nichts mehr gebacken, seit

er wieder da ist«, antwortete Levi abfällig. Dans Rückkehr schien ihn von Anfang an merkwürdig kaltgelassen zu haben.

»Sie ist zehn Jahre jünger als er, so viel weiß ich«, fuhr Walter fort. »Die alten Schachteln haben bestimmt keine Lust darauf, dass ihnen so ein junger Hüpfer vorschreibt, was sie tun sollen. Sind bisher auch gut ohne diesen Physio-Quatsch ausgekommen.«

»Es werden immer mehr Engländerinnen auf der Insel.«

»Ist das so schlecht?«

Levis einzige Antwort bestand in einem Grunzen, und Walter machte sich wieder an die Arbeit. Nach einer Weile kam auf dem angrenzenden Sträßchen noch mal die neue Tierärztin vorbei, diesmal ohne Sattel auf einem Inselesel. Walter grüßte und schmunzelte in sich hinein – Dr. Walker musste eine der Engländerinnen sein, denen Levi angeblich so kritisch gegenüberstand. Sie grüßte grinsend zurück und hob ihre Arzttasche, um zu zeigen, dass sie zu einem Notfall unterwegs war. Wahrscheinlich das Kalb im Moschaw. Walter hatte am Morgen mitbekommen, dass es in der Nähe der Taro-Felder in eine rostige Blechdose getreten war.

Selbst aus der Entfernung war deutlich zu erkennen, dass Charlotte nicht mehr die Frau war, die an Island Close das Schiff verlassen hatte. Damals war sie so steif und spröde gewesen wie ein getrockneter Seestern. Jetzt, einige Monate später, hatte ihr Gesicht mehr Kontur bekommen, ihre Wangen mehr Farbe. Sie hielt die Zügel des Esels mit einer Hand, und an ihrem Handgelenk baumelten die bunten Armbänder, die Rebecca und die anderen bewundernden kleinen Mädchen für sie geknüpft hatten.

Was ihn persönlich anging, so konnte er diese Charlotte

Walker aus London gut leiden, die genau zu dem Zeitpunkt eingetroffen war, als er mit einer am Boden zerstörten Sechsjährigen und seinem eigenen Herzschmerz zu kämpfen gehabt hatte. Kurz nach der Ferkelbeerdigung hatte Dr. Walker Rebecca erneut besucht und um eine Lehrstunde zum Thema einheimische Pflanzen gebeten. Sie hatte sich seine Tochter auch zum Einkaufen ausgeborgt, damit sie ihr half, die lokalen Obstsorten zu identifizieren. Rebecca war sich nützlich und wichtig vorgekommen, und er hatte danach für einige Stunden ein entspannteres kleines Mädchen zurückerhalten. Das wollte etwas heißen, denn Rebecca führte sich ansonsten auf wie ein Satansbraten, bekam einen Wutanfall nach dem anderen und biss ihn sogar manchmal. Sie weigerte sich, mit ihrer Mutter zu sprechen, wenn sie zusammen zum Postamt gingen, um sie anzurufen, und lutschte wieder am Daumen, was er Maia nicht erzählte, weil es sie wahnsinnig gemacht hätte. Im Beisein von Dr. Walker steckte Rebecca hingegen voller Enthusiasmus und lachte sogar ihr ansteckendes Lachen, das er zu Hause so vermisste. Wenn man ihn fragte, war die neue Tierärztin rundherum ein Gewinn für die Insel. Sollten ruhig hordenweise Engländerinnen nach Tuga kommen, wenn sie es schafften, Rebeccas Gewitterwolken zu vertreiben.

Levi rief eine seiner üblichen Anzüglichkeiten, als er Dr. Walker entdeckte, und die Tierärztin schüttelte den Kopf und hob den Mittelfinger, ohne ihren Esel zu stoppen. Doch Walter bemerkte aus seiner Perspektive, was Levi entging, nämlich, dass sie lächelte, nachdem sie an ihnen vorbei war, und dass dieses Lächeln auf ihrem Gesicht blieb, bis sie um die Kurve verschwunden war. Nachdem das träge Hufgetrappel in der Ferne verhallt war, warf

Walter Levi einen Blick zu. Sein Freund hatte aufgehört zu arbeiten und stützte sich auf seinen Spaten, um der Tierärztin versonnen hinterherzustarren.

»He, *badjanak.*«

»Was denn?«

»Brauchst du Hilfe?«

Levi setzte sich abrupt wieder in Bewegung und begann, mit neuem Eifer Schutt und Wurzeln aus dem Weg zu schaufeln.

»Ich komm hier schon klar. Geh du und belade den Pick-up.«

»Das meinte ich nicht. Sondern das da.« Walter wies mit dem Kinn zur Straßenbiegung, hinter der die Tierärztin verschwunden war.

Levi atmete geräuschvoll aus.

»Ist eigentlich gar nicht dein Typ, oder?«

»Warum? Weil sie Stil und Köpfchen hat, meinst du?«

»Das hast *du* gesagt. Aber ja. Könnte was Ernstes werden, denke ich. Würde mich freuen für dich. Die würde dich an die Kandare nehmen, so viel steht fest. Wenn ich so recht darüber nachdenke, habt ihr das eine oder andere Stündchen miteinander verbracht.«

»›Stündchen miteinander verbracht‹? Wer bist du, Grand Mary? Ich stehe hier bestimmt nicht den ganzen Tag herum und ratsche mit dir, als würden wir bei Betsey sitzen und Saloop schlürfen. Los, an die Arbeit, *badj*!«

Walter lachte und füllte weiter Säcke mit dem Aushub aus dem Garten. Einige Sekunden später stellte Levi wieder den Fuß auf den Spaten und knurrte: »Wer tatsächlich das eine oder andere Stündchen zu viel mit ihr verbringt, ist Zekri.«

»Was, du meinst Dan? Du befindest dich gerade im neuen Behandlungsraum seiner Verlobten. Zekri steht dir sicher nicht im Weg.«

»Dass er eine Verlobte hat, scheint für ihn keine große Rolle zu spielen, so oft, wie er einen Vorwand sucht, um sich bei Charlotte einzuschleimen. Neulich hat er mit ihr zusammen ein Kalb entbunden, als wäre er ihre Sprechstundenhilfe oder so was. Plötzlich will er unbedingt zum Out the Way Beach oder wandert hoch zum Priestess Creek, als wäre er ein Tourist. Seltsam auch, dass er keinen von *uns* bittet, ihn auf diese Ausflüge zu begleiten.«

»Er war ewig nicht mehr hier, da kann er sich doch ein paar Touristenattraktionen anschauen. Und dein Mädchen darf sich auch mit anderen Leuten von der Insel anfreunden. Das bedeutet noch lange nicht, dass zwischen den beiden was läuft.« Walter wischte sich mit seinem staubigen Bandana den Schweiß vom Gesicht und vom Nacken. »Was seine Hilfe beim Kalben angeht, muss ich dir allerding recht geben: Er wird sich keine Freunde machen, wenn er sich in Sachen einmischt, von denen er nichts versteht. Saul hat sich immer ferngehalten von allem, was mit Tieren zu tun hatte. Allerdings lässt niemand Zekri als Arzt ran, also muss er sich ja irgendwie die Zeit vertreiben.«

»Freunde wie den braucht Charlotte nicht. Sie steht auf ihn, und er nutzt es aus. Kommt bestimmt nicht gut an bei seiner Massage-Tante, wenn sie zu Island Open hier eintrifft.«

»Ich sage ja auch nur, dass sie sich glücklich schätzen kann, einen so fürsorglichen Freund wie dich zu haben, *badj*«, erklärte Walter. Levi spuckte einen Mintberry-Samen aus und wandte sich wieder seinem Spaten zu.

25

Manchmal erzählte Marianne von Ruth, wie sie früher gewesen war, meistens am Ende eines schlechten Tages oder wenn sie das Gefühl hatte, Alex sei nicht gut drauf. Er sah sie schon von Weitem damit ankommen, sah, wie sie ihm ihre Erinnerungen hinstreckte wie einen Teller Kekse, mit diesem speziellen Gesichtsausdruck, der liebevolle Sorge verriet, oder auch mit der munteren, kontrollierten Ruhe einer Psychiatrie-Schwester, je nachdem, was sich in den Stunden davor ereignet hatte.

Ihre Anekdoten hatten immer etwas Unglaubwürdiges an sich, und Alex hasste sie allesamt. Marianne schwärmte zum Beispiel von den Tagen, an denen Ruth früher Feierabend gemacht hatte, um mit ihr oben an der *montaña* zu zelten, nur sie beide, ganz allein in den Bergen. Sie habe immer genau gemerkt, wenn Marianne in der Schule überfordert gewesen sei. Oder sie schilderte, mit welcher Großzügigkeit Ruth ihren riesigen Collie Monty – der Rüde war damals sechs oder sieben Jahre alt gewesen und schlief jede Nacht an Ruths Fußende – dazu gebracht hatte, die Nächte an Mariannes Bett zu verbringen, um dem traumatisierten Mädchen Gesellschaft zu leisten. »Sie liebte diesen Hund, und ich weiß, dass sie ihn vermisste, aber mich liebte sie noch mehr«, sagte Marianne dann mit wehmütigem Blick. »Sie hat dafür gesorgt, dass Monty mein Hund wird, weil sie wusste, dass ich ihn brauche.«

Monty habe jeden Tag am Schultor auf Marianne gewartet und sie nach Hause begleitet, weil Ruth es ihm so beigebracht hatte. Immer wieder betonte Marianne, dass Ruth wie niemand sonst auf der Insel geliebt und respektiert worden sei. Sie sei der Dreh- und Angelpunkt der Gemeinde gewesen, die letzte Instanz in fast allem. Die ganze Insel habe Ruth als beste Krisenmanagerin betrachtet, als beste Ansprechpartnerin, wenn man in einer Notlage steckte, denn sie habe sich auch in harten Zeiten immer ihren Humor bewahrt. Beste, beste, beste. Alex konnte es nicht mehr hören. Angeblich war Ruth wie Saul Gabbai gewesen – bei allen bekannt und von allen gebraucht. Tja. Ihm erschienen diese Lobeshymnen zweifelhaft. Die Leute standen heutzutage nicht gerade Schlange, um seine Mutter zu besuchen.

Es konnte unmöglich alles stimmen, was Marianne ihm über Ruth erzählte. Vielleicht stimmte sogar gar nichts davon. Sagte man solche Sachen nicht eigentlich über Menschen, die gestorben waren? Bei ihnen gab es keine Realität mehr, die die herbeifantasierte Perfektion infrage stellte. Ruth hingegen war nicht gestorben, und die Realität mit ihr ähnelte nicht im Entferntesten den Märchen, die Marianne erzählte.

Wenn Alex protestierte (es kam sogar vor, dass er sich sein Kissen über den Kopf zog oder vor ihren Zärtlichkeiten zurückwich), wirkte Marianne immer niedergeschmettert und murmelte leise, sie habe nur ein Bild malen wollen – so drückte sie es aus –, ein Bild von der Person, die seine Mutter einmal gewesen war. Aber was brachten ihm all diese farbenfrohen Porträts der Frau, die er getötet hatte, als er auf die Welt gekommen war? Seine Geburt hatte etwas in ihr zerstört, und seither hatte sie fast jeden Tag Schmerzmittel genommen oder getrunken. An guten Tagen summte sie leise vor sich hin, kochte, putzte und kümmerte sich um die Familienwäsche, schien zumindest in dieser Hinsicht einigermaßen zu funktionieren. Doch diese Tage waren selten. Alex war jetzt elf – das bedeutete, dass Ruth schon seit elf Jahren nicht mehr bei ihnen war. Seine Mutter existierte nicht mehr, und er war schuld daran.

26

Wenn die Kinder in der Schule waren, arbeitete Charlotte allein im Dschungel, manchmal auch mit Elsie, deren Amateurwissen auf dem Gebiet der Herpetologie beeindruckend war und die sich als stark genug erwies, falls nötig eine riesige Schildkröte auf den Rücken zu drehen, und als einfühlsam genug, um die Tiere während der kurzen Zeit, in der Charlotte sie fixieren und markieren musste, zu beruhigen. Eigentlich hätte Charlotte ein motorisiertes Fahrzeug gebraucht, doch seit einem Unfall, der sich vor längerer Zeit ereignet hatte, durften LVAs keine Autos mehr mieten. Ihr Versuch, mit dem Fahrrad auf Erkundungstour im Inselinneren zu gehen, war kläglich gescheitert. An Tagen, an denen Elsie einem ihrer vielen Berufe nachkam, ließ Charlotte sich und ihre Ausrüstung daher von Taxi bis an den Rand des South Jungle bringen.

Taxi im Auto zuzuhören war im Grunde genauso wie Radiohören. Er informierte sie über Luftfeuchtigkeit und voraussichtliche Niederschläge des bevorstehenden Tages, gab alle wichtigen Inselneuigkeiten weiter – ob Charlotte die Protagonisten nun kannte oder nicht – und hielt sie so gründlich über den Gesundheitszustand der von ihr behandelten Tiere auf dem Laufenden, dass sie ihn im Verdacht hatte, darüber Buch zu führen. Wenn sie zusammen über die Insel tuckerten, war Charlotte froh, nicht ängstlich auf Elsies ruckelndem Motorrad kauern zu müssen.

Außerdem gefiel ihr die typisch tuganische Logik, dass sie in einem schwarzen Londoner Taxi zu ihrer täglichen Arbeit in einem entlegenen tropischen Regenwald pendelte. Wie jeder erfahrene Chauffeur verfügte Taxi über die Fähigkeit, seine Anekdoten exakt auf die Länge der Fahrt abzustimmen.

»Wissen Sie, wer mal mein Fahrgast war?«, hatte er neulich gefragt und sie im Rückspiegel angegrinst, wobei er stolz seine wenigen kartoffelschalenbraunen Zahnstummel entblößte. Im Radio war gerade Cilla Black gekommen, und Taxi hatte aufgehört mitzusingen und den Song leiser gedreht, um Charlotte diese Frage zu stellen. Die Möglichkeiten sind begrenzt, dachte sie und ging in Gedanken die Inselbewohner durch. Vermutlich hatte sich jeder schon mindestens einmal auf diesen Schaffellsitzen zurückgelehnt.

»Ein Tierforscher wie Sie, ob Sie es glauben oder nicht! Das ist jetzt zwanzig Jahre her. Er ist mit demselben Schiff wieder abgefahren, mit dem er gekommen ist, deshalb hatte er nur vier Tage Zeit, seine Vögel aufzuspüren. Wenn ich mich nicht irre, hat ihn der britische Vogelschutzverband geschickt. Die haben tatsächlich dafür bezahlt, dass er die ganze lange Reise hierher macht und vier Tage später wieder abreist, nur damit er ein bisschen herumschnüffelt. Er hat die Sumpfhuhnnester oben auf den Klippen gezählt, hinter dem Gedenkstein für die ertrunkenen Seeleute, die damals natürlich noch unter uns waren – mögen sie in unseren Herzen für immer weiterleben. Sumpfhühner nisten immer ein Stück landeinwärts von den Seevögeln, damit sie deren Eier rauben können. Die tuganischen Sumpfhühner sind dreist, aber es gibt nicht allzu viele von ihnen, deshalb ist das mit dem Eierraub kein Problem. Na ja, jedenfalls steht da dieser magere kleine Kerl aus England und bittet mich, ihn so nah wie möglich an die Nester heranzufahren. Der war angezogen, als wollte er den Kilimandscharo besteigen, ein Hut wie Indiana Jones und dazu Wanderstiefel und Stöcke, das ganze Paket. Kam sich sicher ziemlich lächerlich vor, als ich zwei Meter von den Nestern entfernt geparkt habe – die ganze Ausrüstung für zehn Schritte Fußweg!« Taxi unterbrach seine Schilderung, um herzlich zu lachen, wozu er offenbar die Augen schließen musste, obwohl sie gerade eine besonders enge Haarnadelkurve nahmen. »Am Abend saß er immer im Rockhopper und aß den Springhuhn-Eintopf, weil er die einheimische Küche probieren wollte, und gleichzeitig fragte er überall herum, ob die Leute ein tuganisches Sumpfhuhn gesehen hätten, er wolle wenigstens eins aus der Nähe bewundern, bevor er wieder an Bord gehe, die Zeit werde knapp. Er hat uns allen Vorträge darüber gehalten, wie selten diese Vögel seien, eine gefährdete Art, meinte er. Es sei ein Privileg, ein Exemplar zu Gesicht zu bekommen. Irgendwann beugt sich Johannes Zekri zu ihm rüber und sagt …« An dieser Stelle blieb Charlotte eine Weile im Ungewissen, weil die bevorstehende Pointe Taxi vollkommen überwältigte. Er brach in derart heftiges Gelächter aus, dass er danach minutenlang röchelte und hustete. »Aaah … Johannes beugt sich also rüber und sagt zu ihm: ›*Haver*, du hast in den letzten drei Tagen mehr Sumpfhühner zu Gesicht bekommen als jeder andere hier, schau doch einfach auf deinen Teller.‹«

Charlotte sah ihn verständnislos an.

»Dieser Vogeltyp saß natürlich genauso belämmert da

wie Sie jetzt, deshalb hat ihn Johannes freundlicherweise aufgeklärt: ›Was dachtest *du* denn, was Springhuhn ist, *haver*? Aber nimms nicht so schwer: Wenn es ein Privileg ist, die Viecher zu sehen, ist es doch bestimmt ein noch größeres, sie zu essen!‹ Wir haben so gelacht an dem Tag!« Nach einer kurzen Pause wurde Taxis Miene unvermittelt ernst. »Der Kerl ist doch tatsächlich in Tränen ausgebrochen, und Johannes hatte ein schlechtes Gewissen. Das hielt allerdings nicht lange an, denn einige Wochen später traf ein Erlass aus England ein, der es zum Verbrechen gegen die Krone erklärte, tuganisches Sumpfhuhn zu essen. Eine Schande, Doktor Walker, das sage ich Ihnen. Der Springhuhn-Eintopf meiner Mutter war wirklich ein Gedicht!«

An diesem Morgen war Charlotte ausnahmsweise nicht auf Taxi angewiesen, da sie einen neuen wissenschaftlichen Hilfsarbeiter rekrutiert hatte. Am Vorabend war Dan Zekri ungewöhnlich schweigsam gewesen im Rockhopper. Ihn frustrierte die Weigerung seines Onkels, die Leitung der Klinik zumindest teilweise an ihn abzutreten, und sein Ärger darüber, dass die Inselbewohner ihn nicht als behandelnden Arzt akzeptierten, geschweige denn als zukünftigen Chief Medical Officer, war inzwischen in offene Verzweiflung umgeschlagen. Es war kein schönes Gefühl, Mediziner zu sein und seinen Beruf nicht ausüben zu dürfen. Um sich zu beschäftigen, hatte er in der Klinik Inventur von sämtlichen Geräten und Medikamenten gemacht, die bisherigen Gesundheitsausgaben der Insel durchgerechnet und Prognosen für die kommenden Jahre aufgestellt, hatte sich in sämtliche Verwaltungsaufgaben gestürzt und Pläne für die Zukunft geschmiedet. Im Moment war er dabei, ein System aus Plastikboxen auszutüfteln, in denen er das medizinische Zubehör streng sortiert nach Art des Notfalls aufbewahren wollte. Saul wusste natürlich auch jetzt schon, wo alles war, aber den anderen Mitarbeitern erschloss sich das Chaos in seinen Schränken nicht unbedingt auf den ersten Blick, was die Reaktionszeit verlangsamte, wenn jemand einen Asthmaanfall hatte oder eine diabetische Ketoazidose erlitt. Eine Klinik war kein Küchenschrank, es genügte nicht, wenn Saul einfach »wusste«, dass die Katheter in der untersten Schublade des Schreibtischs im zweiten Arztzimmer untergebracht waren. Es war also wertvolle Arbeit, die Dan leistete, eine Arbeit, die die Insel sicherer machen würde, vor allem, wenn sich ein Arzt verspätete und eine Pflegekraft vorübergehend allein zurechtkommen musste. Die neuen Kisten würden – nach Indikation geordnet – alle notwendigen Ausrüstungsgegenstände und Medikamente enthalten, dazu ausgedruckte Anweisungen und Ablaufpläne. Dan Zekri war begeistert von seinen neuen Aufbewahrungsboxen und schwärmte mit einem Stolz von ihnen, den Charlotte rührend fand. Bisher hatte er die Themen *Kleinere Nähte, Verbrennungen* und *Herzprobleme* fertig sowie Listen für *Asthma, Thoraxdrainage* und *Atemwegsbeschwerden – Erwachsene und Kinder* erstellt. Er gestand, dass er es trotzdem schön gefunden hätte, wenn er in diesem Jahrzehnt noch eine Patientin oder einen Patienten hätte behandeln dürfen. Für was, fragte er sie ungewohnt theatralisch, habe man ihn sonst aus England zurückbeordert?

»Selbst die Leute, die sich dazu herablassen, in meine Sprechstunde zu kommen, gehen hinterher noch bei Saul vorbei, um mit ihm meine Diagnosen und Behandlungsvorschläge zu besprechen.«

»Stimmt.« Nicola Davenport war hinter Dans Schulter aufgetaucht, um ihr leeres Glas zwischen ihm und Charlotte auf die Theke zu stellen. Sie tätschelte Charlotte liebevoll den Arm. »*Ke haber*, Doktor Walker. Ich bin absolut dafür, dass der Nachwuchs mit anpackt und dazulernt, aber wenn jemand noch neu in seinem Beruf ist, ist es vernünftiger, auf Nummer sicher zu gehen. Finden Sie nicht auch?«

Dan hatte daraufhin resigniert den Kopf auf die Bar gelegt, und Charlotte hatte ihn, ohne nachzudenken, eingeladen, am nächsten Tag mit ihr auf Exkursion zu gehen. Wäre Levi in Hörweite gewesen, hätte sie sicher den Mund gehalten, doch an diesem Abend stand Nancy Gabbai hinter der Theke, daher fühlte sie sich ungehemmter. Dan hatte ihr bereits bei einer komplizierten Kälbergeburt assistiert, weil sie zusammen bei Betsey gesessen hatten, als der Notruf eingegangen war. Also konnte er ihr auch Gesellschaft leisten, wenn sie morgen einen besonders langen, langweiligen Tag im Dschungel verbrachte. »Die Abwechslung tut dir bestimmt gut«, sagte sie. »Wir Tierärzte sind zum Glück nicht auf die Zustimmung unserer Patienten angewiesen. Bei uns geht es restriktiv zu. Unsere morgigen Studienobjekte müssen uns nicht auswählen oder gar mögen, wir müssen nur einfach schneller sein als sie.«

27

Im Gegensatz zu Dan war Charlotte hochzufrieden mit ihrer Arbeit auf der Insel. Die Konzentration, die dafür nötig war, beruhigte sie und stabilisierte ihr inneres Gleichgewicht, und an den stillen, ereignislosen Abenden schrieb sie ihrer Mutter lange, ausführliche E-Mails, in denen sie voller Leidenschaft ihre Tätigkeit als Forscherin schilderte. Sie wollte unbedingt beweisen, dass ihr Aufenthalt auf Tuga de Oro akademisch sinnvoll und ökologisch zwingend war. Je mehr sie Lucinda von der Bedeutung der Goldmünzschildkröten überzeugen konnte, desto wahrscheinlicher war es, dass ihre Mutter ihr verzieh. Dass sie noch andere Gründe als die Schildkröten gehabt hatte, auf diese Insel zu reisen, erwähnte sie lieber nicht, und auch ihre immer arbeitsintensivere und zunehmend erfüllende Aufgabe als Tierärztin der einheimischen Enten, Schafe und Kühe unterschlug sie geflissentlich. Stattdessen schrieb sie über Martha, die Hausschildkröte, die – davon war sie nach eingehender Recherche überzeugt – untergewichtig und mangelernährt war. Da ihr Geruchssinn nicht mehr funktionierte und ihre Augen altersbedingt schlecht waren, verbrauchte sie beim Grasen mehr Energie als nötig und fand nicht mehr die Bandbreite an Pflanzen und Früchten, die für eine gesunde Schildkrötenernährung unerlässlich waren. *Zum Glück haben Elsie und ich es geschafft, ihr die Krallen zu kürzen, ohne sie zu verletzen,* schrieb sie. *Außerdem habe ich einen detaillierten Fütterungsplan für sie aufgestellt, sie bekommt jetzt Mahlzeiten, die selbst das Salatbüffet im Selfridges in den Schatten stellen würden.*

Wenigstens schrieb ihre Mutter nun auch über etwas anderes als die seelische Verheerung, die Charlotte angeblich mit ihrer Flucht angerichtet hatte. Sie stellte Fragen über die Insel, wollte wissen, wie das Essen sei, mit wem sie sich angefreundet habe, wem sie begegnet sei. Diese neue, vernünftigere Lucinda ließ Charlottes eigene Wut fast gänzlich in sich zusammenfallen. An ihrer Stelle schwoll eine Welle überbordender Schuldgefühle an. Sie hatte verstanden, wie undankbar und rücksichtslos es von ihr gewesen war, sich einfach so davonzustehlen. Während der monatelangen Reiseplanung war dieser Umstand in den Hintergrund getreten, verdrängt von Lucindas lebenslanger Lüge über Charlottes Vater, die alles dominierte und den Trotz in ihr weckte. *Du musst mich für ein Ungeheuer halten* – dieser Satz aus Lucindas erster E-Mail war hängengeblieben. Nachts wurde Charlotte nun tatsächlich oft von einem Monster heimgesucht, einer Bestie, die ihr im Schatten auflauerte. Nicht ihre Mutter war diese Bestie, sondern deren Missbilligung, die schon Albträume in ihr ausgelöst hatte, als sie noch ein Kind gewesen war. *Es tut mir leid, ich hätte dir von dem Stipendium erzählen müssen,* schrieb sie reuevoll, als Lucinda anfing, nach dem Wetter zu fragen. Andererseits wäre sie jetzt sicher nicht auf Tuga, wenn sie ihre Mutter in ihre Pläne eingeweiht hätte – das verdeutlichte ihr jeder zufällige Blick auf die blank polierte Walnuss in ihrem Kulturbeutel.

Wenn Charlotte nicht gerade mit Sorge an Lucinda dachte, waren ihre Gedanken angefüllt mit Schildkröten.

Sie war überzeugt, dass sie eine größere ökologische Rolle für die Insel spielten als bisher bekannt. Sie hatte sich daher vorgenommen, einzelne Tiere genauer zu überwachen, um die Ernährungsweise der tuganischen Goldmünzschildkröte detailliert aufzuzeichnen. Niemand hatte bisher gesicherte Angaben dazu gemacht. Über den Speiseplan der Reptilien Bescheid zu wissen, würde ihr bei der Einschätzung ihres Beitrags zum tuganischen Ökosystem helfen. Dieser konnte beispielsweise darin bestehen, dass sie nicht-einheimische Pflanzen beweideten oder das Blattwerk der Sträucher ausdünnten. Am wichtigsten war jedoch, dass sie vermutlich die Ausbreitung von Pflanzensamen beförderten. Die von Charlotte geplante Ernährungsstudie setzte voraus, dass sie einzelnen Schildkröten über einen längeren Zeitraum folgte – zwölf Stunden am Stück waren optimal – und alles protokollierte, was sie fraßen. Vielleicht konnte sie in den nächsten Wochen auf diese Weise zehn verschiedene Tiere überwachen, falls das in derart dichtem Regenwald überhaupt umsetzbar war.

Die intensive Konzentration auf ein einzelnes Tier, die diese Art der Feldforschung erforderte, begeisterte Charlotte, genau wie die meditative Langsamkeit, mit der sie sich durch diesen kleinen, ihr zunehmend vertrauten Teil des Regenwalds bewegen würde, der sich immer mehr wie ein Zuhause anfühlte. Selbst der Pfad, der von der kleinen Straße heraufführte, war ihr Werk – sie hatte ihn eigenhändig und mit viel Mühe nach dem Trial-and-Error-Prinzip in den Dschungel geschlagen, wobei die Betonung auf *error* lag. Ihr erstes Werkzeug war eine Heckenschere gewesen (ineffizient, kompliziert zu handhaben), doch seither war sie zur Machete schwingenden Expertin avanciert. Sie hatte sogar einige Gegenstände in ihrem Forschungsgebiet deponiert, unter anderem eine Hängematte. Elsie hatte zwei Bäume ausgemacht, die sich dafür eigneten, und Charlotte hatte von ihr gelernt, wie sie die Hängematte jeden Morgen an ihnen festzurren musste. An Tagen, an denen ihr dies mühelos gelang, fühlte sie sich wie eine weibliche Version von Robinson Crusoe. Ha!, dachte sie dann voller Triumph. Ihre ehemaligen Kommilitonen hatten sie bestimmt für ein typisches Stadtmädchen gehalten, etepetete und ungeschickt. Seht her, wie ich mit der Machete umgehen kann!, hätte sie am liebsten zu ihnen gesagt. Und wie fachmännisch ich meine Hängematte festzurre!

Der Gedanke an die vielen einsamen Stunden, die sie in nächster Zeit im Wald verbringen würde, erfüllte sie mit neuer Energie. Sie hatte schon geplant, welche Musik sie sich am ersten Tag der Studie anhören würde und was sie fürs Mittagessen einpacken wollte, hatte zwei Flaschen gefrorenes Kokoswasser bereitgestellt, die sie bei Mac's Pantry an der Lemon Tree Road gekauft hatte. Hoffentlich würden sie genau dann aufgetaut sein, wenn Charlotte Durst bekam. Um einer Schildkröte durch den Wald zu folgen, war nur sehr wenig Denkarbeit nötig. Sie würde Zeit haben, zu träumen, zu grübeln und sich einfach nur an den Tieren zu erfreuen, würde allein sein in ihrem Dschungel, in dem es überall kreuchte und fleuchte. Da sie keine Botanikerin war, würde sie die gefressenen Pflanzen nicht schriftlich dokumentieren, sondern fotografisch, um sie später identifizieren zu können. Sie würde nur die Kamera und ihre eigene Aufmerksamkeit brauchen, sonst nichts.

So zumindest ihr Plan, doch dann bescherte ihr der Zufall Dan Zekri als Exkursionspartner, und nun wartete sie mit ihrer Ausrüstung auf der Veranda und spürte ein Kribbeln im Bauch. Seit der Überfahrt hatten sie nicht mehr so viele Stunden allein miteinander verbracht.

Sie hörte die knirschenden Reifen seines Land Rovers den Weg heraufkommen und stand auf. Während Dan normalerweise nur schneeweiße Hemden und Khakihosen trug, stieg er heute überraschenderweise in Tarnfleck und Arbeitsstiefeln aus. Die zweite Überraschung war, dass er zwei Pappbecher mit Cappuccino in den Händen hielt.

»Bist du noch schnell bei Starbucks vorbeigefahren?«

Dan grinste verlegen. »Vor meiner Reise war ich bei einem Großhändler, um all die Sachen zu kaufen, die ich nach Tuga verschiffen wollte, und irgendwie … sind auch diese Becher im Einkaufswagen gelandet.« Er reichte ihr beide Kaffee und fing an, ihr Gepäck in den Kofferraum des Geländewagens zu laden. Nachdem sie eingestiegen waren, fügte er hinzu: »Keine Ahnung, irgendwie hatte Starbucks für mich eine besondere Bedeutung während meiner Zeit in England – dort bin ich mir immer vorgekommen wie in einem Film. Mit anderen Berufspendlern in einer langen Schlange zu stehen, in einem Laden, der so voll ist, dass man die Namen der Kunden auf die Becher schreiben muss … und den Kaffee anschließend auf der Straße zu trinken, weil man zu wichtig ist, um sich dafür hinzusetzen – das war alles so un-tuganisch, so städtisch. Natürlich unterstreichen solche Gedanken nur, wie tuganisch ich tatsächlich war. Beziehungsweise bin.«

»Mir ging es bei meinen ersten chirurgischen Eingriffen so – als würde ich die Tierärztin in einem Film spielen.«

Sie hatten das Ende der sandigen Mendoza-Einfahrt erreicht und bogen auf die kleine Straße ab. Dan gab Gas. Charlotte beobachtete ihn von der Seite und stellte fest, dass er glücklich wirkte. Mit dem Kaffeebecher in der einen Hand und dem Lenkrad in der anderen grinste er sie an wie ein kleiner Junge, der unverhofft einen Tag schulfrei bekommen hatte.

»*Mein* erster Eingriff war das tollste Gefühl auf der Welt. Beidseitige Entfernung der Mandeln. Was war deine erste OP?«

»Eine Kastration in einem Tierheim. Der Patient war ein großer roter Kater, total süß und anhänglich. Danach habe ich innerhalb von nur zwei Wochen an die siebzig Sterilisationen und Kastrationen vorgenommen.«

»O Mann, ihr Tierärzte stellt uns mühelos in den Schatten, was eure OP-Erfahrung angeht. Ich glaube nicht, dass ich *insgesamt* schon siebzig Eingriffe hatte. Die üblichen Kastrationswitze spare ich mir jetzt übrigens.«

»Das wäre auch unter deinem Niveau«, pflichtete ihm Charlotte bei. »Die Arbeit im Tierheim hat Spaß gemacht – es war irgendwie befreiend, erste Berufserfahrungen sammeln zu können, ohne sich um Tierbesitzer Gedanken zu machen. Wenn man als Kind sagt, dass man Tiere mag und deshalb Tiermedizin studieren will, warnt einen nie jemand vor. Alle antworten nur: ›Oh, wie toll!‹ Und die, die ein bisschen mehr wissen, fragen: ›Ist es nicht wahnsinnig schwer, einen Studienplatz zu ergattern?‹ Keiner verrät einem, wie es wirklich läuft: ›Du wirst dein Leben lang mit besorgten Menschen zu tun haben, denk dran.‹ In Tierheimen ist man sicher vor komplexbehafteten Männern, die von einem verlangen, dass man ihrer Bulldogge

Hodenimplantate einsetzt, was natürlich ein viel komplizierterer und riskanterer Eingriff ist als das reine Entfernen derselben. Durchgeführt habe ich so was noch nie. Wer derart viel Wert auf Äußerlichkeiten legt, würde ohnehin niemals eine Studentin an seinen Hund lassen.« Ach, halt endlich die Klappe, dachte sie. Warum redest du mit ihm ausgerechnet über männliche Geschlechtsteile?

Charlotte verstummte und blickte aus dem Beifahrerfenster, spähte den steilen Abhang hinunter. Die dichte Vegetation und die hohen Bäume täuschten darüber hinweg, dass es neben dem Land Rover fast senkrecht in die Tiefe ging. Sie stützte ihr Kinn auf die Hand und betrachtete die Fruchtstände der Palmen.

»Taxi setzt mich immer direkt hinter dem Priestess Creek ab. Die restliche Strecke können wir zu Fuß gehen. Mal sehen, wer uns heute begrüßt und das Glück hat, zum Studienobjekt erkoren zu werden. Die Schildkröten sind erstaunlich zutraulich, was es mir schwer macht, sie bei ihrem natürlichen Verhalten zu beobachten. Ich hatte gehofft, dass sie mir weniger Aufmerksamkeit schenken würden.«

Während sie hintereinander in den Dschungel hineinstapften, wurde Charlotte bewusst, wie vertraulich ihre heutige Zusammenarbeit sein würde. Indem sie Dan an ihrer Feldforschung teilhaben ließ, erlaubte sie ihm Einblick in die Dinge, die ihr wirklich wichtig waren, zeigte ihm jene Facetten ihrer Persönlichkeit, die sie ausmachten. Wie anders war es doch, wenn sie Annie und Alex dabeihatte und ihnen Anweisungen geben konnte, oder Elsie, die unaufhörlich vor sich hin quasselte, auch dann noch, wenn ihre Begleiterin seit Längerem verstummt (oder in einen Bach gefallen) war. Elsie und die Kinder waren im Grunde wie Angestellte, wohingegen Dan ebenfalls Mediziner und Wissenschaftler war. Es lag ihr viel daran, ihn mit der Qualität ihrer Forschungsarbeit zu beeindrucken. Er kitzelte ihren beruflichen Ehrgeiz hervor, bewirkte, dass sie ihm imponieren wollte. Warum?, tadelte sie sich selbst. Hatte jemals ein Mann seine Verlobte verlassen, nur weil er sich in das Forschungsprojekt einer anderen Frau verliebt hatte?

Inzwischen waren sie in Charlottes improvisiertem Basislager angekommen, wo ihre rollbare Kühlbox stand. Darin bewahrte sie ihre Hängematte auf, in Planen gewickelte Ersatzkleidung, ihre Machete, eine Tube Sonnencreme, Toilettenpapier und Desinfektionsmittel, Epoxidharz in verschiedenen Farben zur Markierung der Schildkröten sowie ein paar Snacks in Edelstahlbehältern. Sie hoffte, dass die Sachen auf diese Weise vor Ungeziefer und Regengüssen geschützt blieben. Die Kühlbox diente ihr nicht nur zur Aufbewahrung, sondern auch als Sitzplatz und Schreibtisch.

»Also, wie sollen wir heute vorgehen? Willst du eine eigene Schildkröte zur Beobachtung haben? Oder sollen wir uns eine teilen?«

Auch Dan war ehrgeizig. »Ich hätte gern meine eigene«, antwortete er, ohne zu zögern. »Ich will arbeiten. Ich will endlich was tun.«

»Das bedeutet aber, dass du keine Pausen einlegen kannst. Du musst die ganze Zeit dranbleiben, auch wenn deine Schildkröte sich kilometerweit entfernt.«

»Geht in Ordnung. Sag mir einfach, was ich machen soll.«

Charlotte stattete ihn mit einer kleinen Kamera aus, die er sich umhängen konnte, außerdem mit Notizblock und Stift. Nun, da die Arbeit begonnen hatte, stellte sie erleichtert fest, dass es ihr nicht schwerfiel, nüchtern und sachlich mit Dan umzugehen. Ihr spontaner Instinkt war richtig gewesen: Es war schön, ihn dabeizuhaben. Sie besprachen die Verhaltensregeln, testeten ihre Walkie-Talkies und wünschten sich gegenseitig Glück. Dan würde die erste Schildkröte übernehmen, der sie begegneten. So konnte Charlotte ihre Markierung überprüfen – falls sie schon eine hatte – und die beiden gemeinsam losschicken. Dan und sie hätten ohnehin nicht viel miteinander reden können, schließlich sollten sich die Tiere möglichst unbeobachtet fühlen.

Nach der ersten halben Stunde sollten sie sich den ganzen Tag nicht mehr wiedersehen. Dans Studienobjekt war ein großes, kräftiges Männchen von etwa vierzig Jahren. Danach brauchte Charlotte eine Weile, bis sie eine zweite Schildkröte für sich selbst entdeckte. Endlich stieß sie auf drei Exemplare, die unter einem umgefallenen Jackfruchtbaum aufgereiht waren wie in einer Schublade. Zu diesem Zeitpunkt war sie längst weit von der Stelle entfernt, an der sie Dan und sein Männchen zurückgelassen hatte.

Erst am späten Nachmittag trafen sie sich im Basislager wieder. Charlotte war verschwitzt und müde, aber Dans Anblick erschreckte sie regelrecht, denn er sah aus, als hätte er eine Woche lang im Dschungel gewohnt. Seine Hose war zerrissen und seine Wange aufgeritzt, weil er sich an einer scharfblättrigen Palme vorbeigezwängt hatte, und die Haare standen ihm zu Berge, als hätte er sie mit Schlamm nach oben gegelt. Augenscheinlich hatte er nähere Bekanntschaft mit dem Bach gemacht, denn er war völlig durchnässt, und auf seiner Hose verriet eine dunkle Linie, bis wohin er im Morast gesteckt hatte. In seinen Augen lag ein wildes Funkeln.

Charlottes Schildkröte hatte einen ruhigen Tag genossen und sich mit ihren zwei Begleitern in den Lichtflecken gesonnt, die hier und da durch das Blätterdach des Dschungels fielen. Sie war den Sonnenstrahlen gefolgt oder ihnen gelegentlich ausgewichen, um Tamarindenblätter zu fressen. Zweimal war sie zu einem seichten Teich gekrabbelt, um sich zu baden. Charlotte hatte die Bäume, die ihn umgaben, nicht identifizieren können, aber ihre Stämme waren dicht mit den Ranken wilder Vanille bewachsen gewesen. Trotz Dans unsichtbarer Nähe war ihr Tag genau so verlaufen, wie sie ihn sich vorgestellt hatte: Sie hatte lange, ruhige Stunden damit verbracht, den Duft der Waldlichtungen einzuatmen, Orchideen zu entdecken, reife, wohlriechende Vanilleschoten zu pflücken und sich einzubilden, sie wäre Jane Goodall.

Dans Schildkröte hatte sich hingegen als »waghalsiger Psychopath« entpuppt, wie er es formulierte, während er sich das letzte Wasser aus seiner Feldflasche über den Kopf goss und sich das schmutzige Gesicht mit der Rückseite seines schlammbespritzten T-Shirts abwischte. In Wahrheit habe es sich nicht um eine Schildkröte gehandelt, sondern um einen wild gewordenen Troll, ein ungezähmtes Ungeheuer, das sich fast ohne Unterbrechung durch den Regenwald gepflügt hatte. Nur hin und wieder hatte es kurz angehalten, um zu grasen oder sich mit ganzen vier Schildkrötendamen zu paaren, von denen im Übrigen keine einzige markiert gewesen sei. Es liege also noch viel

Arbeit vor Charlotte. Außerdem habe ihn sein Männchen immer wieder kreuz und quer durch den Bach geführt, sodass ihm nichts anderes übrig geblieben sei, als hinterherzuhechten. Einmal habe es sich mit gierigem Blick an einen Skink herangepirscht. Diese Information traf Charlotte völlig unerwartet.

»Erzähl mir mehr über diese Skink-Sache!«

»Später, ich bin fix und fertig. Den ganzen Tag bin ich nur herumgehetzt, und das bei dieser feuchten Hitze. Ich habe nicht zu Mittag gegessen und mich nicht ein einziges Mal hingesetzt, es war schlimmer als freitagabends in der Notaufnahme. Du hast nicht ernsthaft vor, morgen noch mal das Gleiche durchzuziehen, oder?«

»Nein. Ich dachte, ich mache diese Eins-zu-eins-Studien einmal pro Woche. War es so furchtbar für dich?«

»Es war nicht furchtbar.« Dan grinste. »Es war toll! Ich kam mir den ganzen Tag wie Rambo vor. Dass sich meine Schildkröte an einen Skink herangeschlichen hat, war übrigens nicht gelogen. Wenn der sie nicht rechtzeitig entdeckt hätte, wäre er gefressen worden, da bin ich mir sicher.«

»Schildkröten fressen keine Echsen.«

»Mein Männchen hätte sich auch eine Ziege am Spieß gebraten, wenn es gekonnt hätte.«

Charlotte gab Dan eine Tüte mit getrockneten Ananasstückchen aus Macs Laden und begann, die Ausrüstung wegzupacken. »Freut mich, dass du einen schönen Tag hattest.«

»Danke, ich habe einen Bärenhunger! Ja, einen perfekten Tag. Den besten, seit ich wieder zu Hause bin.«

Er warf sich in die Hängematte, verschränkte die Arme

über der Brust und schloss die Augen. »Wie friedlich es hier im Dschungel ist. Auf Tuga ist es sonst so gut wie unmöglich, allein zu sein.« Er verstummte und schwieg so lange, dass Charlotte schon glaubte, er wäre eingeschlafen. Dann fügte er leise hinzu: »Diese Insel ist mein Zuhause, zumindest nach der landläufigen Definition. Ich stamme von hier und werde wohl auch für immer hierbleiben. Aber Saul lässt keine Gelegenheit aus, mir unter die Nase zu reiben, dass er mich eher als LVA sieht. Erst heute ist mir klargeworden, wie sehr mir das an die Nieren geht. Es fällt schwer, mich unter diesen Umständen nicht zu fragen, wozu ich eigentlich zurückgekommen bin. Verstehst du, was ich meine? Wenn ich wirklich nur ein unwissender LVA-Arzt bin, hätte der Inselrat doch einfach irgendjemanden für den Posten rekrutieren können. Warum bin ich dann hier?« Er öffnete die Augen und starrte in die Baumkronen. »Wahrscheinlich muss ich mehr Geduld beweisen, die geplanten Änderungen langsamer angehen. Auch das ist mir heute bewusst geworden. Ich muss Saul gegenüber ein bisschen mehr Demut zeigen, das Unbehagen aushalten, weniger zu wissen als er.«

»Du hattest also eine Erleuchtung im Dschungel.«

»Vielleicht.«

»Die Leute hier sind auf eine Art verwurzelt, um die ich sie beneide.«

»Findest du? Aber du bist doch auch verwurzelt. Du hast dein ganzes Leben in London verbracht und bist eine echte Londonerin.«

Charlotte atmete tief ein und nahm den pinguin-ähnlichen Geruch von Noddis wahr, die irgendwo in der Nähe nisteten. Sie hätte Jahrzehnte damit verbringen können, diesen Dschungel zu erforschen, und wäre trotzdem nur einem Bruchteil seiner Bewohner begegnet. Es knackte mehrmals, dann folgte ein dumpfes Krachen, weil irgendwo ein schwerer Palmzweig herunterfiel.

»Es ist schwer zu erklären, was ich mit verwurzelt meine. Ich glaube, es geht darum, zu wissen, wer man ist und wo man hingehört. Ich hatte immer das Gefühl … Meine Mutter war beruflich bedingt oft auf Reisen, und wenn sie weg war, hatte ich immer das Gefühl, keine Heimat mehr zu haben. Unser Haus war nur ein großer leerer Kasten mit mir und irgendeinem Kindermädchen darin. Erst wenn meine Mutter zurückkam, erweckte sie alles zu neuem Leben.«

»Das ist doch total schön: ein Mensch als Heimat.«

»Kann schon sein. Oder auch beängstigend, denn sie musste immer wieder fort, und ich habe mich nie daran gewöhnt. Bis heute hasse ich es, in unserem großen alten Haus allein zu sein. Ich weiß, wie lächerlich das klingt. Hier auf Tuga habe ich komischerweise nie dieses Gefühl. Ich liebe mein kleines Haus im Dschungel. Das Gefühl des Verwurzeltseins hat wahrscheinlich damit zu tun, dass die Leute hier aufeinander angewiesen sind. Und ein Bewusstsein für den besonderen Ort haben, an dem sie leben. Es gibt einfach so viel … *Gewissheit* auf dieser Insel. Ach, ich weiß auch nicht. Wir sollten aufbrechen, na los, rapple dich auf.«

Der Schmutz hatte sich tief in Dans Gesichtsfalten gegraben, klebte an seinen Augenbrauen, seinem Hals. Sein Versuch, sich zu waschen, hatte nur hier und da eine saubere Schneise hinterlassen. Ächzend stemmte er sich aus der Hängematte.

»Ich verstehe durchaus, welchen Reiz diese Insel auf dich ausübt, aber du musst dir klarmachen, dass vieles von dem, was du als Gewissheit bezeichnest, in Wirklichkeit ein Mangel an Wahlmöglichkeiten ist. Die Leute sitzen hier seit Generationen zusammen fest, weil sie keine Alternative haben.«

»Was ist mit dir? Hast du auch keine Alternative?«

»Das ist schwer zu beantworten. Rein theoretisch hätte ich eine. Ich könnte es mir leisten, anderswo zu leben, habe einen Beruf, den ich überall ausüben kann. Aus moralischer Sicht bleibt mir hingegen keine andere Wahl, als auf Tuga zu bleiben. Ich werde hier auf ganz konkrete Weise gebraucht.«

»Wenn du nicht zurückgekommen wärst, hätte man einen Arzt von außerhalb einstellen müssen, oder?«

»Ja. Und nächstes Jahr hätte der Inselrat noch einen zweiten suchen müssen, weil dann Saul in Pension geht – falls er es je schafft, sich loszueisen. Im Idealfall sind immer zwei Mediziner auf der Insel, für den Fall, dass einer krank wird oder nicht rechtzeitig vom Fischen zurückkommt. Oder tot umfällt. Und von diesen zwei Ärzten sollte mindestens einer von hier stammen, so ist es schon seit Anbeginn dieser Gemeinde. Selbst wenn er nur die notwendigsten Kenntnisse mitbringt, manchmal auch gar keine. Es gibt auf Tuga eine Fünfzehnjährige, die sehr gescheit ist und Interesse am Arztberuf bekundet hat – kennst du Chloe Ben-Ezra? Meine Tante Moz bemüht sich darum, dass sie das Zentralabitur schafft und Medizin studieren kann, vielleicht in Südafrika, falls ihre Noten gut genug sind. Selbst wenn es Chloe gelingt, von der Insel wegzukommen und ihr Studium durchzuziehen, dauert es noch mindestens zehn Jahre, bis sie mit ihrer Ausbildung fertig ist. Der einzige Mensch außer Saul, der die Arbeit als Inselarzt bis dahin machen kann, bin ich.«

»Das ist doch der komplette Wahnsinn. Was für ein unvorstellbarer Druck, der da auf dir lastet.«

»In England habe ich mich bemüht, nicht allzu oft darüber nachzudenken. Und dann ist Saul siebzig geworden, und meine Tante Moz hat mir immer öfter herzzerreißende E-Mails geschrieben und darüber geklagt, wie müde und erschöpft er doch sei. Von da an plagte mich mein Gewissen.«

»Und jetzt bist du der Auserwählte, der hier bald die Verantwortung übernimmt.«

»Ja. Das ist wirklich eine besondere Ehre, aber manchmal denke ich, dass mir ein bisschen weniger besondere Ehre lieber wäre. Manchmal sind Sachen auf schlechte Art besonders. Weißt du, was ich meine? Andererseits fühlt sich der Teil von mir, der die Besonderheit genießt, bedroht, wenn die Menschen mich als LVA bezeichnen.«

»Verstehe. Warte kurz«, sagte Charlotte und nahm die Kamera entgegen, die er ihr hinhielt. Sie schaltete sie ein und scrollte durch die ersten Bilder. »Bei mir bist du nur so besonders wie die Schildkröte, die du verfolgt hast. Hui, deine Fotos sehen aus, als wären sie auf dem Schlachtfeld aufgenommen worden!«

»Siehst du? Meine Schildkröte war sogar sehr besonders«, gab Dan zurück. »Geradezu einzigartig, wie du sicher bemerken wirst. Sie war nämlich Fleischfresserin – oder vielmehr Echsenfresserin.«

»Keine Ahnung, was der Fachausdruck dafür wäre. Lacerti-irgendwas, wahrscheinlich. Wenn sich das als zutreffend herausstellen sollte, wäre es tatsächlich ziemlich einzigartig. Bei einer Veröffentlichung würde ich dich als Hauptautor nennen.«

Sie lächelten sich an und fühlten sich wie Komplizen – nicht nur, was diesen Scherz anging, sondern den ganzen Tag betreffend, vielleicht auch ihre ähnlichen Ziele. Charlotte erkannte in Dan die gleiche Hingabe an seine Arbeit, den gleichen Druck, den in ihn gesetzten Erwartungen gerecht zu werden. Er streckte ihr seine Hand hin, um den Pakt zu besiegeln, und Charlotte schlug bereitwillig ein. Dann wandte sie sich ab, um ihre restlichen Sachen in den Rucksack zu stopfen. Plötzlich war sie gereizt. Dan Zekri hatte kein Recht darauf, witzig zu sein oder aufrichtige Wertschätzung für ihre Reptilien zu zeigen. Es war alles ein bisschen zu besonders mit ihm, auf eine schlechte Art.

28

Alex dos Santos erschien auf seinem Fahrrad vor Charlottes Haus, als sie gerade in den Gemüsegarten wollte. Er stand auf den Pedalen und umrundete sie, ohne abzusteigen.

»*Paz*, Doktor Walker, Sie werden gebraucht!«, stieß er atemlos hervor. »Es geht um Grand Mary. Jetzt gleich, hat sie gesagt.«

Offensichtlich sollte er sie auf seinem Drahtesel hinbringen. Charlotte setzte sich nervös auf den Fahrradsattel und legte ihre Hände auf die zarten Schultern des Elfjährigen, während sie die kleine Straße hinunterrumpelten. Doch Alex hatte alles unter Kontrolle, wich geschickt herunterhängenden Ästen, Schlaglöchern und Felsbrocken aus, die wie bei einem Videospiel aus dem Nichts auftauchten. Auch das wunderschön gesprenkelte Zebu-Rind, das hinter einer unübersichtlichen Kurve die Straße überquerte, stellte kein Problem für ihn dar. Als sie vor Martha House eintrafen, stieg Charlotte dennoch erleichtert ab. Die Luftfeuchtigkeit war hoch, und ihr T-Shirt klebte unangenehm an Rücken und Brust. Sie lehnte sich an den Torpfosten, um sich zu sammeln.

Ihr Blick fiel auf Martha, die sich mit überraschender Geschwindigkeit über den Rasen bewegte. Ihre krummen, an Holzpfosten erinnernden Beine trugen sie mühelos zu ihrer Futterschale.

»Kohl«, sagte Mary vergnügt. Charlotte zuckte erschrocken zusammen. Die alte Dame hatte auf der anderen Seite des Pfeilers gestanden. »Schauen Sie, wie begeistert sie sich darüber hermacht! Ich glaube, sie hat schon zugenommen. Das alte Mädchen sieht keinen Tag älter aus als hundert.« Mary brach in heiseres Gelächter aus, ein furchterregendes Geräusch, wie ein rostiges Tor, das lose in den Angeln hing.

»Alex hat gesagt, ich soll mich beeilen. Was ist denn mit ihr?«

»Martha ist kerngesund. Kommen Sie mit ins Haus.«

Charlotte folgte Mary über den langen Gartenweg. Auf halber Strecke blieb sie neben Martha stehen, die gerade nach einem Kohlblatt schnappte. Innerhalb weniger Wochen war ihr Schnabel wieder scharf und funktionstüchtig geworden.

»Sie wirkt putzmunter.«

»Sage ich doch«, erwiderte Mary ungehalten und bedeutete Charlotte mit ihrem Gehstock, dass sie sich beeilen sollte. Man hätte meinen können, die Besserung von Marthas Gesundheitszustand wäre *trotz* Charlotte eingetreten und nicht *wegen* ihr. »Kommen Sie schnell mit rein, ich kann es nicht gebrauchen, dass irgendwelche Wichtigtuer Sie hier herumstehen sehen.«

Im Martha House wurde Charlotte nicht etwa in die Bibliothek im Erdgeschoss geführt, wie sie gehofft hatte, sondern die steile Treppe hinauf. Es war haarsträubend, der betagten Dame dabei zuzusehen, wie sie den steinernen Anstieg bewältigte, indem sie wie eine Bergsteigerin eine Hand vor die andere setzte und sich langsam am Geländer hochzog. Charlotte überlegte besorgt, ob sie notfalls stark genug wäre, ihren fallenden Körper aufzufangen. Zum Glück schafften sie es ohne Zwischenfall in den ersten Stock. Mary blieb vor einer geschlossenen Tür stehen, die Hand auf dem Messingknauf.

»Ich brauche Ihre Hilfe, nicht Ihre Kritik.« Sie funkelte ihren Gast böse an. Charlotte sank das Herz in die Hose. Alle Tierärzte haben in ihrem Berufsleben irgendwann mit vorsätzlicher Quälerei oder Verwahrlosung zu tun, mit Besitzern, die ihnen Lügengeschichten über Verletzungen auftischen oder erst professionelle Hilfe holen, wenn es zu spät ist, um das leidende Tier noch zu retten. Charlotte hatte zwar selbst nie in einer Tierarztpraxis gearbeitet, jedoch genügend abschreckende Geschichten gehört. Hinter dieser Tür konnte sich alles Mögliche verbergen.

Während Grand Mary den Knauf drehte, machte sie Kussgeräusche, und kurz darauf spürte Charlotte den vertrauten Druck von warmem Fell gegen ihre Fußknöchel. Sie beugte sich nach unten und streichelte eine große grau-lila schimmernde Britisch-Kurzhaar-Katze. Es war ein schönes Gefühl, den geschmeidigen, festen Körper unter ihren Händen zu fühlen, den biegsamen Rücken, der sich wölbte und wieder streckte.

Dann kehrte Charlotte in die Realität zurück. »Eine Katze!«

»Welch scharfsinnige Diagnose«, sagte Mary trocken. Sie schloss die Tür und ging zu einem kleinen Sessel, auf den sie sich mühsam niederließ. Die Katze sprang sofort auf ihren Schoß, eine dicke, glänzende Decke über den Knien der alten Dame.

»Wie haben Sie das Tier hierherbekommen? Ich dachte, es wäre illegal, Katzen zu halten.«

»Wie Virginia hierhergekommen ist, geht Sie nichts an. Können Sie sie behandeln oder nicht?«

»Katzen wurden doch schon in den siebziger Jahren von der Insel verbannt. Es gibt Bußgelder und Strafen und …«

»Ja, ja, die machen sich ins Hemd wegen ihrer geliebten Vögel. Wenn Sie mich verpfeifen, wäre das Virginias Todesurteil. Und Sie wären vermutlich diejenige, die es ausführen müsste.« Marys Logik war nicht von der Hand zu weisen. Sie strich mit ihrer knotigen Hand über den langen Rücken ihrer Katze, und das schimmernde Fell wellte sich wie Samt unter ihren Fingern.

Charlotte befand sich im Zwiespalt. Nicht-einheimische Säugetiere stellten eine Gefahr für empfindliche Insel-Ökosysteme dar und waren daher – mit Ausnahme von Nutzvieh und einem festen Kontingent an Arbeits- und Haushunden – auf Tuga verboten. Auch die Anzahl an Rindern, Schweinen und Schafen wurde streng kontrolliert. Ziegen, diese gnadenlosen Zerstörer der Inselfauna, mussten eingezäunt oder angebunden werden. Die Hauskatzen früherer Bewohner hatten sich verheerend auf Tugas endemische Vögel ausgewirkt, von denen viele flugunfähig oder Bodenbrüter und daher leichte Beute waren. Ein Vogelschutzgesetz von 1981 hatte daher die letzten Katzen von der Insel verbannt. Als Tierärztin, Tierschützerin und – am allerwichtigsten – als Bürgerin hätte Charlotte den Verstoß der alten Dame unbedingt melden müssen. Andererseits hatte Mary nicht ganz unrecht: Ihr war nicht danach, eine gesunde und zudem wunderschöne Katze einzuschläfern. Zumal die Zollbeamtin der Insel selbst einen Roten Teju als Haustier hielt.

»Was hat Virginia denn für Beschwerden?«, fragte Charlotte vorsichtig.

»Ihre Krallen werden zu lang, und ich vertraue meinen Augen nicht mehr genug, um sie selbst zu kürzen. Das sollen Sie für mich erledigen.«

Charlotte dachte einen Moment nach.

»Gut, ich mache es, wenn Sie mir Zugang zu Ihrer Bibliothek gewähren.«

Auf Marys Gesicht erschien ein triumphierendes Grinsen, und Charlotte wurde das Gefühl nicht los, dass sie an der Nase herumgeführt worden war.

29

Immer wenn Saul in der Klinik war, vermisste er Moz. Heute – er war gerade dabei, an sie zu denken – klopfte sie an die Tür seines Arztzimmers, trat ein und ließ sich schwerfällig auf den Patientenstuhl plumpsen. Sie brachte ihm Tee und eine Ermahnung. Das Herannahen Letzterer spürte er wie eine Warmwetterfront.

Er sah sie jetzt doppelt vor sich – einmal, wie sie leibhaftig vor seinem Schreibtisch saß, umgeben von einer Wolke hellgrauer Locken und mit einem missbilligenden Ausdruck hinter ihrer kirschroten Brille, und noch einmal links daneben auf dem gerahmten Hochzeitsfoto, das auf seinem Schreibtisch stand. Auf diesem Bild, das kaum größer war als ein Passfoto, waren Blumen in die feuerroten Haare der jungen Braut geflochten, und sie beugte sich vor und lachte mit geschlossenen Augen, ohne dabei seine Hand loszulassen. Weil ihr Körper nach vorn geneigt war, wirkte der Bräutigam neben ihr groß und stattlich, und mit sechsundzwanzig Jahren (das unvorstellbare Alter jenes Jünglings mit rosigem Gesicht, weißem Leinenhemd, frisch frisiertem, zehn Zentimeter hohem Bürstenhaarschnitt und geliehener Krawattennadel mit echter Perle) hatte Saul sich tatsächlich gewünscht, größer zu sein, als er war. Immerhin hatte er die größte Frau auf der Insel geheiratet, und die schönste und intelligenteste noch dazu. Er selbst war klein und schmächtig und erst kurz zuvor nach Tuga zurückgekehrt, begierig darauf, mit der Arbeit loszulegen, jedoch eingeschüchtert von den beiden älteren Inselärzten. Beide waren damals um die fünfzig und verfügten über jahrzehntelange Berufserfahrung. Außerdem waren sie jung genug, um noch lange praktizieren zu können, bevor einer von ihnen Platz für einen Nachfolger zu machen gedachte.

Saul Gabbai hatte in England sein Medizinstudium absolviert und danach nur so lange als Assistenzarzt in Luton gearbeitet, bis er eine Schiffspassage zurück nach Tuga ergattern konnte – immerhin hatte es bis dahin achtzehn Monate gedauert. Der Inselrat hätte sich gewünscht, dass er fünf Jahre länger in England blieb und mehr Berufserfahrung sammelte. Mit zwei Ärzten, die noch weit von ihrer Pensionierung entfernt waren, war Saul für Tuga de Oro am nützlichsten, wenn er eine Facharztausbildung absolvierte und wartete, bis er gerufen wurde.

Doch Saul hatte nicht einen Moment länger bleiben wollen, als er für den erfolgreichen Abschluss seines Studiums brauchte. Also schrieb er zurück, er wolle sich auf nichts anderes spezialisieren als die Arbeit, die ihn auf der Insel erwartete, und die würde er am besten lernen, wenn er tatkräftig mit anpackte. Er versuchte gar nicht erst, dem Inselrat zu erklären, wie unangenehm es für ihn als Tuganer und als Mensch mit dunkler Hautfarbe in einer Londoner Vorstadt der siebziger Jahre war. Er schilderte weder die Hänseleien, die er tagsüber ertragen musste, noch die Angst, die ihn nachts heimsuchte.

Fermoza Williams – seit ihren Kindertagen Moz genannt – war bei seiner Abreise sechzehn gewesen und nun vierundzwanzig. Sie unterrichtete bereits an der Inselschule, wurde von ihren Schülerinnen und Schülern heiß geliebt und hatte außerdem, wie ihr Bruder Garrick ihm anvertraute, mehrere Verehrer unter den jungen Insulanern. Trotzdem hatte sie auf ihn gewartet. »Überwiegend gewartet«, wie sie ihm schulterzuckend gestand, woraufhin Saul vor Eifersucht geglüht und von ihr verlangt hatte, ihm alles zu beichten und anschließend den Bund der Ehe mit ihm einzugehen. Sie erwiderte lachend, er habe kein Recht darauf, sie mit Fragen zu löchern, nachdem er so viele Jahre weggewesen sei, willigte aber ein, ihn zu heiraten.

Saul betrachtete dieses Foto oft – zwei junge Menschen, Saul und Moz, festgehalten an dem Tag, an dem sein Leben als Erwachsener endgültig begonnen hatte. Moz glaubte ihm zwar nicht, doch sie war für ihn heute noch schöner als damals, falls das überhaupt ging. Durch ihre langjährige Ehe war sie ihm so wunderbar vertraut, während sie ihm in jener Zeit ein Rätsel gewesen war. Die Vorstellung von all ihren unzugänglichen Gedanken hatte ihn gequält. Auch jetzt gelang es ihr noch, ihn zu überraschen, aber er fühlte sich nicht mehr bedroht von der Tatsache, dass sie ein eigenständiges Wesen war. Moz war immer schon eine dominante Persönlichkeit gewesen, eine Autoritätsperson, selbst als Jugendliche. Sie wusste, wie die Dinge liefen, war die geborene Anführerin. Und Saul hatte den Wunsch verspürt, ihr zu folgen. Er war der Meinung, dass sein inneres Wachstum größtenteils auf Moz' Großzügigkeit und Weisheit zurückzuführen war. Sie tat diese Ansicht als töricht ab, wie so vieles.

»Du machst den ganzen Vormittag Vorsorgeuntersuchungen. Ich habe den Dienstplan gelesen.«

Saul nickte und senkte den Blick – da kam sie, die

Ermahnung. Es war eine Erleichterung, zu erfahren, was er verbrochen hatte.

»*Guay de mi*, was für eine Zeitverschwendung! Zusätzlich zu allem anderen, was du zu schultern hast! Wozu ist Dan denn hier, wenn er nicht mal die Vorsorgeuntersuchungen für dich übernimmt?«

»Als ich sie an ihn abtreten wollte, haben die meisten Patienten protestiert.«

»Na wunderbar. Dein Neffe scheint unterdessen zum Hobbytierarzt zu avancieren. Er sollte nicht oben im Dschungel herumlungern mit einer Frau, mit der er nicht liiert ist! Weißt du was? Wenn du dich schon unbedingt umbringen willst, indem du weiterarbeitest, als ob er gar nicht hier wäre, nehme ich ihn für meine Schule. Überlass ihn mir als Hilfslehrer.«

»Ich kann die Patienten doch nicht zwingen, zu ihm in die Sprechstunde zu gehen! Wenn er oben im Dschungel herumlungert, kann er hier wenigstens nicht alles durcheinanderbringen oder seinen haarsträubenden Plan verfolgen, Winston zum Stationsleiter auszubilden. Er hat ihn nach seinen Arbeitszeugnissen und Qualifikationen gefragt, ausgerechnet Winston, der – wenn ich dich daran erinnern darf – noch nie die Insel verlassen hat und dessen Ausbildung sich auf einen mehrtägigen Erste-Hilfe-Kurs beschränkt, den er vor zwanzig Jahren bei einem Militärarzt absolviert hat. *Learning by doing* lautet seither seine Devise, was ich vollkommen ausreichend finde. Die Arbeit als Krankenpfleger erfordert auf Tuga keine Arbeitspapiere, sondern gesunden Menschenverstand! Wozu plustert Dan die Lebensläufe meiner Mitarbeiter auf? Wer braucht so was auf Tuga?«

Moz zog eine Thermoskanne mit Tee aus ihrem Einkaufsnetz, behielt sie jedoch in der Hand, bis sie ihre Ansprache beendet hatte. »Zieh dich aus der Klinik zurück! Dann ist dein Neffe hier der einzige Arzt, und damit hat es sich. Soll er Winston doch zum Jongleur oder Seiltänzer ausbilden, wenn ihm danach ist.«

»Ich kann mich aber noch nicht zurückziehen. Dan ist nicht ansatzweise bereit, die Verantwortung zu übernehmen! Vorhin hat er in der Diabetes-Sprechstunde für ein heilloses Chaos gesorgt, indem er Ettie und Mercy doch tatsächlich dazu aufgefordert hat, ›rasch auf die Waage zu hüpfen‹! Danach hat sich Ettie bei mir ausgeheult, und Mercy stand wutschnaubend in meinem Zimmer und schrie, sie wäre noch nie in ihrem Leben so beleidigt worden. Ich habe zu ihm gesagt: ›Du kannst hier nicht einfach auftauchen und willkürlich Frauen wiegen. Die älteren Damen erwarten von dir, dass du ihnen sagst, sie hätten nie besser ausgesehen, und dann anhand der dir zur Verfügung stehenden Informationen eine ungefähre Schätzung abgibst.‹ Wenn ich ehrlich bin, können Calla und Winston das am allerbesten. Siehst du, so eine Fähigkeit kann man zum Beispiel nicht in einen Lebenslauf schreiben.«

»Wie hat Dan reagiert?«

»Er ist stur geblieben und hat behauptet, dass sei ›keine vernünftige Art und Weise, unseren Beruf auszuüben‹. Er ist ganz schön eingebildet, seit er aus England zurück ist. Ständig hält er den Leuten Vorträge über Ernährung und Sport.«

»Tja. Ich habe keine Ahnung, ob es vernünftig oder unvernünftig ist, auf diese Weise den Arztberuf auszuüben, aber ich empfehle dir wärmstens, dich da rauszuhalten.

Das sollen er und seine Patientinnen unter sich ausmachen. Niemand wird ihn je akzeptieren, solange es eine allseits beliebte und bewährte Alternative wie dich gibt. Warum sollten die Leute dich auch nicht vorziehen? Du kümmerst dich schon seit einer Ewigkeit aufopferungsvoll um sie. Du kennst sie und verstehst sie. Gerade weil du so ein wunderbarer Arzt bist, wird Dan in deinem Schatten nicht aufblühen können. Mach ihm Platz, *mi vida*, das ist besser für alle Beteiligten. Lass ihn seine eigenen Fehler begehen, er wird noch früh genug dazulernen. Du wolltest damals auch alles revolutionieren, als du aus England zurückgekommen bist, weißt du nicht mehr? Wenn du stirbst, bevor du deinen Ruhestand genießen konntest, wird mein Zorn auf dich unvorstellbare Ausmaße annehmen, das sage ich dir.«

»Ich behaupte ja nicht, dass unsere Methode optimal ist.« Saul war immer noch beim Thema Diabetes-Sprechstunde. »Unter idealen Bedingungen würden wir natürlich genauestens das Gewicht dieser Frauen protokollieren und in einer Verlaufstabelle festhalten, würden ihre Medikamente aufs Gramm genau dosieren. Aber Dan muss den Kontext beachten, in dem wir hier arbeiten, und ein bisschen Sensibilität mitbringen! Wenn wir unsere Patientinnen so verschrecken, dass sie keinen Fuß mehr in die Klinik setzen, ist das schlimmer, als wenn wir uns um ein paar Kilo verschätzen. Das kapiert er einfach nicht. Ich habe noch niemanden damit umgebracht, dass ich ihn nach Augenmaß behandelt habe. Und ich verspreche dir, dass ich noch dieses Jahr in Pension gehen werde.«

»Das sagst du immer. Und trotzdem klingelt das Telefon weiterhin.« Moz knallte die Thermoskanne auf den

Tisch und stand auf, um zu gehen, wobei sie sich den Rock glatt strich. »Dieses Wetter behagt mir im Übrigen gar nicht. Die Hurrikan-Saison ist noch nicht fertig mit uns, das spüre ich.«

Saul kam hinter seinem Schreibtisch hervor, um sie zu umarmen. Moz zog ihn seit jeher damit auf, wie schwer es ihm fiel, sich von ihr zu verabschieden, und sei es nur für ein paar Stunden. Es schmerzte ihn beinahe körperlich, wenn sie sich von ihm entfernte. »Wie weit könnte ich auf Tuga schon kommen?«, fragte sie ihn manchmal scherzhaft, ohne zu verstehen, dass es ihm nicht um die räumliche Distanz ging.

»Stirb bitte nie«, sagte er in die Wärme ihres Halses hinein. »Das musst du mir versprechen.«

»Und du musst wenigstens mal fünf Minuten von dieser Klinik weg, um dir die Haare schneiden zu lassen, *mi alma*.« Moz streichelte zärtlich seinen Kopf. »Ich tue, was ich kann. Versprochen.«

30

Island Close war die Hurrikan-Saison, die Zeit, in der die Gewässer um die Insel monatelang so gut wie unpassierbar waren. Jedes auf Tuga angespülte Wrack war zwischen Juni und Ende November gesunken, vorbeifahrende Walfangschiffe oder unerschrockene Fischerboote, zerrieben zwischen Sturmböen von oben und Felsen von unten. Nicht wenige Männer waren in Sichtweite des schützenden Hafens gestorben, aber es waren auch einige Schiffbrüchige gerettet worden und geblieben, um sich auf der Insel ein neues Leben aufzubauen. Ihre Nachfahren witzelten bisweilen, dass eine Art umgekehrte natürliche Auslese eine Flut von Männern nach Tuga de Oro gespült hatte, die sich durch unangebrachten Wagemut und mangelndes Urteilsvermögen auszeichneten.

Auch wenn die Wirbelstürme meist weiter nördlich tobten, wurde die Insel jedes Jahr aufs Neue von rauer See und hoher Luftfeuchtigkeit geplagt, manchmal nur eine Woche lang, manchmal über mehrere Monate. Obwohl inzwischen die Trockenzeit vor der Tür stand und das Island-Open-Schiff bereits in Southampton in See gestochen war, schickte Taxi die Nachricht durch den Äther, dass ein Tropensturm im Anmarsch war. Kein großer, nur ein paar windige Tage mit heftigem Regen, bevor wieder klarer Himmel folgte. Über Nacht verwandelte sich der Tropensturm jedoch in einen ausgewachsenen Hurrikan, und die Inselbewohner begannen mit ihren oft erprobten Vorbereitungen, räumten die Regenrinnen frei, suchten die Bäume nach morschen Ästen ab, ernteten die Früchte, stockten ihre Vorräte auf und brachten die Tiere in den Stall.

»Die Sache ist die, Dolittle: Ich vertraue Ihren Fähigkeiten nicht, sich angemessen auf diesen Sturm vorzubereiten.«

Charlotte überflog die Liste, die Levi ihr in die Hand gedrückt hatte. Sie war auf einen Kassenbon aus dem Rockhopper gekritzelt: *Schraubenschlüssel, Gaffer-Tape, Plastikplane, Müllsäcke, Feuchttücher, Verbandskasten.*

»Wo bekomme ich dieses ganze Zeug? Und was soll ich mit dem Schraubenschlüssel zuschrauben?«

»Sie schrauben bitte gar nichts zu. Ich will nur, dass Sie sich vergewissern, ob alles im Haus ist. Sollten Sie die Sturmausrüstung brauchen, schauen Sie in den Metallschränken unten in der Speisekammer nach. Trinkwasser ist in den beiden großen Kanistern ganz hinten. Und das hier ist auch für Sie.«

Er verschwand und kam mit einem Karton zurück, den er neben die Spüle stellte. Sie spähte hinein und erkannte Tomatensuppe in der Dose, eine Packung Frühstückszerealien, eine weitere, stärkere Taschenlampe samt Batterien, vier Packungen Kekse und ein Glas von Macs Feigenmarmelade. Charlotte war gerührt und brachte es nicht über sich, ihm zu sagen, dass sie inzwischen etwa dreißig Marmeladengläser im Haus hatte, Feige, Mintberry und Mango, dazu glänzenden Sternfruchtsirup. Sie verlangte zwar kein Geld für ihre Tierarzttätigkeit, aber die Inselbewohner fanden andere Möglichkeiten, ihre Dankbarkeit auszudrücken. Charlotte würde während ihrer Zeit auf Tuga nie wieder Eier kaufen müssen, denn die erschienen inzwischen in Mengen auf ihrer Türschwelle, die für eine Buttercreme-Fabrik gereicht hätten.

»Sie sind heute so fürsorglich zu mir. Es macht mich nervös, wenn Sie nett zu mir sind.«

»Ich bin nett zu meinem Haus und seinem Inhalt. Sie laufen unter Inhalt. Es wird alles gut gehen, vorerst ist es nur ein Tropensturm. Eine windige Nacht, und dann war es das, denke ich. Trotzdem: Auch wenn dieser Hurrikan nicht zu den ganz schlimmen gehört …«

»Sie haben doch gerade gesagt, dass es nur ein Tropensturm ist.«

»Vorerst. Sie werden bitte keine LVA, die aus lauter Dummheit und Leichtsinn ums Leben kommt, haben Sie mich verstanden? Ab achtzehn Uhr bleiben Sie in diesem Haus, bis Sie etwas anderes hören. Sie gehen nicht nach draußen, und Sie machen auch keine Fenster auf.«

»Zu Befehl.«

»Wenn der Strom ausfällt oder kein Wasser mehr aus der Leitung kommt, rühren Sie sich nicht vom Fleck.«

»Ich rühre mich nicht vom Fleck.«

»Auch wenn draußen irgendwelche Geräusche zu hören sind und Sie rausfinden wollen, was los ist, bleiben Sie an Ort und Stelle.«

»Ja doch. Ich habe genug Horrorfilme gesehen, um zu wissen, dass man immer im Haus bleibt.«

»Und wenn jemand vorbeikommt und sagt: ›Meine Kuh hat Schmerzen am was auch immer‹, was tun Sie dann?«

»Na ja, bei einem medizinischen Notfall müsste ich …«

Levi gab ein Geräusch von sich, das an den Buzzer einer Quizshow erinnerte. »Falsche Antwort! Test nicht bestanden. Sie riskieren auf keinen Fall Ihr Leben für eine Kuh. Auch nicht auf Tuga.«

»Ich bleibe hier und rühre mich nicht vom Fleck.«

»Braves Mädchen. Aber jetzt dürfen Sie sich noch rühren und die Sturmplatten für mich halten, während ich sie festschraube. Kommen Sie.«

Charlotte folgte ihm nach draußen. Der Wind hatte aufgefrischt und trieb zottige Wolken über den Himmel, die noch immer weiß und harmlos aussahen. Auch die Sonne brannte unverändert auf den Hof hinunter. Levi zog drei große Platten aus durchsichtigem Polycarbonat aus der Werkstatt, und Charlotte stellte sich auf, wo er sie hindirigierte, und hielt die Platten in Position, während er sie mithilfe von Löchern entlang der Fensterrahmen anbrachte. Nachdem sie die Fenster gesichert hatten, kontrollierte Levi die Regenrinnen und trug Charlotte auf, die Läden des kleinen Fensters im Obergeschoss zu schließen und ihre Bücher und Dokumente in Plastik zu verpacken, für den Fall, dass Schäden am Dach entstanden. Bevor er ging, hielt er noch einmal inne.

»Sie könnten problemlos woanders unterkommen, vielleicht irgendwo unten im Ort. Es gibt viele Leute, die Sie aufnehmen würden.«

»Danke. Betsey hat es mir angeboten, genau wie Elsie. Und Joan – dabei würde ich verrückt werden, wenn ich mit Garrick unter einem Dach eingesperrt wäre. Dan hat auch gesagt, dass ich bei ihm unterschlüpfen kann, aber keine Sorge, ich bleibe hier. Das wird ein schönes Abenteuer.«

»Soso, Zekri sagt also, dass Sie bei ihm unterschlüpfen können.«

»Ja. Er findet, dass ich hier oben nicht allein bleiben sollte.«

»Natürlich findet er das. Zum Glück sind Walter und ich genau rechtzeitig fertig geworden mit seinem Liebesnest. Ihr werdet es sehr gemütlich haben im Cole-Haus. Wann ziehen Sie bei ihm ein?«

»Ich habe doch nur gesagt …«, setzte Charlotte verärgert an, beschloss dann jedoch, sich nicht von Levi provozieren zu lassen. Stattdessen ließ sie ihn auf der Veranda stehen, wobei sie diesmal darauf achtete, beide Türhälften gleichzeitig zuzuknallen.

Vor dem Sturm kam der Regen. Wasser strömte die freigeräumten und verstärkten Regenrinnen entlang, deren Abflüsse bald donnernden Stromschnellen glichen. Das gelbe Sonnenlicht verschwand, und alles verdüsterte sich zu Grautönen, eine Welt aus Metall, Rauch und Zinn.

Im Vorgarten von Mary Philips erstrahlte Martha in sauberem Schwarz, reingewaschen vom Staub, die stumpfen Kratzer verborgen unter dem Wasser, das ihr über den gewaltigen Panzer rann und einen glänzenden Film bildete. Sie schien das Prasseln zu genießen, denn sie zog sich nicht in ihren privaten Hohlraum zurück, sondern reckte den langen Hals und hob ihr kleines, spitz zulaufendes Gesicht mit geschlossenen Augen nach oben, während ihr Kiefer sanft vor sich hin mahlte. Bald würde Grand Mary sie in ihren niedrigen Betonstall sperren, wo sie sicher war vor herunterfallenden Trümmerteilen und Ästen, bis der Sturm vorübergezogen war.

Bis Mittag hatte es bereits so viel geregnet, dass sich die Harbour Street in einen Fluss verwandelt hatte, auf dem Palmwedel, zerrissene Plastiktüten, Milchpackungen, aufgeweichte Zeitungen und zerdrückte Bierdosen vorbeitrieben. Die Wassermassen waren so grau und undurchsichtig wie der Himmel. Bei diesem Wetter ähnelte New Recife nicht mehr einer Postkarte vom Paradies, sondern einem verlassenen englischen Küstenort, durch den jemand Hunderttausende Liter verschmutztes Wasser leitete. LVAs erkannte man daran, dass sie versuchten, sich gegen den Regen zu wappnen. Sie trugen Stiefel, lange Hosen und Regencapes, unter denen sie dampften und schwitzten. Die Einheimischen begnügten sich mit Flipflops und so wenig Kleidung wie möglich. Dan erinnerte sich nicht mehr bewusst an frühere Stürme, war jedoch ebenfalls instinktiv in eine kurze Hose und ein Unterhemd seines Vaters geschlüpft. So stapfte er an Levi Mendoza und Walter Lindo-Smith vorbei, die nebeneinander mit freien Oberkörpern und nackten Füßen auf Leitern standen und die oberen Fenster des Zollhauses sicherten, nachdem sie bereits das im Wind schaukelnde Zifferblatt der großen Uhr abgeschraubt hatten. Tante Moz radelte würdevoll und mit kerzengeradem Rücken an Dan vorbei, glitt langsam durch den tiefer werdenden Matsch, eine Plastiktüte fest um die unbändigen silbergrauen Locken gebunden. Noch waren alle draußen unterwegs, aber bald würde es Zeit sein, sämtliche Schotten dicht zu machen.

Betsey erschien an der Tür ihres Cafés und schob einen empörten Krebs mit dem Besen hinaus. »Kusch! Willst du etwa im Topf landen? Groß genug wärst du! Raus mit dir!« Der Krebs wedelte mit den Scheren und huschte an der Hauswand entlang, bevor er um die Ecke verschwand. Betsey grüßte Dan mit einem Nicken. »Nichts!«, rief sie, als er zum Eingang ihres Cafés abbog. »Es ist nichts mehr da! Es sei denn, deine Mutter braucht was. Das wäre etwas anderes, für deine Mutter habe ich immer noch was übrig. Ist Lusi mit allem versorgt?« Dan versicherte ihr, dass seine Mutter reichlich mit Lebensmitteln eingedeckt war. Betsey nickte anerkennend und zog sich ins Innere ihres Ladens zurück. Kurz darauf schloss sie die Sturmläden und verriegelte das Café.

Am Morgen hatte Dan seinen Onkel auf dessen üblicher Runde vor jedem Hurrikan begleitet, und sie hatten allen Inselbewohnern noch einmal eindringlich ins Gewissen geredet. Niemand durfte Auto fahren oder auf dem Hof arbeiten. Niemand durfte an die Strände. Man sollte meinen, dass diese Ermahnungen unnötig seien, hatte Saul auf der Rückfahrt vom Moschaw zu ihm gesagt, aber derlei Vorkehrungen seien leider nach wie vor wichtiger Bestandteil seiner Aufgabe als Chief Medical Officer. Manche Leute hätten schon so viele Stürme überstanden, dass sie sich für unverwundbar hielten. Taxi unterstrich diese Botschaft noch, indem er *Take Me Home, Country Roads* spielte und alle Insulaner daran erinnerte, zurückzukehren, wohin sie gehörten – nach Hause.

In letzter Zeit waren sich Dan und sein Onkel über immer mehr Themen uneins gewesen, was von der Verwendung von Kombipräparaten bis zu der Frage reichte, welche größeren medizinischen Geräte an der Rückwand des Krankenwagenstellplatzes untergebracht werden sollten. Der Beitrag, den Saul mit seiner Ermahnungsrunde über die Insel zur allgemeinen Sicherheit und Gesundheit leistete, berührte einen wunden Punkt zwischen ihnen, denn auch Dan hätte gern zur Vermeidung von Gesundheitsrisiken für die Bevölkerung beigetragen. Aber Saul hatte sich mehrfach geringschätzig über das geäußert, was er Dans zwanghafte Versuche nannte, die Leute umzuerziehen. Sie sollten ihre Schritte zählen, mehr Bewusstsein für ihre Ernährung entwickeln. Sein Neffe hatte sogar den Inselrat auf eine mögliche Besteuerung von industriell verarbeiteten Lebensmitteln und Fizzycan-Importen angesprochen. Diabetes sei auf der Insel auf dem Vormarsch, und dieser ungute Trend werde das jährliche Gesundheitsbudget über kurz oder lang auf vermeidbare Weise belasten. Saul, der selbst im Inselrat saß, hatte es noch nie für nötig befunden, den Zugriff der Insulaner auf raffinierten Zucker zu begrenzen – er wäre sich vorgekommen wie ein Vater, der die Keksdose vor seinen Kindern versteckte. Die Einwohner Tuga de Oros waren aber keine kleinen Kinder und konnten als mündige Bürger ihre eigenen Entscheidungen treffen.

»Erklär mir doch mal, was der Unterschied ist«, hatte Dan ihn gebeten, während er in die Parkbucht zurückgesetzt hatte. Sie waren hauptsächlich deshalb mit dem Krankenwagen gefahren, um die Autobatterie vor dem Sturm noch einmal aufzufüllen. Außerdem konnten sie ihrer Botschaft so mehr Gewicht verleihen. »Dann müsste ein mündiger Bürger doch auch das Recht haben, während eines Hurrikans mit seinem Hund spazieren zu gehen.«

Saul hatte den Kopf geschüttelt.

»Eben nicht. Was die Leute essen oder nicht, stellt keine Bedrohung für die Allgemeinheit dar. Natürlich kann ich im Rahmen eines Arzttermins Ernährungsempfehlungen geben, und das tue ich auch. Was du mit deinen Plakaten, Kampagnen und Initiativen erreichen willst, erreiche ich durch Gespräche, die ich mit meinen Patienten führe. Und ich erreiche es im Stillen, ohne den Leuten ein schlechtes Gewissen zu machen oder sie bloßzustellen. Ich weigere mich nämlich, etwas an die große Glocke zu hängen, was letzten Endes reine Privatsache ist. Ein Hundespaziergang während eines Hurrikans ist etwas vollkommen anderes – das stellt sehr wohl eine Bedrohung für die Öffentlichkeit dar, und ich verrate dir auch, warum: Du und ich, wir sind die einzigen Ärzte im Umkreis von Tausenden Kilometern. Wir haben keine Verstärkung im Rücken, kein soziales Netz, das uns und unsere Patienten auffängt, wenn etwas schiefgeht. Immer wenn sich seit meinem sechzigsten Geburtstag ein Vertragsarzt von außerhalb als unfähiger Idiot herausgestellt hat, habe ich mich dabei ertappt, wie ich dachte: Wenn ich jetzt ein Herzproblem bekomme oder mir eine Kopfverletzung zuziehe, ist das der Trottel, der sich um mich kümmert. Man darf nie die Realität aus den Augen verlieren. Die verhängnisvollste medizinische Situation auf dieser Insel ist eine, die mich oder dich – oder schlimmer noch uns beide – unnötig in Gefahr bringt. Wenn ich also irgendwie verhindern kann, dass wir während eines Hurrikans mit dem Krankenwagen ausrücken müssen, noch dazu für einen Idioten, der meint, mit seinem Hund Gassi gehen zu müssen, dann werde ich das tun. Du bist dieser Insel am nützlichsten, wenn du lernst, auf dich selbst aufzupassen – und auf mich.«

»Da hast du absolut recht. In diesem Sinne: Hast du schon mal darüber nachgedacht, mit dem Joggen anzufangen, Onkel Saul?«

»Du bist ein dreister Bengel«, hatte ihn Saul lachend gerügt, und die Anspannung zwischen ihnen war vorübergehend verflogen. »Ich gebe zu, deine Notfallboxen sind keine schlechte Idee. Lass uns noch die Beatmungsgeräte kontrollieren und dann nach Hause gehen.«

31

Inzwischen war es sechs Uhr abends, und Charlotte tat, was Levi ihr befohlen hatte, und verbarrikadierte sich zu Hause. Die Sturmplatten verzerrten die Sicht durch die Fenster ein wenig, aber sie erkannte dennoch die feingliedrigen Frangipani-Pflanzen und den schweren, weitverzweigten Avocadobaum in der Mitte des Hofs, den Levi am Vormittag abgeerntet und zurückgeschnitten hatte. Der Himmel hatte eine bleierne Farbe angenommen, und die Feuchtigkeit machte die Luft schwer und drückend. Charlotte solle während des Sturms im Erdgeschoss bleiben, hatte Levi ihr geraten, und so hatte sie ihren Laptop vom Schreibtisch heruntergeholt und saß mit ihm auf ihrem Küchenbett, um durch die Aufnahmen ihrer Kamerafallen zu scrollen. Sie hatte sich auf einen ruhigen Abend gefreut, doch nun ging ihr auf, dass er alles andere als ruhig werden würde. Das unaufhörliche Prasseln des Regens erweckte den Eindruck, als würde mittlerweile die ganze Insel unter Wasser stehen. Die braunen Fluten in den stark beanspruchten Regenrinnen rauschten, der Fluss und die Bäche tosten und die Wasserfälle donnerten. Irgendwann glaubte Charlotte in all dem Getöse ein Klopfen wahrzunehmen und öffnete die Tür, um einen völlig durchnässten Levi auf der Veranda vorzufinden. Im orangeroten Licht der Vordachlampe schienen die triefenden Blüten der Ingwerpflanzen hinter ihm wie Kerzen zu leuchten. Der Regen hatte Rinnsale auf Levis Gesicht gebildet und ihm die Haare an die Wangen geklebt.

»Ke haber.«

»Ich dachte, nach achtzehn Uhr darf niemand mehr draußen unterwegs sein!«, brüllte sie gegen den Lärm an.

»Nein, ich habe gesagt, dass *Sie* dann nicht mehr draußen unterwegs sein dürfen.«

»Was wollen Sie hier? Doch nicht etwa ins Haus kommen?«

Für einen Moment veränderte sich Levis Gesichtsausdruck, und Charlotte überlegte, ob sie mit ihrer unverblümten Frage seine Gefühle verletzt hatte. Dann lachte er und schob sie mit der Schulter beiseite, um hineinzugelangen. Er zog beide Hälften der Tür zu und schüttelte sich wie ein Hund.

»Erwarten Sie etwa von mir, dass ich einen Hurrikan in einer Bretterbude auf dem Dach des Rockhopper verbringe? Keine Sorge, Dolittle, von mir haben Sie nichts zu befürchten. Ich schlafe auf dem Sofa.« Er blieb auf dem Fußabtreter stehen und schälte sich aus seiner nassen Kleidung. Sein durchweichtes T-Shirt fiel mit einem Klatschen auf den Boden. Er beugte sich vor, angelte ein sauberes Geschirrhandtuch aus einem Küchenschrank und rubbelte sich damit das Gesicht und die Haare trocken. Charlotte beobachtete ihn, unfähig, den Blick abzuwenden. Man konnte über Levi sagen, was man wollte, aber seine körperliche Schönheit war nicht zu leugnen.

»Haben Sie schon gegessen?«

Sie starrte verlegen in eine andere Richtung.

»Noch nicht. Ich hatte vor, mir eine meiner zweiundneunzig Millionen Avocados einzuverleiben. Hören Sie auf, sich Sachen auszuziehen!«

»Nur, wenn Sie mir ein größeres Handtuch holen.«

Charlotte zog eine Schublade der Wohnzimmerkommode auf und warf ihm ein Badehandtuch zu, das er auffing und sich um die Hüfte wickelte. Wenig später war er trocken und wieder angezogen und durchwühlte den Inhalt eines riesigen Rucksacks. Sie nahm ihren Laptop vom Bett und setzte sich damit aufs Sofa, wo sie vorgab, sich auf ihre Arbeit zu konzentrieren, während sie gleichzeitig den Geräuschen lauschte, die Levi beim Hantieren in ihrer – seiner – Küche machte. Ein Stapel Metallbehälter war aufgetaucht, deren Inhalt er in Schüsseln umfüllte. Der Wasserhahn lief, und dann hörte sie das Gleiten eines Messers durch Gemüse. Charlotte wandte ihre Aufmerksamkeit den Kameraaufnahmen zu, warf jedoch hin und wieder einen verstohlenen Blick in Levis Richtung und dachte darüber nach, dass sie ihn zwar niemals hierher eingeladen hätte, es jedoch als eigenartig angenehm empfand, ihn im Haus zu haben. Sie war noch nie jemandem begegnet, dem sie sich so authentisch und ungefiltert präsentieren konnte wie ihm. Ihre Ungezwungenheit gegenüber Levi war von Anfang an da gewesen, ein Impuls, der sich nicht unterdrücken ließ. Nun stellte Charlotte verwirrt fest, dass die stumme Nähe ihres Gastgebers gleichermaßen aufwühlend und beruhigend auf sie wirkte.

Nach einer halben Stunde rief Levi sie zum Küchentisch, auf dem er Teller mit gezupftem Entenfleisch in Tamarindensoße und Wassermelone, Hähnchenspießen, scharfen grünen Bohnen und in Bananenblätter gewickeltem süßen Kokosreis bereitgestellt hatte. Es seien typisch tuganische Gerichte, erklärte er. Der vom Hurrikan erzwungene Stillstand biete eine gute Gelegenheit, sich in Ruhe hinzusetzen und die einheimische Küche zu genießen. Schließlich müssten sie heute nirgendwo mehr hin.

»Eine Avocado ist keine Mahlzeit. Annie Goss kocht mehr als Sie.«

»Ich bin eben sehr beschäftigt«, verteidigte sich Charlotte.

»Wenn man zu beschäftigt ist, um sich zu einem anständigen Abendessen hinzusetzen, stimmt etwas nicht.«

»Das hier ist aber kein Abendessen, sondern ein richtiges Festmahl. Wer hat das alles für uns gezaubert?«

Levi legte ihr mit einer Zange einen Hähnchenspieß auf den Teller. »Es mag Sie verwundern, Dolittle, aber ich habe durchaus noch mehr vorzuweisen als nur ein hübsches Gesicht.« Das Funkeln in seinen Augen verriet, wie stolz es ihn machte, Charlotte überrascht zu haben. Hübsch ist gar kein Ausdruck, dachte sie.

Die Ente stammte aus dem Moschaw und das Hähnchen von einem Bauern auf der Ostseite der Insel, bei dem Charlotte bereits einen Hausbesuch gemacht hatte und der sie seither genau wie einige seiner Kollegen mit Eiern versorgte. Der Reis sei eine Mogelpackung, gestand Levi, der müsse nach Tuga importiert werden. Seine Tamarindenschoten klaue er immer von Marys riesigem alten Tamarindenbaum, gleich hinter der Mauer. Charlotte war begeistert und nahm sich von allem nach.

»Das Essen ist absolut köstlich«, sagte sie ernst. »Wollen wir uns nicht langsam mal duzen? Wer hat dir beigebracht, so zu kochen?«

»Ach, das Essen ist ganz okay, nichts Besonders. Mein

Vater kocht viel. Warum? Wer hat *dir* beigebracht, Toast auf der Straße zu essen?«

Charlotte musste plötzlich lachen. »Du hast gerade exakt meine Mutter beschrieben. Sie stürzt morgens mit einem halben englischen Muffin in der Hand zur Tür hinaus – ›Ciao, Darling, bis später!‹ Unsere Haushälterin kocht an den meisten Abenden, sonst würde sie sich wohl nie zum Essen an einen Tisch setzen.«

Charlotte versuchte vergeblich, sich ihre Mutter auf der Insel vorzustellen. Tuga war kein Ort für Pashmina-Schals und Kitten-Heels, für Mode von Nicole Farhi, Saftkuren und gestärkte weiße Blusen. Ihre Mutter hatte eine Sonnenphobie, weil sie deren hautalternde Wirkung fürchtete, und mochte rustikal nur in Verbindung mit Substantiven, die es im Grunde ad absurdum führten: rustikaler Chic, rustikaler Luxus. Charlotte kam plötzlich ein Gedanke.

»Bin ich deinen Eltern eigentlich schon begegnet?«

»Keine Ahnung, Dolittle, sag du es mir. Warst du schon drüben auf Conch?« Levi nahm die übrig gebliebenen Bananenblätter von Charlottes und seinem Teller, wischte sie sauber und fing an, sie in Streifen zu reißen.

»Was, wohnen die beiden etwa dort?«

»Ja. Sie sind vor ungefähr zehn Jahren dorthin übergesiedelt. Sie mögen es ruhig.«

»Noch ruhiger als Tuga?«

»Sehr witzig, Dolittle. Verglichen mit Conch ist das hier eine lärmende Großstadt. Es fängt schon damit an, dass du zu Fuß von deiner Haustür in den Ort kommst. Und der nächste Nachbar ist auch nicht allzu weit weg. Schrei lang genug, und dich wird wahrscheinlich jemand hören.« Levi nahm die Blätterstreifen und machte sich mit konzentriertem Gesichtsausdruck unter dem Tisch an ihnen zu schaffen.

»Das will man doch auch erreichen, wenn man schreit, oder?«

Levi richtete sich wieder auf und warf ein kleines, aus Bananenblättern gewobenes Kästchen in ihren Schoß. Dann stand er auf und fing an, den Tisch abzuräumen.

»Könntest du überhaupt richtig schreien, Dolittle? Oder bist du dafür zu zugeknöpft?«

Charlotte ignorierte die Frage. »Wie ist es auf Conch Island? Ich habe schon darüber gelesen, aber es klingt ganz schön schräg, wie die Leute dort leben. Wie kann einem denn Tuga nicht abgelegen genug sein? Ist die einsamste Insel der Welt wirklich so hektisch, dass man sich eine noch kleinere Insel suchen muss?« Beim Sprechen drehte sie das hellgrüne Körbchen in ihren Händen, überrascht davon, wie kunstvoll es gewebt war und mit welcher Leichtigkeit Levi es fabriziert hatte.

Er stellte seinen Geschirrstapel neben der Spüle ab und begann, die Teller und Schüsseln abzuwaschen, während er sich über die Schulter hinweg mit ihr unterhielt. Der laufende Wasserhahn verstärkte noch das Tosen des Sturms, und Charlotte musste die Ohren spitzen, um ihn zu verstehen.

»Fünfundzwanzig Menschen leben ganzjährig dort, ohne fließend Wasser oder Strom. Alles gehört der Gemeinschaft, auch die Tiere. So war es auf Tuga anfangs auch. Geld ist nicht erlaubt auf Conch, nur Tauschhandel. Für mich wäre das nichts, aber meine Alten stehen drauf. Sie wären schon viel früher nach Conch gezogen, wenn Maia und ich nicht in die Schule gemusst hätten. Hör mal,

Dolittle, ich spüle hier schnell zu Ende, und dann füllen wir das Becken mit sauberem Wasser, für den Fall der Fälle. Stell also bitte nichts Schmutziges mehr hinein.«

»Okay. Conch Island klingt komplett verrückt. Sind die Tiere dort wenigstens geimpft? Findest du nicht auch, dass so eine Aussteigergemeinde irgendwie faszinierend ist?«

»Dolittle, du redest über meine Eltern. Das ist hier kein Anthropologie-Seminar oder so was.«

»Du hast recht, tut mir leid.«

Levi wurde nachgiebiger, als er ihr reuevolles Gesicht sah. »Meine Eltern sind ganz normal – zufrieden, schweigsam, häuslich. Dad ist Tischler, und meine Mutter bewirtschaftet mit ihren Freundinnen die Gärten und Felder. Aufrechte Bürger, Feinschmecker, zwanghafte Backgammon-Spieler. Gute Menschen. Mit anderen Worten: das genaue Gegenteil von mir.«

»Du bist auch ein guter Mensch!«, protestierte Charlotte. Ihr wurde erst jetzt bewusst, wie felsenfest sie davon überzeugt war. Levi hatte etwas Unverfälschtes, Unverdorbenes an sich, schien unfähig zu sein, sich zu verstellen. Sein weiches Herz war immer spürbar, wie sehr er sich auch als ungehobelter Macho präsentierte. Sie vertraute ihm blind.

»Danke, Dolittle, aber gib dir keine Mühe. Meine Eltern lieben mich zum Glück, wie ich bin, auch wenn ich keinen Doktortitel in Molchwissenschaften mit nach Hause gebracht habe. Wie ist es bei dir? Sind deine Eltern auch solche Überflieger wie du?«

Charlotte sammelte die Gläser ein, brachte sie zur Spüle und lehnte sich neben Levi an die Küchentheke, während er die sauberen Teller wegräumte. Sie überlegte, ob sie ihre üblichen Anekdoten aus dem Ärmel ziehen sollte, um zu illustrieren, was für ein außergewöhnlicher Mensch Lucinda war und mit wie viel Hingabe sie die Tatsache kompensiert hatte, dass sie zu Hause nur zu zweit gewesen waren. Doch zum ersten Mal in ihrem Leben empfand Charlotte die Auslassungen in diesen Anekdoten als die Unwahrheiten, die sie tatsächlich waren. Bei Levi hatte sie nie das Bedürfnis, ihre Gedanken umzumodeln und akzeptabler zu machen, bevor sie sie laut aussprach. Sie liebte ihre Mutter mit einer Verzweiflung, die manchmal an Panik grenzte, erkannte jedoch inzwischen, dass ihre Mutter-Tochter-Beziehung nicht so war, wie sie hätte sein sollen.

»Ich habe immer Angst davor, meine Mutter zu verärgern. Statt ihr zu sagen, dass ich nach Tuga gehe, bin ich einfach davongelaufen.«

»Eine erwachsene Frau braucht doch nicht die Erlaubnis ihrer Mutter, um einen Job anzunehmen. So sehe ich das jedenfalls.«

»Tja, das sollte man meinen, aber genau das ist der springende Punkt: Ich bin mir nicht sicher, ob meine Mutter wirklich weiß, dass ich erwachsen bin. Vielleicht weiß ich es selbst nicht. Weil ich als Doktorandin kein Geld verdient habe und meine Mutter dieses riesige, halb leer stehende Haus bewohnt, kam es mir irgendwie unpraktisch vor, auszuziehen und mir eine eigene Wohnung zu suchen. Inzwischen denke ich … Ach, ich weiß auch nicht. Ich glaube, wir haben uns beide keinen Gefallen damit getan. Und mein Vater … Das ist noch mal eine ganz andere Geschichte.«

Levi trocknete sich die Hände ab und holte eine Schüssel Litschis aus dem Kühlschrank. Charlotte hatte die Früchte von einer Familie geschenkt bekommen, deren Hund sie behandelt hatte, nachdem er in eine Glasscherbe getreten war. Levi ging damit zum Sofa, legte die Füße auf den Wohnzimmertisch und sah sie an. Sie beobachtete, wie er jede Litschi-Schale mit den Zähnen aufbiss, um sie zu entfernen.

»Falls du es noch nicht bemerkt hast: Ich gehe nirgendwohin, du hättest also genügend Zeit, mir alles zu erzählen. Könntest du mir vorher noch irgendwas für die Schalen bringen?«

Charlotte gab ihm einen Teller für den wachsenden Berg, den er auf seinen Knien balancierte.

»Na ja«, begann sie zögernd. »Ich war mein ganzes bisheriges Leben davon besessen, meinen Vater zu finden, habe versucht, aus jeder kleinen Äußerung meiner Mutter Hinweise herauszulesen. Dabei stand mir immer ein bisschen dieses Gefühl im Weg, zurückgewiesen worden zu sein. So nach dem Motto: Er wollte mich nicht, also scheiß auf ihn. Es kann immer noch sein, dass er ganz schrecklich ist, keine Ahnung, aber ich halte ihn heute nicht mehr für den großen Bösewicht in dieser Geschichte. Es hat sich nämlich herausgestellt, dass meine Mutter ihm nie von meiner Existenz erzählt hat. Rückblickend weiß ich selbst nicht mehr, wie ich je vom Gegenteil ausgehen konnte. Sie ist der ultimative Kontrollfreak. Wenn noch jemand mit im Familienboot gesessen hätte, hätte sie mich teilen müssen und nicht allein über mich verfügen können. Es ist also eigentlich vollkommen logisch, dass sie meinem Erzeuger nichts von ihrer

Schwangerschaft erzählt hat. Ganz schön naiv von mir, das nicht zu kapieren.«

»Wieso naiv?«, fragte Levi leise. »Sie hat dir offenbar dein ganzes Leben lang weisgemacht, dass er dich nicht wollte. Warum sollte ein Kind davon ausgehen, dass ein Erwachsener lügt? Für dich war es eine Tatsache.«

Charlotte, die sich seit jener schrecklichen Weihnachtsfeier Vorwürfe wegen ihrer Blauäugigkeit machte, blickte überrascht auf. Unerwartet stieg Dankbarkeit in ihr auf. »Stimmt«, sagte sie. Levi hatte vollkommen recht.

»Redet sie jetzt offener mit dir? Hat sie dir mehr über ihn erzählt?«

Charlotte schüttelte den Kopf. »Nichts. Weder, ob es sich um eine jahrelange Beziehung oder einen One-Night-Stand gehandelt hat, noch, was er beruflich macht, wie er aussieht oder wo er herkommt. Gar nichts. Sie ist sofort in die Defensive gegangen, hat sich verwundert darüber gezeigt, dass ihre Lüge so eine große Sache für mich ist. Das bisschen, was ich weiß, habe ich mir selbst zusammengereimt. Als ich noch klein war, habe ich sie mal gefragt, ob mein Vater aus London ist, und sie hat geantwortet: ›Er kommt aus einem Ort, der so weit weg ist, wie es nur geht.‹ Bei einem anderen Gespräch hat sie gesagt: ›vom Ende der Welt.‹«

Levi bot ihr eine geschälte Litschi an. Charlotte nahm sie und hielt mit der Frucht vor ihrem Mund inne.

»Ich habe das vorher noch nie jemandem erzählt. Du hältst mich bestimmt für vollkommen verrückt.«

»Weil du glaubst, dass er aus Tuga de Oro stammt?«

Charlotte setzte sich aufrechter hin. »Woher weißt du, dass ich das sagen wollte?«

»Du suchst hier irgendwas Bestimmtes, Dolittle, das habe ich von Anfang an gespürt. Du bist ruhelos.«

»Ich bin nicht ruhelos!«

»Das war nicht abwertend gemeint. Wir haben alle unser Päckchen zu tragen, glaub mir.«

Sie biss in die Frucht und legte den glänzenden Kern auf dem Teller mit den Schalen ab. Dann ließ sie sich nach hinten in die Sofakissen sinken und schloss die Augen.

»Das Problem ist, dass das Fundament für meine Theorie so wacklig ist. Meine Mutter behauptet, ich wäre ›darauf fixiert, eine eigentlich glückliche Kindheit mit meinen heteronormativen Vorstellungen zu überlagern‹, und würde damit ›aktiv zur eigenen Unterdrückung durch das Patriarchat beitragen‹. Ihrer Meinung nach sollte *ein* liebender Elternteil für jedes Kind genügen.«

»Davon habe ich kein einziges Wort verstanden. Sprich Englisch mit mir, Dolittle.«

»Sorry. Mit solchen Argumenten will sie erreichen, dass ich klein beigebe. Dabei versuche ich nur, mit meiner neuen Realität klarzukommen. Die da lautet: ein liebender Elternteil, keine väterliche Zurückweisung, nur neutrale Abwesenheit. Er hat nie von mir erfahren. Sagt sie zumindest. Andererseits meine ich mich dunkel daran zu erinnern, dass wir mal Besuch zum Tee hatten, als ich noch ganz klein war. Ich glaube, ich war damals vier oder fünf, keine Ahnung. Es gibt also vielleicht noch mehr Lügen. Ich weiß einfach nicht mehr, was ich glauben soll.«

Sie verstummte und versank in ihren Erinnerungen. Lucinda hatte damals eine oder mehrere Personen bei sich empfangen, und irgendjemand hatte der kleinen Charlotte eine glatt geschliffene Walnuss überreicht, in deren Inneren sie das kleinste Puppenhaus entdeckt hatte, das sie je gesehen hatte, mitsamt einer winzigen Schildkröte. Dann war die Wohnzimmertür zugegangen, und ein Kind, das sonst unter ständiger liebevoller Aufsicht stand, hatte eine selige Stunde allein am Küchentisch verbracht und eine ganze Welt im Inneren einer Nussschale erfunden.

»Ich weiß nur noch, dass mir damals jemand ein Spielzeug geschenkt hat, gegen das meine Mutter eine merkwürdige Abneigung entwickelt hat. Ständig hat sie versucht, es wegzuwerfen. Warte kurz.« Charlotte verschwand im Badezimmer und kehrte mit der glänzenden Walnuss zurück, die sie Levi in die Hand drückte.

»Ich dachte früher immer, *Tuga* wäre der Name der kleinen Schildkröte, weil dieses Wort zwischen die Scharniere geritzt ist. Da, siehst du? Und dann saß ich viele Jahre später in einer Vorlesung über Agrarwirtschaft auf abgelegenen Hochseeinseln, in der auch Tuga de Oro vorkam. Dadurch wurde ich wieder an … diese Walnuss erinnert. Ich bewahre sie schon seit Jahren in meinem Kulturbeutel auf. Als ich meine Mutter auf Tuga angesprochen habe, hat sie anfangs behauptet, sie hätte noch nie von der Insel gehört. Dann ist sie völlig ausgeflippt und hat sich darüber ausgelassen, was für ein heruntergekommener Ort das sei, total schrecklich – kein vernünftiger Mensch würde jemals auf die Idee kommen, dorthin zu reisen. Es war absurd. Warum sollte sie derart über eine ihr unbekannte Insel herziehen? Das konnte eigentlich nur bedeuten, dass sie mich mit allen Mitteln abzuschrecken versuchte. Manchmal glaube ich, dass mein Vater das mit mir doch irgendwie herausgefunden hat und derjenige war, der damals bei uns zu Besuch war.«

Levis raue Finger fanden sofort den Verschluss. Die Walnuss lag offen in seiner Handfläche, und er betrachtete sie lange, ohne ein Wort zu sagen.

»Und, wie findest du sie? Wunderschön, oder? Bei mir hat dieses Geschenk die Vermutung ausgelöst, dass mein Vater vielleicht eine besondere Vorliebe für Schildkröten hat.«

Levi gab ihr die Walnuss zurück. Plötzlich stand er auf und eilte immer zwei Stufen auf einmal nehmend die Treppe hinauf ins knarrende, bettlose Obergeschoss.

»Ich dachte, heute Nacht soll niemand dort hinauf!«, rief Charlotte.

»Nein, ich habe gesagt, dass *du* heute Nacht nicht hier heraufsollst!«

Levi kam mit einem Schuhkarton zurück, den er Charlotte vorsichtig auf den Schoß legte. Sie hob den Deckel ab.

In dem Karton waren mehrere weiße Schmuckkästchen aus Pappe gestapelt, die jeweils – innerhalb eines Nests aus sauberer Schafwolle – eine Walnuss enthielten. Die Walnüsse waren glatt poliert und mit Scharnieren versehen und gaben genau wie Charlottes Exemplar den Blick auf eine Miniaturwelt frei. In einer lebte eine Maus, in einer anderen ein Esel mit Halstuch, gleich mehrere wurden von Schildkröten bewohnt. Auf jeder Nuss stand in winzigen Buchstaben das Wort *Tuga*. Charlotte blickte ungläubig zu Levi auf.

»Aber … Aber du kannst meine Walnuss nicht geschnitzt haben, das ist unmöglich! Ich habe sie schon, seit ich ein kleines Mädchen war. Es kann also gar nicht sein, dass …«

»Mein Vater.«

»Dein Vater hat sie geschnitzt? Warte mal … Levi, wie soll das vor sich gegangen sein? Verkauft er diese Walnüsse in London? O Gott, hatte er vielleicht eine Affäre mit meiner Mutter und ist später noch mal wiedergekommen, um mir dieses Spielzeug zu schenken?«

Levi lachte. »Keine Panik, Dolittle, ich bin nicht dein Bruder. Es gibt auf der ganzen Welt keinen ehrlicheren, treueren Mann als Vitali Mendoza. Zumal mein Vater gar keinen Pass besitzt, er hat Tuga sein Leben lang nicht verlassen, es sei denn, man zählt Conch Island mit. Nein, mein Dad schnitzt diese Dinger für den Bauernmarkt und den Souvenirladen – einheimisches Kunsthandwerk und so. Er verkauft sie nicht im großen Stil. Exportware aus Tuga ist nicht gerade ein Verkaufsschlager, von Briefmarken und Fisch mal abgesehen. Wenn du ihn darum bitten würdest, würde er dir sofort eine zweite Walnuss schnitzen. Rebecca hat er eine mit einem Ferkel geschenkt.«

»O Gott«, wiederholte Charlotte. Sie konnte den Blick nicht vom Inhalt des Schuhkartons abwenden. Das Ganze kam ihr vor wie ein Traum. Sie ließ ihre Finger über die Miniaturen gleiten. So winzig sie waren, sie bildeten einen weiteren Beweis für Charlottes Verbindung zu dieser Insel. Ihr Herz begann heftig zu schlagen, ein Gefühl des Triumphs erfasste sie. Sie rückte der Wahrheit immer näher, das spürte sie. Ihre Intuition hatte sie nicht getrogen.

»Ich sage nicht, dass euer damaliger Besuch aus Tuga kam, aber wer auch immer dir die Walnuss geschenkt hat, war schon mal auf der Insel. Das kannst du gern zu deiner Liste mit Hinweisen hinzufügen. Allerdings solltest du bedenken, dass die meisten Tuganer sterben, ohne je ihre

Heimat verlassen zu haben, es gibt nicht viele, die es sich leisten können zu reisen. Ist es nicht wahrscheinlicher, dass die betreffende Person als Tourist hier war und die Walnuss als Andenken gekauft hat?«

»Vielleicht. Ich weiß es nicht. Unglaublich, dass dein Vater mein absolutes Lieblingsspielzeug geschnitzt hat! Jetzt mal im Ernst: Ich hüte diese Walnuss seit meiner Kindheit wie einen Schatz, sie ist einer der Gründe dafür, dass ich mich in Schildkröten verliebt habe. In gewisser Weise hat mich … hat mich dein Vater hierhergeführt.«

Sie sahen sich in die Augen und lächelten. Dann zischte es plötzlich, und das Haus versank in tiefschwarzer Dunkelheit.

32

Charlotte saß ganz still da und wartete.

Der Deckenventilator über ihnen wurde langsamer und blieb dann vollends stehen, woraufhin es im Raum sofort wärmer wurde. Sie konnte ihre Hand nicht mehr vor Augen sehen – und zwar buchstäblich, wie ihr aufging, als sie es versuchte. Die kosmische Finsternis dauerte jedoch nur ein paar Sekunden, weil Levi eine kleine Taschenlampe hervorkramte und sich mithilfe ihres schwachen Lichtstrahls in die Küche vortastete. Als sie aufstand, um auch ihren Beitrag zu leisten, bedeutete er ihr, sitzen zu bleiben. Kurz darauf hatte er Kerzen aus der Vorratskammer geholt und zündete sie in Gläsern und Kerzenhaltern im ganzen Raum an. Jedes Mal, wenn er sich in einen der warmen Lichtkegel hineinbewegte, wurde er kurzzeitig sichtbar, bevor er wieder im Dunkeln verschwand. Trotz der Sturmplatten vor den Fenstern herrschte ein leichter Windzug und brachte die Kerzen zum Flackern.

»Jetzt machst du eine authentische tuganische Erfahrung.«

»Wann geht der Strom wieder?«

»Gar nicht. Wenn wir Glück haben, bekommen sie die defekte Leitung bis morgen repariert, vielleicht auch erst bis übermorgen. Du wirst ein Weilchen warten müssen, bis du dich wieder …«, er setzte sich neben sie und richtete den Lichtstrahl seiner Taschenlampe auf den Papierstapel zu ihren Füßen, »... der *Verbesserten Schätzung der Populationsdichte unter Einbezug von Fernmesstechnik* widmen kannst. Verrate mir bitte nicht, wie es ausgeht, ich wills mir für meinem Buchclub aufsparen. Du meine Güte!«

Charlotte lachte und stieß ihn mit gespielter Empörung von sich weg, wobei ihre Hand an seinem Unterarm verharrte und irgendwie in seine Hand glitt. Sie hielt die Luft an.

Levi blickte auf ihre miteinander verschränkten Finger. Charlotte folgte seinem Blick und sagte leise: »Ich bin froh, dass du hier bist.«

Diese Aussage gab nur ungenügend wieder, was sie empfand.

Sein rauer Daumen zog langsame Kreise über ihre Handfläche. Er hat wunderschöne Hände, dachte sie und erinnerte sich plötzlich lebhaft an all die Stellen ihres Körpers, an denen diese Hände sie in ihren Tagträumen berührt hatten. Doch als Levi anfing, sich ihr zu nähern, legte sie ihm ihre flache Hand auf die Brust, eine instinktive Geste, gleichzeitig intim und Distanz wahrend. Ihre Gedanken rasten.

»Warte. Erzähl mir ... Erzähl mir mehr über das, was du gerade gesagt hast. Erzähl mir mehr über deine Eltern!«

Levi raufte sich die Haare und stöhnte. Er stand abrupt auf und bewegte sich von ihr weg, eine Entfernung, die Charlotte körperlich schmerzte.

»*Guay de mi,* du machst mich fertig, Dolittle.« Er warf sich auf der anderen Seite des Couchtischs auf den Boden, einen Arm übers Gesicht gelegt, als würde ihn die Sonne blenden. »Willst du wirklich, dass wir mit so was unsere Zeit vergeuden? Mit dem Nachzeichnen von

Familienstammbäumen?« Als sie ihm nicht antwortete, fuhr er fort: »Keine Ahnung, meine Eltern sind ganz solide Leute. Wenn ich als Kind etwas falsch gemacht habe, standen sie immer auf meiner Seite und haben an mich geglaubt. Bedingungslose Liebe.«

Charlotte lehnte sich in den Schatten zurück, während er redete, damit er ihr Gesicht nicht sah. »Du hast Glück«, sagte sie nach langem Schweigen.

Levi räusperte sich. »Na ja, ich will dir nichts vormachen. Was ich über die Liebe weiß, passt in eine dieser Walnussschalen.« Er schloss die Augen, und Charlotte fragte sich, ob er vorhatte, dort auf dem Boden einzuschlafen. Sie wollte nicht, dass er sich zurückzog. Sie wollte nicht, dass er sich noch weiter von ihr entfernte.

Nachdem sie so lange die Luft angehalten hatte, wie sie konnte, ließ sie sie wieder entweichen. Dann stand sie auf, ging um den Wohnzimmertisch und setzte sich leise auf den Boden. Er rührte sich nicht. Nach einem Moment des Zögerns legte sie sich neben ihn, flach auf den Rücken, genau wie er. Zusammen starrten sie in die Dunkelheit hinauf, als würden sie Sterne beobachten. Sie spürte seine nackte Schulter neben sich, auch wenn sie sich nicht berührten. Die Luftfeuchtigkeit hatte zugenommen.

»Du hättest mir ruhig sagen können, dass du für heute Nacht dein Haus zurückbrauchst. Dann wäre ich woanders hingegangen.«

»Tut mir leid, dass ich dich um einen Vorwand gebracht habe, bei Zekri unterzuschlüpfen.«

»Das hatte ich damit nicht gemeint, und das weißt du auch.«

Levi rollte sich auf die Seite und stützte sich auf den

Ellbogen, um auf sie hinunterzublicken. Sie sah ihn an, ohne sich zu bewegen. Er roch nach Wacholder und Holzrauch, seine Haare waren immer noch feucht vom Regen. Reglos betrachtete er ihr Gesicht und wartete, ein Fragezeichen in den Augen.

Charlotte spürte die Antwort ihres Körpers, unmissverständlich und allumfassend. Sie streckte die Hand nach Levi aus, zog ihn zu sich herunter und musste vor lauter Freude und Befreiung laut lachen, als er sie endlich küsste. Unter ihrer Hand fühlte sich sein Rücken an wie sonnenwarmer Stein. Seine Finger berührten erst ihre Wange und wanderten dann zu ihrem Nacken. Plötzlich wurde nachdrücklich an die Haustür geklopft. Kurz darauf flog sie mit einem Knall auf, als hätte jemand von außen dagegen getreten. Der grellweiße Strahl einer großen Taschenlampe fiel auf den Wohnzimmerboden, und Charlotte setzte sich geblendet auf und hielt sich den Arm vor die Augen.

»Charlotte! Alles in Ordnung bei dir?«

Levi sprang auf.

»Hier ist alles bestens, *haver.*«

Charlotte rappelte sich ebenfalls auf und trat hinter ihm hervor.

»Dan? Was machst du denn hier?«

»Ich dachte, du wärst vielleicht in Panik geraten, als der Strom ausfiel, und ich wusste nicht, ob jemand dir … Hätte ich geahnt, dass du in derart … äh … *kompetenten Händen* bist, hätte ich mir natürlich keine Sorgen gemacht.«

War das etwa ein höhnisches Grinsen auf seinem Gesicht? Charlottes Wangen brannten. Voller Scham stolperte sie von Levi weg, ging gut sichtbar auf Abstand zu ihm.

»Niemand ist hier in irgendwelchen Händen, Zekri. Das ist mein Haus. Ich bin nur in meinem Haus, sonst nichts. Was ist deine Ausrede? Wenn ich mich recht erinnere, warst du derjenige, der mit dem Megafon auf der ganzen Insel unterwegs war und uns eingetrichtert hat, dass wir während des Sturms nicht draußen herumfahren dürfen.«

»Ich bin der Inselarzt, ich habe eine Fürsorgepflicht.«

»Hier ist aber niemand, der deine Fürsorge braucht.«

»Das sehe ich.«

Der Sturm gab ein gotisch anmutendes Heulen von sich, und Charlotte duckte sich in den Schatten zwischen Küche und Sofa.

»Geh lieber nicht mehr raus, da draußen ist es gefährlich«, stieß sie hervor. Ihre Wangen fühlten sich glühend heiß an.

»Er hat es auch unbeschadet hergeschafft«, erwiderte Levi, während Dan gleichzeitig verkündete: »Ich fahre dann mal wieder zurück.«

Er knallte die Tür hinter sich zu und verschwand.

Charlotte sah Levi dabei zu, wie er dem Lichtschein seiner Taschenlampe durch den Raum folgte und eine Kerze nach der anderen ausblies, mit steinernem Gesicht. Sie ließ sich langsam aufs Bett sinken und beobachtete den tanzenden Lichtkreis dabei, wie er sich zum Sofa bewegte. Dann hörte sie ein Knarren, als Levi sich hinlegte. Eine Sekunde später erlosch das letzte Licht, und es wurde schwarz im Raum. Sie stand auf, blieb zögernd stehen. Levi sagte leise: »Ich weiß nicht, was für ein Spiel du hier spielst, Mädchen, aber ich glaube, ich steige an dieser Stelle aus.«

Charlotte legte sich wieder hin, verwirrt und verzweifelt. Ein bisher ungekannter Herzschmerz erfasste sie. Als sie am nächsten Morgen aufwachte, hatte sich der Wind gelegt. Der Himmel war wolkenlos, und Levi war verschwunden.

33

Am Anleger war das Konzert der *Brassy Ladies* in vollem Gange – die Spencer-Schwestern bliesen in ihre Kornette, und Miss Moz ließ überschäumend und ausdrucksvoll ihr Waldhorn ertönen. Die Kinder standen mit Servierplatten voller Feigengeleewürfel bereit und hatten sich mehr oder minder erfolgreich zurückgehalten, auch wenn es hier und da eine Lücke in den konzentrisch angeordneten Leckereien gab, die den Zahnlücken der kleinen Überbringer glichen. Rebecca Lindo-Smith war dazu auserkoren worden, Frangipani-Blüten zu streuen. Auch in den Haargummis ihrer geflochtenen Zöpfe steckte je eine Blume, denn Walter hatte in den letzten Monaten erhebliche Fortschritte gemacht, was seine Frisierkünste anging. Annie und Alex waren fest entschlossen, Marianne zu beweisen, dass man es auch ohne den Besuch eines englischen Internats zu Wohlstand bringen konnte. Sie hatten einen Stand aufgebaut, an dem sie selbst gemachte Postkarten verkauften, liebevoll vorgezeichnet und ausgemalt, gekrönt von dem Schriftzug: *Wilkommen auf Tuga de Oro – dem besten Oat der Welt!!!!*

Elsie hatte ihre Zollkontrolle an Bord des Schiffes inzwischen beendet. Es war Anfang Dezember, und der Himmel war strahlend blau, die Wärme angenehm und die unerträgliche Feuchtigkeit der letzten Monate kaum noch vorstellbar. Das erste Tenderboot hatte angelegt, und seine Passagiere machten sich daran, an Land zu gehen. Island Open hatte offiziell begonnen.

Während die am Hafen Wartenden noch »*What ho!*« riefen, sah man Dan Zekri plötzlich über die hölzerne Absperrung springen und den Kai entlangrennen. In der Menge wurde getuschelt, schließlich war es der junge Inselarzt, der sich da gerade über alle Regeln hinwegsetzte. Aber Lusi Zekri, die ganz vorne stand, spürte auch eine gewisse Nachsicht unter den Zuschauern – die meisten von ihnen schienen dem Gefühlsüberschwang, der aus seinem Verhalten sprach, wohlwollend gegenüberzustehen. Alle waren neugierig auf diese Katie Salmon und spekulierten darüber, welcher Wind nach ihrem Eintreffen im Haus des zukünftigen Chief Medical Officer von Tuga de Oro wehen würde.

Dan erreichte unterdessen das Ende des Kais, wo ihm eine junge Frau mit grellpinkem Rucksack in die Arme flog. Das ist sie also, dachte Lusi. Der Moment der Wahrheit war gekommen. Sie hatte sich schon vor längerer Zeit vorgenommen, jedes Mädchen, das Dan mit nach Hause brachte, in ihr Herz zu schließen, egal, wie es aussah oder auftrat. Und hier bot sich nun endlich Gelegenheit, diesen Vorsatz in die Tat umzusetzen. Sie verlagerte ihre Handtasche von einem Arm zum anderen und spähte angestrengt unter ihrem Sonnenhut hervor, um ihre zukünftige Schwiegertochter eingehend zu mustern.

Katie war auffallend klein, sie reichte Dan nur knapp bis über die Schulter. Ihre feinen hellbraunen Haare waren zu einem praktischen Pferdeschwanz zurückgebunden, den ihr die Meeresbrise über die Wange blies. Sie war ungeschminkt, hatte eine makellose Haut und große, neugierig aufgerissene Augen. Lusi beobachtete, wie sie sich umdrehte und mühelos eine riesige Reisetasche hochhob. Wie es sich gehörte, versuchte Dan sofort, ihr zu helfen, doch es gelang ihm erst, nachdem Katie mit ihrem Rucksack und dem Ungetüm von Reisetasche eine erstaunlich lange Strecke auf dem Kai zurückgelegt hatte. Eine unabhängige Frau, dachte Lusi anerkennend.

Die beiden kamen näher. Katie trug ein weißes Baumwollhemd, helle Jeans und abgenutzte Wanderstiefel mit lila Glitzerschnürsenkeln. Dan führte sie sofort zu seiner Familie, und Katie schien bei jedem Schritt fröhlich zu federn, trotz des schweren Rucksacks. Und dann spürte Lusi, wie sich dünne, starke Arme um sie schlangen. Sie war selbst nicht besonders groß und begegnete nur selten erwachsenen Frauen, die noch kleiner waren als sie. Verdutzt erwiderte Lusi die Umarmung, bevor Katie sie wieder losließ und sich die rosa Sonnenbrille in die Haare schob.

»Ich bin so froh, endlich hier zu sein! O Mann, Sie sehen ja genau aus wie Dan! Wie schön!«

»Ach, *kerida.*« Lusi wurde plötzlich von ihren Gefühlen überwältigt. Ihre Stimme zitterte, als sie fortfuhr: »Wir sind sehr glücklich, dich hierzuhaben! Du kannst dir gar nicht vorstellen, wie sehr! War das deine erste Schiffsreise? Ich habe gehört, du bist gar nicht seekrank geworden!«

»Ja, es war mein erstes Mal«, antwortete Katie. »Die Überfahrt war toll! Der Beginn meines Abenteuers.« Sie sah sich zur Harbour Street um und fing an, nacheinander auf die Läden zu zeigen und ihre Namen, ihr Warenangebot und ihre Inhaber aufzuzählen. »Ich habe mich schlaugemacht«, erklärte sie, als Lusi ihre Bewunderung und

Überraschung zum Ausdruck brachte. »Zu Hause habe ich mir eine Karte ausgedruckt, die Dan mir beschriften musste.«

»Katie hat gern alles im Griff«, erklärte Dan und streckte die Hand aus, um eine wehende Strähne hinter Katies Ohr zu streichen. Gerührt stellte Lusi fest, dass auch er Tränen in den Augen hatte. Dann stimmte die Blaskapelle *It's a Long Way to Tipperary* an, und Katie bekam die Geleewürfel angeboten und einen Blumenstrauß überreicht. Die Ungezwungenheit und das Selbstvertrauen, mit dem sie sich zu jedem Kind hinunterbeugte, erinnerten Lusi an Prinzessin Diana. Katie hatte eine reizende, freimütige Art, die gut zu ihrem offenen Gesicht passte. Alles an ihr wirkte natürlich und unverstellt.

Nach einer Weile zog Dan seine Verlobte von ihren kleinen Fans weg, und Lusi folgte den beiden durch die Menge zum Up Yard, wo Dan das Auto geparkt hatte.

»Ich habe euch eine Hühnersuppe und ein bisschen Fufu vorbeigebracht, dazu Chejados in einer Keksdose«, sagte Lusi zu Katie, als sie beim Wagen ankamen. Dann verabschiedete sie sich. Ihre zukünftige Schwiegertochter sollte sich willkommen fühlen, aber sie wollte dem jungen Paar, das so viele Monate getrennt gewesen war, auch ein wenig Zeit für sich geben.

Katie wirkte aufrichtig enttäuscht und erklärte, sie sei davon ausgegangen, dass sie zuerst zu Lusi nach Hause fahren würden. Es sei schließlich Inseltradition, zuerst die Eltern des zukünftigen Ehepartners mit einem Besuch zu beehren. »Außerdem haben Dan und ich doch ab heute jeden Tag zusammen«, fügte sie hinzu und hielt Lusi die Beifahrertür auf. »Ich würde daher sehr gern mit zu Ihnen kommen! O Gott, es ist genauso schön hier, wie ich es mir vorgestellt hatte. Ich bin wirklich gesegnet!«

Auch Lusi fühlte sich gesegnet, was sonst nur selten der Fall war.

Dan hatte seiner Mutter bisher nur wenige Informationen über Katie geliefert, Lusi wusste nur, dass sie Physiotherapeutin war und Kitesurfen liebte, was auch immer das für ein Sport war. Sie war noch jung, diese Frau, die endlich das wachsame Herz ihres Sohns erobert hatte. Der Altersunterschied hatte ihr zunächst ein wenig Sorgen gemacht, aber seine vorherigen Freundinnen – diese Camilla oder Laura oder diese andere, von der sie den Namen nicht mehr wusste – hatten sich überhaupt nicht gut angehört. Auf dem Papier mochten sie besser zu Dan gepasst haben, gleichaltrig und ebenfalls Ärztinnen, doch wenn er über sie gesprochen hatte, hatte Lusi so etwas wie Ehrfurcht in seiner Stimme wahrgenommen, vielleicht sogar Angst. Jedenfalls ein Ungleichgewicht. Irgendwann war jede dieser Beziehungen gescheitert, worüber sich Lusi kein bisschen gewundert hatte.

Diese Frau hingegen schien ihrem Dan den Rücken zu stärken, ihm ein Gefühl der Ebenbürtigkeit oder sogar Überlegenheit zu vermitteln. Nachdem er Katie kennengelernt hatte, war er Lusi ruhiger vorgekommen am Telefon, gesetzter. Seine Anrufe waren regelmäßiger geworden und schienen oft von seiner neuen Partnerin initiiert zu sein. Auch Katie war im Medizinbereich tätig, aber die Gemeinsamkeiten der beiden schienen über das Berufliche hinauszugehen. So sehr ihr Sohn auch versucht hatte, sich in einen Engländer zu verwandeln, tief in seinem Inneren besaß er eine tuganische Seele, und die hatte er durch

Katie teilweise zurückerobert. Das Paar war zusammen Kajak gefahren, hatte die Wälder um London nach essbaren Pflanzen durchstöbert, die Großstadt hinter sich gelassen. In den Gesprächen mit Dan war weniger von Jazzclubs und ausgefallenem Essen die Rede gewesen und mehr von Campingurlauben und Tagesausflügen an windige englische Strände. Diese kleine, zierliche Frau konnte offenbar Zelte aufbauen und Feuer machen, schon allein deshalb war Lusi im Tausende Kilometer entfernten Tuga geneigt gewesen, sie zu mögen. Zumal Dans Verlobte ihn – lange nachdem Lusi gelernt hatte, die von Stolz gelinderte Sehnsucht der einsamen Inselmutter zu akzeptieren – dazu ermuntert hatte, nach Hause zurückzukehren. Und nicht nur das: Sie hatte dieses Wunder möglich gemacht, indem sie sich bereiterklärt hatte, mit ihm zu kommen.

Es war Lusi gewesen, die Dan das ehemalige Haus der Coles vorgeschlagen und ihn dazu gedrängt hatte, es renovieren zu lassen. Die Wände sollten vor frischer Farbe strahlen und die Küche doppelt so groß und besser ausgestattet sein als jede, die sie sich selbst gegönnt hätte. Sie würde niemals neidisch sein auf die Frau, die ihren Sohn zurück nach Tuga de Oro gebracht hatte.

Die neue Tierärztin hatte ihr einen kleinen Vorgeschmack darauf geliefert, welchen Kulturschock Katie hier womöglich zu verkraften haben würde. Lusi war erschrocken gewesen, als Dr. Walker jeden nach alten Familienrezepten für Schildkrötengerichte gefragt hatte, oder als sie Sylvester um acetonhaltigen Nagellackentferner gebeten hatte, woraufhin der ein verstaubtes, jedoch absolut brauchbares Päckchen acetonfreie Nagellackentferner-Tücher unter der Ladentheke hervorgezaubert hatte.

Angeblich hatte Charlotte enttäuscht den Kopf geschüttelt und erklärt, die Tücher seien leider nicht brauchbar. Eine junge Frau, die so viel Aufhebens um ihre Maniküre machte, würde hier nicht lange überleben, befürchtete Lusi und hoffte, dass ihre neue Schwiegertochter sich weniger anspruchsvoll zeigen würde.

Dan hatte in England gutes Geld verdient, und Lusi bestand darauf, dass er es auch ausgab. Katie musste frühzeitig dabei unterstützt werden, sich auf Tuga einzuleben. Man würde sie ein wenig umwerben müssen, und genau das würde Lusi tun, mit Deckenventilatoren und einem Kühlschrank mit Tiefkühlfach. Es kam nicht besonders häufig vor, dass britische Frauen nach Tuga zogen.

Bisher ließ diese zweite Engländerin nur wenige LVA-Allüren erkennen. Nun imponierte sie Lusi auch noch damit, dass sie fragte, ob sie das Steuer des uralten Defenders übernehmen dürfe, der früher Johannes gehört hatte. Angeleitet von Dan, der auf der Rückbank Platz genommen hatte, startete sie direkt vom Up Yard aus eine kurze Inselrundfahrt und überwand gekonnt Sand und knorrige Wurzeln, als würde sie schon ihr ganzes Leben lang offroad fahren (was sich später als zutreffend herausstellte). Sie rauschte durchs Lemon Tree Valley zu den Seen und bis ganz hinaus zum Princess Creek, von wo aus sie den Wagen selbstständig zurück in die Stadt steuerte. Lusi drehte sich nach hinten und zog beeindruckt die Augenbrauen hoch, während Dan vor Stolz beinahe platzte.

Bei Lusi angekommen, tranken sie Saloop, woraufhin Katie ihre zukünftige Schwiegermutter erneut überraschte.

»Nicht unbedingt mein Geschmack«, verkündete sie

mit erfrischender Ehrlichkeit und stellte ihre Teetasse ab. »Aber ich weiß, dass Saloop hier sehr wichtig ist, also werde ich mich daran gewöhnen. Schmeckt er *Ihnen*?«

Lusi, die noch nie über diese Frage nachgedacht hatte, ertappte sich bei dem Geständnis, dass sie tatsächlich Kaffee vorziehe, den ihr auf der Insel jedoch nie jemand anbiete.

»Bei uns werden Sie jederzeit einen schönen Kaffee vorgesetzt bekommen, Dan ist ein hervorragender Barista«, versicherte Katie. Lusi spürte, wie die Eifersucht an ihr nagte – ihre zukünftige Schwiegertochter kannte ihren Sohn sehr viel besser als sie selbst. Es würde noch dauern, bis sie Dan, der als Jugendlicher keinen Kaffee mochte, wieder richtig kennen würde. Lusi zwang sich, die Konkurrenzgedanken zu verdrängen, sie wurden der eleganten Zurückhaltung, die sie sich fest vorgenommen hatte, nicht gerecht.

»Dan hat mir noch gar nicht viel über deine Familie erzählt. Du bist auf einem Bauernhof aufgewachsen, oder?«

»Ja. Als ich sechs war, sind wir von Bristol auf einen Hof in Wales gezogen, weil meine Mutter einer Sekte beigetreten ist.«

Lusi hielt mit ihrer Saloop-Tasse vor den Lippen inne. Sie konnte nicht verhindern, dass ihr Blick zu Dan schoss, der jedoch unverwandt Katie ansah. Falls er die Augen seiner Mutter auf sich spürte, hatte er offenbar beschlossen, nicht zu reagieren.

»Auf diesem Hof in Wales bin ich geblieben, bis ich achtzehn war. Es hätte schlimmer kommen können, was die Art der Sekte anging, aber es war trotzdem keine ideale Kindheit. Na ja, wenigstens habe ich viel gelernt in der

Zeit. Ich konnte von Kindesbeinen an Traktor fahren und weiß, wie man mit einem Bogenbohrer ein Feuer entfacht.«

Lusi nickte nur. Sie war ein wenig überfordert – Bristol, Wales, Kitesurfen, Sekte. Das war ihr alles so fremd.

Katie überbrückte die eingetretene Stille: »Meine Mutter lebt immer noch dort. Sie hat mich nicht besonders regelmäßig in die Schule geschickt, aber ich konnte immerhin ein paar Online-Kurse machen. Mit achtzehn bin ich dann weggegangen, um meine Physiotherapie-Ausbildung zu absolvieren, und nie wieder zurückgekehrt. Es war ehrlich gesagt keine besonders förderliche Umgebung für ein Kind. Dan hat mir vor seiner Abreise angeboten, mich nach Wales zu begleiten, damit ich mich von meiner Mutter verabschieden kann, und ich habe ernsthaft darüber nachgedacht. Aber unser Auftauchen hätte sie ja nicht plötzlich zu einem anderen Menschen gemacht, einem, der sich um Abschiede schert, also haben wir es gelassen. Ich glaube nicht, dass sie mich vermissen wird. Sie nimmt viele Drogen und hat ziemlich kaputte sexuelle Beziehungen.

Lusi nickte wieder. Würde sie für immer hier am Tisch sitzen und nicken? Vermutlich. Ihr fiel ein, dass Dan etwas von einer komplizierten Familiengeschichte gesagt hatte, davon, dass Katie früh zu Unabhängigkeit und Eigenverantwortung gezwungen gewesen war. Doch sie wollte nicht aufdringlich wirken, indem sie Katie zu viele Fragen stellte. Lusi begann nachzurechnen: Ihre zukünftige Schwiegertochter war fünfundzwanzig – ihre Flucht aus der Sekte war also erst sieben Jahre her.

Statt sich von so viel Fremdheit bedroht zu fühlen,

blickte Lusi hoffnungsvoll in die Zukunft. Dieses Mädchen war nicht nur freimütig und offen, es war auch die Tüchtigkeit in Person. Eine Tochter würde sie nicht unbedingt hinzugewinnen, das war ihr inzwischen klargeworden. Katie wollte nicht bemuttert werden, schien allzu große Fürsorge sogar zurückzuweisen. Ihre Selbstständigkeit war wirklich außergewöhnlich.

Dan stand auf und verkündete, dass er seiner Verlobten nun ihr neues Heim zeigen werde. Er bedankte sich bei seiner Mutter und küsste sie auf beide Wangen. Katie machte neben ihm einen fröhlichen Knicks und bat Lusi, doch bitte direkt am nächsten Morgen zum Kaffee vorbeizukommen. Nachdem das junge Paar aufgebrochen war, schlüpfte Lusi in ihre Schuhe und ging nach nebenan, um Saul und Moz die frohe Kunde zu überbringen.

34

Dan und Katie setzten sich wieder in den Defender, um zum ehemaligen Cole-Haus zu fahren, ihrem gemeinsamen Zuhause, in dem sie endlich ein wenig Zeit zu zweit verbringen konnten. Plötzlich tauchte Onkel Saul im Rückspiegel auf, am Steuer des Krankenwagens, dessen Martinshorn er gerade einschaltete. Dan fuhr an den Straßenrand, und Saul stieg aus und eilte zum Beifahrerfenster, um sich Katie vorzustellen und sie und Dan eindringlich zu bitten, mit ihm aufs Schiff zu kommen und die Fracht auf Biosicherheit zu überprüfen. Es müsse leider sofort sein, am Hafen warte bereits ein Tenderboot auf sie, da es an Bord des Frachters offenbar ein Problem gebe.

Was für ein Glück, dass Katie immer gern mit anpackt, dachte Dan fast schon verzweifelt, als er den Wagen wendete und dahin zurückfuhr, wo sie hergekommen waren. Er hatte noch nicht einmal richtig Wiedersehen gefeiert mit seiner Zukünftigen, da wurde sie ihm schon wieder von unvorhergesehen Ereignissen entrissen. Katie hingegen schien kein bisschen enttäuscht zu sein, sondern freute sich offenbar über dieses typisch tuganische Hindernis auf dem Weg zur Wiedervereinigung mit ihrem Verlobten. Wie die meisten LVAs entzückten sie die bürokratischen Eigenheiten des Insellebens.

Die Harbour Street war heute eigentlich gesperrt für den Autoverkehr, aber Saul erklärte ihre Mission zum

Notfall, daher parkte Dan direkt am Kai. Gemeinsam fuhren sie zu dem Schiff hinaus, das Katie gerade erst verlassen hatte. Saul führte seinen Neffen und dessen Verlobte hinunter in den Frachtraum, wo sie eine verdreckte und extrem gereizte Charlotte Walker antrafen, die einen weißen Kittel trug und mit dem Finger auf ihr Klemmbrett klopfte. Dabei redete sie aufgebracht auf einen Mann ein, der der Kapitän zu sein schien. Dan hörte ihre Stimme schon, bevor er sie sah, und die lästige Tatsache, dass sie immer noch existierte, obwohl nun Katie eingetroffen war und seine Seelenqualen eigentlich ein Ende haben müssten, versetzte ihn in Panik. Ihm war klargewesen, dass Katie und Charlotte sich irgendwann über den Weg laufen würden – jeder lief sich auf Tuga über den Weg, manchmal sogar zweimal am Tag –, aber er hatte inständig gehofft, dass Katie vor dieser unvermeidlichen Begegnung wieder sicher an seiner Seite und in seinem Herzen angekommen sein würde. Hinzu kam, dass ihn wegen der Ereignisse auf dem Schiff Gewissensbisse plagten, denn die Überprüfung der verderblichen Güter wäre eigentlich sein Aufgabenbereich gewesen. Erst vor einigen Wochen hatte Saul ihm die Oberaufsicht über die Kontrolle der Fracht auf Biosicherheit übertragen, und Dan war erleichtert gewesen, endlich eine Arbeit zu haben, gegen die die Inselbewohner keinen Einspruch erheben konnten. Trotzdem hatte er darum gebeten, bei diesem ersten Schiff vertreten zu werden, damit er Katie in Empfang nehmen konnte. Über den Hurrikan und das damit einhergehende Drama hatte er vollkommen vergessen, welche gesundheitsrelevanten Verwaltungsaufgaben mit dem Eintreffen jedes Schiffs einhergingen. Dass Saul die Frachtkontrolle

Charlotte unterjubeln würde, hätte ihm eigentlich klar sein müssen.

»Aber das habe ich doch schon gesagt!«, erklärte Charlotte gerade laut. »Entweder ich beschlagnahme jede einzelne Kiste Obst und Gemüse auf diesem Schiff, oder wir erledigen die Sache auf meine Art.«

»Was ist denn los?«, fragte Dan.

»Sie hat den Kapitän gerade darauf hingewiesen, dass Fliegen im Frachtraum sind«, erklärte Saul.

Charlotte fuhr herum, als sie Sauls Stimme durch den niedrigen Gang hallen hörte. Ihr Blick fiel auf Katie und Dan, und auf ihrem Gesicht zeichnete sich eine Abfolge verschiedener Ausdrücke ab. Sie schien sich jedoch schnell wieder im Griff zu haben.

»Entschuldigung, aber ich habe ihn nicht darauf *hingewiesen*, dass Fliegen im Frachtraum sind. Es *sind* Fliegen im Frachtraum. Um hier Ware an Land bringen zu können, müsste das Schiff mindestens mit Fliegenfallen und elektrischen Insektenvernichtern ausgestattet sein. Außerdem hätte die Besatzung zwei Tage nach Uruguay und zwei Tage vor Tuga mit einem Insektenspray arbeiten müssen.«

»Das ist nicht Vorschrift«, erwiderte der Kapitän trotzig.

»Nachdem ich meinen Bericht geschrieben habe, wird es Vorschrift sein«, blaffte Charlotte zurück. An Saul gewandt sagte sie: »Ich war nicht unbedingt eine Leuchte im Public-Health-Seminar, aber ich weiß noch genug, um Schlamperei zu erkennen, wenn ich sie vor mir habe. Dieses Schiff ist ein einziger Saustall. Als Sie mich um Hilfe gebeten haben, habe ich unter anderem deshalb zugesagt, weil es für eine abgelegene Insel meiner Ansicht nach nichts

Wichtigeres gibt als das Thema Biosicherheit. Dass ich eigentlich nach Tuga gekommen bin, um Naturschutzarbeit zu leisten, ist mir bewusst, aber ich übernehme bestimmt keine Zusatzaufgabe, um sie dann nachlässig auszuführen.« Sie verstellte dem Kapitän, der sich hatte davonschleichen wollen, wütend den Weg. »Schlampereien gibt es bei mir nicht. Wenn ich mir vorstelle, was passiert wäre, wenn ich nicht in den Frachtraum gekommen wäre, wird mir ganz anders. Ist Ihnen das alles völlig egal? Nehmen Sie bei jedem Hafen, den Sie anlaufen, in Kauf, dass invasive Arten fragile Ökosysteme besiedeln?«

Der Kapitän versicherte ihr, es sei ihm keineswegs egal und er habe es bestimmt nicht darauf abgesehen, an sämtlichen Stationen seines Schiffs Umweltkatastrophen herbeizuführen, doch die von ihr verlangten Maßnahmen seien schlicht nicht durchführbar. Die Mannschaft sei zwei Wochen auf See gewesen, und er habe ihr Landgang versprochen.

Offenbar erwartete Charlotte von der Besatzung, dass sie jede Palette Obst und Gemüse ausräumte und inspizierte, um anschließend Stück für Stück neu zu verpacken. Was verdorben oder verunreinigt war, sollte beschlagnahmt und vernichtet werden. Saul war klar, dass Dr. Walker recht hatte. Das Letzte, was diese Insel gebrauchen konnte, waren eingeschleppte nicht-einheimische Insekten. Zur Verhinderung eines solchen Szenarios war die vorgeschriebene Frachtkontrolle da. Trotzdem wurde er das seltsame Gefühl nicht los, dass die überpenible Charlotte Walker auf irgendeine Weise zum Auftauchen der Fliegen beigetragen hatte. Kein anderer Kontrolleur, er selbst eingeschlossen, hatte je eine solche Sorgfalt an den

Tag gelegt. Im Frachtraum dieses Schiffs, der die Größe des Old Kal besaß, waren vom Boden bis zur Decke Obst- und Gemüsekisten gestapelt. Was Charlotte im Sinn hatte, würde viele Stunden Arbeit und den Verlust großer Mengen Obst und Gemüse bedeuten. Ihm wurde Angst und Bange, wenn er an die bestellten Champignons dachte, die er schon seit Wochen herbeisehnte.

Katie machte einen Schritt nach vorn und sah Charlotte an. »Katie«, stellte sie sich vor und streckte die Hand aus. Charlotte wies mit dem Kinn auf den blauen OP-Handschuh an ihrer rechten Hand und winkte stattdessen sparsam mit der Linken, in der sie den Kugelschreiber hielt.

»Zum Glück sind wir jetzt da, um Sie zu unterstützen«, verkündete Dans Verlobte. »Sagen Sie uns, was zu tun ist.«

»Na dann. Wenn ich in derart *fähigen Händen* bin, habe ich ja nichts mehr zu befürchten«, antwortete Charlotte und warf der jungen Frau ein eigenes Paar Handschuhe zu. Katie lächelte Dan, dem vorübergehend der Schreck in die Glieder gefahren war, über die Schulter hinweg zu.

Und damit steckten sie für die nächsten Stunden im Frachtraum fest. Dan, Katie, Saul und eine vor Zorn schäumende Charlotte arbeiteten wie am Fließband vor sich hin, drehten im grellen Licht ihrer Taschenlampen Süßkartoffeln um und stapelten und sortierten Brokkoli, während die Besatzung an Land ging, um das zu tun, was für Tuga de Oro ebenso unverzichtbar war: Sie gaben ihr Geld in Betsey's Café und im Rockhopper aus, kauften Andenken für ihre Kinder, Briefmarken für ihre Onkel und Strickwaren aus dem Moschaw für ihre Frauen. Es kam selten genug vor, dass Tagestouristen auf die Insel kamen.

»Ich wünschte, ich hätte schon während der Überfahrt gewusst, dass hier unten Handlungsbedarf besteht«, sagte Katie fröhlich und schlitzte mit einem dunkelrosa Taschenmesser, das sie überraschenderweise bei sich gehabt hatte, die Plastikverpackung einer Kiste Äpfel auf. »Ich war fast die Einzige an Bord, die nicht seekrank war. Es wäre echt cool gewesen, was zu tun zu haben.«

35

Es gab viele Dinge, die Charlotte gern zu Hause vorgefunden hätte, zum Beispiel eine Dusche mit anständigem Wasserdruck. Oder ein Bett, das wie durch Zauberei wieder im Obergeschoss stand, damit sie nachts nicht immer wieder vom einsetzenden Brummen des uralten Kühlschranks, der keinen Meter von ihrem Kopf entfernt stand, aus dem Schlaf gerissen wurde. Oder einen Hund, mit dem sie hätte kuscheln können – vielleicht einen seidig glänzenden Whippet mit langer Nase oder einen großen, sanften Irischen Wolfshund.

Was sie hingegen nicht gebrauchen konnte, war Levi, der mal wieder mit dem Spaten herumfuhrwerkte. Diesmal hob er mehrere große Löcher neben der Verandatreppe und entlang der gesamten Hauswand aus, sodass ihr perfekter kleiner tuganischer Zufluchtsort einer Baustelle glich – einer Baustelle, die bizarrerweise nach Jauchegrube roch. Sie hatte versucht, Levi dazu zu bringen, ihr zu verzeihen – so vehement, dass es fast schon armselig wirkte, wie sie befürchtete. Dass er sich von ihr abgewendet hatte, nahm sie mehr mit, als sie jemals für möglich gehalten hätte. Allein beim Gedanken daran, ihn enttäuscht zu haben, schnürte sich ihr die Brust zusammen. Seit dem Hurrikan-Fiasko hatte er nicht ein freundliches oder interessiertes Wort mit ihr gewechselt, und ein Levi ohne flapsige Bemerkungen oder zweideutige Anspielungen war ein trauriger Zeitgenosse. Sie vermisste ihn – die Gespräche mit ihm, seine Nähe. Sie vermisste auch seinen gesunden Menschenverstand, die Möglichkeit, ihn nach seiner Meinung zu fragen. Am meisten aber schmerzte der Verlust seines sonst so bereitwilligen Lächelns.

Aber heute war Charlotte überarbeitet und erschöpft, voller Wut auf Kapitän Rodríguez, Saul Gabbai und Dan Zekri, auf die Fliegen und vor allem auf diese selbstgefällige, unerträgliche Katie Salmon mit ihrem Pragmatismus und ihrer »Hilfsbereitschaft«, ihrer nie nachlassenden guten Laune. Am meisten wurmte sie die unerschütterliche Seetauglichkeit der jungen Frau. Obwohl Charlotte den Tränen nahe war, riss sie sich zusammen und setzte sich neben den arbeitenden Levi auf die Treppe. Sie wollte noch einen letzten Versuch wagen. Er verband die ausgehobenen Löcher gerade zu einem tiefen Graben und füllte ihn mit einer stinkenden Masse. Neben ihm stand eine weitere Schubkarre mit sonnenwarmem Ziegenmist, und die Verandatreppe war mit einer feinen Staubschicht bedeckt.

»Was machst du da?«, fragte Charlotte leichthin.

»Ich lackiere mir die Nägel, Dolittle.«

»Pflanzt du was?«

»Meine Setzlinge sind eingetroffen, direkt vom Schiff. Ich brauche sie eigentlich nicht mehr, aber ich hatte sie schon vor Monaten bestellt, und wenn ich sie nicht einpflanze, gehen sie ein. Von daher …« Er brach ab und blickte mit festem Blick zu ihr auf. »Kann ich dir irgendwie helfen?«

Seine kühle Sachlichkeit tat ihr weh. Nach einem Tag voller Demütigungen, an dem sie krampfhaft versucht hatte, Gemüse zu kontrollieren, während Katie und Dan neben ihr herumturtelten, war Levis Verhalten der Tropfen, der das Fass zum Überlaufen brachte. Charlotte hatte sich danach gesehnt, endlich allein zu sein, und jetzt war auch noch ihr heiß geliebtes kleines Haus verdorben. Der Gestank des Düngers war überwältigend in der Hitze. Sie straffte trotzig die Schultern.

»Ja, kannst du tatsächlich. Ich habe deine Setzlinge gar nicht auf der Importliste gesehen.«

»Für das übliche Einfuhrprozedere habe ich keine Geduld. Ein Freund hat sie mir gebracht, er gehört zur Crew. Was geht dich das an, Dolittle? Hast du bei der Polizei angeheuert, weil bei den Schildkröten nicht mehr genug zu tun war?«

»Saul hat mir für dieses Schiff die Verantwortung für die Biosicherheit übertragen.«

»Es ist kein Hanf, falls das deine Befürchtung ist.«

»Alle nicht-einheimischen Importpflanzen müssen deklariert werden. Du kannst dich nicht einfach über die Regeln hinwegsetzen und nach Lust und Laune entscheiden, was du hier pflanzen willst. So funktioniert das nicht auf einer Insel.«

Levi setzte sich nach hinten auf die Fersen und strich sich mit dem Unterarm die Haare aus dem Gesicht, um nicht seine erdverkrusteten Hände nehmen zu müssen. Aus zusammengekniffenen Augen sah er sie an.

»Weißt du was, Dolittle? Für so was habe ich weder die Zeit noch die Energie. Tut mir echt leid für dich, wenn nicht alles zu deiner Zufriedenheit läuft und du uns Tuganern nicht beibringen konntest, wie es auf einer Insel *funktioniert.* Am besten fährst du wieder zurück nach

London und lässt uns primitive Insulaner in Ruhe unsere Heimat zerstören. Es bringt nichts, wenn du dir dein kleines Köpfchen darüber zermarterst, dass wir hier nicht genug einheimische Pflanzen kultivieren, oder worüber auch immer. Wir haben schlicht und ergreifend wichtigere Probleme, unter anderem die Bewältigung unseres Alltags. Vielleicht kommt irgendwann ein Schiff nicht, oder sogar zwei, oder es geht jemand mit einem Virus an Land, das die Hälfte unserer Senioren hinwegrafft, weil die noch nie mit ihm in Berührung gekommen sind. Oder ein Hurrikan weht das Schuldach weg, und wir müssen ein neues bezahlen. Wenn ich hier also etwas pflanze, von dem ich zufälligerweise weiß, dass es sich nirgendwo ausbreiten wird, wo ich es nicht haben möchte, dann verzeih mir bitte, wenn der Papierkram für mich nicht im Vordergrund steht. Ich habe andere Dinge zu tun. Es ist übrigens knallpinke Bougainvillea, die an der Hauswand hochranken soll. Möchtest du noch mal zurückgehen und mich verpfeifen? Oder soll ich die Setzlinge einfach auf den Kompost werfen? Würdest du dich dann besser fühlen?«

Charlotte, deren Hals sich während Levis Ansprache zugeschnürt hatte, brachte kein einziges Wort hervor. Sie schüttelte nur den Kopf, stand auf und ging ins Haus, wo sie laute Musik spielte, damit Levi nicht hörte, wie sie sich die Augen aus dem Kopf heulte. Es war ein schrecklicher Tag gewesen.

36

Dan hatte ihr Gepäck im Auto gelassen und sie über die Türschwelle des ehemaligen Cole-Hauses getragen, seine leichte, lachende Katie, und anschließend direkt die Treppe hinauf zum Bett, wo sie sich begeistert zeigte von seinen Zuwendungen und ebenso erfreulich auf seine Bedürfnisse einging. Auch wenn manchmal Schweigen zwischen ihnen herrschte, auch wenn sie sich manchmal in ihrem Temperament oder ihren Vorstellungen von der Zukunft unterschieden, waren sie sexuell schon immer kompatibel gewesen, nicht zuletzt, weil Katies Ungezwungenheit es auch Dan ermöglichte, sich zu öffnen.

Wenn er beobachtete, wie selbstverständlich sich Katie durch die Welt bewegte, verspürte er oft eine Art ungläubiges Staunen. Ihr schien so gut wie nichts peinlich zu sein, weshalb man sich in ihrer Gegenwart ebenfalls nicht schämen musste. Sie war nie befangen oder gehemmt, und es war ihm bisher nicht gelungen, sie zu schockieren, denn sie ging von der simplen Prämisse aus, dass alle menschlichen Gefühle schon einmal da gewesen waren und immer wieder auftreten würden. Ihre eigenen Ansprüche waren bescheiden: Sie wünschte sich eine monogame partnerschaftliche Beziehung in einem Haus, das sie hoffte, nie wieder verlassen zu müssen, glaubte felsenfest an Gott, was Dan, der als tuganischer Atheist erzogen worden war, exotisch und charmant fand, und wollte sich beruflich in einer kleinen Gemeinde engagieren, in der sie sinnstiftende Beziehungen mit deren Mitgliedern aufbauen konnte. Sie liebte Kinder, wollte jedoch keine eigenen, eine Überzeugung, mit der sie Dan völlig überrumpelt hatte. Seine Überraschung war hauptsächlich darauf zurückzuführen, dass Katie selbst so kindlich wirkte mit ihrer hohen Stimme, ihrem Federmäppchen voll glitzernder Gelschreiber, durch die ihre Arbeitsnotizen wie das Tagebuch einer Zwölfjährigen aussahen, ihrem Beharren darauf, immer das Gute im Menschen zu sehen, und dem anerkennenden Lächeln, das sie aufsetzte, noch bevor sie eine Geschichte zu Ende gehört hatte und wusste, worum es ging. Durch all diese Verhaltensweisen kam sie ihm noch jünger vor, als sie tatsächlich war.

In Dans Augen stand seine Verlobte für eine gesunde Zwischenmenschlichkeit und etwas, das er nebulös »Familienwerte« nannte. Sie besaß diese Werte, obwohl sie, wenn sie von ihrer Kindheit erzählte, beiläufig und ohne mit der Wimper zu zucken, Orgien und Überdosen erwähnte, Autodiebstähle und Gruppenkonflikte, die in der Kommune ihrer Mutter an der Tagesordnung gewesen zu sein schienen. Ihre Erinnerungen schilderte sie ohne erkennbaren Kummer und weitgehend neutral. Sie kam nur selten von sich aus darauf zu sprechen, erwähnte ihre Erlebnisse nur, wenn sie unmittelbar relevant waren für das betreffende Gespräch. Es schien, als hätte sich Katie bewusst in die entgegengesetzte Richtung ihrer Mutter entwickelt.

Sie glaubte nicht daran, sich Dinge von der Seele zu reden. Wenn sie einen harten Arbeitstag hinter sich hatte, wollte sie ihn nicht mit Dan in allen Einzelheiten analysieren, sondern zog Aktivitäten vor, die sie – wie sie es einmal formuliert hatte – aus dem Gefängnis ihrer Gedanken befreiten und stattdessen ihren Körper beanspruchten. Das konnte Kitesurfen oder Zirkeltraining sein, häufig auch Sex mit ihrem Verlobten. Wenn Dan ihren geschmeidigen, empfänglichen Körper betrachtete, war er froh, ihre Bedürfnisse befriedigen zu können, und beeindruckt von dieser Frau, die sich selbst gut genug kannte, um aus zumindest einer dunklen Ecke, die das Leben bereithielt, herausgefunden zu haben. Er selbst war deutlich redseliger, wie er festgestellt hatte, und hätte sich manchmal eine Partnerin gewünscht, die sich für Beweggründe und unterschwellige Botschaften interessierte, ihre eigenen oder die ihres Partners.

Katies fehlenden Kinderwunsch hatte er seiner Mutter bisher verschwiegen. Wenn er selbst manchmal traurig darüber war, ließ er sich meist schnell wieder davon ablenken. Statt eigene Kinder großzuziehen, wollte Katie lieber das Leben jener Kinder und Mütter verbessern, die bereits auf der Welt waren, und dieses Engagement war ehrenvoll genug, um eine eigene Familie hintanzustellen.

Als Dan seine Katie nun nach fast sechs Monaten wieder in den Armen hielt, hatte er das Gefühl, von einer Art Fugue-Zustand geheilt worden zu sein. Vielleicht hatte ihn nur die sexuelle Frustration aus dem Gleichgewicht gebracht. Charlotte war direkt vor seiner Nase gewesen und Katie weit weg. Ein halbes Jahr war eine lange Zeit. Katies Klugheit und ihre Lebenserfahrung hatten ihm gefehlt, genau wie der Rest dieser bemerkenswerten Frau. Er hätte wissen müssen, dass er seinem hektischen, zerstörerischen Gehirn, das in letzter Zeit zahlreiche Sabotageakte und Skandale ausgeheckt hatte, nicht allzu viel Beachtung hätte schenken dürfen. Es war falsch gewesen, sich von der Vorstellung einer Frau verführen zu lassen, die mit ihm durch die Nacht flüsterte, die über seine Scherze lachte und ihm zuhörte. Es war kein unverzeihlicher Makel, dass Katie keine raffinierte Gesprächspartnerin war, dass sie nicht daran glaubte, jemanden durch Worte berühren zu können, emotionale Nähe durch Verständigung herzustellen. Es gab andere Möglichkeiten, miteinander intim zu werden. Dan musste endlich lernen, sich ganz auf seinen Körper zu verlassen, der sofort auf die Frau reagierte, die nun neben ihm lag, der leichthin ihrem Rhythmus folgte und in ihrer Selbstverständlichkeit zu Hause war. Er wollte mit dieser Frau wandern und klettern, um die Insel segeln und mit ihr schlafen. Kurzum, er wollte ein Leben mit Katie. Er lehnte sich auf dem Bett zurück, das jetzt ihr gemeinsames war, schmiegte sich in die verblichene, mit Rosen bedruckte Bettwäsche, mit der Katies Bett schon bezogen gewesen war, als sie ihn in einem vollkommen anderen Leben zum ersten Mal mit zu sich nach Hause genommen hatte. Auf ihren Nachttischen standen dieselben messinggerahmten Pärchenfotos wie in London, und über dem Bett hing der Schwarz-Weiß-Druck von kuschelnden Elefanten, der genau dort auch in ihrer früheren Wohnung gehangen hatte. Katie sorgte dafür, dass diese nach Tuga verpflanzten Gegenstände nicht befremdlich auf Dan wirkten. Er war mit sich und der Welt im Reinen, zum ersten Mal seit vielen Wochen. Auf dem Fensterbrett stand ein Krug mit wilden Callas, die er am Straßenrand gepflückt hatte, um seine Verlobte in ihrem neuen Zuhause willkommen zu heißen, und während er einschlief, ruhte sein Blick auf der Silhouette ihrer anmutigen Blüten, und er dachte mit Stolz an die Schönheit seiner Insel, an ihren klaren Himmel, ihre langen Strände. Er war wirklich gesegnet, und jetzt war Katie da, und er hatte alles, was er sich nur wünschen konnte.

37

Einige Wochen nach dem Island-Open-Schiff erhielt Garrick eine handgeschriebene Notiz: *Garrick, kommen Sie heute Nachmittag um vier. Dringend. Mary Philips.*

Moz gab ihm den Zettel zurück.

»Ich weiß nicht, wie du es aushältst, jede Woche dort hinzugehen, Joanie. Diese Frau ist so uncharmant! Wer ist sie denn, dass sie meint, die Leute einfach nach Lust und Laune zu sich zitieren zu können? Was, wenn man schon andere Verpflichtungen hat?«

»Ich glaube nicht, dass sie das interessiert«, antwortete Garrick, faltete das Blatt Papier und verstaute es wieder in seiner Hemdtasche. Joan nahm die gedrungene braune Teekanne vom Tisch und schenkte Moz nach.

»Schreibt sie dir auch solche Nachrichten?«, fragte ihre Schwägerin.

»Sie schreibt mir gar nicht.« Joan lächelte sanft und setzte sich wieder. »Ich gehe einfach jeden Donnerstagvormittag bei ihr vorbei.«

»Aber warum?«

»Ach, ich bin so was wie ihre Nachrichtenagentur. Oder ihre Stadtschreierin. Mary weiß gern, was im Ort passiert, das habe ich dir doch schon so oft erklärt.«

»Wenn sie sich die Mühe machen würde, nett zu den Leuten zu sein, bräuchte sie keinen wöchentlichen Bericht. Dann könnte sie ihren Klatsch und Tratsch in

Betsey's Café abholen, so wie wir alle. Ich weiß wirklich nicht, wie du dir das aufbürden konntest. Sie ist eine widerwärtige alte Schachtel!« Moz ließ mit der Servierzange zwei Kokoszuckerkristalle in ihren Tee plumpsen. »Weißt du, was sie der Schule in all den Jahrzehnten, in denen ich sie um eine Spende gebeten habe, vermacht hat? Obwohl sie Geld wie Heu hat und nicht weiß, wohin damit? Nicht einen Penny! Nicht eine Packung Buntstifte! Die vielen Inselkinder teilen sich einen einzigen Computer, und alle anderen im Ort, die es sich eigentlich nicht leisten können, spenden und spenden. Der Inselrat hilft uns, obwohl er weniger Budget hat, als sie in ihrer Handtasche mit sich herumträgt. Aber ihr ist es völlig egal, dass wir keine neuen Schulbücher mehr hatten, seit dieser anonyme Spender uns vor fünf Jahren den letzten Stoß gekauft hat. Sie sollte sich schämen, ihr Gesicht in der Öffentlichkeit zu zeigen!« An Garrick gewandt fuhr Moz fort: »Gehst du hin? Du musst wohl, wie es aussieht.«

»Wenn eins meiner Schäfchen mich braucht, muss ich Präsenz zeigen, egal, um wen es sich handelt«, erklärte Garrick hochtrabend, und Moz murmelte etwas davon, dass Mary wohl eher Wolf sei als Schaf. Dann verlor sie das Interesse und fragte Joan, ob sie für das Abketten eines Patentmusters lieber Nadelstärke sechs oder acht nehmen solle. Garrick liebäugelte gerade mit dem zweiten Stück *pastel de nuez*, das er sich auf den Teller gelegt hatte, als Joan mit dem Kinn zur Wanduhr wies. Er stand ohne große Begeisterung auf und griff nach seiner Baseballkappe.

»Klau ihr was Teures!«, rief Moz ihrem Bruder nach und schnappte sich sein Stück Kuchen.

Es war schon viele Jahre her, dass Garrick das letzte Mal Martha House betreten hatte. Der Eingangsflur mit der hohen Decke war hell und kühl und erinnerte ihn an die herrschaftlichen Räume des Zollhauses, in denen eines Tages das Heimatmuseum untergebracht sein würde, falls es der Museumsausschuss ohne Ruths Führung jemals schaffen sollte, die nötigen Mittel dafür aufzutreiben. Mary ging ihm voraus, und er betrachtete mit wachsender Neugier diesen formellen und zunehmend heruntergekommenen Anachronismus, in den seine Frau jeden Donnerstagvormittag verschwand. Joan war sicher aufs Intimste vertraut mit den schwarz-weißen Bodenfliesen, die an den Rändern schon ein wenig abgeplatzt waren, den botanischen Zeichnungen in schmalen Goldrahmen und der kleinen Kohlezeichnung von einer vermutlich längst verstorbenen Perserkatze mit Murmelaugen, die über einer verblichenen roten Tischleuchte mit Troddeln hing. Garrick war vor Jahrzehnten einmal in England gewesen und hatte in London weit vornehmere Häuser gesehen, mit Stuckverzierungen aus der Regency-Zeit, Orangenbäumchen, Natursteintreppen, hoch aufragenden Säulen und alten Dienstbotenklingeln. Er hatte sein Leben damals in vollen Zügen genossen, auch wenn sich das manch einer bei ihm nicht vorstellen konnte. Aber dies war nicht England. Diese hierher verpflanzte Kopie eines Londoner Stadthauses war ihm irgendwie unheimlich.

Wie gehofft führte Mary ihn in die Bibliothek. Hier waren sie, die sagenumwobenen, deckenhohen Bücherschränke, deren Schätze von Glastüren vor den zerstörerischen Inselelementen geschützt wurden. Er hatte kurz angebunden reagiert, als Charlotte Walker versucht hatte, mit ihm über Marys Privatsammlung zu sprechen, hatte nicht preisgeben wollen, dass er und seine Frau die einzigen Nutznießer waren. Joan kam von ihren Besuchen bei Mary häufig mit einem Buch zurück, das die alte Dame ihr still und heimlich ausgeliehen hatte, aber es war ohnehin nicht so, als würden sich viele Tuganer für Marys angeblich unübertroffene Kollektion einheimischer Texte interessieren. Taschenbücher aus Übersee boten Zugang zu einer anderen Welt und erlaubten es ihren Lesern, dem rauen Alltag dieser Insel für einige Stunden zu entfliehen. Die Geschichte ihrer Heimat spielte für die meisten Insulaner keine große Rolle, und sie wollten auch keine anthropologische Abhandlung über ihre eigenen Hochzeitsrituale lesen, oder einen Aufsatz, der ihren landwirtschaftlichen Kalender dokumentierte. Die Leute waren viel zu sehr damit beschäftigt, all diese Dinge zu leben. Die Mitglieder von Betseys Buchclub bevorzugten Romane über gutaussehende argentinische Polospieler, und Taxi und Sylvester teilten eine Leidenschaft für die Biografien berühmter Cricketspieler.

Als Garrick sich in der Bibliothek umsah, musste er feststellen, dass auch Charlotte Walker zu diesem geheimnisvollen Treffen eingeladen worden war – eine höchst unwillkommene Entwicklung, wie er fand. Sie saß bereits kerzengerade in einem leinenbezogenen Ohrensessel, und auf ihren Knien lag ein offenes Notizbuch. Ihr Gesichtsausdruck wirkte ein wenig manisch, und er fragte sich, was dieser Zusammenkunft in der Bibliothek vorausgegangen war. Mary hatte sich seines Wissens noch nie erweichen lassen, wenn jemand sie um einen Gefallen gebeten hatte.

Die alte Dame ließ sich schwer in einen Sessel sinken, und Garrick nahm auf der vorderen Kante eines Sofas Platz.

»Ich habe meine Meinung geändert, was diese Bibliothek angeht«, verkündete Mary ohne Einleitung und ohne ihnen etwas zu trinken anzubieten. »Sie ist noch nie anständig katalogisiert worden, und Doktor Walker hat sich bereiterklärt, eine Liste der existierenden Werke zu erstellen, wenn sie im Gegenzug zeitlich begrenzten Zugang zu den Texten erhält. Wenn wir schon eine Wissenschaftlerin auf der Insel haben, kann sie sich auch nützlich machen.«

Charlotte öffnete den Mund und hob den Stift zwischen ihren Fingern, als wollte sie um Erlaubnis bitten, etwas dazu zu sagen, ließ ihre Hand jedoch wieder sinken und schwieg.

»Es ist natürlich völlig ausgeschlossen, dass eine LVA in meinem Haus sich selbst überlassen bleibt«, fuhr Mary fort. »Sie müssen sie daher beaufsichtigen, Garrick. Ich möchte sie nicht in meiner Bibliothek haben, ohne dass Sie sie im Blick behalten, verstanden?« Sie sprach mit Garrick, als wäre er ein Schuljunge, der von ihr zum Nachsitzen verdonnert wurde. »Stellen Sie bitte sicher, dass alle vorhandenen Bücher auf der Liste auftauchen und danach wieder an ihren Platz zurückwandern.«

Es ist allein ihr Geld, das ihr diese Autorität verleiht, dachte Garrick. Durch ihr Vermögen ist sie nicht auf das Wohlwollen anderer Leute angewiesen. Man munkelte, dass Mary Philips ihren gewaltigen Reichtum innerhalb weniger Jahre angehäuft hatte, durch irgendwelche undurchsichtigen Geschäfte, die vor langer Zeit fernab der Insel stattgefunden hatten. Zu diesem Thema kursierten verschiedene Theorien: Sie habe mit Kupfer gehandelt, in großem Stil betrogen, sich als Schmugglerin betätigt, oder gar als Geldwäscherin oder Menschenhändlerin. Dass sie die heimliche Geliebte eines Milliardärs gewesen sein könnte, wurde rasch wieder verworfen – niemand konnte sich Grand Mary dabei vorstellen, wie sie einem anderen Menschen Vergnügen bereitete. Aus Mangel an Hinweisen waren im Grunde alle Theorien gleichermaßen wahrscheinlich oder unwahrscheinlich.

»Das müsste ich erst mit Joan besprechen«, wandte Garrick ein, doch Mary wedelte mit der Hand hin und her, als wollte sie eine Fliege verscheuchen.

»Joan wird Ja sagen. Und Ihnen Platz im Terminkalender dafür freischaufeln.«

Charlotte blieb während dieses Austauschs stumm. Vielleicht hatte sie Angst, den Sieg, den sie gerade erst errungen hatte, wieder zu gefährden. Ihre Augen waren zu Schlitzen verengt, sie war bereits dabei, die Buchrücken in den Schränken zu überfliegen.

»Montagmorgen um acht«, sagte Mary.

Garricks Verärgerung verstärkte sich noch, als er nach Hause kam, darauf brennend, sich in aller Ruhe mit Joan zu unterhalten, und seine Frau aschfahl vor Erschöpfung auf dem Sofa vorfand, vertieft in ein Gespräch mit einer unbekannten jungen Frau, die sich als Dan Zekris kurz zuvor eingetroffene Verlobte herausstellte. Die Besucherin machte einen freundlichen und gut gelaunten Eindruck und hatte Geschenke mitgebracht: Tee von Marks & Spencer sowie Butterkekse in einer Dose, die die Form eines Londoner Doppeldeckerbusses aufwies. Doch sie blieb länger, als angemessen gewesen wäre, und stellte zu viele indiskrete Fragen über die Inselbewohner, was Garrick als geschmacklos empfand. So erwähnte sie beispielsweise Ruth dos Santos, deren gesundheitlicher Zustand sie eigentlich nichts anging. Garrick und Joan koordinierten ein Netzwerk aus Nachbarn, die regelmäßig bei Marianne vorbeigingen, ihr bei den schwereren Arbeiten im Garten halfen oder Aufgaben für die Kinder fanden, um Marianne zu entlasten. Ruth und Marianne lebten zurückgezogen und legten Wert auf ihre Privatsphäre. Jene Ruth, die Garrick von früher in Erinnerung hatte, hätte es sicher nicht gewollt, dass ihre Probleme mit dieser kleinen, anmaßenden Person erörtert wurden. Als er eine diesbezügliche Andeutung machte, zuckte Katie nur leichthin und ohne Groll mit den Schultern und ging dazu über, Joan um Hilfe bei der Bereitstellung eines Raums zu bitten, in dem die Inselbewohner zusammenkommen und etwas ausüben könnten, das sich Zumba nannte. Damit schoss sie sich, was Garrick betraf, vollends ins Aus. Die Einführung neumodischer religiöser Rituale war wirklich das Letzte, was sie hier auf Tuga brauchten.

Er hatte allmählich genug von diesen sich einmischenden LVAs, die von außerhalb kamen und seine unendlich tolerante Frau mit ihren unberechenbaren Wünschen und Vorstellungen erschöpften. Er würde mit Moz darüber sprechen, ob sie nicht irgendeine Ehrenamtliche finden könnten, die zumindest einen Teil ihrer Aufgaben in der Gemeinde übernahm. Joan musste sich schonen, brauchte Ruhe, um wieder zu Kräften zu kommen.

Doch als Joan nun erfuhr, dass Charlotte Zugang zu Marys Bibliothek erhalten hatte, war sie begeistert und drängte ihren Mann dazu, die von Mary zugewiesene Rolle als Aufsichtsperson wahrzunehmen. Er müsse sich keine Sorgen machen, sie werde schon Platz in seinem Terminkalender schaffen.

38

Charlotte hatte in den letzten Wochen den Fokus verloren, hatte sich aus dem Konzept bringen lassen und ihre Forschungsarbeit schleifen lassen. Aber jetzt hatte sie zumindest vorübergehend Zugriff auf Marys Bibliothek und würde nicht zulassen, dass sie auch nur einer dieser unerträglichen tuganischen Männer – ob nun Dan oder Levi – davon abhielt, das Optimum aus dieser Gelegenheit herauszuholen. Auch die nervenaufreibenden Bauern der Insel konnten ihr gestohlen bleiben – sie riefen sie viel zu spät zu ihren Notfällen, beschrieben den Zustand ihrer Tiere mit irgendeinem unverständlichen einheimischen Wort (»ein schlimmer Fall von *guzanikos*, Doktor Walker«) und vergeudeten nach der Behandlung noch mehr von ihrer Zeit, indem sie sie zum Grillen einluden. Scheißtuganer, dachte sie und empfand kindliche Freude darüber, dass eben jene ein solches Schimpfwort zutiefst missbilligt hätten. Sie würde die Kontrolle über ihre Zeit und ihre Gedanken zurückerobern. Und sie würde Fortschritte machen, was ihre Schildkrötenforschung anging, koste es, was es wolle.

Inzwischen hatte sie die Vermutung – eine zunächst wacklige These, die allmählich auf festerem Fundament ruhte –, dass die einheimischen Korason-Palmen bezüglich der Verbreitung ihrer Samen und somit der Fortpflanzung auf die Goldmünzschildkröten angewiesen waren. Es konnte kein Zufall sein, dass diese endemische Palmenart mittlerweile nur noch da wuchs, wo auch die Schildkröten ihr Territorium hatten. Schildkröten waren erwiesene Ausbreitungsfaktoren für viele Pflanzensamen, aber Charlotte hatte begonnen, darüber nachzugrübeln, ob die Korason-Samen vielleicht sogar die Verdauungsenzyme der Schildkröten zum Keimen benötigten. Ihr Keimungsprozess war langwierig, und Experimente mit verdauten versus unverdauten Samen hätten die Zeit, die Charlotte noch auf der Insel blieb, bei Weitem überstiegen. Sie hatte vor, Kew Gardens anzuschreiben, um herauszufinden, was von London aus möglich war. Aber zuerst wollte sie so viel wie möglich über den historischen Verlauf der Ausbreitung der Korason-Palmen herausfinden und ihn mit dem der Goldmünzschildkröten abgleichen. Marys Sammlung bot ihr diesbezüglich die einzige auf der Insel existierende Informationsquelle.

Um die Zeit bis zum folgenden Montag zu überbrücken, las sie Aufsätze über den Keimungsprozess von Samen in Schildkrötenkot und untersuchte spätabends in ihrem Behandlungszimmer in der Klinik selbst gesammelte Kotproben, wobei sie sich Mühe gab, diese Arbeit nicht als Metapher für ihr Privatleben zu betrachten. Im Rockhopper stand Levi vermutlich zur selben Zeit humorlos und unerreichbar hinter dem Tresen, während die unerträgliche Katie Salmon mit jedem männlichen Insulaner, der sie dazu aufforderte, durch den Raum tanzte, unter den bewundernden Blicken von Dan. Allein beim Gedanken daran drehte sich Charlotte der Magen um. Sie zog es vor, mit haufenweise Reptilienfäkalien in ihrem improvisierten Labor zu bleiben.

Als es endlich Montag war, trafen Charlotte und Garrick um kurz vor acht am Tor von Martha House zusammen. Charlotte hielt einen in Zellophan verpackten Zitronenkuchen in den Händen.

»Was ist das?«

»Ein Geschenk für Mary.«

»Das wird ihr aber gar nicht gefallen.«

»Warum? Marianne sagt, sie bestellt jede Woche so einen Kuchen. Ich dachte, man kommt auf dieser Insel nie mit leeren Händen?«

»Es sei denn, man besucht Mary. Bei ihr ist jedes Gastgeschenk eine Anmaßung. Man nimmt auch keinen Zitronenkuchen mit, wenn man in den Buckingham Palace geladen ist.«

»Ich schon«, erwiderte Charlotte verärgert, stopfte das Kuchenpaket unsanft in ihre Tasche und hängte sie sich über die Schulter. Sie war nervös und befürchtete, dass in letzter Sekunde etwas dazwischenkommen könnte.

Das kurze Gespräch mit Garrick wurde von Mary unterbrochen, die mit zitternder Stimme verlangte, dass sie durch den Garten nach hinten gingen, sie habe die Glastüren zur Bibliothek geöffnet. Charlotte legte einen kleinen Umweg ein, um Martha zu besuchen, die in einer schattigen Ecke des Gartens halb in ihrer großen flachen Wasserschale stand, die riesigen Dinosaurierbeine unbeweglich. Ihr kleiner Kopf reckte sich schlangenähnlich und neugierig nach vorn, als sie die näher kommenden Schritte spürte. Charlotte betrachtete das ausdrucksstarke Gesicht der Schildkröte und spürte ihrerseits Marthas unverwandten, forschenden Blick auf sich. Der neue Speiseplan hatte bewirkt, dass sie nicht mehr ständig den Drang verspürte zu grasen und wahllos zu fressen, was sie in ihrer unmittelbaren Nähe fand. Es stand außer Frage, dass sie aufgeweckter war und mehr Energie hatte. Charlotte ging in die Hocke, um die weiche Haut an Marthas Hals zu kraulen und ihr einen Würfel Butternutkürbis zuzustecken. Dann kehrte sie zu Garrick zurück und ging mit ihm um das Gebäude herum.

Grand Mary hatte bereits sämtliche Bücherschränke geöffnet und damit begonnen, willkürlich Bände aus den unteren Fächern zu ziehen. Wacklige Büchertürme ragten auf dem sauber gefegten Steinboden auf, und im Sonnenlicht tanzte der Staub in der Luft. In der Mitte des Raums stand die Hausbesitzerin wie eine Magierin im Auge des Sturms, den sie selbst heraufbeschworen hatte. Auf einem kleinen Beistelltisch lagen ordentlich gebügelte Lappen und ein orangefarbener Staubwedel bereit. Charlotte hustete, und Garrick griff nach seinem Taschentuch.

»Erstellen Sie Ihren Katalog, und zwar schnell. Danach sehen wir weiter. Alles, was Sie ausleihen wollen, stapeln Sie bitte hier, damit ich es mir ansehen kann.« An Garrick gewandt fügte Mary hinzu: »Und Sie sorgen mir dafür, dass nichts verschwindet. Falls doch, mache ich Sie persönlich dafür verantwortlich. Befreien Sie die Bücher von Staub, bevor Sie sie wieder zurückstellen. Es wird Zeit, dass ich eine vollständige Liste meiner Werke erhalte, das ist wichtig für die Zukunft.«

»Ja, natürlich.« Garrick schien plötzlich aufzuwachen. »Wenn Sie vorhaben, Ihre Sammlung der Insel zu vermachen, wäre das …«

»Wer vermacht hier irgendwas?«, blaffte ihn Mary an und schlurfte hinaus, während sie etwas von »Vormittagskaffee« murmelte. Garrick und Charlotte sahen sich schweigend an.

»Haben Sie die Angewohnheit, Bücher mitgehen zu lassen?«

Charlotte warf dem Inselgeistlichen einen bösen Blick zu, auch wenn der alte Miesepeter Garrick es nicht vermochte, ihre Vorfreude zu dämpfen.

»Dann wüsste ich nicht, wozu meine aktive Teilnahme erforderlich wäre. Ich werde mich auf die Terrasse setzen und ein wenig arbeiten.«

Er verschwand durch eine der Glastüren. Kurz darauf hörte Charlotte einen Stuhl über den Boden schleifen.

Wie schon bei ihrem letzten kurzen Besuch in der Bibliothek schüttelte Charlotte immer wieder ungläubig den Kopf. Sie wunderte sich über diese merkwürdige alte Frau, deren Empathiefähigkeit nie größer geworden zu sein schien, trotz der Welten, die sie zwischen all diesen staubigen Seiten bereist hatte, trotz der vielen Leben, in die sie eingetaucht war. Zumindest machten die Penguin-Bände, deren Buchrücken in gedecktem Orange sich über mehrere Bücherschränke zogen, allesamt einen gelesenen Eindruck. Es waren viele Erstausgaben darunter, ein erneuter Hinweis darauf, wie lange es her war, dass Mary diese Sammlung begonnen hatte. Charlotte dachte an die aufgequollenen Taschenbücher in der öffentlichen Inselbücherei zurück, von denen die meisten wohl von den seltenen Touristen zurückgelassen worden waren. Drei Ausgaben von *Vom Winde verweht*, aber nichts von Dickens. Wenn sie von dem Mangel an Lesestoff gewusst hätte, hätte sie ihre eigenen Taschenbücher mit auf die Insel gebracht.

Sie ließ die Erzählliteratur hinter sich und fand sich vor dem Schrank mit den tuganischen Werken wieder. Endlich war sie allein mit den verborgenen Schätzen, für die sie – buchstäblich – um die halbe Welt gereist war. Sie wusste, dass Cook zweimal vergeblich versucht hatte, auf der Insel zu landen, 1771 und 1775. Im Jahr 1836 hatte es die HMS Beagle ebenfalls nicht geschafft, in den trügerischen Gewässern zu ankern, und war nach St. Helena weitergesegelt, und mit ihr der junge Naturkundler Darwin. Es war ärgerlich, wie knapp er die Insel verfehlt hatte, auch wenn der Landungsversuch töricht gewesen war, denn es war Juli und somit Island Close. Aber nach ihm musste der eine oder andere Naturforscher an Land gegangen sein und über seine Entdeckungen berichtet haben. In Marys Bücherschränken gab es Chroniken, die die British Library als »verloren gegangen« verzeichnet hatte, gebundene und lose Sammlungen von Briefen, Berichte, Tagebücher und persönliche Schilderungen, Ausgaben einer längst eingestellten Inselzeitung, die es in den dreißiger und vierziger Jahren des vergangenen Jahrhunderts gegeben hatte. Charlotte fuhr mit den Fingerspitzen über die staubigen Buchrücken und Dokumente. Seit Jahrzehnten hatte sie niemand mehr berührt. In einem Fach hatte Mary alte Logbücher von Fischern gesammelt, in denen jeder Fang, jeder Sturm, jede kleine Reparatur verzeichnet war. Schon nach wenigen Sätzen sah Charlotte diese Inselvorfahren mit ihren wettergegerbten Gesichtern vor sich, wie sie mit ihren rauen Händen die Netze einholten und dabei eine melancholische Melodie in den Wind hinaussangen, ein Seemannslied auf Ladino. Sylvester hatte einmal spätabends ein solches Seemannslied auf dem Akkordeon gespielt, und Elsie hatte mit unerwartet klarer, schöner Stimme dazu gesungen. Irgendwann hatte das ganze Rockhopper eingestimmt, mit ebenso großer Begeisterung wie Elsie, wenn auch mit weniger Talent.

Charlotte griff nach dem obersten Buch auf einem von Marys wackligen Türmen und entdeckte mit Schreibfeder in brauner Tinte verfasste Rezepte für ein traditionelles tuganisches Hochzeitsessen. Aus den engen Schnörkeln der Schrift glaubte sie die ganze Angst und Hoffnung einer Mutter herauszulesen, die ihre Tochter mit einem Festmahl in die Zukunft entließ. Auch dieses Kochbuch konnte wichtige Hinweise enthalten – Goldmünzschildkröten hatten in den ersten Jahrhunderten der tuganischen Besiedlung regelmäßig auf dem Speiseplan gestanden. Wahrscheinlich waren sie sogar als Nahrungsquelle eingeführt worden, was jedoch niemand, den Charlotte bisher gefragt hatte, bestätigen oder verneinen konnte. Ihr blieb daher nur die Vermutung, dass jemand die frühesten Vorfahren der tuganischen Goldmünzschildkröten per Schiff auf die Insel gebracht hatte, mutmaßlich aus dem Amazonas-Gebiet, das heute von der Gelbfußschildkröte *(chelonoidis denticulatus)* und der Rotfußschildkröte *(chelonoidis carbonarius)* besiedelt war. Soweit Charlotte wusste, gab es außerhalb von Tuga de Oro keinerlei Goldmünzschildkröten mehr, die kleine Population der Insel war also ein echtes Relikt. Aber wann genau waren die Tiere hierhergekommen? Und wie viele waren es gewesen? Inwiefern hatte ihr Fressverhalten das hiesige Ökosystem im Laufe der Jahrhunderte verändert? Wie wichtig waren die Schildkröten für die einheimische Korason-Palme, und wie viele Tiere wurden zum Erhalt eines gesunden Bestands dieser Pflanze benötigt? Wie hatte sich die Anzahl der Reptilien mit der Zeit vergrößert oder verringert, und warum? Irgendwo in Grand Marys Bibliothek mussten die Antworten zu finden sein, musste Charlotte Aufschluss erlangen können über Abstammung und Geschichte dieser Schildkrötenart. Und vielleicht stieß sie beim Lesen auch auf einen Hinweis auf ihre eigene mysteriöse Verbindung zu Tuga de Oro, so unwahrscheinlich diese Hoffnung auch war.

Ein Schatten über seiner Zeitung brachte Garrick dazu, den Kopf zu heben.

»Ich brauche Sie drinnen! Alles ist von Holzwürmern oder einem anderen Parasiten befallen, es ist schrecklich!«

»Wer ist befallen?«

»Ach, kommen Sie einfach mit, bitte! Ein ganzer Bücherschrank voller Manuskripte ist betroffen. Die rechte Bücherwand ist unversehrt, soweit ich es erkennen kann, aber in den unteren Schrankfächern auf der linken Seite hat irgendetwas Furchtbares gewütet. Jetzt stehen Sie endlich auf!«

»Von was reden Sie da? Hören Sie um Himmels willen auf, mich anzuschreien!«

Garrick sah blinzelnd zu Charlotte auf und schirmte mit der Hand seine Augen gegen die Sonne ab. Martha, die sich wie ein pflichtbewusster Beistelltisch zu ihm auf die Terrasse gesellt hatte, schien das Geschrei ebenso wenig zu mögen. Ihr Panzer ächzte, als sie ihr Gewicht nach hinten verlagerte und langsam und wippend den Kopf einzog, bis er zwischen den Hautfalten an ihrer Brust verschwunden war. Charlotte legte ihr beruhigend eine Hand auf den warmen Rücken.

»Zeigen Sie mir den Schaden.«

»Das tu ich gern. Hier, sehen Sie.«

Charlotte hielt ihm ein dickes in dunkelgrünes Leder gebundenes Buch mit goldener Prägeschrift hin, und er nahm es ihr ab.

»Nicht über Ihrem Schoß öffnen«, warnte sie, doch es war bereits zu spät. Er klappte die Buchdeckel auf, und es regnete asche-ähnliche Papierfetzen auf seine Hose und die halb fertige Predigt, die vor ihm auf dem Tisch lag. Kurz darauf lösten sich auch die Überreste der Seiten vom Buchrücken und fielen mit einem leisen Plopp hinterher.

»Meine Güte. Wie viele Bücher sehen so aus?«

»Bis jetzt ein ganzes Regalfach, dann bin ich gekommen, um Sie zu holen. O Gott, was für ein Verlust!« Sie rang die Hände. »Insekten sind nicht wirklich mein Fachgebiet. Ich habe versucht, eins der Tierchen in flagranti zu erwischen, leider vergeblich. Keine Ahnung, welche Plagegeister das verbrochen haben.«

Garrick stand auf und fing an, den Staub und die Papierfetzen von seiner dunklen Hose zu klopfen.

»Ich tippe auf Silberfische. Die müssen auf jeden Fall beseitigt werden. Sie hätte mich schon vor Jahren in die Bibliothek lassen sollen.«

»Ich wusste gar nicht, dass Sie sie darum gebeten haben. Soll ich Mary holen?«

»Noch nicht, lassen Sie uns zuerst das Ausmaß des Problems herausfinden. Das kriegen wir schon wieder hin.«

Das Problem war nicht unerheblich, beschränkte sich jedoch offenbar auf die unteren Regalfächer. Mary hatte ihnen zu Beginn mit einer Kaffeepause gedroht, daher arbeiteten sie gegen die Zeit und versuchten, den Umfang der Schäden zu ermitteln, bevor sie kam. Nachdem sämtliche Bücher in ordentlichen Reihen ausgelegt waren, gelang es ihnen, genau zu bestimmen, wo der Befall anfing und endete. Charlotte überlegte, ob irgendwo eine große Zeitung herumlag, und Garrick erwiderte, wenn er auf so etwas Wertvolles stieß, würde er es bestimmt nicht an Silberfische verschwenden.

Sie einigten sich darauf, die befallenen Bücher von jenen zu trennen, die noch intakt wirkten. Jedes Katalogisieren oder Umlagern der Bücher war nun unmöglich. Es durften nur jene Bände angerührt werden, die vor den infizierten Exemplaren in Sicherheit gebracht werden mussten. Alle Bücher in diesem Raum mussten systematisch überprüft, von Staub befreit und in die Sonne gelegt werden.

»Tja, jetzt sind Sie gezwungen, weiterzumachen, bis alles wieder in Ordnung ist«, lautete Marys einziger Kommentar, als sie ihr von der Katastrophe berichteten. Polternd stellte sie ihr Tablett ab, auf dem eine kleine Cafetière und zwei nicht besonders saubere Tassen standen, sonst nichts, weder Milch noch Zucker. Charlotte überfiel vor lauter Schreck und Adrenalin plötzlich ein Heißhunger, und sie dachte dankbar an den Zitronenkuchen, der noch in ihrer Tasche war. Ungeduldig wartete sie darauf, dass sich Grand Mary wieder zurückzog. Unterdessen verkündete Garrick, Mary solle sich seinetwegen keine Mühe machen, er werde für einen Kaffee und ein zweites Frühstück nach Hause gehen. Sie erwiderte spitz, die Mühe sei bereits erfolgt – wie er sehen könne, stehe der Kaffee direkt vor seiner Nase. Garrick nahm gehorsam wieder auf dem Sofa Platz und schenkte die beiden Tassen voll, während Mary den Rückzug antrat.

»Das sind unschätzbare Werte, die hier verloren gehen«, murmelte Charlotte, als sie weg war.

»Jetzt geht es erst mal um Schadensbegrenzung.«

»Sollen wir jemanden rufen? Wer kennt sich am besten mit Schädlingsbekämpfung aus?«

Garrick schüttelte den Kopf. »Es gibt niemanden, dem ich diese heikle Aufgabe zutraue. Ich will auf keinen Fall, dass hier jemand hereinstapft und alles mit Insektenvernichtungsmittel vollsprüht.«

»Ich gehe in die Klinik und recherchiere online, wie man am besten vorgeht. Die Sonne müsste schon einiges bewirken, sie tötet zumindest die Larven ab.«

»Schon, aber was beschädigt sie sonst noch alles?«

»Wir müssen einfach das Beste hoffen.«

Sie unterhielten sich mit knappen, abgehackten Sätzen, die eine neue Kameradschaft erahnen ließen. Nun, da sie in ihrem Kampf gegen einen gemeinsamen Feind vereint waren, riefen sie vorübergehend einen Waffenstillstand aus. Sie teilten sich draußen im Schatten Charlottes Zitronenkuchen, und sie erklärte Garrick, wie wichtig es sei, heruntergefallene Krümel aufzusammeln, damit Martha keinen ungesunden Zucker zu sich nehme. Der Inselgeistliche nickte zustimmend und sah umgehend unter seinem Stuhl nach.

Während sich Charlotte ihren Kuchen schmecken ließ, sah sie Martha in die weisen dunklen Augen und spürte, wie zwischen ihnen ein stummes Einverständnis entstand.

»Als ich noch in London war, kam es mir so logisch vor, dass die Goldmünzschildkröten besser erforscht werden müssen, um das Ökosystem der ganzen Insel zu schützen.« Charlotte sagte es zu Martha, die den Anschein machte, als würde sie zuhören. Sie hatte den Kopf leicht zur Seite geneigt und ließ Charlotte nicht aus den Augen. Auch Garrick betrachtete liebevoll die Schildkröte, gab jedoch nicht zu erkennen, ob er zugehört hatte. Charlotte fuhr dennoch fort: »Ich weiß, du denkst, ich würde die falschen Prioritäten setzen, aber mir geht es gar nicht nur um die Erhaltung der Art. So funktioniert Tierschutz heute nicht mehr – sollte er zumindest nicht. Nein, ich glaube, dass das Aussterben von euch Schildkröten inselweite Folgen hätte, nicht nur für Tiere und Pflanzen, sondern auch für die menschlichen Bewohner. Nehmen wir beispielsweise die Korason-Palmen: Wenn ich mich nicht täusche, sind sie auf die Schildkröten angewiesen, um sich zu vermehren, und die Menschen sind wiederum auf die Palmen angewiesen. Aber immer, wenn ich denke: Okay, heute gehe ich in den Dschungel und treibe meine wertvolle Forschungsarbeit voran, kommt mir der Gedanke in die Quere, dass da ja auch noch die vielen Nutztiere sind, die die Bauern zum Überleben brauchen. Um die muss ich mich ebenfalls kümmern. Das ist alles Arbeit, die sofort erledigt werden muss, gleich heute, oder besser noch gestern. Dann wäre da noch die Verantwortung für die Biosicherheit, die Saul mir zusätzlich aufs Auge gedrückt hat. Und als ob das alles noch nicht genug wäre, wird auch noch eine wichtige kulturelle Ressource dieser Insel aufgefressen, und zwar buchstäblich. Auf Tuga ist alles so … elementar, so voller Gefahren. Und es gibt unendlich viel zu tun.« Sie hob den Blick zu Garrick, der sich nach Art eines alten Gelehrten übers Kinn strich.

»Gebraucht zu werden, ist im Leben eine Ehre«, sprach er mit deutlicher Missbilligung in der donnernden Stimme. Er schien zu glauben, Charlotte habe sich bei ihm beschweren wollen, dabei hatte sie nur ihre Gedanken und Beobachtungen mitgeteilt. »Diese Bücher zu retten, ist eine bedeutsame Arbeit. Wir sind dazu berufen zu helfen.«

»Ich weiß. Und ich helfe gern. Es lag nicht in meiner Absicht, mich darüber zu beklagen. ›Dazu berufen zu helfen‹ klingt im Übrigen reichlich religiös.«

»Berufen von unserem Gewissen, nicht von Gott«, stellte Garrick klar.

»Ist das der Gott des Humanismus? Das Gewissen? Ich weiß nicht, ob ich mir die Verantwortung aufhalsen möchte, ständig mein eigenes Wertesystem kreieren und hinterfragen zu müssen.«

»Mich führt mein Gewissen zuverlässig durch alle Lebenslagen«, erklärte Garrick selbstgefällig und runzelte die Stirn. Und mit dieser Meinungsverschiedenheit lösten sich die feinen Verbindungsfäden auf, die sich durch die Arbeit an den Büchern zwischen ihnen gebildet hatten. Charlotte stand vom Tisch auf, und Martha machte schwerfällig kehrt, um zu ihrer Suhle im Schatten und ein paar frischen Tamarindenblättern zurückzukehren. Garrick blickte der Schildkröte nachdenklich hinterher. Schließlich erhob er sich ebenfalls, um Charlotte zurück in die Bibliothek zu folgen.

»Haben Sie vorhin gesagt, dass die Korason-Palmen auf die Schildkröten angewiesen sind?«

Charlotte griff nach einem Staubwedel. »Ich glaube, dass sie die Enzyme im Dung der Reptilien für den Keimungsprozess benötigen. Endozoochorie nennt sich das.«

»Sie sagen also, wir brauchen Schildkröten, um Saloop herstellen zu können?«

»Wenn meine Theorie stimmt, ja.«

»Das klingt ziemlich verrückt. Ich weiß nicht, was ich davon halten soll.« Garrick verschränkte die Arme und setzte dem kurzen Wortwechsel resolut ein Ende. Er betrachtete das fleckige, abblätternde Holz der nun leeren Bücherschränke. »Vielleicht sollte Mary jetzt, da alles leer geräumt ist, Levi Mendoza rufen, damit er die Schränke ausbessern und die Glastüren neu einpassen kann.«

Charlotte atmete geräuschvoll aus. *Verrückt* war genau das, was Wissenschaft nicht war. Es war das Etikett eines alten Mannes für die Forschungsarbeit einer jungen Frau, deren Ergebnisse ihm nicht gefielen. Und Levi war so ungefähr der Letzte, den sie sich als Verstärkung ihres Silberfisch-Bekämpfungsteams gewünscht hätte.

»Was ist?«

»Ach nichts. Ich … ich verstehe nur nicht, warum die ganze Insel so besessen ist von Levi Mendoza.«

»Wer ist denn besessen von Levi Mendoza?«

»Ständig heißt es Levi hier, Levi dort. Er ist der Barkeeper, der Insel-Gastgeber, Mädchen für alles. Ich bin noch nie einer derart … *allgegenwärtigen* Person begegnet.«

Garrick sah sie durchtrieben an. »Sie müssen ja auch nicht jeden Abend bei ihm an der Bar sitzen und Fizzycan trinken.«

»Das war nur, um ein Gespür für die Insel zu bekommen«, erwiderte Charlotte ein wenig zu vehement. Es überraschte sie, dass Garrick mitbekam, was sie tat oder nicht tat. »Außerdem mache ich das schon lange nicht mehr.«

»Ist wahrscheinlich auch eine kluge Entscheidung. Setzen wir unsere Arbeit fort?«

39

Es folgte eine Woche, die für alle Beteiligten unerwartet verlief. Garrick, der sich auf einige sonnige Tage auf der Terrasse gefreut hatte, in denen er in Ruhe arbeiten oder lesen konnte, war gezwungen, die Ärmel hochzukrempeln und mit anzupacken. Sämtliche Bücher mussten untersucht, gelüftet und abgewischt, die Regalbretter ausgefegt werden und mit einem Trockenspray gegen Insekten besprüht, das anschließend weggesaugt wurde. Garrick und Charlotte entwickelten ein System und wechselten sich bei den einzelnen Arbeitsschritten ab, damit es ihnen nicht zu langweilig wurde. Auf die Leiter kletterte jedoch nur Charlotte – eine Übereinkunft, zu der sie stillschweigend gelangt waren. Mit der Zeit wurde Charlotte ein wenig nachgiebiger und verzieh dem Inselgeistlichen seine hochtrabende Art, denn er erzählte ihr mit großer Ausführlichkeit und unbestreitbarer Aufrichtigkeit von seinem Wunsch, der Insel zu helfen.

»Ich weiß nicht, ob Ihnen die einzigartige Kombination aus kulturellen Einflüssen bewusst ist, die zu dem heutigen weltlichen Egalitarismus auf dieser Insel geführt hat«, sagte er zu Charlotte. Da sie viel über dieses Thema gelesen hatte, nickte sie. »Unsere tuganischen Vorfahren, die diese Gemeinde gegründet haben, waren für die damalige Zeit sehr radikal und modern. Sie haben den Beweis angetreten, dass Vernunft und Menschlichkeit für ein moralisches, erfüllendes Leben genügen müssten, ohne dafür auf Übersinnliches zurückzugreifen.«

»Verstehe«, sagte Charlotte, die es vermeiden wollte, ihn mit einer wie auch immer gearteten Reaktion zu beleidigen. »Könnten Sie mir das Spray heraufreichen?«

»Ich bin keineswegs Monarchist, falls Sie das geglaubt haben«, fuhr Garrick fort. »Die Unabhängigkeit Tugas ist mir sehr wichtig, und ich glaube nicht, dass wir jemals wieder eine vollkommen unabhängige Republik werden können, ohne uns auf die Werte unserer Gründung zurückzubesinnen. Die Vergangenheit hält oft wertvolle Lektionen für die Gegenwart bereit.«

Die Silberfisch-Krise schien Garrick mit neuer Energie erfüllt zu haben. Er habe über den Einsatz von Ozon zur Insektenbekämpfung gelesen, erzählte er Charlotte, und über die Nützlichkeit von Scannern. Sie lebten in den Tropen, die Insekten würden unweigerlich wiederkommen, genau wie die Feuchtigkeit und vielleicht eines Tages ein Hurrikan, der das gesamte Gebäude zerstörte. Die Glastüren vor den Schränken hätten sich als ungenügender Schutz erwiesen, und die Bücher würden nicht häufig genug aus den Schränken geholt, um aufkeimende Probleme rechtzeitig zu erkennen. Die größte Bedrohung stelle jedoch Mary Philips selbst dar, die sprunghaft genug sei, um die Bücher aus einer Laune heraus zu verfeuern, und trotzig genug, um ihm und Charlotte den Zugang zur Bibliothek wieder zu verwehren, sobald sie merke, wie viel Freude sie daran hätten. Was die ferne Zukunft angehe, habe sie oft genug betont, dass sie ihren gesamten weltlichen Besitz Martha vererben werde. Bei Grand Mary würden sie gewieft vorgehen müssen.

»Wir brauchen alles auf Diskette«, schlussfolgerte Garrick und runzelte verständnislos die Stirn, als es Charlotte nicht gelang, ein Schmunzeln zu verbergen. Sobald die Texte eingescannt seien, könnten sie sich neue Ziele stecken. Er erkundigte sich, ob sie bereit sei, die Arbeit, die sie hier leisteten, auch in der Rupert Whitten Library fortzuführen, um dieser vernachlässigten und unterfinanzierten öffentlichen Einrichtung zu mehr Relevanz zu verhelfen. Sie habe schließlich auch schon einen Katalog veranlasst. Wenn sie dort die »Disketten« mit den eingescannten Texten unterbrachten, würden vielleicht noch mehr Wissenschaftler und Gelehrte kommen. Es sei höchste Zeit, dass die Tuganer eine Bibliothek bekämen, auf die sie stolz sein könnten.

»In dem alten Container stinkt es«, teilte ihm Charlotte mit. »Außerdem hat er keine Fenster.«

»Tja, es kann nicht überall so sein wie in der Bodleian Library in Oxford, Doktor Walker.«

Er sagte es besser gelaunt als sonst, und Charlotte spürte, dass sein Vorschlag, die Zusammenarbeit mit ihr zu verlängern, ein Kompliment war. Sie verzichtete daher darauf, ihm mitzuteilen, dass sie bereits ihre gesamte Zeit auf Tuga mit unbezahlter Arbeit verbrachte und ihre Kapazitäten erschöpft waren – unter anderem durch kränkelndes Vieh und illegal eingeführte Katzen.

40

Es war erstaunlich, wie schnell sich Katie in den Rhythmus seines tuganischen Lebens eingefügt hatte. Dan hätte eigentlich beruhigt sein müssen. Seine zukünftige Frau stand im Morgengrauen auf, um zu schwimmen oder Rad zu fahren, und kam dann ausgehungert zum Frühstück und schlang drei pochierte Eier und eine ganze Avocado auf Toastbrot hinunter, die nassen Haare unter einem pinkfarbenen Turban versteckt. Das Mikrofaserhandtuch, das sie dafür verwendete, fristete ansonsten sein Dasein auf dem Heizkörper jedes Badezimmers, das er bisher mit ihr geteilt hatte. Wenn sie so am Tisch saß, waren ihre Wangen von der Bewegung gerötet, und in ihren Augen funkelte die Begeisterung für die Herausforderungen des vor ihr liegenden Tages. Katies Elan war gewaltig, genau wie ihr Hunger – auf Essen, auf Erfahrungen, auf Wissen. Dan hatte es von Anfang an genossen, zu den Dingen zu zählen, nach denen es ihr gelüstete.

Um acht verließen sie gemeinsam das Haus und gingen in die Klinik hinüber, in der Dan inzwischen angefangen hatte, einige kleine Änderungen einzuführen, ganz vorsichtig, um Saul nicht zu provozieren. Er hatte mehrere Meetings zum Thema Katastrophenplanung für das Pflegepersonal angesetzt und den selten genutzten Krankenwagen Queenies Liste mit Reinigungsaufgaben hinzugefügt. Die Vormittage waren jenen Patienten vorbehalten, die einen Termin bei ihm gemacht hatten – nicht, dass es viele davon gegeben hätte –, woraufhin eine Kaffeepause um elf Uhr folgte und später das gemeinsame Mittagessen mit Katie zwischen halb eins und Viertel nach eins. Es sei denn, einer von ihnen machte zu dieser Zeit Hausbesuche. Dan übernahm so viele Patientenbesuche wie möglich, da die Leute ihre Enttäuschung besser verbargen, wenn Saul weit weg war. Nachmittags fand die offene Sprechstunde statt, bis Saul um fünf die Kliniktüren abschloss und sich zu seiner täglichen Patientenrunde aufmachte, bei der ihm Dan offenbar nicht helfen konnte. Am Abend kam häufig Charlotte zur Klinik, um in ihrem Tierarztraum zu arbeiten, weshalb Dan seit Katies Eintreffen dafür sorgte, dass er das Gebäude um diese Zeit verlassen hatte. Er reagierte auf so viele Notrufe, wie Saul ihm zugestand, und dehnte sein Lauftraining aus, um den Kopf freizubekommen und seiner Botschaft an die Gemeinde, sie müsse mehr für ihre Gesundheit tun, Nachdruck zu verleihen.

Katie bestand darauf, dass sie an sämtlichen gesellschaftlichen Anlässen teilnahmen. Sie ließ keine einzige Tanzveranstaltung im Old Kal aus, obwohl sie eine erschreckend schlechte Tänzerin war. Dieser Umstand war Dan bekannt gewesen, aber er hatte ihn verdrängt. Katie machte trotzdem bei allen traditionellen Tänzen mit und war im ganzen Raum bekannt, noch bevor sich der erste Abend dem Ende zuneigte. Zwischen Scham und Bewunderung hin- und hergerissen, fragte sich Dan, ob seine Mutter ähnlich zwiespältige Gefühle hegte. Sie hatte ihm und Katie jedenfalls mehr als einmal Gläser mit Punsch gebracht und vorgeschlagen, dass sie doch ein wenig hinausgehen und frische Luft schnappen sollten. Beim zweiten Tanztee war er innerlich gewappnet und hatte sich mit der Tatsache abgefunden, dass Katie tanzte, wann immer sich die Gelegenheit ergab. Was er nicht bedacht hatte, war, dass sie zu diesem Zeitpunkt schon eine Woche gearbeitet und sich den Überweisungen zur physiotherapeutischen Weiterbehandlung gewidmet hatte, die sich in der Klinik angestaut hatten. Sie war mit den Inselbewohnern in Kontakt gekommen und wurde nun unaufhörlich von ihm weggezogen, wurde gelobt, verwöhnt und ausgefragt, manchmal auch hinterfragt, aber immer mit aufrichtigem Interesse und großer Neugier. Dan stand an der Wand und beobachtete sie, während die Insel sich um sie scharte. Jeden Tag kamen Leute zu ihm und gratulierten ihm zu seiner Verlobten. Der Schlüssel zu einem zufriedenen Leben mit Katie schien schlicht und ergreifend darin zu bestehen, sich von Charlotte Walker fernzuhalten.

»Ich bin wieder da und habe die Eisentabletten dabei!«, rief Dan vom Hof aus. Er hatte am Morgen einen Hausbesuch bei Isadora Davenport gemacht, die blass war, sich schwach fühlte und über Kopfschmerzen klagte. Dan hatte ihr Blut abgenommen, war zurück in die Klinik gefahren, um eigenhändig die Laboruntersuchung durchzuführen, und erschien nun mit den verschriebenen Tabletten. Er empfand es als zutiefst befriedigend, ein medizinisches Problem derart schnell und vollständig beseitigen zu können. Die alte Dame würde sich schon in wenigen Tagen besser fühlen. Es hatte wirklich etwas für sich, Allgemeinmediziner, Hausarzt, Phlebologe, Laborant und Apotheker in einer Person zu sein.

»Kommen Sie hier rüber, Little Doc.« Anwuli stand im

Eingang ihrer kleinen Scheune, die gegenüber der Küche lag, den langen Rock hatte sie in ihre Gummistiefel gestopft. Sie winkte ihn zu sich. »Isa ist drinnen bei Doktor Walker.«

Natürlich war Charlotte hier – sie schien überall zu sein. Genau wie Dan war sie am vergangenen Donnerstag im Moschaw gewesen – er, um ein Baby mit Ausschlag zu behandeln, sie, um nach einem Lamm mit Parese und Ataxie zu sehen. Sie hatte eine Infektion des Atlantookzipitalgelenks vermutet und war bei seiner Ankunft gerade dabei gewesen, dem Lamm Dexamethason zu spritzen. Nach nur vier Tagen Procain-Penicillin war es nun auf dem Weg der Besserung, wie er sehr genau wusste, weil er Charlotte auch an allen übrigen Wochentagen über den Weg gelaufen war. Sie hatte erfolgreich einen Drillings-Kaiserschnitt bei einem Schaf durchgeführt (ohne ihn hinzuzurufen) und war hinterher ekstatisch gewesen vor Triumph, auch wenn die Naht, wie sie selbst zugab, nicht unbedingt die schönste geworden sei. Und hier saß sie nun erneut bei einem im Stall liegenden Schaf und flüsterte ihm nichtssagende Worte ins Ohr, während sie eine riesige Spritze aufzog. Isadora saß neben ihr auf einem Hocker in der Ecke, hatte ihren Gehstock quer über den Knien und sah der Tierärztin aufmerksam bei der Arbeit zu. Isadora und Anwuli besaßen acht Mutterschafe und konnten es sich nicht leisten, eins davon zu verlieren. Dieses war hochschwanger und offenbar in einem besorgniserregenden Zustand.

»Calciumgluconat«, erklärte Charlotte, als sie Dan an der Stalltür lehnen sah. Sie schien seltsam aufgekratzt für eine Tierärztin, die über einem halb tot wirkenden Schaf kniete. Der Kopf des Tiers war gesenkt, sein Blick glasig.

»Ich bin mir relativ sicher, dass Cher Hypokalzämie hat. Milchfieber. Sieh dir das an.«

Das Mutterschaf zuckte nicht einmal, als Charlotte ihm die Injektion verabreichte, ein Prozess, der Dan endlos vorkam – er selbst war deutlich kleinere Dosen gewohnt. Doch noch bevor Charlotte die Spritze wieder herausgezogen hatte, blähten sich die Nüstern des Tiers, und wenige Sekunden später hob es den Kopf. Alle Anwesenden beobachteten schweigend, wie das Mutterschaf aufstand, mit dem Schwanz schlug, Wasser ließ und dann zum anderen Ende des Verschlags trottete, wo die restlichen sieben Mutterschafe teilnahmslos herumstanden. Schon nach kurzer Zeit war Cher nicht mehr von ihnen zu unterscheiden.

Charlotte lächelte in sich hinein, während sie auf dem Boden kniend ihre Arztinstrumente zusammenpackte. Anwuli tätschelte ihr die Schulter.

»Haben Sie das gesehen, Little Doc? Das grenzt doch an Zauberei! Können Sie das Gleiche mit Isa machen?«

»Haha. Ja, das wäre natürlich schön.« Dan wusste nicht recht, was er dazu sagen sollte. »Zum Glück leidet sie nicht an Milchfieber. Das sind Ihre Eisentabletten, Isadora, die müssten gegen die Kurzatmigkeit und die Kopfschmerzen helfen. Bitte nicht zusammen mit Milchprodukten einnehmen, also nicht mit einer Tasse Tee oder Saloop.« An Charlotte gewandt sagte er: »Soso, du hast also nichts mit dem Lammen am Hut.«

»Ach, das ist nur ein vorübergehendes Arrangement.« Sie winkte ab und wischte ihre Hände an einem Tuch ab, aber ihre Augen funkelten vor Befriedigung. Er sah ihr hinterher, als sie die Scheune verließ, und hörte sie singen, während sie sich am Wasserhahn im Hof die Hände wusch. Für eine reine Theoretikerin verbrachte sie erstaunlich viel Zeit auf den Höfen, was ihr durchaus zuzusagen schien – da konnte er sich noch so sehr darüber ärgern, dass er ihr überall über den Weg lief. Er spürte den verwirrten Blick der beiden Frauen auf sich und rief sich zur Ordnung.

»Vitamin C hilft bei der Aufnahme von Eisen«, erklärte er betont fröhlich. »Ein Gläschen von Anwulis Zitronenlikör wäre also genau das Richtige. Keine Sorge, Sie werden im Handumdrehen wieder so munter sein wie Cher, das Schaf.«

41

Zehn Jahre zuvor

Martin Blackburn stand lange in der Dämmerung. Vor ihm erhoben sich zwei kleine, flache Häuser, rechtwinklig aneinandergebaut. Das eine war in einem hellen Lila gestrichen, das andere in Petrol, doch im gedämpften Licht des frühen Abends wirkten beide grau. Die schrägen Dächer bestanden aus Wellblech – wie in einem Slum, dachte er. Bei Regen wurde es in diesen an Schiffscontainer erinnernden Behausungen bestimmt sehr laut, lauter noch als unter den unsäglichen Palmstrohdächern, die sonst auf der Insel vorherrschten.

Der Hof, auf den er blickte, machte einen trostlosen Eindruck. Im Schatten konnte Blackburn weder den üppigen Küchengarten erkennen noch die schwer behangenen Obstbäume dahinter, auch nicht die satten Farben der Spinnenblumen, deren hellgrüne, gekräuselte Ranken an den Torpfosten emporkletterten, zwischen denen er stand. Ihr abendlicher Duft stieg ihm zwar in die Nase, aber die ängstliche Anspannung, die ihn erfasst hatte, sorgte dafür, dass er nur flach atmete und die Süße der Luft nicht wahrnahm. Der Kinderwagen, den er mit dem Land Rover zermalmt hatte, stand verkehrt herum neben der offenen Eingangstür, es schien bereits jemand versucht zu haben, ihn zu reparieren. Der gesamte Komplex – die zwei Häuser und der sauber gefegte, unasphaltierte Hof – hätte in sein eigenes rotes Backsteinhaus in London gepasst.

Es war eineinhalb Jahre her, dass er das letzte Mal auf Tuga gewesen war, und es war alles noch genauso, wie er es in Erinnerung hatte. Vielleicht erschien ihm die Insel nun, bei seiner zweiten Reise, sogar noch ein wenig bizarrer. Dieser Akzent! An vielen tuganischen Wohnzimmerwänden hing noch immer ein Porträt von Königin Elizabeth II, in einem jener abgrundtief hässlichen, mit Muscheln beklebten Rahmen, auf die hier alle so stolz waren. Und dann die Tanztees und die allgemeine Abneigung gegen alles, was altmodisch als »unflätige Sprache« bezeichnet wurde. Selbst die finster dreinblickenden, bulligen Männer, die auf den Fischerbooten arbeiteten, riefen nur *»Guay de mi!«*, wenn ihnen ihr Fang entwischte. Die tuganische Unabhängigkeitsbewegung war ein schlechter Witz – was glaubten diese Leute, wo sie ohne britische Infrastruktur wären, ohne britische Gesundheitsversorgung, ohne britische Bildung? Die britischen Steuerzahler nicht zu vergessen, denn es hätte Blackburn nicht überrascht, wenn dieser fürchterliche Ort nur dank kräftiger Subventionen überlebensfähig gewesen wäre.

Der hiesige Pub – wenn man ihn so nennen konnte – bestand aus einem Sammelsurium von Secondhand-Möbeln, über denen stinkende Fischernetze aufgehängt waren und in dem serviert wurde, was gerade da war. Auch die Bevölkerung war ein Sammelsurium, eine wilde Mischung, die man ihm folgendermaßen beschrieben hatte: ein paar britische Kaufmänner, einige niederländisch-brasilianische Juden, (was denn nun – niederländisch oder brasilianisch?), dazu eine Handvoll nigerianischer Sklaven und mehrere zufällig vorbeikommende Amerikaner. Jeder Inselbewohner schien von mindestens zwei dieser Gruppen abzustammen. Hinzu kam, dass Inzest auf einer derart kleinen Insel bestimmt keine Seltenheit war. Wohin sollte das alles noch führen?

Als Blackburn nach seinem ersten Aufenthalt zurück in London gewesen war, hatte er ganze Abendgesellschaften mit seinen tuganischen Geschichten unterhalten, hatte den Schwarzgebrannten beschrieben, der in den Vorratskammern gärte, die endlosen Wäscheleinen zwischen den Mangobäumen, an denen unzählige auf der Insel gesponnene Kleidungsstücke hingen, oder Fußballtrikots von Vereinen, deren Herkunftsorte die barfuß herumrennenden Kinder niemals besuchen würden, ja, von denen sie vermutlich nie gehört hatten. Den veralteten Hippie-Sozialismus, die Großzügigkeit, die schon an Aggression grenzte. Seine Koffer waren voll gewesen mit einheimischem Kunsthandwerk, das er an seine Kinder, seine Putzhilfe und seine Empfangsdame verteilt hatte. Sein jüngstes Kind hatte Gefallen an einer kleinen Schildkröte in einer Walnussschale gefunden, zumindest, bis der Hund sie zerkaut hatte. Schonbezüge in jedem Wohnzimmer – wie konnten diese Menschen so leben? Schwarze Wassertanks auf den Dächern, die von der Sonne aufgeheizt wurden, überall Insekten und andere Tierchen, die stachen oder bissen. Und dann die beklemmende Abgeschiedenheit, die Klaustrophobie, die man empfand, wenn überall um einen herum das Meer toste und es kein Entrinnen gab, nur Wasser und Himmel und den leeren, durch nichts unterbrochenen Horizont.

Er ging zur offen stehenden Haustür des einen Hauses

und klopfte. Nachdem er einen Laut der Zustimmung gehört hatte, betrat er die Küche. Er vergaß, dass tuganische Gäste sich die Schuhe auszogen, falls er es überhaupt je gewusst hatte.

Mariannes Arme schlossen sich fester um das Baby an ihrer Brust. Auf dem blank geschrubbten Holztisch sah Blackburn Blumen, mehrere Kuchen, Marzipan, Geschenke und Gutscheine, als hätte hier ein Geburtstag stattgefunden. Oder ein Trauerfall. Beim Anblick des Kindes spürte er ein unangenehmes Ziehen im Unterleib.

»Ich hätte dich fast umgebracht. Dieses Bild werde ich nie wieder los: der umgekippte, völlig verbogene Kinderwagen. Herrgott.«

»Nicht mich. Du hättest Annie fast umgebracht.«

»Annie.« Martin gab einen seltsamen, halb erstickten Laut von sich. »Oh. Meine älteste Tochter heißt Annie.«

Marianne hob den Kopf und sah ihn zum ersten Mal an. Er starrte auf das Abtropfbrett neben der Spüle, wo einige weiße Strampelanzüge in einer blauen Waschschüssel einweichten. Marianne zog ihren Bademantel enger um den Körper, auch wenn ihre nackten Brüste nichts waren, was er nicht bereits gesehen hätte.

»Tja«, sagte sie. »Deine jüngste auch.«

Der Liebreiz der Inselmädchen war der einzige Grund gewesen, aus dem Martin Blackburn sich zu diesem zweiten Tuga-Aufenthalt bereit erklärt hatte. Auch das Wetter auf der Insel war traumhaft, aber er hatte während seiner ersten Reise nur selten Zeit gehabt, es zu genießen. Die Atmosphäre in New Recife war ihm provinziell und erdrückend erschienen. Er hasste es, von unbekannten Menschen mit Namen angesprochen zu werden, und fand den tuganischen Akzent so eigentümlich, dass er wochenlang glaubte, die Insulaner würden ihn statt mit dem ebenso unerklärlichen *»Paz«* mit dem Wort »Bass« begrüßen. Es irritierte ihn, dass selbst die belanglosesten Informationen wie durch sofortige Osmose von Inselbewohner zu Inselbewohner wanderten. Das Ganze erinnerte ihn an den berühmten Roman von John Wyndham, nur dass diese »Kuckuckskinder« sich den Anstrich von Fröhlichkeit und Zuvorkommenheit gaben.

Er hatte vom ersten Tag an so viele Augenuntersuchungen durchgeführt wie nur möglich, um sich so schnell es ging seiner Verpflichtungen zu entledigen und den Tag seiner Abreise vorzuverlegen. Leider hatte er feststellen müssen, dass sein Aufenthalt als Optiker deshalb einen ganzen Monat dauern sollte, weil erst dann das nächste Schiff kam. Wie ein Gestrandeter hatte er den Horizont nach eben jenem rettenden Schiff abgesucht und – Steuervorteile hin oder her – die Kollegen verflucht, die ihn zu dieser karitativen Mission überredet hatten.

Und dann war ihm, als ihm nur noch wenige Tage auf der Insel blieben, Marianne über den Weg gelaufen – eine finster dreinblickende, aber wunderschöne junge Frau, die im zuckerweißen Sand des Out the Way Beach nach essbaren Muscheln gesucht hatte. Er hatte seine Schritte verlangsamt und war neben der Stelle, an der sie kauerte, stehen geblieben. Ihre goldblonden Haare waren so lang, dass sie ihr Gesicht bedeckten und den feuchten Sand streiften. Er hatte sich gebückt und eine silbrig schimmernde Muschel aufgehoben, aus deren Öffnung gekräuselte schwarze Lippen ragten. Als er sie Marianne hingehalten hatte, war sie aufgesprungen und hatte die Muschel ins Meer geschleudert, voller Erstaunen über seine Unwissenheit. Wie konnte er ein derartig giftiges Tier aufheben? Er bewunderte ihr Wissen und erklärte, sie habe ihm das Leben gerettet. »Ich bestehe darauf, dass Sie mich bis zu meiner Abreise beschützen.«

Sie sprach kaum ein Wort, sah ihm nur selten ins Gesicht. Und doch nahm sie seine Bitte ernst und zeigte ihm cremige dunkelrosa Früchte, die an Avocados erinnerten, und erklärte ihm, woran man erkannte, dass sie reif waren. Sie wies ihn auf die prallen lila Blüten der Bananenpflanzen hin und reagierte spöttisch, wenn er über all das staunte, was für sie alltäglich war. Er aß, was sie ihm vorsetzte. Sie war siebzehn, unfassbare zwei Jahrzehnte jünger als er. Sie konnte klettern und schwimmen, angeln und stricken, konnte schnitzen und aus nichts ein Feuer machen. Sogar Wolle kardieren konnte sie. Sie wusste auch, wann die Flut kam und sie beide vollkommen allein in einer mondbeschienenen kleinen Bucht einschloss, wo er sie wie eine Meerjungfrau auf ein Bett aus silbrig glänzendem Sand legte, während schillernde Geisterkrabben um sie herumhuschten. Er war ihr Eroberer, fühlte sich wie der König der Insel. Ihm war gar nicht in den Sinn gekommen, dass es Dinge geben könnte – wichtige, universelle Dinge –, über die sie nichts wusste. Danach hatten sie hüfttief durchs Meer waten müssen, um zum Hauptstrand zurückzugelangen, und ihr rotes Gesicht hatte im Mondlicht das Brennen des Salzwassers verraten. »Hier passiert nie was«, sagte sie zu ihm. »Und jetzt bist du passiert.«

Marianne war ihm das ganze vergangene Jahr nicht aus dem Kopf gegangen. Er hatte an sie gedacht, wenn er zur

Rushhour im Stau stand oder wenn ihm schon Geschrei aus dem Haus entgegendrang, bevor er auch nur die Tür aufgeschlossen hatte. Sein Zweijähriger hatte gerade Backenzähne bekommen, und seine Frau war in den meisten Nächten abweisend und unfreundlich, schlug seine Hand weg, bevor sie auch nur den Bund ihres Flannelpyjamas berührt hatte. Tagsüber kannte sie kein anderes Thema als die Schulaufgaben und Prüfungen der Kinder, oder sie schimpfte mit ihm, weil er nicht genau genug überwachte, wie gründlich Annie Geige übte. Eines Tages ertappte er sich selbst dabei, wie er die Wichtigkeit regelmäßiger augenmedizinischer Tests betonte und zur Überraschung seiner Kolleginnen und Kollegen von der See the World Foundation freiwillig anbot, zum zweiten Mal auf eine abgelegene, ärmliche Insel zu reisen, die die meisten nicht ein einziges Mal besuchen wollten. Die Schiffspassage für den diesjährigen Optiker sei längst gebucht, teilte man ihm mit, es habe sich bisher jedoch niemand gefunden, der die Reise antreten wollte.

Auf der Überfahrt war er fast schon fiebrig gewesen vor Vorfreude auf Marianne, und als er an diesem Morgen mit dem vorbestellten Land Rover durch die heißen Straßen gefahren war, hatte er sogar vor sich hin gepfiffen. Und dann war sie plötzlich im Rückspiegel aufgetaucht, eine müde Meeresnymphe, die einen Kinderwagen schob. Er war in Panik geraten, und die Gangschaltung des Land Rover hatte anders reagiert als erwartet. Die Leute hatten geschrien und ihn ganz verrückt gemacht. Um ein Haar hätte er sie umgebracht.

Jetzt stammelte er: »Ich bin zurückgekommen mit dem Gedanken, dass wir uns vielleicht wieder über den Weg laufen … Und dann warst du auf einmal hinter mir mit deinem … Es war ein Schock für mich. Ich habe den falschen Gang eingelegt und bin …« Sein Blick hatte sich von Marianne gelöst und war an Alex hängengeblieben, der hinter ihr frisch gewickelt und schlafend in seinem Bettchen lag. Martin schluckte trocken und blickte zwischen den beiden Babys hin und her.

»Oh.« Er schluckte wieder. »Mein Gott.«

»Ich stille ihn, weil es seiner Mutter gerade nicht so gut geht. Sie hat sich früher auch um mich … Sie hat mich aufgezogen.«

»Verstehe. Es sind also nicht beide von dir.«

»Nicht beide von *dir*, meinst du.«

»Na ja … Ja, das auch. Haha. O Gott, es tut mir alles so leid! Ich dachte, du hättest die Sache im Griff. Das war naiv von mir.«

Marianne starrte ihn an. Annie war längst in ihrem Arm eingeschlafen, aber sie legte sie nicht auf ihren üblichen Platz neben Alex.

»Ich vermute mal, dass es niemand weiß. Es weiß niemand, oder? Nein, natürlich nicht, entschuldige, ich hätte nicht fragen dürfen. Du bist ein tolles Mädchen und verstehst, was das für mich bedeuten würde. Die Leute dürfen auch weiterhin nichts erfahren. Niemand darf davon wissen. Ich werde dir eine kleine finanzielle Unterstützung hierlassen, und wir sagen einfach, dass es dabei um den Unfall geht. Was brauchst du, um … Du weißt schon. Was soll ich zahlen, um die Sache ein für alle Mal beizulegen? Wie wäre es mit …«

Er nannte ihr eine haarsträubende Summe, mehr als doppelt so viel, wie ihre Mutter pro Jahr auf dem Kreuzfahrtschiff verdiente. War er wirklich derart reich? Marianne holte Luft, doch bevor sie etwas sagen konnte, verdreifachte er sein Angebot. Ihr Herz klopfte bis zum Hals. Sie dachte fieberhaft nach.

Marianne kannte ein englisches Internat, das Fabian Academy hieß. Als sie elf Jahre alt gewesen war, hatte dieses Internat ein Brieffreundschaftsprogramm mit Tuga de Oro gestartet, und sie hatte zwei Jahre lang Briefe mit einem Mädchen namens Dolores ausgetauscht, das ihr brav alles über ihre Schule in Kent erzählt und ihrerseits dämliche, aber gut gemeinte Fragen gestellt hatte – ob sie auf Tuga schon Strom und fließendes Wasser hätten und ob Marianne einen Bastrock trage. In der Fabian Academy belegte Dolores einen Theaterkurs, lernte fechten und spielte etwas, das sich Eton Fives nannte. Sie durfte die Lehrkräfte mit dem Vornamen ansprechen und schien sehr stolz darauf zu sein, dass die Schule eigene Ziegen und Enten sowie einen Küchengarten besaß. Letzteres interessierte Marianne am wenigsten, denn Ziegen und Enten kannte sie zur Genüge, und der Nutzgarten, den sie selbstständig bewirtschaftete, war doppelt so groß wie der der Schule. Da Dolores' Eltern in Hongkong lebten, verbrachte sie die meisten Ferien im Internat. Marianne wusste also, dass die Schule auch Kinder aus Übersee aufnahm. Sie nannte Martin die Fabian Academy und ihre Bedingungen. Im Gegenzug bot sie ihm lebenslanges Stillschweigen an. Und so kam es, dass ihre Tochter plötzlich eine Zukunft hatte.

42

Die Lindos richteten eine Party zum achten Geburtstag von Cecil aus, die wie alle Feiern der Familie oben an den Seen stattfinden sollte. Dieser Umstand war eins von vielen Argumenten für die regelmäßige Instandhaltung des bröckelnden Pfads, der um den Thursday's Peak – auch *montaña* genannt – herum zum Picknickplatz führte. Es gab nämlich viele Lindos und somit viele Anlässe für Feierlichkeiten. Wer gut zu Fuß war, schwang sich einen Rucksack auf den Rücken und erklomm den steilen, mit Zimtbäumen bewachsenen Abhang und anschließend die groben Steinstufen, die in die Ostflanke der *montaña* gehauen waren. Alle anderen nahmen die längere Route außen herum, zunächst entlang der halb verfallenen Straße und das letzte Stück per Esel. Auf dem Rückweg wurden einem die wartenden Esel jedoch oft streitig gemacht, denn so mancher Feiernde war nach der Party weniger sicher auf den Beinen als vorher.

Cecil Lindo war ein rothaariger Junge mit breitem Gesicht, der zu klein für sein Alter war und sich nicht davon abbringen ließ, den elfjährigen »Teufelszwillingen« nachzulaufen, wie nachdrücklich sie ihn auch abwiesen. Die verächtlich auf ihn herabblickende Annie Goss war seine große Liebe, aber er hatte Alex als schwächeres Glied der Kette ausgemacht, weshalb er ihn mit Briefmarken, Schnitzereien aus Treibholz und Marzipankugeln überhäufte. So erhoffte er sich Zugang zur Gesellschaft seiner Angebeteten. Heute war sogar Annie dazu verpflichtet, nett zu Cecil zu sein, an dessen Geburtstagsparty sie teilnehmen musste, weil ihre Mutter mit seinen Eltern befreundet war und – fast noch wichtiger – den Auftrag erhalten hatte, die Torte zu backen.

Auch Dan Zekri war gegen seinen Willen hier, nachdem er eigentlich gehofft hatte, den Tag allein mit Katie zu verbringen – vielleicht bei einer Wanderung oder einer Autofahrt zur anderen Seite der Insel. Er hätte alles mit ihr unternommen, um dem leeren, distanzierten Nebeneinander ihres Alltags zu entkommen. Bei der Arbeit war er oft in ihrer Nähe, und doch waren sie nie allein miteinander, hatten nie Gelegenheit, ein privates Gespräch zu führen. Seine innere Anspannung war deshalb in den letzten Wochen immer größer geworden, er fühlte sich, als würde er ihr hinterherlaufen, als wäre er nur ein lästiges Anhängsel. Brav begleitete er sie zu Picknicks und Tanzveranstaltungen, und wenn er doch einmal zu Hause blieb, wartete er sehnsüchtig auf ihre Rückkehr. Es lag ihm fern, ihr unlautere Absichten vorzuwerfen – ihr, der heiteren, offenherzigen Katie, die zu Heimlichtuerei oder Unaufrichtigkeit gar nicht in der Lage war. Sie hatte sich mit all ihrem Elan in ihr neues Leben gestürzt, in dem die Gebrechen der Inselbewohner ungleich zahlreicher waren als die Stunden, die ihr Arbeitstag hatte. Es war ihr wichtig, sich schnellstmöglich um sämtliche Patientinnen und Patienten zu kümmern, die unter Schmerzen litten. Die Ischias-Probleme und Plantarsehnen-Entzündungen, Verletzungsfolgen und Arthritis-Beschwerden sollten endlich der Vergangenheit angehören. Die Glückliche, dachte

Dan manchmal mit einem Anfall von Neid. Sie hat tatsächlich Patienten. Ständig löcherte sie Saul mit Fragen, wollte noch mehr Details, noch mehr Hintergrundinformationen, von allem noch mehr. Je weiter die Zeit voranschritt, desto weniger war Dan davon überzeugt, dass ihre Begeisterung für die Insel und deren Bedürfnisse aus einer ebenso großen Begeisterung für den Verlobten resultierte, der sie dorthin gebracht hatte. Sie schien ihn zu meiden, ob bewusst oder unbewusst. Sie waren sechs Monate getrennt gewesen und hatten trotzdem seit jenem ersten Abend vor sechs Wochen, als Katie angekommen war, kein einziges Mal mehr zu zweit zu Abend gegessen. Selbst den Silvesterabend, an dem es für junge tuganische Paare eigentlich Tradition war, den Sonnenuntergang an der Playa di lus Guyim anzuschauen, hatten sie auf Katies Drängen hin im Rockhopper verbracht. Dan fragte sich, ob sie auch manchmal Angst davor hatte, dass zwischen ihnen unbehagliches Schweigen einkehrte. Vielleicht war das jetzige Nebeneinanderher-Arbeiten alles, was ihre Beziehung je ausgemacht hatte, und sie waren sich dessen nicht bewusst gewesen, weil in London zwei anspruchsvolle Dienstpläne die Leere kaschiert hatten.

In seinem derzeitigen, von Zweifeln geprägten Zustand war Dan besonders erpicht darauf, Charlotte Walker aus dem Weg zu gehen. Nach jeder Begegnung mit ihr geriet er für vierundzwanzig Stunden aus dem Gleichgewicht. Am liebsten hätte er einen ruhigen Abend mit Katie zu Hause verbracht, damit sie wieder geradebiegen konnten, was seiner Ansicht nach in Schieflage geraten war. Stattdessen nahmen sie an einem weiteren gesellschaftlichen Ereignis teil, noch dazu weit oben in den

Bergen. Katie saß ein Stück von ihm entfernt auf einer Decke und teilte sich eine Flasche Wein mit Betsey und den Spencer-Schwestern. In der letzten Stunde hatte sie nicht einmal in seine Richtung geblickt.

Ihm wurde klar, was er sich insgeheim erträumt hatte: dass sie lange Abende zusammen verbringen und über Katies erste Eindrücke von der Insel sprechen würden, darüber, wie sie die Menschen hier erlebte und einschätzte. Er hatte sich darauf gefreut, von seiner Einsamkeit erlöst zu werden, nicht mehr der Tuganer unter den LVAs und der LVA unter den Tuganern zu sein. Darauf, jemanden zu haben, mit dem er darüber reden konnte, was hier nervte oder charmant war, was nicht rundlief oder gänzlich am Boden lag und vielleicht durch ihrer beider Arbeit behoben werden konnte.

Doch sein Traum war von Anfang an nur ein Luftschloss gewesen, das erst durch die räumliche Trennung in ihm Gestalt angenommen hatte. Katie war noch nie jemand gewesen, mit dem man ganze Abende lang diskutieren konnte, worüber auch immer. Umso gefährlicher war es, ständig eine andere Frau in der Nähe zu wissen, die die ersehnte Neigung zu gemeinsamen Gedanken und Gesprächen mitbrachte, die eine gute Beobachtungsgabe besaß und Freude daran hatte, ihre Einblicke mit anderen zu teilen. Je eher Charlotte wieder nach England zurückreiste, desto besser. Island Close konnte nicht früh genug kommen.

Marianne Goss hockte allein auf einem schattigen Felsen und schälte langsam und sorgfältig einen Apfel. Dan setzte sich neben sie. Er hatte Marianne noch als Schulmädchen in Erinnerung – sie war ein Kind gewesen, als er nach England abgereist war, um dort die Universität zu besuchen. Ihm fiel wieder ein, dass die Inselbewohner damals in Sorgen gewesen waren um sie, dass sie keine schöne Kindheit erlebt hatte, auch wenn ihm die Einzelheiten entfallen waren. Inzwischen war sie zu einer ernsten, stillen Frau herangewachsen, noch keine dreißig und doch schon Mutter einer Elfjährigen, von der niemand wusste, wer ihr Vater war. Womöglich stellte auch dies keine besonders glückliche Geschichte dar. Eigentlich waren es sogar zwei Elfjährige, um die sie sich kümmern musste, wenn Ruths Rückenschmerzen mal wieder zu schlimm wurden, was fast durchgehend der Fall zu sein schien. Er nahm sich vor, Saul nach Ruths derzeitigem Zustand zu fragen, wenn sie sich wieder in der Klinik trafen.

»*Ke haber*, Doktor Zekri.« Marianne sah Alex und Annie dabei zu, wie sie versuchten, in die Baumkrone eines ausladenden Banyanbaums zu klettern, zweifellos, um Cecil abzuschütteln. Dan folgte ihrem Blick.

»Ein furchtloses Mädchen hast du da.«

»Einen kleinen Teufel«, sagte Marianne, ohne ihre Tochter aus den Augen zu lassen.

»Aber auch ein Wunder.«

»Tja. Was auch immer Annie ist oder nicht ist, ich habe nichts damit zu tun. Das ist mir inzwischen klargeworden. Kinder kommen schon fertig auf die Welt, sie sind, wie sie sind. Als Mutter muss man einfach nur … Ich weiß auch nicht. Am Ball bleiben, sie vor den größten Gefahren beschützen, bis sie alt genug sind, bessere Entscheidungen zu treffen. Annie hat ihren eigenen Kopf. Ich weiß nicht, wie ich glauben konnte, ich könnte sie gegen ihren Willen auf ein Schiff verfrachten und in ein englisches Internat schicken. Seit sie sitzen kann, hat sie nichts mehr getan, was sie nicht wirklich wollte.«

»Klingt, als hättest du dich an ihr abgearbeitet.«

»Na ja …« Marianne schüttelte sich die Haare aus den Augen und strich sie dann mit der Rückseite ihrer Hand aus dem Gesicht, bevor sie weiterschälte. »Mir war … Mir war wichtig, dass sie genug lernt, um frei entscheiden zu können, was sie später einmal tun will. Du hast in England studiert – wie schlimm ist es, dass sie dieses Internat jetzt doch nicht besucht?«

Dan überlegte, wie er die Frage am besten beantwortete. Noch bevor er den Mund öffnen konnte, fuhr sie fort: »Ich kann ihr noch nicht mal erklären, was ich mir für sie gewünscht habe, weil ich selbst zu wenig weiß! Ich habe keine Ahnung, was es bedeutet, von der Insel wegzukommen und eine gute Ausbildung zu genießen. Mir war einfach wichtig, dass sie mehr Erfahrungen sammelt als ich.«

»Ob die entgangene Reise ein Verlust für sie ist, hängt wohl ganz davon ab, wer sie ist und was für ein Leben sie führen möchte«, sagte Dan. Marianne hatte bisher mit derart unverblümter Ehrlichkeit gesprochen, dass er beschlossen hatte, genauso zu antworten. »Ich selbst wusste schon als Kind, dass ich Arzt werden möchte, und das wäre nicht gegangen, wenn ich auf der Insel geblieben wäre. Ich wäre innerhalb der Grenzen, die mir das hiesige Angebot gesetzt hätte, nicht glücklich geworden. Meinem Empfinden nach …« Er hatte ihr gestehen wollen, dass er sich trotz seines langen Englandaufenthalts wie gefangen fühlte auf der Insel, merkte jedoch, dass er das unmöglich zu einer Frau sagen konnte, die Tuga de Oro noch nie verlassen hatte und es vermutlich auch nie tun würde. »Es ist tatsächlich hilfreich, wenn man verschiedene Wahlmöglichkeiten hat. Dadurch öffnen sich ganz andere Türen.«

»Das sagen mir immer alle. Annie kann noch gar nicht richtig überblicken, welche Türen sie hinter sich zugeschlagen hat. Sie versteht nicht, was die Leute mit dieser Metapher meinen, weil sie keine einzige Tür kennt, die nicht für sie aufgehen würde. Es gibt keine verschlossenen Türen auf Tuga.« Marianne fing an, die grüne geringelte Schale ihres Apfels zu essen.

»Warst du nie versucht, sie nach England zu begleiten, damit sie keinen Rückzieher machen kann? Du hättest es wie Maia machen und dir dort eine Arbeit suchen können, während Annie zur Schule geht.«

»Und wer hätte sich dann um Ruth dos Santos gekümmert? Und um Alex?«

»Natürlich. Tut mir leid, das hatte ich nicht bedacht. Von elf bis achtzehn in einem englischen Internat … Sie wäre ein vollkommen anderer Mensch geworden. Wolltest du das?«

Sie betrachteten beide das Kind auf dem Baum, das ein nacktes, mageres Bein herunterbaumeln ließ, während es das andere bis unters Kinn gezogen hatte. Annies wilder Haarschopf umrahmte ihr braungebranntes Gesicht, und sie rief den anderen Kindern unter dem Baum Anweisungen zu. Alle schienen ihr andächtig zu lauschen. Dan versuchte vergeblich, sie sich in einer makellosen englischen Schuluniform vorzustellen.

»Nicht jeder hat Lust darauf, den akademischen Weg einzuschlagen. Er ist nicht automatisch die beste Option.

Hättest du die Insel in ihrem Alter verlassen, wenn du gekonnt hättest?«

»Sofort«, antwortete Marianne ohne zu zögern, und Dan sah in ihrem Gesicht das Temperament aufblitzen, das sie Annie vererbt hatte.

»Mir ging es genauso. Und wenn wir beide uns so sicher waren, kannst du dich vielleicht auch darauf verlassen, dass sie weiß, was für sie am besten ist.« Dan erinnerte sich daran, wie er selbst als Elfjähriger gewesen war. In Annies Alter hatte er tatsächlich schon gewusst, was er wollte. Sein oberstes Ziel war gewesen, ein besserer Mann zu werden als Johannes, mehr zu erreichen als er. »Wenn wir beide uns auf jeden Fall *für* England entschieden hätten und sie im selben Alter beschlossen hat, zu bleiben, musst du ihr wohl einfach vertrauen. Es ist durchaus möglich, sich selbst zu kennen, wenn man elf ist. Bei uns war es ja genauso. Auch wenn ich aus heutiger Sicht nicht mehr hundertprozentig überzeugt bin, dass ich damals recht hatte. Ich wollte immer noch mehr erreichen, immer noch höher hinaus, wollte so weit von hier weg wie möglich. Aber es hat auch etwas für sich, zu wissen, wo man hingehört, wo die eigenen Wurzeln sind. Ich hingegen habe so verzweifelt versucht, wie ein Engländer zu sein, dass es schon fast peinlich war, und trotzdem war meine Herkunft immer das Erste, was den Leuten an mir aufgefallen ist. Und jetzt, wo ich wieder hier bin, gibt mir jeder das Gefühl, ein LVA zu sein.«

Marianne begann, den geschälten Apfel fächerförmig in dünne Schnitze zu zerteilen. Noch bevor Dan fertiggesprochen hatte, schüttelte sie energisch den Kopf.

»Du wirst mich nicht dazu bringen, Mitleid mit dir

zu haben, *Doktor* Zekri. Du hast die Welt gesehen, hast Karriere gemacht und bist mit einem Haufen Geld und einer Frau zurückgekommen, die dir um den halben Erdball gefolgt ist. Das ist genau die Art von Leben, von der die meisten hier nur träumen können. Du musst nicht wie die hiesigen Fischer viele Wochen auf See verbringen, weit weg von deinen Kindern, um dir die Reparatur deines Dachs leisten zu können, musst nicht wie Maia ein Jahr von deinem Kind getrennt sein und dich um fremden Nachwuchs kümmern, damit dein Mann seine Schulden bezahlen kann. Du machst dir auch nicht nächtelang Gedanken, ob du lieber den Pick-up reparieren lässt, damit du Taro ernten kannst, oder Dünger kaufst, damit dieser Taro überhaupt wächst. Eine Schiffspassage kostet dich nicht ein halbes Jahresgehalt, wie bei den meisten anderen Insulanern. Stattdessen kannst du es dir in deinem großen schicken Haus gemütlich machen und eine Horde Kinder großziehen. Und wenn du dann doch irgendwann woanders hinziehen willst, schnappst du dir diese Kinder und … haust einfach ab. Fährst hin, wo auch immer du willst.«

»Katie möchte keine Kinder.«

Marianne hatte ihn verunsichert mit ihrer Weigerung, das wirtschaftliche und soziale Gefälle zwischen ihnen höflich zu ignorieren. Er machte ihr dieses intime Geständnis, weil er beweisen wollte, dass auch sein Leben nicht so perfekt war, wie sie zu glauben schien. Im Grunde wusste er, dass sie vollkommen recht hatte: Seine Sorgen waren belanglos verglichen mit denen einer alleinerziehenden Mutter auf Tuga de Oro. Bei ihm ging es allein um persönliche Erfüllung, denn seine grundlegenden Bedürfnisse waren gestillt und würden immer gestillt sein. Er musste sich keine Gedanken um Ernteausfälle machen, sondern hatte ein Auskommen auf Lebenszeit. Weder würde er jemals hungern müssen noch seine Kinder – auch wenn er momentan keine Aussichten darauf hatte, welche zu bekommen.

Eigentlich hatte er sich vorgenommen, mit niemandem über Katies nicht vorhandenen Kinderwunsch zu sprechen, wohlwissend, dass diese Information genauso schnell die Runde machen würde wie eine eingeschleppte Erkältung. Es gab hier keine Karrierefrauen, niemanden – ob nun weiblich oder männlich –, der ehrgeizige persönliche Ziele verfolgte und aus diesem Grund kinderlos bleiben wollte. Wie Marianne ihm eindringlich in Erinnerung gerufen hatte, waren die Bewohner Tuga de Oros vollauf damit beschäftigt, ihre gemeinsame Existenz auf der Insel zu sichern. Wenn doch einmal jemand aus diesem Rahmen fiel, bot er ein hochwillkommenes Ziel für Klatsch und Tratsch. Und doch saß er hier auf dem Felsen und schüttete Marianne Goss sein Herz aus, obwohl sie noch nicht einmal besonders interessiert wirkte. Als er noch ein viel beschäftigter Arzt in London gewesen war, war ihm seine kinderlose Zukunft als etwas weit Entferntes, Abstraktes vorgekommen, doch in letzter Zeit kehrten seine Gedanken immer wieder zu diesem Thema zurück.

Er wusste noch genau, wie Katie bei ihrer dritten oder vierten Verabredung vor ihm gesessen hatte, mit einem derart strahlenden Lächeln, dass er fast das Gefühl gehabt hatte, von ihr erhellt zu werden, eine zarte Frau in einem rosa Karokleid, das an die Partyaufmachung eines kleinen Mädchens erinnerte. Sie hatte sich über ihren pinken

Cocktail gebeugt und ihm mit ihrer süßen, melodischen Stimme mitgeteilt, dass das Leben kummervoll sei und die Welt dem Untergang geweiht. Sie werde ihren Beitrag dazu leisten, dieser sterbenden Welt die letzte Ehre zu erweisen, indem sie sich um die Seelen kümmere, die bereits darin lebten, aber sie werde ihr keine einzige hinzufügen. Dan und sie waren auf einer Party gewesen, und Katies schillernder erdbeerrosa Lidschatten war wie Feenstaub auf ihre Wangenknochen hinuntergerieselt. Ich habe damals nicht richtig hingehört, dachte er jetzt. Katie war keine Frau, die sich wiederholte. Aus heutiger Sicht fühlte sich ihre gemeinsame kinderlose Zukunft nicht mehr abstrakt an.

»Tja«, sagte Marianne. »Manche Leute wollen eben keine Kinder. Es gibt ja auch wahrlich genug Babys auf der Welt.«

Dan beobachtete Annie Goss, die flink von ihrem großen Baum herunterkletterte, sobald es der arme keuchende Cecil endlich hinaufgeschafft hatte. Sie schnappte sich einen Hotdog von dem Tapeziertisch, auf dem das Büffet aufgebaut war, und kaute mit ihren kleinen weißen Zähnen darauf herum. Dann krümmte sie sich vor Lachen über etwas, das Alex sagte, und hielt sich die Hand vor den Mund, weil ein halb gekauter Bissen herauszufallen drohte. Sie ist wunderschön, dachte Dan, der sie noch nie zuvor richtig angeschaut hatte. Lebhaft und unberechenbar, witzig und todernst, ein Kind, in dessen elfjährigem Gesicht man manchmal einen Blick auf die zukünftige Frau zu erhaschen glaubte. Annie war eine solche Persönlichkeit. Für einen kurzen Moment stellte er sich vor, sie wäre *seine* Tochter. Er spürte väterlichen Stolz in sich aufsteigen, auf ihr Charisma und ihren Mut, malte sich aus, er würde sie lenken und ermutigen, seinen Beitrag dazu leisten, sie zu dem Menschen zu formen, der sie einmal sein würde.

»Das Problem ist nur: Ich glaube, ich würde gern Vater werden«, sagte er.

»Dann steckst du jetzt in der Patsche, oder?«

Marianne stellte die Frage ohne Arglist, aber auch ohne Wärme. Sie wirkte älter, als sie war, und sah müde aus. Inzwischen hatte sie das Messer weggelegt, ihre Hände ruhten in ihrem Schoß.

»Ich hoffe, du verzeihst mir, wenn ich sage, dass die meisten Menschen nicht alles bekommen, was sie sich wünschen. Manche vielleicht schon, aber so jemanden kenne ich nicht. Ich hatte gehofft, Annie die Chance bieten zu können, alle ihre Wünsche wahrwerden zu lassen. Sie sollte die Flügel ausbreiten und … Ach, ich weiß auch nicht. Vielleicht ist es so, wie du gesagt hast, und alles, was sie sich wünscht, ist hier bei mir und Alex. Vielleicht reicht ihr das. Ich hoffe es, und ich bemühe mich, es ihr so schön wie möglich zu machen. Die Zweifel werden trotzdem zurückkommen: Hast du damals das Richtige getan, hast du später das Richtige getan? Man will die Zeit zurückdrehen für sein Kind, will noch mal von vorn anfangen und es besser machen. Deine Katie muss dich sehr lieben, dass sie hierher mitgekommen ist, ans Ende der Welt, mitten ins Nirgendwo. Vielleicht stellst du irgendwann fest, dass das genauso viel wert ist wie eine eigene Familie. Wie auch immer, du solltest dir so schnell wie möglich klarwerden über deine Gefühle. Vor allem, wenn es noch jemanden gibt, mit dem du gern Kinder haben würdest.«

»Sie hat nichts damit zu tun«, sagte Dan, ohne nachzudenken. Zu spät ging ihm auf, was er da gerade zugegeben hatte. Marianne sah ihn lange an, und ihr Blick machte deutlich, dass sie ihren letzten Kommentar nicht ohne Hintergedanken geäußert hatte.

Die Einsicht, dass *er* Katie nur so weit gefolgt wäre, wie unbedingt nötig, erreichte ihn zunächst sanft, wie Sand, der durch ein Stundenglas rieselt. Dann traf sie ihn plötzlich wie ein Paukenschlag. Es war schön mit ihr, eine angenehme, angemessene Beziehung. Sie hatten regelmäßig Sex, athletischen Sex. Katies Begeisterung für Tuga hatte ihn blind gemacht dafür, wie außergewöhnlich es war, dass sie so bereitwillig mitgekommen war, dass so wenig Überzeugungsarbeit erforderlich gewesen war. Umgekehrt hätte er seine Verlobte niemals in irgendeine weit entfernte, abgelegene Heimat begleitet, das war ihm jetzt klar – wie traumhaft die Strände und wie mild das Wetter dort auch gewesen wären. Ihr gemeinsamer Umzug war ihnen beiden unter den gegebenen Umständen vernünftig erschienen, doch »vernünftig« war ein wackliges Fundament für ein lebenslanges Glück zu zweit. Die sechs Monate, die er ohne Katie auf Tuga verbracht hatte, hatten ihn mehr verändert, als er wahrhaben wollte. Er war hier zu Hause, aber seine Verlobte war kein Zuhause für ihn. Marianne Goss hatte ihn durchschaut, hatte ihn gesehen, wie er wirklich war. Nur er selbst hatte es nicht bemerkt.

43

»Little Doc!« Taxi kam mit seinem seltsam hüpfenden Gang auf die Picknickgesellschaft zugeeilt. Dan rutschte vom Felsen, erleichtert über den Vorwand, sich von Marianne zu lösen.

»Ich kann Big Doc nicht finden. Sie müssen sofort mitkommen, ich bin mit dem Krankenwagen so nah rangefahren, wie ich konnte! Nicola ist oben an den Breaks gestürzt, ich schätze mal, sie hat sich was gebrochen oder verstaucht. Jedenfalls kann sie nicht aufstehen und hat große Schmerzen.« Taxi wirkte winzig in der weiten pinkfarbenen Warnweste, in die er geschlüpft war, vermutlich, um zu signalisieren, dass er in dienstlicher Funktion unterwegs war. Darunter trug er ein Barry-Manilow-Shirt und Jeansshorts, was darauf hindeutete, dass er gerade auf Sendung gewesen war.

Dan begann, den Abhang hinunterzutraben, wobei er den humpelnden Taxi immer weiter hinter sich zurückließ. Als Katie auf die Situation aufmerksam wurde, rannte auch sie los und fiel trotz ihrer Flipflops mühelos in Dans Schritt ein. Zusammen erreichten sie den Krankenwagen, der mit laufendem Motor und offener Tür in einer schwarzen Dieselwolke vor sich hin brummte. Dan kickte mit dem Fuß eine Dschungelschabe vom Türtritt und kletterte hinter Katie in die Kabine. Taxi schloss zu ihnen auf und erklomm keuchend den Fahrersitz.

»Weil Sie so schnell losgerannt sind, musste ich wohl oder übel hinterher, Doc, aber gut fühlt sich das nicht an, das sage ich Ihnen.« Etwas Schwarzes, Geflügeltes krabbelte quer übers Armaturenbrett, und er setzte es mit einem geschickten Hieb außer Gefecht. »Wenn wir von hier zu den Breaks wollen, fahren wir am besten oben herum«, erklärte er und lenkte den Krankenwagen steil den Berg hinauf. Dan versuchte, Katie mit einem Blick vor der bevorstehenden Fahrt zu warnen, doch sie sah nur Taxi an und achtete nicht auf ihn.

Mit ächzender Federung rumpelten sie von der Lichtung. Taxi gab Gas, bog um eine Kurve und nahm die schmale, selten genutzte Straße, die den Pass über die *montaña* bildete. Dan hielt sich verbissen am Haltegriff fest und sehnte sich nach Anschnallgurten. Er selbst hätte nicht diese Route gewählt, denn sie war steil und anfällig für Steinschlag, sondern wäre auf der regulären Straße zurückgefahren und hätte die Breaks außen herum angesteuert. Zwischen Taxi und ihm saß Katie, die Hände gegen das Armaturenbrett gestemmt, aufmerksam und überraschend nüchtern für jemanden, der stundenlang in der brennenden Sonne Weißwein getrunken hatte. Jetzt bereute Dan, dass er nie auf die Idee gekommen war, den Krankenwagen bei hoher Geschwindigkeit und unwegsamem Gelände zu testen. Von hinten war ein unheilvolles Poltern zu hören. Etwas schien kratzend über den Boden zu schleifen, dann erfolgten zwei laute Schläge.

»Auweia.« Taxi spähte in den Rückspiegel und drosselte das Tempo, allerdings nicht genug für jemanden, der die Straße nicht im Blick hatte, wie Dan fand. »Da hat wohl jemand die Heckklappen nicht richtig geschlossen.«

»Was?«

»Haben Sie nicht neulich die Klinikbelegschaft dazu verdonnert, den Krankenwagen zu waschen, weil er so dreckig war? Das ist Ihre blitzsaubere Trage, die da gerade den Abhang hinunterrollt.«

»Oh, Scheiße!«

»Little Doc, das ist keine angemessene Ausdrucksweise für einen Mann, der wie Sie in der Öffentlichkeit steht!«

»Dann halten Sie um Himmels willen endlich an!«

Katie legte Dan beruhigend eine Hand aufs Knie, womit sie das genaue Gegenteil bewirkte. Warum ärgerte er sich so über sie, obwohl sie ein herzensguter Mensch war, der noch dazu perfekt zu ihm passte? Warum kostete es ihn neuerdings solche Mühe, sich den Rest seines Lebens mit ihr vorzustellen? Sie meinte es ernst mit ihm, war sportlich und unerschrocken. Und im Gegensatz zu neunundneunzig Prozent der Frauen, denen er bisher begegnet war, wollte sie tatsächlich auf Tuga leben. Er widerstand dem Drang, ihre kleine Hand wegzuschieben.

»Ist ja schon gut, Doc. Jetzt sehe ich sie nicht mehr. Ach, da ist sie. Sie ist weit hinter uns, richtig weit!«

Dan sprang aus der Beifahrertür, noch bevor der Krankenwagen vollends zum Stehen gekommen war, und rannte die holprige, ungeteerte Straße hinunter, um sich an die Verfolgung der wackligen Trage zu machen, die mitsamt einer ordentlich gefalteten tuganischen Strickdecke und einem frisch gewaschenen Kissen quietschend und klappernd den Berg hinunterschoss. Sie schien immer schneller zu werden, und obwohl es unmöglich war, sie noch einzuholen, rannte Dan weiter, wohlwissend, dass der Hang irgendwann an hohen Klippen endete, unter denen die rasiermesserscharfen Korallen des Riffs warteten. Es war die einzige fahrbare Trage im Umkreis von Tausenden Kilometern, und er sah sich verzweifelt nach einer Liane um, die er als Lasso benutzen konnte, um sie irgendwie einzufangen. Als die Straße plötzlich eine Kurve machte, raste sie weiter geradeaus und landete krachend in einem Mintberry-Busch. Dan wurde langsamer und rang nach Luft. Der scharfe Geruch zerstoßener Mintberrys stieg ihm in die Nase.

Einige Minuten später kam Taxi hinter ihm angezottelt. »Gar nicht übel, Doc. Sie sind richtig schnell. Gute Werbung für Ihre ›Vom Sofa zum Marathon‹-Kampagne.«

Dan machte sich wortlos daran, die Trage aus dem Gebüsch zu befreien. Schließlich gelang es ihm, sie mit einem haarsträubenden Knirschen hinter den abgeknickten Zweigen hervorzuziehen. Er versuchte zunächst, sie den Berg hinauf Richtung Krankenwagen zu schieben, hatte dann jedoch das Gefühl, dass sich ein Rad gelockert hatte, und bat Taxi, stattdessen zu ihm zurückzusetzen. Katie war unterdessen seelenruhig in der Fahrerkabine sitzen geblieben. Bevor sie die Trage wieder einluden, zeigte Dan Taxi, wie man die Rollen arretierte. Taxi fand die Lektion hochinteressant und merkte an, dass sicher auch Winston und Calla davon profitieren würden und man ihnen bei dieser Gelegenheit auch gleich die Befestigungsvorrichtungen im Krankenwagen erklären sollte. Nachdem die Trage wieder an Ort und Stelle und die Heckklappen sicher verschlossen und doppelt überprüft waren, machten sie sich erneut auf den steilen Weg den Berg hinauf, nur um in der Nähe des Gipfels auf drei große graue Kühe zu stoßen, die gelassen mitten auf der Straße standen und ihnen den Weg versperrten. Neugierig starrten sie den Krankenwagen an. Dan war inzwischen nah an der Hysterie. Er kurbelte das Fenster herunter und fing an, die Tiere anzubrüllen.

»Das wird nicht funktionieren«, teilte ihm Taxi mit. »Diese Rinder hören nur auf Bert.«

Dan beugte sich zur Fahrerseite hinüber und betätigte die Hupe. Keine Reaktion. Katie kicherte. Dann griff sie nach oben und schaltete das Martinshorn ein. Die Kühe machten einen Satz, als hätte man ihnen einen Stromschlag verpasst, und verschwanden.

»Das Martinshorn lassen wir am besten an, Doc. Dann wissen sie, dass wir kommen. Wir müssten gleich da sein.«

»Wenigstens ist das Ganze eine gute Gelegenheit, die neuen Notfallboxen in der Klinik zu testen«, überlegte Dan laut. »Wenn alles so läuft wie geplant, wird das ein guter Tag fürs gesamte Team.«

»Für Nicola wird es wohl kaum ein guter Tag«, wandte Katie mit deutlichem Vorwurf in der Stimme ein. Der Überdruss schien auf Gegenseitigkeit zu beruhen.

Dan öffnete den Mund, um zu entgegnen, dass es auch für Nicola ein großes Glück sei, sich heute das Bein gebrochen zu haben und nicht vor seiner Umstrukturierung der Notfallabläufe. Immerhin konnte sie sich in einer Klinik behandeln lassen, die dank seiner kreativen Verwendung einiger Plastik-Aufbewahrungsboxen auf dem neusten Stand war. Doch dann schloss er den Mund wieder, weil er sich nicht zutraute, sachlich zu bleiben. Taxi blickte stirnrunzelnd zwischen ihm und Katie hin und her, und Dan starrte angestrengt nach vorn, damit zumindest eine Person auf die Straße achtete. So brausten sie über den

Pass und wieder den Berg hinunter, um Nicola zu Hilfe zu eilen.

Nicola war eine große, meist fröhliche Frau von Anfang fünfzig, die mit ihrem zweiten Ehemann Hugh einen kleinen Schafhof betrieb. Sie war bei guter Gesundheit, und auch wenn sie manchmal zu Saul kam, um ihre Cholesterinwerte überprüfen zu lassen, war sie bisher ohne CSE-Hemmer ausgekommen. Als die kleine Rettungsmannschaft bei ihr eintraf, war sie nicht mehr fröhlich, sondern lag auf dem Boden, das Gesicht im Gras vergraben, und hielt sich den schmerzenden Fußknöchel.

»Es scheint höllisch wehzutun«, erklärte Nicolas Tochter Chloe. Sie kniete neben ihrer Mutter und streichelte ihr den Rücken.

»Jetzt sind wir ja da.« Dan kauerte sich neben die beiden. »Wir sorgen dafür, dass es ihr gleich besser geht.«

»Wo ist Saul?«, jammerte Nicola.

Katie ging in die Hocke und nahm ihre Hand. »Saul treffen wir gleich in der Klinik«, sagte sie tröstend. »Keine Sorge, er ist schon auf dem Weg dorthin.«

Das entsprach vermutlich der Wahrheit, nervte Dan jedoch gewaltig. Er kam verdammt noch mal auch allein mit einem gebrochenen Fuß klar!

Er verabreichte Nicola ein Schmerzmittel und schiente ihr Bein, wobei er jeden Handgriff genau erklärte, einerseits, um Nicola zu beruhigen, und andererseits, um Chloe miteinzubeziehen, die seit Langem Ärztin werden wollte. Anschließend brachte Taxi sie allesamt mit dem wackelnden und rumpelnden Krankenwagen in die Klinik, wo das Röntgenbild einen Bruch des Schienbeinknöchels ergab, in einem Winkel, von dem Dan ganz und gar nicht angetan war. Er hängte Nicola an den Ketamin-Tropf und repositionierte das Sprungbein, bis er mit dem Ergebnis zufrieden war. Inzwischen waren auch Saul und das Pflegepersonal eingetroffen. Ein zweites Röntgenbild sah schon deutlich besser aus.

Saul drückte Chloe die Schulter.

»Doktor Zekri hat ganze Arbeit geleistet, sieh dir das an. Alles ist genau da, wo es sein sollte, damit es richtig zusammenwachsen kann. Wirst du die Erste sein, die auf dem Gips deiner Mutter unterschreibt? Ich habe gehört, dass du dich ganz wunderbar um sie gekümmert hast. Du bist jetzt schon eine versierte medizinische Fachkraft!«

Chloe sah ihn mit Tränen in den Augen an.

»Wir waren gerade beim Joggen«, erklärte sie. »Inzwischen schaffen wir schon richtig weite Strecken.«

Nicola drehte benommen den Kopf in Dans Richtung und hob kraftlos eine Hand.

»Wir haben uns an Ihr Fitness-Faltblatt gehalten, Little Doc. Es lief eigentlich so gut mit dem Joggen!« Sie sprach undeutlich wegen des Ketamins. »Und heute bin ich dann einfach – plopp – umgeknickt.« Sie kicherte. »Ich fühle mich ein bisschen …« Es gelang ihr nicht, den Satz zu Ende zu bringen.

Dan hingegen wusste genau, wie er sich fühlte. Noch vor wenigen Minuten war er stolz darauf gewesen, dass seine Modernisierung der Ausrüstung einen reibungslosen Ablauf der Notfallversorgung ermöglicht hatte. Nachdem er jedoch Chloes und Nicolas Schilderung des Unfallhergangs gehört hatte, wuchs in ihm die Angst vor Taxis

Berichterstattung im Radio. Pünktlich zu den Abendnachrichten bestätigte sich seine Befürchtung.

»Hier auf Tuga sind neuerdings Extremsportarten in Mode«, verkündete der Radiomoderator beschwingt. »Bestimmt wünscht ihr Nicola Davenport auch gute Besserung, nachdem sie heldenhaft versucht hat, Little Docs Maxime ›Vom Sofa zum Marathon‹ in die Tat umzusetzen! Sie wird sich sicher schnell von ihrem Joggingunfall erholen. Hinterlasst ihr doch eine kleine Aufmunterung auf ihrem Gips!« Im Hintergrund ertönte Bruce Springsteen, und Dan dachte verzweifelt: Hier kommt sie, die Pointe. »Vielleicht sind wir Tuganer einfach nicht *Born to Run*!«

44

Als die Tierärztin an Ruths Küchentür klopfte, war Marianne gerade dabei, den Kindern ihr Abendessen vorzusetzen. Es herrschte angespannte Stimmung. Annie und Alex saßen dicht nebeneinander auf einer grob gezimmerten Holzbank und hielten unter dem Tisch Händchen, während vier unangerührte Teller mit Suppe auf einem dottergelben gewachsten Tischtuch mit provenzalisch anmutendem Muster aus schwarzen Oliven und Zikaden warteten. In dem vollgestellten kleinen Raum herrschte zähes Schweigen, und Charlotte überlegte, ob sie mitten in eine Standpauke geplatzt war. Annie neigte den Kopf und flüsterte Alex leise etwas zu. Dann entdeckte Charlotte auch Ruth, die wie ohnmächtig auf dem Sofa hinter den Kindern lag. Obwohl es warm war, hatte jemand eine Baumwolldecke über ihre ausgestreckten Beine gebreitet.

»Kommen Sie rein, Doktor Walker«, forderte Marianne sie energisch auf. »Wenn Sie schon mal hier sind, können Sie mir auch helfen, sie ins Bett zu bringen.«

Marianne rüttelte Ruth so weit wach, dass sie aufstehen konnte. Wankend stützte sich die ältere Frau auf Charlotte und ihre Ziehtochter. Ihr Kinn ruhte auf ihrer Brust, und es dauerte eine ganze Weile, bis es ihr gelang, die Augen offen zu halten. Das gedämpfte Licht schien sie zu blenden. Sie roch stark nach Patschuli und Urin und begann etwas davon zu murmeln, dass sie ihre Öle brauche. Marianne versprach, sie zu holen. »Aber jetzt sei brav, Ruthie, setz einfach einen Fuß vor den anderen.« Ruth folgte der Anweisung, auch wenn ihr Gewicht schwer auf den beiden Frauen lastete. Sobald sie auf diese Weise Ruths Zimmer erreicht hatten, gab Marianne ihr einen kleinen, lenkenden Schubs, woraufhin Ruth krachend aufs Bett plumpste. Sie rührte sich nicht, und Marianne verbrachte einige Zeit mit dem Versuch, ihren abgeknickten Hals geradezurücken. Sie strich Ruth die langen grau werdenden Haare aus dem Gesicht und redete leise auf sie ein. Charlotte wandte den Blick ab. Der Kummer, der diese beiden Frauen umgab, war erdrückend.

Als sie in die Küche zurückkamen, waren Annie und Alex voneinander abgerückt und aßen schlürfend und tief in eine Diskussion vertieft ihre Suppe. Alex' Miene hatte sich merklich aufgeheitert, seit seine Mutter nicht mehr im Raum war.

»Mango und Schokostückchen und Marshmallows und Erdbeermarmelade, alles vermischt«, sagte er gerade verzückt, und Annie erwiderte voller Ekel: »Einzeln finde ich das lecker, aber zusammen ist es das *Schlimmste*, was ich mir vorstellen könnte!«

»Das kannst du doch gar nicht wissen, wenn du's noch nie probiert hast«, argumentierte Alex. »Stimmts, Doktor Walker?«

»Solange ich lebe, werde ich niemals so eine widerliche Pampe probieren. Das wäre eine absolute Verschwendung von Mamas Erdbeermarmelade. Niemand isst Marmelade mit Schokostückchen, das ist die schrecklichste Idee, die du je hattest, und du hattest schon viele schlimme.«

»Apropos Marmelade«, hakte Charlotte ein, der aufgefallen war, wie enttäuscht Alex von Annies Ablehnung zu sein schien. »Ich wollte fragen, ob Sie morgen früh backen, Marianne?«

Die Mienen der beiden Kinder hellten sich sofort auf.

»Tut sie«, verkündete Annie, bevor ihre Mutter antworten konnte. »Deshalb ist es ja so wichtig, dass wir uns über die Kuchensorte einig werden. Wann können wir wieder mit Ihnen zu den Schildkröten?«

»Sehr bald, versprochen. Ich bin fast fertig in Martha House. Könnte ich vielleicht einen Kuchen bekommen, den ich morgen Garrick mitbringen kann? Es wird unser letzter gemeinsamer Tag in der Bibliothek. Tut mir leid, dass es so kurzfristig ist.« Charlotte widerstand der Versuchung, hinzuzufügen: Ich muss wiedergutmachen, dass ich ihn bis vor Kurzem für einen aufgeblasenen Idioten gehalten habe.

»Garrick mag es herzhaft, wenn es für ihn sein soll, würde ich eher Käse-Schnittlauch-Scones vorschlagen. Ich fange morgen früh um vier an – eins der Kinder könnte die Scones um kurz vor acht im Rockhopper abgeben, zusammen mit der Bestellung für die Bar. Würde das reichen? Zähne putzen und ab ins Bett, ihr zwei!«

Annie und Alex standen so synchron vom Tisch auf, als wären sie ein einziges Wesen, und flitzten zur Küchentür hinaus. Durchs Fenster sah Charlotte, wie sie lachend im Haus nebenan verschwanden. Marianne stieß einen langen Seufzer aus.

»Alles okay?«, fragte Charlotte.

»Kommt darauf an, wie Sie *okay* definieren.«

Marianne hatte sich kaum eine halbe Minute hingesetzt, stand nun jedoch auf, um energisch die Suppenteller abzuräumen.

»Meine Wünsche kann mir niemand erfüllen – dass es Ruth besser geht und ich eine richtige Arbeit annehmen kann, bei Betsey in der Küche oder vielleicht in einem eigenen Café.« Sie blieb stehen und stützte den Geschirrstapel auf ihrer Hüfte ab.

Wir müssten ungefähr gleich alt sein, dachte Charlotte. Unglaublich, wie viel älter Marianne wirkte. Dankbarkeit für ihre eigenen unzähligen Privilegien und Freiheiten stieg in ihr auf.

»Beurteilen Sie mein Leben nicht nach dem, was Sie heute gesehen haben, Doktor Walker. Es war ein schlechter Abend. Ich bin zu lang bei Cecils Picknick geblieben, und Ruth war den ganzen Nachmittag allein. Es rächt sich immer, wenn ich sie unbeaufsichtigt lasse.«

»Aber es muss doch möglich sein, dass Sie mal zu einem Picknick …«

»So läuft das leider nicht«, unterbrach Marianne sie und warf ihr einen mitleidigen Blick zu. »Wenn jemand Hilfe braucht, ist man für ihn da, und damit basta. Es war Ruth, die mir das beigebracht hat, und zwar nicht, indem sie mir lange Predigten gehalten hat, sondern indem sie sich klaglos um mich und viele andere auf der Insel gekümmert hat. Wenn etwas getan werden muss, tut man es, so einfach ist das. Es gibt keine festen Zeiten dafür. Das schränkt mich zwar ein, und natürlich habe auch ich Bedürfnisse und Wünsche, aber Ruth ist diejenige, die leidet. Ich sage Alex immer wieder, dass seine Mutter so viel wert ist wie alle anderen Inselbewohner zusammen. Mindestens.«

Marianne ließ die schmutzigen Löffel in eine Plastikschüssel neben der Spüle gleiten und goss die übrig gebliebene Suppe in eine hohe Glasflasche, wobei sie den Topf so gründlich auskratzte, dass er fast sauber war.

»Ich weiß jetzt, was ich morgen für Sie backe – Ruths Gewürzkuchen mit Kaffeearoma. Garrick wird sicher sofort erkennen, dass es ihr Rezept ist. Mir ist wichtig, dass die Leute nicht vergessen, wer sie war.«

Sie nahm ein fest eingewickeltes Paket aus dem Kühlschrank und drückte es Charlotte in die Hand, die peinlich berührt dastand. Was auch immer Marianne ihr gerade gegeben hatte, sie konnte es bestimmt nicht leicht entbehren.

»Nehmen Sie das als Dankeschön für Ihre Hilfe. Ich muss los und nach meinen kleinen Teufeln schauen, bevor Alex in Annies Bett einschläft. Dann bekomme ich ihn nicht mehr hier herüber. Er soll heute Nacht bei Ruth schlafen, damit er hört, wenn was passiert.« In der Tür blieb Marianne noch einmal stehen. Die Tränen in ihren Augen straften ihren brüsken Ton Lügen. »Ich tue, was ich kann, damit es ihr gut geht. Sie ist der beste Mensch, den ich kenne. Man kann sich immer noch oft mit ihr unterhalten. Oder zumindest manchmal. Es ist nicht immer so wie … wie Sie es heute erlebt haben. Gute Nacht, Doktor Walker.«

Charlotte verließ Mariannes Haus mit dem Paket – einem in Wachspapier eingewickelten Stück Frittata, wie sich später herausstellte – und einem Gefühl der Hilflosigkeit. Sie ahnte, dass sie es nur lindern konnte, indem sie etwas Nützliches für die Insel tat. Auch bisher hatte sie hart gearbeitet, um die hiesigen Tiere ehrenamtlich zu behandeln, doch um wirklich dauerhaft etwas bewirken zu können, musste sie erreichen, dass Tuga bei ihrer Abreise besser gewappnet war als bei ihrer Ankunft. Ruth dos Santos konnte sie nicht helfen, aber sie konnte Ruths Tieren helfen, und sie konnte – wichtiger noch – dafür sorgen, dass bei der nächsten Erkrankung dieser Tiere tiermedizinische Leitlinien existierten, damit die Leute sie auch dann noch behandeln konnten, wenn sie selbst nicht mehr auf der Insel war.

Zurück in ihrem Haus setzte sie sich an den Schreibtisch und startete ihr Vorhaben mit einer Liste der wichtigsten Medikamente (mit Leuchtstiften farblich markiert), die sie Saul vorlegen wollte. Alle diese Arzneimittel mussten vorrätig sein, wenn sie abreiste. Nicht nur vorrätig, sondern auch zu Notfallkits zusammengestellt, die sie für die häufigsten tiermedizinischen Einsätze vorbereiten wollte, ein Konzept, das sie ungeniert von Dan geklaut hatte. Vielleicht konnte sie diese Einsätze sogar von London aus koordinieren, wenn sie alles genauestens beschriftete und abfotografierte. Sie würde Elsie damit beauftragen, die Notfallkits zu verwalten. Sie zu erstellen, war eine Mammutaufgabe, doch der Gedanke daran erfüllte Charlotte mit Energie und Freude. Auf diese Weise konnte sie ein Erbe hinterlassen, das den Tuganern wirklich etwas brachte.

Sie hatte bereits Inventur der kümmerlichen Medikamentenvorräte im Tierarztraum gemacht und wälzte nun die *Liste grundlegender Arzneien für Nutztiere*, die die WVA – der Weltverband der Tierärzte – jedes Jahr herausgab, genau wie die entsprechende Liste für Kleintiere. Zusammengenommen bildeten sie das absolute Minimum dessen, was Tierärzte an Vakzinen und Medikamenten benötigten. Zum Glück hatte ihr der Verband bereits die Arbeit abgenommen, Rezepturen auszuwählen, die wirkungsvoll, preisgünstig und leicht erhältlich waren. Sie musste die Vorschläge der WVA nur noch mit ihrer Inventurliste abgleichen und Saul darum bitten, den Rest aus seinen Medikamentenbeständen zu ergänzen beziehungsweise für sie zu bestellen. Einige der Arzneien waren weitgehend nutzlos ohne Tierarzt vor Ort, der sie verschrieb und verabreichte, aber es erschien Charlotte dennoch besser, sie auf der Insel zu haben. Alles war besser, als die Hände in den Schoß zu legen und nichts zu tun. Sie würde mit dem beruhigenden Wissen abreisen können, dass die von der WVA festgesetzten Richtlinien zur sicheren und ethischen Behandlung von Tieren auf Tuga de Oro erfüllt wurden.

45

Am nächsten Morgen betrat Charlotte schon früh das Rockhopper, in dem noch die Stühle auf den Tischen standen. Die fieberhafte Energie vom Vorabend hatte ihr neuen Schwung verliehen, und sie war fest entschlossen, die unbehagliche Atmosphäre zu vertreiben, die ihre Begegnungen mit Levi seit dem Hurrikan trübte. Allerdings fiel ihr vorerst keine andere Vorgehensweise ein als die, seiner Ironie eine etwas begriffsstutzige gute Laune entgegenzusetzen.

Levi begrüßte sie mit einem unfreundlichen Nicken, zog jedoch unter seinem Flaschenregal Mariannes Kuchen hervor und stellte ihn auf die Theke. Charlotte schlug das Geschirrtuch und das Pergamentpapier auseinander, in die der Kuchen eingewickelt war.

»Der duftet ja unglaublich!«

Levi spähte in das offene Paket. »Ruths Gewürzkuchen. Was ist denn der Anlass? Dein erster Dreier mit Zekri und seiner Masseuse?«

»Herrgott, was stimmt eigentlich nicht mit dir? Der Kuchen ist ein Dankeschön an Garrick, wenn du es unbedingt genau wissen musst. Wir haben inzwischen das Ungeziefer in der Bibliothek beseitigt, und ich habe ein paar vielversprechende Texte entdeckt. Jetzt kann ich hoffentlich die Populationsveränderungen der Schildkröten nachvollziehen. Das habe ich Garrick zu verdanken – na ja, mehr oder weniger. Und er hat *Schildkröte am Abhang* für mich gefunden, ein Werk, das mich buchstäblich bis in meine Träume verfolgt hat. Heute ist unser letzter Tag in Martha House.«

»Dann kannst du dich jetzt wieder an deinen Schreibtisch zurückziehen und nachsehen, ob vor hundert Jahren jemand einen Brief über eine Schildkröte geschrieben hat. Klingt spannend.«

»Ich weiß. Ist es auch!« Charlotte knallte ihre Tasche auf einen Barhocker und setzte sich daneben, um den warmen Duft einzuatmen, der aus dem offenen Paket aufstieg. Der Kuchen roch nach Muskat, Piment und einem anderen Gewürz, das sie nicht identifizieren konnte. »Wie deutsche Weihnachtsplätzchen«, grübelte sie laut. »Ich erforsche inzwischen übrigens auch die Ausbreitung der Korason-Palmen, nicht nur die der Schildkröten. Und mir ist ein absolut brillanter Plan für die Tierarztpraxis eingefallen. Ein Geistesblitz, der mir gestern Abend gekommen ist. Ich bin überhaupt ein ziemliches Genie.«

»Wenn du meinst. Kaffee?«

»Ja, bitte. Wusstest du, dass Mary alte Rezeptbücher hortet? Das hat natürlich nicht so viel mit meinem Forschungsgebiet zu tun, obwohl ich die Rezepte jetzt nach Hinweisen auf die Korason-Ernte durchsuchen kann und auch auf … na ja, Schildkröteneintopf. Irgendwie berühren mich die Kochbücher, ernsthaft. Du müsstest sie mal sehen – all diese handschriftlichen Anmerkungen und Verbesserungen. Das führt einem so anschaulich vor Augen, dass es sich um echte Familien mit echten Mahlzeiten gehandelt hat. Ein Buch ist hundertfünfzig Jahre alt, und darin steht: ›Thomas war nicht darauf erpicht, dieses Gericht ein zweites Mal zu essen.‹«

»Dann hätte sich Thomas verdammt noch mal selbst sein Abendessen kochen sollen.«

Levi kam hinter der Bar hervor und begann, schweigend die Stühle von den Tischen zu räumen. Irgendwann hörte sie ihn rufen: »He, Zekri! Walt hat mir Tölpeleier gebracht. Falls du später zum Mittagessen vorbeikommen willst.«

Charlotte drehte sich um und sah Dan in der Tür stehen. Er war ungewöhnlich ungepflegt – das weiße Hemd zerknittert, die Haare standen auf einer Seite ab, als hätte er sie sich gerauft. Er blickte im leeren Rockhopper umher, als würde er in einer Menschenmenge nach jemandem suchen, und obwohl Charlotte der einzige Gast war, wirkte er erschrocken, als sein Blick auf sie fiel. Levi kehrte hinter die Theke zurück, beugte sich darüber und stützte sein Kinn auf die Faust, um erst Dan Zekri und dann Charlotte anzusehen.

Dan kam zu ihnen an die Bar. »*Paz*, Mendoza. Charlotte, ich habe schon nach dir gesucht. Können wir reden?«

Als Charlotte nickte, nahm Dan sie beim Handgelenk und zog sie zur Wand neben der Jukebox. Charlotte war sich Levis Nähe bewusst und wollte Dan gerade vorschlagen, nach draußen zu gehen, als er sie unterbrach.

»Tut mir leid, dass ich so aussehe, ich habe heute Nacht nicht geschlafen. Gerade war ich oben am Haus, um nach dir zu suchen. Ich muss es dir unbedingt sofort mitteilen. Eigentlich wäre ich schon gestern Abend gekommen, aber ich wollte erst die Box fertig packen. Ich habe Schluss gemacht mit Katie.«

Charlotte hörte Gläser klirren und drehte sich zur Bar um. Levi räumte gerade die kleine Spülmaschine aus und wischte mit demonstrativer Sorgfalt die letzten Tropfen vom Geschirr. Sie glaubte an seinem Gesichtsausdruck zu erkennen, dass er Dans gestammeltes Geständnis gehört hatte. Ihr Herz klopfte wie verrückt.

»Du hast mit Katie Schluss gemacht und deine Sachen in eine Box gepackt?«

»Nein, ich habe die letzte Notfallbox in der Klinik zusammengestellt. Da komme ich gerade her. Mit Katie ist es aus. Die beiden Aussagen hatten nichts miteinander zu tun. Ich wusste nicht, wo ich sonst hingehen sollte. Eigentlich wollte ich in meinem Arztzimmer schlafen, aber … letztendlich bin ich die ganze Nacht wach geblieben.« Er strahlte eine manische, angsterfüllte Energie aus, wie ein bedrohtes Meerestier. »Wie auch immer, ich musste dich einfach sofort finden und es dir sagen. Ich kann nicht warten, bis … Meine Sprechstunde fängt gleich an … Das kommt alles ein bisschen plötzlich, ich weiß, aber ich musste es loswerden. Ich kann nicht den ganzen Tag in der Klinik verbringen, ohne dass du … Genaueres erzähle ich dir später, Charlotte. Irgendwie habe ich das Gefühl, dass das mit uns vorherbestimmt ist. Da ist was zwischen uns beiden, das weißt du genauso gut wie ich. Ich war bisher nicht frei und konnte dir nicht mitteilen, was ich fühle. Bis heute. Bis gerade eben. Ich kann nicht aufhören, an dich zu denken. Wenn du willst, komme ich mit nach London. Ich will einfach, dass …« Er war beim Sprechen immer näher an sie herangerückt, entfernte sich nun jedoch von ihr und taumelte seitwärts zum Ausgang. Die letzten Worte warf er ihr über die Schulter zu, wie ein Mann, der dringend einen Flug erwischen muss: »Sag jetzt nichts. Komm um sechs runter zum Strand. Out the Way Beach, achtzehn Uhr.«

Dan stieß die Tür auf und stolperte dabei über den Fußabstreifer. Charlotte überlegte flüchtig, ob er betrunken war, ein Verdacht, den er auch damit nicht zerstreuen konnte, dass er von draußen rief: »Ich bin übrigens nicht betrunken, falls du das denken solltest!«

Charlotte starrte ihm ungläubig hinterher. Sie rührte sich erst, als Levi leise sagte: »Sieh an, Dolittle. All deine Träume sind wahr geworden.«

46

Garrick verbrachte den Vormittag damit, Charlotte ausgiebig über die verschiedenen digitalen Archivierungsmöglichkeiten auszufragen, und Charlotte verbrachte den Vormittag damit, Kompetenzen vorzutäuschen, die sie nicht besaß. Gleichzeitig grübelte sie darüber nach, warum sie so aufgewühlt war und Erleichterung darüber verspürte, dass dieser Arbeitstag sich zwischen Dans Geständnis und die Verpflichtung geschoben hatte, darauf zu reagieren. Die beiden Gespräche vollzogen sich parallel und behinderten nicht den Fluss des jeweils anderen – das laute mit Garrick über Megapixel und das stumme innerhalb ihres Herzens, in dem immer wieder die Wörter »Verbindung«, »Seelenverwandte« und »Stimmungsumschwung« auftauchten.

Charlotte hatte sich monatelang genau diese Liebeserklärung von Dan ausgemalt, in der sicheren Zuflucht ihrer Fantasie, errichtet auf dem festen, unumstößlichen Glauben, dass ohnehin keinerlei Hoffnung bestand. Es war nie nötig gewesen, über eine Realität an der Seite von Dan Zekri nachzudenken. In ihrer Vorstellung war alles weichgezeichnet gewesen, unangenehme Wahrheiten hatte sie ausgeklammert. Umso schwerer fiel es ihr nun, sich über ihre Gefühle klarzuwerden. Dass sie keine grenzenlose Freude verspürte, lag vermutlich daran, dass sie erst Zeit zum Nachdenken brauchte. Dan Zekri war Single. Er war ungebunden und wollte sich bei Sonnenuntergang mit ihr am Strand treffen.

Was die Verwirrung in ihr noch verstärkte, war die Tatsache, dass Levi dabei gewesen war, dass er ihnen zugesehen und ungerührt Biergläser poliert hatte. Die beiden Männer hätten nicht unterschiedlicher sein können. Dan stellte niemals, nicht bei der größten Hitze, seinen nackten Oberkörper zur Schau, biss nicht mit schneeweißen Zähnen in ganze ungeschälte Mangos, als ob sie Äpfel wären, überhäufte sie nicht mit ungehobelten Kommentaren wie ein Bauarbeiter aus den Achtzigern. Er sonderte auch keine lästigen Pheromone ab, die jeglichen Filter ausschalteten und jegliche Zurückhaltung. In Dans Gegenwart sprach sie nicht automatisch aus, was ihr als Erstes durch den Kopf schoss. Er spielte nicht bei jeder Gelegenheit den Moralapostel oder blieb aufreizend ungerührt, wenn sie ihr Verhalten wiedergutzumachen versuchte. Und er begegnete dem Leben nicht mit einem Schulterzucken, sondern machte sich Sorgen und hinterfragte die Dinge. Dan trug Hemden mit Kragen, sprach mit gedämpfter Stimme und stand auf, sobald sie sich näherte. Er hielt ihr die Tür auf, war weit gereist, las Bücher, hatte eine solide Zukunft vor sich. Sie schätzte seine Vielschichtigkeit und Intelligenz, zumal er gleichzeitig leidenschaftlich zu sein schien und nun offenbar gewillt war, sein Leben auf den Kopf zu stellen und ihr nach London zu folgen. Allerdings wurde diese romantische Geste davon getrübt, dass er damit das Gesundheitssystem einer ganzen Insel gefährdete. Dan war kein Heiliger – er hatte eine deutlich jüngere Verlobte nach Tuga geholt und sie nun einfach ausrangiert, wodurch sie auf einer abgelegenen Insel im

Südatlantik festsaß, ohne Hoffnung auf Flucht während der nächsten Monate.

All diese Gedanken brodelten unter Charlottes Oberfläche, während Garrick und sie über Scanner und Clouds sprachen und darüber diskutierten, welchem der älteren Schulkinder man nach gründlicher Einweisung die Mammutaufgabe zutrauen konnte, Marys Bibliothek zu digitalisieren – natürlich erst, nachdem sie die unvermeidbare Gegenwehr der alten Dame überwunden hatten. Charlotte wusste, dass sie diesen letzten Tag in der Bibliothek nicht vergeuden durfte. Es gab immer noch Schätze zu entdecken – erst gestern hatte sie eine Ausgabe von *Berühmte Schildkröten* des verehrten Cambridge-Zoologen Justin Gerlach ausgegraben, und wer weiß, was sie noch alles zutage fördern würde. Die Silberfische hatten ihr einerseits zwar einen längeren Zugriff auf die Bibliothek ermöglicht, andererseits jedoch wertvolle Zeit geraubt. Es war jetzt äußerst wichtig, dass sie sich konzentrierte, auch wenn es ihr noch so schwerfiel.

Garrick und Charlotte prüften gerade die Listen des jeweils anderen gegen, um die Katalogisierung der Bibliothek abzuschließen, als Joan an der offenen Terrassentür erschien, eine schmächtige Gestalt in weiter dunkler Kleidung, mit Strohhut auf dem Kopf und Weidenkorb über dem Arm. Wie eine Frau aus einem Märchen, dachte Charlotte, deren überreizte Nerven dafür gesorgt hatten, dass sie ihren knurrenden Magen nicht bemerkte. Auch den Gewürzkuchen in ihrer Tasche hatte sie vollkommen vergessen. Doch nun zog Joan zwei kleine weiße Porzellanteller hervor und legte auf jeden ein Stück Kuchen aus ihrem Korb, und Charlotte stellte fest, dass sie Heißhunger hatte.

»Kokos-Passionsfrucht«, sagte Joan, als Charlotte ihr Kuchenstück bewunderte.

»Der duftet ja unglaublich! Ist das ein traditionelles tuganisches Rezept?«

Joan lächelte und schüttelte den Kopf. »Nigella«, flüsterte sie und kicherte.

»Bleib doch bei uns, Joanie.« Garrick war aufgesprungen und zog einen dritten Stuhl zum Tisch. Doch Joan bestand darauf, dass sie andere Pläne für den Nachmittag hatte. Sie müsse sich beeilen, sei eigentlich schon spät dran. Sie würden sich später zu Hause sehen. Bevor sie ging, wandte sie sich an Charlotte.

»Haben Sie nicht Lust, zum Abendessen zu uns zu kommen? Das wollte ich Sie schon länger fragen.«

Charlotte antwortete, das gehe leider nicht, sie sei um sechs bereits verabredet. Joan griff nach ihrem Korb und machte einen Schritt vom Tisch weg, um ihren Mann und Charlotte nachdenklich zu betrachten.

»Dann vielleicht ein anderes Mal. Ich lasse Marys Kuchenstück bei euch, statt es ihr zu bringen. Das macht euch hoffentlich nichts aus. Wie wunderbar ihr dort am Tisch ausseht, zwei Wissenschaftler bei der Arbeit! Genauso habe ich es mir die ganze Woche vorgestellt. Ich werde diesen Anblick für immer in meinem Herzen tragen«, schloss sie überraschend gefühlvoll. Dann verschwand sie durch die Terrassentür. Kurz darauf war ihre leise Stimme aus dem Garten zu hören, wo sie sich von Martha verabschiedete.

Charlotte beobachtete, wie Garrick zur Fenstertür hinausstarrte. Gedankenverloren fegte er Kuchenkrümel von der Tischplatte in seine gewölbte Hand, damit sie nicht auf dem Boden landeten und die Schildkröte gefährdeten.

Martha wagte sich bisweilen bis in die Bibliothek vor, auf der Suche nach Gesellschaft und nach den Sternfrucht-Stücken, die Charlotte für sie hereinschmuggelte. Charlottes Blick fiel auf die weißen Porzellanteller auf dem Tisch. Joan hatte auch echte Baumwollservietten mitgebracht, abgenutzt, aber hübsch. Sie waren kornblumenblau und an den Rändern mit Zitronen bestickt. Charlotte empfand eine plötzliche Zärtlichkeit für die Insel und ihre Bewohner. Dan entstammte dieser schlichten, gesunden Umgebung, war mit diesen herzensguten Menschen aufgewachsen, genau wie Levi. Beide Männer trugen in sich, was Tuga ausmachte. Vielleicht hatte es auch ein wenig auf sie abgefärbt.

»Hat Joan die genäht?«

Garrick starrte stirnrunzelnd auf seine Serviette, als sähe er sie zum ersten Mal. Er drehte sie um.

»Ja, ich denke schon. Joan und Moz. Sie machen oft solche Handarbeiten zusammen, manchmal sogar für den Souvenirladen.«

»Die Stickereien sind unglaublich schön. Genau solche zarten, exquisiten Dinge findet man bei Liberty in London, wo sie Hunderte Pfund kosten. Es muss ein wunderbares Gefühl sein, die Welt mit diesen kleinen Kostbarkeiten ein Stück besser zu machen. Ich selbst kann zwar Wunden zunähen, aber so etwas brächte ich niemals zustande.«

»Die beiden sticken seit vierzig Jahren zusammen. Ein netter Zeitvertreib. Sie würden es Ihnen sicher beibringen, wenn Sie Interesse hätten.«

»Wie schön, dass Ihre Frau und Ihre Schwester so gute Freundinnen sind.«

»Ach, das ist hier nichts Ungewöhnliches. Wir pflegen nicht solche schnelllebigen, vergänglichen Großstadt-Freundschaften wie ihr.«

Charlotte beschloss, diese kleine Spitze unwidersprochen zu lassen. Ihr gefiel die Vorstellung, sich ein paar tuganische Alltagsfähigkeiten anzueignen. In Gedanken sah sie sich mit einem großen Strohhut und einem Korb unter dem Arm durch den Mendoza-Garten schlendern und selbst angebautes, wohlgeratenes Obst und Gemüse ernten. Nachdem sie dann mit dem Island-Close-Schiff nach London zurückgekehrt war, würde sie sich ein neues, erfüllendes Leben aufbauen, ohne Hektik und Stress. Über ihrem Küchenstuhl würde ein selbst gestrickter Pullover mit einem komplizierten tuganischen Muster hängen, und nach der Arbeit im Labor würde sie sich einen Saloop aus handgemahlenem Korason gönnen, der im kalten grauen London die warme Inselseele in ihr wachrief. Tuganische Blumen würden auf ihren Fensterbänken blühen, in eigenhändig glasierten Töpfen, und vielleicht würde sogar eines Tages eine gewaltige Korason-Palme in ihrer Zimmerecke stehen – falls es ihr gelang, lebensfähiges Saatgut aus ihren Schildkröten-Kotproben zu extrahieren. Es würde keine kulturelle Aneignung sein wie bei all den peinlichen jüngeren Kollegen, die von dreimonatigen Forschungsreisen in Argentinien mit Ponchos zurückkehrten und Matetee aus Kalebassen tranken, denn Dan Zekri hatte sich ihr als ultimatives tuganisches Souvenir angeboten, ein Paukenschlag, der sie zu sehr verunsicherte, um objektiv darüber nachdenken zu können. Und überhaupt: Bestand nicht immer noch die Möglichkeit, dass Charlotte selbst halb tuganisch war?

Ihr Blick wanderte zu Garrick, der gerade angestrengt

in sein Notizbuch starrte. Die aktuelle Waffenruhe zwischen ihnen war womöglich nur von kurzer Dauer, ihr lief also die Zeit davon. In vielerlei Hinsicht war der Inselgeistliche die naheliegendste Person, um Erkundigungen anzustellen.

Sie verkündete daher leichthin: »Ich bin mir übrigens ziemlich sicher, dass mein Vater aus Tuga stammt.«

Sie hatte erwartet, dass diese Aussage wie eine Bombe einschlagen würde, doch Garrick zog lediglich die dichten Augenbrauen zusammen.

»Das bezweifle ich doch sehr. Wer ist Ihre Mutter und wann war sie hier?«

»Sie war nie auf Tuga und ist meinem Vater vermutlich in London begegnet. Meine Überzeugung ist mit der Zeit immer größer geworden. Sie hat … ein paar Dinge anklingen lassen, als ich noch ein Kind war. Außerdem verrät mir meine … meine Intuition, dass eine Verbindung zu Tuga besteht.«

Garrick dachte lange schweigend darüber nach.

»Ich verstehe, dass man sich zu Tuga hingezogen fühlt, wenn man … ohne Anker dahintreibt. Und ich gebe auch zu, dass Sie bei uns aufgenommen wurden wie kaum jemand zuvor. Aber das heißt noch lange nicht, dass die Verbindung, die Sie zu dieser Insel spüren, erblich bedingt ist. Tuganer gehen nicht viel auf Reisen. Wir hätten alle davon gehört.«

»Dass mein Vater von hier ist, ist kein reines Wunschdenken, falls Sie das meinen. Ich bin keine verlorene Seele, die auf der Suche nach Identität um die Welt reist und …«

»Das hatte ich auch in keiner Weise …«

»Ich glaube wirklich, dass ich richtig liege mit meinem

Gefühl.« Sie hatte die Stimme erhoben. »Natürlich wünsche ich mir auch, dass es zutrifft, denn wenn ich mich getäuscht haben sollte, bin ich wieder ganz am Anfang angelangt, dann stehe ich buchstäblich vor dem Nichts. Es hat meine ganze Kindheit bestimmt, dieses ›Oh, die arme Charlotte Compton-Neville weiß nicht, wer ihr Vater ist!‹ oder ›Charlotte Compton-Neville hat am Vatertag eine Karte für den Chauffeur gebastelt‹. Es geht mir natürlich nicht nur darum, was andere über mich sagen, sondern …«

»Compton-Neville«, wiederholte Garrick krächzend. Er räusperte sich, trank einen Schluck Wasser und versuchte es erneut: »Compton-Neville. Aber Sie heißen doch Walker. War Compton-Neville der Name Ihres Vaters?«

»Nein, meiner Mutter. Ich habe meinen Vater nie kennengelernt, das sagte ich doch gerade. Walker war der Nachname meines Stiefvaters, ich war noch ein Kind, als meine Mutter ihn geheiratet hat. Und nach der Scheidung habe ich den Namen behalten.«

Garrick runzelte die Stirn und öffnete den Mund, nur um ihn gleich darauf wieder zu schließen. Sein Gesicht nahm einen steinernen Ausdruck an, den Charlotte als professionelle Ungerührtheit interpretierte. Sie fand, dass seine Züge wie eingemeißelt wirkten. Nach langem Schweigen ergriff er doch noch das Wort: »Ihre Mutter heißt also Compton-Neville … verstehe. Wie lautet ihr vollständiger Name?«

»Lucinda Compton-Neville. Während der Ehe mit meinem Stiefvater hieß sie kurzzeitig Lucinda Walker, nahm danach aber wieder ihren Mädchennamen an. Ich selbst habe mich für Walker entschieden, weil es … vieles einfacher gemacht hat. Bitte erzählen Sie niemandem von dem, was ich Ihnen gerade anvertraut habe! Ich will nicht, dass sich auf der Insel irgendwelche Gerüchte verbreiten, zumal ich mir nicht hundertprozentig sicher bin. Trotzdem, die Hinweise haben sich in letzter Zeit verdichtet, und ich wäre Ihnen dankbar, wenn wir vielleicht zusammen überlegen könnten, wer ...«

Garrick stand abrupt auf, stieß dabei gegen den Tisch und tastete nach seiner Baseballkappe.

»Ich gehe kurz vor die Tür. Bin gleich wieder da.«

47

Schwitzend und verunsichert schloss Charlotte die Vorhänge der Bibliothek, um die sengende Sonne auszusperren. Dann setzte sie sich wieder unter die wirkungslosen Deckenventilatoren und überlegte fieberhaft, wie sie es geschafft hatte, Garrick vor den Kopf zu stoßen – ausgerechnet jetzt, da sich ihr Verhältnis ein wenig gebessert zu haben schien. Er verdient den Gewürzkuchen nicht, dachte sie trotzig. Sie hatte ihr Innerstes nach außen gekehrt, und er war völlig unberührt geblieben, hatte nur unbeholfene Floskeln von sich gegeben. War er nicht der verdammte Geistliche dieser Gemeinde und somit Profi, was Seelsorge anging? Charlotte hatte ihm anvertraut, wie viel Scham und Zurückweisung sie als Kind erlitten hatte, und er hatte mit seiner Gefühlskälte bewirkt, dass nun genau diese Gefühle zurückgekehrt waren.

Da sie es nicht riskieren wollte, Dan vor ihrer Verabredung um achtzehn Uhr über den Weg zu laufen, arbeitete sie den ganzen Nachmittag in der abgedunkelten Bibliothek weiter, mit knurrendem Magen und Wut im Bauch, ohne klare Vorstellung davon, was sie wollte und wie sie sich bezüglich Dan entscheiden sollte. Sie hatte keine Ahnung, ob Garrick noch einmal zurückkehren und ihren letzten gemeinsamen Tag mit Anstand zu Ende bringen würde.

Er erschien in dem Moment, als sie ihre Sachen zusammenpackte, kam durch die schweren Vorhänge wie ein Theaterschauspieler, der – verstohlen und mit eingezogenem Kopf – die Bühne betrat. Seine Haare waren eigenartig zerzaust, und er schwitzte, als wäre er die letzten Stunden draußen herumgelaufen. In der Hand hielt er eine Tüte von Sylvesters Laden, aus der er zwei Dosen kalter Ingwerlimonade zog. Nachdem er sich auf den gewohnten Stuhl gesetzt hatte, wischte er die Dosen mit seinem von Joan bestickten Taschentuch ab und gab sie Charlotte. Sie betrachtete es als Friedensangebot.

»Fizzycan.«

»Danke.«

Garrick hielt den Blick beharrlich auf seine Ingwerlimonade gesenkt, sodass Charlotte nur die Oberseite seiner Baseballkappe sah, deren Schild sein Gesicht verdeckte. Sie wartete, weil sie spürte, dass er ihr etwas Wichtiges mitteilen wollte. Und tatsächlich räusperte sich Garrick.

»Charlotte, ich glaube, ich weiß jetzt, wer Ihr Vater ist. Falls Sie es wirklich erfahren wollen … Als Sie den Namen Ihrer Mutter genannt haben, da … da ist mir aufgegangen, dass Ihr Gefühl Sie tatsächlich nicht getrogen hat. Aber ich brauche Ihr Wort, dass Sie es niemals weitererzählen. Niemals. Sie würden damit großen Kummer auslösen.«

Ihr Herz hämmerte wie wild in ihrer Brust. Von dem Moment an, als er seine Ansprache mit ihrem Namen begann, spürte sie, was nun folgen würde. Natürlich konnte Garrick ihr sagen, wer ihr Vater war! Denn wer kannte die dunkelsten Geheimnisse einer Gemeinde, wenn nicht ihr Geistlicher? Sie hatte schon befürchtet, es niemals zu erfahren, aber in wenigen Sekunden würde sie Bescheid wissen. Ihr wurde flau im Magen. Sie konnte nicht sprechen, nickte nur.

»Also gut. Ihr Vater war mein allerbester Freund, mein *haver* Johannes Zekri.« Garrick sagte jedes Wort so zögernd und leise, als würde die Zeit plötzlich langsamer verstreichen. »Sie müssen jetzt neunundzwanzig oder dreißig sein, richtig? Ja, ja, das dachte ich mir. Johannes und ich sind damals zusammen nach England gereist. Ich hatte eine wichtige Tagung in London und musste außerdem Mittel auftreiben für die Insel. Joan war … sie hatte mehrere Krankheiten zu der Zeit, also hat mich an ihrer Stelle Johannes begleitet. Und in London lernte er dann Ihre Mutter kennen. Lucinda Compton-Neville. Der Name hat meinem Gedächtnis auf die Sprünge geholfen.«

Charlotte stieß unwillkürlich einen erstickten Laut aus und schlug die Hand vor den Mund. Garrick zog ein sauberes Taschentuch aus der Hosentasche, und sie hielt es sich vors Gesicht, mit geschlossenen Augen, obwohl keine Tränen kamen. Das Taschentuch roch nach Lavendel, und sie gab sich Mühe, tief und gleichmäßig zu atmen. Es half nichts, sie hatte angefangen, heftig zu zittern, und konnte Garrick nicht ansehen. Dies war das Geheimnis, das ihr ihr ganzes Leben lang verborgen geblieben war, so unzugänglich wie das Innere eines fremden Herzens. Nun war es nicht mehr geheim, nicht mehr unzugänglich. Es war nur noch eine traurige, schäbige Wahrheit.

Was, wenn sie nicht mit Garrick darüber gesprochen hätte? Wenn es diese Unterhaltung nicht gegeben hätte, was wäre dann an diesem Abend am Strand passiert? Bei diesem letzten Gedanken wurde ihr schlecht, ihr Mund füllte sich mit Galle. Dans Vater war auch ihr Vater. War es das, was sie zueinander hingezogen hatte? Eine unsichtbare Verbindung, die nicht darauf beruhte, dass die Chemie zwischen ihnen stimmte oder dass sie den gleichen Humor hatten, sondern auf einer genetischen Ähnlichkeit, dem kompatiblen Temperament von Geschwistern. Es war unerträglich, die Wahrheit zu kennen, undenkbar, sie nicht zu kennen.

»Das muss ein Schock für Sie sein. Tut mir leid. Es war vermutlich nicht das, was Sie hören wollten. Bestimmt haben Sie Dinge über Johannes gehört, die … Die Leute erzählen viel Schlechtes über ihn. Und er war auch wirklich kein guter … Er war nicht gut zu Dans Mutter. Für ein Leben als Familienvater war er nicht geeignet. Wir haben hier unsere Bräuche, unserer Traditionen, damals noch mehr als heute. Aber es schafft eben nicht jeder, ein guter Ehepartner zu sein …« Er hielt inne. »Soll ich weiterreden, oder lieber nicht?«

Charlotte saß immer noch unbeweglich da, das Gesicht im Taschentuch vergraben. Trotzdem lauschte sie aufmerksam jedem Wort. »Bitte«, stieß sie hervor.

»Sie müssen wissen, dass ich eigentlich sehr bedacht darauf bin, nicht schlecht über andere zu reden, oder auf eine Weise, die dieser Person schadet. Auch wenn … auch wenn es vielleicht der Wahrheit entspricht. Johannes war von Natur aus unfähig zu ehelicher Treue. Seine Umtriebe hatten zur Folge, dass Dan keine leichte Kindheit hatte. Er ist bis heute wütend auf seinen Vater, als Sohn hat er auch alles Recht dazu. Nach dem Schiffsunfall haben Joan und ich natürlich um Johannes getrauert. Am traurigsten aber fanden wir, dass er nun nicht mehr die Chance hatte, sich mit Dan zu versöhnen. Wenn Sie ihn noch kennengelernt hätten … Ich finde es sehr schade, dass Sie ihm nie begegnen werden. Und das, obwohl Sie den ganzen weiten

Weg hierhergekommen sind. Es war mutig von Ihnen, nach ihm zu suchen. Eins kann ich Ihnen versichern: Johannes hatte keine Ahnung, dass es Sie gibt, sonst hätte er es mir gesagt. Ich erzähle Ihnen das alles, Charlotte, weil ich glaube, dass Sie es wissen möchten.«

»Will ich auch«, brachte sie mühsam hervor. »Danke.«

»Darf ich … Darf ich Sie erneut bitten, die Sache für sich zu behalten? Lusi würde es nicht … Es würde viele Wunden aufreißen. Falls Sie noch irgendwelche Fragen haben, kommen Sie damit zu mir – mit allem, was Ihnen auf der Seele brennt oder was Sie besser verstehen wollen. Wir könnten uns heute Abend weiter unterhalten, wenn Sie Zeit haben, oder lieber an einem anderen Tag, wenn Sie in Ruhe darüber nachdenken konnten. Johannes ist zwar tot, aber ich würde das wenige, was von seinem Ruf noch unbeschadet ist, gern bewahren. Es darf nicht sein, dass die Leute ihn schon wieder verurteilen.«

Die Reise-Uhr auf dem Kaminsims begann zu schlagen. Es war sechs Uhr, doch Charlotte machte keine Anstalten, aufzustehen.

»Ich habe heute nichts mehr vor«, sagte sie. »Ich würde gern alles hören.«

48

Seit sie zusammen Grand Marys Haus verlassen hatten, spürte Charlotte, dass Garrick sie loswerden wollte. Nachdem er die Puzzleteile ihrer Identität zusammengesetzt und ihren inneren Frieden in ein loderndes Feuer verwandelt hatte, vielleicht für immer, schien er den schmutzigen Bastard seines besten Freundes nicht schnell genug abschütteln zu können. Jedenfalls weigerte er sich, sie anzusehen, und reagierte nicht auf ihre Verkündung, sie habe nun doch Zeit, zum Abendessen zu den Williams mitzukommen. Wahrscheinlich wollte er ungestört mit seiner Frau darüber plaudern, was er heute erfahren hatte. Charlottes Spekulationen fanden ein jähes Ende, als Joan mit blassem Gesicht die Küchentür aufmachte, beim Anblick der jungen Tierärztin erfreut lächelte und sie beide hereinbat.

Der Gedanke, mit Garrick zu Abend zu essen, war Charlotte genauso unangenehm, wie ihm ihre Anwesenheit zu sein schien. Im Grunde wünschte sie sich nur eins: von dieser gottverlassenen Insel zu verschwinden und wieder zu Hause im sicheren London zu sein, wo sie ihrer Mutter in die Arme sinken und sich ausweinen konnte über dieses Elend, diese unermessliche Schande. Lucinda war ein Verhältnis mit dem vermutlich unpassendsten Mann der ganzen Welt eingegangen, weshalb Charlottes Vater ein inzwischen verstorbener tuganischer Fischer und Schwerenöter war. In ihrer Vorstellung hatte er ein ähnlich unvollständiges Gebiss wie Taxi und grinste permanent anzüglich vor sich hin. Sie war darauf vorbereitet gewesen, zu erfahren, dass sie tuganische Wurzeln hatte – das ja. Vielleicht hätten diese Wurzeln ihr Wesen erklärt, die grundverschiedenen Teile ihrer Persönlichkeit zu einem sinnvollen Ganzen zusammengefügt. Es hätten nigerianische Vorfahren sein können oder sephardische aus Niederländisch-Brasilien. Sogar ein Walfänger-Urahn wäre denkbar gewesen, worüber sie mit gespieltem Entsetzen ein paar Umweltschützer-Witze hätte reißen können.

Aber *damit* hatte sie nicht gerechnet. Sie fühlte sich erschöpft, wie ausgepresst, und hatte das dringende Bedürfnis, Dan Zekri aus dem Weg zu gehen, dessen Existenz der gerade erhaltenen Information etwas Albtraumhaftes verlieh. Ihr fiel kein besseres Versteck vor ihm ein als der Abendbrottisch der Williams, denn angesichts der Inbrunst, mit der er am Morgen ins Rockhopper gestürmt war, würde er bestimmt auch jetzt zu ihrem Haus hinauffahren, nachdem er vergeblich am Strand auf sie gewartet hatte. Am liebsten hätte sie ihn nie wieder gesehen.

Charlotte war seit ihrer ersten Woche auf Tuga nicht mehr im Hause Williams gewesen. Damals hatte Joan sie zum Kaffee eingeladen, um mit ihr über die Insel und das Stipendium zu sprechen. Wenn sich seither ihre Wege kreuzten, sagte Joan immer freundlich, sie wolle Charlotte nicht ihre wertvolle Zeit stehlen, daher hatte es keine weiteren Verabredungen gegeben.

Charlotte nahm das Innere des Hauses nun mit anderen Augen wahr. Auf dem kleinen Herd köchelte ein deftiger Rindfleischeintopf, und auf dem Tisch stand eine

Servierplatte mit Kartoffelküchlein bereit. Joan hatte nicht nur alles eigenhändig gekocht, sie hatte auch das Gemüse angebaut, das im Eintopf war, hatte die Servietten genäht und bestickt, genau wie die Kissen und den maritimen Wandteppich über dem Kamin. Tisch und Stühle stammten von Vitali Mendoza, aber Joan hatte die beiden Fußschemel im Wohnzimmer gepolstert und den Korb für die Holzscheite aus Palmstroh geflochten. Früher, so erzählte sie Charlotte, hätte sie auch noch das Holz selbst gehackt, doch solche Aufgaben überließen Garrick und sie inzwischen jüngeren Freunden. Sie schien sich sehr darüber zu freuen, Charlotte im Haus zu haben, aber ihr Gesicht sah wächsern aus, und sie ließ sich am Tisch nieder, um den Kopf in die Hände zu stützen. Garrick murmelte, sie sollten die Sache besser verschieben, Einladungen zum Essen seien unter diesen Umständen nicht angesagt.

»Nicht doch, es geht mir gut! Ich bin nur ein wenig müde, das ist alles. Kommen Sie, setzen Sie sich zu mir, Charlotte.«

»Wenn es dir heute nicht gut geht, Joanie …«, versuchte es Garrick erneut.

»Unsinn«, widersprach Joan laut. »Charlottes Anwesenheit wird mir guttun. Ich bestehe darauf.«

Charlotte ließ sich folgsam neben ihr nieder, und Joan ergriff ihre Hand. Charlotte blickte auf die faltigen, blassen Finger der älteren Frau hinab, auf den seltsam pompösen Goldring mit seinem aufwendig gearbeiteten Sternenmuster und der Umrandung aus funkelnden Diamanten. Garrick war hinter ihnen stehen geblieben, aufgebracht und mit gerunzelter Stirn.

»Ihr Ring ist wunderschön, Mrs. Williams.«

Joan zog ihre Hand zurück und betrachtete ihn, strich mit dem Daumen über die glänzende königsblaue Emaille. »Freut mich, dass Sie das auch so sehen. Er ist wirklich hübsch, nicht wahr? Ich fand immer schon, dass er dem tuganischen Nachthimmel gleicht. Garrick, kannst du Charlotte bitte Eintopf auftun und dir selbst auch? Ich beschränke mich auf ein Kartoffelküchlein und ein wenig Butter. Wenn ich koche, habe ich hinterher meistens keinen Appetit mehr. Und jetzt erzählen Sie mal.« Ihre Augen glänzten. Joan Williams sah oft aus, als würde sie gleich in Tränen ausbrechen. »Ich möchte natürlich alles über Ihre Arbeit bei Mary erfahren, aber zuerst will ich wissen, wie es Ihren vierbeinigen Patienten geht.«

Garrick, der seine Missbilligung nicht verbergen konnte, befolgte widerwillig die Anweisung seiner Frau. Joan und Charlotte unterhielten sich unterdessen über die Welpen, die Macs und Rachels Colliehündin erwartete, und kamen anschließend auf Pferde zu sprechen, mit denen sich Joan überraschend gut auskannte. Sie vermisse Pferde sehr auf Tuga, gestand sie. Als Jugendliche habe sie ein wunderschönes kastanienbraunes Reitpferd besessen, erzählte sie, doch seit ihrem letzten Spaziergang im Regent's Park habe sie keine Pferde mehr gesehen. An diesem Punkt schien ihre Erinnerung sie im Stich zu lassen, denn sie verstummte und starrte vor sich hin.

Joan aß fast nichts, wie Charlotte bemerkte, aber sie schien an jedem Bissen, den ihr Gast verspeiste, Freude zu haben, weshalb Charlotte pflichtschuldig ihren Teller leer aß, obwohl auch sie keinen rechten Appetit verspürte. Wenn sie nur an Dan dachte, wurde ihr schlecht. Ein- oder zweimal schien Joan mitten im Gespräch langsamer zu reden, und als Garrick sich entschuldigte und ins Badezimmer verschwand, atmete sie geräuschvoll aus und stützte erneut ihren Kopf in die Hände.

»Ist alles in Ordnung mit Ihnen, Mrs. William?«, fragte Charlotte leise.

»Helfen Sie mir doch bitte zum Sofa, Charlotte. Und wenn Garrick zurück ist, soll er uns ein Stück von dem wunderbaren Kuchen abschneiden, den Sie mitgebracht haben, und uns einen süßen Saloop dazu kochen. Vielleicht bringt er Ihnen eines Tages das traditionelle tuganische Saloop-Rezept bei.«

»Das wäre schön«, antwortete Charlotte und fragte sich, warum um alles in der Welt der Inselgeistliche den Wunsch verspüren sollte, ihr Kochstunden zu erteilen. Sie hielt Joan ihren Arm hin, woraufhin diese mühsam vom Stuhl aufstand. Sie sah aus, als wäre sie während des Abendessens um zwanzig Jahre gealtert. Zusammen gingen sie zum Sofa, in das sich ihre Gastgeberin erleichtert fallen ließ. Garrick tauchte aus dem Badezimmer auf und stellte überrascht fest, dass Joan und Charlotte ihr Gespräch ins Wohnzimmer verlagert hatten.

»Zeit, dass du dich ins Bett legst, Joanie.«

Charlotte war geneigt, ihm zuzustimmen. Joan war schweißbedeckt und sah grau und krank aus.

»Vielen Dank für das köstliche Abendessen. Wenn es Ihnen nichts ausmacht, verzichte ich lieber auf den Saloop und ziehe mich zurück. Dann können Sie sich ausruhen. Es war ein wunderbarer Abend.«

»O ja, es war wunderbar. Ich hoffe, Sie kommen jetzt öfter. Ah.« Joan lächelte krampfhaft, dann verzerrte sich ihr Gesicht. »Ahh. Ahhh.« Ihr Seufzen ging in ein eigenartiges Pfeifen über, wie bei einem Ballon, aus dem die Luft entwich. Joans Kopf fiel nach vorne, und sie sackte über dem Fußschemel zusammen.

»Joan!« Garrick machte einen Satz quer durch den Raum, aber Charlotte war bereits bei seiner Frau und hievte ihren schlaffen Körper mühsam aufs Sofa, um ihn in die stabile Seitenlage zu bringen.

»Helfen Sie mir, sie richtig hinzulegen.«

»Tun Sie was! Oh, tun Sie doch bitte was! Saul muss kommen!«

Charlotte nickte und wandte sich zur Tür.

»Nein, nicht Sie! Sie bleiben bei ihr, Sie sind ... Medizinerin!« Garrick warf Joan einen letzten gequälten Blick zu. Sie war nicht ansprechbar, das Weiße ihrer Augen war sichtbar. »Warte hier, Joanie, halte durch! Ich gehe und hole Saul. Gleich komme ich mit Saul.«

Charlotte blieb allein mit Joan zurück. Sie war vielleicht Medizinerin, aber ein solcher menschlicher Notfall überstieg ihre Expertise bei Weitem. Unsicher machte sie sich daran, Joans Atemwege zu überprüfen. Sie hörte keinerlei Atemzüge und begann daher mit der Herzdruckmassage. Schon nach wenigen Sekunden schnappte Joan nach Luft und bewegte sich. Also ergriff Charlotte ihre Hand und sprach leise und kontinuierlich auf sie ein, versuchte sie mit Worten zu beruhigen. Saul sei bereits auf dem Weg, Joan solle durchhalten, Garrick werde den Inselarzt mitbringen, Garrick werde gleich wieder da sein.

Tatsächlich kehrte Garrick kurz darauf mit Saul Gabbai zurück – und mit Dan Zekri. Charlotte kniete gerade vor Joan und hielt ihre schlaffe Hand, um die Pulsfrequenz zu ermitteln. Sie schreckte auf, als die Männer den Raum betraten, und für einen flüchtigen Moment sah sie Dan in die Augen und wandte dann den Blick ab. Achtzehn Uhr war längst vorbei.

Saul trat ans Sofa und kauerte sich neben sie.

»Was ist denn genau passiert?«

»Sie wirkte heute besonders müde und blass, deshalb habe ich mich vor ungefähr zwanzig Minuten zum Gehen bereit gemacht. Und dann ist sie plötzlich zusammengebrochen. Ihre Atmung war kurzzeitig unterbrochen, deshalb habe ich mit der Herzdruckmassage begonnen. Sie hat sofort nach Luft geschnappt und wieder selbstständig angefangen zu atmen, also habe ich aufgehört. Und dann sind Sie gekommen. Ihr Puls liegt bei dreiundsechzig.«

»Joanie, ich bin es, Saul. Wir sind bei dir.«

Joans Hand bewegte sich unkontrolliert, und Saul ergriff sie und hob sie an seine Lippen. »Joanie, wir sind alle da.«

Nun kam Joan schnell wieder zu sich. Schon Minuten später versuchte sie, sich aufzusetzen. Dan und Saul flankierten sie, und sie sackte gegen Saul, mit grauem, schwitzendem Gesicht.

»Wir bringen dich jetzt hinüber ins Bett und untersuchen dich, damit wir wissen, was los ist.«

Joan gab einen unbestimmten Laut der Zustimmung von sich.

Charlotte zog sich Richtung Tür zurück, damit die beiden Ärzte ungestört arbeiten konnten. Sie wollte gerade das Haus verlassen, als sich Joans Blick an Saul vorbei auf sie richtete.

»Charlotte«, flüsterte Joan, ihre erste klar verständliche Äußerung. Charlotte stellte ihre Tasche wieder ab und eilte zu Garricks Frau, um sich vor sie zu knien und ihre Hand zu nehmen.

»Es tut mir leid«, stieß Joan hervor. »Keine gute … Gastgeberin. Kommen Sie wieder?«

Charlotte versicherte ihr, dass sie das gern tun werde. Dan stand neben dem Sofa, und sie spürte seinen unverwandten Blick auf ihrem Gesicht, spürte, wie ihr das Blut in die Wangen stieg. Er hatte sich inzwischen rasiert, das wilde Aussehen vom Morgen war verschwunden. Sie brachte es nicht über sich, seinen Blick zu erwidern, aber sein Schmerz und seine Verwirrung waren auch so zu spüren. Nachdem Charlotte noch einmal Joans Hand gedrückt hatte, zog sie sich zurück. Dan und Saul trugen ihre Patientin ins Schlafzimmer, und Garrick folgte den dreien händeringend. Um sich nützlich zu machen, räumte Charlotte das Essen vom Tisch, stapelte das Geschirr in der Spüle und suchte kleine Schüsseln für die Reste. Sie spülte ab, so schnell sie konnte, und verließ das Haus, bevor Dan wieder aus Joans Zimmer auftauchte. Nie wieder, dachte sie, während ihr Adrenalinspiegel langsam sank und das klaustrophobische Gefühl der letzten Wochen zurückkehrte. Nie wieder würde sie einen Ort betreten, der keinen Flughafen besaß.

49

North Beach war menschenleer und mit eigenartigem schwarzem Seetang bedeckt, wie ihn Charlotte noch nie gesehen hatte – gummiartigen Strängen, die in dicken, geschwollenen Blasen endeten. Zusammen mit zerbrochenen Muscheln und Abfällen sammelten sie sich entlang der schmutzigen Flutlinie und verströmten einen starken Algengeruch. Der Strand fiel steil zum Wasser hin ab, und sein Sand war dunkler und gröber als anderswo auf der Insel. Die Palmen wuchsen fast horizontal Richtung Meer, wie gegen einen Feind gerichtete Lanzen. Jemand hatte kleine Körbchen in ihre Äste gehängt – vielleicht für Kerzen, die längst heruntergebrannt waren. Eine Chipstüte und zwei leere Fanta-Flaschen lagen unter dem Baldachin, den die Zweige eines Küstenhibiskus bildeten, und um den kleinen Müllberg verteilten sich ausgedrückte Zigarettenstummel. Die Sonne war längst untergegangen, aber es war noch ein bisschen Licht am Horizont übrig. Sand und Luft fühlten sich feucht an. Charlotte streifte ihre Sandalen ab, ließ ihre Tasche fallen und setzte sich. Sie hörte das Meer und den Wind, das trockene Rascheln der Palmwedel. Zaghaft schrie sie einen Kraftausdruck aufs Meer hinaus. Dann versuchte sie es erneut und brüllte aus vollem Hals.

Sie war mit dem einzigen Ziel gekommen, sich auszuheulen, stellte nun jedoch fest, dass ihre Augen trocken blieben. Es war eine romantische Vorstellung gewesen, einsam am Strand zu sitzen und zu weinen, während die Wellen gleichgültig heranschäumten und der Anblick des gewaltigen, leeren Meers ihre Verzweiflung noch verstärkte oder ihr bewusst machte, wie banal das Leid eines einzelnen menschlichen Wesens war. Stattdessen empfand Charlotte nur grenzenlose Erschöpfung. Sie kam sich wertlos und unnütz vor, verspürte keinerlei Verlangen, erneut zu schreien. Statt einer großen Trauer, die in ihr aufbrach und Katharsis verhieß, war in ihrem Inneren nur Leere. Sie hatte ihr ganzes Leben lang nach ihrem Vater gesucht und ihn schließlich gefunden. Und mit ihm – nichts. Ihre Mutter mochte sie angelogen haben, aber sie hatte recht damit gehabt, dass ihre Tochter nicht hätte nach Tuga reisen sollen. Charlotte saß so unbeweglich da, dass die Geisterkrabben, die sie bei ihrem Kommen verscheucht hatte, aus ihren Löchern auftauchten und ihr geschäftiges Wandern wieder aufnahmen, von einer kleinen Düne zur nächsten.

Jemand setzte sich neben sie, und die Krabben bekamen es mit der Angst zu tun und verschwanden erneut. Es war Levi. Er trug seine knapp sitzende kurze Hose und hatte eine Sporttasche dabei, aus der verschiedene Seile und dicke Elastikbänder in Pastellfarben quollen – es sah aus wie Aerobic-Zubehör aus den Achtzigern. Im Wind hatte sie ihn nicht kommen hören.

»*Paz*, Dolittle.«

»Woher wusstest du, dass ich hier bin?«

»Wusste ich nicht. Ich wollte trainieren. Das ist mein Strand, schon vergessen? Ich habe ihn dir gezeigt.«

»Oh, stimmt. Sorry, ich wollte ihn dir nicht wegnehmen. Es gibt nicht viele Orte auf Tuga, an denen man allein sein kann, das wird mir zunehmend bewusst. Einsam schon, aber allein … das ist komplizierter. Lass dich nicht von deinem Training abhalten, ich wollte sowieso gehen.«

»Mein Haus, mein Strand – alles deins, *havera.*«

Er stand auf, um den Rückzug anzutreten, doch sie griff im letzten Moment nach seiner Hand und zog ihn wieder neben sich.

»Nicht. Nicht gehen. Ich bin froh, dass du da bist.«

Levi stellte seine Tasche ab und ließ sich mit überraschender Gelenkigkeit in den Schneidersitz nieder. Zusammen blickten sie aufs Meer hinaus. Sie spürte, wie er neben ihr wartete.

»Ich kann nicht glauben, in was für ein gewaltiges Chaos sich mein Leben verwandelt hat. Mich macht das alles nur noch krank. Ich kann einfach nicht …« Nun kamen sie doch, die Tränen, heiß und schnell. In ihrer Kehle brannte ein Kloß, der ihr das Sprechen erschwerte. Der Trost und die Erleichterung, die Levis unerwartetes Auftauchen für sie bedeutete, die sofortige Reaktion ihres Herzens auf seine Stimme – das alles überwältigte sie. Ohne es zu wissen, hatte sie genau das gebraucht. Levis Nähe hatte bewirkt, was sie sich eigentlich von diesem einsamen Strand erhofft hatte.

»Irgendwie logisch, dass alles so gekommen ist. Wenn es nur nicht so ekelhaft wäre. Es macht mich unendlich wütend, wie naiv und kindisch ich war. Was habe ich denn geglaubt, was ich hier vorfinden würde? Ein neues Leben? Einen Vater, der irgendwie alles besser machen würde? Eine Erklärung für meine dämlichen Lebensentscheidungen, meine Unfähigkeit, mich auf andere Menschen einzulassen?«

»Was ist passiert?«

»Ich habe das große Geheimnis meines Lebens gelüftet. Und ich hatte recht – kluge Charlotte: Mein Vater ist von hier. War.« Sie lachte verbittert. »Johannes Zekri. Garrick hat es mir gesagt.«

»Nein!«

»Doch. Du darfst es niemandem verraten. Niemandem, nicht einer Menschenseele. Garrick und er sind wohl damals gemeinsam nach England gereist. Natürlich wusste Garrick nichts von meiner Existenz, aber er wusste, dass Johannes dort meine Mutter kennengelernt hat, und …« Sie ballte die Hände zu Fäusten, bis ihre Fingerknöchel weiß wurden. »Sie hat einfach wahllos irgendeinen Fremden abgeschleppt, buchstäblich. Es ist …«

»Dans Vater ist also …«

»Ja, genau.«

»*Guay de mi.* O Mann. Unglaublich.«

Levi berührte sie sanft mit der Schulter, und sie lehnte sich dagegen. Dieser einzige Berührungspunkt – sein Arm an ihrem – fühlte sich an wie der Ursprung all ihrer verbliebenen Kraft. Dass auch Levi aus allen Wolken fiel, tröstete sie.

»Kein Wunder, dass meine Mutter nicht will, dass ich davon erfahre. Kein Wunder, dass sie durchgedreht ist wegen meiner Reise hierher. Es ist alles so schrecklich und traurig zugleich. Am liebsten würde ich die Zeit zurückdrehen und einfach …«

Levi zog einen orange-lila geblümten, mit Einhörnern bedruckten Waschlappen aus seiner Trainingstasche und gab ihn ihr. Charlotte rang sich bei seinem Anblick ein mattes Lächeln ab, bevor sie ihn sich mit beiden Händen vors Gesicht drückte. Ihre Schultern bebten. Levi wartete.

Die erste Fledermaus kreuzte schwarzbraun und lautlos den noch immer fahlen Himmel – das Zeichen für alle herumstromernden Inselkinder, ihre Spiele zu beenden und zum Abendessen nach Hause zu rennen. Bald würde sich die Nacht herabsenken, und die Fledermäuse würden sich kreischend in den gewaltigen alten Jackfruchtbäumen versammeln, die hinter dem Strand aus dem Dschungel ragten. Aber fürs Erste waren nur die raschelnden Palmen und die rauschenden Wellen zu hören, dazu Charlottes flache, schnelle Atemzüge. Auch Levi spürte überdeutlich ihren Arm an seinem. In seinem Kopf arbeitete es fieberhaft, er versuchte die Auswirkungen von Charlottes Entdeckung zu ermessen.

Dass sie Dan liebte, erschien ihm offensichtlicher denn je. All ihre Scham und Wut, all die Tränen, die er so gern von ihren Wimpern geküsst hätte, ließen sich darauf zurückführen, dass Zekri für immer unerreichbar geworden war.

In dem Moment, in dem ihn diese Erkenntnis traf, legte Charlotte ihren Kopf auf seine Schulter. Auf dem Sand suchte ihre Hand die seine, ihre Finger verschränkten sich. Nachdem sie einige Zeit reglos verharrt hatten, hob Charlotte ein Stück den Kopf und sah ihn an, mit geröteten Augen und fragendem Gesicht.

Levis Entschluss geriet ins Wanken, als sie noch näher an ihn heranrückte. Er drehte leicht den Kopf in ihre Richtung, und sie schmiegte ihre Schläfe an seine. Charlotte hatte eine elektrisierende Wirkung auf ihn. Sie zog ihn magisch an, aber er wusste nun um den Schmerz, der in ihr loderte, um ihre Bedürfnisse, die er nicht befriedigen konnte. Es war Dan, den sie liebte, und sie strebte nur deshalb nach körperlicher Nähe, weil sie Trost suchte. Was sie jetzt bestimmt nicht brauchen konnte, war ein billiger Ersatz. Und billig war er in ihren Augen, das war unvermeidbar. Er hatte ihr oft genug zu verstehen gegeben, dass Levi Mendoza für unverbindlichen Spaß stand, und konnte es ihr nicht verübeln, dass sie zugehört hatte. Aber er war kein Mensch, der die Schwäche einer Frau ausnutzte. Mit dem heutigen Tag war alles anders geworden. Er legte Charlotte seine Hand an die Wange und spürte, wie heiß sie trotz der kühlen Brise war.

»Keine gute Idee, *kerida*«, flüsterte er in ihr Haar hinein, konnte sich jedoch nicht davon abhalten, mit dem Daumen über ihr Gesicht zu streichen und ihren Duft einzuatmen. Dann löste er sich von ihr und stand auf. Ein großer heller Stein lag neben ihm am Strand, und Charlotte sah, wie Levi ihn hochwuchtete und wie ein Kugelstoßer ins Meer schleuderte.

»*Guay de mi*, Dolittle, mach es mir nicht so schwer. Komm jetzt, du musst nach Hause, was Richtiges essen, dich hinlegen. Ich fahre dich hoch.«

Sie zog die Beine an die Brust, machte sich ganz klein neben ihm. »Du hast recht. Keine gute Idee. Danke. Nein, ich glaube, ich bleibe hier.«

»Ich warte vorn an der Straße auf dich. Nimm dir die Zeit, die du brauchst.«

Sie schüttelte den Kopf. »Levi, es war nicht meine Absicht ...«

»Schon okay. Wir sind *haverim*, du und ich. Ich bin hier, alles easy. Ich gehe nirgendwo hin.«

Aber es war nicht alles easy. Er hatte Schmerzen, irgendwo in der Gegend des Solarplexus. Nachdem er seine Tasche geschultert hatte, stand er unbeholfen vor ihr. Dann machte er kehrt und verschwand in den Dschungel, an dessen Rand er sein Motorrad abgestellt hatte. Er hatte das Gefühl, dass jede Hoffnung aus ihm gewichen war. Etwas, nach dem er einst gestrebt und auf das er hingearbeitet hatte, etwas, dessen er sich hatte würdig erweisen wollen, war ihm für immer entglitten.

50

»Sie ist müde heute, nicht wahr?«

Betsey Coffee schloss leise die Tür von Joans Zimmer hinter sich und sah Garrick und Moz an. Sie hatte einen gesüßten Saloop mitgebracht, liebevoll in ihrem Café zubereitet und in einer Warmhalteflasche mit Schottenmuster herübergebracht, um anschließend in eine von Joans Teekannen umgefüllt zu werden. Als Frau des Gemeindevorstands besaß sie ein ganzes Arsenal an jederzeit einsatzbereiten Teekannen, und Betsey hatte ihre Lieblingskanne aus Joans Sammlung ausgewählt: weißes Meakin-Porzellan mit verblichenen orangeroten Mohnblumen. Ein Tablett mit dieser Kanne nebst zwei leeren Teetassen balancierte sie nun professionell auf ihrem Unterarm. Moz nahm es ihr ab und stapelte das Geschirr in der bereits überfüllten Spüle.

»Aus irgendeinem Grund möchte Joan heute die Tierärztin sehen, dabei hatte sie schon viel zu viel Besuch«, sagte Garrick in schroffem Ton, und Moz sah ihn tadelnd an. Aber Betseys solides Selbstbewusstsein verhinderte, dass sie den Kommentar auf sich bezog. Sie nickte nur teilnahmsvoll und sagte:

»Na ja, es ist schließlich Joan, der es schlecht geht. Wir wollen sie alle wieder gesund und munter erleben. Ist das nicht typisch für sie, dass sie die Tierärztin zum Tee einlädt, obwohl sie so krank ist? Ich bin mir sicher, dass

Charlotte keine Verköstigung erwartet. Apropos: Ich habe ein paar Leckereien für euch in die Speisekammer gelegt, Garrick. Moz weiß Bescheid.« Betsey hielt inne, die Hand an der Eingangstür. »Wo wir schon von Besuch reden: Auf dem Weg hierher kam mir Katie Salmon entgegen.«

»Katie Salmon ist ein gottgesandter Engel«, sagte Moz und drehte sich von der Spüle zu ihr um, wobei sie sich ihre Hände an einem bestickten Geschirrtuch abtrocknete, das zu diesem Zweck in ihrem Hosenbund steckte. »Davon bin ich überzeugt.«

»Unsere Joan verdient auch nichts anderes.«

»Diese junge Frau hat so etwas Magisches an sich – ihre Hände, ihre Art, ihr ganzes Auftreten. Dan hat den Verstand verloren, dass er sie nicht mehr heiraten möchte.«

»Er wird schon wieder zur Vernunft kommen«, erwiderte Betsey gelassen. »Da bin ich mir ganz sicher. Momentan ist er allerdings ziemlich durch den Wind, oder? Irgendwie scheint er total besessen von England und allem Englischen zu sein. Er war eben sehr lange von zu Hause weg, und dann ist in dieser Zeit auch noch sein Vater gestorben. Wenn das Schicksal der Ansicht ist, dass er und Katie zusammengehören, wird er seine Meinung irgendwann ändern.«

»Und wenn sie abreist, bevor das passiert?«

»Katie geht nirgendwohin. Sie hat ihren Umzug sechs Monate lang geplant und sich speziell für den Bedarf auf Tuga weitergebildet. Wenn sie gebraucht wird, wirft sie nicht so leicht das Handtuch – ob es nun zur Hochzeit kommt oder nicht. Das hat sie selbst zu mir gesagt, und zu Macs Rachel.« Betsey setzte sich ihren Strohhut wieder auf. »Außerdem wissen wir alle, wie schwer es ist, von dieser Insel wegzukommen. Wie sollte sie so schnell eine Schiffspassage bekommen? Nein, sie bleibt noch mindestens ein Jahr. Lang genug, um Joan wieder gesund zu machen, und das ist ja wohl die Hauptsache.«

Betsey verabschiedete sich. Sie würde ihren Posten an der Kaffeemaschine wieder einnehmen und die hoffnungsfrohe Neuigkeit verbreiten, dass Joan zwar schweigsam gewesen sei, jedoch gelächelt habe, dass sie blass gewesen sei, aber den Saloop bei sich behalten habe, den Betsey persönlich mit Kokoszucker gesüßt und mit Ingwer und Kardamom gegen die Übelkeit angereichert hatte.

Betsey war weniger als fünf Minuten weg, als Garrick und Moz das Brummen eines Motors hörten. Das Küchenfenster mit den Spitzenvorhängen verdunkelte sich, weil offenbar jemand zu nah am Haus parkte. Erschöpft von den sozialen Anforderungen des besuchsreichen Morgens warfen sich die Geschwister einen kurzen Blick zu.

Es klopfte laut, dann ging die Küchentür auf. Grand Mary stand kerzengerade vor ihnen, mit ihrem Gehstock, den sie zum Klopfen verwendet hatte. Sie sah aus wie ein Diktator, der sich an sein unterdrücktes Volk wenden wollte. Zu ihrer schwarzen Schirmmütze trug sie eine schwarze Sonnenbrille mit riesigen runden Gläsern, die ihr Ähnlichkeit mit einer Stubenfliege verliehen.

Garrick stand vom Tisch auf.

»Mary. Das ist ja eine Überraschung!«

»Keineswegs. Joan hat mich hergebeten.«

Mary Philips betrat die Küche, ohne die Sonnenbrille abzunehmen. Auch den Gehstock hielt sie weiterhin im Anschlag, als rechnete sie jederzeit mit einem Hinterhalt.

Sie brauchte ihn ohnehin nicht zum Gehen, weshalb sich Moz fragte, ob er ihr nicht eher als Waffe diente.

Grand Mary war nur zwanzig Jahre älter als sie. Als Moz ein Kind gewesen war, hatte sie die Insel für längere Zeit verlassen – eine grimmige junge Frau, die in die Welt hinauszog. Bei ihrer Rückkehr war sie bereits so gewesen wie heute, zumindest, sofern Moz sich erinnern konnte: rätselhaft reich, gebieterisch und ohne Manieren. Moz konnte sich niemanden vorstellen, den sie sich weniger an ihrem Sterbebett gewünscht hätte als diese alte Giftspritze.

Sterbebett – das Wort verfolgte sie, übermannte sie jedes Mal, wenn sie das ausgemergelte Gesicht ihrer Schwägerin sah, das sich leichenblass von ihrem ausgeblichenen Liberty-Nachthemd mit dem wilden Blumenmuster, den aufgenähten Perlen und der herzförmigen, mit lila Glitzergänseblümchen bestickten Brusttasche abhob. Joan hatte es gestern selbst zu ihr gesagt: »Ich liege auf dem Sterbebett, Mozzy.« Das klang so viktorianisch – ein Satz, den man mit Reifrock und Riechsalz in der Hand äußerte. »An der Schwelle zum Tod«, hatte Moz entgegnet und dabei die theatralische Stimme ihrer eigenen Mutter aufgesetzt, woraufhin Joan – unter Schmerzen – gelächelt und im gleichen Tonfall gesagt hatte: »Eine wandelnde Leiche.« Und dann hatten sie sich kringelig gelacht, bis Garricks Kopf in der Tür erschienen war. Sein Gesicht war eine starre Maske der Missbilligung gewesen, und nachdem es wieder von der Bildfläche verschwunden war, hatten sie noch heftiger kichern müssen. Joans einst überschäumendes Lachen musste neuerdings mühsam erkämpft werden, doch es brach auch an diesem Morgen noch hier und da hervor. Wer konnte es Betsey Coffee daher verübeln, dass sie glaubte, die Patientin würde wieder auf die Beine kommen?

»Ich glaube, sie schläft gerade.«

Mary setzte sich auf einen Küchenstuhl und legte sich ihren Gehstock quer über den Schoß. Sie blickte finster zu Moz empor, das Kinn vorgeschoben, die blau angemalten Augenbrauen hochgezogen.

»Ich bin aber *jetzt* hier, Fermoza.«

»Spielt keine Rolle.« Moz weigerte sich, sich von dieser herablassenden Verwendung ihres vollen Namens aus dem Konzept bringen zu lassen. Sie hatte lang genug als Lehrerin gearbeitet, um zu wissen, wie man mit Trotz umging. »Falls sie schläft, dürfen wir sie auf keinen Fall stören.«

Doch als sie sich ins Schlafzimmer schlich, um nachzusehen, stellte sie fest, dass Joan Marys Stimme gehört hatte und darauf brannte, mit ihr zu reden. Wer wusste schon, warum. Die Beziehung zwischen den beiden Frauen blieb eins der großen Inselrätsel. Was Joanie wollte, bekam sie auch. Moz führte Mary ins Zimmer und schloss die Tür hinter ihr. Es war ihr eigener kleiner Akt der Rebellion, dass sie ihr keinen Tee anbot.

Grand Marys Wagen schoss rückwärts aus der Einfahrt, und durchs Küchenfenster drang wieder Licht.

»Joanie weint!«, zischte Moz ihrem Bruder entrüstet zu. »Und zwar wie ein Schlosshund!«

»Soll ich … äh … soll ich zu ihr reingehen?«

»Ach, du bist doch ein nutzloser Trottel! Woher soll ich das wissen? Sie ist *deine* Frau. Tu, was du normalerweise tust, wenn sie traurig oder aufgebracht ist!«

»Na ja …« Garrick starrte auf einen losen Faden seines Hemds hinunter. »Sie weint sonst eigentlich nie.«

Moz wusch sich die Hände und trocknete sie ab. Dann holte sie den Fisch aus dem Ofen und knallte das heiße Blech auf den Herd. Sie zog ihre Schürze aus. Warum hatte sie von Garrick erwartet, dass er wusste, wie er seine Frau trösten konnte? Joan hätte niemals vor ihm geweint. Wieder einmal dachte Moz, dass sie die Ehe der beiden nicht verstand – diese formelle Höflichkeit und ständige Vorsicht, die Hingabe, mit der Joan ihrem Mann jeden Wunsch von den Augen ablas und seine Launen ertrug. Sie war auf die Befriedigung seiner Bedürfnisse eingestellt wie eine unterwürfige Bedienstete und tat im Gegenzug nichts, um in ihm auch nur die Ahnung davon zu wecken, dass auch sie Bedürfnisse haben könnte. Ihm keinen Ärger zu machen, ihn nicht zu stören, das waren Joans beständige, fast zwanghafte Leitsätze. Warum musste man Garrick ständig schonen? Das hätte Moz wirklich gern gewusst. Wofür sparte er sich denn seine ganze Energie auf? Hätte es ihn nicht erleichtert, zu erfahren, dass seine Frau ein facettenreicher Mensch mit eigenen Vorstellungen und Vorlieben war? Wie auch immer, dafür war es jetzt zu spät. Wenn Joanie weinte, brauchte sie starke Arme, und diese Arme würden Moz gehören.

»Ich wusste schon immer, dass Mary ein Ungeheuer ist, aber ich hätte nie für möglich gehalten, dass sie eine sterbende Frau vor den Kopf stoßen würde«, sagte sie zu Garrick, während sie die Hand nach Joans Türklinke ausstreckte. Ihr Bruder war wie ein uraltes Fossil, dachte sie entnervt – starr und unveränderlich. Umso dankbarer war sie für Sauls Warmherzigkeit, seine Einsatzbereitschaft und seine offene Art. »Eins garantiere ich dir: Die kommt uns nicht noch mal ins Haus. Das sage ich auch Saul und Katie. Joan soll sie für den Rest ihres Lebens nicht mehr sehen müssen. Stell doch mal bitte den Ofen für mich aus. Da, der Knopf dort … Meine Güte, Garrick, es ist *dein* Ofen! Unglaublich!«

51

»Hier bei mir ist sie immer ein gerngesehener Gast«, sagte Betsey Coffee gerade zu Sylvester, der am Vormittag herübergekommen war, um ein paar Waffeln zu essen, jedoch nicht nur die Frühstückszeit im Café verbracht hatte, sondern bis zum Mittagsansturm geblieben war. Wenn die Leute dringend etwas im Laden kaufen wollten, wussten sie, wo er zu finden war. »Sie muss dableiben, meinst du nicht auch?«

Natalie Lindo saß an dem Tisch, der Betseys Kasse am nächsten stand, erschöpft von der vergangenen Nacht, in der ihr Baby vor Bauchschmerzen geschrien hatte. Sie war auf dem Weg gewesen, um rotes Nähgarn zu kaufen, und hatte der Versuchung nicht widerstehen können, auf einen Saloop bei Betsey vorbeizugehen.

»Die Tierärztin?«, fragte sie interessiert.

Natalie und ihr Mann hielten nur ein paar wenige Schafe, die im letzten halben Jahr allesamt enttäuschend gesund gewesen waren. Was Tratsch und Klatsch über die glamouröse Londonerin anging, die auf der Insel so viel Interesse erregte, war sie daher auf andere angewiesen. Momentan stillte Natalie noch, aber sie hatte vor, sich eine von Charlotte Walkers gut geschnittenen Cargohosen nachzuschneidern, sobald sie nicht mehr ständig vollgesabbert wurde.

»Nicht die Tierärztin! Katie Salmon. Da ist sie den

ganzen weiten Weg hergekommen, und dann sagt Dan Zekri, er will sie nicht heiraten!«

Am anderen Ende des Cafés hob Anwuli Davenport, die vor einem Saloop und einem Teller Bananenpfannkuchen saß, den Kopf. Anwuli und Isadora hatten zusammen zwölf Neffen auf der Insel, und wehe, einer von ihnen würde jemals eine Frau so behandeln, wie Dan Zekri Katie Salmon behandelt hatte!

»Ich sags euch, dieser Junge kam zurück und dachte, er wäre das Größte seit der Erfindung der Bratkartoffel. Er war doch tatsächlich dreist genug, ohne Vorwarnung vor meiner Tür zu stehen und mir mitzuteilen, er wolle meinen Blutdruck messen! Ich meinte nur: ›Ich hab deine Windeln gewechselt, *ijiko* – bei mir misst du gar nichts! Solange Saul Gabbai noch auf zwei Beinen steht, gehe ich zu ihm!‹«

»Warum sollte sie auf Tuga bleiben, nachdem Zekri sie abserviert hat?«, wollte Sylvester wissen.

»Sie hat meine Ischias-Schmerzen geheilt«, schwärmte Betsey.

»Mir hat sie gezeigt, wie ich die Kisten im Laden am rückenfreundlichsten vom Boden hochstemme. Sie hat mich sogar dazu gebracht, Pilates zu machen!«

»Aber sie bleibt bestimmt nicht auf Tuga, nur um weiter deine Pilates-Lehrerin zu sein«, lautete Anwulis vernichtender Kommentar.

»Genug!«, donnerte Saul von seinem Ecktisch und legte seine Ausgabe der *Times* beiseite, die schon einen Monat alt war. Niemand hatte ihn hinter seiner Zeitung bemerkt, und falls doch, hatten die Café-Besucher ihn vor lauter Aufregung sofort wieder vergessen. Betsey, die ihm seinen Toast mit Etrog-Marmelade serviert hatte und es eigentlich hätte wissen müssen, kehrte beschämt an ihre Kaffeemaschine zurück.

»Hört auf, die Probleme dieses armen jungen Paars in eine Seifenoper zu verwandeln!«, rügte Saul die Anwesenden. Dieses Geläster ging wirklich zu weit.

»Jetzt übertreib mal nicht, Saulie.« Sylvester drehte sich auf seinem Hocker zu ihm um. »Wir machen uns einfach Sorgen! Das Mädchen ist so weit weg von zu Hause, und auch wenn er dein Neffe ist, hat sich Dan ihr gegenüber nicht anständig verhalten. Man lockt keine junge Frau mit Versprechungen nach Tuga und beschließt nach ihrer Ankunft, dass man es sich anders überlegt hat.«

»Es wirft nicht gerade ein gutes Licht auf ihn«, stimmte ihm Anwuli zu und spießte ein Stück Pfannkuchen auf ihre Gabel. »Immerhin wissen wir nun, dass diesem jungen Mann nicht zu trauen ist.«

Saul spürte, wie seine Verzweiflung zurückkehrte. Dan war zu jung und zu lange weggewesen, um bei den älteren Inselbewohnern Anklang zu finden. Die Sache mit Katie war nur die Spitze des Eisbergs. Sein Neffe galt bei den Tuganern als LVA, er schien vergessen zu haben, dass auf dieser Insel Anstand und gute Manieren zählten. Saul wusste genau, was die Insulaner dachten: Dieser Kerl hat doch tatsächlich die freundliche junge Frau im Stich gelassen, die unsere Tänze tanzt, sich unsere Geschichten anhört und unsere Beschwerden und Schmerzen lindert. Obwohl die Leute Katie erst seit dem Island-Open-Schiff kannten, kamen sie schon jetzt nicht mehr ohne sie aus. Katie Salmon war ihre Physiotherapeutin und Dr. Gabbai ihr Arzt. Und damit basta.

Saul stand müde von seinem Stuhl auf und bedeutete

Betsey mit einer Handbewegung, sie solle das Verzehrte auf seine Rechnung setzen, er werde später noch einmal vorbeikommen. Dann verließ er das Café, um nach Joan zu sehen, die in immer schlechterer Verfassung war. Und danach ging es weiter zur Sprechstunde in die Klinik, wo er zwangsläufig Patienten würde beschwatzen müssen, die sich weigerten, ihre Termine bei Dan wahrzunehmen. Heute hätte eigentlich sein freier Tag sein sollen, aber es sah derzeit nicht danach aus, als könnte er sich jemals zurückziehen.

52

Joan Williams starb am ersten April und wurde am nächsten Morgen auf dem neuen Friedhof beigesetzt, bei strahlend blauem Himmel und ungetrübtem Sonnenschein. Die Insel stand unter Schock. Kaum jemand hatte gewusst, dass sie im Sterben lag, und die Geheimhaltung um ihren Zustand hatte zur Folge, dass der engste Kreis der Trauernden deutlich gefasster reagierte als entfernte Bekannte.

Da der Inselgeistliche Witwer der Verstorbenen war, leitete seine Schwester Moz den Trauergottesdienst. Sie war es auch, die die Grabrede hielt und von ihrer geliebten Joan als Seele der Insel sprach, als geschätzte Freundin und zuverlässige Vertraute, die von ihrem offenen Herzen und ihrer Großzügigkeit schwärmte. Joans Lebenswerk habe darin bestanden, sich um andere zu kümmern, sagte Moz, und noch während sie diese Worte aussprach, spürte sie Wut in sich aufsteigen. Joan hatte sich immer nach Kindern gesehnt, jedoch keine bekommen können, und Moz hatte mit ansehen müssen, wie eine Reihe von Fehlgeburten große Schuldgefühle in ihrer Freundin auslöste, weil sie das Gefühl hatte, ihren ehelichen Pflichten nicht gerecht zu werden. Bei mindestens einer dieser Fehlgeburten wäre sie fast gestorben, und doch versuchte Joan ihr restliches Leben lang, ihr vermeintliches Versagen zu kompensieren, indem sie sich mit an Fanatismus grenzendem Eifer der Zufriedenstellung ihres Ehemanns widmete. Auch in den Wochen vor ihrem Tod hatte ihr dieses Thema keine Ruhe gelassen. »Es war meine Schuld, Mozzy«, flüsterte sie ihrer Schwägerin nur wenige Tage vor ihrem Ableben zu. »Ich habe ihm ein Kind vorenthalten.« Als Moz scharf erwiderte, sie habe die Fehlgeburten ja wohl kaum mit Absicht erlitten, schüttelte Joan nur den Kopf, zu schwach, um weiter mit ihr zu diskutieren.

»Joan kam mit sechs Jahren zum ersten Mal nach Tuga de Oro«, las Moz vor und spähte angestrengt durch ihre Lesebrille auf ihre krakeligen Notizen, auch wenn sie die Geschichte ihrer Freundin längst auswendig kannte. »Und zwar als jüngste Tochter des damaligen Verwalters Hector Swire. Zuvor war die Familie in Rhodesien gewesen, wo es offenbar mehr Dinnerpartys und Bälle gab. Sie entschied sich dennoch, zu bleiben, und machte das Beste aus den Gegebenheiten. Joan liebte Tuga von Anfang an und verbrachte fünf glückliche Jahre hier. Ich weiß noch, wie neidisch ich in der Schule auf sie war, weil sie schon die Uhrzeit lesen konnte. Und weil Joanie eben Joanie war, hat sie es mir natürlich beigebracht.

Mit elf wurde sie nach England geschickt, um dort ein Internat zu besuchen. Sie sah ihre Eltern erst nach ihrem Schulabschluss wieder, als sie hierherreiste, um das letzte Weihnachtsfest ihrer Familie auf Tuga mitzuerleben. In jenem Jahr war nämlich per Freiheitsurkunde der britische Verwalter von Tuga abgezogen und den gewählten Mitgliedern des Inselrats die volle Verwaltungshoheit übertragen worden. So, wie es schon immer hätte sein sollen.« Saul räusperte sich, um ihr zu verstehen zu geben, dass Politik in einer Trauerrede nichts zu suchen hatte. Moz wich seinem Blick aus und fuhr fort: »Wie es das Schicksal wollte, reiste mein Bruder Garrick mit demselben Schiff nach Tuga, nachdem er sein Studium beendet und seine Verbindungen zur British Humanist Association vertieft hatte. Und wenn Joan keinen Mann dazu bringen konnte, an Gott zu glauben, dann konnte es niemand.« Damit erntete sie leises, wohlwollendes Lachen. »Der Rest ist Geschichte, wie man so schön sagt. Man kann sich leicht vorstellen, wie den Swires zumute war, als ihre achtzehnjährige Tochter von Bord ging und mit einem tuganischen Geistlichen verlobt war. Joan hat mir gegenüber einmal angedeutet, dass sich die Begeisterung ihrer Eltern in Grenzen hielt. Ich bin mir sicher, dass sie dachten, wir würden alle vor die Hunde gehen ohne einen externen Verwalter, der uns bevormundet und sich überall einmischt. Was auch immer sich Joan damals von ihrer Familie anhören musste, sie ging sehr diskret damit um, so wie mit allem. Fest steht, dass sie sich nicht nach England zurücksehnte. Sie kehrte nur ein einziges Mal dorthin zurück, und das war viele Jahre später nach dem Tod einer von ihr sehr geliebten Tante.« Moz holte tief Luft, denn nun folgte der schwierigste Teil ihrer Rede. Im Grunde war diese Beerdigung wie eine Schulversammlung, bei der sie ihre Worte genau dosieren musste. Es waren auch einige jüngere Schüler anwesend, die nicht eingeschüchtert werden durften mit einer Version von Miss Moz, die sie nicht wiedererkannten. »Auch wenn Joan mit ganz anderen Erwartungen aufgewachsen ist, widmete sie sich mit ganzem Herzen der Aufgabe, das Leben für Garrick und uns alle hier so schön wie möglich zu machen. Sie kannte keine Überheblichkeit, keine Hinterlist, war niemals scharfzüngig oder bissig. Sie war meine Schwester«, sagte Moz, die unfähig war, irgendwo anders hinzublicken als auf das zitternde Papier in ihren Händen. »Meine Schwester im Geiste, meine Schwester im Leben. Das größte Geschenk, was mein Bruder unserer Familie je gemacht hat, war, sie zu heiraten.«

Moz umarmte Garrick, und sie standen lange zusammen. Dann dankte Garrick allen Trauergästen für ihr Kommen. Er hoffe inständig, sie könnten es Joan verzeihen, dass sie dieses eine Mal etwas vor ihnen verheimlicht habe, nämlich ihren schlechten Zustand. Es sei – so fuhr er fort, wobei ihm fast die Stimme versagte – die einzige Lüge in ihrem offenherzigen Leben gewesen.

Nach ihrer Ansprache war Moz erschöpft. Sie war wacklig auf den Beinen vor Erleichterung darüber, dass sie Haltung bewahrt und die Sache mit Anstand hinter sich gebracht hatte. Sie hatte gesagt, was gesagt werden musste. Ob Garrick und Joan das Gleiche getan hatten, war fraglich. Sie hatten ihre letzten gemeinsamen Tage mit derselben übertriebenen gegenseitigen Rücksichtnahme verbracht, die für ihre gesamte Ehe bezeichnend gewesen war. Moz hatte versucht, sich so oft wie möglich diskret zurückzuziehen, um den Eheleuten Gelegenheit zu geben, offen miteinander zu sprechen. Aber immer, wenn sie gerade den Raum verlassen wollte, rief Joan sie zurück und ergriff ihre Hand, um sie mit überraschender Kraft zu drücken und mit stummer Liebe und Dankbarkeit zwischen Bruder und Schwester hin- und herzublicken. Moz brachte bewusst eine gewisse Unbeschwertheit ins Haus, darauf bedacht, Garrick mit gutem Beispiel voranzugehen und sich furchtlos und gelassen zu geben. Ihr Bruder, der jahrzehntelang den Sterbenden Trost gespendet hatte, schien vergessen zu haben, was in den letzten Tagen eines

Menschen wichtig war. Er verbrachte Stunden damit, die Fensterläden zu justieren, damit Joan besser schlafen konnte, obwohl sie protestierte und versicherte, das durch die Ritzen fallende Licht störe sie nicht. Er fuhr in den Moschaw, um ein bestimmtes Kokosgelee für seine Frau zu holen, obwohl auch jeder andere diese Aufgabe für ihn übernommen hätte und Joan ohnehin fast nichts aß. Er, der stumm an so vielen Betten ausgeharrt hatte, schaffte es kaum, an diesem zu sitzen. Moz hatte Mitleid mit ihm und war zunehmend frustriert.

Sie knüllte ihre Notizen in der Tasche zu einer festen Kugel zusammen. Nichtssagend, dachte sie. Nichtssagend und inhaltslos. Joan hätte etwas Besseres verdient gehabt, nicht nur heute, sondern immer. Am liebsten hätte Moz laut geschrien: Ich habe sie geliebt und bin trotzdem nie zu ihr durchgedrungen! Wer war sie gewesen, diese Joan Zinnia Swire Williams? Was war ihre Wahrheit gewesen? Moz wusste es nicht, nicht wirklich, und wenn *sie* es nicht wusste, dann wusste es niemand.

»Es war ihr gutes Recht, ihre letzten Tage nicht damit verplempern zu wollen, sich von Hinz und Kunz zu verabschieden und das Schluchzen und Wehklagen der Leute zu ertragen«, erklärte Betsey resolut, wann immer das Gespräch auf dieses Thema kam. Insgeheim verletzte es sie ein wenig, dass Joan auch bei ihr keine Ausnahme gemacht hatte. Andererseits hatte sie ihnen allen Gegenstände aus ihrem Nachlass zugedacht, aufmerksame und liebevolle Geschenke, verzeichnet auf einer langen Liste. Die Detailtreue ihres Testaments verriet, dass Joan schon vor längerer Zeit akzeptiert hatte, dass sie sterben würde.

Betsey weinte beim Anblick der Meakin-Teekanne, die Alex dos Santos ehrfürchtig in einem von Joans Körben zu ihr brachte. Sie würde einen Ehrenplatz auf dem oberen Regalbrett hinter der Bar bekommen. Jede Tuganerin, die etwas auf sich hielt, würde sofort wissen, wem diese Teekanne gehört hatte. Betsey schob ihre Orchideen zur Seite und sogar ihr gerahmtes Bild von Herb und Virginia Moore, eine sepia-getönte Fotografie, die einzige Abbildung der berühmten echten Inselperlen, deren Verlust das alljährliche Pearl Day Picnic inspiriert hatte. Betsey erkannte die Teekanne als das, was sie war: eine Erklärung, eine Entschuldigung, ein Liebesbeweis.

53

An den meisten Abenden versteckte sich Charlotte zu Hause, blieb auf Abstand zum Rockhopper und zu sämtlichen Tanz- oder Grillveranstaltungen, die in New Recife stattfanden. Sie ging Dan aus dem Weg, bei dem die Botschaft inzwischen angekommen war, der ihr jedoch trotzdem glühende, schwermütige Blicke zuwarf. Diese Blicke lösten ein mulmiges Gefühl in ihr aus, manchmal sogar Übelkeit. Levi wiederum schien *sie* zu meiden, auch wenn er offenbar am Haus gewesen war, um die schon gut einen halben Meter hohen Bougainvillea-Pflanzen an die Spaliere zu binden. Sie wurden immer dichter und breiteten ihre glänzenden Blätter entlang der Seitenwand des kleinen Hauses aus. Charlotte flehte sie stumm an, erst zu blühen, wenn sie die Insel verlassen hatte.

Es war zwar nicht mehr lang bis Island Close, doch die Wochen schienen sich endlos in die Länge zu ziehen. Arbeit half ein wenig. Zusätzlich zu ihren tierischen Patienten und ihrer Feldforschung hatte Charlotte angefangen, einen Brief an den Inselrat zu formulieren, in dem sie überzeugend darzulegen hoffte, dass die Einstellung einer bezahlten Vollzeit-Tierärztin auf der Insel mehr als gerechtfertigt war. Die Verbesserung der landwirtschaftlichen Produktivität würde die Kosten hierfür ausgleichen, zumal die Kontrollen einer Veterinärin Schutz vor zukünftigen Invasionen gebietsfremder Arten, Epidemien und Zoonosen boten. Das Argument, dass auf diese Weise auch Epidemien unter den Menschen vermieden werden konnten, die die medizinischen Möglichkeiten einer derart kleinen Insel überstiegen, würde die britische Regierung vielleicht davon überzeugen, sich an der Finanzierung zu beteiligen. Charlotte empfand es als ironisch, dass sie fast durchgehend an Tuga dachte, während sie sich in ihrem Haus vor Tuga versteckte. Wenn sie einmal nicht arbeitete, vertrieb sie sich die Zeit, indem sie immer wieder die Filme anschaute, die auf ihrem Laptop gespeichert waren, schiefe Kästchen aus Palmblättern flocht und E-Mails an ihre Mutter verfasste, in denen sie sie dazu aufforderte, ihr die ganze Geschichte mit Johannes zu erzählen. Keine dieser Nachrichten schickte sie je ab.

An diesem Abend leistete ihr ein großer alter Collie Gesellschaft, den sie bei sich aufgenommen hatte, um seine Besitzer zu entlasten, eine hart arbeitende Bauernfamilie aus dem Moschaw. Lobo war das erste Mal vor zehn Tagen mit einem Weichteilsarkom am linken Vorderbein zu ihr gebracht worden. Die Frage, warum die Eigentümer ihr den Hund nicht schon viel früher vorgestellt hatten, stellte sie lieber nicht, zumal sie die Antwort bereits kannte: Sie waren vollauf damit beschäftigt gewesen, zu arbeiten, Landwirtschaft zu betreiben, zu leben, zu überleben. Und sich um ihre sechs Kinder zu kümmern, die allesamt unter zehn waren. Außerdem liebten sie ihren Lobo, der nicht mehr der Jüngste war, und hatten Angst, was bei der Untersuchung herauskommen würde. Auf den Röntgenbildern war kein Anzeichen dafür zu erkennen, dass der Krebs gestreut hatte, daher war die Prognose gut. Der Hund würde ein paar Tage bei Charlotte bleiben, damit sie regelmäßig den Verband wechseln konnte, bis seine Besitzer entschieden hatten, wie sie weiter verfahren wollten. Wenn sie ehrlich war, war es ihr hauptsächlich um die Gesellschaft gegangen, als sie der Familie angeboten hatte, den Rüden bei sich aufzunehmen.

Lobo war ein Arbeitshund und suchte sich gern Aufgaben. Lange bevor Charlotte etwas von einem sich nähernden Besucher merkte, hatte er schon sein Frühwarnsystem aktiviert, das aus gespitzten Ohren und einem leisen Knurren bestand. Als Nächstes hob er den Kopf und bellte laut und bedrohlich. Sie saßen zusammen auf dem Boden vor dem Sofa, und Charlotte legte ihm beruhigend eine Hand auf den Rücken.

»Wer kommt denn da, Lobo?«, fragte sie den Collie flüsternd. »Was meinst du, wer es ist?«

Lobo winselte. Dann ging die Tür auf, und herein trat Katie Salmon.

Charlotte und Katie hatten sich seit ihrem gemeinsamen Nachmittag im Frachtraum mehrere Male unbeholfen im Vorbeigehen gegrüßt und auf Joans Beerdigung ein paar knappe, freundliche Worte miteinander gewechselt. Die Inselbewohner waren davon ausgegangen, dass sich zwei junge Frauen von außerhalb automatisch miteinander anfreunden würden, doch bis jetzt hatte keine von ihnen aktiv die Gesellschaft der anderen gesucht. Die ausbleibende Kontaktaufnahme war von vielen Insulanern als Beweis dafür betrachtet worden, dass Charlotte es auf Dan Zekri abgesehen hatte.

Dan hatte ihr gegenüber angedeutet, dass es zwischen Katie und ihm grundsätzliche Unvereinbarkeiten gebe und er die Beziehung auch ohne seine Gefühle für Charlotte beendet hätte. Sie wünschte sich dennoch sehnlich, die beiden würden sich wieder versöhnen. Sie wollte, dass sie heirateten und dann so weit wie möglich wegzogen, vorzugsweise nach Island oder Grönland oder in ein anderes Land, das sie höchstwahrscheinlich niemals betreten würde.

»Wer ist das denn?«, fragte Katie, deren neutraler Gesichtsausdruck beim Anblick des Hundes in Entzücken übergegangen war. Charlotte tätschelte die Flanke des Collies.

»Das ist Lobo. Pst, Lobo, ganz ruhig. Er wohnt momentan bei mir, damit ich ihn besser versorgen kann.« Sie zeigte auf das bandagierte Vorderbein des Rüden.

»Darf ich ihn mal streicheln? Oder mag er das nicht? Was hat er am Bein?«

»Ja, streicheln Sie ihn ruhig, er ist absolut zutraulich. Nur ein bisschen laut. Weichteilsarkom. Es ist geplatzt, was ihm jetzt natürlich Schmerzen verursacht. Die Familie wohnt im Moschaw und ist anfangs jeden Tag für den Verbandswechsel hin- und hergefahren, aber die Strecke ist einfach zu weit. Deshalb wohnt Lobo jetzt bei mir, bis seine Besitzer wissen, wie es mit ihm weitergehen soll.«

Katie bückte sich, nahm Lobos langen Kopf zwischen ihre Hände und kraulte ihn hinter beiden Ohren. Dann ließ sie sich auf die Knie nieder und legte ihren Kopf an seinen Kopf, ließ den Hund an sich schnüffeln und ihr über die Nase und die Wangen lecken.

»Welche Möglichkeiten gibt es denn?«, erklang ihre gedämpfte Stimme aus dem Hundefell.

»Na ja. Wenn ich nicht auf der Insel wäre, hätte Macs Rachel oder einer der Klinikärzte das Bein vermutlich amputiert. Was nicht die schlechteste Option ist, Hunde kommen ganz gut auf drei Beinen zurecht. Im Idealfall gäbe es einen spezialisierten Tierarzt, der die Geschwulst entfernen und das Bein retten könnte.«

»Können Sie das?«

»Ich bin leider keine Spezialistin. Ich könnte es natürlich versuchen, aber eine für mich neue Operation ohne OP-Saal und tiermedizinisch geschultes Pflegepersonal … Mit einer sauberen Amputation würden wir vermutlich besser fahren. Tja, es ist kompliziert.«

»Auf Tuga ist irgendwie alles ein bisschen kompliziert.«

»Da kann ich nur zustimmen.«

»Wussten Sie, dass drüben in der Klinik noch nie eine Frau praktiziert hat? Irgendwie habe ich das Gefühl, dass sich das in sämtlichen Entscheidungen widerspiegelt. Manche Dinge, die die Frauengesundheit betreffen …«

Als sie ihren Satz nicht beendete, fragte Charlotte: »Kann ich Ihnen einen Drink anbieten?«

»Ja, bitte.« Katie stand auf und umrundete Lobo, um sich auf seine andere Seite zu setzen. Ohne die Hände zu Hilfe zu nehmen, ließ sie sich in den Schneidersitz nieder, mit kerzengeradem Rücken. Sie ist richtig anmutig, dachte Charlotte überrascht. Irgendwie versteckte sie diese Anmut, lenkte mit Kitsch und Glitzer von ihr ab.

Charlotte kehrte mit zwei ihrer vielen Marmeladengläser und Levis Bourbon zurück, den sie seit der Nacht des Hurrikans nicht mehr angerührt hatte. Katie schenkte ihnen großzügig ein, und sie saßen im Dämmerlicht vor dem Sofa, flankierten den laut hechelnden Hund. Katie legte Lobo beide Hände auf den Rücken und ertastete seine Muskeln, bevor sie begann, ihn langsam zu massieren.

»Die Ressourcen hier sind einfach so wahnsinnig begrenzt«, nahm sie den Gesprächsfaden wieder auf und unterbrach ihre Massage, um ihr Glas zu heben. »*Salud!* Zum Beispiel diese verrückte Geschichte mit der Schiffsfracht, an dem Tag, als ich ankam.«

Charlotte stieß mit ihrem Glas gegen Katies.

»*Salud*. Ja, das war ein Klassiker. ›Hallo, Sie sind gerade angekommen und arbeiten als … ach, keine Ahnung … Zahnhygienikerin? Könnten Sie bitte diese Nektarinen für uns kontrollieren?‹«

Katie lachte, und Charlotte entspannte sich ein wenig.

»Mussten Sie das bei jedem eintreffenden Schiff machen?«

»Nein, das war das erste Mal. Eigentlich ist die Frachtkontrolle absolut essenziell für die Biosicherheit der Insel, aber Saul und Elsie haben einfach mich damit beauftragt, weil ich ihnen in Betsey's Café über den Weg gelaufen bin.«

»Für mich war es jedenfalls eine gute Einführung.«

»Wussten Sie, dass es hier bis vor fünf Jahren keine Stechmücken gab?«

»Ernsthaft?« Katie streckte ihre muskulösen Beine aus. Sie sahen genauso aus wie Charlottes, als sie neu auf die Insel gekommen war: voller blauer Flecken und Kratzer, mit geschwollenen, aufgekratzten Mückenstichen. Noch wochenlang würde jedes Bad im Meer unangenehm brennen.

»Die Moskitos sind per Schiff hierhergekommen, genau wie die Fliegen, die wir damals im Frachtraum bekämpft haben. Neuerdings gibt es sogar Herzwürmer auf der Insel. Unter anderem. Die Mücken kriegt man übrigens nicht mehr los, wenn sie mal da sind.«

»Wissen Sie was? Ich glaube, dass Saul …« Katie hob den Blick zur Decke und verfolgte nachdenklich das langsame Rotieren des Ventilators. Irgendetwas scheint sie zu belasten, dachte Charlotte. Aber vielleicht war es auch nur die Mückengeschichte, die sie verunsichert hatte. »Andererseits«, fügte Katie in vollkommen verändertem Tonfall hinzu, »wissen wir wahrscheinlich einen Scheiß über diese Insel.«

Charlotte lachte leise, aber herzlich über das Wort »Scheiß«, das sie seit ihrer Abreise aus England nicht mehr gehört hatte. Ihr fehlte der Nachdruck von Schimpfwörtern, die Ungezwungenheit, die damit einherging. Außerdem war sie angenehm überrascht davon, dass Katie Salmon auch zu Selbstkritik und Bescheidenheit fähig war. Diese Frau machte sonst immer den Eindruck, als verfügte sie über ein unzerstörbares Selbstvertrauen, was zusammen mit der übertriebenen Zuneigung der Inselbewohner dazu geführt hatte, dass sie Charlotte nicht unbedingt sympathisch gewesen war. Diese neue Seite von Katie war ihr bisher unvorstellbar erschienen, und dennoch existierte sie.

»So ist es«, pflichtete sie der jungen Physiotherapeutin bei. »Ich weiß auch nach fast einem Jahr kaum etwas über Tuga. Das hätte ich mir bei meiner Ankunft niemals träumen lassen. Ich habe Saul dafür verurteilt, dass er die Biosicherheit vernachlässigt, aber er war bis vor Kurzem der einzige Arzt hier und hat sich eigenständig um alle Inselbewohner gekümmert, ohne ausreichende finanzielle Mittel, ohne Unterstützung, ohne Infrastruktur. Es ist heldenhaft, unter welchen Umständen er hier Großes geleistet hat. Auf Tuga zu praktizieren, ist im Grunde so, als würde man in einem Kriegsgebiet arbeiten, und dann kommen wir anmarschiert und erwarten Entscheidungen und Resultate wie in einer modernen Uniklinik. Und das gilt nicht nur für den medizinischen Bereich. Ich bin mit der Hoffnung hergekommen, die Leute davon zu überzeugen, in ihre ökologische Zukunft der nächsten hundert Jahre zu investieren, dabei schaffen es die meisten kaum durch die nächste Woche. Ich bin eine privilegierte LVA-Idiotin, sonst nichts.«

»Na ja, ich bin auch nicht gerade die perfekte Tuganerin. Es wird noch eine ganze Weile dauern, bis ich meine Vorstellungen von dieser Insel mit der Realität abgeglichen habe.«

Und bei mir wird es noch eine ganze Weile dauern, bis ich verarbeitet habe, dass ich tatsächlich halbe Tuganerin bin, dachte Charlotte, was angesichts des Kontextes einer gewissen Ironie nicht entbehrte.

»Ich weiß nur eins«, sagte Katie und beugte sich vor, um sich noch einen großen Whiskey einzuschenken. »Nämlich, dass ich gegen meinen Impuls ankämpfen muss, mich überall sofort hineinzustürzen, und erst aktiv werden darf, wenn ich mir einer Sache absolut sicher bin. Genau deshalb ist es ja so wichtig, dass mindestens ein auf der Insel praktizierender Arzt von hier stammt. Nur als Tuganer hat man die langfristigen Bedürfnisse der Menschen im Blick, statt von außen oberflächlich Brände zu löschen. Wenn ich es mir aussuchen könnte, würde ich allerdings für eine Tuganer*in* plädieren, damit diese ganze altmodische Scham und die vielen Tabus Stück für Stück aufgebrochen werden.«

»Idealerweise sollte auch die tierärztliche Versorgung

von einer einheimischen Person geleistet werden«, sagte Charlotte, um nicht auf Katies indirekte Kritik an Dan eingehen zu müssen.

Ihre Besucherin nahm ihre Tasche vom Boden und stellte sie auf den Schoß. Sie war himmelblau und bildete damit die Ausnahme unter Katies ansonsten in Pink und Lila gehaltenen Besitztümern. Die applizierten Wendepailletten zeigten in ihrer aktuellen Ausrichtung die Heldin eines neueren Disneyfilms. Katie öffnete den Reißverschluss.

»Joan Williams hat mich gebeten, Ihnen etwas zu bringen. Sie hat eine lange Nachlassliste erstellt.«

»Das wusste ich gar nicht.«

»Doch. Das meiste ist Geschirr. Ihr Erbstück fällt ein bisschen aus der Reihe.«

Katie nahm eine kleine, schwarz verfärbte Kupferschatulle aus ihrer Tasche und stellte sie zwischen die Whiskeygläser auf den Wohnzimmertisch. Es klapperte, als Charlotte danach griff. Neugierig hob sie den Deckel an. In der Schatulle lag lose der königsblaue Emaille-Ring. Sie spürte ein seltsames Kribbeln im Nacken.

»Warum?«, fragte sie nach einer Weile.

»Sie hat es mir nicht gesagt, und ich habe auch nicht danach gefragt. Aber sie hat deutlich gemacht, dass dieser Ring für Sie ist. Alle anderen haben Teekannen oder -tassen bekommen. Ich stimme Ihnen zu, dass das ein bisschen merkwürdig ist, aber falls Sie sich Sorgen machen, kann ich Ihnen versichern, dass Joan bei vollem Verstand war.«

»Genau diese Frage ging mir gerade durch den Kopf.«

»Sie war glasklar im Kopf, bis zum Schluss. Der Ring ist eindeutig für Sie. Er ist von Tiffany.«

»Ich glaube nicht, dass ich ihn annehmen kann. Ich kannte Joan Williams gar nicht besonders gut. Sie war absolut reizend zu mir und hat das mit dem Forschungsstipendium organisiert. Ich mochte sie sehr, aber …« Charlottes Gedanken schweiften ab. Sie starrte auf den Ring hinunter und konnte der Versuchung nicht widerstehen, ihn für einen kurzen Moment an ihren Finger zu stecken. Ein winziger Diamant fehlte in der Einfassung. Die anderen funkelten im Licht, als sie die Hand hin- und herdrehte. Die Emaille, in die die goldenen Sterne eingelassen waren, war glatt wie ein Kieselstein. Als Charlotte darüberstrich, überkam sie eine eigenartige innere Unruhe. Sie zog den Ring wieder ab und legte ihn in die Schatulle zurück.

»Ich war gerade zum Abendessen bei den Williams, als Joan einige Wochen vor ihrem Tod ohnmächtig zusammengebrochen ist.«

»War es das letzte Mal, dass Sie sie gesehen haben?«

Charlotte schüttelte den Kopf. »Sie hat kurz vor ihrem Tod jemanden geschickt, der mich holen sollte, und wir haben über … große Themen geredet. Ich hatte den Eindruck, dass sie nicht an Small Talk interessiert war, sondern … tiefgründig. Es hatte sicher nicht speziell mit mir zu tun.«

»Wenn man stirbt, ist Small Talk wahrscheinlich keine Option mehr«, mutmaßte Katie. »Wie auch immer: Wenn Joan wollte, dass Sie den Ring bekommen, sollten Sie ihn auch annehmen, finde ich.«

»Ja, Sie haben recht.«

Charlotte konnte sich nicht vorstellen, ihn jemals zu tragen. Aber sie würde ihn in ihren Kulturbeutel legen und hin und wieder einen Blick darauf werfen. Sie strich mit dem Finger über Lobos seidig weiches Ohr. Katie massierte immer noch seine Flanke, und der Hund lag genüsslich ausgestreckt zwischen den beiden Frauen. Charlotte dachte immer noch an ihren seltsamen letzten Besuch bei Joan zurück.

»Sie hat viel darüber geredet, warum Garrick und sie keine eigenen Kinder hatten. Das Vokabular, das sie dabei verwendet hat, war irgendwie … Na ja, am Ende hat sie mir nur noch leid getan. Sie meinte, sie wäre es ihm schuldig gewesen, ihm Kinder zu schenken, hätte ihn enttäuscht und im Stich gelassen. Solche Sachen. Als ob sie Garrick vorsätzlich etwas angetan hätte, als ob sie irgendwas dafür könnte.«

»Sie stammte in vielerlei Hinsicht aus einer anderen Ära.«

»Diese ganze Insel stammt aus einer anderen Ära«, sagte Charlotte, deren Verbitterung wieder an die Oberfläche drang. Es war eine Erleichterung, endlich offen über alles reden zu können. Ihr ging auf, dass sie nun genau die Verbundenheit mit Katie empfand, die die Insel von Anfang an erwartet hatte und die sie selbst niemals für möglich gehalten hätte.

»Stimmt«, sagte Katie schlicht. »Joan war schockiert, als ich ihr gesagt habe, dass ich keine Kinder möchte.«

Charlotte hob den Kopf.

»Sie wissen doch sicher, dass das einer der Gründe dafür war, dass Dan unsere Beziehung beendet hat. Er dachte anfangs, es wäre okay für ihn, keine Kinder zu haben, hat dann aber festgestellt, dass es ihm doch was ausmacht. Sie wollen welche, oder?« Katie sah ihr nun direkt in die

Augen, und Charlottes Herz begann schneller zu klopfen. »Kinder, meine ich. Keine Ahnung, ob Sie mit ihm schon darüber gesprochen haben. Was Sie auf jeden Fall wissen sollten, ist, dass ich hierbleibe. Ich gehe nicht nach England zurück. Mein Wunsch, hierzubleiben, hat nichts mit Dan zu tun. Auch das sollten Sie wissen.«

Charlotte schüttelte so heftig den Kopf, als wollte sie eine lästige Fliege loswerden. »Dan und ich sind kein … Ich kann Ihnen mit erhobener Hand versichern, dass niemals etwas zwischen uns laufen wird – und das meine ich absolut ernst. Niemals.«

Katie leerte ihren zweiten Bourbon und stellte das Marmeladenglas auf dem Boden ab. Sie seufzte tief und lehnte den Kopf gegen das Sofa.

»Wenn das stimmt, verstehe ich gar nichts mehr. Egal, es hilft wahrscheinlich bei diesem ganzen Arme-Katie-Gerede. Ich würde nämlich gern möglichst schnell aufhören, die Frau zu sein, die alle bemitleiden. Wie auch immer, Dan und ich werden irgendwann darüber hinwegkommen. Das Leben geht weiter.«

»Sie sind so … erwachsen und vernünftig.«

»Meinen Sie? Ich bin mir da nicht so sicher. Es ist einfach so, dass ich die Arbeit hier genieße und das Gefühl habe, gebraucht zu werden. Auf lange Sicht spielt es hoffentlich keine Rolle mehr, dass ich derzeit so im Fokus stehe. Das muss ich aussitzen. Die Sache mit Dan macht mich natürlich traurig – ich dachte, wir würden heiraten. Aber ich weiß, dass die Trauer irgendwann vorbei ist, so funktioniert das im Leben. Alles vergeht – Klatsch und Tratsch genauso wie Liebeskummer. Ich stehe übrigens als OP-Schwester zur Verfügung, falls Sie sich doch entschließen, Lobo zu operieren. Sie könnten ja versuchen, die Geschwulst zu entfernen, und wenn es nicht klappt, kann man immer noch amputieren. Keine Angst, ich habe schon einiges gesehen. Mir schlägt nichts so leicht auf den Magen.«

»Sie waren als Kind …«

»In einer Sekte, ja. Ich kann Lämmer auf die Welt holen. Und sie häuten und zerlegen.«

»Verstehe.« Charlotte blickte auf ihren unangerührten Bourbon hinunter. »Zu Letzterem hatte ich bisher noch keinen Anlass.«

»Nein. Aber Sie könnten es bestimmt auch. Wenn Sie müssten.«

»Natürlich. Wenn ich müsste.«

54

Es war ein ruhiger Monat gewesen, auch wenn für tuganische Verhältnisse viel Verkehr herrschte. Ein Öltanker und eine Segeljacht machten vor Tuga Halt, genau wie das Versorgungsschiff, das Vorräte, Abwechslung und sogar einige Besucher und Tagestouristen brachte. Dan Zekri kümmerte sich um die Einhaltung der Maßnahmen zur Biosicherheit, was ein wenig über den Boykott seiner Sprechstunden hinwegtäuschte, der sich inzwischen noch verstärkt hatte. Joans Tod hatte die Gemeinde mitgenommen.

Katie Salmon begann, mittwochvormittags eine Pilates-Stunde im Old Kal anzubieten und eine weitere donnerstagabends am Strand. Beide Kurse waren voll belegt, schließlich hatten viele Inselbewohner schon Erfahrung mit Katies wohltuenden Händen gemacht. Außerdem wussten die Leute von Moz, wie sehr die Fähigkeit und Fürsorge der jungen Physiotherapeutin Joan in ihren letzten Wochen geholfen hatten. Nach Eintreffen des Versorgungsschiffs stand Katie Salmon jedenfalls ganz vorn in der Warteschlange am Zollhaus, um eine wichtige Lieferung entgegenzunehmen. Dies sprach dafür, dass die Gerüchte stimmten: Sie blieb fürs Erste auf der Insel. Die offiziellen Schiffspassagen wären ohnehin ausgebucht gewesen, aber die Segeljacht hätte sie mit nach Kapverden nehmen können, von wo aus sie bequem mit dem Flugzeug nach Hause gekommen wäre. Es wäre der perfekte Ausweg gewesen. Die Crew war nett und nahm schließlich zwei Tuganer mit, die nach England mussten. Katie jedoch blieb auf Tuga.

In dem Monat seit der Trennung beobachteten die Inselbewohner, dass die sitzengelassene Verlobte deutlich freundlicher mit Dan Zekri umging als sie selbst. Viele waren ihretwegen noch immer wütend auf ihn. Doch schon bald würden sie ihm alle wohl oder übel verzeihen müssen.

»Das Ende einer Ära steht bevor, denn unser geliebter Doc Gabbai tritt zurück«, verkündete Taxi mit Schwermut in der Stimme. Dan wollte lieber nicht wissen, welchen Song er danach spielte, und schaltete rasch das Radio aus.

Es war der Morgen von Sauls Pensionierungsparty, und Garrick war wie üblich zum Frühstück herübergekommen. Moz schälte Kiwis an der Küchenspüle, während sich die beiden Männer einen Pott Kaffee und ein Kännchen Sahne teilten. Moz tischte momentan ein besonders üppiges Frühstück auf, weil sie nicht wusste, was Garrick zu Mittag aß.

Saul lehnte sich auf dem Stuhl zurück und tätschelte seinen Bauch. Heute hatte es Reispudding mit Kokoscreme und Walnüssen gegeben, gefolgt von Rührei mit Ziegenjoghurt. Saul wäre am liebsten wieder ins Bett gekrochen und hätte ein Verdauungsschläfchen gemacht. Normalerweise aß er vor der Arbeit nur einen Toast mit Cashew-Butter und Marmelade, denn Marmelade war in Tuga die Sprache der Liebe, und Saul bekam von den Inselbewohnern reichlich Liebe. Nun ja. Ab morgen konnte er den ganzen Tag im Bett bleiben, wenn ihm danach war.

Ein seltsames Gefühl. Sein Blick wanderte über die bunt durcheinandergewürfelten Marmeladengläser auf dem Küchentisch. Ob die Leute ihm wohl weiterhin selbst Eingemachtes bringen würden?

»Wird die Insel zulassen, dass Dan die Verantwortung übernimmt?«, fragte Garrick. Er verstrich gerade Etrog-Marmelade auf seiner vierten Scheibe Toast, womit er Moz' These untermauerte, dass das allmorgendliche Frühstück bei seiner Schwester und seinem Schwager alles war, was er den Tag über zu sich nahm – jedenfalls, bis er zum Abendessen erneut bei ihnen zu Gast war.

»Die Leute müssen ihn akzeptieren, es bleibt ihnen nichts anderes übrig. Heute Abend wird er offiziell zum Chief Medical Officer ernannt. Er wird seine Sache gut machen, und die Inselbewohner werden gezwungen sein, ihm zu verzeihen. Mich haben sie bestimmt im Handumdrehen vergessen.«

»Ich sage es nur ungern, aber das halte ich für äußerst unwahrscheinlich«, mischte sich Moz ein und blieb hinter ihrem Mann stehen. Sie küsste Saul auf den Kopf und werkelte dann weiter in der Küche herum. »Auch wenn ich mir durchaus wünschen würde, dass sie dich vergessen. Nur hin und wieder für einen Tag.«

»Wir Tuganer haben ein gutes Gedächtnis, was männliches Fehlverhalten angeht«, warnte Garrick seinen Schwager. »Ein Chief Medical Officer, der seiner Verlobten den Laufpass gegeben hat? Ein Skandal! Arme Katie. Und arme Lusi.«

»Eine einzige schlechte Entscheidung bedeutet noch lange nicht, dass man ein schlechter Mensch ist«, wandte Moz energisch ein.

Garrick runzelte die Stirn, legte seinen Toast beiseite und wischte sich sorgfältig die Finger ab. »Auch kein derart großer Vertrauensbruch? Ich hätte gedacht, dass wir ihm ein besseres Beispiel gewesen wären.«

»Ach, jetzt blas dich doch nicht so auf! Irren ist menschlich. Weißt du nicht mehr, was für ein lieber kleiner Junge er war? Immer hat er sich über alles den Kopf zerbrochen und an sich selbst gezweifelt. Aber er konnte sich gut konzentrieren, wenn es darauf ankam, und war unheimlich fleißig. Das hat ihn nicht gerade beliebt gemacht in der Schule. Zu Hause hatte er es natürlich auch nicht immer leicht ...«

Garrick warf ihr einen warnenden Blick zu, daher ließ sie es auf ihrer Andeutung beruhen. Sie hatten in der Vergangenheit immer wieder über das Thema Johannes gestritten. Es war nicht der richtige Zeitpunkt, um abfällige Bemerkungen darüber zu machen, welchen Schaden Dans Vater bei Frau und Kind angerichtet hatte. Moz sammelte die Obstschalen in einer Schüssel, um sie später dem Schwein hinauszubringen.

»Ich dachte, du wartest mit deinem Ruhestand, bis Dan sich als Inselarzt etabliert hat«, wandte sich Garrick an Saul, nachdem er Moz demonstrativ den Rücken zugedreht hatte.

Saul betrachtete den Rest Kaffee in seiner Tasse und ließ ihn stehen.

»Mir ist klargeworden, dass er sich nie etablieren wird, wenn ihn die Umstände nicht dazu zwingen.« Er zögerte. »Wenn ich ... Wenn ich ehrlich bin, habe ich so lange gewartet, wie Joanie mich gebraucht hat.«

Garrick nickte. Er hatte schon so etwas geahnt und

tätschelte dankbar Sauls Hand, die vor ihm auf dem Tisch lag. Saul erwiderte den Händedruck, und die beiden Männer verharrten schweigend. Moz, die gerade einen Teller Obst zum Tisch hatte bringen wollen, machte kehrt und beschäftigte sich weiter an der Küchentheke.

»Du kommst doch heute Abend, oder?«, fragte Saul. Er war heiser und räusperte sich mehrmals. »Es würde mir viel bedeuten, dich als … äh … moralische Unterstützung dabeizuhaben.«

Garrick antwortete, er werde selbstverständlich kommen und Saul die Verabschiedung bescheren, die er sich nach vierzig Jahren Dienst an der Gemeinde verdient hatte. Vorher müsse er jedoch zu einem Treffen des Inselrats im Old Kal, und danach wolle er einen Mann im Moschaw besuchen, dessen Tochter in Amerika vor Kurzem ein Baby bekommen habe. Seine Arbeit bestehe nun mal darin, Hoffnung zu geben, auch wenn er selbst momentan keine empfinde. Nach einem kurzen Moment der Trauer wischten sich beide Männer die Augen, jeder mit einem Taschentuch, das Joan bestickt hatte. Dann brachen sie in ihren jeweiligen Arbeitstag auf.

55

»Hast du kurz Zeit?«

Katie stand in der Tür seines Arztzimmers. Sie trug eine leichte Baumwollhose in der Farbe von Zuckerwatte und ein Glücksbärchi-T-Shirt, das Dan ihr einst geschenkt hatte. Er hatte beide Kleidungsstücke schon auf viele Wäscheständer gehängt – wichtiger noch, er hatte sie ihr von ihrem willigen Körper gestreift. Ihre Haare waren feucht, woran er erkannte, dass sie gerade geduscht hatte. Sie war ihm einerseits zutiefst vertraut und wirkte andererseits verändert auf ihn, weil sie komplexe neue Gefühle in ihm wachrief: Schuldgefühle, Verärgerung über diese Schuldgefühle, Scham, Erleichterung, noch mehr Scham über die Erleichterung. Enttäuschung über sich selbst, weil er etwas getan hatte, das ihn als Schuft dastehen ließ. Er antwortete ihr mit einem etwas zu eifrigen Nicken.

»Können wir vielleicht ein Stück spazieren gehen? Ich möchte dir nämlich etwas zeigen. Ich habe Kokoswasser dabei.« Katie hob zwei eingedellte Plastikflaschen ohne Etikett hoch, aus Macs Gefriertruhe. Sie reichte ihm eine über den Schreibtisch hinweg. Wenn dies ihr Moment der Abrechnung gewesen wäre, hätte sie wohl kaum Erfrischungsgetränke mitgebracht. Erleichtert griff Dan nach seiner Kappe und seiner Sonnenbrille und folgte ihr nach draußen.

Zusammen durchquerten sie den Garten, der zwischen Klinik und dem ehemaligen Cole-Haus lag, wie es immer noch genannt wurde, trotz der Monate, die seit Dans Einzug vergangen waren. In den Augen der Inselbewohner war es vor allem das Haus, in das er Katie gelockt hatte, um sie anschließend abzuservieren. Nach der Trennung war Dan wieder bei seiner Mutter eingezogen und hatte Katie das Haus überlassen, bis sie eine Schiffspassage nach Hause ergatterte. Auf Tuga konnte das Monaten dauern, manchmal sogar über ein Jahr. Bis dahin saß er bei Lusi fest und musste ihre übertriebene Fürsorge ertragen, ihr Interesse an seinem Frühstück, seinem Schlafrhythmus, seinem Seelenheil. Und seine Gewissensbisse, weil er sie enttäuscht hatte, auch wenn Lusi sich standhaft weigerte, es zuzugeben. Viele Tuganer in seinem Alter wohnten noch bei ihren Eltern, man galt deshalb nicht automatisch als Versager. Trotzdem, Dan sehnte sich nach Privatsphäre. Damit war es auf Tuga nicht unbedingt weit her.

Jetzt merkte er, dass es deutlich angenehmer war, Katie auf diese Weise zu begegnen, statt einmal, zweimal oder manchmal absurde dreimal pro Tag per Zufall: in der Warteschlange bei Betsey, auf der Harbour Street, beim Parken am Up Yard oder am Ausgangspunkt von Wanderungen, die sie vielleicht zusammen unternommen hätten. Seine Wege kreuzten sich aber nicht nur mit ihr, sondern bisweilen auch mit Charlotte, die regelrecht die Flucht zu ergreifen schien, wenn sie ihn auch nur von Weitem sah. Hinzu kamen die unzähligen Begegnungen mit Inselbewohnern, die darauf brannten, ihm ihre Meinung zu geigen. Er traute sich kaum noch vor die Haustür. Im Radio spielte Taxi verdächtig oft Cliff Richards *We Don't Talk Anymore*, und einmal wiederholte er während des Fade-outs am Ende sogar eine Textzeile, die er offenbar für besonders zutreffend hielt: »Und vielleicht ist das ja was, worüber einige von uns mal nachdenken sollten: *Don't come crying … Remember what you've done.* Damit wünsche ich euch einen wunderschönen sonnigen Dienstag!«

Katie marschierte mit ihm in Richtung Lemon Tree Valley, eine Strecke, die nicht besonders malerisch oder abgeschieden war und auch nicht zum Strand führte. Stattdessen ging es auf einer unbefestigten, staubigen Straße immer weiter bergauf. Der Anstieg war steil genug, um das Schweigen zwischen ihnen zu rechtfertigen, und sie wanderten mit flotten, perfekt aufeinander abgestimmten Schritten dahin, wie sie es immer schon getan hatten.

Die schmale Straße umrundete ein kleines Tal, an dessen gegenüberliegenden Hang sich insgesamt sechs kleine Häuser schmiegten, jeweils zu zweit aneinandergebaut, unerwartete Farbtupfer im Grün. Katie machte ein paar Schritte in das niedrige, am Straßenrand wuchernde Zinnkraut hinein und setzte sich im Schneidersitz auf den Boden. Es war ein strahlend heller Morgen, daher verbargen sich ihre Augen hinter einer rosa Sonnenbrille. Ihre Haare hatte sie mit einem rosa-karierten, mit roten Kirschen bedruckten Haargummi zurückgebunden. Unter ihnen im Tal waren zwei Esel angebunden, die im Schatten der Bäume an Mintberry-Sträuchern knabberten.

Sie waren … ja, wo waren sie eigentlich genau? Das Lemon Tree Valley war nicht gerade die schönste Gegend von Tuga. Von der Stelle, die Katie ausgewählt hatte, hatten sie freie Sicht auf die im rechten Winkel aneinandergebauten Häuschen von Ruth dos Santos und Marianne Goss. Katie sagte nichts, blickte nur zu den beiden kleinen Behausungen hinüber. Dan setzte sich neben sie und wartete. Die Minuten verstrichen. Katies Gesichtsausdruck war nüchtern und geschäftsmäßig. Er vermutete, dass sie über das Cole-Haus oder vielleicht über die Klinik sprechen wollte, darüber, wie sie ihre Zusammenarbeit bis zu ihrer Abreise gestalten wollten. Vielleicht brauchte sie Hilfe dabei, eine Schiffspassage zu finden. Charlottes Schiff – das Island-Close-Schiff – war sicher längst ausgebucht, aber es kam durchaus vor, dass in letzter Minute etwas umgebucht oder storniert wurde, dass ein Passagier, der seine Fahrkarte vor zwei Jahren gekauft hatte, aus irgendeinem Grund doch nicht abreisen konnte. In diesem Fall würden Katie und Charlotte zusammen Tuga de Oro verlassen, dachte er und fragte sich zum hundertsten Mal, wie er sich der Gunst dieser Frauen jemals so sicher hatte sein können. Und nun hatte er sie beide durch eigenes Verschulden verloren. Es überraschte ihn, wie sehr sein Körper die zierliche, unabhängige Frau vermisste, die neben ihm im Gras saß. Sein Instinkt war, nach ihrer Hand zu greifen. Auch wenn sie vielleicht nicht perfekt zusammenpassten, sie waren kein schlechtes Team gewesen. Plötzlich trat Ruth dos Santos mit einem Korb Wäsche aus ihrer Küchentür. Eine kleine karamellfarbene Ziege hüpfte leichtfüßig hinter ihr her. Neben Dan setzte sich Katie aufrechter hin, beobachtete die Szene aufmerksam.

Ruth stand schwankend da, bevor sie zu der langen Wäscheleine tappte und anfing, im Schneckentempo Kleidungsstücke aufzuhängen. Es schien durchaus möglich, dass die ersten Sachen bereits trocken waren, bevor sie den Korb geleert hatte. Röcke und Oberteile, Alex' rote kurze Hose, eine ganze Reihe grauer Stoffwindeln, die im Wind flatterten.

»Bei der Sache, über die ich mit dir reden wollte, geht es um Ruth«, sagte Katie leise. »Ich dachte, es ist der richtige Tag dafür. Heute Abend wirst du offiziell zum Chief Medical Officer von Tuga ernannt. Ab morgen triffst du hier die medizinischen Entscheidungen. Jetzt schau hin. Was siehst du dort drüben?«

»Ist das eine Fangfrage?«

»Nein. Ich meine als Arzt, der eine Patientin vor sich hat. Was siehst du?«

Dan beobachtete Ruth, und Katie – das spürte er – beobachtete ihn. Was auch immer sie von ihm erwartete, er wollte sie nicht enttäuschen. Während sie hinüberblickten, zog die kleine Ziege eine angegraute Socke aus dem Korb und kaute nachdenklich daran herum.

»Na ja, ich sehe, dass sie sich immer wieder bückt und aufrichtet – manchmal dreht sie sich dabei sogar in eine andere Richtung. Es sind keinerlei Hinweise auf Rückenschmerzen zu erkennen. Ich bin mir relativ sicher, dass dort drüben eine körperlich unversehrte Frau steht, die eine chronische Beeinträchtigung vortäuscht oder zumindest aufbauscht, um ihre Abhängigkeit von Opiaten zu befriedigen. Ist es das, was du mir zeigen wolltest?«

Katie zog die Beine vor die Brust und legte ihr Kinn darauf. Nach kurzem Schweigen sagte sie, ohne sich zu ihm umzudrehen: »Schade, dass du nur das siehst. Ich sehe nämlich eine Frau, die würdevoll gegen ihre extreme postpartale Inkontinenz ankämpft, allein, in ländlicher Armut. Und das seit über zehn Jahren.«

»Was?«

»Ich bin fest entschlossen, ihr zu helfen.«

»Warte mal … Wie hast du das … Ich meine …«

»Ich habe einfach die Augen aufgemacht, Dan. Ich habe hingesehen.«

Wie aufs Stichwort hob eine Brise die lange Reihe mit Stoffwindeln an.

»Hast du den Geburtsbericht der Hebamme gelesen? Ich vermute einen Dammriss vierten Grades. Oder sogar eine Fistel. Sie hat das Haus seit Alex' Geburt nicht mehr verlassen.«

»Eine Fistel! Meine Güte – aber Alex hat die Geburt doch überlebt. Er ist geistig völlig normal, und er …«

»Dann wohl eher ein schwerer Dammriss. Ich bin keine Gynäkologin, aber ich weiß, dass die Geburt schreckliche Verletzungen bei ihr hinterlassen hat. Wie auch immer – sie muss nicht so leben. Ich habe eine Chirurgin in London aufgetan, die auf Dammrisskorrekturen spezialisiert ist, und sie hat sich bereiterklärt, Ruth zu untersuchen und gegebenenfalls zu operieren. Du musst ihr eine Überweisung schreiben, damit die Krankenkasse die Kosten übernimmt.«

»London! Sie war seit über zehn Jahren nicht mehr im Dorf, wie willst du sie also dazu bringen, nach London zu reisen? Hast du sie untersucht? Ein Dammriss vierten Grades – mit so etwas kann doch kein Mensch zehn Jahre lang leben! Wenn sie inkontinent wäre, hätte sie doch sicher mit Saul darüber gesprochen.«

»Sie hat sich zu sehr geschämt, um mit Saul darüber zu sprechen. In den ersten Wochen hat sie versucht, es zu erwähnen, aber er meinte wohl, das würde sich von selbst wieder geben. Und dann ist es vermutlich zwischen all den anderen Beschwerden untergegangen, die diese rundum qualvolle Geburt ausgelöst hat. Ruth hatte noch monatelang höllische Schmerzen, nachdem Alex auf die Welt gekommen ist. Unterleibsschmerzen und Rückenschmerzen. Damals hat sie nichts vorgetäuscht. Ich musste sie übrigens nicht untersuchen, um das zu erfahren. Ich habe sie einfach gefragt, Dan, und sie hat mir alles erzählt.«

»Eine Geburtsfistel ist mir während meiner Zeit als Arzt noch nie untergekommen. Wir sind hier schließlich nicht im ländlichen Mali oder in … Wir führen hier einen Kaiserschnitt durch, wenn bei der Geburt nichts mehr vorangeht und Schäden zu befürchten sind!«

»Pst, schrei bitte nicht so, sie hört dich sonst! Es war eine Schulterdystokie, eine Sectio hätte also auch nichts gebracht. Es war eine große Leistung von Saul, Alex ohne Knochenbrüche, Nervenschäden oder Ersticken rauszubekommen.«

Katie schrie nie. Es war eine Eigenart ihrer ohnehin schon kindlichen Stimme, dass sie höher und melodischer wurde, je ernster das Thema war. Dan hatte diesen Umstand schon früher als nervtötend empfunden, und er nervte ihn auch jetzt. Katie fuhr fort: »Du brauchst nicht gleich in die Defensive zu gehen. Damals warst du doch gar nicht auf der Insel, hattest noch nicht mal deine Facharztausbildung. Die Realität sieht hier nun mal so aus, Geburten sind ein Risiko. Du sagst, du willst helfen. Dann schau hin.«

Dan schraubte den Deckel seines Kokoswassers hektisch auf und zu. Es war eine ehemalige Evian-Flasche, und er fuhr mit dem Finger die Plastikkonturen der Alpen nach. In all den Jahren in Europa hatte er nicht ein einziges Mal auf Skiern gestanden – eins der vielen Versäumnisse, die er mittlerweile bereute. Aber die Skireise der Medizinfakultät war unerschwinglich gewesen, und selbst wenn er sie sich hätte leisten können, wäre es ihm zu peinlich gewesen, als absoluter Anfänger mitzufahren. Wie arrogant von ihm, sich dafür zu schämen, dass er eine schwierige Sportart nicht perfekt beherrschte, ohne Anleitung oder Training. Er war ein Idiot gewesen und hatte sich selbst viel zu wichtig genommen. Darüber konnte er heute nur den Kopf schütteln.

Falls Katie recht behielt, handelte es sich in Ruths Fall um eine fatale Lücke in der tuganischen Gesundheitsversorgung, eine Lücke mit katastrophalen Folgen. Wie gekonnt Saul die Geburt als solche auch gemeistert haben mochte – Dan beneidete ihn nicht darum, dass er einer Mutter fortgeschrittenen Alters in einer bescheidenen tuganischen Hütte hatte beistehen müssen, wo nach der Entbindung des Köpfchens eine Schulter hinter dem Schambein stecken geblieben war, während die Uhr tickte und ein irreversibler Sauerstoffmangel drohte –, er hätte Ruth unbedingt nach sechs Wochen erneut untersuchen und die Nachkontrollen fortführen müssen, solange die Symptome anhielten.

»Denk bitte nicht, dass ich deinem Onkel die Schuld gebe«, sagte Katie, als Dan neben ihr stumm blieb. »Ich gebe dem System die Schuld. Er war als einziger Arzt für viel zu viele Patienten verantwortlich, musste über einen zu langen Zeitraum allein zurechtkommen. Kein Wunder, dass er völlig erschöpft und überlastet war. Es gab einfach keine Beständigkeit – mal war ein Vertragsarzt zur Unterstützung da, mal nicht, und keiner blieb lang genug auf der Insel. Außerdem hat sich hier – ich hoffe, ich darf das sagen – offenbar nie jemand für Frauengesundheit interessiert. Es ist ein anfälliges System, aber das lässt sich ändern. *Wir* können es ändern. Tragödien passieren, ich lebe nicht im Wolkenkuckucksheim, ich weiß, dass das Leben auf einer abgelegenen Insel gewisse Härten mit sich bringt. Es wird hier nie eine Neugeborenen-Intensivstation geben, auch keinen Rettungshubschrauber. Das wird durch so viel Schönes ausgeglichen, durch das Gefühl, dass alle eine große Familie sind und jeder so akzeptiert wird, wie er ist. Die Kehrseite dieser bedingungslosen Akzeptanz ist allerdings, dass man manchmal untätig bleibt, selbst wenn es dringenden Handlungsbedarf gibt. Ruths Medikamentensucht wird einfach billigend in Kauf genommen. Dass Saul ihr diese gewaltigen Mengen Tabletten verschreibt, wann immer sie behauptet, ihr würde der Rücken wehtun, bedeutet für Ruth, dass sie dazu verdammt ist, in ihrem jetzigen Zustand zu verharren. Sie hat ihm damals gesagt, sie hätte Schmerzen, ohne genauer auf die Art der Schmerzen einzugehen. Vielleicht stand sie noch unter Schock, war von der furchtbaren Geburt traumatisiert. Oder sie hat sich einfach geschämt. Wie auch immer, Saul hat nicht weiter nachgeforscht, hatte vielleicht auch nicht den nötigen Weitblick. Er hat sie jedenfalls nicht erneut per Ultraschall untersucht. Das war nachlässig. Irgendwann hätte ich gern, dass wir hier ein Nachsorgeprogramm mit festen Untersuchungsvorgaben aufbauen, denn Ruth mag zwar ein extremer Fall sein, aber sie ist bestimmt nicht die Einzige mit Geburtsverletzungen. Aber vorerst konzentriere ich mich auf sie. Eins nach dem anderen.«

»Das ist grauenhaft. Grauenhaft. Diese arme, arme Frau.«

»Ja«, erwiderte Katie schlicht. »Darum lass uns das wieder in Ordnung bringen.«

Sie stand mit einer einzigen fließenden Bewegung auf, ohne die Hände zu Hilfe zu nehmen, drehte sich um und ging zurück zur Straße. Dan blieb vorerst, wo er war, und beobachtete weiter Ruth, die aufgehört hatte, Wäsche aufzuhängen, und mit leerem Blick reglos im Garten stand. Er winkte über das kleine Tal zu ihr hinüber, und Ruth sah es und hob ebenfalls eine Hand, ganz langsam, als befände sie sich unter Wasser. Hinter ihr kamen die Kinder schubsend und rangelnd aus dem Haus und rannten auf sie zu. Alex schloss die Finger seiner Mutter um etwas, das wie ein kleines Sandwich aussah, und danach flitzten die Kinder zu ihren Fahrrädern und waren verschwunden. Ruth verharrte, wo sie war, und blickte ihnen hinterher. Die Hand, in der sie das Sandwich hielt, fiel schlaff herunter, als hätte sie es schon wieder vergessen.

Dan stand auf und machte sich zusammen mit Katie auf den Rückweg.

»Wenn du willst, dass Ruth eine Schiffsreise nach England antritt, solltest du mit Marianne Goss reden«, sagte er. »Sie wird sie begleiten müssen.«

»Ja. Andererseits hatte ich gedacht, dass wir sie vielleicht auf dem Schiff unterbringen könnten, das zu Island Close ablegt. Dann könnte Charlotte Walker ein Auge auf sie haben.«

Dan warf Katie einen Blick zu, doch sie starrte stur die unebene Straße hinunter. Hatte er es sich nur eingebildet, oder war sie während ihres letzten Satzes errötet?

»Sie ist dir sicher gern behilflich«, sagte er monoton.

»Ja, das denke ich auch. Ich werde sie fragen.«

»Falls tatsächlich so bald eine Schiffspassage frei wird, willst du sie dann nicht selbst in Anspruch nehmen?«

»Nein«, erwiderte Katie, ohne aus dem Tritt zu kommen. »Ich reise nicht ab. Hattest du das gehofft?«

Wie immer sorgte Katies Offenheit dafür, dass auch er ungewollt freimütig reagierte und mit einem Nicken antwortete. »Ich fühle mich schuldig, weil ich dich aus deinem Leben gerissen habe. Dich zurück zu Hause in England zu wissen, würde bedeuten, dass du es wieder aufnimmst, zu deinem Team zurückkehrst, in deine Klinik.«

Sie streckte die Hand aus und berührte seinen Arm, brachte ihn dazu, langsamer zu gehen.

»Dan, warte mal kurz.«

Er blieb stehen.

»Ich bin traurig. Und verletzt. Ich habe dich geliebt. Liebe dich immer noch. Und ich mag kein Drama. Ich war wütend auf dich, bin es wahrscheinlich immer noch, weil ich mir so mühsam ein stabiles Leben aufgebaut hatte, und dann kamst du und hast so einen soliden Eindruck gemacht, nur um derjenige zu werden, der den meisten … Lärm erzeugt. Das Chaos in meinem Kopf. Ich brauche Ruhe.«

Dan ließ diese Welle über sich hinwegspülen. Er wusste, dass er sie verdient hatte. Beschämt dachte er über ihre Vorwürfe nach. Die mutige Katie, die so sehr für ihr Recht auf Selbstbestimmung gekämpft hatte, sich so sehr nach einem geregelten Leben fernab der Sekte gesehnt hatte. Er hatte sie wie ein vorbeiwirbelnder Tornado aus ihrer Existenz gerissen und zwei Jahre später hier auf Tuga wieder abgesetzt, Tausende Kilometer entfernt. Ohne Partner oder Familie.

»Aber ich habe nachgedacht. Es stimmt, dass ich traurig bin, allerdings vielleicht aus den falschen Gründen. Zumindest, wenn ich ganz ehrlich mit mir selbst bin.«

»Und was sind diese falschen Gründe?«

Katie bedachte ihn mit einem kleinen, traurigen Lächeln. »Wir sind uns so ähnlich, du und ich. Das ist eigentlich etwas Schönes. Wir leben gut zusammen, wir arbeiten gut zusammen. Aber ich frage mich inzwischen, ob es vielleicht ein bisschen feige von uns war, uns füreinander zu entscheiden. Von mir. Ich weiß auch nicht, ich habe das Ganze noch nicht zu Ende gedacht. Was ich sehr wohl weiß, ist, dass ich hierbleiben werde. Ich werde mir auf dieser Insel ein Leben aufbauen, daher müssen wir eine Möglichkeit finden, weiterhin zusammenzuarbeiten. Einerseits bin ich traurig und vielleicht auch ein bisschen einsam, andererseits empfinde ich noch genau das Gleiche wie damals, als du mir zum ersten Mal von Tuga de Oro erzählt hast: Aufregung und Abenteuerlust, aber auch Zugehörigkeit. Hier habe ich das Gefühl, wirklich gebraucht zu werden, hier erkenne ich meinen Platz innerhalb der Gemeinde. Ich habe von Anfang an instinktiv gewusst, dass es mir hier gefallen würde, dass ich die Arbeit mögen würde und die Menschen. Das hat sich bereits in der kurzen Zeit seit meiner Ankunft bewahrheitet. Am besten lässt es sich wahrscheinlich so beschreiben, dass ich hier … meine Berufung gefunden habe. Und das ist wichtiger als mein Unbehagen darüber, in deiner Nähe zu sein.«

»Du bist eine bemerkenswerte Frau«, sagte Dan und meinte es auch so. Katie runzelte die Stirn und schüttelte unwirsch den Kopf. Es war zynisch, eine Frau zu bewundern, die man vor Kurzem abserviert hatte, das merkte er selbst.

»Was aus unserer Beziehung geworden ist, ist zwar größtenteils deine Schuld, aber nicht nur«, fuhr Katie fort.

»Auch wenn ich momentan keine große Lust darauf habe, mit dir befreundet zu sein, müssen wir gute Kollegen werden. Wenn du Schuldgefühle mir gegenüber hast, dann nutze sie bitte so, dass du konstruktiv mit mir zusammenarbeitest, um Ruth bestmöglich zu helfen.«

Dan fühlte sich nicht in der Lage zu sprechen und gab ihr daher nickend sein Versprechen.

56

Dan saß am Schreibtisch und kämpfte mit der Formulierung seiner Überweisung für Ruth dos Santos nach England. Jede Version geriet ihm entweder unangemessen emotional, oder es schimmerte sein Bedürfnis durch, sich verteidigen oder entschuldigen zu müssen. Bisweilen kam aber auch indirekte oder offene Kritik an seinem Onkel zum Ausdruck.

»… leidet seit über zehn Jahren an …«

»… seit der Geburt ihres zweiten Kindes vor elf Jahren undiagnostiziert geblieben …«

Letzten Endes schrieb er: *Ich bitte Sie um Untersuchung dieser sechsundfünfzigjährigen Mutter von zwei Kindern, mit dem Ziel der schnellstmöglichen Korrektur eines verspätet diagnostizierten Dammrisses vierten Grades. Eine geeignete postoperative Schmerztherapie sollte erwogen werden, da die Patientin unter einer langjährigen Abhängigkeit von Opiaten leidet. Diese begann kurz nach den Geburtskomplikationen und war auf die dabei erlittenen körperlichen und seelischen Traumata zurückzuführen. Die aktuelle Lebensqualität der Patientin ist stark eingeschränkt, und ich hoffe sehr, dass Sie diesbezüglich für Abhilfe sorgen können.* Falls seine Zeilen zu emotional klangen, sollte es eben so sein. Er *war* emotional, was dieses Thema betraf.

Seine Ex-Verlobte würde von nun an Seite an Seite mit ihm in *seiner* Klinik arbeiten – er konnte nicht anders, als sie in Gedanken als »seine Klinik« zu bezeichnen, auch wenn ihm klar war, dass dieses Besitzdenken nicht nur kindisch, sondern auch reine Wunschvorstellung war. Er hatte Katie nach Tuga gebracht, und sie würde nicht einfach wieder abreisen, nur weil er es so wollte. Zumal er sich ihr Verschwinden angesichts ihres Ziels, die tuganischen Missverhältnisse in Ordnung zu bringen, ohnehin nicht mehr guten Gewissens wünschen konnte. Katie hatte vollkommen recht: Wenn Ruth keine angemessene Nachversorgung erfahren hatte, war es wahrscheinlich, dass es anderen Frauen genauso ging. Er würde jede Mutter mit Kindern unter zehn Jahren in die Klinik einladen. Und was war mit Endometriose? Der Menopause? Osteoporose? Ein Klima, in dem es als unhöflich galt, seine Patientinnen dazu aufzufordern, auf die Waage zu steigen, war wohl eher keins, das offene Gespräche über Menstruation und andere Frauenthemen begünstigte. Katie hatte ihm demonstriert, welchen Wissensvorsprung sie besaß und was er alles noch zu lernen hatte.

Während ihrer letzten gemeinsamen Monate in England hatten die großen Überseekoffer, die sie mit nach Tuga nehmen wollten, offen im Wohnzimmer gestanden, und es hatten sich langsam sämtliche Gegenstände darin angesammelt, die mit aufs Schiff sollten: solarbetriebene Sturmlampen, Walkie-Talkies, eine Großpackung der Gewürzmischung, die Dan auf seinem Rührei liebte, ein mobiles Ultraschallgerät – eine gewaltige Investition, die auf Tuga jedoch möglicherweise lebensrettend war, denn während Dans Kindheit hatte das einzige Gerät einem Schafzüchter gehört. Außerdem Saatgut für seine Mutter, Seifen, Cremes und Parfum, ein paar Auflaufformen, zwei Cricketschläger und zwanzig Bälle, ein Werkzeugkasten.

Die meisten Dinge hätten sie auch bei der Schiffsspedition bestellen können, doch das monatelange Packen half bei der Realisierung der gewaltigen Lebensveränderung, die bald auf sie zukommen würde. Hin und wieder hatte ihn ein Gegenstand an seine zwiespältigen Gefühle in Bezug auf Tuga erinnert.

Zum Beispiel der Kaffeesirup. Dan hatte extra einen Großhandel aufgetan, der den Karamellsirup verkaufte, den Katie gern in ihrem Caffè Latte trank. Er hatte vier Literflaschen davon erstanden, dabei schien es Katie selbst nicht sonderlich zu beunruhigen, dass Tuga das Ende der endlosen Wahlmöglichkeiten beim Kaffee bedeuten würde, des frivolen Konsumverhaltens, der Lebensmittel, die chemisch bearbeitet waren, um wie andere Lebensmittel zu schmecken. Sie möge ihren Latte zwar mit Karamellgeschmack, hatte sie zu ihm gesagt, aber er schmecke ihr auch ohne. »Du meintest doch, dass wir mit den Leuten befreundet sein werden, die unsere Kaffeebohnen anbauen«, hatte ihr Kommentar gelautet, als er stirnrunzelnd versucht hatte, zwischen den neuen Handtüchern und der alten Bettdecke Platz für die vier Sirupflaschen zu finden. »Ist das nicht viel toller als tausend verschiedene Geschmacksrichtungen?«

Dan, der als Kind die Herkunft jedes Bissens, den er zu sich nahm, blind hätte benennen können und dies rückblickend als langweilig und provinziell empfand, sah das naturgemäß anders. Er *wollte* tausend verschiedene Geschmacksrichtungen. Das waren neunhundertneunundneunzig mehr, als ihm in seiner Heimat zur Verfügung standen. Er würde dort die globalen Lieferketten vermissen, Kürbisgewürze und Gratisproben, den jederzeit griffbereiten, schwindelerregenden Exzess. Nicht zu vergessen den indischen Imbiss um die Ecke, die Füchse, die in den Londoner Parks lebten, Fußballspiele im Stadion, Zugfahrten und Anonymität.

Wenn beim Packen wieder einmal Panik in ihm aufgestiegen war, hatte er sich Mut gemacht, indem er sich an Katies feste, unerschütterliche Überzeugung klammerte. Das wurde ihm nun bewusst. Sie war nie von ihrem Kurs abgewichen, was ihm angesichts der völligen Isolation Tugas und der radikalen Veränderung ihrer Lebensumstände fast ein wenig seltsam vorkam. Von Anfang an hatte sie nie genug bekommen können von Geschichten über Tuga de Oro. Auch andere Freunde in England hatten sich für seine Heimatinsel interessiert, doch sie äußerten ihre anthropologischen Fragen immer mit einer etwas herablassenden Ungläubigkeit. Katie hingegen erkundigte sich nach ganz konkreten Dingen, stellte Fragen über die dortigen Gemeindestrukturen, die Personaldecke in der Klinik, die bürokratischen Fallstricke, was die Beziehung mit dem englischen Gesundheitsdienst anging, die ökologischen Ressourcen der Insel, die Regenhäufigkeit, das Familienleben. Es war Katie, die ihn schließlich davon überzeugte, dass seine Rückkehr auf die Insel und der lebenslange Dienst als Chief Medical Officer kein Fluch war, sondern ein Segen. Vielleicht hatte sie recht. Und vielleicht war die Übersiedlung nach Tuga auch für sie selbst ein Segen.

57

Mac's Pantry war ein Minimarkt, der oberhalb des Lemon Tree Valley am Straßenrand lag. Es handelte sich um einen Betonbau von der Größe einer öffentlichen Toilette, in dem sich die Ware bis zur Decke stapelte, und das wollte etwas heißen, denn Mac hatte seinen Laden mehrmals nach oben hin erweitert. Nun ragten die Regale hoch über den Köpfen der Kunden auf, und Mac musste einen langen Stock mit Haken verwenden, um die leichten, weichen Artikel von ganz oben herunterzuholen. Windeln, Toilettenpapier oder Küchentücher fielen wie Kokosnüsse in die Arme der wartenden und im Fangen geübten Kundschaft. Auf den unteren Regalbrettern drängten sich Zahnpasta, Deodorants, Seifenstücke von Dove, handgefüllte Tüten mit in Öl und Salz getränkten Cassava-Chips und Honigbananen. Hinter der schmalen Kasse lagerte wiederum die Ware, die Mac persönlich herausgab: Zigaretten und Alkohol, Kondome, Rasierklingen, Tafelsalz sowie Zimt und Chiliflocken.

Wenn gerade keine Kundschaft da war, stand Mac oft hinten im Hof, so wie jetzt, als barfuß ein Mädchen angerannt kam, mit Anlauf an die Ladentheke sprang und ihre nackten Zehen zwischen die Latten der Holzverkleidung schob, sodass sie sich hinüberbeugen konnte wie eine Italienerin in einer Espresso-Bar.

»Kaugummi!«, rief das Mädchen, und Mac rief ohne

den Kopf zu heben zurück: »Marianne erwartet zumindest ein *Bitte* von dir, junge Dame!«

»Bitte!« Annie klatschte ihre kostbare Münze auf die Theke. Sie stemmte sich für einen Moment auf ihre gestreckten Arme und ließ ihre Füße wie eine Turnerin in der Luft schweben, bevor sie sie wieder auf die schmale Latte stellte. Ihre Fußsohlen waren schmutzig und rau.

»Gleich bekommst du dein Kaugummi, *kerida*«, beschwichtigte Mac. »Aber nur, wenn du es nicht wieder auf den Boden spuckst!«

Annie reagierte empört auf diesen Vorwurf. Niemals würde sie ihr Kaugummi auf den Boden spucken, teilte sie ihm mit, das hätte sie noch nie getan.

In der Gefriertruhe stapelte sich selbst gemachtes Wassereis – Mango, Guave und Graviola. Wenn Kinder für ihre Eltern einkauften und sich dabei – in Macs Augen – anständig genug benahmen, bekamen sie eine dieser Leckereien aufs Haus, was nur äußerst selten vorkam. Annie war ein Schlitzohr, und Mac war sich fast sicher, dass sie manchmal Kaugummi mitgehen ließ, eventuell sogar Zigaretten, wenn er ihr den Rücken zudrehte. Trotzdem verwöhnte er sie und ihren Teufelszwilling nach Strich und Faden, weil ihn der Kameradschaftsgeist zwischen den beiden Kindern so rührte. Was auch immer er einem von ihnen gab, wie winzig und unteilbar die Süßigkeit auch schien, sie teilten sie gerecht unter sich auf. Als Experiment hatte er Annie einmal einen einzelnen lila Smartie geschenkt, nur um sie kurz darauf vor dem Laden dabei zu beobachten, wie sie ihn auf der staubigen Mauer mit einem Taschenmesser zerschnitt, das sie in ihrem Alter eigentlich noch gar nicht hätte besitzen dürfen. Wie sie es von ihm kannte, kam er nun vom Hof in den Laden zurück und öffnete wortlos den Deckel der Gefriertruhe. Sie tauchte hinein und kam grinsend mit einem Wassereis in jeder Hand wieder heraus.

»Kommst du heute Abend auch und feierst den alten Doc, Annie Goss?«

»Ja. Alex und ich haben Pläne. Wir sammeln Anmeldungen für unser Apfelbaum-Geschäft. Die Samen sind zwar noch nicht eingepflanzt, aber wir nehmen schon Vorbestellungen für die Setzlinge entgegen. Wir haben eine Menge Samen gesammelt.«

»Ihr habt immer irgendwelche Pläne, ihr kleinen Teufel«, sagte er und kehrte auf seinen Hocker hinter der Ladentheke zurück. »Also gut, ich lasse mich für zwei Pflänzchen vormerken. Sie müssen allerdings fünfzehn Zentimeter hoch sein, bevor ich zahle.«

Aber Annie war schon verschwunden und hatte Wassereis, Kaugummi und Münze mitgenommen.

58

Der Himmel erstrahlte in zartem Rosé, und die rosaroten Wolken verblassten gerade zu einem weichen Lila, der pastellfarbene Ausklang eines feurigen Sonnenuntergangs. Auf der Fahrt zum Rockhopper hatte Moz das Auto an der Flanke des Obiuto Hill abrupt angehalten und einen nörgelnden, widerwilligen Saul zum Felsvorsprung gezogen, um diese letzten Momente mit ihm zusammen zu verbringen, in ungestörter Zweisamkeit, bevor sie sich den Blicken der Allgemeinheit aussetzten.

Die Nervosität, mit der Saul dem Abend entgegensah, überraschte ihn selbst. Normalerweise ging er gern auf Partys, aber ihm missfiel das unaufhörliche Gerede über Abschiede und sich schließende Kapitel, die scherzhaften Fragen, ob er mit Stil oder mit Getöse abzutreten gedenke. Seit die Einladung zur Abschiedsfeier aufgehängt worden war – sein Gesicht prangte in Betsey's Café, bei Sylvester über der Kasse, sogar in Macs Minimarkt –, ließen ihm die Leute keine Ruhe mehr. Im Begleittext waren die Inselbewohner dazu aufgefordert worden, ihre Geschichten und Erinnerungen ins Rockhopper mitzubringen, als ob es sich um eine Totenwache handeln würde. Er hatte sich bei Moz darüber beschwert, doch die hatte nur energisch abgewunken, sie sei eine viel beschäftigte Frau und habe wirklich keine Zeit für ihn und sein Selbstmitleid. Saul solle derartige Vergleiche bloß nicht im Beisein von

Garrick anstellen, der habe schließlich tatsächlich eine Trauerfeier hinter sich und müsse trotzdem weiter seiner Arbeit nachgehen.

»Immerhin bist du noch am Leben, du liebenswerter Trottel«, sagte sie nun auf dem Felsvorsprung zu ihm und ergriff seine Hand. »Und ich auch. Das ist doch das Wichtigste. Sieh dir den Himmel an, sieh dir an, wie schön du es hast! Du gehst in Rente, bevor es zu spät ist, und kannst deine Zeit genießen! Du hast es dir verdient, nachts mit ausgeschaltetem Telefon zu schlafen, und ich auch. *Guay de mi,* tu es für deine Frau. Bringen wir diesen Abend hinter uns, *mi vida*! Dann bist du offiziell pensioniert, und wir können nach Hause ins Bett verschwinden.«

Saul Gabbai war vierzig Jahre lang Chief Medical Officer von Tuga de Oro gewesen, und was auch immer die Leute über seinen Nachfolger dachten, sie würden Dr. Gabbai eine Abschiedsfeier bescheren, die ihren Namen verdiente. Vor dem Rockhopper parkten bereits zahlreiche Autos und die meisten Esel der Insel, wobei Letztere ihre eigene Party feierten und sich mit gesenkten Köpfen, geblähten Nüstern und rosa Zungen über die Salzlecksteine hermachten, die die Tierärztin für sie entlang der Terrasse platziert hatte.

Am Morgen hatte Moz die teuflischen Zwillinge zum Blumenpflücken geschickt, und die beiden hatten ihre Sträuße mitsamt einiger Mintberry-Büschel in den Fischernetzen an der Decke befestigt. Zum typischen Geruch nach Sägemehl, Holzrauch und Seetang gesellte sich nun der scharfe, süßliche Duft der Mintberrys, der irgendwo zwischen Himbeerblättern und Grüner Minze angesiedelt war. Hinzu kam das ungewöhnlich üppig aufgetragene Parfum der Partygäste. Levi überprüfte, ob die Fliegengitter richtig saßen, und öffnete dann alle Fenster, wobei er das sich nähernde Auto der Gabbais entdeckte.

»Er kommt!«, rief er über die Schulter nach hinten, und diese Ankündigung wanderte durch den Raum, brachte Gespräche zum Verstummen und sorgte dafür, dass sich alle zur Tür umwandten. Unter tosendem Applaus und Jubel betraten Saul und Moz das Rockhopper.

»Denk dran, du bist am Leben«, zischte Moz ihrem Mann zu und suchte in der Menge nach Sylvester, der ihr unauffällig zunickte. Sie klatschte wie eine Flamencotänzerin zweimal in die Hände, woraufhin sich die kleineren Kinder nach vorn schoben, gefolgt von Sylvester mit seinem Akkordeon und Elsie mit einer Blechflöte. Moz hatte schon vor Wochen angefangen, mit ihren Schulkindern ein Lied einzustudieren, das diese nun auf ihr Signal hin anstimmten. Es handelte sich um eine umgedichtete Version von *Thank You Very Much* von The Scaffold mitsamt dazugehöriger Choreografie. »*Thank you very much for being our doctor …*«, schallte es durch den Raum. Genau wie Moz es vorhergesehen hatte, fing Saul an zu weinen. Mit der Darbietung des Lieds war der Großteil des offiziellen Programms erledigt, und nachdem die Kinder sich verbeugt hatten, führte Moz ihren Mann zielstrebig zu seinem Ecktisch und einem großen Glas Rotwein. Wer ihm die Ehre erweisen wollte, sollte sich in die Schlange vor dem Tisch einreihen, wie bei der Signierstunde eines Autors.

Es gab nur noch Stehplätze im Rockhopper, als Saul einige Zeit später mit einem Löffel gegen sein Glas klopfte, um für Ruhe zu sorgen und mit der Ansprache zu beginnen, die er seit fast einem Jahr zu formulieren versuchte. In Gedanken ließ er die zurückliegenden vierzig Jahre noch einmal Revue passieren. Er hatte immer sein Bestes gegeben, das konnte er in aller Ehrlichkeit und Bescheidenheit von sich behaupten. Es waren ihm nicht allzu viele Fehler unterlaufen, auch wenn er natürlich keineswegs unfehlbar war. Es hatte durchaus Tiefpunkte gegeben, Nächte, in denen er mit tränennassem Gesicht aufgeschreckt war. Dann hatte Moz ihre warme Hand auf seine Schulter gelegt, hatte stumm über ihn gewacht, während er mit dem anzüglich grinsenden Kobold seiner eigenen Grenzen kämpfte. Saul war meist auf sich allein gestellt gewesen, hatte nach bestem Wissen und Gewissen seine Arbeit verrichtet, vierzig Jahre lang. Und es hatte auch so viele gute Tage gegeben. Entschlossen holte er Luft und begann zu reden:

»Ich danke euch allen dafür, dass ihr heute Abend gekommen seid. Es berührt mich sehr, wenn ich mich umsehe und so viele Menschen entdecke, die ich über die Jahre medizinisch versorgen durfte, so viele auch, denen ich auf die Welt helfen durfte. Es war mir eine Ehre.« An dieser Stelle musste er für einen Moment innehalten. Es fiel ihm schwer, sich auf seine spärlichen Notizen zu konzentrieren. Die lächelnden Gesichter der Männer, Frauen und Kinder, deren Gesundheit zu erhalten die Errungenschaft seines Lebens war, würden ihn auf seinem restlichen Weg begleiten, das wusste er. Moz trat näher an ihn heran und ermutigte ihn mit einem kaum merklichen Nicken.

»Es war mir eine Ehre, vierzig Jahre lang der Chief Medical Officer von Tuga de Oro zu sein. Vierzig Jahre –

ich kann es kaum glauben. An manchen Tagen habe ich das Gefühl, noch immer fünfunddreißig zu sein. An anderen fühle ich mich dagegen wie hundertfünfunddreißig.« Er erntete einige Lacher und entspannte sich ein wenig. »Als ich damals vor all den Jahren von England zurückkam, dachte ich, ich würde schon alles wissen. Zu jener Zeit war Robin Spencer Chief Medical Officer, und ich konnte meine Ausbildung zum Inselarzt unter seiner Aufsicht abschließen. Während meines ersten Jahrs hat mir Tuga eindrücklich gezeigt, wie viel ich noch zu lernen hatte. Die Arbeit hier hat mich demütig werden lassen, und sie hat mich mit großer Freude erfüllt. Ihr alle habt mir eure Familien anvertraut, mich in euren Kreis aufgenommen, und dafür bin ich unendlich dankbar. Ich kann mich nun mit dem Wissen in den Ruhestand zurückziehen, dass ich die Verantwortung für die Gesundheitsversorgung der Insel an keinen Geringeren als meinen Neffen Doktor Dan Zekri übergeben werde. Er übernimmt ab heute offiziell den Posten des Chief Medical Officer und wird uns – das weiß ich – sehr stolz machen. Zumal ich ja, wie ihr alle seht, auch noch da bin.« Saul improvisierte nun, sichtlich gerührt und der Versuchung erlegen, die Leute daran zu erinnern, dass er noch lange nicht tot war. »Ich gehe nirgendwo hin. Noch gehöre ich nicht zum alten Eisen, und wenn Dan mal einen Assistenten braucht oder einen guten Rat, werde ich ihm zur Seite stehen. Ich bin jederzeit für euch da, falls ich gebraucht werde, und … Wie auch immer, die Hauptsache ist, dass Dan jetzt die Verantwortung trägt und seine Sache gut machen wird. Es ist nun an der Zeit, auf Doktor Zekri anzustoßen und ihm alles Gute zu wünschen!«

Saul hob sein Glas, aber Dan gesellte sich zu ihm und hielt ihn vom Trinken ab.

»Zuerst ein großes Dankeschön an Doktor Saul Gabbai, würde ich sagen!«, rief er, woraufhin allgemeiner Beifall aufbrandete. Saul fragte Dan leise, ob er nicht auch ein paar Worte an die Leute richten wolle, woraufhin dieser sich zierte, bis Moz blaffte, dies werde erwartet und er solle verflixt noch mal endlich anfangen, sie wolle zurück zu ihren Hausschuhen. Dan räusperte sich. Saul hatte mit dem Selbstvertrauen eines Mannes gesprochen, der auf die Aufmerksamkeit und den Respekt der Leute zählen konnte. Er selbst hatte sich diesen Respekt noch nicht verdient.

»Ich werde euch nicht lange aufhalten, schließlich geht es uns allen heute in erster Linie darum, einen herausragenden Inselarzt für sein Lebenswerk zu feiern. Nur so viel: Onkel Saul – Doktor Gabbai – hat gerade erzählt, dass er bei seiner Rückkehr auf die Insel glaubte, bereits alles zu wissen. Das beruhigt mich ziemlich, denn es bedeutet, dass ich vielleicht … Ich glaube, dass ich ein ganzes Stück weiter bin als er damals, denn ich versichere euch eins: Mir ist bewusst, dass ich absolut nichts weiß.«

Nervöses Gelächter war zu hören.

»Ernsthaft, ich weiß nicht das Geringste über diese wunderbare Insel. Es gibt so vieles, was ich vergessen habe: die Namen der hiesigen Pflanzen und Insekten, ihre Lebensweise und wozu sie gut sind. Dass man den Esel nimmt, wenn man zu den Taro-Feldern will, dass man nicht fluchen darf und wie schnell man sein muss, wenn man nach Ankunft eines Schiffs Mehl kaufen will. Oder wie abrupt die Nacht in diesen Breitengraden hereinbricht. Erst neulich bin ich ohne Taschenlampe am Out the Way Beach von der Dunkelheit überrascht worden. Ihr könnt euch sicher vorstellen, wie das ausgegangen ist. Trotzdem … Ich habe auch viel gelernt während meiner Zeit in England und verdammt hart gearbeitet – seht ihr, schon wieder ein Fluch, ich hoffe, ihr verzeiht mir. Um für meine Rückkehr gerüstet zu sein, habe ich mich wirklich ins Zeug gelegt. Ich bin zwar noch nicht wieder der erfahrene Tuganer, aber ich bin ein erfahrener Notfallmediziner, das kann ich euch versprechen. Ich werde dazulernen, fleißig recherchieren und meine Erinnerungen auffrischen. Gebt mir ein bisschen Zeit, bis ich wieder weiß, was der Unterschied zwischen kalten und heißen Giftbeeren ist …«

»Erkennt man an den Stängeln!«, rief Annie Goss, was für die nächste Lachsalve sorgte.

»Danke, Annie. Gebt mir auch ein bisschen Zeit, mir wieder einen Durchblick zu verschaffen, was eure komplizierten Familienstammbäume angeht. Es ist jedenfalls ein inspirierendes Gefühl, hier neben Onkel Saul zu stehen und mitzuerleben, wie sehr ihr ihn alle wertschätzt. Genau wie euch tut es auch mir leid, dass er sich nun in den Ruhestand zurückzieht, aber seid versichert, dass ich für euch da sein und mich um euch kümmern werde. Ich werde zuhören, wenn ihr großzügig genug seid, meine Lehrmeister zu sein. Saul zieht sich zwar aus der Klinik zurück, doch ich werde dort nicht allein sein, denn wir können auf die langjährige Unterstützung unseres unglaublichen Pflegepersonals zählen und auf unsere neue Superkraft in Gestalt unserer Physiotherapeutin Katie Salmon.« An dieser Stelle errötete er, fuhr jedoch unbeirrt fort: »Katie und ich sind ein starkes Team, was unsere medizinische

Arbeit angeht, und weiterhin vereint in unserem Bemühen um gesundheitspolitische Verbesserungen auf der Insel. Ich habe heute etwas erlebt, was mir zu denken gegeben hat, daher gibt es noch etwas, was ich gerne loswerden möchte: Wir Ärzte sind keine Hellseher. Wir haben keine übermenschlichen Kräfte. Wir sehen hin, nehmen aber nicht immer wahr, was los ist, erkennen nicht immer, was eigentlich offensichtlich sein müsste. Manchmal vernebeln uns unsere vorgefassten Meinungen die Sicht, daher … Bitte kommt zu mir, bitte erzählt mir, was euch auf der Seele brennt, bitte vertraut mir. Und wenn ihr meint, dass ich euch nicht richtig zugehört habe, sprecht lauter. Denn glaubt mir: Ich möchte euch zuhören. Ich möchte helfen. Danke.«

Der Applaus war zunächst zaghaft, wurde dann jedoch immer stärker und war bald frenetisch genug, dass Dan das Gefühl bekam, seine Sache gut gemacht zu haben. Mit einem befangenen Lächeln sah er sich im Raum um. Betsey Coffee erwiderte sein Lächeln und hatte, wie er nun entdeckte, den Arm um Katie gelegt, mit deren Kommen er nicht gerechnet hatte. Trotzig grinste sie ihn an. Auch Anwuli und Isadora klatschten begeistert, und sogar die rätselhafte Marianne Goss nickte ihm zu. Dan war dankbar für jedes aufmunternde Klopfen auf den Rücken, als er sich zurück durch die Menge schob. Dies war seine Gemeinde. Alle die hier Versammelten waren abhängig von ihm, von seinem Schutz und seiner Expertise. Nicht schaden, wiederholte er in Gedanken das oberste medizinische Prinzip und ging Richtung Bar. Um Himmels willen nie wieder jemandem schaden!

59

Der formelle Teil des Abends war vorüber, und es wurde Bluegrass-Musik gespielt. Dan war müde und unerwartet emotional. Er ließ seinen Blick über die Gesichter im Pub schweifen, die glatter und weicher wirkten im gelblichen Licht der blinkenden Lichterketten und flackernden Kerzen. Sie waren ihm ans Herz gewachsen, diese tuganischen Gesichter, verschlissen von Sonne, Wind und der unaufhörlichen harten Arbeit, die nötig war, um sich hier, am isoliertesten Ort der Welt, seinen Lebensunterhalt zu verdienen. Es war absolut radikal, dass es hier neuerdings eine Physiotherapeutin gab für diese stillen Helden. Nachdem ihm dies klargeworden war, konnte er sich Katie nicht mehr fortwünschen. Er sehnte sich danach, sich einer Arbeit als würdig zu erweisen, die er noch bis vor Kurzem als minderwertig betrachtet hatte. In derartige Gedanken war er vertieft, als er Charlotte näher kommen sah und hörte, wie sie ihm gratulierte. Es war das erste Mal, dass sie freiwillig mit ihm sprach, seit er ihr vor über einem Monat hier, im Rockhopper, seine Gefühle gestanden hatte. Immer wenn sie sich an anderen Orten begegnet waren, war sie krampfhaft seinem Blick ausgewichen.

»Danke.«

»Du bist bestimmt sehr stolz.«

»Eher nervös. Wenn ich mich umsehe, denke ich: Ich werde unweigerlich einige von euch enttäuschen.«

»Vielleicht. Anderen wirst du das Leben retten. Oder ihre Babys entbinden. Dir bleibt sogar genug Zeit, eines Tages die Babys dieser Babys zu entbinden. Auch Lusi ist sicher stolz auf dich.«

»Mein Verhalten in der letzten Zeit hat ihrem Mutterstolz einen ziemlichen Dämpfer versetzt, glaube ich. Aber davon abgesehen: Ja, ich denke schon.«

Charlotte ging nicht auf seine Anspielung ein, suchte jedoch auch nicht das Weite. Stattdessen blieb sie neben ihm stehen, und sie betrachteten gemeinsam den gut gefüllten Raum. Betsey Coffee und Sylvester bedienten die Jukebox und diskutierten angeregt über eine bestimmte Platte. An einem Tisch saßen mehrere Bauern aus dem Moschaw, von denen einer Charlotte nach dem Gebärmuttervorfall seiner einzigen Kuh gerufen hatte. Der Einsatz sei eine absolute Katastrophe gewesen, gestand sie Dan. Nach stundenlangem Herumfummeln habe sie den Vorfall letzten Endes behoben, sich jedoch eindeutig nicht mit Ruhm bekleckert. Annie Goss und Alex dos Santos drehten sich auf zwei Barhockern im Kreis, aufgedreht vom Fizzycan-Zucker und hundemüde, denn es war weit nach ihrer üblichen Schlafenszeit. Dan und Charlotte beobachteten, wie Taxi neben ihnen eine tiefe Verbeugung vor Elsie machte und fragte, ob sie mit ihm einen Caper wagen wollte. Katie tanzte unbeholfen und ausgelassen mit Saul, während sich um das Paar ein Kreis aus applaudierenden Menschen gebildet hatte, wie auf dem Schulhof oder bei einem Hochzeitstanz.

»Und dein Vater?«, fragte Charlotte vorsichtig, nachdem sie den Blick von Katie losgerissen hatte. »Was hätte dein Vater über den heutigen Abend gedacht?«

Dan sah sie überrascht an. Charlotte neigte sonst nicht dazu, persönliche Fragen zu stellen, im Gegensatz zum Rest von Tuga, der sich bei jeder Gelegenheit nach der Verdauung erkundigte. Aber er war heute unerwartet sentimental, und die Erleichterung darüber, dass Charlotte ihm nicht mehr aus dem Weg ging, löste in ihm den Wunsch aus, zu reden. Mit größerer Nachsicht gegenüber Johannes als üblich sagte er: »Mein Vater hat Partys geliebt. Er hätte sich mitten ins Geschehen gestürzt, im Gegensatz zu mir. Mein Dad wäre derjenige gewesen, der lautstark nach Karaoke und der nächsten Runde verlangt hätte.«

»Wie war er so?«

»Er war … Er war eine richtige Stimmungskanone. Johannes hatte knallblaue Augen und weißblonde Haare, man entdeckte ihn sofort in jeder Menschenmenge. Witzig. Respektlos. Durch und durch unzuverlässig. Er hat meiner Mutter immer wieder aufs Neue das Herz gebrochen.«

»Erzähl weiter.«

»Ach, ich weiß auch nicht. Als kleiner Junge habe ich ihn angebetet. Ich wollte fischen wie er, mich um die Tiere kümmern wie er, einfach alles wie er. Er hat gehumpelt, weil er einen Unfall hatte, als ich noch ziemlich klein war, und selbst das fand ich cool. Sein Lieblingsgetränk war London Pride, du weißt schon, das Bier. Er meinte, damit würde er sich mehr wie ein Londoner fühlen. Das war sein großer Traum: nach London zu ziehen und dort zu leben.«

Charlotte sagte ausdruckslos: »Garrick hat erwähnt, dass er und Johannes mal zusammen eine Reise dorthin unternommen haben.«

Dan grinste. »Das war so eine klassische Johannes-Geschichte. Dazu musst du wissen, dass Schiffspassagen vor dreißig Jahren noch schwieriger zu bekommen, und noch unerschwinglicher waren. Schwer vorstellbar, aber wahr. Es war alles geplant: Sie wollten zusammen zu irgendeiner Veranstaltung reisen, die Garrick in London besuchen sollte, keine Ahnung, was genau der Anlass war. Wie auch immer, es war die Reise ihres Lebens, und als sie sich endlich Southampton näherten, betrank sich mein Vater derart, dass er beim Verlassen des Schiffs ausrutschte und stürzte. Er zog sich eine Gehirnerschütterung, eine gebrochene Hüfte und eine dreifache Beinfraktur zu. Deshalb humpelte er danach. Er musste sechs Wochen im Southampton Hospital liegen, im Streckverband.«

»Das verstehe ich nicht. Er hat sechs Wochen in der Klinik gelegen? Wie ist er dann nach London gekommen?«

Dan schüttelte den Kopf und musste unwillkürlich lachen. Er hatte diese Geschichte seines Vaters immer als peinlich empfunden, als Inbegriff des Versagens. An diesem Abend erschien sie ihm zum ersten Mal witzig.

»Er hat es nie nach London geschafft. Mein Vater verbrachte seine gesamte Englandreise auf der Orthopädischen Station des Southampton Hospital. Er tat den Schwestern so leid, dass er am Ende der große Stationsliebling war, mit zwei Schwestern ist er auch danach noch in Kontakt geblieben. Garrick reiste nach London weiter und sammelte ihn auf dem Rückweg wieder ein, um ihn im Rollstuhl direkt aufs Schiff zu verfrachten.«

Dan grinste erneut und sah Charlotte an. Ihre Reaktion kam ihm merkwürdig vor. Sie hatte während seiner Anekdote kleine nervöse Schlucke von ihrem Wasser getrunken, hielt nun jedoch das Glas mit beiden Händen in der Nähe ihres Munds umklammert, ohne daraus zu trinken. Dan sah, dass ihre Fingerknöchel weiß waren. Sie gab einen halb erstickten Laut von sich, als würde sie sich gleichzeitig räuspern und etwas sagen wollen. Dan überlegte, ob sie sich verschluckt hatte und keine Luft mehr bekam, doch dann machte sie plötzlich kehrt und ging, ja, rannte beinahe davon.

Er blieb allein zurück und starrte ihr bestürzt hinterher. Für einen kurzen Moment hatte es so ausgesehen, als wäre zwischen ihnen eine zaghafte Freundschaft möglich, aber mit dieser seltsamen Flucht kehrte sie zu ihrem alten Verhalten zurück. Allerdings war sie nicht gänzlich aus dem Rockhopper geflohen, sondern nur vor ihm. Sie blieb vor der Bar stehen, direkt vor Levi Mendoza, der eine Augenbraue hochzog und dann ein kleines Glas mit einer klaren Flüssigkeit füllte, die Dan als Wodka identifizierte. Charlottes Gesicht hatte eine äußerst eigenartige Farbe angenommen.

Marianne saß im Separee und teilte sich einen Teller Butterkrebse mit Betsey. Sie war völlig ausgehungert, weil sie schon vor Stunden mit den Kindern zu Abend gegessen hatte. Betsey ließ den Blick durch den Raum schweifen und kommentierte, was sie sah.

»Trinkt die Tierärztin da drüben etwa Wodka mit Levi Mendoza?«

Marianne schaute zur Bar hinüber. Tatsächlich lehnte dort Charlotte Walker mit hochrotem Gesicht und zerzausten Haaren. Noch während die beiden Frauen sie beobachteten, knallte sie Levi ihr leeres Glas hin, verschränkte die Arme auf dem Tresen und legte ihre Stirn darauf, als hätte sie vor, ein Nickerchen zu halten. Levi sagte etwas zu ihr, und sie schüttelte heftig den Kopf, ohne aufzublicken. Betsey und Marianne konnten es kaum glauben.

»Tja«, sagte Marianne nach einigen Sekunden. »Wurde auch Zeit, dass sie mal aus sich herauskommt.«

Was Levi zu Charlotte gesagt hatte, war: »Ich bin bestimmt nicht derjenige, der den Leuten die Stimmung verhagelt, aber meinst du nicht, du hattest für heute genug, Dolittle?«

Charlotte, die durch den Rahmen ihrer verschränkten Arme auf den Boden hinunterblickte, schüttelte den Kopf.

»Nein, Levi Mendoza, noch lange nicht. Es gibt auf dieser ganzen beschissenen Insel nicht genug Wodka, um mich in den Zustand zu versetzen, nach dem ich mich sehne.«

Sie hob den Kopf und funkelte ihn an. Levi nahm resigniert die Hände hoch.

»Ich bin eine erwachsene Frau!«

»Weiß ich.«

»Also dann: Noch einen Wodka, bitte.«

Levi schenkte ihr das Glas voll und schob es ihr hin. Er hatte Charlotte mit Dan Zekri reden sehen und war sich sicher, dass sie den Kummer über ihre unmöglichen Gefühle für ihn zu ertränken versuchte. Sein Herz verkrampfte sich vor Mitleid mit ihr und vor Eifersucht auf Dan, der ihre Liebe nicht verdient hatte. Immerhin würde der sich darum kümmern müssen, wenn Charlotte später der Magen ausgepumpt werden musste. Sie hatte in kürzester Zeit sehr viel getrunken und machte bereits einen weggetretenen Eindruck.

Nach kurzem Überlegen sagte Levi: »Weißt du was, Dolittle? Du bist eine erwachsene Frau, das respektiere ich, und du hast Kummer, den du ertränken musst, auch das respektiere ich. Aber das hier ist meine Bar, und ich verkünde hiermit, dass du für heute fertig bist.«

»*Ich* bin also fertig, wie? Ich bin fertig?« Charlotte zeigte mit einem merklich zitternden Finger auf ihn. »*Du* bist fertig.«

»Was auch immer du sagst, *kerida.*« Levi nahm ein zweites Glas, füllte es für sich selbst und stieß damit gegen ihr's. »Also gut. Diese letzte Runde trinke ich mit.«

Garrick Williams näherte sich der Theke, die dichten Augenbrauen sorgenvoll über der Nase zusammengezogen.

»Ist alles in Ordnung, Doktor Walker?«

Charlotte wirbelte so plötzlich auf ihrem Barhocker herum, dass der Inselgeistliche einen Schritt nach hinten machte.

»Oh, es ist alles in bester Ordnung. Danke für deine …« An dieser Stelle begann sie unerklärlicherweise zu lachen. »Danke für deine *ach so väterliche* Fürsorge!« Bei ihren letzten Worten schlug sie nachdrücklich mit der Hand auf den Tresen.

Garricks Augenbrauen schossen nach oben und verschwanden fast unter seinen grauen Locken, die ohne Joans kritische Überwachung immer wilder wucherten.

»Dolittle hat gerade verkündet, dass sie den Abgang macht, Garrick. Es ist alles gut.«

Dan Zekri kam herüber und stellte sich auf Charlottes andere Seite. Sie hob ihren Wodka, sah ihn an und leerte das Glas in einem Zug.

»Du kommst gerade richtig«, knurrte Levi gereizt.

»Was soll das denn heißen?«

Levi trocknete sich die Hände ab und kam hinter der Bar hervor. Er nahm Charlotte beim Ellbogen. »Ich bringe Dolittle jetzt nach Hause«, teilte er Garrick und Dan mit, während Charlotte sich mit ihrem ganzen Gewicht auf ihn lehnte.

»Ich glaube, ich muss wirklich nach Hause«, murmelte sie in seinen Arm hinein, bevor sie sich unvermittelt von ihm löste und allein auf die Tür zusteuerte. Sie riss grüßend die Hand hoch, als sie an Betsey und Marianne vorbeikam, die fasziniert herüberstarrten, und legte einen kurzen Halt ein, um ihren Kopf gegen Elsies gestärktes Baumwollhemd zu stützen, als wäre die Zollbeamtin eine Wand. Dann war sie verschwunden. Levi machte sich an die Verfolgung.

»Was für ein Held du doch bist, Mendoza«, sagte Dan. »Schau dir das an. *Deus ex machina.*«

»Oh, *deus ex* am Arsch!«, erwiderte Levi, der endgültig die Geduld verloren hatte und nach vorn schnellte, um sich an Dan vorbeizuschieben, der ebenfalls in Rage geriet und ihm standhaft den Weg versperrte.

»Garrick, bist du nicht auch der Meinung, dass Mendoza nicht unbedingt den richtigen Charakter hat, um sich um das Wohlbefinden unserer Tierärztin zu kümmern, und dass die Sache unter den gegebenen Umständen …«

Meine Güte, dachte Garrick, jetzt schubsen sie sich doch tatsächlich wie jugendliche Raufbolde hin und her!

»… unter den gegebenen Umständen besser vom – autsch! – vom Chief Medical Officer übernommen wird?«, stieß Dan keuchend hervor und stürzte sich ohne Vorwarnung auf Levi, um ihn zu Boden zu reißen. Die beiden Männer rollten sich hin und her und schienen sich gegenseitig in den Schwitzkasten zu nehmen. Um sie herum bildete sich eine entgeisterte Menschenmenge.

Walter Lindo-Smith zwängte sich nach vorn, schnappte sich seinen Freund und zog ihn mühsam nach hinten. Garrick wiederum bückte sich und packte Dan beim Genick, um ihn auf die Füße zu stellen, wobei er erfreut seine wiederauflebenden Kräfte zur Kenntnis nahm. Dan wischte sich verlegen den Schweiß von der Oberlippe, konnte jedoch nicht umhin, Levi finstere Blicke zuzuwerfen. Der stand schwer atmend da, während Walters große Hände beruhigend auf seinen Schultern lagen.

»Unter den gegebenen Umständen«, erklärte Garrick mit dröhnender Stimme, als würde er auf der Kanzel stehen, »werde ich derjenige sein, der Doktor Walker nach Hause begleitet. Sie braucht jetzt Ruhe, und jeder Mann, der in den nächsten zwölf Stunden auch nur in ihre Nähe kommt, ist bei mir unten durch. Habt ihr mich verstanden? Sie ist ohnehin nicht im richtigen Zustand, um mit euch zu reden. Mit keinem von euch. Dass ihr euch nicht schämt! Ihr haltet euch beide bis morgen vom Mendoza-Haus fern!«

Mürrisch sahen ihn die beiden Kampfhähne an. Levi kickte mit dem Fuß gegen einen Stuhl und murmelte, es sei sein eigenes Haus, von dem da die Rede sei. Garrick fühlte sich an die Zeiten erinnert, als Levi und Dan noch Pfadfinder bei ihm gewesen waren.

»Also gut«, lenkte Levi schließlich ein.

»Doktor Zekri?«

»Ja, okay, ich gehe nach Hause.« Dan machte mehrere Schritte rückwärts. »Schon gut.«

»Wenn ich euch Jungs daran erinnern darf: Ihr seid *haverim*, und als solche benimmt man sich nicht so! Dan Zekri, du hast heute einen offiziellen Posten übernommen und dich seiner in kürzester Zeit als unwürdig erwiesen. Das nenne ich ein schwaches Urteilsvermögen. Ein sehr schwaches. Los, lauf dir deine Wut vom Leib.« Garrick versetzte Dan einen kleinen Schubs zwischen die Schultern. »Und du«, wandte er sich an Levi, »verschwindest nach oben. Weg mit dir. Walter übernimmt für dich die Bar.«

Levi hob kapitulierend beide Hände, machte auf dem Absatz kehrt und verschwand erst zur Tür hinaus und dann um die Hausecke, wo er die laute Metalltreppe zu seinem Verschlag auf dem Dach erklomm. Garrick setzte sich schwerfällig in Bewegung und trabte in die Dunkelheit davon, um Charlotte einzuholen.

60

Charlotte war nicht weit gekommen. Garrick hörte sie im Schatten jenseits der Pub-Beleuchtung singen und näherte sich, um sie Nase an Nase mit einem Esel vorzufinden.

»Dorothy ist noch so eine, die völlig unerwartet auf The Pogues steht«, lallte Charlotte, ohne sich zu ihm umzudrehen. »Aber komm ihr bloß nicht mit Cliff Fucking Richard. Riff Clucking Fichard.« Sie schlang der Eselstute die Arme um den Hals und fing an, sich mit ihr hin und her zu wiegen, als würden sie einen Walzer tanzen. Garrick machte einen Schritt nach vorn. In der Dunkelheit war er sich keineswegs sicher, ob es sich bei dem Tier wirklich um Dorothy handelte, und ein paar der anderen Esel waren bekannt dafür, dass sie zwickten.

Charlotte hatte wieder angefangen, vor sich hin zu summen und – noch bedenklicher – zu weinen.

»Warum verabschieden Sie sich nicht von … äh … Dorothy und lassen sich von mir nach Hause bringen?«

»Ach ja, Dorothy … Du bist so ein hübsches Mädchen, nicht wahr? Keine lästigen *guzanikos* mehr für dich, wenn Tante Charlotte es irgendwie verhindern kann. Auch wenn mir verdammt noch mal keiner sagen will, ob damit Cyathostominae oder Bandwürmer oder diese Scheißleberegel gemeint sind, und auch keiner bereit ist, wenigstens ab und zu mal die Weidefläche zu wechseln oder den verfluchten Mist anständig zu entsorgen. Wunderschöne

Dorothy. Falls …« Sie wich plötzlich angewidert zurück. »Falls du überhaupt Dorothy bist. Wer weiß auf dieser elenden Insel noch, wer wer ist?«

Sie fuhr herum und stand wankend vor Garrick. Im Licht der Sturmlaternen erkannte er ihre verschmierte Wimperntusche, ihre schwimmenden Augen. »Nicht wahr, Garrick? Sooooo viele Grautiere und nur ein Esel!«

Sie lachte lange über ihren eigenen Witz und setzte sich dann abrupt auf den staubigen Boden.

»Zu Hause in London habe ich immer behauptet: ›Ich hab den ganzen Wodka getrunken‹, aber das war nur so dahingesagt. Hier könnte es tatsächlich stimmen. Gut möglich, dass ich gerade buchstäblich den ganzen Wodka auf dieser beschissenen kleinen Insel getrunken habe.«

»Die Anzeichen sprechen in jedem Fall dafür. Ich denke, Sie sollten jetzt ins Bett gehen.«

Sie blickte mit trüben Augen zu ihm auf.

»Ooooh, diese *väterliche* Fürsorge!«

»Stehen Sie auf, Doktor Walker … Charlotte, bitte steh auf.«

»Ja, ja.« Sie hatte sich auf Hände und Knie erhoben und klammerte sich am Zaun fest, um sich in eine aufrechte Position zu stemmen. »Ich versuche nur, mir ein bisschen Würde zu bewahren. Mein Rock ist heute ziemlich kurz, falls du es nicht bemerkt haben solltest. Dass ich ihn trotzdem angezogen habe, hat mir schon gewaltiges Kopfzer… Kopfzerbr… Mann, ist das ein schwieriges Wort! Es hat mir Kopfschmerzen bereitet, weil mein lieber Bruder Dan auf mich steht, und das ist …« – sie warf mit gespieltem Entsetzen die Hände in die Luft – »… ja wohl ein Skandal! Schlimmer gehts nicht, ich weiß. Dachte ich zumindest. Aber dann stellt sich vorhin plötzlich raus, dass er doch nicht mein Bruder ist, also alles prima! Ist ja zum Glück nichts Tragisches passiert, ich hatte nur wochenlang Inzest-Albträume. Egal, jetzt kann ich zu ihm gehen und sagen: Alles super, wir können da weitermachen, wo wir aufgehört haben, und miteinander ins Bett hüpfen.«

»Wo sind deine Schuhe?«

»Wo sich meine Schuhe befinden, entzieht sich leider meiner Kenntnis.«

Charlotte stand inzwischen auf beiden Beinen. Sie stieß sich vom Zaun ab wie eine Schwimmerin nach der Wende und stürmte mit erstaunlicher Geschwindigkeit über den Parkplatz Richtung Straße. Garrick beschrieb mit dem Lichtstrahl seiner Taschenlampe einen Bogen über den Boden und machte sich, nachdem er keine Spur von ihren Schuhen entdeckt hatte, an die Verfolgung. Die Nacht war warm und still, und das leise Rascheln und Ächzen des Dschungels wurde lauter, nachdem sie die menschlichen Geräusche aus dem Pub hinter sich gelassen hatten.

Nach einer Weile räusperte sich Garrick und murmelte: »Es wäre vielleicht nicht so ratsam, noch heute Nacht mit irgendjemandem ins Bett zu hüpfen.«

»Danke, *Papa*! Ein megatoller väterlicher Rat! Am besten sagst du mir auch noch, wen ich vögeln soll, wenn ich wieder nüchtern bin, und wen nicht. Das ist alles so absurd, weil …« Sie zeigte mit einem unsteten Finger auf ihn. »… *du* meine Mutter gevögelt hast. Stimmts, oder habe ich recht? Ich weiß, dass ich recht habe, es kann ja niemand anders gewesen sein. Ziemlich eksssravagant von meiner Mutter, mit einem tuganischen Geistlichen zu vögeln. Wie viele Leute können so was schon von sich behaupten? Nicht viele, würde ich sagen.«

»Pst!« Garrick versuchte verzweifelt, sie zum Schweigen zu bringen, auch wenn niemand mehr in Hörweite war.

»Ach ja, natürlich! Keiner soll auf die Idee kommen, dass der hochgeschätzte Inselprediger ein Stecher ist. Da schiebt man es lieber auf einen Toten.«

»Ich bin kein ... Das ist wohl kaum der richtige Zeitpunkt, um über solche Dinge zu reden. Darf ich deinen Arm nehmen? Dann kann ich dich ein bisschen stützen.«

»Aua! Diese sogenannte *Straße* müsste dringend mal ausgebessert werden! Nein, darfst du nicht.«

Garrick folgte ihr weiter die holprige Schotterpiste hinauf, die am Mendoza-Anwesen vorbei in den Dschungel führte. Er ging mehrere Schritte hinter Charlotte, die langsam vor sich hin torkelte, mehrmals hinzufallen drohte und dennoch irgendwie aufrecht und in Bewegung blieb. Damit sie wenigstens etwas sah, leuchtete Garrick mit seiner Taschenlampe die Straße hinauf, und sie folgte dem Lichtkreis wie ein betrunkener Nachtfalter. Als sie die Abzweigung erreichten, ließ sie sich schwer mitten auf die Straße plumpsen. Ihr ganzer Schwung schien dahin zu sein, und sie wirkte plötzlich sehr jung.

Garricks seelischer Aufruhr war eine von ihm losgelöste Einheit, zu groß, um ins Innere seines Körpers zu passen. Er umgab ihn wie eine giftige Wolke aus Scham und Selbstmitleid, in deren Mitte er hilflos zappelte. Undenkbar, wenn ihn jemand so gesehen und seinen einzigen, vor langer Zeit erfolgten Fehler falsch interpretiert hätte! Vor und nach jener verhängnisvollen London-Reise war er ein guter Ehemann gewesen, der seine Frau jeden Tag gewürdigt hatte. Er war geläutert zurück nach Hause gekommen, hatte Buße getan für seine Sünde und versucht, sie wiedergutzumachen. Im Laufe der Jahre hatte er sie verdrängt, sie weggepackt und andere, ehrenwertere Erinnerungen darüber gestapelt: ein Leben im Dienst seiner Gemeinde, eine Ehe voll liebevoller Worte und Kameradschaft, die befriedigende, wohlverdiente Wertschätzung der Inselbewohner. Seine Schäfchen mit unerschütterlicher Autorität geführt und begleitet zu haben, fühlte sich für ihn nicht wie Heuchelei an, sondern wie eine Bestärkung. Diese Menschen betrachteten ihn als Vorbild, und wenn sie das so sahen, musste er wohl eins sein. Viele Jahre lang hatte Garrick kaum noch an seinen Ausrutscher gedacht, bis er in Grand Marys Bibliothek plötzlich verstanden hatte, dass Charlotte Walker die fleischgewordene Folge war. Sein guter Ruf war der auf Hochglanz polierte Grundpfeiler seiner Identität, ohne den er – dessen war er sich sicher – einfach aufhörte zu existieren. Aber jetzt wusste Charlotte Bescheid. Er musste versuchen, den Schaden in Grenzen zu halten.

»Dies ist kein vernünftiger Rahmen, um derartige Themen zu erörtern«, flüchtete er sich reflexartig in eine improvisierte Predigt, wobei er langsam genug redete, dass sein Verstand vorauseilen und die nötige Vorarbeit leisten konnte. »Als mir nach unserem Gespräch in Martha House klargeworden ist, was damals passiert sein muss … war das eine riesige Enttäuschung für mich. Es hat mich schockiert, zu erfahren, dass mein damaliger *Fehltritt* … diese Folgen hatte – deine Geburt und so weiter. Du weißt ja inzwischen, wie krank Joan in den letzten Wochen vor ihrem Tod war, daher war es unerlässlich, dass ich sie vor Kummer bewahrte. Sie hat nie etwas von dieser alten

Geschichte erfahren, musst du wissen, und es war richtig, absolut richtig, dass ich sie nicht mit einem späten Geständnis belastet habe. Außerdem …« Er hatte das Gefühl, eine etwas unverfänglichere Route entdeckt zu haben, die er einschlagen konnte, um Charlotte vom Tatort seines Vergehens wegzuführen. »Außerdem kann ich dir eines versichern: Dans Vater war mein bester Freund, und in jenem Moment in der Bibliothek war es so, als … als würde ich Johannes' Stimme in meinem Kopf hören. Da wusste ich mit absoluter Gewissheit, dass er mir geraten hätte, ihn als Liebhaber deiner Mutter zu nennen. Ich wollte damit ja auch gar nicht … Du musst verstehen, dass Johannes ohnehin einen miserablen Ruf hatte, was das anging. Ich konnte ihm damit nicht mehr schaden. Es war seine Art, sich so zu benehmen, nicht meine. Er hat Joan sehr gemocht und wusste, wie sehr es sie geschmerzt hat, dass wir keine Kinder bekommen konnten. Auf keinen Fall hätte er gewollt, dass sie wegen dieser Sache noch mehr leidet. Zumal er natürlich auch in England war, das passte also zur … zum zeitlichen Ablauf. Es war richtig so«, schloss er. »Es war unter den gegebenen Umständen absolut richtig, dir zu sagen, es sei Johannes gewesen.«

Charlotte blickte aufmerksam zu ihm auf, während er redete. Der höhnische Ausdruck in ihrem Gesicht war verschwunden, sie schien ihm tatsächlich zuzuhören. Nachdem er verstummt war, sagte sie leise: »Papa, ich muss mal Pipi.«

»Kann das nicht warten?«

»Nein.«

Sie verschwand in einem Gebüsch, und Garrick schloss erschöpft die Augen.

»Weißt du, was jetzt wahrscheinlich passiert?«, rief sie zwischen den raschelnden Blättern hervor. »Wie ich mein Glück auf dieser gottverlassenen Insel kenne, beißt mich gleich eine schreckliche eingewanderte Giftspinne in den Arsch – sorry, in den Allerwertesten –, die auf einer Importpflaume auf die Insel gekommen ist, oder vielleicht eins dieser lesewütigen Silberfischchen, oder eine verwilderte Perserkatze, und dann muss ich meinen Bruder, den Arzt, rufen. Die Demitü … Dümite … die Demütigungen nehmen kein Ende. Ach, warte mal: Der Arzt ist ja gar nicht mein Bruder, sondern der Prediger mein Vater. Gar nicht so leicht, den Überblick zu behalten.«

Sie tauchte mit verdrehtem Rock wieder auf, aber wenigstens war alles Wichtige bedeckt.

Als sie bei ihrem Haus angekommen waren, öffnete er die Stalltür für sie. Charlotte taumelte hindurch und knallte sie sofort wieder hinter sich zu. Garrick wollte gerade den Rückweg antreten, als die obere Türhälfte erneut aufging.

»Habe ich Hausarrest, Papa?«

»Trink ein bisschen Wasser und leg dich ins Bett.«

»Mache ich. Dürfte ich noch kurz erwähnen, dass du mir, obwohl es ja so eine *Enttäuschung* für dich ist, dass ich existiere, eine tuganische Walnuss geschenkt hast? Also tu jetzt nicht so, als hättest du nichts von meiner Geburt gewusst, okay? Ein tolles Spielzeug, ich habe es geliebt. Fast so gut wie ein echter Vater.«

»Geh schlafen, Charlotte.«

»Besondere Vorliebe für Schildkröten? Was für ein Schwachsinn!«

Die Türhälfte wurde erneut zugeknallt, und Charlottes

Gezeter wurde langsam leiser. Garrick nahm an, dass sie ins Badezimmer am hinteren Ende des Wohnraums unterwegs war. Vermutlich musste sie sich übergeben. Er ließ sich schwerfällig auf der Verandatreppe nieder, lehnte den Kopf gegen das schmale Geländer und schloss die Augen. Er würde zehn Minuten warten, bis er sicher war, dass sie im Bett lag und nicht wieder herauskam, um die Insel wie ein im Vollrausch herumspukender Dibbuk nach Zekri abzusuchen. Es war ihm ein Rätsel, wovon sie da gerade gesprochen hatte – Walnuss, Spielzeug, Schildkröten. Er hatte wirklich nicht den leisesten Schimmer von ihrer Existenz gehabt, bis Charlotte in Grand Marys Haus den vollen Namen ihrer Mutter genannt und ihn jene eiskalte, krank machende Erkenntnis getroffen hatte. Seit seiner damaligen Reise war er nicht mehr nach England zurückgekehrt, wie hätte er Charlotte also besuchen und ihr irgendetwas schenken sollen? Seine Sehnsucht nach Joan, die ihm seit ihrem Tod die Brust zuschnürte, verwandelte sich plötzlich in den übermächtigen Wunsch, Johannes wiederzusehen, den einzigen Menschen, bei dem es zumindest denkbar gewesen wäre, sich ihm anzuvertrauen. Bestimmt hätte er Garrick mit seinem Gaunerinstrumentarium und seinen kreativen Einfällen aus diesem ganzen Horror befreit. Er brauchte seinen alten Freund auf einmal so sehr, dass die Ungerechtigkeit seines frühen Tods wie ein herannahendes Tiefdruckgebiet auf ihm lastete. Johannes. *Haver.* Wie sollte er *das* nur ohne ihn durchstehen?

61

Schritte ertönten auf der Eisentreppe, die zu der kleinen Wohnung auf dem Dach führte, dann klopfte es an der Fliegengittertür. Sie wurde aufgeschoben, und Dan erschien auf der Bildfläche und ließ einen Schwall grellen Sonnenlichts hinein, genau in dem Moment, als Levi dabei war, nackt wieder in sein ungemachtes Bett zu schlüpfen.

»Herrje, Mendoza! Wie wärs mit einer Hose?«

»*Paz, haver*, du stehst in meinem Schlafzimmer. Wie gehts deinem Gesicht?«

Dan legte den Kopf schräg und zeigte ihm den Bluterguss, der sich in verschiedenen Violetttönen entlang seines Kiefers abzuzeichnen begann.

»Sieht übel aus«, lautete Levis Urteil. »Du solltest zum Arzt.«

»Wenn du einen guten kennst, lass es mich wissen.«

Levi grinste. »Ich bin noch schonend mit dir umgegangen, das weißt du.«

Dan stand immer noch im Türrahmen und klopfte auf beiden Seiten dagegen, als wollte er ihn auf Stabilität prüfen. Er hatte sich an diesem Morgen mit der Sorgfalt eines reuigen Sünders zurechtgemacht, der vor Gericht erscheinen muss: gebügeltes weißes Hemd, dunkle Hose, blank geputzte Schuhe, glatt rasiertes Gesicht – sogar dort, wo das Hämatom blühte. Seine vielen Richter sollten ihn zerknirscht, nüchtern, respektvoll erleben. Vor Levi wagte er es, ein verlegenes Grinsen aufzusetzen.

»Wenn du meinst. Hör mal, ich weiß echt nicht, was gestern Abend mit mir los war. Tut mir leid.«

»Schon gut, *haver.*«

»Nichts ist gut. Ich habe mich völlig danebenbenommen, keine Ahnung, was in mich gefahren ist. Ausgerechnet während der Feier meines Onkels.«

Dan kam nun doch in den Raum und setzte sich auf die Bettkante, um den Kopf schwer auf seine Hände sinken zu lassen. »Und ich weiß auch nicht, was plötzlich mit Charlotte los war. Sie hat wieder mit mir geredet, zum ersten Mal seit …« Er rieb sich müde übers Gesicht. »Ich war heute Nacht noch mal oben bei ihr, dabei hatte ich dir und Garrick geschworen, dass ich mich dort nicht blicken lassen würde. Und trotzdem stand ich da und habe wie ein Wahnsinniger gegen ihre Tür gehämmert. Ich brauchte dringend Antworten auf meine Fragen, aber es steht mir nicht zu, sie von ihr zu verlangen. Schließlich hat sie mir mehr als deutlich zu verstehen gegeben, was sie von mir hält. Ich schäme mich so.«

»Hast du deine Antworten bekommen?«

»Nein, sie muss schon geschlafen haben. Bestimmt hat sie heute einen ziemlichen Schädel. Ich habe noch nie erlebt, dass sie derart viel Alkohol in sich hineingeschüttet hat.«

»Tja, das Mädchen steckt voller Überraschungen.«

»Irgendwie dachte ich gestern: Wenn ich jetzt nicht mein Glück bei Charlotte versuche, werde ich es bis ans Ende meines Lebens bereuen. Bald ist Island Close, dann reist sie ab, und das wars. Nach allem, was gestern passiert ist, ist es wohl auch das Beste. Auch wenn es mir für dich leid tut, *haver*. Mir ist erst gestern klargeworden, was du für sie empfindest. Davor hatte ich keine Ahnung, ich dachte, sie wäre nur eine Spielerei für dich. Bis du …«

»Wir zwei sind alte Freunde, *haver*«, unterbrach ihn Levi. »Mach dir keine Sorgen.«

»Wahrscheinlich sollten wir uns beide von ihr fernhalten, damit wir alle mal zum Durchatmen kommen. Bis sie abreist, meine ich.«

Levi richtete sich auf, um das Kissen unter seinem Kopf neu zu positionieren. »Du wirst sowieso genug damit zu tun haben, die Prügel für gestern Abend einzustecken. All die alten Damen, die gesehen haben, wie du auf der Party deines Onkels eine Schlägerei vom Zaun gebrochen hast … Bis du die wieder besänftigt hast, brauchst du allein schon einen Monat.«

Dan schüttelte den Kopf und musste unwillkürlich lachen. »Dabei war ich schon vorher nicht gerade der Inselliebling.«

»Mach dir keinen Kopf, die sind jetzt auf dich angewiesen und werden sich schon wieder einkriegen.«

Diese Logik war nicht von der Hand zu weisen. Als Dan aufstand, um zu gehen, fiel sein Blick durch das große Panoramafenster gegenüber dem Bett. Das Meer glitzerte topasblau unter einem wolkenlosen Himmel.

»Sieh einer an: Du hast von hier oben den besten Ausblick von ganz Tuga! Wenn man unten vor dem Rockhopper steht, würde man das niemals vermuten.«

»Ist nicht so übel hier, zumindest für eine Weile.«

Dan betrachtete für einen Moment sein Spiegelbild in der Scheibe des offen stehenden Fensters und hob das

Kinn. Er zuckte zusammen, als er sich über den Bluterguss strich. »Wenigstens hast du bald dein Haus zurück. Okay, ich muss los. Mich auf meine nicht vorhandenen Patienten vorbereiten.« Er ging zur Tür, wo er noch einmal stehen blieb und zu Levi blickte, der bequem in seinem zerwühlten Bett lag.

»Ernsthaft, es tut mir leid«, wiederholte Dan.

»Zwischen uns ist alles geklärt. Spar dir deine Sorgen für andere Dinge auf.«

»Meinst du etwa die Katastrophe, in die sich mein Leben verwandelt hat?«

Levi grinste. »Verzichte einfach heute auf Trennungen und Faustkämpfe, dann wird es garantiert ein besserer Tag.«

Mit einem letzten kleinlauten Lächeln verließ Dan die Wohnung und zog die Tür hinter sich zu. Kurz darauf waren seine Schritte auf der Metalltreppe zu hören, gefolgt vom Knarren und Zufallen der Pubtür. Dan Zekri hatte offenbar das Rockhopper betreten, um sich einen Kaffee zu bestellen und die Suppe auszulöffeln, die er sich am Vorabend eingebrockt hatte.

Levi warf die Bettdecke zurück und streckte sich genüsslich, bevor er zu seinem breiten Kleiderschrank aus Teakholz hinüberschlenderte und beide Türen aufriss. Im größten Fach kauerte Charlotte und sah ihn vorwurfsvoll an.

»Meine Güte, warum hast du ihn nicht auch noch nach seinen Urlaubsplänen für nächsten Sommer gefragt, wo du schon dabei warst? Hilf mir bitte mal raus!«

»Kann ich nicht. Ich habe gerade versprochen, mich von dir fernzuhalten.«

»Levi!«

Levi lachte und hob sie mühelos heraus. Sie trug ein verblichenes T-Shirt von ihm mit aufgedrucktem Kleeblatt und geschwungenem *The Pogues*-Schriftzug. Darunter war sie nackt.

»O Gott, ich glaube, meine Knie erholen sich nie wieder.«

»Komm zurück ins Bett, Dolittle, und ruh deine Knie aus. Oder auch nicht.«

Charlotte versetzte ihm einen Stoß gegen die Brust, und er ließ sich rückwärts auf die Matratze fallen und zog sie mit sich, sodass sie auf seiner Brust landete. Er schob ihr eine Hand in den Nacken und drehte sie auf den Rücken, um sich auf sie zu legen und auf sie hinunterzublicken. Pures, wortloses Glück machte sich zwischen ihnen breit, frisch und klar wie Quellwasser.

»Das waren ja ein paar neue, interessante Informationen. Unser Freund Zekri war also letzte Nacht noch oben am Haus und wollte zu dir, nachdem er Stein und Bein geschworen hatte, dich in Ruhe zu lassen. Vielleicht ist er doch kein so vollendeter Gentleman.«

Charlotte verkniff sich ein Lachen.

»Was? Was war das gerade für ein Blick?«

»Ich weiß, dass er zu mir wollte. Ich war zu Hause und habe gehört, wie er an die Tür gehämmert hat. Mein nicht mal annähernd verwandter *Bruder* Dan.«

»Hä?« Levi rollte sich von ihr herunter und stützte sich auf den Ellbogen, um sie besser ansehen zu können. Sie erwiderte seinen Blick. »Noch mehr interessante Informationen. Warum hast du ihn nicht reingelassen, deinen ›nicht mal annähernd verwandten Bruder Dan‹? Es gibt doch jetzt nichts mehr, was dich von ihm fernhält.«

»Gar nichts. Bis auf die Tatsache, dass ich zu diesem Zeitpunkt schon halb aus dem Fenster gestiegen war, um zu dir zu kommen.«

Charlotte strich sanft mit den Fingern über seine Augenbrauen, seine Lippen, fuhr die Linien seines Gesichts nach, lernte ihn neu kennen.

»Wie bereits gesagt: Alles äußerst faszinierend. Letzten Endes war es also ich, an dessen Tür *du* gehämmert hast …« Charlotte hielt ihm lachend den Mund zu, aber er redete unbeirrt weiter, seine Stimme war aber nur noch gedämpft zu hören: »… und den du gezwungen hast, Tequila zu trinken, um den alkoholischen Rückstand aufzuholen …«

»Nicht gezwungen!«

»… und den du anschließend …«

»Schon gut, schon gut!« Charlotte drehte den Kopf weg und verbarg ihr Gesicht hinter dem Ellbogen, woraufhin Levi näher heranrutschte und mit der Nase ihren Arm wegschob. »Wie du willst. Ich gebe alles zu, wenn du nur aufhörst zu reden.«

»Mit Vergnügen.«

»Warte, nein, eine Sekunde.« Charlotte schlängelte sich aus seinen Armen und stand erneut vom Bett auf. Levi verschränkte die Arme hinter dem Kopf und lehnte sich zurück, um ihr dabei zuzusehen, wie sie unruhig im Zimmer auf- und abging. »Ich *fühle* mich gar nicht so verkatert. Wie kann das sein?«

»Erstens bist du immer noch betrunken, und zweitens habe ich dir letzte Nacht Alka-Seltzer und Angostura Bitter mit Honig eingeflößt. Aber jetzt mal im Ernst, Dolittle: Du hattest wirklich einen Höllenabend, musstest erfahren, dass du doch einen Vater hast, der nicht tot ist.«

Charlotte blieb direkt vor dem Fenster stehen und hob sich dunkel vom hereinscheinenden Licht ab.

»Einen Vater, der nicht tot ist … *Garrick.* Unglaublich, oder? Der aufgeblasenste Heuchler auf der ganzen Welt. Ich glaube, mir wäre sogar Johannes Zekri lieber gewesen. Es ist diese Doppelmoral, die Garrick so unerträglich macht, dieses ständige selbstgerechte Predigen. Lügt mir doch glatt das Blaue vom Himmel herunter, um seinen eigenen Arsch zu retten. Was für ein Mann verleumdet seinen toten besten Freund?«

Levi stand vom Bett auf und blieb vor ihr stehen. Sie streckte die Hand nach ihm aus. Er trat näher heran und begann, aufmerksam ihr Gesicht zu studieren, so wie sie vorhin seins studiert hatte, betrachtete genauestens jeden ihrer Züge in der Morgensonne.

»Hör auf damit! Ich sehe nicht aus wie Garrick! Oder?«

»Ich dachte eigentlich nie, dass Garrick mein Typ wäre, aber vielleicht …«

»Ach, hör auf! O Gott, jetzt wird mir doch ein bisschen schlecht, fürchte ich.«

»Ums Kinn herum könntest du ihm schon ein wenig ähnlich sehen, oder entlang dieser Linie.« Levi war plötzlich ernst geworden und fuhr mit dem Finger erst ihren einen Wangenknochen entlang und dann den anderen. Er machte einen Schritt nach hinten und kniff die Augen halb zu, nicht spöttisch, sondern liebevoll. »Ich sehe da schon etwas. Nicht in deinen Augen, die sind durch und durch Charlotte. Eher in der Knochenstruktur – und den Grübchen. Ja, jetzt ist es ganz deutlich. Verrückt! Der Beweis ist direkt hier, in deinem Gesicht.« Er beugte sich vor, um sie sanft auf jede Augenbraue zu küssen und aus seinem prüfenden Blick zu entlassen. Charlotte schloss die Augen und nahm gierig seine Wärme in sich auf. Levi bedeutete für sie Freude und Trost zugleich, während alles andere jenseits dieses Raums in Trümmern zu liegen schien.

»Nichts von alldem verändert deine Persönlichkeit, das weißt du. Ob nun Johannes, Garrick oder Cliff Richard. Oder wer auch immer. Dein Vater definiert nicht, wer du bist, es sei denn, du lässt es zu.«

»Ich weiß. Du hast recht. Vielleicht ist es sogar im Gegenteil so, dass …« Charlotte hielt inne und dachte noch einmal genauer über seine Worte nach. Levi hatte verstanden, was sie selbst nicht erkannt hatte: dass die Suche nach ihrem Vater in Wahrheit die Sehnsucht danach gewesen war, ihre eigene Identität klarer zu definieren und sich selbst und ihre Einsamkeit besser zu verstehen. »Ich glaube, die Geschichte mit Garrick befreit mich von dem Glauben, dass mein Vater eine Rolle spielen müsste. Ich bin erwachsen, ich muss mich selbst definieren. Wer auch immer am Ende dabei herauskommt.«

»Wirst du deiner Mutter erzählen, dass du das Rätsel gelöst hast?«

»Keine Ahnung. Vielleicht irgendwann. Ich muss das erst mal selbst … verdauen, glaube ich. Herausfinden, was ich damit anfangen will, bevor ich mit anderen darüber rede. Aber zuerst brauche ich ein paar Scheiben Toast. Und vielleicht noch eine Mütze Schlaf.«

»Du kannst hier schlafen, ich bringe dir was zu essen von unten hoch. Und dann muss ich arbeiten.«

Er wollte sich von ihr abwenden, doch sie ergriff seine Hand. »Bleib hier, Levi.«

»Geht nicht, ich muss hoch zu meinem Haus.« Er grinste. »Das Bett in den ersten Stock schaffen.«

»Das soll ein Scherz sein, oder? *Jetzt* bringst du mein Bett hoch, wenn ich in drei Wochen abreise?!« Sie wurde ernst. »Unglaublich, dass schon fast Island Close ist. Warum musste diese ganze Sache so spät ans Licht kommen? Meinst du, es tauscht jemand die Schiffspassage mit mir, damit ich stattdessen das Island-Open-Schiff nehmen kann? Ich muss noch so viel …«

Sie brach ab, als sie die widersprüchlichen Gefühle in seinem Gesicht sah. Er schien einen inneren Konflikt auszufechten.

Langsam bewegte er sich von ihr weg und setzte sich aufs Bett. Nach einer Weile sagte er sanft: »Ich glaube, du musst dich ein bisschen um dein Herz kümmern – in dich hineinhorchen und darüber nachdenken, was weitere sechs Monate auf der Insel für dich bedeuten würden und was du dir davon erhoffst. Wenn du mich fragst, hat dir Garrick nicht allzu viel zu geben.«

»Gestern Abend hat er mich einen ›Fehltritt‹ genannt.«

»Siehst du? Das Wort zeigt doch, dass er nur an sich selbst denkt und keinen Gedanken an dich verschwendet. Wenn das auch zukünftig seine Haltung ist, fühlt es sich vielleicht nicht so toll für dich an, ein weiteres halbes Jahr hier festzusitzen, weit weg vom Rest deiner Familie.« Levi ließ den Kopf hängen, verschränkte die Hände im Genick und dehnte seine Nackenmuskeln erst in die eine und dann in die andere Richtung, wobei er es vermied, sie anzusehen. »Ich weiß auch nicht, Dolittle. Mich persönlich würde es sehr freuen, wenn du hierbleibst, aber auf meine Meinung kommt es in dieser Geschichte nicht an, fürchte ich.«

»Würde es dich wirklich freuen? Dich habe ich heute Nacht nicht an meine Tür klopfen hören.«

»Du warst sternhagelvoll, Mädchen. Außerdem hatte ich versprochen, dass ich dich in Ruhe lasse, und ich halte meine Versprechen. Soso, du wolltest also, dass ich dir die Tür einschlage und es ausnutze, dass du dich nicht wehren kannst, so wie Zekri.«

»Ja.«

»Da hat mir mein Vater aber bessere Manieren beigebracht.«

»Meiner ist ein herumhurender humanistischer Prediger.«

»Guay de mi«, sagte Levi leise. Er schüttelte den Kopf. »Worüber *du* alles nachdenken musst, *kerida.*«

Die Sonne war höher gestiegen und erfüllte den Raum mit ihrem warmen Licht. Charlotte lehnte sich gegen die hohe Fensterbank, verschränkte die Arme und stützte ihr Kinn darauf. Sie schloss die Augen und spürte die Hitze auf ihrer Haut. Eine Brise fuhr durch die Blätter der Cashewbäume, und sie hörte das sehnsüchtige Zwitschern eines Kardinals. Irgendwo krachte eine Kokosnuss von einer Palme in die trockenen Sträucher darunter, und als Antwort stampfte und schnaubte ein ebenfalls unsichtbarer Esel. Der grüne, saftige Geruch des Dschungels lag in der Luft, und noch etwas – salziger Ozeanduft und Holzrauch vom gestrigen Grillfeuer.

Charlotte hörte das Knarren der Bettfedern, als Levi aufstand, und hielt erwartungsvoll die Luft an. Doch er berührte sie nicht, sondern blieb einen halben Meter hinter ihr stehen. Sie sehnte sich danach, sich umzudrehen, die Arme zu öffnen und ihn wieder an sich heranzuziehen.

Stattdessen streckte sie ein Bein nach hinten und strich mit dem nackten Fuß über seinen.

»Ich weiß echt nicht, worüber ich zuerst nachdenken soll. Weißt du … Eigentlich bin ich gar nicht bereit für eine … Ich bin nicht in der Lage dazu, etwas anzufangen mit einem … Irgendwie sende ich lauter widersprüchliche Botschaften aus.«

Levi zögerte. Dann schlang er die Arme um ihre Taille, ließ sein Kinn sanft auf ihrem Kopf ruhen. Charlotte lehnte sich zurück und spürte die Wärme seines Körpers. Gemeinsam blickten sie aufs Meer hinaus.

»Ganz egal, welche Botschaften du aussendest«, sagte Levi leise. »Ich höre dir zu.«

Lichtreflexe tanzten auf dem Ozean, der sich schimmernd vor ihnen erstreckte und am Horizont kobaltblau in den Himmel überging. Die geschwungene Schönheit der Erdkrümmung war offen und ungebrochen zu erkennen. *Du musst dich ein bisschen um dein Herz kümmern.* Während Levis Satz noch in Charlotte nachhallte, ging ihr auf, dass sie sich getäuscht hatte: Vor ihr lag keine trostlose Leere, vor ihr lag alles.

Epilog

Marianne hatte die Gartenschere mit hinausgenommen, knipste damit bündelweise Litschis ab und ließ sie in einen Korb fallen, während sie auf Ruths altem tragbaren Radio Taxi zuhörte.

»Noch ein paar letzte Ankündigungen, bevor ich meinen Posten am Grill einnehme«, sagte er gerade. Marianne hielt inne. »Die Fracht für das morgen auslaufende Schiff ist abgewickelt und an Bord, der bei der Ankunft verloren gegangene Koffer wurde gefunden und ausgeladen – die Crew entschuldigt sich für die Unannehmlichkeiten. Der silbergraue Kelpie-Welpe ist mittlerweile auch untersucht und abholbereit, also nichts wie los zum Zollhaus, falls ihr es seid, die ihn bestellt habt – liebe Spencers, damit meine ich euch. Ich hoffe nur, der Kerl zerkaut mir nicht wieder die maßgefertigten Polstermöbel wie euer letzter Hund. Die heutige Tombola findet um einundzwanzig Uhr statt, nicht schon um acht, wie es auf den Plakaten stand, das war ein Tippfehler. Sie geht direkt vor dem Feuerwerk über die Bühne, und ihr solltet sie euch nicht entgehen lassen! Ihr habt nämlich die Chance, einen Schnorchel zu gewinnen, in schickem Gelb, ich habe ihn selbst anprobiert, oder einen Zwei-Kilo-Sack Weizenmehl direkt vom Schiff, und der Hauptgewinn ist eine echte Perle von der ausgestorbenen Seeschnecke. Okay, okay, keine echte Perle, aber was fast genauso Tolles, ihr werdet es nicht glauben: zwei kerngesunde Lämmer! Ihr könnt euch die Preise ab jetzt im Old Kal anschauen. Bleibt mir nur noch eins, nämlich Annie Goss und Alex dos Santos einen schönen zwölften Geburtstag zu wünschen! Benehmt euch, ihr zwei, und hebt dem guten alten Taxi ein Stück Torte auf! Kommt mich doch alle an meinem Grillstand in der Harbour Street besuchen. *Paz*, und allen einen wunderschönen Island Day!« Damit beendete Taxi seine Moderation und ließ seine Hörerinnen und Hörer mit der E-Gitarren-lastigen Instrumentalversion von *Happy Birthday* zurück, die Cliff Richard und die Shadows 1961 aufgenommen hatten. Sie war seit ihrem Erscheinungsjahr der traditionelle Radiotrack für alle Inselgeburtstage. Für den Rest des Tages würde ein einziges Compilation-Album in Dauerschleife laufen.

Annie und Alex hatten am Vorabend Island-Day-Dekorationen gebastelt, lange Ketten aus Kokosschalen, die wie die blauen Perlen der einst hier heimischen Seeschnecke aussehen sollten. Die rote staubige Erde des Hofs war mit leuchtend blauer Farbe bespritzt. Auch der Klapptisch stand noch da, geschmückt mit Ruths bester Tischdecke, denn Marianne hatte am Nachmittag eine kleine Geburtstagsparty für die Kinder ausgerichtet. Jetzt war die Nacht hereingebrochen, und Annie und Alex waren zur Harbour Street vorausgegangen, um den Beginn der Island-Day-Feierlichkeiten nicht zu verpassen. Marianne hatte noch ein wenig aufgeräumt, inzwischen jedoch ihre Arbeitskleidung abgelegt und ein selten zum Einsatz kommendes gutes Kleid angezogen. Sie war drauf und dran gewesen, den Kindern zu folgen, als ihr noch diese letzte belanglose Aufgabe eingefallen war, mit der sie ihren

Aufbruch verzögern konnte. Sie ließ Ruth an ihrem letzten Abend auf der Insel nur ungern allein.

Morgen um diese Zeit würde sie bereits auf dem Schiff sein. Den großen Koffer hatten sie schon vor einigen Tagen zur Zollkontrolle gebracht, und am Morgen war Elsie da gewesen, um Ruths Reisepass abzuholen. Jetzt musste nur noch die Reisende selbst abgeliefert werden. Das Komitee, das diese Beinahe-Entführung ausgeheckt hatte – Katie, Dan und Marianne –, war übereingekommen, dass Ruths Medikamentendosis erst in England reduziert werden sollte, voraussichtlich sogar erst nach dem Eingriff. Es war auch so Herausforderung genug, sie dorthin zu bekommen. Charlotte Walker hatte sich bereiterklärt, ihre Kabine während der Überfahrt mit Ruth zu teilen und ihre Dosis je nach Bedarf anzupassen. Viel Glück dabei, dachte Marianne. Die Chirurgin, die in England auf Ruth wartete, machte einen vernünftigen und einfühlsamen Eindruck. *Wir werden uns mit der Nachsorge Zeit lassen und sie nicht sofort nach dem Eingriff vor die Tür setzen*, hatte sie Dan geschrieben und damit angedeutet, dass sie diese besondere Patientin aus stillschweigender Kulanz heraus noch ein wenig länger stationär überwachen würde, als es sonst üblich war.

Marianne schaltete das Radio aus und machte sich gerade wieder an die Litschi-Ernte, als Katie Salmon auf dem Fahrrad in den Hof geradelt kam, wobei sie den vermutlich einzigen Fahrradhelm der ganzen Insel auf dem Kopf trug. Er war weiß und mit kleinen Sternen bedruckt, und als Marianne genauer hinsah entdeckte sie auf Stirnhöhe ein mit Klettverschluss befestigtes Plüschhorn.

»Alles gepackt?«, fragte Katie beim Absteigen. »Wie gehts ihr?«

»Sie hat panische Angst. Aber wir haben mehrmals den Brief durchgelesen, und sie weiß, dass es sein muss. Sie wird erst morgen wieder aufwachen.« Marianne wies mit dem Kinn auf die schwarze Sporttasche, die Katie über der Schulter trug. »Ist das … wovon Sie mir erzählt haben?«

»Ja, das sind die Inkontinenzeinlagen. Sie reichen für vier Wochen, sie muss sich also keine Gedanken darum machen, irgendetwas auszuwaschen, selbst wenn es eine Verzögerung geben sollte. Aber jemand muss für sie zu Boots, sobald sie in England ist.«

»Zu Boots?«

»Sorry, zur Drogerie, um Nachschub zu kaufen. Die Quittung soll sie aufheben.« Katie kam näher und hielt den Korb für Marianne, während diese mit der Gartenschere hantierte. »Hören Sie, ich muss mit Ihnen noch über etwas anderes reden. Machen Sie sich bitte keine Sorgen, wir finden eine Lösung, aber Charlotte Walker will jetzt doch bis Island Open hierbleiben.«

»Aber Ruth kann die Überfahrt nicht ohne sie …«

»Charlottes Passage ist für Ruths Begleitperson. Dan lässt nicht zu, dass sie an jemand anderen herausgegeben wird, keine Angst. Wir brauchen jetzt nur eine neue Person, die mitreist. Ich dachte, dass Sie das vielleicht selbst machen wollen.«

»Kann ich nicht. Ich müsste die Kinder für mindestens ein halbes Jahr allein lassen, weil doch jetzt Island Close kommt. Ich …« Mariannes Augen hatten sich mit heißen Tränen gefüllt, und ihre Brust schnürte sich vor Sorge und Kummer zusammen. »Ich muss … Ich kann nicht richtig nachdenken …« Aber sie hatte bereits nachgedacht und wusste, was zu tun war.

»Wir sind nicht so weit gediehen mit unserer Planung, um uns jetzt diese Chance entgehen zu lassen. Ruth fährt mit diesem Schiff, so viel steht fest. Charlotte hat ein furchtbar schlechtes Gewissen, weil ihr Bleiben alles verkompliziert. Sie hat mehrmals betont, dass sie doch fährt, falls Sie keinen Ersatz für sie finden, aber wir können es nicht wirklich von ihr erwarten, denke ich. Es war sowieso ein ziemliches Opfer, das wir von ihr verlangt haben. Seis drum, ich weiß, dass der Zusammenhalt auf dieser Insel unglaublich ist und sich auf jeden Fall jemand finden wird. Bevor ich es an die große Glocke hänge, wollte ich allerdings zuerst zu Ihnen kommen. Fällt Ihnen irgendjemand ein, dem Sie vertrauen und der aus anderen Gründen nach England möchte? Wenn Sie mir noch heute Abend einen Namen nennen, kann ich den Papierkram für Sie erledigen. Ruth und ihre Begleitperson müssen ja erst morgen Nachmittag an Bord sein.«

Marianne nahm Katie hastig den Korb ab und ließ die Gartenschere hineinfallen. Sie hatte plötzlich eine Menge zu tun und musste herumfragen, ob jemand einen Koffer erübrigen konnte. Bevor sie ging, drückte sie Katie noch einen Zweig Litschis in die Hand. Dann machte sie kehrt und eilte ins Haus. »Alex wird seine Mutter nach England begleiten. Ich ernte spät. Essen Sie sie am besten heute oder morgen, länger halten sie sich nicht.«

Holzrauch lag in der Luft, als Marianne zu Fuß nach New Recife hinunterkam, vermischt mit dem Duft von Chili und Knoblauch. Taxi hatte das verblichene Foto von Kate Bush auf seinem Lieblings-T-Shirt zur Feier des Tages mit schwarzem Filzstift nachgemalt und stand nun vor einem bemalten Ölfass, auf dem er marinierten Oktopus und noch etwas Kleineres grillte, das er ganz hinten auf dem Rost versteckte und das verdächtig nach Springhuhn aussah. Drei jüngere Moschaw-Kinder kamen angeschlendert und beäugten neugierig die Köstlichkeiten, bis ein großer Collie mit bandagiertem Vorderbein sie mit der Schnauze von der Hitze wegschob. Dass der Collie humpelte, hielt ihn nicht davon ab, seine Schützlinge wie eine kleine Herde bunter Schäfchen die Harbour Street hinunterzutreiben. Am nächsten Stand waren Sylvester die Kokosschalen ausgegangen, woraufhin er den Grog in weit weniger romantischen Styroporbechern ausgab, die schon viele Male benutzt worden waren und bessere Tage gesehen hatten.

Auf der anderen Straßenseite betreute Elsie den senfgelb-altrosa gestreiften Stand, an dem die Kinder sich im Abwerfen von sechs blauen Kokosnüssen versuchen konnten, die auf hohen Hartholzpfählen balancierten. Die Zollbeamtin trug zu diesem Anlass eine Schiebermütze, und ihre lederne Bauchtasche diente zur Ticket- und Münzaufbewahrung. Neben ihr stand Betsey, die eigentlich nur herübergekommen war, um Elsie einen Grog von Sylvester zu bringen, sich nun jedoch anhören musste, warum das Werfen von unten dem Werfen von oben vorzuziehen sei.

»Das ist wie beim Basketball, verstehst du? Wenn man den Freiwurf von unten ausführt, kommt er weicher, geschmeidiger«, sagte Elsie, während Betsey verständnislos nickte und sich wünschte, sie hätte auch einen Drink in der Hand. »Es heißt immer, so würden nur Mädchen werfen, aber wenn man sich die besten Freiwurfschützen der

Geschichte anschaut, sieht man, dass die Erfolgsbilanz bei Würfen von unten einfach besser ist. Und bei Kokosnüssen funktioniert es genauso.«

Zum Glück näherten sich in diesem Moment Walter und Rebecca Lindo-Smith und bewahrten Betsey vor weiteren technischen Erläuterungen. Vater und Tochter gaben ihre zuvor erstandenen Wertmarken ab und erhielten je eine Pyramide aus bunten Bällen, mit denen sie ihr Glück versuchen konnten. Das kleine Mädchen trug ein ausladendes Partykleid aus bedrucktem Tüllrock und farbenfrohem Pailletten-Oberteil, das nicht nur neu in der Familie war, sondern tatsächlich frisch gekauft und eindeutig nicht billig. Es war gerade mit dem Schiff gekommen, und trotzdem sah Rebecca nicht aus, als wäre ihr zum Feiern zumute. Marianne beobachtete, wie die Siebenjährige nach einem pinkfarbenen Ball griff und ihn so unvermittelt in Richtung der Kokosnüsse schleuderte, dass Betsey und Elsie überrascht zur Seite sprangen.

Ein starker Arm schob sich unter Mariannes Ellbogen, und sie blickte erschrocken auf. Miss Moz tätschelte ihr beruhigend die Schulter, und zusammen sahen sie Rebecca zu, deren Frust mit jedem Fehlversuch größer wurde und die sich dennoch weigerte, die Hilfe ihres Vaters in Anspruch zu nehmen.

»Maia ist doch nicht mit diesem Schiff nach Hause gekommen. Sie hat kurzfristig mit jemandem vom Island-Open-Schiff getauscht.« Moz schnalzte mit der Zunge. »Wir müssen die kleine Maus im nächsten halben Jahr gut beschäftigen, ihre Gefühlswelt ist ziemlich in Aufruhr. Ist ja auch nicht verwunderlich. Sie hatte das ganze letzte Jahr einen Kalender an der Wand hängen, auf dem sie die

Tage durchgestrichen hat, und jetzt stellt sich heraus, dass sie einen neuen Kalender braucht.«

»Maia tut es ja für die Familie.«

»Ach, *kerida*, als ob ich das nicht wüsste! Seit wann bekommen wir Mütter den angemessenen Dank für die Opfer, die wir bringen? Zum Glück geht es uns auch gar nicht darum, nicht wahr? Hast du schon zu Abend gegessen, *mi vida*?«

Marianne nickte angespannt. Sie sah sich nach Annie um und sehnte sich nach einem Themenwechsel. Direkt hinter Moz erregte Saul ihre Aufmerksamkeit, der unerwartet leger mit Shorts und Flipflops bekleidet war und eine Papiertüte mit gegrilltem Oktopus in der Hand hielt. Er trank außerdem ein Bier, wie Marianne erstaunt feststellte. Ihr ging auf, dass es der erste Island Day seit Jahrzehnten war, an dem er nicht nüchtern bleiben musste, um spätnachts die unvermeidlichen Spreißel zu entfernen oder Platzwunden der ausgelassenen Feiernden zu nähen.

Marianne suchte die Island-Day-Menge nach ihren Kindern ab. Als sie sie nirgendwo entdeckte, richtete sie instinktiv den Blick nach oben, und da saßen sie, auf dem ungesicherten Flachdach des Moschaw-Hofladens, mit baumelnden nackten Beinen, genau dort, wo sie nicht hingehörten. Annie merkte sofort, dass ihre Mutter sie entdeckt hatte, und bedachte sie mit einem einnehmenden Grinsen, aus dem sowohl das Bewusstsein sprach, bei einem Verstoß erwischt worden zu sein, als auch der feste Glaube, dass ihre Mutter ihr verzeihen würde. Sie stupste Alex an und flüsterte ihm etwas ins Ohr, woraufhin er mit einem entschuldigenden Blick zu Marianne hinuntersah. Die Kinder gaben ihr mit einer Geste zu verstehen, dass sie hinunterklettern und sich das Feuerwerk an ihrer Seite ansehen würden.

Sie wollten ihr so unbedingt gefallen. Jeden Morgen stürmten sie voller Ideen und Pläne in die Welt hinaus, magisch angezogen von Dreck und Chaos, holten sich Schrammen, waren begierig darauf, zu entdecken, sich frei zu fühlen. Doch genauso stark war ihr Impuls, Marianne glücklich zu machen. Obwohl ihr Urteilsvermögen noch nicht ausgereift war und ihre Risikobewertung sich nur selten mit Mariannes deckte, waren sie nie vorsätzlich ungehorsam. Es bereitete ihnen kein Vergnügen, gegen ihre wenigen Verbote zu verstoßen, und es machte ihre Unternehmungen nicht langweilig, wenn Marianne sie ihnen erlaubte. Im Gegenteil, dann war ihre Freude nur umso größer.

Jetzt schüttelte Marianne lächelnd den Kopf und bedeutete den beiden mit einem Winken, dass sie sich wieder hinsetzen sollten – sie durften während des Feuerwerks oben bleiben, wenn sie gut auf sich aufpassten. Die Kinder konnten ihr Glück kaum fassen, und Marianne saugte ihr pures, süßes Entzücken in sich auf. Alex hielt strahlend beide Daumen hoch, und Annie warf ihrer Mutter völlig überdreht eine Kusshand nach der anderen zu. Dann steckten die Kinder die Köpfe zusammen, ein instinktives Zusammenrücken, wann immer es galt, ein Vergnügen miteinander zu teilen. Marianne ertrug den Anblick ihrer Zweisamkeit kaum, wusste sie doch, dass sie schon morgen ein Ende haben würde.

Es war richtig, dass Alex seine Mutter nach England begleitete. Und es war auch richtig, dass er von der Last befreit wurde, sich ständig um sie sorgen zu müssen, von den Schuldgefühlen, die er mit sich herumschleppte, weil Ruth für ihn fast ihr Leben gelassen hätte.

Indem Marianne ihn mit aufs Schiff schickte, gab sie ihm Gelegenheit, sich endlich einmal wichtig zu fühlen, seiner Mutter eine echte Hilfe zu sein. Durch die Anmeldung an der Fabian Academy verschaffte sie ihm noch etwas Wichtigeres: die Möglichkeit, sich fernab von Tuga ein besseres Leben aufzubauen.

Marianne spähte zum Dach hinauf und sah, dass ihre Tochter sie erneut beobachtete, vielleicht, um sich zu vergewissern, dass es ihrer Mutter gut ging, dass auch sie eine schöne Zeit hatte. Sie schleppten so viel mit sich herum, ihre Kinder, dabei verdienten sie es, unbeschwert und glücklich zu sein. Wenn sie gekonnt hätte, hätte sie ihnen die Welt zu Füßen gelegt.

Marianne dachte an Maia, die allein in London war und mit dem Wissen klarkommen musste, dass sie Rebecca so großen Kummer bereitet hatte. Was war das Muttersein anderes als die völlige Hingabe des eigenen Ichs? Selbstlose Liebe bedeutete, dass man konsequent blieb, sich auch angesichts des Kummers der eigenen Kinder die eigene Vernunft bewahrte, den Mut fand, sich den Wünschen eines unschuldigen Wesens zu widersetzen, das noch nicht wissen konnte, welchen Preis man für falsche Entscheidungen bezahlte. Annie war der mutigste Mensch, den Marianne kannte. Jetzt musste auch sie selbst mutig sein.

Morgen würde sie anfangen, Annie zu erklären, dass die Reise ein Geschenk für Ruth war, ein Geschenk, das sie ihr mit ganzem Herzen darbringen mussten. Der Zielort dieser Reise – England – stellte eine einmalige Chance für Ruths Sohn dar, für den sie selbst nicht mehr vorsorgen konnte. Die Menschen, die Alex am meisten liebten, mussten nun tapfer sein, mussten ihren Großmut vor ihre Trauer stellen. Marianne durfte vor Annie nicht so tun, als wäre sie sicher, dass Alex irgendwann nach Tuga zurückkehren würde. Der Abschied würde ihnen beiden wehtun, aber ihr Alex würde die Flügel ausbreiten und davonfliegen. Marianne würde ihrer Tochter beibringen, dass wahre Liebe darin besteht, loszulassen.

Frei wie Seeschwalben thronten die zwölfjährige Annie Goss und der gleichaltrige Alex dos Santos auf dem Dach, mit ineinander verschränkten Fingern, die offenen Gesichter zum Himmel erhoben, der in diesem Moment in Rubinrot und Smaragdgrün explodierte.

Dank

Nicht nur dieses Buch, sondern auch die Entstehung der Insel selbst wäre unmöglich gewesen ohne die Geduld und das Fachwissen von Dr. Aniket Sardana, Joshua Powell, Dr. Justin Gerlach, Dr. Ben Tapley, Dr. Sean McCormack und insbesondere Dr. Thomas Day, die sich viel Mühe damit gegeben haben, zu erklären, zu lehren, zu korrigieren. Die Recherchearbeit ist eine der größten Freuden des Schriftstellerinnendaseins, denn sie bietet den perfekten Vorwand, um an weltweit anerkannte Wissenschaftler heranzutreten, die zweifellos Besseres zu tun haben, als meine Fragen zu beantworten. Die oben genannten Expertinnen und Experten haben mir großzügig ihre Zeit und ihr Wissen zur Verfügung gestellt, Fehler ausfindig gemacht und mich zu neuen Gedankengängen inspiriert. Sämtliche noch vorhandenen Unstimmigkeiten gehen daher allein auf meine Kappe.

Herzlichen Dank auch an Fred Kroner von Whiskey & Ink, dessen wunderschöne Landkarte Tuga de Oro zum Leben erweckt hat.

Ein großes, liebevolles Dankeschön gebührt Adam, Adam, Allison, Cathy, Charlie, Davinia, Eloise, Elizabeth, Jo, Kaitlyn, Naomi, Nick, Olivia, Rupert, Susannah und Vikki – fürs Lesen und für eure Freundschaft. Ich fühle mich unendlich gesegnet, weil ihr so viele Stunden mit mir auf Tuga (und im Fall von Vikki und Naomi im gemäßigteren Klima der British Library) verbracht habt.

Meiner Mutter Karen Segal, deren Weisheit, Verständnis und Zuspruch vom ersten bis zum letzten Entwurf unentbehrlich sind, bin ich auf ewig dankbar für ihr Vertrauen in mich und ihre hohen Ansprüche. Miranda Segal: Danke für deine Liebe, deine Inspiration und deine Unterstützung. Es gibt niemanden, mit dem ich lieber Besorgungen mache.

Und Gabe – immer, für alles. Du bist für mich Zuflucht und Abenteuer zugleich.

Auch dem ganzen Team von Chatto & Windus sowie Vintage gilt mein Dank – ich war von Anfang an so stolz darauf, zu euren Autorinnen zu zählen! Clara Farmer, Hannah Telfer, Bethan Jones, Jessie Spivey, Rosanna Hildyard, Nat Breakwell, Carmella Lowkis, Graeme Hall, Sarah-Jane Forder – euch allen danke ich dafür, dass ihr euch mit so viel Sorgfalt meiner Bücher annehmt. Yeti Lambregts und Kris Potter: Danke für euer wunderschönes, durchdachtes Design. Ebenso danke ich Peter Haag und Sara Schindler von Kein & Aber – ich kann mich glücklich schätzen, in euch von Anfang an so treue Verleger gefunden zu haben! Vielen Dank auch Helen Atsma und dem genialen Team von Ecco – es freut mich sehr, Teil der Gang zu sein! Dem Marie Fellowship habe ich die Inspiration zur frühesten Inkarnation dieser Insel zu verdanken. Zoë Waldie von RCW: Ich kann mir beim besten Willen keine bessere Agentin vorstellen – deine felsenfeste Loyalität und dein unerschütterliches Urteilsvermögen machen Kunst erst möglich.